U0120925

民国武侠小说典藏文库·还珠楼主卷

青城十九侠

（第三卷）

还珠楼主◎著

目　录

第三十七回

赤手屠千犀　大雪迷茫归路远

慈心全五友　冥峦迢遥使星飞

话说二猱来时受了黑虎指教，沿途逗弄，相隔主犀不过数丈之遥。眼看快到尽头，先拾起两三块碗大石头，照准主犀身上打去。然后双双一声长啸，纵向壑口藤蔓丛中。到了里面，身子一蹲，就势援藤而下，抓紧藤蔓，贴藏石凹之内，静候犀群自投入阱。

天本阴暗，犀目仅能平视，只见仇敌纵入藤蔓丛中，哪知有此绝壑。再者跑势急逾奔马，走的又是斜坡，益发快上加快，就想收也收不住。天生凶狠猛悍之性，合抱大木尚要急撞上去，何况区区藤枝，呜的一声，朝前一蹿，四足落空，主犀和当头的十只大犀踏虚飞坠，直下绝壑。后面紧随着的犀群只唯主犀马首是瞻，也不管前面如何，仍是照直猛进，跟踪坠落。

二猱藏身石凹，见群犀由上面纷纷凌空坠落，四蹄乱挣，飞舞而下，只听壑底扑通扑通之声响成一片。犹恐后面的知难而退，口中连啸不已。那千百犀群竟无一只临险却步，哪消片刻工夫，全数坠了下来。前拨坠在锋利如刀的乱石上面，多半破腹穿胸而死；就有几个不死的，吃上面数百斤重一个个巨犀由高而下压到身上，那还不是立时了账。只剩下最后数十只虽未送命，也都震伤晕倒，跌了个半死。

偏巧那该死的瞎山魈又吃了耳朵灵敏的苦，竟从远处循着二猱啸声，往长谷中追来。因连跌多次，也加了一番谨慎，不似先时乱奔乱纵。入谷以后，觉着地势越往前越低下，生了戒心。等追近壑口，一听啸声在下，更恐上当，便立定了试探着前进。后来又听出仇敌啸声越近，只在一处，并未移动，才往前走了几步，已然挨着壑口树枝。只当那地方是一山坡，二猱又藏在深林密莽之中，正想侧耳细听，估量相隔远近，猛出仇敌不意，好纵起便扑。

谁知身后尾随着的黑虎先恐被它听出声息，不敢隔得过近，一进谷前，先把背上虎王甩下,提轻脚步跟着山魈动作,本就防它不会上当。一见它临壑踌躇,试步欲前之状,更恐它试出前面有险不肯下去,再除不易,连忙往前急走几步,相隔约在十丈左右,倏地运足神力,悄不声纵起,一伸虎爪,照准山魈背后便扑。

山魈强忍暴怒,急于得仇敌而甘心,全神贯注下面双猱,一脚已然向前提起,准备再试走两步,循声下手,脚下本是空的。就在这将落未落的瞬息之间,忽闻身后风声,也疑有变,待欲侧转,黑虎来势何等急骤,哪里还来得及,一下扑在背上,其力何止千斤。山魈没有防备,不由身子朝前一冲,脚往下一落,身长腿大,头一脚踏了个空,身子吃这一扑之势,再往前一扑,立时怪叫一声,一个倒栽葱,直往绝壑之中飞坠下去。因比犀群坠得远些,已落在空地石笋之上,硬骨碰硬石头,闹了个两败俱伤:两腿一齐折断,肩、背、头骨重伤了好几处,只剩一手一臂还能转动;石笋也被撞折了好几根。下面锐石如林,休说是走,连站都站不起,只嵌陷在怪石丛中,厉声怪吼不已。

虎王见黑虎成了功,也正赶到。睁着天生夜眼往下一看,见犀群积压成了一大堆,十九不动。仅有二三十个负伤未死的,闻得山魈厉吼,害怕得呜呜急吼,欲逃不得。犀群的目光又碧又亮,恰似满天明星倒影澄潭之内,有的静止不动,有的荧荧欲流,疏疏密密,约有数十点之多,煞是奇观。

这时天已入暮,到处灰沉沉的。虎王便问黑虎:“兽群全数在此。瞎山魈看神情是受了重伤,毫不足虑。但是下面也还有些活的巨犀,上下相隔这么高,怎能弄它们回去?”黑虎连忙发声,将双猱唤上,又命它们长啸,召集豹群。双猱立时发了几次极尖锐悠长的啸声。奉命衔兽回崖的豹子数本不多,余下的因惧山魈,全藏身密林隐僻之处候命。一闻二猱相召之声,豹王首先率了数十大豹如飞而至,群豹也由远近各地陆续赶来。

黑虎、双猱各用兽语向虎王献策,大意是说:天时已黑,天上虽然渐有雪粒飞落,嗅那风气土气,正是酿雪的时候,离降雪总还有几个时辰。但是雪下愈晚,雪势越大,此时如不将犀群弄了回去,明早休想再来。这壑虽然深,双猱上下却非难事。壁上老藤俱粗如人臂,比别处的柔韧耐用。为今之计,只有速伐山藤结一大圈,缒至壑底,由双猱下去先将死犀分别缒上,再命群豹运回崖去。山魈重伤,未死的红犀看势也难转动,况又为山魈厉吼之声所慑,均不能为患,尽可从容下手。上千死犀,身又重大,明知缒运均非容易,无奈此外别无善法。天时太促,需粮甚急,有此千犀,连同今日所得,足够三四月之需，怎能放弃？说不得只好费点事，做到哪里算哪里。能运完再好没有，否则便将余下的任其埋入冰雪，等雪住天晴，春暖将要开山之际，再来掘取，也是一样能用。虎王称善。

当下虎王便命双猱下去取藤。它们仗着矫捷心灵，爪利如钩，一会儿便弄上来一根极长老藤。藤上枝叶早被双猱随下随折，顺手去尽，连修都用不着。上下相隔过高，一试长短，仍不能直垂及地，又采了一根短的接上。短藤较柔，宜于做圈，更显合用。把有圈的一端垂了下去，上端再用柔藤结了两个圈，分套在黑虎和豹王颈间。等下面双猱套上死犀，一声低啸，便往上扯。黑虎神力，又有豹王为助，拉起往前便跑。所择之地，崖壁削立，自口以下往里凹进，中无阻滞，一晃便拉了个大的起来。豹群早排队候运，虎王唤来一只大的，命它试一衔走。见犀身太沉，拖起来甚显吃力，原想它们去了再回，轮流搬运，照此何时才能运完？幸而由谷口回崖，无须穿过那片森林，否则阻碍更多，真难回去了。想了想，虎王又唤过一豹，命其并立，将死犀横搁二豹身上，一试居然要快得多，心中大喜。重命放倒，等拉上来十个八个，一起结队走，以免遇上别的兽劫夺。

回到崖洞里，将两柄苗刀带了来。一会儿工夫，死犀拉上了十多只，虎王才唤群豹如法驮走。又命六只空身走的豹子，随同护送。吩咐两豹驮一只，并列同行，万一在下坡时或遇阻碍滑落，也可由别的豹子相助，衔上身去。

头一拨死犀驮走后，虎王因见拉起来甚易，命双猱再套时可用两只一起拉上来。又恐分量太重，藤在石上摩擦久了易于折断。一面寻了许多杂草和带叶残枝，紧结在崖口老根古松之间，垫入长藤下面；一面又去寻到两根同样粗细的老藤，命双猱分出一个，折了繁枝，如法炮制。制成后，虎王猛想道："现有这么多大豹，何不分成两起往上拉？"当下忙做了五个藤圈：一个做套死犀用；四个结在上端，挑了四只大豹同样施为。拉够了数，便由豹群驮走。

下面双猱轮流将死犀套好，两只一次，此下彼上。忙了个把时辰，居然套上了一百多对。先时拣死的套，有那犹存喘息的，头角既无所施其技，吃双猱利爪一抓，也都了账。那几十只伤而未死的，因有乱石、死犀作梗，又为魈吼所震，只能互相悲吼挤踏，不能为害，二猱也不把它们放在心上。

拉到后来，连连因为淘气，见山魈厉吼不歇，声甚刺耳难听，心想："这东西可恨！如今眼瞎足断，有什怕它？何不拉上去，让黑虎把它弄死，省得惹厌？”也没和上面打招呼，竟用藤圈将山魈头颈套住。拉这根长藤的，偏又是那四只大豹，闻得连连啸声，往起便拉。山魈因在乱石丛中隐往，虽然连用双臂打折了好几根石笋，仍是到处阻碍，正愁无法上去，拉时一点也没挣扎。一下拉到上面，才着平地，双手抓住颈间藤圈，一扯两段，便滚了起来。那四只大豹各被藤圈套定，脱身不出，眼看山魈肘肩并用，循声滚将过来，只吓得嗷嗷惨叫，带起长藤，往前便跑。旁立群豹立时一阵大乱，拼命窜逃。

谷中两边危崖参天，虽甚广阔，路只一条，无法逃避。等那边虎王发觉，黑虎也脱掉藤圈追来，已被山魈在地上像转风车一般滚上前去，捞着一只豹子，一爪抓向肚子，立时腹破肠流，死于当地。山魈捞出心脏，嚼了几口，狂怒攻心，无可泄怒，丢下死豹，又待往前追赶。黑虎首先赶到，朝肩背间扑了一爪。

山魈自从连受重伤，已无能为。群豹害怕过甚，只知逃窜，不敢反斗，才使它如此猖狂。及被黑虎钢爪一扑，两条受了伤的长臂又断去了一只。虎王跟踪赶到，见它伤了豹子，心中愤极。一眼看到壁旁有一块比磨盘还大点的坠石，顺手捧起，抢步上前，当头打下。恰值山魈负伤惨啸，身子折转，一下正打在那条好臂上面，如何能吃得往，咔嚓一声，应声折断。四肢全去，只剩肩、股等处残留下的一点骨桩，伸动不休。

康、连二猱觉出上面出了变故，也忙援藤缒上。虎王还欲拾石再打，黑虎说：“山魈已成废物，就这样打死，不将它形神消灭，灵性犹存，年深日久，仍能为害。”便命二猱折来枯枝，铺积满地，将它翻过身，面朝下放下去，用大石压住，虎王打了火种点燃，将它焚化。山魈身本僵硬，手足俱无，上有千斤大石压住，怎能挣扎，一味急吼惨嗥。顷刻工夫，便已烧化成灰，其臭异常。虎王点燃了火，问出情由，把连连一顿好打。

经此一番周折，不特白耽延了小半个时辰。下面未死红犀不听山魈吼声，也没有先前老实。康、连放它们入圈时，只要近这一只，别只也用头角奋起触撞。又费了好些事，才一一弄死。虎王嫌慢，自去寻了两根春藤，用苗刀削去旁枝，挑了些大豹来拉。无奈康、连二猱只有四手，此上彼下，大忙一气，比前也快不了多少。拉来拉去，拉到深夜尚未拉完。群豹轮流运送，前几拨先走的也去而复转。

虎王听二猱说下面还有二三百只，正喜快要拉完，猛然间见天色微现暗红,一点风也没有,鼻口间有些闷堵,便问黑虎:“天如何是红的?天太阴暗,我的眼睛看不真,你看今晚不会下雪了么?”黑虎原已觉出天气越变越坏,一面往上急拉,一面催促二猱赶快。闻言抬头一看,再深深嗅了一下,忙唤双猱上来,用兽语催着回崖,说:“转瞬大雪就要降下,回崖倒有数百里山路。空身走得快,还可在雪浅时赶回,但是路上驮着红犀走的豹子却难赶到。此时停止,还不致陷身雪内。下面红犀由它去吧。”

虎王不信雪有那么厉害。黑虎再三催促驮走了的不说,连末次拖上来的都命扔下去。同时催着虎王上背,又命豹王和余豹急速通知后两拨驮犀走的群豹,路上如见雪深过了半尺,急速空身跑回,省得在未到以前被雪埋葬。虎王见它催促甚急,只得骑上虎背,带了双猱,出谷往回路就跑。这条路虽可不经密林,道途也颇遥远。沿途尽是危峰峻坂,幽壑深沟,稍一失足,便有粉身碎骨之险。天又异常阴暗,虎、豹目光虽好,跑起来也不敢似白日里任性急驰。黑虎还跑得快些,不多一会儿,便赶上豹王所率的一小群豹子,超越过去。

正跑之间,忽然一阵西北风吹过,吹得满山林木萧萧,声如涛涌,风一住,天上便降起雪来。先下时雪并不算大,等再跑出三五十里,地上积雪便厚约寸许。雪光反映,茫茫一白,路径好认得多。虎王笑拍黑虎颈项说道:“那年也曾下雪,下了一夜,第二早起,看雪还不到三寸,两三天就化了。今晚的雪和那年差不多大,怕什么?”言还未了,又是一阵寒风劈面吹到,雪被风一绞,似纷纷乱花一般,满天飞舞。虎王刚喊得一声:“好!”雪势忽然骤盛,雪片都有掌大。黑虎见状,知道不妙,长啸一声,也不再等豹群同行,脚底便加了劲,除遇险径危崖,因背上驮有虎王不敢过快外,直如箭一般朝前蹿去。又恐雪初下时太松,身上有虎王,力大身沉,大雪盖路,踏空了足,命二猱一个在前,先行探路;一个赶往后面通知豹群,查嗅着雪中遗留的气息足印追来,并催快跑。豹群闻警,自也加紧前进。

黑虎一口气跑出去百里之后,接连超过了好几拨驮着红犀走的豹子,计途再有数十里路便可到达。那雪已积有七八寸厚。虎王见雪愈深,虽然惊讶,因离家将近,数十里程途,半个多时辰便到,心里不但不急,反觉那雪大得有趣,明早起身好看好玩,不住口直喊好。

一会儿,连连由后面踏雪飞来,报称雪势太大,目前雪最深处有尺许厚,仗着初下,虽还能走,但是还有好大一截路才能到家,最落后的两拨豹群相隔更远,并且雪中脚印转眼被雪填没难认,再过一会儿就恐不能走了。虎王闻报,才着起慌来。黑虎忙命连连再向后飞驰,赶去挨拨通知:凡在离家五六十里以外的豹群,一齐将身上驮的红犀甩下,宁愿葬送百十只红犀,免得豹子陷身雪里。弃犀以后,速往回路赶来。再超到前几拨犀群的前面,着五只一排结成了队,用力在雪上踏走,好替后面驮犀走的豹群压道开路。如有失陷,速急吼啸报警,以便驰往相救。连连领命,如飞而去。

黑虎、双猱俱是通灵神兽,空身走起来,能在雪面飞驰如行平地,多大雪也阻不住它们。黑虎身上虽多着一个虎王,也还不甚妨害。那些豹子却不行。那雪积得也真快,才看深约尺许,一晃便加了数寸。还算黑虎知机,部署周详,前有空身豹群压道,起初尚能行走。等虎王到了崖前,一点到达的豹群,竟还有十好几拨在途中未至。渐闻豹群吼啸之声从远处隐约传来,虎王亲自踏雪一试,那雪竟深及二尺,掌大雪花仍在茫茫飞舞,下个不已,脚踏上立被陷住。连自已那样身轻力健都走不利落,何况驮着重物行走的豹子。知道豹群已有失陷,不禁大惊,忙命黑虎、二猱速往应援。虎、猱去了小半个时辰,这十几拨豹群才经虎、猱接应,一个个通体雪白,热汗蒸腾,狼狼狈狈,高一脚低一脚,连喘带吼,陆续回转。

最末两拨落在最后,虽有前行的大队豹群开路压道,无奈雪势太大,先时还可连滚带爬将雪踏平下去,现出一条雪路,后来越下越大,豹群走过不一会儿,便被遮没。加以新雪松浮,无从着力,再一积过了尺,豹脚踏上去,便深深陷在雪里。连空身走的豹子都无法急行,费上无穷力气挣扎纵跃,仅能勉强前进,何况身上还驮着那般沉重的庞然大物。一拨是陷在凹雪积地之中;还有一拨也闹得力尽精疲,急喘着在雪中挣命,行动不得。

直到黑虎、双猱闻得啸声赶去,才命这两拨豹子将所驮红犀甩下,由康、连二猱用利爪裂去了皮,先任它们就雪地里分别大嚼一顿,再随着同回。虎王约束群豹,赏罚严明,每值出猎,从不许无命偷吃,人、兽辛苦跋涉累了一整天,未曾进食,尤其这两拨大豹是当头的几拨,去而复转,已运了两次红犀,格外饥疲交加,这一顿饱餐兽肉,自然精力大长。有的业已吃饱,眼看那么多从未吃过的美味弃在雪里,不能带走,还舍不得,又去抓下一大块衔了回去,余豹也纷纷学样。只惜雪深,无法多带,弃去的仍有十之七八。那两片雪地被犀血染红了亩许方圆地面,雪被豹群践踏也溶化了好些。

黑虎、双猱原是挨拨指点教行,乘这两拨大嚼之际,早把由凹地上纵的出路扒好，挨次引出，改作单行行走。由康、连二猱在前引路，四爪并用，将道中积雪一路扒抓，分向两旁，黑虎断后。随进随开，半个时辰工夫，竟开通出二十来里一条雪巷，居然将群豹都救了回来，虽失了好些红犀，豹子却幸一个不短。

虎王再一查看积雪，业已将近三尺厚了。心情一宽，觉着饥肠雷鸣。立命黑虎、豹王同了康康监督群豹，抖去身上残雪，各归岩凹豹圈以内，大加犒劳，准其将当日打来的兽粮任意挑选，尽量饱餐一顿，只不许争夺糟弃。自拔苗刀割下一大块肥厚犀肉，两只山鸡，带了连连回洞烤吃。那犀肉又嫩又肥又香，虎王足吃了十成饱。虎、猱也各有它们的吃食。

人兽饱餐之后，检点所得，除了不及带回和沿途甩弃的，单红犀就有千余只之多，当晚吃掉的尚不在内。其余羊、鹿、野驴、狼、獾、狐、兔、山鸡、野猪等，不计其数。至少也够好几个月吃的，不禁欣喜欲狂，引吭长啸。虎、猱、群豹也欢喜得相与应和。

大雪挡音，余音嗡嗡的，兀自半晌方歇。这些兽粮一半堆积在崖前雪地里，挑出一半极好的觅地藏好。一切未弄停当，人兽俱已累极，才行分别歇息。

次早起身，虎王见洞口天光甚是明亮，又无积雪堆压。康、连二猱俱不在侧。心想："昨晚那么大雪，难道才隔一夜就住了么?"连忙爬起，跑出洞去一看，雪并未住，只比昨晚小些，满天空玉屑纷飞，仍然下个不住。康、连二猱各持一根新折树枝绑扎成的大笤帚，正在打扫崖顶积雪。再看别的地方，雪已积有七八尺厚。一眼望出去，山原林木，到处都是玉砌琼凝，宛如银装世界一般，不禁大喜。因那条上下崖洞的山道也被康、连二猱将积雪扫尽，虎王贪看雪景，喝住二猱，留雪好玩，不许再扫。

二猱齐声说："昨晚因听远近树木压折之声，我们和黑虎起身查看，洞外雪势稍止，积雪业将洞口堵住了一半。知道这雪不是暂时可停，还要积厚得多，北风一紧，立时成冰冻合。休说不能远出，人兽全要被闭洞中，除俟开山，连出洞都不成了。况且下面崖凹的豹圈中还有上千野豹，也须预为准备。"

因此由康连二猱先取苗寨中带来铁铲将雪铲到崖下，将洞口处先行打通。又扎了两把大笤帚，将崖上余雪扫尽。黑虎纵向崖下，与豹王率领群豹，将豹圈通向崖前一片平地上的积雪，趁着新雪松浮，连拱带扒，齐向四外推去。余下散雪等二猱收拾完了上面，下来再扫。弄到黎明，仗着豹多，又有神兽相助，居然将崖前的雪扒尽，现出一个大圆场。雪又下了起来，二猱又复上崖持帚去扫。

虎王方知就里，只得任之。看二猱运帚如飞，随积随扫，毫不停歇，笑骂道："你两个呆东西，这般扫，扫到几时才完？雪又不大，白费这气力则甚？等它厚了再扫多好。今天很冷，火池中火也灭了，还不给我将火点燃做东西吃去。"二猱淘气，本是扫着好玩，闻言丢下帚，往洞中便跑。黑虎在崖下听见虎王说话，纵将上来。虎王将它身上未化尽的残雪拂去，抱着亲热了一阵。问起昨晚未收藏完的山粮，知已督饬群豹分别藏入崖凹以内。人、虎一同入洞，等康、连生好了火，胡乱做些吃得下肚。二次犒劳虎、猱和群豹，各凭所喜，又饱餐了一顿。因封山时日太久，以后计粮授食，不再尽情大嚼了。

吃罢一计算，食粮可告无虞，尚缺柴火。不特人用，雪一转冻，山中温暖惯了的，豹群也耐不住那般奇冷。还有虎王喜吃的青稞之类也存得无多。好在黑虎、双猱俱能踏雪飞驰，少的东西尚可命双猱远处去向野猓们索取。柴火更满山皆是，按说只要隔日取来，在火旁烘干，即可应用。不过林中树木多被大雪压倒埋没，雪封冻后，采伐不易，不得不早些下手储存罢了。

虎王寻思一会儿，还是预先办为妙。便命双猱先去采伐树枝，再往红神谷向野猓索取青稞米谷，留为日后之用。双猱领命，仗着身轻，不怕行远，留下近崖的林木不采，却去采那远处的。这般大雪，豹群已不能离崖行动，只黑虎一个尚能相助搬运。采到了下午，所得柴火已足月余之用。虎王见积雪高有丈许，便命虎、猱暂且停了采运，帮同自己打扫崖前新积的雪，等人、兽合力将崖下扒尽，天色已然不早。

虎王原意，明日再去红神谷取粮。双猱因踏雪飞行，甚觉有趣，执意欲往。虎王知夜行无碍，便依了它们。双猱空身行走，其疾如飞，这二百里远近的程途，如照往日，至多不过两个多点时辰便可来回。谁知双猱这一去，竟是到了半夜还未回转，时间比起平日差不多多出一倍。双猱掌平大，最宜滑雪疾驶，身又轻灵。去时见它们甚是高兴，眼看两条金黄色影子，在白雪地里一泻数十百丈，恍如弹丸之坠斜坡，身影由大而小，晃眼剩一小黑点，一瞥即逝，走得又比平日快些。久去不归，虎王疑心它们又和上次一样，被甚妖魔怪物困住。大雪阻路，又不能亲身前往救援，不禁着起急来，屡问黑虎，双猱是否遇险有难，黑虎俱都摇头。

虎王虽知其料事如神,仍然有些疑虑。又待了一会儿未回,实忍不住,正磨着要骑了黑虎前往寻找,忽闻双猱长啸之声自远处传来。黑虎一听,连忙回啸了两声,纵身下崖,踏雪赶去。虎王听出双猱啸声是在唤黑虎前往,不似有什么凶险,心才宽放。只不知何事在途中迟延,唤黑虎前去则甚,意欲赶往。黑虎已然走远,势所不能。

这时雪仍下个不住,天已交到寅末卯初。冬日夜长,天还未亮,虎王也不知到了什么时候。心神一安,身子便倦,不觉在床上睡倒。睡梦中闻得耳畔似听双猱呼唤,杂以汉人说话声。虎王自从隐居山中,从未遇到过一个汉人,听着奇怪,还疑身在梦中。忙睁开眼一看,火池旁边蹲伏着五个身穿半苗半汉装束的汉人,刀枪器械和镖矛弩箭之类摊放了一地。俱都冻得身颤气促,面白如纸,甚是萎惫。只一个比较强些,一面向着火,一面朝着双猱轻声说话打手势,目光注定自己身上,面带惊奇之状。

虎王刚问他们是哪里来的,那汉人已当先起立,走近身来,朝着虎王深施一礼,说道:“愚下姓方名奎,同了七个同伴来山中行猎。不想昨晚在森林中走了大半夜,好容易跑出,又为大雪所阻,看不出路径。先还勉强在雪中支持着走,到了天明,有二人失足坠入深沟,葬身雪里。一人砍了树枝,做成雪具,往前探路,忽然失踪不见,遍喊无有回音,想已身死。同时雪积愈深,大家都力尽精疲,食粮俱被先死两人带去,不能再走。费了无穷的事,拼命挨到一个山脚底下,掘了一个丈许大的雪坑,聚在里面忍受饥寒挨命,堪堪待毙,不想被兄台手下神兽遇到,将我等救来宝山。我等俱在隐贤村居住,离此尚远。望乞兄台暂假一席之地,略御饥寒。等体力稍复,仍请这三个神兽将我等送回。开山以后,必当重报。”说罢,又作了一个长揖。同来四人,除一个手足冻伤不能行动,只能点首致谢外,余下三人也跟着挣扎过来行礼相谢。

空谷足音,忽来佳客,风雪荒山,倍增兴趣。虎王好生欢喜,立时跳起还礼,止住来人,仍请去至火旁坐下。说道:“我在这里住了好些年,除野人外,从没遇见过一个我们的人。你们来了,再好不过。这两天两夜想必又冷又饿了,且先烤一会儿火,叫身上暖和暖和,我叫它们给你们弄好野牛肉来吃。我们前一天就知道有这场大雪,打来了不少野东西,你们吃上几年都要得。我从小只不愿人婆婆妈妈,一边吃,一边说话,天也快亮了,少时吃完,我们再说。”说罢,也不待来人答言,径命二猱取来肥犀、肥鹿和各样野味,忙乱着连煮带烤。顷刻工夫,肉香布满全洞。方奎等五人看出虎王性情豪迈,英雄本色,便也不再客套。又正饿极,无暇多言,便分出三个略为复原的人,从旁相助。

虎王益发高兴。一会儿将肉弄熟,取出冷糌粑分与来人,围火大嚼。宾主饱餐之后,重又说起涉险遇救之事。

原来双猱奉命取粮,到了红神谷一看,依山建筑的苗楼十有九被大雪压坍,平地上的屋子多半被雪盖没。那些野猓三停倒有一停因昨晚睡熟,不是高楼压坍坠落时压伤,便整个葬身雪里。其余二停连同那些负伤逃出的,全数拥挤到一个大雪洞中避难。因事先没有准备,逃时仓促,衣服、食粮均未取出。加以天气奇冷,一个个啼饥号寒,愁容满面,其状甚惨。幸而猓酋较有心计,知道食粮不多,有无不均,必起争夺,自相残杀。一面命群猓将所有食粮一起交出归公,由他以身作则,公平分配;一面命人持了家伙,前去发掘存粮衣物。总算苟安一时,没有纷乱争扰。野猓虽然矫健,毕竟不如豹群力大,有虎、猱灵兽指挥,易于成事。所居分散,不在一处,不似虎、猱、群豹只扫扒崖上有限一片地方,积雪深厚,发掘自然艰难。集千百人之力掘了半天,掘得的食物并不甚多。比较存得多的一个石洞,又在悬崖峭壁上,平日用竹梯上下,被雪压断。偏生崖下半截二十多丈又是个斜坡,雪深丈余,简直无法上去。

二猱见群猓分班发掘,正忙得不可开交,心想:“他们自家粮食都不够,哪有余粮送人?”不由顿生恻隐。便向猓酋一比手势,愿意帮他们去取存粮。猓酋本因粮少为难,数日后便不免自相残杀,以人为食。见二猱一到,知是来此索粮,又不敢不应,方在心惊。见状大喜,忙将崖壁上存粮石洞指给二猱,请它们设法开路。二猱见雪深壁陡,下面还隔有一段,也觉发掘开通不是易事,想上去看看再作计较。和猓酋一打手势,提气飞行,接连几纵,便到坡前。二猱上去自然不难,下半截踏雪飞驰,晃眼便到。再一纵,便攀住壁上石根,壁虎一般沿壁上升,顷刻即到洞侧,八爪并用,连扒带抓,将洞口的余雪去尽。

二猱入洞一看,里面存粮甚多,还堆着不少野藤袋和竹皮细藤编就的兜篓。只须从上抛下,省事得多,心中大喜。先运了两袋出洞,向猓酋啸得一声,数百斤重一大包凌空飞掷下去,把丈余深雪打成了一个大坑。因落在软处,粮袋仍是好好的。喜得群猓欢声雷动,忙着开出一条通连崖洞的雪巷,准备运回。不消半个时辰，二猱把粮袋抛尽。又打手势，命猓酋取来长藤索钩。由康康纵落，带了上来，直将那些兜篓缒运完罄。下余只剩散粮，懒得再弄，飞身一跃，到了下面。又帮助将那雪巷开通，直达群猓存身的洞口。先后过了一个多时辰，天已入暮，这才向猓酋要了两口袋粮食山果，分携回去。

双猱一出谷口，见附近树林多被厚雪压倒埋没。那未倒的，看去都矮了丈许，只剩上半段树干，戴着多而且厚的积雪，一株株琼林玉山也似挺出雪外。天空雪花仍然飘个不住。猛想起："昨晚路上所遗红犀尚有不少，这般大雪，群猓食粮既缺，肉食想必艰难，主人屡次向人家索粮，何不在他们缺肉之际，将这已弃之物从雪中掘起，明日再取粮时给他们也带上三两只去？"彼此一商量，想绕道前去看看，原是一番好意，不料日后生了许多事故。

方奎等八人原是隐贤庄隐居的一向洗了手的绿林豪杰。此次出外并非真个行猎，只因近两年来连出了几桩怪事，庄上同道失踪了好几个人，俱都下落茫然，尸骨无存，直到日前才发现本山有了野人，知道山中生苗专好劫杀汉人，又有用人祭神生食的恶习，奉了庄主之命，带了随身的兵刃干粮，出庄探访。行至下午，误入森林，狂窜了一夜，到了天明，方得绕出。无奈归路已迷，积雪深厚，又死了三个同伴，力尽神疲。

正在雪中挣命，眼看垂危，恰值双猱经过，听到五人呻吟之声，赶过去一看，雪窟中挤着五人，俱与主人相貌相似。想道："日前黑虎追寻小虎，也曾见到汉人，后来归报主人，曾嘱如遇这类人，不许随意伤害，想必对这类人有些喜爱。"不由动了恻隐，想将五人救回崖去。

刚往下探头一跳，还未及打手势，五人中方奎最是强悍，犹有余力，一见上面跳落两个猴形的怪兽，不知来了救星，正当绝粮之际，还以为送上门来的粮食，一鼓勇气，拔刀便砍。被连连一爪抓住刀刃，夺过去一甩，便已坠落老远。方奎觉出二猱神力惊人，空手夺刀如同儿戏，不禁心惊胆战。崖窟中又施展不开，余下四个同伴更是气息仅属，起动不得，以为无幸。正待闭目等死，忽见怪猴夺刀以后并不来抓，只不住口叫爪比。内中一个还用大爪从身背口袋内抓了一大把干果递将过来。这才明白它们是特意下来救人，不是恶意，绝处逢生，自然喜出望外。又见双猱目射金光，力大无穷，动作灵巧，几疑是山神派来相救，连忙拜倒相谢。

双猱不会人言，全仗爪比。方奎等倒也略明大意，先胡乱吃了些山果，略为充饥，只是奇冷难当。方奎见有那两大口袋粮食山果，已是喜出望外，并无出困之想。嗣见双猱不住向他比画，先不明白，闹了一会儿，才知是要人随它们上去。五人商量：这两只异兽如此威猛，看神气虽不似有甚恶意，毕竟是个异类，此去吉凶究属难保。况且积雪深厚，人也不能行走。不如和它们商量，只求它们留下那两袋粮果暂且度命，再作计较。

谁知双猱自小相随虎王，虽不会说人话，却句句都听得懂。没等方奎朝它们比说，便止住五人商谈，用爪比示：如愿随去，立时可将五人救走，否则那粮食乃有主之物，不能相赠。五人见它们此时已将粮袋的口结好，夹在肋下，作出并不相强，等一回复，它们即行去之势，不禁着起慌来。

方奎忙止二猱勿行，对四人道："雪势如此深厚，还在下个不住，我们手脚业已冻伤，北风一起，走又走不脱，早晚难免一死。我们行猎多年，不特从没见过这样的神兽，还能通晓人言。按它们所比，并非相迫，颇系出于好意。所携粮果，多半人吃之物。像它们这样，常人怎制得住？或许本山有甚异人，知我们雪中遇难，差来相救；再不就是山神鉴佑，方才有此奇遇。如不随行，它们将粮袋一拿走，不冻死也饿死了。命数有定，若是该死，哪里都一样。莫如应了，看它们怎生将我五人救将出去。"言还未了，忽听二猱引吭长啸，音甚尖锐悠长。

五人见它们啸罢，放了粮袋，也不再比画，略待一会儿，想系看出五人畏冷之状，一个纵身上去，采来不少枯枝，敲去上附的残雪，堆积坑底。方奎会意，幸身旁带有火种，忙取出来去点。这时天早入夜，风雪甚大，枝多半湿，费了好些事，二猱又从旁相助，才行点燃。有了火，虽然暖和一些，但是湿烟甚浓，呛人难耐。坑底积雪被火一烘，融化成水，五人全蹲伏在水里，顾了冷，又顾不了湿。二猱见五人狼狈之状，引得咧着一张阔嘴，格格怪笑。方奎见它们生火时动作甚熟，益料必与人类相习。只不知应允了它们，为何不再比画提走。连问几次，二猱也没理他。

过有半个时辰，忽听远远一声虎啸，二猱也引吭长啸相应。五人虽然吃了一惊，因这般大雪，连会武功的人尚且难行，何况于虎。正说虎啸来得奇怪，不料啸声由远而近，似往坑前跑来。五人才面面相觑，吓得连气都不敢出。再看双猱，却高兴起来，又在坑底啸了两声，意似引虎前来。方奎想了想，把心一横，向二猱道："这虎是二位神兽唤来的么？"见二猱刚把头一点，猛觉坑沿上鼻息咻咻。一抬头，首先发现的是一团黑影中射出两点比茶杯还大的碧光，正对向自己脸上，不禁吓了一跳。强乍着胆子定睛一看，乃是一只比水牛还大的黑虎，那两点碧光便是虎的双目。神态之威猛雄壮，竟是毕生未睹。方奎一害怕，往后倒退了几步，伸手拔刀，刀已失去。忙去拾那火旁堆着的兵器时，手臂被二猱拉住，奇痛如勒。知虎、猱力猛强不过，事已至此，只得把吉凶祸福付诸天命，手一缓劲，二猱也已将他放开。

五人中只方奎武艺最高，余下四人在这负伤冻馁之余，早吓了个心惊胆战，无一敢动。虎、猱也明白五人害怕，先向黑虎对叫一阵，然后回转身来朝五人用爪比画。意思是：如无黑虎相助，众人便难出险。此去有好地方可供眠食，还有一个和五人生相相同的主人在彼。虎并不伤人，无须害怕。如真不愿随行，仍不相强。五人和二猱先是相对了一阵，已渐明白它们的动作，比画了一会儿，俱都会意。又见黑虎蹲伏坑边，状颇驯善。再加天上的雪愈下愈大，不特适生之火被雪压灭，这一耽搁，坑内积雪又复盈尺，万不能再延下去，性命关头，时机稍纵即逝。各自寒声颤气向二猱问了几句，与所料比画意思大致相同。知虎、猱的主人确是人类，大家一横心，决计仍照前议，随到那里，再见机行事。

二猱先令五人将地下散放着的兵器各自带好，将两袋粮果绑在一起，横担在虎背之上。又夹了方奎，令其骑上虎背，抓紧虎颈皮先行。然后跳落坑底，两猱各舒长臂，一边夹起一人，长啸一声，冲风破雪而上，追上黑虎，一路连纵带跑朝前走去。五人在虎背猱肋之下，雪花迷眼，各不相见，只觉虎、猱在雪面上纵跃急驶，宛如凭虚御空，其行如飞，又轻又快。寒风凛冽，刺面如割，连气都被闭住透不过来，难受已极。

跑了好一会儿，正在支持不住，忽然身子随着虎、猱凌空直上，好似向一个陡崖上纵去。四人被两猱夹紧还不妨事，方奎因虎背平稳，一路疏忽，如非双腿夹紧虎腹，并有一身武功，差点没从虎背上跌将下来。刚在失声惊叫，虎、猱脚步忽然放慢，接着雪势顿止，一股暖气迎面袭来。互相睁眼一看，已然到了一座大崖洞内，洞里火池中烧着许多山柴，火光熊熊。虎、猱也停了步。

五人俱冻得手足僵冷，身子发木，几失知觉。两猱一放手，四人相次仆倒，不能起立。方奎尚能挣扎，忙下了虎背，将四人扶向火池旁向火蹲伏。又将各人兵刃取下，堆在身旁。才脱雪窖，吉凶莫卜，做梦也想不到有此境遇，顿觉室暖如春，无异到了天堂一般。

虎王平日畏热，石榻离火颇远，五人惊魂乍定，俱抢着就火，初来仓促，尚未见壁角暗处卧有生人。因感虎、猱救命之恩，方奎为首，欲代四人向虎、猱下拜致谢。刚从火旁立起，谢了旁边蹲伏着的黑虎，再一看二猱已然离去，走向左壁，在那里低声相唤呢。循声注视，左壁角上似并列有两个大石榻：一榻空着；一榻上面似卧着一个身材高大的人，脸被双猱站在榻前挡住，看不出是汉人还是苗子。料是本洞主人，既能驯养如此通灵威猛多力的神兽，定非寻常之士。既为求救，又欲结纳，才往前走了几步，康康便回过身来作势喝止，不令近前。

方奎正逡巡却步之间，虎王已经醒转，见面拜谢，进罢饮食，说完经过。又向虎王说起本山还有一个隐贤庄，四外俱是崇山峻岭阻隔，独当中一片盆地，自成乐土。形势也很幽僻险恶，尤其靠虎王所住这一面，中间横着一百八十里的参天峭壁，休说外人无法攀越，便是鸟兽也难飞渡。庄主姓尹，自号遁夫，近数年才移居到此，爱当地形胜天然，土厚泉甘，出产丰富，禽畜稼穑无不易于繁殖，先只率合家子侄昆弟辈来此开辟。后又召集许多志同道合的朋友一同隐居。两年后，便成了一个村庄，共有数十户人家聚居，以佃渔畜牧为生。一年中只暗派几个妥当人出山采办日用诸物。近来庄上百物俱能自给，又掘通了一口盐井，更与外间断绝，不相往来。今承相救，甚是感激，意欲等雪开晴霁，请虎王去庄中一叙。如嫌独处山中孤寂，便迁往庄上同居也可。

虎王才知日前捉去乳虎，黑虎跟踪追去发现的人家广场，便是他们。别的都未在意，唯因索居已久，听说庄上聚有许多汉人，颇动同情之想。再加方奎等出身绿林，举动粗豪，言谈率直，颇投自己脾胃，益发高兴。安心想留来人多住，不欲送归，便答道：“我虽有名有姓，但我有一白哥哥，它去京时叫我不要向人说起。红神谷的野人因我时常骑虎，都叫我虎王，你们也叫我虎王好了。我们前天便知天要下大雪，与往年不同。当日满山乱跑，去打山粮，弄到好几千只野牛、黄羊、鹿、猪、狐、兔，大家吃上半年也够，只管放心。如说送你们回去，到你们那里还隔有好几处高山危崖，不比来路平坦，休说康康、连连它们无法跳过，这般大雪，只恐你们那庄上人家房子就是石头做的，不被雪压倒，也被雪封闭，无法进去了。”

方奎等五人本知回去是个难事，不过见虎、猱能驮夹着人飞行雪上，或者也能办到。闻言却也无法，只得止了行意。因听虎王说先就知要下雪，并在一日之内打到数千只野兽，别的不说，单是那独角红犀，适才取肉烤吃，曾见二猱运上一只整的，这东西能生裂虎豹，身有厚皮，刀砍难伤，何等猛恶，怎会被他打来那样多？又见把虎、猱神兽呼来喝去，驯顺已极，俱当他精通法术，是个异人。及至相处时久，又听出他不特精通兽语，崖下面还豢养着千百野豹，益发感德畏威，敬若天神了。虎王初次受人恭维，自是心喜，相待五人甚厚，宛若家人，宾主相得。

住了数日，那雪仍下个不住，最厚处竟积有三丈之高。五人中受伤的已逐渐康复。大家惦念隐贤庄，经过这一场大雪，不知有无凶险，放心不下。婉言和虎王求说，因虎王能通兽语，意欲求虎王命一猱空身前往探看，并取一只铁镖带去，以示平安。虎王点头应允，便命连连照黑虎日前所行路径，往隐贤庄去访。

方奎等五人粗心大意，因与虎、猱相处了些日，渐能闻声知意，当时竟未想到连连是个异类。后想："庄上人俱未见过这样神兽，人兽言语不通，难免误会。连连是去偷盗过东西的猴子，虽说持有铁镖为信物，终是难得明白，见面时必不容连连比画，定要动手擒杀。这东西天生神力，刀剑难伤，身又轻灵迅捷，无与伦比。除却飞仙、剑侠，估量全庄虽有好些能手，无一能抵敌。倘若伤人，这场大祸岂非自己闹的？万一再伤了庄主，更不得了。"

越想越害怕，只得又向虎王说了心意，求他再命康康带上一封信，随后追去，比较稳妥。偏生五人多不会写字。虎王小时父母见他聪明，虽然教过些时，无奈山中久居，不曾写过，手生已极。又嫌麻烦，说连连没有自己的话，轻易不肯伤人，任去无妨。五人再三央告，勉强从破筐中将颜觍遗留的笔、墨、纸张取出，代五人简简单单写了一封短信，说五人雪中遇险，被虎王手下黑虎和康、连二猱救去，人甚平安。

字写得拳头般大，歪歪斜斜，尽是墨团，话才三四句，倒占了大半张整纸。写成烘干卷好，交给康康，跟踪追去。这一耽搁，连连已然先到，以致日后发生许多事故，皆由于此。

那隐贤庄的庄主，原是当年江湖上成了名的英雄。只因一时喜事，碰在能人手里，栽了筋斗，脸上无光，一赌气，带了全家人等和几个知交、门下爱徒，潜入苗疆，隐姓埋名，最后开辟这座隐贤庄。数年工夫，随他洗手同隐的人越聚越多。

他有一位好友，姓顾名修，文武两门都来得，性情诡诈，足智多谋，也是个绿林中的健者。去年因一宿仇追逼，正不可开交，偶遇派往山外办货的徒弟，得知他师父改名尹遁夫，在南山中隐居避祸，便投奔到了庄上。见全庄尽是英雄豪杰之士，便力劝尹遁夫说："目前天下荒乱，盗贼四起。我们据有天然形势，无限田土，又有这么多的能手，可以此作为根基，养精蓄锐，待时而动，以图大业。"

尹遁夫年纪不过四旬开外，起初在盛名之下受挫，觉着丢人，隐居初非本怀。原意匿迹一时，暗中仍下苦功，勤习武艺，再寻对头找回面子，重振威名，并未忘情前事。嗣因当地风物清美，出产丰饶，取之不尽，用之不竭；再加投奔者众，不是厌倦风尘的知心豪士，便是门徒弟侄极亲至密之人，大家合力同心，把一座隐贤庄治得如天堂乐土一般，尘喧不到，万事随心。

尹遁夫平时订立规章，课督全庄人等佃渔畜牧，各司其事。每年一两次载了贵重皮革、药材出山贩卖，以其所有，易其所无。一年比一年来得富足。形势险固，外人决难进入。自己除了带些晚辈朋友同练武艺而外，每当胜日良宵，不是聚饮浇花，结伴消夏，便是玩月登山，踏雪寻胜。到了岁时伏腊，便烹羊炙羔，杀猪宰牛，率了全庄人等，连宵累日般狂欢纵饮，用尽方法快活。真个四时皆有佳境，件件俱是赏心乐事。

几年一过。尹遁夫便觉出山林之乐，王侯不易。再一想起以前对头，原是自己无故寻隙，不能怪人。他又很讲情面，占了上风，并不露在表面，容词谦逊，在场的人也未窥破，按说并不算栽。自己问心，不过一时盛气，洗手归隐，不想倒坐享了好些年的清乐。因感他手下留情，本无报仇之想，这日后前去寻他找回面子之举，也可不必。尹妻贤淑，又从旁力劝说："山居习武，原所应该，出山寻事，实是不可。放着清闲舒服岁月不过，没的又惹出事来，自寻烦恼。"处到这等好境遇，日子一久，渐把向日意气消磨殆尽，准备长享清福，不再与闻外事。

他和顾修原是莫逆之交，离别多年，忽然望门投止，自是欢喜。但顾修头一次并未将他说动，反对顾修说道："本庄规条，凡来加入同隐的，便须立誓由此共享安乐；不特不许向人前说起，更不许私自出山。贤弟如非我时常想念，常命出山办货人徒弟们在外打听，遇到相机同来归隐，奉有我命，又见你在危难之时，你也绝不会知我在此。如愿将家眷搬来，共同操劳，长此共隐，我立时便派人去接；如专为在此避难，仍欲出山，也请明言，我便破例当客待承了。"

顾修碰了个软钉，仍不死心，仇人这口气不输。知道尹遁夫自归隐以来决不再管闲事，求他代己报仇，直是白说。先时打算暂住，徐图出山报仇之计。过了些日一想："这般不客不主，终不是事。一当外人地位，更无希望。"细一盘算，又生诡计：假装受了尹遁夫的感化，竟请他派人将妻子接来，以示安心长住。遁夫自是高兴，哪知顾修别有用心。先替遁夫出主意，整顿得庄上日益兴盛，暗中却结纳全庄人等。

众人十九武夫，本就仰慕他的声名，他再一折节下交，益发和他亲近。尹遁夫又是一个光明磊落之士，胸无城府，最愿大家协力同心，不闹过节。自从顾修一来，不特庄上日益繁富，百事井井，有条不紊，最难得的是大家亲若家人骨肉，终年没有丝毫嫌隙。本来就是至交，益发亲密信任，无形中成了第二庄主。顾修又引进了好些同类。日子一久，众人渐渐受了他的怂恿，都觉有了这等好基础同眼前的机会，不往山外发展，建立功业，实在可惜。

这些人不是庄主门徒，便是至亲密友，什么话都可说，于是群向遁夫时常絮聒。顾修冷眼旁观，不发一言，直等尹遁夫转而相问。他看出遁夫心意有些活动，乘机进言力说，竟然被他说得雄心陡起，改了主意。尹妻虽贤，也受了顾妾飞天银燕计采珍的浸润，不再劝阻。于是重订规章，多修武事，已准备命人出山招纳江湖英雄、绿林豪士，以为日后大举地步。

日前庄上忽有两个打猎的人失了踪。想起去年也发生过同样的事情，说是野兽所伤，又无遗物、残骨可寻，搜索好久，不得下落，因本山素无人迹，只疑是行猎时自不小心，失足坠入崖壑，丧了性命。这次却在猎场附近寻到两枝生苗惯用的断矛，才知是被生苗所害。附近有了生苗野猓，乃大隐患，当下立派手下人等，十人一队，分途搜查生苗野猓的踪迹巢穴，一连两三天，全无迹兆。

这日方奎等八人又奉命外出，入暮未归。当晚降了大雪，全山被雪封住，庄上的人出入困难。见八人一个未回，明知凶多吉少。无奈积雪深厚，若不隔着那座危崖，还可穿上雪具，冒着奇险，出庄搜索，因有这许多险阻，除了听天由命，实无法可想。

顾修足智多谋，到了半夜，见积雪过了三尺，因他往西域等地去过，早料到雪势不会就住，将要封冻全山，万一雪深逾丈，全庄的人都难免埋在雪里。连忙召集全庄人等，分成早夜两班，持了锹、铲等器械，合力下手，冒着风雪，日夜不停，将屋顶的雪铲尽，堆向别处；再开出许多雪路，通连到各人家内。

柴、炭、粮、肉、家畜、用具,尽着各家容量,腾出空房收存。好在庄上富足,这类东西积存甚多,不忧困乏。房舍多半是石块垒就,用木料的甚少,坚固非常,不致因事起仓促,没有办法。

起初尹遁夫和几个住久的人全说本山气候温暖,雪积不住。多年来像今晚的雪已是仅见,决不致下得更厚。这等小心无殊自扰,白费力气。顾修执意不从,力主防患未然,宁愿大家受冷徒劳,以免祸到临头,赶办不及。自己并亲率妻、妾、爱子,踊跃争先。

众人与他情感深厚,虽然不愿,也不好意思违逆,只得姑如所言办理。那雪果然越下越大,刚去了半边,那半边又积厚尺许,未铲处业已高出人头之上。这才知道厉害,佩服他有先见,危急存亡关头,人人努力,个个争先,与风雪交战。一连三日三夜,雪已积蓄三丈之厚,全庄人隐入雪内,好似在大雪坑中建了一堆房子。雪止天暖,北风又起,雪都成了冰,全庄才脱离了险境。众人见屋外奇寒,屋内因布置周详,温暖如春,不由又想起方奎等八人必已葬身雪窟,决无生理,每当谈起,好生难受。

这日尹遁夫因封山无聊,大家又一连累了几天,特地在往日集众议事的大厅堂内生好火墙,召集全庄人等聚饮三日,共庆更生,并群向顾修全家致谢,不过借个名目,与大家同乐数日。那厅堂广约数亩,地居尹家前面空地之上,甚是宏敞亮爽。堂侧另有两排厢房。宴时,庄上男女都到,少长咸集,好几十桌围一个大半圆圈,面向着当中新修的一个大火池。池里燃着木炭,火光熊熊。中间一席是尹、顾二人和各人的妻妾,共是五人。子女另有一席在后。余者也是六开的席,六人一桌,依次列坐。

饮到半酣,尹遁夫又说:“我们在此快活,方老弟他们八人还不知怎么样了。”顾修道:“老大哥不要难受。大家虽料他们葬身雪里,我却不是这般想法。他们个个精通武艺,且一行共有八人。不比孤身。如遇见大群生苗野猓,纵敌不过,也绝不会一个都逃不回来。如说陷身雪内,雪是由小而大,慢慢积厚了的,不是一下来就有那么厚。除非死人,见势不佳,难道就不会寻一岩洞暂避些时?所可虑者,就是粮带的不多,怎么省着吃也过不了两天。但是他们去意除搜索生苗外,还兼带着行猎鸟兽,他们在下雪以前不会毫无所得。只要打到几只羊、鹿,便能延上十天半月。依我看,他们不是走迷了路,便是前行太远,途遇大雪,走不回来,困在什么山凹岩洞以内,决不至于送命。下雪时定往回急赶,弄巧还许就在崖那边近处,只因危崖阻隔,无法飞渡罢了。我为此事已然筹思多日,无奈新雪太松浮,人不能出庄一步,无计可施。适才我往雪上试行,经了连日北风,雪已冻结为冰,虽然尚脆,如命有轻身功夫的人带了绳、钩、雪具,将出门崖上积雪铲出一片立足之地,再用绳、钩缒下去踏雪搜寻,还能办到。雪上滑行,比走要快得多。他们都在情急望救之时,存身所在,还会做出记号,容易找到。"

尹遁夫忙接口道:"此法甚好。我们会轻功的人甚多,事不宜迟,哪位愿去,立即开口,即时随我前往,将他们八人救回,再行同乐多好。"顾修刚说了句:"此事用不着老大哥亲往……"忽然一阵寒风透入,大门上重帘掀起,飕的一声,飞进一条黄影。落地现出一个头披金发,目光如电,似猿非猿的怪物,站在火池前面怪啸连声,爪举足蹈,看身量不大,神态却甚凶猛。众人雪天无事,聚饮欢会,多没带着武器,立时一阵大乱,纷纷起立。有几个手快的抄起座椅,正要上前,忽又听一声娇叱之间,席上飞出一人,正是顾修的爱妾,手持一条软鞭,越席向怪物纵去。

原来顾妾最爱豢养野兽,顾修未避祸来投时,家中养有不少,尤其喜欢猴子。本人既生得绝美,又工媚术,聪明多艺,武勇过人。她腰间终年带着两件奇特兵器。一件是仙人抓,形如一只虎爪,上系蛟筋,和人对敌时,冷不防飞出取人,百发百中。那蛟筋细而坚韧,刀砍不断。抓头经她别出心裁,用百炼精钢制就,中有机关,装制精巧,能随时拆卸装用。另一件是一条黄金软鞭,细软如葱,长约丈许,前半截三个鎏金球,大如鹅卵。

这两件东西俱缠挂身上,当作佩物,终日不离,厉害非常,江湖上不知有多少成了名的英雄,跌翻在她手里。顾修成名,得她之力甚多,宠爱敬畏,自不必说。可是这次顾修与人结仇避祸,也因她用这两件兵器,在五年前劫了江南有名镖头俞武的镖车。俞武因此关门倾家,一口气不出,投到河南汤阴大侠木脚居士常芳门下,苦练三年,约了几个同门师兄弟,到处寻他夫妻报仇。顾修知非敌手,不敢碰面,才弃家携眷,避入苗疆的。

当时因为仓促逃亡,所有心爱驯兽均无法携带,每一提起就难过。顾修为了讨她欢心,日前百计搜索,好容易代她捉到一只乳虎,刚在喂养,终嫌太少。今日忽见跳进这么一只和猴子相似的异兽,正中心怀,不等众人动手,首先解下那条金软鞭,隔席飞出,照定异兽腿上缠去。

那异兽正是连连,它奉命到了隐贤庄,见到处一片白,并无房舍,本心以为人和房子也像红神谷野人一样埋在雪里。及至望见炊烟,寻到近前,见所有人家俱是星罗棋布,在一个极大雪坑以内,除四围雪壁外,屋顶上连一点雪也没有。暗忖:“毕竟和主人一样的人有本事,难为他们做得这般整齐。”边想边往下落。

也是合该生事,全庄的人都在一处会饮。它又初来,连连打探了好几家,都未遇到一人。心正奇怪,隐隐闻得笑语之声,侧耳细听,竟在右侧。循声赶了过去,才在雪坑凹处发现一所大屋宇。因当初掘坑时就着形势绕屋而掘,边上颇多曲折,大厅深居极凹之处,连连身在低处,屋顶炊烟被壁遮住,反不如在上面看得清楚,所以不易发现。连连终是单纯,性子又急,以为对方也和方奎等五人一样,一比画就明白,何况还持有铁镖为信,一见屋内有人,便飞身而入。才比画了几下,猛瞥见一人从席上纵起,手持一根软鞭般的兵器,上有三球,拦腰打来。

连连先并不想伤人,纵身一跃,避将过去。顾妾计采珍乃江湖上有名的飞天银燕,身手灵活,解数精奇。见一下打空,手反腕一抖,乘着连连下落之势,又照准双腿缠去。连连自恃过甚,身如坚钢,不畏刀斧,本是随意一纵,并非真个畏避。再加身子悬空,避也办不到,仍然照直下落。说时迟,那时快,就在连连将着地未着地之间,计采珍一鞭缠住双腿,就势凌空用力往怀中一带。连连骤出不意,身子往侧一歪,头朝下扑,便往前跌去。

计采珍煞是行家,并不赶近前去擒捉。一见连连身子歪倒,仍然往后急拉。这时顾修业已抄起一条门闩。众人因尹遁夫说此兽非常,有的往近处去取兵器,有的跟踪纵出,准备相助。计采珍原意是怪猴爪利如钩,业将双足缠紧,先往后倒拉几步,再由顾修等上前生擒。谁知她只看出爪大厉害,没防到还有天生神力。口中刚在急喊:“这东西脚爪太恶,诸位不可近前,快用椅凳去按它的头颈便可捉住了。”言还未了,连连身子前扑,业已双手据地。计采珍猛觉手中一紧,扯不过来。方料不妙,长软鞭已吃连连翻身一爪,揪住前头半截。

双方较劲,计采珍如何能是对手,那软鞭柄有一环套在腕上,立觉手腕受勒,奇痛欲裂,身不由己,随着连连一扯之势,便要前扑,双方相距只剩三尺左近,扬爪可及。幸而她为人机警,连连又急于脱去双足缠绑,没有回爪来抓,软鞭一松,三球自解。计采珍才知怪猴力大非常,后退反难脱手。借着连连低头专顾下面松去缠绑的机会,冒险往前一凑,手指一收,脱去腕上金环,弃了软鞭,紧跟着倒纵出去。取下腰悬仙人抓装好,二次上前擒捉时,顾修等因见怪猴倒地，闻得计采珍急声娇喊，才知她要擒活的。

顾修那般机智的人，竟未想到这怪猴怎能到此。为讨爱妾欢心，一时疏忽，自恃武勇，以为区区一猴，况又缠住双脚，不能纵跃，手到成擒，何用人多。忙止众人勿进，飞身纵上前去。一举手中门闩，意欲朝连连头颈间点去，将它按住再捉。才一起步，连连已据地反身，四爪抓住软鞭，晃眼工夫，便已脱缠起立。本心要抓扑缠倒它的对头，忽见有人持棍打到，心想："好意送信，这里人怎如此可恶？"随手一捞。顾修也看出它力大，想抽回门闩再打，已来不及，吃连连一把捞住，只一拧一夺之间，顾修虎口便觉麻胀作痛。喊声："不好！"不敢再夺，只得撒手，顺势往前一送，人却往后纵退。满拟突然松手，怪猴必往后倒。站定一看，怪猴夺过门闩，仍稳稳站住，动也未动，不由大惊。

仓促间寻不到兵器，一眼瞥见席上所设杯盘，顺手拿起几个，刚要暗中发出，忽见怪猴四外一看，倏地一声长啸，抛了手中木棍，飞身过来。顾修照它双目连发了两酒杯，俱被巨爪挡落。在场诸人，有的持了木柴、椅背当兵器，上前迎敌；有的举起席上杯盘当暗器，乱发如雨。

连连因顾、计二人俱自当中席上纵出，首先动手，认是为首之人，一心想抄红神谷擒贼擒王的老调，纵被打中，也如不觉。先寻计采珍，因其身矮被人挡住，未看见，以为逃走，于是追定顾修不舍。追纵了半个圈，顾修眼看被它追上，正在危急之间，恰好计采珍装好仙人抓，一见丈夫被追危急，娇叱一声，纵上前去。连连赶上顾修，正要下手，闻得身后呼叱之声。回头一看，正是首先发难，缠倒自己的对头，心中大喜，立时舍了顾修，回身来斗。

这时取兵器的人已然赶到。计采珍抛仙人抓刚向连连当头抓到，连连不但没躲，一纵身迎上前，伸开大爪，左手将抓接住，右手先将那只铁镖含向口内，再往前一探身。计采珍见来势凶狠，欲待纵避，已吃连连一把抓住腰间。计采珍又惊又急，奋力往后一挣，哗啦一声，将几层皮棉连中衣一齐扯破，露出半身精白皮肤。幸是纵避尚快，冷天衣服又穿得厚，只被利爪划破了些油皮，没有受着重伤。

众人见状大惊，一声暴喝，各举兵器，正要拥上前来救护，连连早丢了左手的抓，就势一扯，计采珍立足不定，身略向前一扑，便被连连一爪抓臂，一爪抓腿，举将起来一晃，众人如何还敢下手。计采珍觉着臂、腿被抓之处直似铜箍勒紧，休想挣扎。众目昭彰之下出乖露丑，悲愤填膺，将闲着的一手一脚拼命乱抓乱踢，口中悲声哭喊道："诸位休要顾我，快些下手，将这孽畜杀死，我不要命了哇！"

众人自然不肯，尤其顾修心中难过，都是举兵张拳，进止两难。有的拿着暗器，瞄着连连双目咽喉等处，欲发不敢。顾修先以为爱妾必定难逃毒手，谁知众人一迟疑之间，怪猴反倒安静下来。双爪举着人乱晃，瞪着一双大眼，口里嗷嗷乱叫。众人都不知它是什么用意。顾修更是关心则乱，不知如何是好。见它干举着人，一任顾妾在它爪、臂之间用力踢打乱抓，也不理睬——既不挟以退出，又不再动手伤人，都想保全，益发不敢。

再挨了一会儿，尹遁夫因自己是一庄之主，放着许多人却任一个怪猴在此猖獗，太不像话，只得锐身急难，一手握刀，一手藏着暗器，绕向连连身旁。正要与顾妾打个招呼，然后用连珠弹照准连连两耳打去，猛想起昔年在江湖上，曾闻老辈高人说起金星神猱的厉害。人若与之相遇，识得它性情的，或是预先避去，或是任凭摆弄，一味随顺，此物恃强好斗，不与倔强，觉着无趣，也就放下而去；如把它误当作猿猴一类，除了仙侠一流，惹翻了它，直无死所。尹遁夫越看怪猴形状越与所闻相似，知它猛恶通灵，周身刀箭不入，不敢造次。忙喝："众兄弟不可上前。待我上前和它理论。"说罢，纵身跃向当场。

连连见来人手持兵器，疑是来斗，手举着人作出招架恫吓之势，口里越发嗷嗷闷吼，口张微大，那只钢镖掉将出来，当的一声落到地上。那镖因连连掌大如箕，来时握在手内，还未取出，便遇顾妾纵身来斗。后来忙着抓人，又衔在大口里。而百忙中众人只觉它手中有物，因其动作神速，始终没有看清。这一落到地上，连连才想起这镖是要与人看的，便把脚往前一拨。

尹遁夫低头一看，竟是方奎常用之物，不禁大惊。见怪猴虽举着人恫吓作势，似无伤人之意，料定有因，便不再近前。厉声大喝道："我等虽然行猎，像你这等异兽尚是初见，并未伤过，你我两不相干，何苦为仇？今见这只镖，乃我们日前失踪未归的八人之物，你是怎生得到的？如若他们被困雪内，持来求救，便请速将人放下，我们从长计较，随你同去，决不相害；如若途中所失，也请摇一摇头，将人放下。人言兽语不通，你要什么东西，我可命人引你前往指取，也决无恶意。"

尹遁夫睹物生计，原想试它一试，未必便灵。谁知怪猴竟通人言。抓起顾妾为的是借以禁吓大众，免多伤人，好传达主人的使命，并无伤害之念。

他这里话未说完,已将手中俘虏轻轻放下。

计采珍脱了利爪束勒,低头一看,中小衣全都撕裂挣破,嫩乳玉腹,粉弯雪股,一一毕现。想不到二十年英名败于一旦,立时急晕过去。顾修疼惜已极,冒着奇险,飞身上前,就地下抱起,连衣服也不及掩好,慌不迭地纵退回去。

尹遁夫见怪猴只往后退了退,并未动手,益知所料不差,心中大放。正欲设法比问,忽听"康连"连声,又是一阵寒风透入,重帘微启处,飞进一条黄影,直落当前——与前猴一般无二。方在惊骇,这一个却来得和平些,一落地,略与前猴对叫了几声,便递过一张纸卷。尹遁夫连忙接过手内,拆开一看,不禁惊喜交集。先向二猱施了一礼,道:"二位神兽为了我们之事而来,适才不知,又承手下留情,多有得罪,幸勿见怪,且请坐定,待我说与大家,再来赔话。"一言甫毕,二猱走上前去,指着方奎来信,伸手索要。还它原信,又摇头。尹遁夫看出是要回信,忙命人去取纸笔。又对众人说明,方奎等八人先死了三人,下余五人俱被双猱救去,现在虎王之处。因信上虎王下注明"汉人"二字,众人见本山还有如此奇士,竟能役使这样通灵神兽,俱都惊异不置。

来信甚简。二猱虽通人言,却不会说,问不出详情来,一问一比,略悉大概。写好回书:"本庄人畜无恙,团居安乐。神猱初来,大家不知就里,小有惊扰,并未伤害人命。旋即接信。大雪封山,人决难行,命方奎等五人代向虎王致谢,行止唯命……"二猱刚把回信拿过去,更不停留,便往外走,帘启处,纵身而出。众人追出一看,已箭一般射上穴顶。等众人沿着预设的云梯急赶上去一看,就这一上的工夫,已跑出里许地面。仅见茫茫白雪中,有两个金星在前飞驶,瞬息不见。细查雪皮上经行之处。连一毫痕迹均无。众人自然免不了又是一番惊讶。要知后事如何,且看下回分解。

第三十八回

玉积晶堆　踏橇滑行千岭雪
雷轰电舞　擎舟腾越万山洪

话说双猱走后，尹遁夫一问计采珍，知已被顾修抱回家去。连忙赶去一看，人已救醒，身上的伤也不甚重。只是当众丢丑，觉把半生英名丧尽，愤不欲生。经尹、顾等人再三劝慰说："对方是一神兽，谁也不是敌手。在场都是自家人，并不算是丢脸，何苦生气？"顾修夫妾又埋怨方奎等五人："既打发这等凶恶孽畜归报，就该只遣那持有书信的一个，来到就交信，何致有这场乱子？幸而庄主见多识广，查知来意；不然的话，万一采珍为它所杀，大家同仇敌忾，祸事岂不更大？兽主人又是为好，此事如何收拾？"

尹遁夫知道方奎等不能写字，看来书字迹甚劣，虎王手笔也甚平常。起初必是以镖为信，先派一猱归报平安。后觉不妥，又请虎王写信，加派一猱追来。方奎等身在客位，又受人救命收留之恩，出险已逾数日，才有信来，可见在彼不能随便行事。况且金猱初到之时，只在席前比画，怪声乱叫，本无丝毫要伤人的举动。当时如不与为敌，这东西能通人语，互一参详，便可通晓；即使不能，持信之猱也必然赶到。如非顾妾心粗任性，想擒来驯养，顾修也跟着上前，怎会有这一场笑话？看金猱擒人高举，声势虽恶，却不下手伤害，一任顾妾乱扯乱踢，浑如无觉，平素定受乃主严加训练，因在事急，借以挟制罢了。顾妾受伤纯系自取，怎能怪着别人？因与顾修交情太厚，计采珍是他多年患难相随的心头爱宠，又当愤恨头上，不好意思说她，只得加意劝慰，好容易才将计采珍劝住，辞了出来。

尹遁夫一走，计采珍便眼含痛泪，拉着顾修的手哭说，定要他设法为己报仇雪恨，并以死活相挟。顾修原也是个量小的人，爱妾受了大委屈，如何不恨，立时应允。等计采珍伤势痊愈，乘间和尹遁夫说："虎王既能役使猛兽，必会妖法。这等妖人留在本山，大是日后心腹之患，须要早些打点主意，将他除去才好。自古两雄不并立,邪与正尤其难于水乳交融,不能因他无心中救了我们的人,而贻误全局。”

尹遁夫平时对他虽是言听计从,这次却明白他是安心为爱妾复仇,心中不以为然,推说等方奎等五人回来问明,再作计较。此时大雪封山,就想除他,也无法下手。顾修早从来信上看出虎王十有八九不会法术,多半从小生长山中,具有蛮力武勇。二猱也是他从小收养,无甚了不得。冻开以后,方奎必引虎王前来。意欲先与遁夫商定,到时设下诡计,连人带兽一齐暗算。一探遁夫口气,竟非同调,心中好生不快。

光阴易过,一晃冬去春来。天气一暖,山上积雪逐渐融化成了洪水,狂涛一般往低处流去,近山数百里内全都成了泽国。隐贤庄是四面峰环中的一块盆地,人畜田舍本来无一能够幸免。但仗着顾修心计周密,一交春便料到本山气候甚暖,风向一转,立有剧变,不等解冻,便度地势,率了全庄人等,在三丈积雪之中冒着寒风,镇日兴工,开通了几条水道,把峰崖缺口的积雪去尽,用大石填塞。这样山上冲下来的雪水流到峰前,便被阻住,只能环崖而流,顺着峰那面的斜坡峭坂,经由山口出去,仗着水力开道,远流入江。环庄四处平地的积雪,也顺新开水道向低处归入洪流。又用灰石环庄筑了一道坚厚的长墙,即使雪化太快,也不致淹没房舍。

刚刚一切布置停妥,待没两天,这晚众人正在夜饮欢叙,便听四处微有崩裂之声。第二早起身,响声更巨。天气虽还不暖,却甚清和,知已解冻,众人个个惊心。连忙跑出一看,庄前冰雪已渐融化,长墙外雪水深有尺许,正顺水道往外疾流,还不甚显。尹、顾二人带了几个能手,越墙出去,援往高处一看,全山冰雪俱在化解之中。远近峰峦崖壁之间,凭空添了千百道银瀑。到处都是冰雪崩裂倒塌,轰隆之声大作,震耳欲聋。

因是雪积太厚,平地上仍是白茫茫一片。只见水纹龟裂,一块块的大冰似在那里缓缓移动,极少见水。说也真快,等到中午,墙外所积冰雪已然崩裂大半。再往高处看时,就这半日工夫,峰峦上的飞瀑固然加大加多,就是平地上的冰雪,有的地方因势挤撞,互相积压一起,也成了一座大的冰山;还有的地方冰雪撞裂,或是随流他去,或被高处崩滑下来的大块坚冰击散撞裂,为日光融化,陷出无数宽缝大坑。

高处的山洪下流之势本急,加上冰坑中原融化的雪水,其势既壮且猛,俱是往低处夺路疾趋。有的吃这些冰堆冰块中途一阻,激撞起数十丈高的浪花,间以碎冰,日光下看去,五色晶莹,已是美观。有的顺流奔来,经过这无数冰坑冰缝直落下去,吃坑缝中原有的水互一冲激,飞射起无数涌泉冰柱,此冲彼陷,冰裂雪开,四外高处的山峦峰岭都现出几条水道。阳光又暖,雪化越快。骇浪滔滔,挟白雪以同飞;奔流浩浩,逐银波而疾走。

一会儿工夫,水道相与会合,山一样坚冰各自浮起,随流移动,撞在一起,轰隆一声巨响,瓦解分裂。冰原面积既大,地势又较低,高地方的冰雪山洪俱在此处会流。数丈方圆,大小不等的冰块如千峰林立,飘浮游动。这边刚撞散宁息,那边又撞个正准,闹得水面上一波未平,一波又起,满处珠雪纷飞。那大块小块的冰团更随着汹涌洪波,载沉载浮,滚滚不息,朝崖下流来。

出口水道不宽,浪头直驶,势绝迅急。先吃这大片山崖一阻遏,银涛高卷,激起千丈白浪,拍崖飞涌。然后落将下去,绕崖而流,到了崖左,被出口处一束,不易宣泄,后浪压着前浪,夺路争先,其疾若箭。到处波涛怒吼,恍如天崩地陷,立身危崖,都似摇撼一般。下面这般声势惊人,天上却见红日微斜,晴光远照,万里蓝天中,只有几片白云缓缓游行,相映成趣。

尹、顾等人先还想不到雪后山洪如此迅速奇猛,幸而事前有了详密布置,更仗着这座危崖做了天然屏障,否则祸患何堪设想。众人触目惊心,益发感佩顾修,奉若神明了。

这山洪连流了好几日夜,水势不衰。因天气日暖,庄四外冰雪化得太快,那么坚厚的长墙还冲陷了几个缺口,如非人多手众,几乎抢堵不住。尹、顾等人日坐木盆,出庄视察。直过了半个多月,水虽未见十分减低,势却缓和得多,只要不起大风,便可平安渡过,这才放了点心。

这日早起,尹、顾二人又坐木盆去至崖前,冒着飞瀑,援上顶去探看。尹遁夫见远近山峦上急流飞腾,顺流奔注,洪波滚滚,夹着沙石草树之类,齐向岸前涌来,玉溅珠喷,浪花如雪。眼前一片山林渐渐现出本来面目。山中气候温和,冬夏常青。这场雪起得太骤,那冰雪所埋林木虽然好多冻死,看去仍是绿的。又当清和日暖,草木苏生之际,随着冰雪消融,发芽抽枝,到处山花含苞欲吐,千紫万红,五色缤纷,争芬竞艳于光天丽日之下。加上凝冰已泮,残雪未融,真个美景无边,目难穷尽。遁夫便对顾修说:"贤弟,你看本庄景物多好,外边哪里有这好所在、好清福给我们享受?难得土地肥沃,气候温和,众弟兄后辈又那么情投意合,亲同骨肉,人生到此,也就知足了。你总是雄心未死,亟欲重图大业,幸而有成,也不过赢得一时浮名虚誉,却要拿无数心血精力、风波劳碌去换，这是何苦来呢？”

顾修知他多年恬退，此次准备出山，一切施为，全是受了大家怂恿，不是本怀。闻言恐他已起雄心又复活动，正色答道：“大哥，话不是这么说法。天生之材，必有所用。休说大哥文武兼资，名震江湖，便是小弟不才，也不敢妄自菲薄。如当太平之世，我们躬耕山林，也不说了。目前天下大乱，盗贼四起，我们既然自命英杰，当以救人济世为念。如只以自身享用已足，便不与闻治乱，甘愿老死荒山，岂是真正英雄所为？果然如此，隆中草庐，尽多胜境，诸葛先生当年也不必再出来，向刘先主决策三分，鞠躬尽瘁。

“自古以来，凡是真名士真山人，如严子陵、诸葛亮、李泌之类，大都立有功业，至多功成还山，从无不出之理。余者不是自知非才，力却征聘，家有衣食，乐得鸣高欺世；不然便是互相标榜，盗取虚声，并无真才实学。有的借为捷径，猎取功名，先还看不起当时朝士，及至自家出山，反不如人。有的弄几个养老钱，知难而退，尚可略获名利。有那热衷一点的，结果多半身败名裂，啼笑皆非。假使真个隐迹避世，怎会足不出境，竟能名动公卿呢？

“当先主三访诸葛之时，隆中所遇诸人，俱说他时常出外闲游，往往经年累月。后人以为他喜欢游山玩水。我看他隆中一对，天下形势了然指掌，可见他那每次出游，分明是游历关河，广结贤豪，周览天下形胜，为异日建功立业之计。我们不可被古人瞒过。大哥自从隐居，常喜观看古人书籍，加以境遇又好，昔年雄才大略逐渐消磨。好容易经弟等常日劝说，才改了点念头，怎的又萌退志了？”

尹遁夫闻言，也觉众人都不甘坐老荒山，独自己一人作梗，于心不安，便笑答道：“我也不过是说说罢了，大家既有远志，我还有何话说？”

二人正在问答，忽见最前面双崖夹峙中闪出一根巨木，木上面蹲着好几个人，各持长竿、木桨，在水面上连撑带划，箭一样直朝崖前驶来。稍近仔细一看，正是方奎等人，还同了一个英雄少年，以前送信的两个怪猴也在其内。木心业已挖空，略具舟形。顺流而下，其疾如飞，片刻之间已然离崖不远。

尹、顾二人见了大喜，连忙高声呼唤。方奎归心似箭，奋力撑划，先未看见崖顶有人。闻声寻视，劫后相逢，大是惊喜，一面回声相应，一面告知虎王：“庄上已有人接，上岸时容易多了。”说不几句，木舟离崖仅剩半箭多远。尹、顾二人因水深浪恶，来势太骤，唯恐撞在崖石上面，将人撞落水里，来时未携索钩，急切间取用不及。

那近崖一带乃众流所趋，又是受阻之处，波涛分外猛恶。木舟至此，正赶一个大浪头从舟后打来，舟前面的洪波为石崖所阻，翻成数丈高下的骇浪惊湍，又照木舟头上打到，两个浪头撞在一起。偏生前浪虽猛，只是一些反激回来的涛头，下半截的洪水已横崖归流，水力较弱。而后浪水涨既多，地势又来广去狭，拥有无量山洪催波助势，水力绝猛。木舟恰当两浪相撞之上，先吃浪头掀起了两丈来高。前浪一被后浪压倒，直漫过去，水面便陷了一个深坑。木舟随着浪头起伏，一下子顺浪直落数丈，将要陷入漩涡。幸而前面又有一个浪头下压，将下层的水涌起。木舟刚刚为水抬起，后浪吃这两个浪头一阻，势虽略缓，蓄怒未宣，忽然水面生波，又有一个大浪头从后卷来。二浪合而为一，将所有波澜一齐漫过，涌着那只木舟，疾逾奔马，直朝崖石上面撞去。

说时迟，那时快，就在这轻舟上下，瞬息飞驶，危机一发之间，尹、顾二人眼看木舟就要撞到崖上，崖后倏地又激起好几丈高的惊浪，压舟而下，舟已穿入回波之中，为水所掩，不见人影，不禁失色惊呼。顾修更断定舟必撞成粉碎，回身就要唤人持了索钩，以备搭救。忽听怪猴啸声，以为失水呼救。再定睛往崖下一看，浪花飞落涌现处，木舟竟好端端地浮在水面之上，紧贴崖脚，随着波涛起伏不停。除了全舟水湿，人像落汤鸡一般，人舟依然无恙。舟中站着一个少年，身穿豹皮衣裤，赤着腿足双臂，手里拿着一根长竹竿当篙使。方奎等五人齐声朝上欢呼不已。

那两个怪猴已沿着藤根、石隙，冒着崖际急流、飞泉，带着一根藤麻搓成的长绳，往上急纵。身上金毛被水一淋，越显得柔滑光泽。行动迅速异常，数十丈高下的危崖，顾修唤的人还未到，已经援上。

这时下面涛鸣浪吼，声若雷喧。崖际飞泉百重，下落如瀑，木舟正颠荡于泉瀑之下。舟中诸人全在水里淋着，微一仰首，便灌上满嘴的水，连气都透不过来，以致语声断续，彼此都听不真切。

尹遁夫恐波涛险恶，木舟禁受不住，正欲催唤庄人速来。一见二猱携绳而上，要过来一试，甚是结实，才知来人早有预备。忙唤顾修过来相助时，二猱将手一摆，双双寻了一块崖石，将绳结套上。引吭一声长啸，倏地往崖下洪波之中纵去。二人赶向崖前一看，二猱已分波而起，踏水走近舟前，向少年叫了几声。少年点了点头，便命方奎等五人先上。二猱一头一个，各用两腿夹住木舟，双爪拽紧长索。少年独立舟中，用长篙抵住崖上。那木舟便稳如泰山，停在离崖丈许的水面之上，一任舟侧浪花飞溅，洪涛奔腾，毫不转动。方奎等五人就此分作两行，援绳而上。加了几百斤重，那两条长绳照样笔也似直，全不弯曲。

尹、顾二人见少年和两怪猴竟有这等神力，不禁骇然。顾修别有私心不说，便是尹遁夫初见这等异人，也不愿失之交臂，安心结纳。唯恐人上完以后，被他走去，忙向崖下高声喊道："舟中英雄可就是虎王么？愚下幸托芳邻，闻名已久。又蒙救我五弟兄之德，感激万分。既承光临，务望驾到小庄一叙才好。"言还未了，方奎首先援上。崖后庄上诸人也得信先后赶来。方奎一面忙着和尹、顾等人见礼，一面止住众人说："虎王性情特别，不必过去相助。来时已与他说好入庄相见，人上完以后，自会上来。"

一会儿，余下四人上完，虎王才松了篙，援绳而上。众人自是把他敬若天神。方奎一一引见。礼毕，将绳系好木舟，二猱也援绳上来。尹遁夫防木舟被水冲去，又使众人拉上了些，使其悬在水面，以备归时取用。然后请虎王同往庄上，更衣拜谢，大家欢聚。

众人由崖后预设的云梯下来，分乘木盆，到了庄前，越墙而进。到了里面，尹遁夫命人取出两套皮棉衣服，在隔室内设下盆水浴具，又选了一套肥大鞋袜放在一起，请虎王进去沐浴更换。虎王多年未用热水沐浴，又是刚从寒泉里冲灌过来，身上寒冷，洗得甚是爽快。衣服初穿时也还温暖适体，只嫌鞋袜拘束，穿了重又脱下。帽子自然更不愿戴了，仍穿着原来野猓献给他的一双湿草鞋走出。众人见他身上狐裘煌煌，下面棉裤高卷，赤着腿足，穿上一双水湿淋漓的大草鞋，全不相称，转倒没有适才来得英雄气概。加以虎王初试新衣，唯恐将它弄脏，山居性野，粗豪已惯，忽然间一拘束，在此都不自然，厥状甚窘。众人自不便当面笑他。

顾妾计采珍本就挟着前仇，寤寐不忘。先以为这人能役使猛兽，又有虎王之称，必然精通法术，一定有多大本领。乍见时虽是一身水湿，还觉他英姿俊骨，气概昂藏。这一换了长衣，穿得不伦不类，颇似一个初进城的乡农，举动都显局促，因此顿生轻视，不禁窃笑。

虎王行动言谈虽极粗野，人却聪明异常，早已看出，心中已有几分不快。又见顾修举动言语，时向众人以辞色示意，满脸狡猾之状，明欺自己愚野，看神气颇似意有所图。偏生众人耳听目视俱似唯他马首是瞻，除尹遁夫和方奎等五人不住周旋外，众人只见面一礼，神情淡漠，迥与来时方奎所说不符。

这还不说，最奇怪的是不投缘法，看这些人的相貌言动几乎无一顺眼合意，也说不出是什么缘故，不禁把满腔热念一齐冰消。

尹、方等人一思结纳，一为感恩，始终敬礼。久了，虎王又觉生厌，坐在那里好生难过，幸而一会儿摆上筵宴，尹、顾、方三人陪了虎王中坐，众人俱是六人一桌。二猱侍立在侧，傍席相陪。虎王山居多年，哪里吃过这样好酒菜，觉着样样可口，加以主人殷勤相劝，一阵大吃大喝，才把厌恶众人心理减去不少。酒到半酣，室中温暖，虎王周身发热，满脸通红。见众人穿着整齐，不便赤体相对。方在不耐，恰被尹遁夫看出，知他赤体着裘，未穿衬衣，忙陪向别室换了一身短衣小袄。虎王顿觉周身松快，如释重负，举动也不似先前拘束，重又入席开怀畅饮。尹、方二人又将席上干果取下两盘，递与旁立二猱去吃。

席散之后，虎王要率二猱回去。尹遁夫再三挽留，并说："归途是逆水行舟，不比来时顺流直下，独木舟又不方便，莫如等水势平息之后再行归去，借此讨教，大家盘桓些日。"方奎等五人又从旁帮同力劝。虎王来时曾应方奎之请，允来庄中小住。到了以后，觉着众人不甚合意，才有去意。及见主人情意殷勤，自己已然答应过方奎，左右洪水未退，无处行猎，经过一番畅饮，对于众人也不似先前憎恶，便不再坚持。笑答道："这山水虽大，头几天我还有点为难，你问方大哥就晓得，这几天我已学会在水里走，难不倒我了。庄主一定要留我，我就住上两三天也好。大后天我怕豹儿们见我出来久了，争东西吃打架，还是要回去的。庄主给我一个床，晚来我和康康、连连同睡便了。"尹遁夫知他性情粗直，不便再说，只得允了。

当下只尹遁夫、顾修、方奎三个主人陪了虎王，同往适才备下的一间客房以内，落座叙谈。顾修见康、连二猱紧随虎王不离。席间爱妾屡次以目示意，要自己克践前言。又见尹遁夫对虎王惺惺相惜，礼貌诚恳，席终只喊方奎同来陪客，不要众人跟来。因见自己是副庄主，不好意思不附带喊一声，细窥辞色，颇觉勉强。分明看破爱妾和自己的神情心事，明着下手，必要从中作梗。虽说众人都听指挥，十九信服，毕竟遁夫是老大哥，又是本庄主人，未便僭越专断。如欲暗算，须先制住了虎王，再作计较。偏生虎王所居之室，就在遁夫家内，请多不便。尤其金猱厉害，早已领教，吃过苦头。似这样人与兽片刻不离，怎能近身？思来想去，只有软做一法：先和虎王假意交欢，等到交厚，乘机劝他入伙，然后设法离间二猱，分别暗算。虽然旷日持久，毕竟稳妥得多。

顾修主意一改，便满面含笑，用言语向虎王恭维兜搭。谁知虎王外粗内细，并且全庄上下人打头起就看不顺眼的，就是他和计采珍夫妾二人。加以到后不久，便听连连用兽语告知，说那日无故启衅动手的就是这两个，益发有了成见。一任顾修说多好听的话，连理也不理，只和尹、方二人说笑，直如未看见他在房里一样。闹得尹、方二人也不好意思起来。顾修自然恼羞成怒，恨上加恨。但他为人阴毒，姑把虎王当作愚人孺子，自己宽解，并不形于辞色。虎王丝毫不为所动，顾修无计，只得朝着尹、方二人设词走出。

二人知他难受，以为虎王厌他是为了日前二猱送信相斗之隙，当面不便解释，正愿顾修出去。等他去后，便对虎王道："日前方老弟等多蒙救命之恩，又承派了康、连二神兽前来送信。只惜我等愚昧无知，因见第一个神兽来得凶猛，冒昧动手。后来第二神兽赶到，得信方知究竟。幸而手下留情，并未伤人。此事虽由顾贤弟和他夫人首先发动，但是事出无知，虎王大度包容，还望见谅一二才好。"

虎王听出言中之意，笑答道："这事怪我和方兄先没想到，不能怪人，不是到这里来，我都忘了。我实在是心里不爱这几个人，不愿和他们说话，也不知是什么缘故，并非为了那天送信打架的事。"

尹、方二人见虎王天真烂漫，拿他无法，暂时只好不提。渐渐拿话引话，盘问他的身世。虎王一则守着白猿之诫，二则对尹遁夫只是为他礼貌殷勤所感，并非真个投缘，因而存了心眼，并不完全吐实。只说生长山中，父母出门多年未归，从小就与猿、虎相处，能通兽语，生俱伏兽之能而已。尹遁夫问不出所以然来，以为方奎等五人与虎王相处日久，总该探知一些底细，当下没有再说。见天已不早，虎王连打了两个呵欠。问知虎王昨晚赶制独木舟，直到今日午前，才将舟制好，饭后便即赶来，一夜未眠。中间连遇两处冈峦阻隔，全仗人力运舟，攀越上下，甚费手脚。便命人端进酒果肴点，以备夜半醒来食用，并派了两名妥当人在室外听命服役。一切周到，方始和方奎道安别去。虎王将酒果肴点与二猱分吃下肚，方去入睡不提。

尹遁夫到了里面，详问方奎经过。原来方奎等五人自从脱险，寄居虎王洞内，除了吃喝外，无所事事。先时虎王爱听那江湖上的异闻奇迹，日子一多，谈无可谈。五人俱是性情粗直，不会编造。屡次探问虎王身世，黑虎必向虎王吼啸，虎王也就含而不吐。后来五人看出黑虎不愿虎王提说前事，虎王又不肯说,也就罢了。

大雪封山,到处银装玉砌,无法远游。这日早起,五人正觉枯坐无聊,忽听洞外虎王欢声呼啸。赶出洞外一看,虎王脚上绑着两根平直树枝,正和双猱在崖左有雪之处由上往下,滑行飞驶为戏。见五人出来,便喊:“方大哥,你们五个快去削了树枝,也来照样玩玩。”崖上下的冰雪自从雪住以后,黑虎因崖前地势虽高,但是积雪太厚,天暖融化时难免不将崖凹豹圈淹没,早乘北风未动之时,率领群豹将崖上下脆冰积雪一齐扒尽。只留下崖左一面因地势陡斜,下面陂陀甚低,雪冰化时不会流到崖前,故留着未扫。

二猱本来淘气,冰雪又阻不住它们,闲得无事,便在这面斜壁上滑行为戏。虎王看着有趣,心想自己也是力健身轻。双猱踏雪不陷,并能在上飞驰往来,全仗它们脚掌生得大。先是削了两片木板绑在脚上,虽然也能滑行,终觉不如二猱远甚。当天早上,又试用两根树枝,削成木棍来试,竟比木板灵便得多,所以高兴欢呼。

方奎原去过甘肃、新疆等地,见过雪橇、雪里快等雪具,忽然想起样式,便走过去唤住虎王说:“这个还不好,等我来给你做一个好的。”当下同去洞内,用刀砍了木块,制成了两副雪里快。虎王套上一试,果然迅速省力,心中大喜。又命方奎依样再制一副,宾、主六人带了二猱,每日在冰雪上滑行飞驰,颇觉有趣。先还只在近崖一带,后来越滑越远。

虎王对五人道:“隐贤庄我还没有去过,有这雪里快,何人带我认认路去?”方奎笑道:“这里到隐贤庄,中间要翻过好几处高山峻岭,末了还有两座危崖削壁阻路。此去头一座直似天生屏风,连壁百丈,长有二百余里。一边尽头处是大山,一边尽头处是个又宽又大的深沟。对崖削壁,更高更陡。只近森林那一段,我们就着原来的崖缝,打通一个五六尺宽的夹缝。地名小函关,长有二里。有几处地方,两边的崖石还连着未断,形如山洞。最矮的是两头出入口,不过一丈多高,定被冰雪封闭,万通不过。前面又是群山环绕,峰峦起伏。绕越过去,经过一片大平原,才到庄前的金雁崖。如能通行,我们早向虎王告别回去了。”虎王定要试一遭。谁知雪具只能走平面斜坡,不能上下山崖。下山仗着身轻胆大,各是会家,一滑数十百丈,还不觉为难,削壁飞跃,已有失足殒身之虞。要想上山,更办不到。勉强越过两座小山,已费了无穷的事,几乎出事,前路尚遥,哪能达到,这才颓然而返。

第二日,虎王因久未往红神谷去,这条路上虽然有山,途径大半平斜,丛莽荆榛俱被冰雪盖没，算计比起平日还要易走。又听康康说，猓酋二拉因此次大雪，全仗虎王派二猱前去代他取出存粮，才免绝食之忧；二猱又将雪中埋弃的红犀掘出，送了他几十只，甚是感德，渴念虎王，颇思一见，便邀五人同去。

方奎等本为探查野猓踪迹而出，往日听说，欲往不得，一听能去，正合心意，虎王因头一次走远受了累，为防万一，还命黑虎同行，以备缓急。当下六人带了三兽，滑雪前往。驶行如飞，不消多时，便达红橘山左近。穿过森林，度越小坡，进了红神谷，到了野猓避雪聚居的山洞。

众苗民见是虎王到来，一齐罗拜在地。虎王不见二拉，一问猓人，说是往后洞祀神，已命人前往送信去了。一会儿，二拉到来，先向虎王等礼拜。然后请到中洞广庭以内，居中落座。石室高大，火炬辉煌。猓人献上冻肉、糌粑，就着火池烤食。

虎王指着方奎等五人说道："这是我的朋友。他们的人甚多，俱在本山隐贤庄居住。前几月你们又不听话，私自杀害汉人，是何缘故？"说时声色俱厉，神威凛凛。二拉和几个苗酋怕他发怒，连忙争辩说：还是前年二拉未做酋长时，在森林那边伤过打猎的。后来二拉继位，便听虎王的吩咐，不再杀害生人了。去冬因有十几人出谷打野猪，又遇见过打猎的，本来没想伤他们，是那打猎的先动的手。因双方言语不通，说不清楚，又连伤他们三人，才合力将他擒住杀死，并非他们过错。

虎王又问道："两家争打，各有死伤，且不怪你们。这两人的尸首呢？"二拉等闻言，你看我，我看你，愣了一愣，才答道："当时因这两人拿小尖棒，一共打伤我们五个人，到家不久都死了。大家恨他不过，都把来生吃了。"虎王大怒道："你们报仇无妨，谁叫你们又吃人肉，你们又不是野狗。谁吃的，快走出来，我也将他捉回喂豹儿去。"群猓闻言，吓得跪伏在地，作声不得。

方奎知野猓吃人，都要染指，越是猓酋，越要抢先。这些野猓个个凶恶力大，矫捷无比，自己身在虎穴，万一将全体激变，逼得他们铤而走险，群起拼命，虎王、二猱纵然厉害，恐也寡不敌众。便劝虎王道："他们吃人恶习已惯，一时难改。此事既已过去，可以不必计较，且等异日查明，再说不迟。"虎王因群猓恭顺畏服，也消了一点怒气，道："方大哥给你们讲情，饶你们初犯。如再伤害汉人，你们一个也休想活命。还不起来，跪着有什么用处？没的叫我生气。"群猓见虎王之怒渐解，方敢抬头起立。

二拉想了想，躬身说道：“他们既是虎王朋友，我们自不敢和他们争打。无奈两家都有前仇，难免遇上，我们不打他们，他们打我们怎好？”虎王道：“这个我自然也是不许，等冰化以后，我叫两家先见个面，各自说明，从今往后遇上时，各打各的猎，谁也不许记仇争打如何？”二拉自是依从。方奎等五人明知自己这面前后两次死伤了好几个弟兄，这次言和，全庄人等必不甘愿，迫于虎王威势，不便公然违忤，也只得含糊应了。

群猓本把虎王敬若天神，话一说明，个个安心，更番上酒进肉。虎王等六人饱餐了一顿。又和二拉要了些山粮交给二猱背上，当时俱没想到问适才二拉在内洞所祀何神，径自起身回崖。

过不几日，天暖开冻，冰雪融化。崖前一带的地势高低不齐，平险各异，到处陂陀起伏，冈岭杂沓，涧壑纵横，林莽密茂，又有几条近年开辟的山路。起初许多成抱大树俱被埋在雪里，有的仅露上半截巅梢，也被浮雪蒙了个紧密，玉干琼枝，弥望皆是。雪一化，它们渐现出全身，成排成丛，挺出于惊波骇浪之上。左近的奇峰怪石，更似海中岛屿一般棋布星罗。加上崖后溪壑中飞泉百丈，怒啸如雷，与轻流击石之声汇为繁响，愈觉奇景万千，有声有色。

虎王小时原喜同了白猿前往溪涧泅泳。雪化第三天上，见崖下波浪翻滚，水势深洪，用手一试，冰水甚寒。便问二猱：“这般大水也能下去不能？”二猱身轻掌大，天生能在水面上踏波飞行，如履平地，只是这般寒泉大波却未试过。连连好胜，首先跳下水去，凌波急驶，环行了几圈。上来便说水冷一些，水大力量也大，跑起来更是爽快。

第四天，虎王又命二猱一同下水。看了一阵，忽然兴起，也想下水，只嫌那水奇冷侵骨。方奎给出主意：脚上一边绑上一个大板，命二猱夹了他走，即使站立不稳，也不妨事。虎王先也以为容易，刚下水，由二猱夹着走了半圈，想空身试试。才松手学二猱的样，双足踹水往前一纵，不料水面上游行，全仗身轻动巧，越用力越往下沉，虎王力大，性子又急，这一踹，身子没有纵起，反连木板带人踏陷到水里去，几乎没顶。劲一缓，刚浮起半截，偏值一阵急浪打来。虎王越发着急，更拼命用力踹水，哪还有个不沉之理？再被浪头一冲，任是天生神力，也无从施展，立时卷入波心，滚了好几下。仗着会水，知道无法再踏，才用双手分波浮出水面，等二猱追来扶助时，已喝了一两口水下肚去，寒透心肺，奇冷异常，还差点没被浮冰撞伤。虎王又羞又怒，回到崖上,气不出,二次又试,非要到与二猱一般不可。方奎等劝他不住。

一连练了数日,仍是离不开二猱一步,一撒手便陷于水内。虽然二猱不似头次粗心,撒开以后总在虎王身侧准备扶持,毕竟这种天赋奇能,非人力所能强为,每日总和落汤鸡一般,一身全都湿透回到崖上。虎王见实在不能,才死了心。后来天气日暖,虎王耐寒已惯,索性弃了木板,专习游泳。仗着天赋奇资,本来又会,一习便精,不消数日,便能出没洪波,深潜水底。

方奎等五人早动归思,无奈水面漂浮的碎冰甚多,水流又急,冰凌锋利,如以舟行,撞上即无生理,比起冰原雪地还险,不敢冒昧,这日正看虎王和二猱踏波为戏,方奎说昨日起不见甚大冰,想将化尽,忽从上流浮来一块。此冰块通体不过丈许厚薄,觉有三分之一现出水面,冰层环列,载沉载浮,原是顺流急驶。刚浮近两山之间,后面危崖顶上忽然又坠裂了一块大积冰下来,轰隆一声,落到水里,水花飞射,冒起数十丈高下。

山口地势稍狭,水流甚急,再吃巨冰一激,连起了几个大浪,朝山脚这边打来,势益汹涌,催得先那一块大冰如飞马一般往外直冲,吃山脚一挡,便随着浪头往斜刺里飘去。

那里恰是一排十几株三五抱的大树,这些日来连受雪压风吹,水激浪打,已然受了重创,哪里还经得起那么重一击,一下撞上,前排四根立即齐腰折断,那块大冰也撞成粉碎。因当初下雪时天气尚暖,树上枝叶甚繁,虽被冰撞,互相牵扯,并未被山洪冲走。

方奎闻声回顾,一眼瞥见内中有一株华盖松,粗约七尺,又长又直,猛想起日前曾谈起驾舟回庄之事,虽说中有山岭阻隔,也不妨拿它试试。如将这根大木削去枝干,刳空树腹,用以代舟,岂非绝妙?忙向虎王一说。虎王要了三把刀,和二猱飞泳过去,将缠枝弄开,用绳系好,人兽合力,横流飞泳,拉到崖前,拖将上去。虎王童心甚盛,立命人兽兴工,连夜下手。方奎又用刀就树干削成了篙桨。忙到第二日早上,居然一切停当。又用木楔钉了四片木块在树旁,以防在水里翻转。匆匆饱餐一顿,虎王便催着起身,驾了这独木舟往隐贤庄去。

方奎因昨天除了那两块大冰外更不再见,有的只是一些残冰碎块,大不过尺,舟行料已无虞。至于沿途阻碍,看水流如此之急,连日水势愈盛,却不见甚涨,必有流出之路,或许能通到庄前。即使不然,这木舟并不甚重,合六人、二兽之力,也能上下拉縋,运过山去。便即应诺,并劝虎王此去,务请留在庄中盘桓些日。虎王常听五人说全庄人等如何义气,渴欲一见,当下答应。嘱咐黑虎,命它率领群豹看守山洞,自己到隐贤庄住几日去。兴冲冲同五人带了长绳、器械,上了独木舟,驾着前驶,顺水流行。本可绕到庄崖之下,因水路不熟,方向一偏,便恐迷路。一商量,宁多费点力气,途中连遇到好几处冈岭高地,俱用人力拉舟上去,越过后再行下水。虽然不少耽搁,仗着水流浪急,舟行甚速,到了日色偏西,便已到达。

方奎等五人与虎王相聚多日,只知他天生神力异禀,能通兽语,从小就在山中,与虎、豹、二猱一同居处,身上似藏有两件东西,从不取出示人,别的一概不知。

遁夫问完方奎经过,估量虎王身世必有难言之隐,乍问他,决不会吐出。因安心结纳,便对顾修道:"我们日常打点出山之计,难得遇着这等异人奇士,于方老弟五位又有救命之恩,我们怎舍得放过?二弟妹那里,务望贤弟婉言开导,明早我再叫你嫂子向她解说,野兽无知,计较它则甚?况且这两个神猱通灵机智,力逾虎、豹,厉害非常,不是人力所能抵敌。去年来时,它还奉有主命,不肯伤人,尚且奈何不得;今若一个弄巧成拙,变友为仇,转生许多祸事,那是何苦?我看此人豪迈天真,英雄本色,大是可交。只他性情太过执拗,毫不圆通。据他自谓,与贤弟不甚投缘,也讲不出是甚缘故。不过这等人如以礼貌至诚待之,久了自能感动。贤弟可有甚高见么?"

顾修知遁夫正在心热,不便固执成见。笑了笑道:"此人天生野性,绝不能受丝毫拘束,手底下又养着那么多猛恶的野兽。若能使他真心相从,固是一员健将;一个羁勒不住,一旦犯了野性,谁能制得了他?岂不是全庄的人均受其害?自古两雄不能并立。看他心意,除了大哥与方兄等有限几位而外,余人都不看在眼里,日久怎能相处?我们如此礼待,他连真姓名都不肯说,自称虎王,狂妄已极,收服他绝非易事。英雄行事,但顾大局,不计私恩;不能因他救过我们的人,便误了全庄大事。大哥既爱惜他,不妨用权术先笼络一番,看是如何,再作计较。假使他一味骄横倔强,不肯受抚,那时仍须设法除他,免留肘腋之患。大哥以为然否?"

方奎与虎王同居数月,深知他天真烂漫,性情粗直,并无争权夺利之心,极好相与。又见过虎、猱许多奇迹。心知如照顾修之意,分明恩将仇报,结果非吃大亏无疑。因此大不以为然,不等尹遁夫答话,便接口道:"我在虎王崖洞内同住数月,看他为人极光明磊落。据他说还有一个仙猿,本事比虎、猓还大得多。日后回来,将引他去拜一仙人为师,一心想学道练飞剑。我们也曾拿话引逗他,说这里如何好法。他因一个人在山中住久寂寞,很想和汉人交朋友,并无丝毫尘世功名之念。他到此便想回去,怎会是个隐患?交得对劲,他也不过和我们常来常往罢了。入伙虽不见得答应,害人之心必不会有。顾二哥平日那般爱惜好汉,今天的话为何改了样儿?"

顾修冷笑道:"算我多忧,日后就知道我说的话验不验了。"方奎性直,初回还不知顾妾衔恨大甚,便争论道:"顾二哥是我们的诸葛亮,每次说话称得起知事如神,唯独这次却说得不对。我如看错,情愿拿人头和你打赌。"尹遁夫见顾修只是冷笑,便劝止道:"大家都是为好,何必争论?大丈夫恩怨分明,我们总算受过人家的好处,虽不可恩将仇报,但也不可为他伤了自家义气。暂时仍以礼相待,看能结纳更好,不能,便听其自然好了。"顾、方二人由此有了嫌隙。

虎王在庄上住了两天,便已归去。不久冰雪化尽,现出原来山地。尹、顾等人又去虎王崖洞答拜,登门再谢。遁夫越看虎王越爱,不惜用尽方法结纳,想收为一党。虎王本就不对心思,加上顾修日受爱妾絮聒,立意复仇,自然更不能合到一起。

遁夫智慧虽不如顾修,行事却极持重,知道如真谋将来大举,必须扎好根基:第一是人,第二是财。又因这场大雪,看出隐贤庄地势低下,既想出山,还怕甚人知道?相度左近地势,在一个峰腰上建了一所新村寨。那峰是一条长冈的尽头,峰腰与长冈相连。地甚平广,土地肥沃,花木繁多。峰顶设台,可以望远,颇具形胜。顾修取了个村名,叫作建业村。将原庄作了别业,派上几个轮值。

山寨建成以后,又借虎王之力,将猓酋二拉唤来与全庄人等相见,言明以后各不相扰。用些针、线、茶、盐、米、布日用之物,去换他的兽皮、药材、金砂之类,派人出山贩卖,大获厚利。同时仍命人四处物色英雄,招募流亡和旧日党羽。

虎王因喜汉人衣物、饮食,又不愿白受人家东西,也拿些兽肉、皮角和村人交换,自己学着种些菜蔬。彼此各有需求,原可相安无事,偏生顾修心存诡谋,知此事遁夫不为所惑,便暗遣手下私党暗中潜伏,遇见走了单的野猓和豹子,便用毒药、暗器杀死,连尸弃去。做了两次,野猓首先觉察,便向虎王申诉,说村人不守信约,暗中杀人。同时虎王也得了逃回来的野豹报信。

当时大怒,寻上门去责问。因当场指不出凶手,口辩又说不出事实来,顾修又出来说本村人决不行此歹事,虎王、二拉俱都将信将疑。当场虎王命二猱、神虎随时留意,如若发现村人行凶,必不甘休。顾修知虎、猱厉害,对方已有警觉,不敢造次,敛了好些日子的迹,气总不出。

遁夫等自从迁居以后,建业村一天比一天兴旺,江湖上闻风归附的人也越来越众。中有尹、顾二人患难至交滇中五虎郝循、杨天真、杨天麒、毛能、申标和昆明修士铁拂尘谢道明最为杰出。滇中五虎自从当年太子关与遁夫一别,也改了行当,改往缅甸经商,贩卖犀角、象牙,多年不与遁夫相见,来时还带来了几匹大象。

那谢道明是个武夫打扮,年已七十,比顾修还要机智,软硬功夫俱臻绝顶。当初曾帮过顾修大忙,两人最是莫逆。当初顾修被仇敌追迫时,曾往昆明寻他两次,均值云游未归,只得留下书字,说自己被逼无奈,已举家往隐贤庄避祸暂居。并说庄主乃当年好友戴中行,如今改名易姓,请他归来前往相聚。

谢道明本就渴念遁夫,得信忙即赶来,事已隔了年余。顾修久候他不来,相见大喜。觑便说了自己力劝遁夫出山举事心意,并请他相助,除去虎王和所养虎、猱。谢道明精于星相、数理之学,加以年老,饱经世变,性已恬退。见当地景物佳美,出产丰饶,无殊世外桃源,甚是安乐,众人也难成气候,颇不善顾修所为。因俱在心热头上,只知道明阻无效,先背人探明了遁夫的本心,想出一个欲取姑与之策:假意赞同顾修,却力说财势不足,须要谋定而动,事须三五年后,急进无成,反倒取祸。众人原极信他占断如神,顾修虽然心急,也是无奈,俱不知他是故意延缓,另有用意。

住不两天,恰值虎王到来换取用物,谢道明隐身门后偷看,见虎王那等奇资,不由又惊又奇,立意想收他做个徒弟。人去后,和尹、顾等人商议说:"此人不可力取,况有神兽为助,最好收服。"力劝顾修夫妾泯了前隙,由自己去往虎王所居左近隐僻处结茅暂住,相机行事。不久虎王无心走来相遇,谢道明几次拿话引逗,想收他为徒。虎王终不应允,说:"你要徒弟,我给你找。我的师父是仙人,不能拜你。"反领他到建业村去见尹、顾等人。弄得谢道明无计可施。

最后竟将虎王激怒,说道:"你如打得过我时,我再拜你为师。"谢道明以为自己武功绝伦,虎王虽是天生神力,论技艺却差得太远,自然巴不得这样取决，立时点头应允。谁知虎王身手灵活，迥出意表，并非全恃蛮勇，只稍一疏忽，便无幸理。谢道明益发看重，收服之心更切，便把内功绝技施展出来，化攻为守，伺隙取胜。打了一阵，虎王果然上当，一个不留神，一脚飞起，吃谢道明用鹰爪力擒拿手叼住左腿脚胫，借劲一拧。虎王觉得左腿一麻，身子再立不稳，就要往侧翻倒，一着急，一声暴喝，脚腿使劲猛挣。不特不向后倒，反往上一挺，连身跃起，扬起双掌，便朝敌人打去。

这一手原是一时情急，无心中却成了绝妙的解数。加以神力如虎，迅捷异常，谢道明如何能吃得他住。谢道明方幸得手，就在这一拧一送瞬息之间，忽听一声暴喝，震耳欲聋，虎王已连身纵起扑来。骤出不意，又为虎王神威所慑，不禁大惊。正欲变换招数，再下辣手，不料旁立金猱连连看出主人的脚被人抓住，神情有些狼狈，也着了急，不等招呼，长啸一声，伸开长臂铁爪，纵起便抓。谢道明知它厉害，如不撒手，被它抓上就是不轻。忙把手一松，纵退一旁，避开来势，再作计较。脚才点地，连连已跟踪追扑过来。谢道明只得施展平生武艺，极力应付。

虎王虽然未曾打败，终因谢道明手硬如铁，叼的地方又准，猛力用得太过，左腿全行麻木，心里又有气，又不服输。因此见谢道明被连连追逼得手忙脚乱，也不喝禁。心想："这老道士不是东西，且让你尝尝厉害。"谢道明虽然武艺高强，无奈连逢两个劲敌。这后一个更是力猛身轻，眼明手快，全身硬如坚钢，任是多重手法也无用处。先还勉强支持，十来个回合以后，情知再不见机，必遭毒手，他方欲忍愧呼饶，幸而虎王天性仁厚，不愿连连伤他，见谢道明已然汗流气喘，便喝道："连连过来，我和他打着玩的，他打不过我，不许再打了。"连连方始住手。虎王指着谢道明说道："我的连连你都打不过，还能收我做徒弟吗？我们还是交个朋友算了吧。"

谢道明纵横江湖数十年，已是成了名的老辈英雄，几曾栽过这样筋斗，当时真是说不出的气苦。幸而事前留心，因虎王性傲，怕当众战败，羞辱了他，过手时没外人在场，不想却给自己留了脸面。就这样，终恐虎王口直，泄露出去，一世英名仍不免付于流水，只得红着一张脸，强忍愧愤，向虎王敷衍笼络，只想不出怎样教他不向外说。

正在为难，虎王反先开口道："你虽不配做我师父，难得你这大年纪，还有这大力气本事。方才我的腿被你抓了一下，如不是我力气比你大，差点被你摔倒。总算能和我打个平手，比以前我遇的那些苗子蛮子一碰便倒的强得多了。我小时爸妈和我说，不许好强欺人，对老年人更要敬重，不然叫人笑话，就打赢了也不香。今天是你找的我，我没想和你打。好在谁也没打倒谁，你可不许向他们说我欺负你老头。”谢道明闻言，正合心意，自然连声应允。可是对收虎王为徒，依然念念不忘，只是想不出妙法。

日子一久，顾修看出谢、尹二人不但没有图谋虎王之心，情感反益亲厚，屡赞他天真诚直，磊落光明，纵使不能降服结为党羽，交下这样一个好朋友也好。而其爱妾计采珍一心要报仇，本就不肯罢手。偏生那只小虎忽然逃到虎王洞中，黑虎不放归来。顾修得知，亲去索取，虎王执意不允放还，黑虎、豹群更大肆咆哮，将顾修惊走，益发衔恨切骨。夫妾二人昼夜盘算，想出一条好计：知虎王性情暴躁，一面联合几个有本领的死党，专一伺隙杀害群豹，以伤两家和气；一面派专人去缅甸山中聘请异人，来除虎王和手下双猱。

那异人姓米，名海客，本名浙生，乃世家子弟。幼时随父宦游云南，受家丁恶仆引诱，少年纨绔，无所不为。乃父人却正直，知道之后，将恶仆重责收禁。正要加以训诫，他得信逃往附近山中，乱窜了一天，饥渴交加，方欲求死，恰值杨天真走过，解救赠金，使其往投一家远戚，由此多年未见。杨天真近年行商缅甸，忽在鸡鸣角深山中相遇，才知他别后遇见仙人，传了许多道法，改了今名。因和峨眉派门下比剑不胜，一赌气，遁入了缅甸鸡鸣角深山，隐居潜修，练一种极厉害的魔法，准备重回中土，并寻敌人报仇。因心感杨天真以前救命之恩，好在当地缅人奉他如天神一般，随便说两句话，杨天真便可占着莫大的便宜，乐得现成人情。

杨天真仗他之力，着实得了许多好处，每年必往他洞中盘桓些日。他曾和杨天真说起，乃父早已病死任上，家有老母、孀姊、孤侄，还有幼年结发妻室赖氏，一家四口流寓昆明，门庭衰弱，初学会道法那几年，时常回家看望。自从避祸缅甸，久想接来团聚，无奈当地卑湿多雨，气候恶劣，迟迟未果。意欲托杨天真前往看望，代为照料。

杨天真锐身自任，说道：“我在省城有案，不能久居，愿将老伯母和嫂夫人、令姊、令侄接到家中同居，岂不是好？”米海客幼承母爱，对乃母尚有孝心，说：“你代我先去看望一次，等我几时练法余暇，抽空回转昆明一行，见了她老人家，问明之后再定。”为使杨天真避人耳目，去时用法术给他变了容貌。杨天真往昆明见了乃母，复命说乃母念子甚切，催海客早归。海客偏当练法紧急之际，最近数月内不能分身，只好暂时搁起。

不久滇中五虎被尹、顾二人请来，行时往别。海客听说云南疆界之中，还有着这样隐僻幽秘的好所在，本就有些动念。再经五虎一撺掇，说："仇敌能在空中飞行，如你要寻晦气，哪里不能找到？况且你的仙法已将练成，怕他何来？这里瘴雨蛮烟，穷山恶水，就说修道隐居，也应找个好所在，久留在此则甚？莫如移居建业村，将老伯母、嫂夫人等一齐接去团聚多好。"海客想："据来人说，当地从未见过外人，仇敌也未必便能寻到，再者，这些号称正派门下的剑侠，素好虚声，只要知难而退，不再招惹，无缘无故，十有九不会苦逼不舍，不过不能不防范些。"便对五虎说，等自己法术不久练成，先去看了地势，中意之后，再作计较，先无须向村中请人提说。

五虎弟兄虽与尹、顾二人均甚交好，但是五虎为人本是志大心高，不甚安分。加以自从太子关散伙为商，在城镇闹市中常受官家吏役勒索欺侮，虽然事后都报了仇，当时却为买卖受了好些气，恨贪官恶役之心甚浓。再经顾修一蛊惑，奋起雄心，益发情投意合，比起对遁夫的交情还厚密些。这日顾修失却小虎，受了虎、猱的气，跟杨天真谈起。天真说："海客不特能使飞剑，道法高强，手下还有两对守洞的奇禽猛兽，区区凶猱，何足道哉。他本有全家来此之心，等我促他法成以后，急速接母来此。虎王是个汉子，也不必弄死他。只把恶兽除去，略为儆戒，愿收服就收服，不愿收服，任其自为野人便了。"

顾修闻言大喜，请天真往请。又告知尹、谢等人，俱都愿交异人，无不心喜。天真本要自去，因缅甸信奉海客，极不愿他离去，自己如往，恐断了异日交易道路，便共同写下一封极恳切的长函，专人前往秘请。等他一到，如觉当地中意，再去接他母、妻、姊、侄，否则也请他把恶兽除了再走。要知后事如何，且看下回分解。

第三十九回

片语结朋欢　即席同倾金珀酒
轻飙摇烛影　卷帘惊现黑衣人

且说虎王始终未改常态，除尹、谢、方奎等七八人比较投机而外，每来如值尹、谢、方诸人不在，总是寻到管事的头目，交换完了应用的物事，转身就走。遇见别的人，均不甚爱搭理。有时还请，也只是挑他对劲的，从没请过滇中五虎。全不识人情过节，一味率真而行。五虎初来时还有点爱惜他的心意，这一来，只当他有心轻视，俱都怀愤。再经顾修一怂恿，益发和虎王作对，稍有微嫌，便偷着伤害豹子。

先时虎王追究，大家都赖不认账。尹遁夫明知顾修所使，未便深说，只好帮着支吾。有一次恰有豹王在场，虎王带了去，当场指认出凶手，尹遁夫知赖不掉，顾修又生奸谋，教他与虎王约定，各以虎王崖前不远的一条横岭为界。除了事先因故说明，不许村里人往山南去；虎王手下的虎豹无人率领，也不许走过山北来，若过去遇见村人，便当作寻常野兽看待，任凭杀死，不得过问。原是一时搪塞，并没说出人如过界，怎样惩处，顾修等依旧违约暗算，稍一得便，即可下手。

如今界限一定，虎王群豹猎食的地方无形中少了好些，所养豹子为数又多，除了像前年那场大雪，出于无奈，非虎王预约为筹备不可外，平日无事，多是十八成群任其自往外面猎食，顾修遣诸人，个个能手，山南和山北，相去不过三里许地，况是有心窥伺，豹子每日外出猎食，必要沿着南山脚下经过，按说吃亏甚大，偏生虎王定约回来那日，受了黑虎的埋怨，说以后猎食之地要少去一半，而豹子却一天多似一天，如何足用？

虎王已然答应人家，不愿食言。暗自寻思："附近周围数百里地面俱曾踏遍，只崖后往东有一片小平原，地势低下，满生杂草，初来那两年曾和猿、虎、双猱走过。因草中尽是极深污泥，早晚常有瘴气，末一次归途没有骑虎，一不小心，陷入污泥里好几尺深。回洞染了湿毒，腿足浮肿，疼痒了数日，才经白猿采来灵草治好，便厌恶那一带地方。后来白猿往探，说前面还有一片丛莽密草，里面荆榛碍足，毒虫遍地。出林又是广厚危崖、绝涧崇山，野兽虽多，但有不少毒蛇怪蟒，还有极厉害的瘴岚，不是不得已，最好不去，由此便没再往。如今何不去看看？”当下便同虎、猱前往查看。只见自经前年那场大雪之后，那片有污泥淤沙的平原，已被山洪冲下来的沙石填实，遍地生着极灿烂的野花细草，宛如锦绣，已不难行。只林丛中仍是荆棘怒生，蛇蝎四伏，往来游窜不辍。却不甚大，虎王也没放在心上。

第二日一大早，便带了向邻村换来的兵刃器械，驱遣虎、猱、群豹从林莽中开出一条道路，只见林那边果然各种野兽都有，尤以斑马、羊、鹿之类为最多。人兽均兴高采烈，隔一两日便率兽前往行猎。中间也遇到几次大蟒毒蛇和单条的七星钩子，俱被虎王、二猱和黑虎、豹群等弄死。

顾修等见虎王多与群豹同去，到了猎场才行散开，无法下手，空自气愤不出，无计奈何。

过了些日，虎王许久不见谢道明，过山往访。见红神谷的猓酋二拉带了十多个手下，抬着一个面上雕花的蛮人，脚肿得有桶那般大，腿肚还有一处咬伤，伤口紫黑血水直流，人已半死，正在谢家求治。有一个中年人，正给那人用刀割去伤口，擦上药膏。谢道明也从旁相助，代递药物。见虎王、二猱走来，二拉和群猓首先拜倒。

谢道明一面与虎王招呼，一面指着那中年人说道：“虎王兄弟，我给你引见一个好朋友。这是我师弟，江湖上有名的神医，人称大力天王，又称夺命手，姓韩名小湘。你二位多亲近些。”韩小湘向虎王道了仰慕，仍去忙着医伤。谢道明又道：“你看这个蛮子被追风乌梢毒蛇所伤，势在必死，但一会儿工夫，他就能医他活转。自从他来，这一半月间，红神谷被蛇咬伤殆死的人，被他治好的有十几个了。这受伤的便是他们的二头子。”

虎王一看那花皮蛮子，并不认得。红神谷前两年每隔些日必去，自与邻村往还，无用向他们索粮，虽不常往，但谷中苗人都曾见过，何尝有这样的人？并且还是他的二头子？偶一回顾，见二拉满脸俱是惊恐之色，以为他心忧伤人，这人也许是新近从别处来的，略为动念，并未在意。

等韩小湘治完了伤，主客三人同坐叙谈。过了一会儿，那花皮蛮子忽然怪吼了一声，居然醒转。二拉慌不迭地跑过去，附耳说了几句。那花皮蛮子立即把眼闭上，不再说话。二拉假装道谢，走向谢道明身边，又附耳低声说了几句。虎王此时方看出他鬼鬼祟祟，有些生疑。正欲喝问，忽听门外号叫之声。又是一伙野人抬着两个蛇咬伤的同类跑进门来。向三人礼拜完了，又向韩小湘求治，说："这两人也是同时受伤，因蛇尚在，不敢往救。现在二蛇苦斗，缠在一起，滚入了山涧，才得抢救到此。"

韩小湘看了伤处，再一按脉象，说："此乃七星钩子所伤。想必只是在追逐时，刚被追上挨着了一点，便被那条大追风乌梢蹿将出来，迎着恶斗，你们又逃纵得快，没被它钩尾钩上，所以还有点气未断，不然早就死了。但是毒已窜满全身，这等奇毒，神仙难治，我实不能救他。快抬回去埋了，免得臭味难闻。还有一件，你们惯吃人肉，这两人的肉却吃不得，吃了也和他一样，必死无救。"

二拉只得命来人速将那两个受伤的人先行抬走。韩小湘又给花皮蛮子上了些药，说："三五日内便可痊愈，也抬了回去吧。"二拉遵命，率领群猓，向上坐三人分别拜谢，抬了伤人，告辞回去。

二拉走后，虎王才想起忘了问他何故两次向人私语，转问谢道明。

原来红神谷这班野人敬神畏鬼，基于天性。自从小红蛇一死，二拉继位，当时虽为虎王德威所化，日久心中总觉如果寨中不供神，不吃人肉，不成事体。也是凑巧，这日二拉率众远出行猎，在虎王行猎的森林之内遇见一伙生苗约有二十来个。这类生苗满身俱刺有花纹，肤作紫铜色，又号纹身族，奉有一种邪教，无论男女，都爱舍身为巫，不再婚嫁，专习巫蛊害人之事。昔年颇为各地苗民所畏服，学成巫术以后，到处奉若神明，备受供养。无奈这种邪术，学时受许多楚毒，才能得到传授，往往中途惨死，并非易事。加以生育不多，人口一年比一年减下去。到了此时，已没有整个的族类，为数甚少，并不常见。

这一伙二十余人，奉着一个女巫，名叫都神婆，年才二十多岁。一个掌神刀的祭手，名叫扎端公，便是那被毒蛇咬的人。他二人先在云南毛竹山中穿鼻苗峒中为巫，专恃骨卜占算，并无真实本领。不知怎的被迫带了徒众出走，辗转到此，打算另寻安身之处。误入本山森林，迷了路途，困顿数日，无法逃出。手下徒众发了急，说都神婆得罪天神，所以神不降佑，占卜不灵。意欲将她杀死祭神，大家分吃，另外选人继位。

扎端公为人狡猾，素得众心。知道杀了都神婆，众人虽然拥立自己，可是三日之后再寻不到安身之处，一样也是难免一死。自己又和都神婆有奸，杀时她一喊破，众人必更说因此神法不灵，当时就难活命，可是这班人个个凶残，不可理喻，无法劝阻。便用缓兵之计，偷偷告诉都神婆防备，自己从旁与她助威。都神婆得计，忽然大叫倒地，并起身瞪目旋舞，假作天神附体，说不日在森林之内便有奇遇，尚需候上些时，一出林事体便糟。并指首倡凶谋之人，说神要杀他以享，即可降福。跳神时，众人均伏跪在地。

那为首的一听出要算计他，料定降神是假，方欲跳起，扎端公早有准备，照胸一刀，立时结果。照惯例，用刀尖刺上人心，向都神婆掷去。这一手原是练就了的，那都神婆将口一张，连人心带刀一齐衔住，再往外一甩，那柄祭刀便飞出十来丈远近，钉在一株树干上面。然后一阵乱嚼，将人心生咽下肚去。仍然大叫一声，假作神去，倒在地上，再行醒转。众花蛮不知就里，果然受她蒙蔽。

扎端公一声号令，正要分食人肉，二拉等早已在侧窥伺，全都看在眼里，以为天赐神巫，百年难遇，怎肯错过。急忙率众跑出，向前礼拜，苦求到红神谷寨里去受供养。都神婆等自然喜出望外，当时还做张做智，假作请了神命，得报救命之恩，坚要二拉立扎端公为副寨主，方始应诺。二拉等自然唯命是从，当下将都神婆一行二十余人迎往红神谷去。

这一奉上邪教，以前掳劫生人来祭神分食的恶习又复兴起。唯恐虎王知道不饶，特地辟了一座极隐秘的石洞，将都神婆等安置在内。妖巫先还不愿，后听众猓异口同声说虎王带有神兽和无数猛恶野豹，人不能近，直和天神相似，连小红神都死在那神兽爪下，厉害非常。知非敌手，才息了念头。加以虎王、二猱前往索粮，差不多均有定时，此外并无别的需索，到日避开，两下决碰不上。二拉对虎王更是怀德畏威，恭顺异常，虎王也不疑有他。

可是所供邪神需要生人祭献，并且号称越祭的次数多，神越降福。雪地僻处万山之中，人迹不至，哪里去找生人作祭品？二拉无法，先用抽签之法，挑取老年野猓应选，祭过两次，出谷行猎的野猓忽然发现隐贤庄出来打猎的汉人，便在暗中窥伺，乘其无备，用毒箭射死了两个，偷偷掳回谷去。第一次，二拉恐死人与虎王有关，或被知悉，还在害怕，一面在后洞秘密行祭，一面力嘱众猓不许再出谷去劫人生事。隐贤庄人只当失踪的人不是失足坠涧，便为猛兽所伤，哪知就里。过了数月，又当祭神大典，众苗民又照样做了一次，依旧得手而归。隐贤庄人虽然起了疑心，因二拉做贼心虚，终恐泄露，严禁手下，一年只许三次，无故不许劫杀。隐贤庄人白搜寻了多日，终找不出丝毫线索。

直到最末一次，发现失踪人的血迹和野猓遗留的断矛，方始断定山中藏有吃人蛮族。正派人四处搜索，便值天降大雪。当方奎等在森林中迷路时，恰有两名野猓往林中猎兔，看见八人，以为现成美食，不肯放过，遥遥尾随。在林内转到天明，一直随出林外，始终无法下手。见雪积越大，恐被陷住，只得绕到八人之前，奔回谷去。走出不远，偏巧八人中有两人失足惨死。内有一人用树枝做了雪具，往前滑行探路，被二苗人窥见，立时埋伏在雪地里。等他滑近，从后跃起，勒了个半死，用藤索缚好，也费了好些心力，才运回去。二拉因本期的神已祭过，便命留以备用。开春雪化，虎王同方奎等五人去红神谷那天，未见二拉，众猓说在后洞祭神，所用祭品便是此人。

二拉虽幸虎王没有看出破绽，但已说明山北所有汉人俱是虎王朋友，从此不准再加伤害。不久虎王又带二拉去隐贤庄与全庄人众相见。二拉不敢违抗，只祭品没处再找，又恐邪神降祸。扎端公便出主意，索性带人去往邻近驿路之处，掳劫过往行旅和山中药客来充祭品。那所在正是西川双侠等一行的来路，每出多由扎端公为首，率众裹粮而行，往返一次也需二三十天。行踪甚是隐秘，虎王果被瞒过。嗣见中间一段原野深谷之中野兽甚多，便不掳人，众猓也时常前往行猎。谁知近来猎场邻近中出现了几种毒蛇，时常伤人，尤以七星钩子为甚，遇上便无幸理，众猓渐渐视为畏途，不敢轻往。

日前因祭神期近，祭品尚缺，那里又是必游之路，无可奈何，只得硬着头皮戒备前往，去时幸而无事。到了驿路附近山中潜伏，候了两日，恰遇韩小湘入山采药走迷了路。扎端公欺他人少，率众上前，想要生擒回去。不料韩小湘练就一身硬功，刀箭不入，仓促间弄不翻他，还吃他伤了好几个野猓。

双方打得正难解难分之际，忽然山环中游出一条追风乌梢来。这种毒蛇身子细长，最长的有三几十丈，扁头阔腮，尾薄如带，身子乌黑，性发时其疾如风。人被咬伤或被长尾扫中，至多一个时辰，必死无疑。虽其毒还没有七星钩子猛烈，行动却敏捷得多。山中居民最惧此蛇。这条还算小的，也已有十七八丈长短。原在山环深草里蟠伏，众人争斗喧哗，将它惊动。刚游出时其行尚缓，一看见山环外面有人，嘘嘘叫了两声，身子微微一拱，便将前半身竖起丈许高下，拖着十五六丈长的身子，和箭一般，向人前射来。扎端公闻声回顾，见状大惊，立时一阵大乱，也顾不得再和敌人厮拼，丢下那几个受伤较重的同伙,四下纷纷逃窜不迭。

韩小湘曾得秘传,专能制杀各种毒蛇,又是伤科圣手。此次入山迷路,困顿之余,忽遇野猓截路,仗着一身武功,暂时虽然不怕,无奈野猓力大耐斗,自己又在饥渴交加,方愁好汉打不过人多,这一来却给他造了机会。他知道此蛇习性,胸有成竹,乘众猓逃退之际,略一定神,缓了缓,取下身旁带的如意齿环和随身铁杖,等那条追风乌梢蹿到面前,不但没躲,反倒把身子往下一坐,迎上前去。

这时那蛇经过之处,恰有一名受伤的花皮蛮子被弃在地,看见蛇将追到,吓得魂不附体,跌跌撞撞,忘命挣起欲逃,爬没几步,蛇已追到,低头便咬。花皮蛮子情急无计,举臂相抗,那蛇顺势一口咬住。韩小湘此时也已赶到临近,大喝一声,举起左手所持铁杖一舞。那蛇看见小湘,立即张口松了地下蛮人,朝小湘冲来。小湘更不怠慢,早把左手铁杖用力向下一杵,直立地上。又把右手如意齿环抡圆,对准昂起的蛇头上套去,一下套到七寸上面,忙把手中钢链一抖。紧跟着身子一歪,一个箭步朝侧面纵出去有丈许远近。脚甫点地,又翻身朝前,由蛇身上横越而过。左手拔出三支钢镖,用连珠手法,照准蛇的后身打去,镖镖全中,将蛇身钉在地上。

那如意齿环是个利齿密布、锋尖向里的钢环,上有机簧,可大可小。中间是百炼精钢打就的一条细长链子。手握这头是一根尺半长的短铁棍,上有护手钩。原是韩小湘精心研制的一件防身利器,专御毒蛇猛兽,因别的毒蛇多半专攻正面,唯独这追风乌梢动作神速,左右咸宜,先吃齿环套住颈间七寸,负痛往前猛冲,再吃韩小湘一抖,越发被齿刃绞紧,深陷肉内。情急拼命,看见敌人左纵,也把头一偏,跟着蹿去,不料敌人早已防到,又从它身后往右面横越过来。方欲横转去咬,身子又有铁杖作梗。就这略一缓势的瞬息工夫,细长扁尾已被三支钢镖钉住。

论那蛇的力量,休说这地下钉的一根铁杖,便是一株小树也能缠拽倒断。无奈蛇身最要害的地方被齿环束紧,初套上时急怒攻心,还有一点猛劲,两三蹿后,便觉出略一转动,齿刃越发深陷肉里,奇痛难熬,连气都透不过,有力也使不出。急得怒目焰生,红信乱吐,口里嘘嘘乱叫,一任韩小湘拽着蛇头,一点也不敢倔强。

韩小湘知它力竭技穷,便将手握的短杖也插向地上。正拟取刀劈蛇,一回身看见适被蛇咬的花皮蛮子疼得满地打滚,叫声甚惨,不禁动了怜悯。便用苗语喝道:“你们这伙生苗野猓也真可恶!你看这蛇的榜样,能是我的对手么,我知道山里出有一种大叶黄花,你们叫它乌鸦草。如能领我去采,告诉你们那些同伴不和我再作对,我便救你一命。”

那蛮子哪里还答得上话来,眼含痛泪,只把头连点不已。小湘料定群猓目睹自己力杀毒蛇,也必畏服,不致再反。且不杀蛇,先把花蛮提开一旁,从怀中取出一些麻药上在伤口。用刀将伤处一片剜去,重新上了止痛生肌的伤药,用布包好。又给他治了适才所受打伤。那花蛮见他用手剜肉,如无所觉,上药后痛楚立止,大为神奇,翻身跪伏,叫了两声。

小湘回头一看,适间逃走的群猓全都出现。想已在远处目睹除蛇经过,因蛇尚横卧地上未死,不敢近前,只在远处立定跪拜,求小湘放过他们。小湘也不理顾,就道旁竹林内砍了七八根长竹,一头削尖,每隔丈许钉上一根,朝蛇身钉去。等到钉完,招手命扎端公等走近。喝道:“此时或许还要用着你们,可能听我话么?”扎端公等齐声应诺。小湘便命众人用力齐竹竿钉住的中间,将蛇劈成十来段。众人刀一下去,一段段的蛇身齐都叭叭连声,向上飞卷乱蹦,如非钉得甚深,几乎连竹拔起,吓得众人纷纷倒退。

小湘忙喝:“无妨,此蛇不过气长,一会儿便死,无须怕它。”见一野猓背有口袋,问是糌粑,要些吃了一饱。一见地上腥涎四流,蛇的近头半身急颤已缓,知已离死不远,才走近前去,用苗刀将蛇头砍下。就这样,蛇头落地时尚乱蹦起一丈多高,移时始息。

起初小湘只欲借野猓之力寻些药草,寻路出山。偶一盘问野猓居处,无意中得知蛮荒中竟有不少能人隐居,还有一个能役使猛兽的异人。且那一带遍地尽是自己所难寻到的珍药,心中大喜。再加上好奇之念,想看看那些汉人是谁,便令苗人引去。扎端公正为平日经验,这种乌梢毒蛇多半成对出来,如今只弄死一条,另一条归途难免寻仇相遇,巴不得他能同去,立即喜诺。小湘又将别的受伤人治好,取了蛇胆、蛇头,将蛇身抛入山谷,相随同行。路上毒蛇并未再发现。行进红神谷百十里远近,忽遇谢道明。二人乃是多年患难同门之交,自然舍了扎端公等,去至谢家同住。

蛮猓知他是神医,每值中毒受伤,必往求救,十九治愈。不久扎端公等出山掳人行祭,归途遇见一条七星钩子,连伤两人。扎端公亡命前跑,路侧丛莽中又蹿出一条追风乌梢,刚将扎端公咬倒,后面七星钩子也自赶到,二毒蛇相遇,舍了人恶斗不休。扎端公先给手下之人救回,猓酋二拉正率人抬他往谢家求治,不料被虎王走来撞见。

二拉本就做贼心虚,人又愚鲁,不善说谎,容色仓皇,现在自露马脚,只暗求谢道明不要泄露机密,却说不出掩饰之词。谢道明又因尹、顾等人未忘前仇,只碍着虎王代立诺约,加以野猓人多厉害,并非易与,采金采药,用处尚多,未便公然报复,又不知当初杀害打猎弟兄的真正凶手,隐忍至今,原欲收服虎王,或是伺便说明,再行下手。自从小湘一来,尹、顾等人得知野猓时往求医,便请谢、韩二人将计就计。小湘仍住谢家,以为异日遇机收服虎王时,暗中多一臂助。并托道明不时向二拉打探当初杀人凶手和红神谷中详情。二拉心粗口快,感激二人医伤之德,有问必答,不消几次,尽吐底细。

原来每次暗害行猎弟兄的共只七人。为首的一个小头目,最称凶悍,已在小湘未来前被七星钩子咬死。其余六人因俱年轻勇健,每次出谷行事,照例勇敢当先。有两个便是在大雪中掳劫方奎同伴的,此时贪功心盛,人虽被他们运回谷去,却为奇寒之气所中,不久双双病死。余下四人,两个随众行猎,骤遇大队野骡,践踏惨死。只剩一个,正要算计擒去,与死人上祭,不料适才被七星钩子所伤的便有此人在内,仇已不报自报。

二人与蛮猓相处多日,觉出他们爽直,二拉人更忠厚。他们用人祭神,由于习惯,日久不难感化。只是还不知扎端公与都神婆作恶多端,二拉群猓受其愚弄。没甚代隐瞒,去向虎王解说。

虎王闻得二拉又祀邪神,不禁大怒,当时便要率领虎、猱赶去问罪。谢道明力劝不可,说:“野猓们自听了你的话,不敢再向村人等暗算。无处得人,迫于无奈,冒着毒蛇之险,跑出数百里远处行劫。有时遇不到生人,竟不惜以本族的人杀了上祭。并且一年只三次,不肯常为。可知恶习太深,骤改不易。水清无鱼,并畏惧信服你,不在山中劫杀也就罢了,苦苦强他所难则甚?你此去徒将他们逼反。照我看,只有日久劝导,使其自悟为是。如若操切行事,除非将他全族一齐杀死,终仍不免阳奉阴违,这一来岂不反倒多伤人命?你最好暂且装聋作哑,我自有良策,使其悔悟如何?”虎王方始愤平而止。

众蛮猓因知虎王常往那一带行猎,恐怕遇上追问前事,又换了一处猎场,一直无事。

中间虎王曾遇到过两次七星钩子,仗着虎、猱相助,人兽齐上,俱都弄死,弃在山谷之中。小湘和虎王比了一次力,也未得胜。谢道明总想收他为徒，便改了主意，送他兵刀飞叉，传以用法。虎王见行猎斩蛇，有利刃在手便利得多，虽然从学，仍是不肯拜师。

转眼过了春天，顾修看出谢、韩二人虽经自己百般怂恿，终无伤害虎王之意。杨天真所说异人也无音信。时受爱妾埋怨，连日方在气闷，忽然来了一个尹遁夫的好友，姓祝名功。顾修知他早年曾与遁夫同道，彼时他年纪尚轻，武艺也极平常。后来单人在湘江上劫一木排客人，不料那木排上有一姓向的排师父，精通法术，将他擒去，存亡全无下落。隔了半年，一班同道正要访查那师父，给他报仇，忽有人替他带了一封信给遁夫。说那排师父因见他颇有胆勇，人又聪明，因此并未伤害，反将爱女许他为妻，带回湘潭老家传授道法。需俟学成以后，才与遁夫相见，请转告众人不要挂念，由此便无音讯。后来遁夫在太子关失手，改名退隐，不曾和他再见。常听人说，他已尽得乃岳传授，学就惊人法术。顾修自己亦久欲结纳，未得其便，难得如今自行投到，好生欢喜，连忙赶往寨堂相会。

那祝功原非安分之流，这次投奔遁夫，也是为了在江湖上恃着邪法招摇作恶，树下强敌，存身不住。恰巧遇见村中派出贩货的人，得悉遁夫夫妇隐居在此。光景甚好，地势又绝隐僻，仇人寻访不着，特地赶了前来。对于顾修和滇中五虎等慕名已久，见面甚喜。渐渐谈起各人心事，愈发投机，认为志同道合。当下由顾修发起，将全村的人重叙年庚，歃血为盟。余外又推出谢道明、尹遁夫、祝功、顾修和滇中五虎，算是九个村主。表面上以年为序，实际却是顾修联络党羽，暗中把持。

当推村主时，本想连韩小湘加入在内。小湘执意谦谢，说自己性情闲野，不喜常在一处，只愿从旁以朋友之义相助。谢道明本也不愿当此虚名，因小湘已然坚拒，遁夫又在暗中再三殷勤相劝，说自己目前难以摆脱，但绝不有悖初衷，务请他勉为其难。道明与他患难至交，便不再为深拒，只得勉强允了。只推说虎王尚未收服，仍和小湘住在原处，轻易不往村中去，也不过问村中之事。顾修何等奸猾，也看他不与自己同调，乐得如此，便也任之。

顾、杨等人虽恨虎王，但极怕他，除了得便偷偷摸摸去杀害几个豹子而外，从不敢公然侵犯。自打祝功一来，仗着他会邪法，始则公然过山寻隙，才伤了两只豹子，虎王使得信，带了二猱，骑虎追来责问。杨天真假说祝功是新从外来的客，当日出外行猎，不知以前定约。虎王已然不乐，祝功还从旁口出不逊，两下话一说僵，动起手来。

论打，祝功自非虎王之敌，杨天真又惧着康、连二猱。祝功见势不佳，连忙施展邪法取胜。谁知虎王身旁带有涂雷所赠玉符防身，祝功所学只是排教中下乘禁制之术，竟无功效。一着慌，被虎王擒住，喝骂了一顿，扔出老远，总算没有伤他。二人闹了个愧愤交加，抱头鼠窜而归。祝功本欲再使恶毒禁法，背地里暗算虎王，无奈这种邪术害人不成，反害自身。又见第一次行法时，虎王行所无事，神情颇似此中高手，不知深浅，未敢妄动。十分气不出，只得仍以暗杀群豹，权且泄愤，静候米海客到来，再算总账。

在这时期，虎王又由二猱收服了几百只野骡。嫌崖前豹圈小，容纳不下，另在崖东北青草原辟了一处牧场。又命豹王分率了百余大豹前去监牧，黑虎、二猱不时前往查看，晚来驱入附近一座大山洞以内栖息。虎王原意，前年大雪封山，寻觅肉食不易，目前豹群日益繁育，野骡的肉又绝肥美，唯恐万一又遭天变，或是猎不着肉食时可以备用。偏生栖息游牧之地为难，好容易寻到这片牧场，却又是南北交界之处，从此衅端时起，群豹时常被害。顾、祝、杨等推说豹子过山，偷吃了村中耕牛、鸡、犬，才追过山来杀死的。虎王几次想大翻脸，俱因看在谢、尹二人面上。谢、尹二人又再三向顾、祝、杨等诸人劝阻，三人也觉单拿些豹子出气，太觉无聊。

歇手没有多日，三人聚饮大醉，说起前事生气。乘着酒兴，带了十几名有本领的心腹，半夜里私过山南，到了虎王寨前，意欲在出入要口上埋伏下邪法，等虎王明早动身，自寻死路。不料惊动黑虎，未容施为，飞纵下崖，连咬了两人。黑虎也中了祝功一阴箭。可是栅中群豹一齐惊动，漫山遍野咆哮追出。虎王也在崖上洞中闻声惊醒，赶了下来。

幸而祝功见机，一看情势不好，惊慌不迭，杀死了两只大豹，借豹身鲜血，行使障眼法东现西逃，连那两具尸身一齐抢走。虎王只知朝着暗中人影空追，等闻得黑虎啸声指点逃人方向，来人逃走已远，只得愤愤而回。顾、祝、杨等此行白死了两个心腹有力弟兄，只换来两只野豹，老大不是意思，空自咬牙切齿，无可奈何。

虎王因见黑虎伤处看不见，只是通体寒战，四肢无力，心中大怒，第二日一早，便要带了二猱、群豹赶往建业村，寻顾修、祝功和滇中五虎等算账，恰巧在起身前涂雷飞来，二人别已数年，见面大喜。涂雷看了黑虎的伤，笑道：“这是排教中的邪法，神虎乃是一时大意，否则也伤它不了。这个连手脚都不消动，只拿我给你那块古玉符，向它身上一擦便好。”虎王一试果然。因是久别重逢，便没有走，互相谈起前事。涂雷劝虎王：“来人既未伤着你，他还死了两人，可见都是废物，报复难免要伤害多人。你还想要拜仙师学道，此举定要犯恶，不如算了的好。你把古玉符用法时刻记住，再加上我师父的传授，稍有不妙，即行运用，凭他们绝害不了你，理他则甚？我来时曾代你请问师父，说你仙缘不久将至，只是你那两个对头早晚还要寻你晦气。我不久出门。一半月就回来，我们先玩几天吧。”虎王对涂雷自是言听计从。

过了几天，涂雷又复出外。虎王由此更恨恶建业村那伙子人，除偶寻谢、韩两人学习飞叉，久未往村中去。

那猎场上斑马、花鹿甚多，绝尘奔驰，其行如飞，当地毒蛇怪蟒时有发现，常受伤害。虎王平日行猎，最喜杀那豺狼、野猪、狗獾、野驴等猛恶害人之物，对于这类素食良善的野兽，不到打不着山粮时，轻易不许多杀。豹子最喜吃斑马的肉，虎王又非绝对禁杀，虎王如未在场喝止，遇上时大都不肯轻易放过。有时虎王见打得斑马大多，怒骂一阵，也就罢了。斑马力大性灵，又极护群，豹子走了单，被群马围住，也是照样吃亏。

日久两下成了仇敌，见就眼红。豹子更是一见了斑马就拼命追扑，不得不止。豹比马多，受过虎王训练，又有二猱相助，自然势力相差悬殊。斑马先还恋着那片水草，终于被迫合群他徙。豹群不舍这种美味，每出行猎，必要到处搜索，已有多日不曾发现。

近日虎王又率豹群出猎，中途行经树林以内，忽见林中生出一种异花，其大如莲，虽只一丛，却是干茎挺艳，占地丈许，重台叠瓣，五色缤纷，叶似枇杷，色作翠绿，甚是好看。虎王爱花成癖，又是初见，想要移植回去。无奈花太娇艳，四外荆榛围绕，估量花根甚大，难于掘取，立在花前徘徊观赏，只打不定主意。这时有几只照例当先探路的花斑豹已然走出老远，不知虎王停足赏花，将要出林不远，还未见后面主人和大队到来。方欲回身，忽然闻得斑马气息，接着便见数十匹斑马掩身树后，昂首窥伺。见了豹子，各把四蹄一登，飞也似纷纷往林外蹿去。起初豹子因见斑马太多，本想吼啸大群到来，一同追逐。一迟顿间，群马业已蹿出林外，四散飞逃。

这些斑马原因不舍当地水草丰肥，又惧豹群之害，知近日涧中出了几条毒蛇，特地照着豹群来路，舍身入林诱敌，欲使双方相斗，同归于尽。内中有两匹大的，乃群马之长，一见豹子没有追来，群马业已逃远，又回身立定挑战，向林内怒嘶了两声，然后跑去引它来追。林中几只豹子闻嘶追将出来，一见斑马甚多,押后的是两匹极肥大的斑马。

中有三只大豹颇有灵性,也知斑马狡狯,以前上过它当,此来必是诱敌,还欲等大队到来合攻,不欲便追。方一住足,斑马见豹出林,仍是不追,又复回身怒嘶,极力引逗,这一来将豹子触怒。同时又听林内风生,大队将到,益发放心大胆,齐声怒吼,奋身追去。斑马知已将豹逗发了性,更不回头,口中连连长嘶,电射星流,沿涧飞驰。豹子自然不舍,追得正紧,不想中计,吃涧中毒蛇七星钩子长尾缠住。后来虎王、黑虎率了双猱赶到,计伤七星钩子。正在被蛇追逐危急之际,幸得吕伟用毒药暗器将蛇杀死。

当吕伟伏身树上时,恰值一伙花皮蛮子同了十多名野猓由山外行劫归来,因闻群兽啸声,知道虎王又在猎场之上行猎,原是避道而行,没敢打从猎场经过。偏生扎端公因见虎王时常拿虎当坐骑,心中羡慕,这时猎了一只小虎,用藤索绑住,想捉回去养大来骑。行经崖后,那小虎比狗还大,忽然挣脱绑索,往崖上逃走。崖上丛草深茂,这边便是猎场左近。扎端公不舍,追上崖去,刚用套索将小虎擒住,耳听下面人喊兽啸之声甚急,偷偷潜身深草之内往下观看。

原来是灵姑惹的乱子。她原和王守常妇孺等在一起,那地方虽然离崖不远,但是藏处极隐。扎端公和众苗民最畏虎王,又见和几条七星钩子恶斗,哪里还敢近前,至多窥伺两眼便即走去,众人本来不会遇难。灵姑偏在此时遥望前面人、蛇、异兽追逐方酣,嫌树枝茂密看不真切,一见其父吕伟和张鸿等藏处相隔广场既近,又看得清楚,便往前边移去。

她这一走,却被众蛮猓发现,左侧树上还藏有数人。这次出山没劫到人,祭期将届,只得归来,心中本就失望。又见诸人掩掩藏藏神气,料定是外来客人,与虎王无关,哪里还肯放过。

也是合该出事,吕伟如早和虎王相见,众人也不致有这场危难。偏生不前不后,灵姑到时,吕伟刚和张鸿商妥,暗助虎王一臂之力,绕到前面,还没下手;王守常又恰从存放行粮的洞内,取了干粮来与妇孺们吃,都从树上溜下来,掩身树后,聚在一起,背向着崖,正是众蛮猓绝好下手机会。当下由扎端公为首,带了十多名矫健花蛮,轻悄悄掩到王守常等身后,用他本教中秘制的迷人香从后撒下,将王守常夫妻和张、王两人之子一齐迷倒擒去,这时在场人、兽全神贯注毒蛇,全没觉察。

扎端公先想连张鸿、吕灵姑也一齐捉住,细看了看,终因两人藏处相隔虎王斗蛇之处颇近；人又高踞树巅，那迷香需要身临切近，出其不意顺风撒出，方始有效；又见灵姑父女纵跃如飞，估量不是易与。心想：“这些人虽与虎王不熟，但是杀食生人终非所喜，一被发觉，连到手的人都保不住，还是知难而退的好。”立即息了念头，率众退去。

行至森林附近，扎端公因见张鸿之子张远、王守常之子王文锦俱都身材丰盈，容貌俊美，不由馋吻大动，意欲先杀吃了，将王守常夫妻留着回谷祭神。偏巧建业村派了二十多名弟兄往西树林打猎，归途相遇，见是几名汉人妇孺，激动义愤，上前喝问，意欲截留。

扎端公等自然暴怒，两下动起手来。这伙蛮猓虽然矫健，无奈不会武艺，人又只有三十多个，相差无几，仅仗一把蛮力，如何能是众村人对手，不多一会儿便被打败，死了几名蛮猓。扎端公连受刀镖之伤，率众逃走。王守常等大小四人全被救下，一个未伤，众村人却有一个腿上中了一矛。起初众村人当王守常等人是山外过路行旅，被花蛮从远处掳来。及至救回村中，用药解醒一问，王守常当然不知就里，见村人义气，感激救命之恩，以为西川双侠威名远震，江湖上声应气求，说出来必更有个照应，谁知反惹下一场麻烦。

顾、杨等人在朝夕盘算如何收拾虎王，吕伟父女到的头三天，恰好去缅甸的人归来。去人乃杨天真族弟，名唤杨满，说海客本欲早来，因练法中间前往昆明探亲，不料所豢守洞奇禽虬鸟、猛兽狮獒在洞中私斗，误毁法旗，狮獒也受了重伤。留杨满在洞，助他代理杂事，为狮獒医伤，故此耽延至今，现始将法练成。知众人心焦，同时尚因别故，不能再在缅甸居住，特命杨满先行归报，就便给鸟、獒预备栖息之所。海客本人日内即去昆明接取母、妻，大约再过两天即可到达。

顾、杨闻言大喜，极力怂恿遁夫，说虎王倚仗恶兽，欺人太甚。今明日海客必到，可就此将张、吕等人留住。明日下午请虎王、吕伟赴宴，在席前除了虎王、二猱，就便向吕伟找回旧日的场面。

刚刚议定，张鸿便同了康康骑豹赶到。见了王守常等，得知遇救经过，自然免不了一番交代，说些感谢的话，顾修见张鸿骑豹而来，并且带着恶兽金猱。他不想人家不带金猱怎能认得路，竟疑心是虎王恃强索人。起初想全体留住不放，只派一手下人送柬请宴。康康只唯主命是从，哪里肯应，便大闹起来。所去的几只大豹也跟在一旁大肆咆哮，大有搏人而噬之状，张鸿久闯江湖，看出主人辞色纵无恶意，也有过节。自己这面受过救助之德，不便固执不允。当下又交代了几句过场,说:“主人如此念旧情殷,愚下恭敬不如从命。只请将王守常等四人放回,免得金猱无知作闹。愚下暂做不速之客,在此下榻,留待明日盛会便了。”又喝止住猱、豹不许妄动。总算康康性情比较连连稍好一些,来时又受过虎王吩咐,要听张鸿的话,见主人对王守常颇有礼貌,既允放回,也就罢了。

行时主人说:“王守常一人带了三个妇孺,深山荒险,道途崎岖,骑豹夜行,诸多可虑。吕朋友远来,多年不见,既留张朋友在此,也须有一交代。如由王朋友带口信邀说赴宴,未免太不恭敬。”便问:“哪位兄弟相送一行,前往致候?”尹、顾二人因方奎曾受虎王救命之恩,交情尚好,本意想叫他去。方奎却因自己和遁夫患难至交,起初夙志入山隐居,本过着极舒服的岁月,自从顾修来到,便诱惑遁夫,怂恿大众,渐渐立下严刻规条,招募党羽,以兵法部勒村人,隐以主公自命,视遁夫如傀儡,放着好好日子不过,别谋异图。近更勾结滇中五虎等,露出本来面目,骄恣狂妄。对于虎王更是恩将仇报,人不犯我,我去犯人,两下结仇已深,早晚爆发,不可收拾。谢道明、韩小湘苦口相劝,顾修不但不从,反加离间。无故开门揖盗,招一妖道前来,意欲暗算人家,迥非英雄豪杰光明磊落行为。方奎知道虎王厌恶顾党,去人稍有不合,便即无幸。心想:“自己和虎王好好交情,何苦为他伤了?”见尹、顾二人看他,借着和别人说话,故作不曾闻见,将头一偏。

遁夫终是长厚,方欲指名派遣。滇中五虎的杨天真性情刚暴,自恃武勇,看出方奎不愿前往的心意,老大不快。立时挺身而出,说道:“此去通候请宴,并非和他交手。这厮纵然染了禽兽习气,不像人类,吕老英雄尚在他那里,也不容他不讲情理,怎无一位出头前往?小弟不才,伴送王朋友一行如何?”顾修知他与虎王嫌隙最深,虎王做事任性,不通江湖上的规矩过节,性情又暴,此去最不相宜,示意劝阻。杨天真却偏不肯听,执意非去不可,当着外人,不好深拦,只得任之。

张鸿眼睛何等明亮,见康康听杨天真说话时,喉中微微作声,目光如火注视不已。野兽性情,恐其中道出事,又不知两家到底有何宿怨,行时借着送行,向康康喝道:“你乃神兽,应该明白道理。这位杨朋友,此去是你主人的客,路上务要听他吩咐,和对我一样,不可丝毫倔强,你晓得么?”康康闻言,低头想了一想,才哼了一声,双目敛了凶光。如非张鸿这几句嘱咐的话,康康行至中途,必想起以前杀豹伤虎均有此人在内,杨天真纵不送命,苦头也吃定了。

当下尹、顾、张、祝诸人看着王、杨等人和康康分乘诸豹驰去。回村时，遁夫已命人设了盛筵在峰腰后大寨中相待，又向张鸿重新道了仰慕。张鸿明知在座诸人均是云贵间的绿林豪侠，顾修和滇中五虎等至少都有个耳闻，只为首之人，从来没听江湖上有这么一个姓尹的大名。看他言语行径，又绝非寻常人物。自己和吕伟患难至交，离开之时绝少，彼时事无巨细，无不知悉，怎也没听说过？再听尹、顾等人道及吕伟，似于敬佩仰慕之中，隐隐含有计较之意，估量定有极大的过节，好生不解。

尹遁夫见张鸿言谈豪爽，举止从容，英气勃勃，惺惺相惜，也觉西川双侠果然名不虚传。几杯酒一下肚，不禁动了豪兴。又看出张鸿沉思神情，知他尚不知自己为何人，笑对张鸿道："张兄适才寻思，敢莫是想知小弟的来历么？难得今日良朋相聚，甚是快活，且请干了这一大杯，待小弟揭开本来面目如何？"

张鸿这一会儿工夫，遍想以前江湖上有名之人，因遁夫满口滇音，名字不似江湖中人，再追忆自己不曾在场，吕伟经历之事一对证只有日前所说太子关一节有些相近，已然料着几分，但不敢肯定。闻言举杯一饮而尽，不等遁夫说出，先笑答道："不怕村主见怪，小弟奔走江湖已历半生，虽然见闻浅薄，但这数十年中，有名望的英雄，差不多均已见面订交，闻名而未得见的甚少。这云贵道上，只有当年名震江湖的滇南大侠戴中行，我和吕老哥彼时慕名已久，只因俗事羁身，山川间阻，无缘得晤。后来吕兄曾独往云贵一行，归来他说因归期太促，也未往谒。后来再一打探，闻得戴朋友不知何时举家归隐，由此缘悭一面，不曾得见。我二人每每谈起，引为憾事。此外也许见闻孤陋，或是村主自来久隐于此，所以不识姓名了。但又怎会和吕兄相识呢？如今在座英雄俱是当年有名人物，只村主一人如一潜龙伏虎，莫测高深，好生叫人惭愧，如承相示，足见村主义气干云，一见如故，拿张某不当外人。小弟十分感慨，愿闻其详。"张鸿这一席话，暗点自己交遍天下，颇有眼力，并非浪得浮名；又给吕伟预留相见之地。明是当面恭维，不露一点痕迹，说得甚是得体。

人都吃捧，何况遁夫当年又是滇南一霸，盛名赫赫，因为一时受挫，退隐荒山，未得展平生的抱负。虽然享尽世外清福，烈士暮年，壮心未已，昔年的豪情胜概依然尚在，又当酒酣之际，恭维他的更是方今有数英侠，哪得不兴高采烈,欢喜非常。

遁夫再一回想:“吕伟当年太子关一役,衅自我开。他明明本领高出己上,不但不为已甚,为了顾惜自己盛名颜面,竟不惜委曲求全,苦斗连宵,不使绝手。直到自己看出他的心意,相寓无言,表面上谁也不伤,方始罢手。这等心胸行径,已是难能可佩,尤其是他和张鸿齐名至交,亲逾骨肉,当然无话不说。这样露大脸的事,如换旁人,纵不满处宣扬,也会故意泄露出去以显威名。自己入山退隐,也为纸里包不住火,当时虽无一人看出,早晚终于难免泄露。如再设计复仇,已然与人论交,无殊匿怨,不是英雄豪杰所为。万一不胜,反又取辱。倒不如就此收手,显得光明。不料他竟如此长厚,连张鸿这样好友也只字不提,并说滇中之行一面未晤,免人揣测。天底下哪里还找这样好人?自己倒落了个小人之心,妄度君子。”感佩欣喜之余,不禁化敌为友,连明日找回场面的心思都打消了。

当下遁夫接口道:“这话说来太长,难怪张兄不知。便是在座诸位好友,除却一半是小弟当年旧交,识得姓名、来历,因受小弟嘱咐,只以新名相称,不再向人提起外,余者凡是年轻新来的朋友,都只知小弟姓尹,居此多年而已。难得西川双侠相继驾到,小弟洗手入山,本为吕兄而起,张兄初次幸会,一见如故,不便再隐行藏。诸位且再同饮这一大杯,待我旧事重提,也可见我们江湖上交朋友的义气哩。”

张鸿闻言,愈知所料不差。表面上仍装到底,故做不知惊疑之状,随着众人齐声赞好。举杯一饮而尽,眼望主人,都听叙说前事。在座人数虽多,除了初随入山的一些至亲密友和徒弟外,只滇中五虎当时曾经在场目睹,也只当双方苦斗力竭,并不敢断定戴中行是出于必败之地。便是顾修也是后来投奔,听遁夫酒后述说心事,并不深知就里。所以大家都想听说详情,无一插言。

遁夫见众人干完了杯,才起立对众一揖道:“诸位高朋贵友、至好弟兄,恕我一向不实之罪。我的真名就是张兄所说的戴中行。只因当初在滇南一带,承江湖上好友抬爱,颇有名声。彼时恰有一家镖局保了一船红货回滇,因知我厌恶那家客人,志在必得,说话不通,辗转请求西川大侠吕兄保护。吕兄初意坚执不管,嗣因来人面重,情不可却,惺惺相惜,又不愿和我相斗,想了一个暗度陈仓之计,人货分途而行,使我扑了个空,按说已算让我一步。我彼时壮年气盛,偏生不识进退,定约吕兄赴宴,一决胜负。说也羞人,我这边大张旗鼓，遍请各路英雄赴会，欲待人前显耀；哪知吕兄竟单人独马，连随身兵器也不带，从容而来。我觉出已输了一着，面上有些难堪，心里越发气愤。悄向到场诸友密告：我纵被此人打死，也只能事后复仇，无论是明是暗，千万不可从旁相助，坏了我的名声，贻羞于人。

“起初虽知吕兄名高艺精，不是易与，私衷也还自信不弱于他。及至酒罢三杯，一动上手，才知吕兄身负绝技，果然名不虚传。我因众目昭彰之下，虽然很敬重他，但是自己的颜面也关重要，起初也只想点到即止。打了半日，觉出吕兄身手精妙，越打越勇，封闭更是严紧，无隙可击。我还当他守多攻少，是存心累我，想得后胜。这时偏又来了一个闯席的，姓朱名霆，也是一位成名英雄，要给我们讲和。我不知他是好意，以为行强解劝，好生不快，几与后来这位也动了手。结果还是吕兄接着往下再打。由当日午后动手，直到次日未申之交，只中间停手与新来的那位朋友说了几句话，直打了一天一夜，未进一点饮食。我把什么煞手都使尽，法子也想穷，始终占不得丝毫便宜。后来吕兄大概因我太不识趣，才用八九玲珑手法，只一照面中，在我身上连做了三个记号。做完还故卖我一个破绽，吃我点中一下，彼时吕兄正在壮年，武功灵巧，出神入化，所做记号均在隐僻之处，下手迅疾，在场的只有我自己明白，更无一人看出。尤难得的是，他先打招呼停手，处处留我地步，当时订交言和。

“先还以为也曾点了他一下，可以扯直。及至事后一寻思，仍是他故意让的。纵横半生，不意遭此挫折，表面上虽是平手，久后传扬出去，岂不把英名丧尽？越想越愧，不由心灰意懒，这才举家入山，洗手归隐。后来也曾常向川中往来的门人好友打听，竟未听人传说此事。只听说那朱朋友第二年便中瘴毒病死。我将信将疑，以为吕兄终要向人泄露。好在我已归隐，就说也会顾得我未背豪杰行径，不是庸俗无耻之流，不再置意。适闻张兄之言，想不到吕兄竟如此盛德。

“真人面前不说假话。事虽多年，心终不无介介。实不相瞒，此番留宴，固因顾老弟夫妻与虎王有些过节，为日已久，我此时已无法再劝止；况且虎王人太粗野，对我尚好，对众弟兄也着实有些难堪之处，明日之事，只得任之；而我也未始不想就便略找当日场面。知吕兄赶路心切，人又平和谦退，如知是我，未必应允光临，找场面与否还是说说，我却真想见他一面，故此去人未吐我的行藏。我想人生如白驹过隙，哪有许多较真之事？良朋相聚，正该痛饮欢会，特向张兄和诸位说明心事。并请张兄明日代向吕兄致意，请他暂留旬日，以叙阔别，并恕我先时隐瞒之罪吧。”

张鸿闻言，大喜道：“原来村主乃是当年滇中大侠戴兄么？小弟闻名已久，真巧幸会。想不到吕兄还有这一段佳遇，更难得的是村主这等光明磊落行径。二兄此举，真乃二雄相并，千秋佳话，令人佩服无穷了。”众人俱随声附和，称赞不已。中行也觉自己事做得对，既免明日席前之争，又可借此结交两位有名的大侠，心里很痛快。

顾修和滇中五虎，与西川双侠本无仇怨。原意是借明日早宴为名，收拾虎王、二猱，因而极力怂恿。及至中行吐露真名，与双侠释嫌修好，成全江湖上的义气。此举固属光明豪爽，不过双侠与虎王成了朋友，明日筵前纵不偏向一面，也必从中作梗，凭着老面子挺身出来解劝。中行本无伤虎王之心，明日之事出于勉强，接着江湖上的过节，也必要顾全双侠情面，不更难堪。如此，自己心思岂不白费？看中行此举用意，还许一半是为了虎王。话已出口，又不便拦，心中老大不快。

闷了一阵，顾修又一想：“虎王性暴无知，平素就轻视人。明日筵前，我先激他自动做些无礼举动，使来人看出其曲在彼，不是我不通情理，是他自己不肯罢休，逼得双方非动手不可，想劝也无从开口。这时来人肯置身事外便罢，如不解事，还拿出过节交代，强自出头，索性连他一齐毁掉，看看西川双侠到底有多大本领?”想到这里，才微笑着敷衍了中行几句。

张鸿虽没吕伟精细沉着，到底见多识广，成名不虚。对于顾修为人诡诈，早有耳闻。这时见他眼皮低垂，如有所思，脸上神情阴晴不定，料知他必有诡谋。暗忖：“戴中行说话真诚，举止光明，不愧豪杰，此事已无芥蒂。此人大是鬼祟，不知要闹什么花样?”

细查在座人数虽多，就拿这些知名的说，也非双侠敌手。后起的不知深浅，看主人相待情形和所坐席位，除另有人未露不知外，似乎无甚能手，即使真个有甚举动，凭自己和吕兄也决应付得过，先没在意。继想：“虎王居此多年，不特神勇过人，手下还有通灵异类和大群猛兽，他们不会不知厉害，适才又明说要和虎王较量，吕兄之事尚是附带余波。看金猱索人时暴跳神气，众人无一能制，奈何它不得，何况全来。假使没有必胜之道，休说还与虎王为敌，便和吕伟为难，有虎王同来，也是不敌。他们并非愚蠢，所谓助手必是一个了不得的人物，否则便是左道旁门一流。同来诸人俱受虎王礼待，如见危急,怎能坐视?”越想越觉可虑。

戴中行见他停杯沉吟,笑问道:“我们神交已久,天涯相逢,正当痛饮快乐,张兄颇似海量,为何停杯沉吟?莫非长途跋涉劳顿,贵体有甚不适么?”张鸿酒后越发心直口快,又与主人投机,便没有初谈时慎重,脱口答道:“小弟虽与虎王初会,未知底细,见他人虽粗野,倒也有些英雄本色。不知因何开罪诸兄,可能见示一二么?”

戴中行平日受左右蛊惑,久而习惯,听张鸿一问,回忆前事,自知理屈。并且自命盖世英雄,不能制一野人,又不能约束手下,各不相犯,始则受恩不报,反倒纵容顾、杨等人挟嫌骚扰;等人家屡次登门问罪,知难抵敌,表面推托敷衍,暗中却由顾、杨等人劳师动众,远出聘请能人、恶兽相助,能胜也属没脸。亏心行为,不是英雄所为,对着外人怎能出口,自己又不善说诳语,不禁羞得老脸通红,没答出来。

这一停顿的工夫,顾修见中行为难之状,暗骂中行:“真是无用,似你这样,怎为众人首领?”方要抢着代答,力说虎王率兽食人恶迹,暗示张鸿,明日应告知吕伟休管闲事。还未张口,忽然有人禀道:“大当家的和韩英雄到了。”一言甫毕,便听外面有人高声说道:“西川双侠千里远来,良朋盛会,怎的这时才教人与我送信,真正欠罚了。”

张鸿侧脸一看,门帘启处,进来二人:前行的一个,正是阔别多年的昆明修士铁拂尘谢道明;后随大力天王夺命手神医韩小湘,虽无深交,昔年也曾见过。连忙立起,彼此拉手,连称幸会不置。寒暄后,重又一同入席落座。张鸿先见主人为难,知道此人天良尚好,看神情必有不便交代之处。自己终是初交,问得也嫌冒失,正没个台阶下,恰好人来,借此岔过,便向道明叙阔。

中行见张、谢二人交情颇厚,笑问:“二兄何年交好,怎没听提起?”谢道明道:“我和张兄也是打出来的朋友,相熟大约就在贤弟归隐的那一半年中。那时愚兄闲游蜀中,在峨眉山解脱坡前得与张兄相遇,先彼此不知姓名。说也惭愧,彼时我有一恶徒鲍善,在外为非作歹,无恶不作。张兄为救一孤女,约他第二日往舍身崖比斗。我因初至,尚在鼓里,受了这孽障蛊惑,与张兄在坡上打了半日,未分胜负。后来我自道名姓,张兄急了,也通名大骂,说我枉称修士,纵徒为恶。彼时我也在气头上,还不甚信。偏生这孽障知我性情疾恶如仇,他做贼心虚,见我打时屡屡看他,疑心败露,忽然逃走。我才有些省悟,忙叫张兄暂且停手,等我追上徒弟,问明再说。

“我二人立即停打，一先一后追去。谁知这孽障诡计多端，早已防到此着：来时在山僻处隐伏了两个同党，见我二人追赶，竟用连珠毒药镖暗下毒手。我虽练内功，能避刀枪，因出其不意，又当怒极失神之际，如非张兄知他还有同党未现，必有诡谋，见山径险秘，留心埋伏，从我身后用西川双侠驰名惯用的月牙飞刀，将连珠镖破去，几乎被他伤中要害。

“等我用铁拂尘杀了二贼，孽障已逃没了影。张兄又领我去见所救孤女，问明孽障恶迹，并助我赶往巴州寻着孽障，清了门户，并合诛护庇他的一十四名川江恶盗。由此成了好友，直盘桓了一年多，才因事回转昆明，此后多年未晤。因我二人初交，只韩贤弟寻我回滇，在张兄那里相见得知外，在座诸位俱不相识，谈不到这上头去。便是我也因山川远隔，多年未见，都忘怀了。

“适才来人说，尹、顾二位村主请我饮宴，并有新客到此，明日还有盛会，我还当是米道友来了呢。到此才知张兄驾到，怎不早与我送个信儿？”

中行道：“我因张兄沿途跋涉，难免饥渴，所以没等到大哥来，一面着人相请，一面径自入席。适才谈得投机，连我多年未说的真名来历都说出来了。”

谢、韩二人素佩双侠，太子关一役本也不知就里，还是到了隐贤庄，才听中行自己说起，益发心敬双侠为人，只是始终没谈到以前订交之事。今日去请，以为来的是米海客。一听说是西川双侠，唯恐中行修怨，闻言甚喜，好生称赞。

张鸿听手下人等称谢道明为大当家，实际却尊而无权，仍是戴、顾二人为首。谢、韩二人只以客礼自居，住又不在本寨。再看在座诸人十九是江湖豪强，绿林暴客，虽然暂时洗手，多半未化去本来野性，在在显出桀骜不驯之状。料定此辈绝不会安心归隐，其中必有缘故。推说久别叙旧，要和谢道明同榻说话。谢道明又拉上韩小湘同陪远客，不令独自回去。中行自无话说。寨中原有谢道明一大间静室，备他不时过访，与中行谈晚不归下榻之用。当下命人将客室中床榻铺盖移入同居。席散后，戴、顾、谢、韩四人陪了张鸿，一同入室叙话。

顾修因受过谢道明的大恩，起初约了他来，本欲多结一个有力党羽，以壮声势。谁知道明到后，因与中行也是旧交，又惜他辛苦经营的这些田园基业得之不易，大好安乐岁月不过，受人诱引，图谋不轨，将来必无好结果，颇不善顾修所为。力劝中行不可自寻苦恼,并为筹划脱身之策。中行心直好友,最重情面,不肯得罪顾修和滇中五虎等顾党,便一味延宕下去,期其自悟。

日久,顾修看出谢道明暗中作梗,好生不快,但又无法再将道明遣走,心中时常悔恨。今见道明与张鸿莫逆神情,又不便拦他与客同榻。适才张鸿席间问起与虎王结仇原因,正值谢、韩二人进门,没有答出。唯恐道明向外人泄了机密,即使仗有米海客,不畏双侠出头,传到外面也不好听。便借话引话,力说虎王如何乖张凶暴,恃着养有恶兽,常带群豹背约过山,伤人掠畜。并拿话点醒道明,不要对来人吐露真情。道明表面上装作应诺,点头示意,心中却大不直他所言。

大家正谈得起劲,忽报杨天真回来。顾修连忙走出问话,隔了一会儿进来,大骂虎王倚仗恶兽,侮慢信使,种种无礼。怒道:"明日说好服低便罢,否则定教他连人带所有恶兽一齐死无葬身之地!"正骂得起劲,忽又报米海客带了母、妻、家人和所养仙禽神兽,已由空中飞落,现在寨门之外,五虎兄弟已然迎接去了。顾修忙对中行道:"米真人为了我们老远光临,此人道法高强,无殊天上神仙,我们需要多加一分礼貌才好。"

说罢,看了谢道明一眼,连声催走。道明知旨。自己虽非真正主人,总算是同盟中的老大哥,远客新来,自然不能不出来接待。只得对小湘道:"你也远客,可以无须出见,请代我弟兄三人,陪着张兄畅谈一会儿。天已不早,你二位如倦,不妨先睡。愚兄去去就来。"说罢,与中行同向张鸿道歉告辞,接待来客去了。

三人去后,小湘为人爽直,平时又极敬佩双侠为人,两人越谈越投机。小湘把顾修如何宠妾挟怨,与虎王为仇,愚弄中行,异谋惑众等种种恶迹,以及此番请妖道米海客,想借他妖法和所养妖鸟怪兽之力暗算虎王,一一说了。

张鸿先和虎王初见,本就看出他是个英雄。一听小湘的话,心想:"他对头方面尚且有人如此赞他,其为人如何,不问可知。自己一行又受了他的好处,明日筵前,怎好坐视其危而不援手?无奈此行带着妇孺,身居异地,强龙难斗地头蛇,纵有多大本领,也是施展不开,何况对方还有一个会使邪法的妖道,不是可以力敌。就算中行是个朋友,或者能卖点情面,但有顾修从中作梗,此人诡诈机变,党羽又多,隐然左右全村,处心积虑施此毒计,中行也做不得主。虎王更是刚直,不知轻重厉害,绝不肯听人劝。顾修只要在席前稍为挑衅,争端立起,一发便非要分出胜败存亡,不可收拾。”越想越替虎王发愁。

张鸿知谢、韩二人虽然收服不了虎王,却都爱惜他。正想和小湘商量,打不定主意,忽然一阵微风吹入,门帘启动处,飞进一条黑影。张、韩二人俱是久经大敌之人,知有不速之客进来。张鸿更疑心是顾党暗算,忙暗中戒备。定睛看时,烛影幢幢中,现出一个黑衣少女,正是吕伟之女灵姑,不禁大惊。不等开口,先悄声低问:“贤侄女怎么如此胆大,深夜到此,令尊、虎王可曾同来么?”韩小湘见是张鸿自己人,方始坐下,重又细看来人。见她年才十四五岁,头上黑绢包头,身穿玄色夜行衣履,左插宝剑,右挂链囊,身容秀美,英姿飒爽,相信也是个能手,估量她已在室外潜伺多时,竟没听到半点声息,心中好生敬佩,不禁现于颜色。张鸿见状,才想起没给小湘引见,忙又拦住灵姑话头,令先拜见过韩叔父。小湘听是吕伟之女,益发赞许。

这间静室因着山形,建在大寨后面半峰腰凹处,以崖为顶。前有三亩平地,满植花木,下临绝壑。对面峭壁如刃,高矗天半,不可飞渡。左边怪石微凸,上悬飞瀑,天伸百丈,孤悬石端,水落到下面无底的深渊之内上下相隔甚高。除有时山风大作,吹得那瀑布如匹练摇曳,水花四射,击荡交鸣外,风和人静之夜,只听到峰顶发源处微有哗哗之声,并不似寻常泉瀑那般轰隆怒啸,如崩雷电。右边出口又是石壁如屏,又高又阔,恰将大寨隔断,仅壁根近地处有一个三四丈深的石洞可以通行。

全村寨的屋宇均在石壁之右,依着形势四下散置。洞径纡曲,里外都看不见,还需绕行出去,才能望到村寨。室甚修广,本是中行辟作闲暇观书之地,兼充谢道明的行榻,不奉使命,轻易无人走进。有两个服侍的小童,因值夜深,又欲畅谈无忌,业已遣睡。虽然地极幽僻,小湘终恐顾党有甚奸谋窥探张鸿,若无心闯来,见到灵姑,必然误会,反伤了双侠交情,便起身往门外走去。张鸿见状,伸手要拦,小湘低声笑道:“我不是回避你们,我是代你们巡风去。”张鸿忙即谢了。灵姑重又从容叙述前事。

原来吕伟父女和王守常等听虎王说了身世,得知一切详情之后,先想不起那村主是何等人物。后虽由杨天真而想到滇中五虎,又由五虎而想到戴中行身上,心中仍拿不定。却料定明日之宴,必有争端。想了一阵,笑对虎王道:“可惜神猱虽能通人语,却不会说。否则再教它辛苦一次,半夜跑去问问我那贤弟，不使人见，即行回话，总可得到一点虚实，明日也好早做准备。"

虎王屡占上风，全没把对方放在心上，力说："他们除了尹、方、谢、韩等十来个是好人，余者鬼头鬼脑，还不如我养的畜生。尤其那顾修、杨天真这几个更是可恶，本领不济，专一暗算我的豹子，你说气人不气？你休听姓杨的满口大话，也不知从哪里找来几个废物，明日打得赢我便好，打不赢时，有老尹的情面，我也不会伤他。这样人我已遇见过好几回了，不用康康、连连，就给我打跑了，理他怎的？"

吕伟却不是这样想法，细想杨天真的口气，隐含杀机。对方多次吃亏，岂不知虎王和神虎、金猱的厉害，必定延有能手，怀着必胜之心无疑。目前江湖上妖人甚多，弄巧所请的还会邪法，事更糟了。虎王心直，哪知此辈诡诈。仗着一见如故，谈得投机，话还能听，便以婉言相劝，详说此辈行径。江湖上妖人厉害，遇上会邪法的，休说有力难使，便是虎、猱，也无法施其神勇，不可不早为防备。并劝虎王明日务看自己眼色行事。虎王闻言，也想起昔年双猱私逃，为妖道所陷，自己骑豹往救，多亏涂雷相助，才得无事，不禁心动了一下。因生平所见会法术的人，无论正邪全是道装，一心记着明日如见有道装的人，多留他一点神。好在身有玉符，又会防身之法，也不怕他邪法暗算。便和吕伟一说，又将身佩玉符取出来看。

吕伟见那仙人给的玉符，上刻符篆，入手温润，隐泛光华，知是宝物。便对他道："你适才不说送你玉符的那位朋友，日前出去就要回来么，何不试他一试？由我写下一信，命你神兽明早给他送去，打一后援，有备无患，总是好些。明日他若善请便罢，否则各凭真实本领，大家一对一个真比胜负，我们连神虎、金猱也不许上前。索性就这一回，由我出头分清曲直，不论谁胜谁败，两罢干戈。万一他约有妖人，我们约仙人相助，既无败理，彼此均是约友助拳，也不为过。如人未回山，那是无法，也许能得他仙师垂佑。你看如何？"虎王想了想，点头应允。

当下由吕伟寻出灵姑所带纸笔，与涂雷写下一信。因仙人洞府时常云封，天已深夜，不便冒昧惊动。黑虎通灵，能知进退，便命康康持书，未明前与虎同去，到时见机行事。涂雷如回，必在洞前乘着朝阳吐纳练剑，一见信必然赶来，同往赴宴；要是未回，便将此函恭置洞前，或遇仙师同时呈上。等虎、猱回来，再去赴宴也来得及。虎、猱领命，将信接去。

这时天已深夜，吕伟因灵姑饭后不久推说身倦，拉了王守常之妻，同往洞角一个小洞中石榻之上，铺上被褥，安歇去了，此时睡得正香，又有王妻在内，不便入视，便和王守常父子、张鸿之子张远、虎王诸人一同就卧。那洞本来宽大，那年方奎等五人到来，虎王又添了几座石榻，当初为了便于谈天，所有石榻俱设在东壁角里，地最宽敞。灵姑住的那间小石室，原是双猱卧处。虎王虽在苗疆生长，幼读文书。后和尹、顾等人来往，知道汉人男女有别，不似苗人随便。知王妻和灵姑不愿与男人们一同列卧外面，特命双猱迁出。

实则灵姑少年气盛，心中另有打算，并非真睡，先拉王妻做伴，全是掩人耳目。王妻倒是真个倦极欲眠。灵姑犹恐她中间惊觉泄露，假说自己不过因主客都未说睡，身子疲倦，进来睡一会儿，少时醒转，仍到外面宽敞处睡去。王妻老实，信以为真，就枕一会儿，便自睡熟。因虎王平时畏热，不是极冷的天，从不近火。这小洞相隔主客诸人睡处颇远，离那聚谈之处却近，众人说话声音又大，灵姑听得甚是真切。到了夜深，见众人还不去睡，正在发急，恐路远时晏，明早赶不回来，一听他们一同就卧，好不欢喜。略待了片刻，便结束停当，偷偷走出。

灵姑先以为山径方向已向王妻、张远问明，别无难题。及至走出一看，全洞静荡荡的，不见一点动静，火池中的余火未熄，照在左侧钟乳上面，晶光回映，眩为异彩。遥听虎王鼻息如雷，声震全洞，从东壁角暗处传来。中间隔着两三处钟乳璎珞、石屏之类，看不见诸人卧榻，谅已睡熟。方欲往洞门外走去，一回身瞥见那只比水牛还大一倍的神虎当门而卧，二目神光远射数尺，正注视着自己，形态甚是威猛。康、连二猱也蹲在虎侧，一个拿着适才吕伟代写的信，正在交头接耳作兽语，见灵姑回身，便一同站了起来。

灵姑想起来时一切情景，这里野兽毒蛇到处皆是，自己人生路不熟，仅凭两个初经过人传言，路又有那么远，休说有甚闪失，便今晚走不到建业村也是丢人。有心想喊张远同往，又嫌他本领不济；且恐惊动老父，必受拦阻，更走不成。若不去，又觉虎王轻视自己是个无用的女孩子，心不甘服；去则事情太险，更恐虎、猱拦她。再侧耳一听崖下群豹鼻息咻咻，起伏如潮，夜静山空，分外惊人，不禁有些胆怯起来。

方在踌躇，二猱忽然走近身前，朝着灵姑伏拜，又扯弄她的衣角，意颇驯善。忽然心中一动，暗忖："这三只神兽俱极通灵威猛，能通人语，建业村中人人害怕。况且黑虎、金猱少时便要到铁花坞与仙人送信去。何不和它们商量商量，如得允许，索性借着此行，就便随虎前往，等到见着张叔父，问明虚实，再骑它同往投信，还可看一看仙人是什么样；或是约定地方，等虎、猱归途再接。有此神兽相助，有什么险阻艰难都不怕了。否则它们在此守门，要是不允，连这门都出不去，还说甚别的？”

灵姑想了想，恐说话惊动诸人，先和康、连二猱打了个手势，示意自己要往洞外，并请同去。二猱会意。便点了点头，转身先行。灵姑见状，忙往外走。黑虎也起身跑了出来。灵姑因黑虎能主持一切，到了崖口僻处立定，向黑虎商量，说自己要往建业村去探看张鸿，探村中虚实，无奈路生势险，欲借神虎、金猱送信之便，携带骑了同去，见人即回，绝不惹事，使虎王见怪。

起初黑虎将头连摇，意似不允。后来灵姑抚摸虎颈柔毛，不住央告；二猱又各自从旁朝虎连声低叫。黑虎瞪着一对光闪闪虎目望了望灵姑，方始点头应诺，朝着连连低叫了两声，虎身往灵姑腿旁一横。灵姑喜出望外，忙即跨上背去。康康业已当先驰下，只连连被虎阻住留守。要知后事如何，且看下回分解。

第四十回

探虎穴　绝壑渡孤身
斩妖巫　群雄张盛宴

话说黑虎驮了灵姑，据崖一跃，便到了下面，撒开四只虎爪，一路蹿山越岭，往建业村急驰而去。今番不似日里要等大队同行，如脱了弦的弩箭一般，行更迅速。行不多时，便到了建业村前峰岭相近之处。离天明还早，铁花坞之行，可俟见罢张鸿再去。又和虎、猱商量，将虎留在峰侧山凹僻处，自与康康入寨，同探张鸿下落。如康康先寻到，便速觅自己通知；自己先寻到，便在张鸿那里相候。不想这一分道，几乎生出事来。

先说灵姑与虎、猱分开以后，仗着家学渊源，一路鹭伏鹤行，纵跃如飞，不消片刻，行抵峰寨之下。那建业村就建在峰腰上面，全村屋宇分踞岭脊冈崇之间，高低错落，因山位列，各有茂林密莽掩蔽。所有田畴，均在中心。新辟的百顷梯田及十几处望楼，也都在峰岭四面极高之处，各有奇石崖洞和林木做屏蔽。除却岭后梯田面对危崖幽壑，人迹不到外，余下无论岭后人来何方，不是身已临近，也看不见村寨影子。

灵姑去时，因村人自由隐贤庄到此，仗着地利、人力，从无一点变故发生，年时一久，俱都松懈下来。又值半夜里远客新来，盛筵大开，全村凡是上一层的当家人物，都在筵间陪客，聚于寨堂之内。其余中下层人因夜已深，除却少数执役诸人，全准备明日早起，多已安歇入睡。

灵姑初次犯险，究有戒心，形迹甚是缜密。各望楼中虽有个把轮值之人，过惯太平日子，视若具文，形同虚设。偶尔略向楼外望望，也不过看看天色，万想不到会有外人潜入，所以灵姑如入无人之境。

灵姑到了峰下一看，岭脊深林中间有零零落落的灯明灭掩映，直达峰腰以上。遥闻隐隐笑语之声随风飞落，好似人在聚饮一般。照那灯火看去，估量全村寨长达十里，几乎南岭皆是。暗想："离天明不过还有一两个时辰，这般广大的地方，事前不知准确地方，如何往里寻人？听虎王所说寨中情形，不特防备周密，而且会武能手众多。看虎王不以为意，就拿那送信来的杨天真来说，也非庸俗之流，一个信使已如此，其余可想。自己一个孤身少女夜入虎穴龙潭，虽幸得有神兽为助，但是业已分开。如在未见张鸿以前有甚闪失，就算金猱赶来救护出险，事也误了，人也丢了，回去岂不要受爹爹埋怨和外人见笑？”为难了一阵，又想：“这寨如此长法，行事又在暗中，决非一两个时辰所能寻遍。金猱行走如飞，迅速得多，但它已然上岭跑没了影，万追不上。分头寻找，仍是不妥。莫如由金猱去遍搜全寨，自己舍了前面，由后山僻处上去，寻到他的内寨探查一番。如寻不见张鸿，等再寻到前寨时，金猱也该寻来会合了。”想定后，为图抄近，便沿峰麓走去。

灵姑还没绕到峰后，忽听笑语之声渐近。循声一注视，峰腰上树林之中灯火繁密，人声甚是嘈杂。经行之处渐高，相隔上面不过二三十丈远近，知是大寨有人聚饮。起初因只想见张鸿一探虚实，事越隐秘越好。凭自己的本领，一则众寡不敌，二则尹、顾等人本领高强，耳目灵敏。意欲侧面下手；或是从别的村人口中偷听；或是擒一个乏手，拉入僻处逼问下落。未敢冒昧径入大寨窥探。此时身一临近，不由胆力一壮。暗忖：“不入虎穴，怎得虎子？这般深夜还在轰饮，弄巧张叔父也在其内，何必舍近求远？”当下掩藏着由树林之中往上走去。

行近一看，那寨堂就建在树林外面，前有大片平地草原，花石纷列。寨堂共是一列九大间，当中三间打通为一，共占地数亩，可容百席。余下六间尚不在内。屋宇宏敞，轩窗洞启，陈设得尤极华丽。背倚崇山，面临长岭。因两旁林内外还有数十所形式不一的小室宇一衬，越显出它的庄严雄丽。细查中屋共设有五席，相隔太远，看不真切。忙从侧面小屋后绕了过去。只见当中一席，连宾带主共是十人，杨天真也在其内。首座是一位容装诡异的道人。另外还有两个道人，其中一个相貌清奇的长髯道人却似哪里见过，甚是眼熟。第二、三桌尽是妇女、小孩。余者神态都似江湖上人，为状善恶不一。

肴酒蒸腾，笑饮方酣，席前上酒端菜的下人络绎往来不绝。灵姑藏处恰在屋外一座假山后，地既隐秘，看得又真。一见张鸿不在，疑是遭害或已被困，不由又惊又怒。灵姑方在寻思，忽听中席那个生相猥琐的道人说：“西川双侠那么大名望，见面也不过如此。所以适才诸位对他那样谦恭称赞，我却不则一声。姓吕的我没见过，还不敢定；那姓张的，看神气也不过内外武功有点根底罢了。不是祝某酒后发狂，这回幸是戴二哥顾全江湖上的义气，宽宏大量，化敌为友，加上他又是谢大哥的老朋友，不好意思栽他；否则，不等明日，先在席上我早拿话将他，一比高下了。”灵姑听那姓祝的口气，张鸿并未有甚不利，心才略放。

猛又听那长髯道人哈哈大笑道：“祝贤弟，酒后之言也须留意，不可失格。并非愚兄偏袒朋友，双侠现与二弟已成好友。自家人胜败无关，如不以他为然，尽可明日席散，由我与诸位弟兄为中，当着嘉宾远来，各凭真实本领，一比高下好了。他现在峰左小洞中，本想出见米道友，因是生客，又防主人有话说，此时在愚兄静室之内想已熟睡。相隔这么远，又听不见你说话，他得名并非幸致，何必背后伤人呢？”

灵姑一听竟有人给张鸿吐气，好生痛快。见那姓祝的一张酒脸已急恼成了猪肝颜色，两下还待争论，因已得知张鸿住处，喜出望外，顾不得再听下去。刚一回身，绕屋潜行没有几步，忽听冈岭下面有极猛恶凄厉的鸟兽怒啸暴吼之声远远传来。低头一看，冈下林中似有火起，晃眼间红光高出林梢，峰下长冈上警锣四起，人声嘈杂。大寨堂中立时一阵大乱，在座之人纷纷奔出。心想：“乘机去寻张鸿，再好不过。”忙照道人所说，飞步转过寨堂。行约半里山路，才见密林中现一石洞，洞壁有字，连忙钻了进去。从洞口回顾，似有一片乌云疾如奔马，在月光之下飞到火场，往下一压，火便熄灭。不暇细看，循径穿洞而出，果然寻到。灵姑因室内还有一人，不知底细，未敢妄入。在窗外略伏了一会儿，听出那人口气竟与张鸿莫逆，仿佛和道人一样也是旧交，这才启帘而入。

灵姑见着张、韩二人，匆匆略谈各人经过。得知村主便是戴中行，虽已杯酒释嫌，但因虎王一节，顾、杨一党又约来妖人、异兽，明日之事尚不可知。金猱尚未寻来，正疑心那火是它放的，忽听室外一声低喝道：“你的胆子真大，竟敢到此。”灵姑按剑回顾，门帘启处，进来一人，正是席间长髯道人。心方一定，张鸿已指着道人，命即拜见，说了姓名。才知那道人是谢道明，以前曾在川中见过一面，无怪眼熟。

灵姑正要拜辞，谢道明道：“贤侄女真个胆大，竟敢深夜至此，你太看轻他们了。适才无非时在深夜，无事已久，大家都有了酒意，不曾留心，没看到你。只我一人面对你那藏处，因你藏伏隐秘，未见全身，仅看到你的眼睛。

先疑令尊自来，一想不会，他同行诸人我已全知。又从眼光中看出你年纪尚幼，料定是你私来探问张兄无疑。将门虎女，果异寻常。回忆见你时年龄，至多现在不过十四五岁，怎不叫人叹服？恐你久立失陷，刚借话指点张兄住处，忽然冈下火起，被妖道行法救熄。听说妖鸟、恶兽几乎被火烧死。张兄曾说他令郎年纪更小，武艺平常，如非太谦，必是金猱同来。全村正要搜索放火奸细，只恐出去更难。我料你已寻到此，推说身倦，赶来送你出险。我叫小湘假装观火，在洞口瞭望，见事平息，即来归报。你且等他一会儿，再似先前鲁莽，一被看破，连我老兄弟三人都有不便，千万大意不得呢。”张鸿也在旁力嘱慎重。

灵姑闻言无奈，只得在室中静候。等过一会儿，金猱没有寻到，小湘亦未归报。方在焦急，想请谢道明出外一探，或仍让自己出去，即被发现，也与二人无干。谢道明笑道：“贤侄女，你怎说得这样容易？你如单人到此，或是金猱不放那一把火，即被他们发现，哪怕被人擒住，也可作为你因见张兄不归，自恃本领，私来探看。虽不免伤点体面，但你年纪幼小，他们俱是有名人物，人多势众，表面是输，骨子里反显得你有此胆勇，不愧为少年英雄，情理上也说得过去。我再从中一说，绝不致有甚伤害留难之处。偏被金猱放了一把火，妖道已然怒极，就主人能讲交情容忍，妖道也必说那火是你主使，不肯放过。所以此时万落他们手里不得。如说真打，连我们几人一齐算上，也不是全庄人的对手，何况还有两个妖道在内呢。”

灵姑闻言，也觉事太行险。正踌躇间，忽听韩小湘在洞口高声说话。谢道明一听，便知有人到来，而出路只有那石壁上的小洞，这一进来，大家全挤在里面，别无藏处，不由大惊失色，无计可施。张鸿还算镇静，入室之始，早已看明地势，一见无路可逃，便拿手往里间小屋一指，那原是两个供服役的小童睡处，业已熄灯睡熟。因深藏崖凹以内，只靠壁有一天生石罅，大约二尺，面对危崖，甚是幽暗。这一指，却把谢道明提醒，忙叫灵姑藏到里面，不要惊醒二童，俟来人去后再出。灵姑无法，只得走了进去。

等到灵姑走入，韩小湘的语声已渐隔近，来人答语也渐听出。来者正是顾修、杨天真和妖道祝功等三人。明知此来必然有事，所幸米海客尚未在内。谢道明忙和张鸿使个眼色，仍装作坐谈叙阔谈出了神，不舍就卧之状。直到来人走进，才由道明从容起立，向外说道：“顾贤弟怎这时还来？那夜行人擒着了么？”

当道明设词入睡时，顾修正往火场，没有在侧。回来不见道明，问已归卧，心想："道明今晚对张鸿甚是亲密，适才席间神情却是落落，大有不耐久坐之态。他虽是个有名无实的当家，遇有外人黑夜纵火扰闹，就看朋友情面，也不应坐视不管，径自去睡之理。"不由生起疑来。

戴中行终是忠厚，力说："道明绝无二心，不过他行云野鹤，疏散已惯。一听有人说火场附近没有脚印，恐是仙禽异兽自斗，抓翻悬灯引燃。吕朋友绝不会如此无理取闹，虎王既定明日来会，也无隔夜相扰之理。如是红神谷中苗人，此类野人出必以群，即便三数人来此，当时发现甚快，任怎样也逃不出我们的眼睛。他急于和老友叙阔作竟夕之谈，也不是不在情理之中。如此深夜前往窥探，当着外客，容易使人误会生嫌，有伤弟兄们的义气，大是不可。"

顾修想了想，便道："米、祝二兄俱料此火出诸人放无疑。如今外贼未得，他那地方隐僻，怎知不藏在彼？我们前往搜寻，张朋友不做亏心事，怎会起疑？目前各处搜遍，毫无下落。那里虽然路远，方向相反，但天下事往往出人意料，就不是张朋友所为，也不能断定外贼不去，还以看看为是。"

中行强他不过，只得劝他事要慎重，不可闹出笑话。顾修答应，知张鸿难斗，约了天真，又约了祝功，同抄小路飞跑而来，一路掩掩藏藏。小湘竟未看见，直到近前方始发现。幸而小湘临变机警，料知三人必有所为，明见三人由侧面峰石后潜绕过来，因那地方月光为峰所阻，甚是黑暗，索性沉住了气，装作不知，侧脸外向着火场人多之处，负手闲眺，状甚暇逸。

算计三人将要绕到身侧，又装骤出不意，闻得声息，猛一回身，大喝："大胆鼠辈，竟敢来此窥探！"说着，飞身纵退，让出交手地方，并伸手往怀中掏取暗器。忽又大笑道："原来是三位村主。我适听谢兄说，前冈偶然失慎，各位村主还疑来了外贼，出来观看，见火已熄，人却未散，仍在搜索。我这地方最高，月色又好，再四查看，却又不见一点可疑踪影，心方奇怪，不想三位从黑地里走来。因信谢兄之言，兵器没有随身，倒吓了我一跳，以为三位都是外人呢。深夜到此，莫非寨中真个有了外贼么？"

顾修知小湘与道明亲逾骨肉，先见他站在洞口凝望不去，未始无疑。及听他竟误把自己当作奸细，神态又那么自如，竟被瞒过，把来时许多怀疑去了多半。知张鸿所居静室并无出路，外贼如在其内，就小湘立这一会儿工夫，也未必逃走。沿途留意，不见丝毫影迹，可见有也不会在此等人来擒。

深夜扰客,实非主人之道。明明于己有恩,也未必便招其疑忿,好在人未入内,不算查他。本想设词往别处寻找,小湘偏又做作太过,一听他说:"里面是死地,韩兄在此久立未见,必然无有。"话未说完,小湘便抢答道:"我看今晚之火未必是贼。如今张、谢二位尚还未睡,何妨一同进内谈谈?"

祝功狂妄无知,素来不识轻重,又无主见,因顾修起疑,便也跟着起疑。心恨张、谢二人,巴不得查出情弊,好公报私仇,借以雪忿。一见顾修望门却步,老大不愿。闻言忙接口道:"既然寻不到外贼,我们进去歇歇,喝盅茶,谈一会儿再走也好。"说罢,先自往洞中走进。杨天真疑念未消,也想查看个水落石出,跟踪入洞。顾修明白祝、杨二人心意,不便深拦,只得随着。

小湘后悔把话说错,但已无法,心想:"谢道明机智过人,张鸿也极老练,适才高声示警,不会没有准备。戴中行为人颇好,只为有了这三个害群之马,早晚必闹到身败名裂的地步。今晚之事,能遮掩过便罢,不能,索性合力将这三个首恶除去,将尸首扔入绝壑之内。天明决不疑心道明会做此事,定当外人所杀,怕他何来?"当下胆气一壮,神态益发从容。

顾修见状,越觉没有弊病,反恐祝、杨二人冒失生嫌,不住觑便向祝、杨二人示意。自己又隔老远便高声笑语,以示无他。及至与谢、张二人相见,全无丝毫可疑之状,更料定绝未与外人同谋。否则凭自己的目力、经验,不会看不出来,便张鸿也无此镇静。

顾修听道明问他来意,便说:"寻贼无着,后追一黑影,相近洞侧,忽然不见。先疑外人初来路生,不知穿过洞径还有这所静室,也许因为追急潜匿洞内。追近时遇见韩兄,这里是绝路,韩兄从闻火警便在洞口闲立,如有外贼,不会不见。本想回去,因闻张兄未睡,杨贤弟适才与张兄匆匆一见,未得深谈,便送客外出,颇想领教几句。我三人为寻搜外贼,跑了不少路,祝兄口渴,特地进来借杯茶吃。深夜相扰,张兄幸勿见怪。"

张鸿先时颇示欢迎之意,因见祝功进屋以后便睁着一双贼眼,鬼头鬼脑,东张西望,立时把面色微沉,故作不悦道:"常言客随主便,虽蒙诸位村主盛意,以静室相假,终是主人房舍……"还要往下说时,忽闻里间小屋微有响动。张、谢二人方在吃惊,祝功已大喝一声,首先冲入。杨天真和顾修也疑外贼在内,匆匆不暇向张、谢二人答话,随即各带兵刃追将进去。

张、谢二人知灵姑在内绝无出路,事定败露无疑。小湘性直,又是自己语言失检,开门揖盗,越发情急,伸手从怀中取出暗器,便要追入下手。谢道明较有算计，忙一使眼色，止住张、韩二人，自己越向前面，当先赶去。就这微一纷乱之间，便见里间火扇子亮了一下，不听争杀之声，心已放却一半。同时张、韩二人也相次追了进去，定睛一看，哪有灵姑影子。只顾修手持火扇子，面有愧色，站在当地。祝、杨二人还在四顾搜查。服役二童已被惊醒。

谢、张、韩三人见灵姑失踪，也甚惊奇。谢道明朝着祝功冷笑了一声，面向顾修道："这里是绝地，除非愚兄通敌，怎会有人来此？对崖是座危壁，相隔数十丈之远，下临深壑，两边手脚没个攀处，就算来人能由此飞过去，也早跑了。临崖还有一个小洞，三位老弟不放心，可看一看去。"顾修闻言，知道明心中不悦。见祝功不识时务，真个想往壁洞间走去，忙拦道："祝兄，你不常到此，不知这里形势。休说有老大哥和张、韩二兄，贼不敢来，就来也不会藏在这里等死。那底下削壁千丈，连藤草都无，如何下去？不必再看，算了吧。"说罢，六人相偕同出。

祝功尚自分辩道："我虽不常到此，却也来过两次，不是不知这里是个绝地。但是适才明明听得有人在内低语之声，并还有极奇怪的声息，我自信耳朵最灵，不会听错。等我赶了进去，这两个书童刚巧醒转，问起他们，全未听见有甚动静，可是语声全然不同。如说业已逃走，我离这门最近，壁洞外就是无底深壑，除非来者是会法术，隐去得绝无这般快法。今晚之事，真正太奇怪了。"谢道明笑道："愚兄半世江湖，这多年来自信耳目尚还聪明，如今真个老了。明放着敌人深入室内，却会观察不到，临了还被他逃走，说将出去，岂非笑话？对崖又高又远，无法飞渡；内室洞穴又往里凹，无可攀附。这屋壁窗下面虽然不知深浅，但是中间还有几块突出的岩石，待我冒点险，下去查看一回，少时我和张兄入睡也安心些，免被刺客所害。"顾、祝、杨三人明知道道明有了芥蒂。

绝壑无底，中隔浓雾，以前曾经用东西试过，如何能下？只得再三劝止，自认误听，周旋了几句，便自辞去。

实则道明因绝壑深不可测，恐怕灵姑年幼，好强心盛，冒险跳落，寻了短见，意欲仗着内功和练就目力，一查究竟。等三人一走，忙和张、韩二人进入内室查看了一回，命二童仍自安睡，同到外面。正在打算如何下去，忽见左侧近里间壑底中心飞起一条黄影，背上附着一人。三人目力均极敏锐，定睛一看，月光照处，正是虎王所豢之神兽金猱，身上驮定灵姑，在壑中似抛球一般，十几个纵跃，便到对崖之下。四爪并用，像壁虎一般沿壁直上，其疾如电，一会儿便被爬上屋顶。灵姑还不时朝三人立处回望，打着手势。晃眼工夫，便向崖顶那边跑去，不再出现。

三人看金猱每次纵跃落脚之处，虽在崖内雾影之中，却都是实地，并非蹈虚而行，相隔上面也只二十来丈，不如想象之深。谢、韩二人心中最是奇怪，试取了几块石头，朝金猱行处遥遥掷去。第一下稍为过头，没入黑影之中，不听声息。第二下起瞄准打去，全都打中在石地之上，叭叭作响，内中一块还隐隐看见石迸火星。如若稍偏，即无声息。料出金猱经行之处，必有一根石梁贯通两崖。无奈位置太低，壑中泉瀑又多，水气蒸腾，有如云雾，将石梁遮住，目力不能看见。只不知金猱、灵姑俱是初来，怎会比起主人还要清楚？于是宽心大放。谈到灵姑临变从容，胆大心细之处，又互相称赞了一阵，方始分别就卧不提。

原来灵姑起初被困室内，因藏身是个绝地，不禁心虚。忽听壁角有人呼吸之声，回头一看，乃是两个服役的小童。同时又发现那临崖的小洞，耳听院中敌人语声渐近，不禁心中一动。暗忖："金猱至今未见，自己如若失陷，老父一世英名，岂不付诸流水？既然有这壁洞，何不查看一下？虽不能由此逃去，万一寻到一点藏身之处，岂不是好？即或不然，自己凭家传轻身绝技，又会水性，跳入壑底，避过一时，再想法子出险。漫说不至于死，就死也比落在人手，身受屈辱强些。"

念头一转，跑到穴旁。刚往外一探头，便见对面崖上有一条黄影，背贴壁崖下落。定睛一看，正是金猱康康，不由喜出望外。因敌人快进外屋，不敢出声，忙向它一打手势。康康已然纵落壑底暗雾影里。正寻思此壑甚深，上来不易，外屋敌人已和张、谢二人相见。

就在这危机顷刻的当儿，猛见康康从雾影内直跃上来，一把攀住穴口，见只有灵姑在内，以为室中没有外人，一时疏忽，哼了一声。灵姑知道不妙，这一声必被敌人所见，难免追人发现。一时情急，一面打着手势，低喝一声："快驮我走！"身便跃出穴口，攀紧康康肩背。康康会意，手一松，便到了下面。逃时匆促，将穴口小桌上的零星物件碰倒了两件，恰将穴旁卧着的二童惊醒。等祝功跑进时，灵姑已然随了康康纵入壑内。

依了康康，因天已不早，当时便要向对崖纵去。灵姑知敌人未走，恐连累张、谢、韩三人，忙将金猱拉住，低声告知就里，令其暂候。康康才行止步。灵姑觉出落脚之处离上面不算甚高，谢道明却说深不可测。早知如此，适才就纵下来多好，为他一言，几乎胆怯误事。试拿脚一探路，竟是极平坦的石地。方欲试探前行，暗中走向对崖，猛被康康一把抓住肩膀，意似不令妄动。

灵姑心灵，知有缘故。先还猜立处是全壑最高之地，此外尚有深处，否则谢道明不会说得那般深险。及至二次拿脚往左一探，竟是虚的。心正吃惊，康康已按着她肩膀，作势要她蹲下。再伸手向两边一摸，那立处竟是一条尺许宽的孤石梁，哪里是什么平地。不特两边皆空，其厚也不过数寸。

试从怀中取一支钢弩，朝虚处用力射下，想查看到底多深，下面是水是石。谁知弩发下去，竟听不到丝毫声息。灵姑这才相信谢道明所说并无虚言，幸而适才没有冒失纵落，否则如此绝壑，又不透一点天光，就侥幸到底，又怎得上来？危石如鞭，下临无地，上下四外一片漆黑，悬身其中，性命决于跬步。先时只求免辱，未计安危。这时康康来到，有了生机，越回想前事，越觉心寒胆裂，哪里还敢乱动。紧攀着康康的长臂，静听上面敌人已去，才命康康小心起行。

康康仍伏下身子，将灵姑驮在背上，仗着天赋奇能，一双神目觑定脚下，顺着石梁往前飞纵。灵姑回看，见谢、张、韩三人隔崖相望。恐惊敌人，相隔又远，不便高声呼喊，只得挥手示意。

一会儿到了崖顶，康康仍驮着灵姑飞跑，绕了许多险阻，又越过一条阔涧，才寻到原地，与黑虎会合，取路往铁花坞进发。路上问起那场火是不是康康所放，康康点了点头，又用爪比画，吐了吐舌头，做出畏惧之状。黑虎也朝康康连声怒啸，颇似怪它胡来。灵姑虽不能通兽语，连猜带问，也得知了大概。

原来康康也和灵姑一样，不知张鸿藏身何所，原与灵姑约定，一远一近，齐至大寨堂外会合，便往日间王守常等所居大寨跑去。熟路重来，全无梗阻，连寻了好几处，都不见张鸿影子，也未听人说起，只得又顺前冈，往峰腰大寨堂飞跑。

正紧走间，忽听怪兽怒吼之声，杂以恶鸟厉啸，均是生平初次入耳。它心中奇怪，循声近前，乃见一排好几间新盖成的坚固石室，左边一间最为高大，恶禽啸声便由此而出。纵上屋顶，顺空隙往下一看，竟连地上原有两株三丈多高的合抱松树俱盖在其内。三室相通，四无门户。只当顶有一丈许见方的铁丝网，间有一些松梢透出网外。屋顶还挂着三盏红灯。室内更有七八株矮树，也是原来冈上生的，上面也悬着几盏明灯。

康康看的乃是最末一间，不见有什么东西在内。知恶鸟还在隔室之内，方要过去观察，忽听下面来了两人。康康刚把身子往侧一伏，来人已经跃上屋顶。二人俱是道童打扮，一个手里拿着铁钩和一大筐血淋淋的兽肉，一个手持火把和一柄钢叉，叉尖上绿光闪闪，且谈且行，迎面走来。一个带着埋怨声口说道："我早知师父专要我喂这些怪物，还不如在云南山里当棒客快活呢。"一个道："你还算好，师父因你胆大手辣，人又聪明，还传了你防它们犯性时的法术。像我除了能逃得快之外，什么都不会。要是我一个人来喂它们，没你保我，早晚还不被它们抓死么，尤其是今晚叫人害怕，地方是生的。师父说明天便要仗它们弄死虎王手下的黑虎、金猱，不许给它们吃饱。你没听见它们在那里犯性怪叫么？天已不早，快喂完了去睡吧。"

康康闻言，心中一动。看来人定有妖法，自己以前吃过妖人苦头。虎王平日有令，不许轻易杀人，不敢出面。下面偏是明日对头，就此放过又不甘心。眼看二童走到当中那间，一个将屋顶铁网揭起，一个便手摇碧焰钢叉作势威吓，将那筐血肉往下一倒。扣上铁网，说了声："我们快取那一筐肉来，喂完了事。"便纵下屋顶，往来路飞跑而去。

康康走向中间屋顶，刚往网上微一探头，便见下面有七八点奇亮的黄光闪动。定睛一看，乃是两大两小四只怪鸟。那东西上半身生得似龙非龙，似蛇非蛇。顶生独角，满头蓝毛披拂。阔口钩喙，开张之际，舌红如火，獠牙锯齿，森列甚利。颔下稀疏疏生着百十根胡须，劲若悬针。一条长颈满生红毛，密若锦麟，其长约全身十之七八。下半身其形如龟，尾巴甚短，生着一丛硬刺。背腹和颈一样，也是蓝色。一双龙爪，又粗又短。

这四只怪鸟刚从对面屋门里冲出，见了牛肉，便如亡命一般，扑上前去抢着争食。看上去爪牙犀利，威猛异常。康康看出厉害，暗忖："难怪他们下帖请客，原来弄有这样几个恶东西在此。只可惜没法弄死它们。"想了想，再循着怪声，越过那边屋脊去看。

这几间屋宇较低，也是就地建屋，一排四大连间，只没有大树，余者都和野地相似。寻到第三间上，才看到百十根原生的竹林，内中蹲伏着大小几只形如狮子的黑东西，正在昂头怒吼。方欲细看，便听下面人语之声。侧耳一听，仍是先前喂鸟的那两个妖党。

见这边屋顶一律平坦，没有藏处，便翻身跳落屋后。康康心想："山中什么样的猛兽都不是自己敌手，这几个黑东西，乐得留到明天，当着对头面前抓死，显显威力。倒是那几只怪鸟生相凶恶，爪牙犀利，两翅包紧身上，舒展开来定甚长大，又生着蛇一样的长颈，看它抢肉吃的神情动作，轻灵已极，如飞起来，必然迅速矫捷，非比寻常。这能飞的东西，如不趁它被关屋内，给它一个厉害，明日筵前再想除它，却不容易哩。”

有心想等人去以后，揭开铁网，纵身下去将它们抓死。一则身势太孤，怪鸟猛恶，一敌四恐应付不过来；二则来时黑虎再三叮嘱，事要缜密，不可使人发觉，斗时怪鸟一叫，引得人来，岂不误了灵姑的事？此外又别无良策可以制它们死命，好生后悔未将虎王所用飞叉、药弩带来，否则好歹也从网缝中发下去，伤它两个大的。

康康正打不定主意，忽听兽啸之处，二妖党事完自去。康康心终不死，又绕向前屋仔细巡视。见那一排几大间屋子孤悬山脊林木之中，地甚幽静，别的村屋相隔尚远。时当深夜，四无人声。近寨堂一带虽不时有三二人影出没往还，相隔已在数里之外，常人目力便白日也不易看见，何况夜间。妖党业已走远，料定不会有人觉察，想了想无法，只得拾了两块海碗大小的尖锐石块，二次纵上屋去，潜身网侧。见那四只怪鸟仍在抢夺生肉，低头咀嚼，爪牙齐施，满地残红狼藉，凶残之状胜于狼豺。

康康想用石块去打那两只大的，试伸手一揭那网，竟是纹丝不动。恶鸟原甚灵敏，康康动作虽极轻巧，仍被听见，恶鸟起初只当妖童给送了肉来，没怎理会，康康又揭了两下，没揭起，用力稍重，恶鸟觉出不对，纷纷住口，昂起头来看了一看，倏地一声长啸，一只大的竟展开两扇门板一般的铁翼倒飞而上，两爪抓住网孔，两眼凶光四射，周身毛羽直立乱颤，血吻开张，红信吞吐不歇。比起初见时还要猛恶十倍，大有寻敌相斗之势，无奈有那铁网隔住，飞不出来。

康康机警敏捷，早就撤手隐避一旁。暗想：“寻常刀矛一折便断，这不过手指粗的铁网，怎会弄它不动？”方在奇怪，忽然一阵山风吹过，隐隐似闻笑语喧哗之声，回头遥望，峰腰大寨堂上灯光犹自辉煌，天上恰有一片阴云飞来，将月光蔽住，暗影中看去分外明显。猛地触动灵机，暗忖：“这些房屋虽是石头所做，原来地上所生草莽林木并未去掉，内中还有一株极易着火的火油松。适见屋内好些林木俱已枯萎，看那怪鸟也一样被网隔住冲不出来。屋檐上现有烛灯未灭，何不寻些枯枝萎草扎些火把，点燃了从网孔中投下，将这些怪鸟烧死，岂非绝妙？”越想越有理，立即照计而行。仗着目力敏锐，心灵手快，一会儿便将火把扎好了十来把。

那些灯烛除了屋中树上所悬是遵妖道嘱咐，为投怪鸟所好而设外，环屋所挂乃是顾修的格外点缀，以示矜宠，并无甚用意。里面燃烛甚长，均系村中特制，每支足可点至天明以后始尽。灯也特制，不畏风雨。屋宇全是石建，更不怕火，外人也绝不敢走进。万不料这些恶禽怪兽，因栖息之处必须附有草木，屋内尽多引火之物，这灯烛恰给仇敌造成放火机会。

康康更有算计，选择僻静处取下几支灯烛，将烛油涂在火把之上，还恐恶鸟将火扑灭，点燃火把，不去中屋，竟由前后两间中起始放火。这时妖鸟余肉无多，按照平日，离饱还远，争食正烈，屋上纵有声息，也当是妖党给它补送吃的，没甚留意。直到前后屋火都点燃，见了烟光，方始惊叫奔扑。康康乘机又在中间屋顶掷下三个火把，连那株火油松一齐点燃。怪鸟一见屋顶来了仇敌，齐声厉叫飞扑，无奈不能破网飞出。

欲待将火扑灭，两翼扇风，火力越旺，急得厉叫悲鸣，无计可施。康康一见怪鸟狼狈之状，在屋顶上喜得乱蹦。那屋宇通体皆石，筑得异常坚固，初发时火烟全被隔住。末后那株油松和所有林木全都点燃，成了火树。两只小怪鸟全行烧死，大的有一只也受了伤，身上毛羽好些燎焦。知道厉害，不敢再飞扑火焰，互相拥挤在房角无火之处，不住地厉声哀鸣。

那火焰透出了房顶，康康见火势愈烈，正要纵下，猛想起手中还有两根现成的火把，何不连那屋的黑东西也一齐烧死，省得明日费事。刚想到这里，朝前面矮屋顶上纵去。

忽听寨堂上锣声四起，呐喊喧哗。忙一回顾，敌人业已被火惊动，似要往火场赶来。恐被发现，康康将火把往网中一挂，也不顾再看火着也未，不等人到，忙即一跃数十丈，往冈脊后蹿去。

刚纵到冈后梯尽处，四望天空，只见一片乌云疾如奔马，由寨堂那面飞来，晃眼便到火场之上，耳听暴雨大作，恍如川河倒灌一般，烈焰顿熄，冈后却不见滴雨。知是妖法，不禁大骇。康康心想："如由冈上跑向后寨去与灵姑会合，难免不被妖道察觉。"

见壑对面有一危崖，相隔有百十丈远近，定睛往下一看，壑底虽深，中间尚有许多石笋高低错列，高的离上面才二十来丈，尚可着足。便仗着天生神目，先向壑底石笋上纵落，再朝对崖纵去，几个纵跃，即行达到。更不停留，径沿崖往后寨飞驰而去。遥望来路，敌人等已然赶近火场，知道后寨必定空虚，好生欢喜。无奈那壑越来越宽，沿途细看壑中云雾，沉沉无着足之处，不知底下到底多深。直绕过了寨堂，崖壑也弯向了峰后，还是无法飞渡。

康康正在心急，忽见侧面峰腰上有灯光闪耀。定睛一看，乃是一片平崖，崖凹中嵌着一列房舍。临崖一间石窗洞内坐立着三人，首先看到的便是灵姑。方要出声呼唤，猛听远远有人高声说话，房中三人立时面带惊惶，灵姑便向右壁跑去，一闪不见，同时又看出那两个男的，一是虎王新交之友谢道明，另一个正是张鸿。静听外来语声，颇似有顾修在内，知有变故，没敢出声。再朝灵姑隐处一看，也有一个石窗洞，洞中漆黑，料定灵姑必藏在内。一时情急，赶过几步，不问青红皂白，往下便纵。

康康原以为自己身轻力健，善于攀跃，不管下面水石深浅，径向壑底过去，再行援壁而上，说也真巧，落下方十来丈，就在这疾同电掣之间，猛然发现下面暗影中横着一条石梁，而且正在脚底不远。仗着心灵眼快，身子略偏，便落在上面。那石梁暗藏壑心，虽然宽窄不一，却是直达对崖，更无断处，相离上面窗洞不过二十来丈，一跃可达。康康不禁喜出望外，连忙跑过。刚往上一纵，攀住窗洞，恰值灵姑闻知敌人进屋，情急无计，赶了过来，接个正着。此时危机间不容发，稍差一步，不特灵姑不利，便是张鸿和谢、韩二人也无法下台了。

灵姑问悉大概，得知那火原是金猱所放，还死伤了两三只恶鸟；自己又见着张鸿问明了就里，总算大功告成，得意已极。

这时天色离明已近，幸而虎行如风，赶到铁花坞，天才刚明。正是时候。行近洞侧，虎、猱即便立定。灵姑想自己前往投信，就便谒见仙人。和虎、猱一商量，黑虎不住摇头，又用口衔着衣角，只命康康洞前投书，灵姑知它不肯违背虎王之命，只得退到高处，还想偷看仙人是甚模样。遥见康康到了洞前，便即下拜，将书信顶在头上。隔了一会儿，忽从洞内走出一只花斑大豹，和康康头挨头亲热了一阵，又低叫了几声。然后衔着那封书信往洞内跑去，始终未见有人出来。康康便拜了几拜，跑下崖来，与黑虎相对低声吼叫，竟似问答。灵姑作势一问，才知那豹也是虎王所赠，涂雷未归，清波上人将信收下，虽然未有回音，但见黑虎欣喜之状，或许未虚此一行。见天光大亮，恐老父起身悬念，忙即骑虎赶回。

行至中途高崖之上，忽见下面草原中千百野人各持弓矢器械，分作好几队疾行如飞，正朝建业村那一方跑去。康康看见便要赶下，被黑虎止住。那几群野人只顾低头向前飞跑，崖下林莽茂密，路径又是一斜一正，并未看见虎、猱、灵姑。灵姑因昨晚曾听虎王说起红神谷中野人俱都怕他，不敢在山内侵害汉人，也未在意。

一会儿回到崖下，只见千百群豹由连连督率着在分吃兽肉，老父、王守常和虎王等一个不见。方疑业已四处相寻，忽见张远由洞内跑出，高喊："吕伯父，灵姊姊回来了。"

虎王首先应声而出，见灵姑骑虎归来，连声夸好，哈哈大笑。后面老父和同来诸人也都赶出，上崖相见一问，才知王守常之妻连日劳顿，睡至天明未醒。吕伟、虎王等虽已早起，不便入视，也未觉察。还是连连向虎王告知夜来之事，吕、王等人方始知悉，先颇惊骇。因虎王力说无妨，经了昨日之事，吕伟已深知虎、猱神异，况且人去已久，急也无用，担忧虽仍不免，并未形于辞色。直到天光大亮，还未见回，方才商量要命连连往探，灵姑已经自回转。

虎、猱自用兽语复命。灵姑也对吕伟说了一切经过。吕伟虽喜女儿饶有胆智，不愧将门之女，当面总不免埋怨几句。虎王闻得顾修等请来妖道带有恶禽怪兽，来与自己寻仇，果如吕伟所言，好生愤怒，当时恨不得就赶往建业村去比斗。吕伟道："他既下帖相请，先礼后兵，我们还不到所约时候，心急则甚？"虎王对吕伟已甚佩服，只得罢了。

灵姑又问涂雷未回铁花坞，清波上人能否相助？虎王道："照黑虎观察，上人既命豹儿将书衔去，绝不会坐视。何况我有仙人古玉符和所传防身法术，怎么也不会输。他们全村直没几个好人，那顾修、祝功、杨天真三个尤其可恶。这次就算留他活命，也定给留点残疾。"说罢，愤愤不已。

吕伟笑道："这西南路上江湖朋友，我多少总有个耳闻，我怎么想也没有这个姓尹的，原来竟是当年在太子关闪失后归隐的戴中行。看他这等行径，颇是英雄豪杰一流人物。不过今日之事，虽承他不记宿嫌，化敌为友，但我已是虎王的朋友，好了便罢，如真动手，怎能脱身事外？这人毁了也甚可惜。少时筵前还望虎王看我薄面，千万不要鲁莽行事。先由我出头说话，但能两家释嫌修好最妙，否则此人心高性傲，宁死不辱，请虎王不独要令神兽不可伤他们，还须给他留点情面才好。"虎王发急道："这姓尹的既是你从前的朋友，他素日为人也还不错，我自然可以不去伤他。那顾、祝、杨等都是他的弟兄，又苦苦和我作对，还有一个万恶的婆娘在内，都是可杀不可留的东西，这情面怎样留法?”

吕伟一想,也觉只要动手,除非虎王打败,要想完全不伤中行面子,却也为难。仔细寻思了一会儿,说道:“虎王不可任性,愚兄总比你长几岁年纪。照清波上人说,你前身不过误伤了一蟒一狐,便破坏了功行,转劫受苦,仙缘至今尚未遇合,怎可随便伤人,自种恶因?我也绝不使你难堪。我深知你外面浑厚,内里聪明,必能鉴貌辨色,聆音会意。到了那里,你只把气沉住,放忍耐些,听我话因,看我眼色行事。莫因一时之愤,误了旷世仙缘,又闹个悔之无及。”虎王原是仙根,生具夙慧,只因山居太久,习于粗野,性情虽暴,是非厉害一点即透。忙点首答道:“吕老哥,你说的是。白哥哥未走时,也常拿这话劝我。只要他们不欺人太甚,我绝不先动手;就动手,也不胡乱伤人。我如做得不对,你在旁边提醒我一声如何?”

吕伟因知对方这一帮人都以义气自豪,顾党一败,决不甘休;虎王犯了野性,也和他们一样。互相拼命厮杀,伤亡一多,事情越闹越大,不可收拾。意欲居中代为分清敌友界限,谁败了也没话说,虎王也可有个下台地步。但是做起极难,至少事前能有一面服约束才好办些。闻虎王此言大喜,连声夸赞虎王向道心坚,能识大体。虎王见吕伟夸他,益发沉下心气,转怒为喜。

吕伟知他吃捧,乘机教他少时如何应付,怎样才算是不能忍受的地步。最好人和人斗,兽和兽斗,不得相混。为防涂雷赶到和清波上人前来相助,并说自己也约有朋友向妖道领教。

虎王道:“据康康说,他带来的几只水牛大的黑东西并不算凶,只那蛇头怪鸟看去难弄。可惜我白哥哥不在,他道行比黑哥哥还深得多,什么都知道。且到那时看吧,要是康康、连连打不过它,我也只好放飞叉了。”吕伟也觉怪鸟可虑,虎、猱如难取胜,定落下风,虎王的飞叉又怎制得住恶鸟?只有斗时将那古玉符给虎、猱暗佩身上,或能操必胜之权。但还有个妖道在侧,万一因去了防身法宝,致为妖法所算,如何是好?想不出个两全之策。最后嘱咐虎王一套言语,到时先使兽斗,符由康康或黑虎佩着,等和妖道斗时,再行交还应用。一切商量停妥。灵姑听得出了神,竟忘了向吕伟告知途遇大队野人往建业村途中急行之事。

吕伟知这等筵席,谁也没心真吃它,便叫虎王发令准备吃的,人兽一齐饱餐。去时仅留下数百只母豹看守崖洞,所有大的公豹一齐带走,由豹王率领,环伺在建业村左近岭麓之间,严禁伤人,等候号令,以助声威而防万一之用。虎王依言吩咐。等人兽吃饱，天已近午，缓行前往，正是时候。吕伟原意，只自己和虎王前往，余人都不令去，灵姑首先坚执欲往，张、王二子也再三苦磨着要往观光，吕伟自是不允。王子年纪最小，本领也不济事，吃王守常夫妻一喝便住。灵姑自恃轻车熟路，昨夜独探虎穴尚且不惧，何况自己站在朋友中人地位，张远则借探父为名，所以二人异口同声，宁愿受责，也非去不可，否则等人去了，也必随后偷偷赶去。虎王极夸二人胆勇，又从旁代为力请，说有自己和虎、猱同行，必保无事。

吕伟被二人磨得无法，爱女心志坚决，倘如随后偷去，更是危险，带灵姑又不能不带张远，只得全允。人数派定，便和虎王、灵姑、张远、黑虎、金猱督率大队豹群，浩浩荡荡，往建业村进发。

沿途无事。行约个把时辰，到了相隔村寨二十来里的桑子岩，连连带了野骡队前来会合。吕伟、虎王正商量分配这些兽队前行，金猱康康忽然跑回来禀报说："建业村喊杀之声甚盛，必然有人在彼争斗。"虎王知金猱耳朵最灵，二三十里内有什么声响听得逼真，必无差错。忙命唤住两拨兽队，同了吕伟父女、张远，往岩顶跑去。

那建业村四外峰峦杂沓，地极隐僻，只这岩顶地势较高，约略可以窥见。到了定睛往前路一看，近村寨处黑烟飞扬，峰前平原上人和蚂蚁相似，现出许多小点。因为相隔过远，用尽目力，仅能辨出些微痕迹，虽看不出有何动作，看那逐渐往四外移动，冈岭上面还不断有十八成群的黑点往平原中缓缓下移之状，料定是有多人在那里战败逃窜，各寻生路，只看不出逃的是客是主。

本山素无外人，建业村哪里来的这么多仇敌？大家心方奇怪，灵姑猛想起早上回山时途中所遇野人，便说了出来，二猱也聚集好多豹群、骡队赶来观看，一到便说那急喊之声俱是红神谷中野人。再命二猱仔细一看，更看出村寨中有人施展妖法，数千野人业已杀得大败，四散逃亡，死人不少。还有五六个恶禽怪鸟，形象与昨晚康康所见一般无二，正在冈岭上面黑烟中飞落搏击，似在抓杀落后的野人。却没见村中人往冈下平原中追杀。

虎王一听，村人违了自己前约，这般残杀，不由大怒。吕伟恐他性发偾事，便劝他道："这班野人素性凶残，专一嗜杀生人，积恶多端，以暴制暴，各有应得。小女和康康早晨曾亲见他们大队持着刀箭赶往建业村去，分明是为了昨日村人仗义夺了他掳劫来的汉人妇孺，前往行凶报复。看村人没有下冈追赶，戴中行人甚侠气，必是他阻止村众，网开一面，不许斩尽杀绝，给无知野人留条生路。妖道率兽食人虽然凶狠，如换苗人得了胜，恐怕还恶十倍，村中一鸡一犬也不教留呢。况且这次凶杀，实则野人不肯服善，违了你的前约，倚仗人多，先就居心毒辣，打算洗劫全村，连你也没看在眼里。不给他个厉害，日久恐连你也一样暗害。事有曲直，不可意气用事，只怪一面。村中既然有事，我们起身稍早，我们可走慢些，好容他们收拾布置，到时仍作不知便了。”

虎王闻言，果觉野人无理，立消了气。便问：“我们这些兽队如若分布开来，岂不正与逃下来的野人相遇？应当如何处置？”吕伟早从虎王口里问明了村寨的形势道路，想了想，重问金猱，得知野人先是四下乱逃，继见敌人未追，渐渐会合一处，似向村东南盘谷一带退去。谷径迂回幽深，林莽茂密，与他们归途相反，如要回去，还得绕越三百多里的乱山危径，不知何意。吕伟立命虎王传语金猱，转告豹王率领豹、骡，分三面环绕建业村相隔十里内外埋伏，候令进山。只留下三只大豹，充吕、张三人坐骑，虎王独骑黑虎，率领康、连二猱，共是四人六兽，缓步往建业村走去。

人未到达，建业村望楼上遥见虎王率了两队猛兽前来赴会，沿途分散，缓缓行来，早向大寨中报了好几次信了。戴中行、顾修等接到头两报时，正当野人进犯，扫荡未尽之际。嗣又接报，一听说来人行进改缓，知道野人败逃等情已被窥见，特意给主人留出整理战场的时间；又暗含着表明野人与他无关；又示主人虽然未遵前约，凶杀大众，他却分清曲直，不善苗人所为，与主人同调之意。虎王粗直，无此心思，必是吕伟出的主意，此来定作不知。

中行固然更觉吕伟是个朋友，连顾修等人也觉吕伟深明过节，一丝不乱。那些兽队既不入寨，却又大队带来，许是虎王闻得村中来了奇禽异兽，执意带来助威，吕伟拦他不住，特意说他留在远处，不使进村骚扰主人。由中行起始一称赞，你一言，我一语，此唱彼和，吕伟反成了众善所归。对于虎王，报复之心只有增加；对于吕伟，却减消了好些敌意。当下发令，一面收拾残骸，务使不留形迹，不现声色；一面请妖道约束鸟、獒回屋，准备接待。却忘了野人中的花蛮，因都神婆为祝功、顾修夫妻三人合力残杀，誓死报仇，早晚还要卷土重来，不死不止。

原来红神谷中野人自从引鬼入室，招来了这伙花蛮，妖巫都神婆与扎端公托名邪神，日以妖言惑众。野人有甚知识，闹得迷信之心一天比一天继长增高，妖巫的权势也日益加盛。扎端公知道猓酋二拉是虎王所立，对虎王异常敬畏感激，虽然崇祀邪神，也只偷偷摸摸，如不将这一关打破，终究不能取而代之。仗着都神婆和自己都会一点家传邪术，屡次和二拉商量暗算虎王。二拉听了，总是害怕摇头，力说："虎王会神法，能役使神鬼，此事万动不得。"

扎端公无法，便去蛊惑大众说："天神喜食汉人，越祭得多越好。本山现有不少汉人，无奈虎王作梗。如能将他去掉，把建业村那些肥娃一齐捉来，按时上祭，天神一喜欢，必定降下大福。我们也省得每次翻山远出，待上好多天，受尽辛苦，还难得寻到上祭的肥娃。他再厉害，也只一个人，又不断到谷里来取东西，更好下手。都神婆又会神法，有天神相助，怎么样也能将他刺死。何苦为他得罪天神，日后去受灾难呢？"

谷中野人尝过虎王和黑虎、金猱、群豹的厉害，虽都信奉邪神，一听说要害虎王，谁也不敢认可。然而禁不起妖巫等常年鼓动煽惑，日月一久，又觉出虎王除能役使群兽外，别无异处，一切和常人差不许多，不如想像的厉害。加以虎王禁令甚严，无论如何不许伤害生人。每次偷着出山掳人，不特受尽艰难困苦，还时受虫蚁之害。眼看建业村中所有，尽是野人心爱之物，拿许多金砂、皮革、药材去换，也不过得他百分之一二。人及牲畜又多，用来祭神、生吃，可供长时之需。却因虎王一言，除了以物易物，公平交易，休说是活人，连所养牲畜都不敢妄动，干看着眼红，无计可施。

贪心一起，便生怨望，妖巫等自然乘虚而入，众野人渐有反叛之意。因虎王近一半年中常与谢、韩二人往还，少往红神谷去。康、连二猱偶尔奉命一往，野人均知厉害，不敢下手。妖巫暗用邪法诅咒了两次，全无效验。二拉始终怀德畏威，竭力阻止，没有爆发出来。野人见了虎王，虽仍畏忌引避，心已离叛，不似前此畏服恭顺，奉若神明了。

这次本是祭神之期，扎端公突然出山掳人，久伺不得，为期又迫，正急得无法。好容易在归途中掳得王守常夫妻和两个小孩，认为天赐，好生喜出望外，不料被村人仗义夺去。在众野人的心意是：我们容你们这么多人活着不来劫杀，已是委屈又委屈，你们怎么事不干已，还来劫夺我们到口之食？况又是关系着全族祸福的敬神祭品，怎能不恨到切骨。当时不敌，败退回谷，向众一说，本来就认为理直气壮，动了公愤。再经妖巫等一煽动，立即呐喊动天，刀矛齐举，誓欲踏平建业村，鸡犬不留，才行消恨。连二拉也被激怒，不肯甘休。

依了众野人，恨不得连夜杀去。果如此，当时村人全无防备，又在黑夜之间，野人忘命而来，妖道未到，纵能抵御，也必不少伤亡。总算村人不该遭此大劫，扎端公因庄人并非易与，忽然临事慎重，向众声言："这次是村人先违约起衅，便是虎王也不能向着汉人，硬不讲理，不过平日我们和他交易，看村人防守甚严，人数又多。汉人惯会闹鬼，白天伤了人，必防我们前去报仇，黑夜里他们聚在一起，前去容易上当。他们一早人都往庄田里耕地，最好半夜起身，赶到村前，从山沟盘谷小路偷偷上去。先乘他们人多不在村里时烧他村寨，抢了他的东西和妇人、小孩、牲畜，运回谷来，再和他们打。打胜了更好，万一不胜，也不致空跑一趟。"又说："虎王曾派康康到此要过那些汉人，掳人时看他们和虎王都不认识，不知如何会成了朋友？听虎王平日口气，和建业村姓顾、姓杨的那伙人都是对头。昨日夺人的正是那个姓杨的领头，也许不肯将人放还。弄巧这件事虎王还向着我们，他一不管，这件事就顺手多了。"众野人闻言，益发胆壮，个个踊跃争先。

红神谷到建业村，比虎王要远出一倍，就是天明赶到，也需早去。当下由二拉发令，宰杀牲畜，置酒犒众。众野人饱餐之后，略为休息，原定于子时起身。野人厮杀，都是头子在前，以勇为尚，照说原该二拉领头。二拉终因昨日康康一来，料定所掳的人与虎王有关。一则有些胆怯；二则想起虎王素常的好处，恐万一虎王和村人一党，相见时不好动手。打算到了村里，先探明虎王在彼与否，再行上前。又因神巫和扎端公及手下众花蛮日益跋扈，动不动就假借神力，重责他的心腹。

二拉只听二人口出狂言，除却在森林里初遇时见过那一点异迹外，别无神奇处。而众猓之信畏神巫，远胜于己。如说真有法力，为何每次出外的人常被蛇咬，连扎端公也一样被咬过？神巫既能降祸降福，生杀随意，什么病都能治，这毒蛇咬伤，怎么还须去求外人？二拉在众猓中本来较有心计，渐渐由惧生疑，由疑生忌。只因迷信神力，积习太深，心志虽已摇动，想不出个查探办法，又不敢犯着众怒，去和神巫等比力，始终摸不准妖巫、扎端公的虚实深浅。遇到这样好机会，知村人俱都武勇难敌，正好借以试验神巫等的神法本领。于是表面假装尊崇，让妖巫都神婆居中，率众花蛮为首去夺大寨。二拉与扎端公分率众猓为两队，一左一右由盘谷和峰侧野径接应。

扎端公哪知恶贯满盈，死期迫近。心中还在高兴，这一来无形中成了主脑，正好借此夺取二拉的大权。只是妖巫都神婆只会一些世传的邪法和手技口技，御敌固有大用，却不甚武勇。担心她独当一面，遇见强敌，不等行法，便为敌人所伤，岂不求荣反辱，马脚尽露？于是借口主帅都要居中，欲令二拉率一多半野猓，和自己同随妖巫为首居中，暗怀着保护妖巫，好使其随时行法之意。

偏生二拉命不该绝，临行时扎端公才提议请神的事，已来不及。二拉会错了意，疑他别有诡谋，执意不肯，扎端公看出他有些疑心，不便再强，只得改由自己保着妖巫前往。除同族众花蛮外，又拨了小半野猓过去，方始成行。

这一争论，不觉耽延了半个多时辰。猓人虽然腿快，这三二百里的崎岖山径，也须走上好几个时辰才能到达，还未赶到峰崖之前，天已大明。二拉见离村还有二三十里，知再走过去，人数一多，必为村中瞭望的人窥见。忙即唤住众猓，依照预定分成三路，除自己所走盘谷这一条路，利用地势，不用分列外，余者都听妖巫和扎端公的号令散布开来，借着林石草莽遮蔽，分头掩到峰侧，一听号令，一拥扑进村寨中去。于是二拉自带一群野猓，翻过一条极险秘的崖壑，往盘谷中进发不提。

妖巫都神婆、扎端公二人贪功心盛，意欲速行。等二拉走后，重又挑了一回人，将一些凶悍勇猛的蛮猓，会集在妖巫队中；余下数百野猓，交给一个头目率领，由峰崖右侧翻越上去，与中、左两队会合。

建业村布置本来周详，又经昨晚金猱放了一把火，防守自然越发严密。平日村人虽然佃、渔、畜牧各有所事，当日却因约请强敌当筵比斗，一个人也没离村他去。那些在望楼上轮值巡眺的，俱是绿林中的健者，个个眼亮。加以昨晚疏忽生事，格外加了仔细。

蛮猓人数甚多，全无纪律，任是怎么精于掩藏，也逃不过望楼上人的眼睛。二拉由盘谷出去，顺寨左冈尾直扑大寨，已近村前，村人还看不到。妖巫等一队是由中路进攻，需要通过峰前那一片大平原，屏障全无，只凭一些草树，如何能隐得住身子。人在十里以外，望楼上人早用望筒发现了大队苗人，立时传警下去。等到行近草原，还未通过去，村人早都得信，准备停当，声色不动，静候众蛮猓赶近前来送死了。

妖巫哪里知道，见已行近岭麓，还不见村人动静，以为村人多半耕作外出，此番入村，定可烧杀掳掠，为所欲为，好不兴高采烈。全队千余人，各找各的路径，顺着岭麓，往上飞爬。只等爬到将近冈脊，一声号令，便即杀了进去。

百忙中扎端公回顾岭左，二拉的一队人还无踪影；右队抄近路来，相隔也尚远。方在称心快意，忽听峰腰主寨中锣声响了三下，知被敌人发现，也没在意，反倒取出人骨哨子一吹。另一花蛮便将芦笙吹动。扎端公发完号令，立即手舞长矛、腰刀，当先前进。

众蛮猓闻得芦笙，纷纷舞动刀矛，齐声呐喊，往冈脊村寨抢杀上去。那地方正当半山腰上，相隔村寨有数十丈远近，眼看就要杀到。猛听飕飕连声，先从上面射下一批连珠快弩。众苗人刚听锣声站起，猝不及防，敌人箭发又准，前排先被射伤了好几十个。接着又听众声暴喝，从近冈脊草树丛中跳出百十名村人，各持刀矛镖弩冲杀下来。

扎端公知敌人早有准备，自恃人多势众，敌人只有百余个，前队虽有数十蛮猓受伤，心中并不畏惧。众蛮猓见有敌人，也各将梭镖、飞矛朝上乱掷。无奈上面来的这百余人，为首的是滇中五虎和妖道祝功，又是居高临下，众蛮猓人处在下风地位，镖、矛一支也打不中。双方将要杀到一起，扎端公见自己的人颇有伤亡，敌人却无一个倒地，不禁发了急，忙催妖巫都神婆行法时，滇中五虎已率手下村人杀到。

这百余村人都集在一处杀下山来。众蛮猓却是四方八面分头而上。那些箭也只放了一阵便不再放。扎端公不知这些敌人专为杀为首妖巫，还觉敌人不知防御之法，早晚必被自己的人攻进村去。恐妖巫行法以前受伤，忙退回来保护，分出一些勇敢蛮猓上前迎敌。又用苗语打着暗号，催促四外蛮猓加紧进攻。村人固是武勇，这些蛮猓也都矫健多力，双方刚打得热闹，妖巫都神婆的邪法也已发动。手中拿着十几把尺许的飞刀，口诵邪咒，手指不住比画，倏地怪叫一声，立时一片黑烟裹住那十几把飞刀，向空升起，朝众村人飞去。

这类妖巫的邪法禁咒只能震慑苗人，本无甚真实效用。以前谢道明早在二拉口中探出谷中虚实，知道内中有一个会使邪法的妖巫，众村人适接警报，便料定是她为首。因为戴中行深知野猓愚直，已服虎王约束，掳人生食祭神全是妖巫和花蛮煽惑。一则不愿多杀；二则还想借此威服，日后好利用他们采办珍贵货物。祝功又自告奋勇，说有他一人，足可除去妖巫。所以连米海客都未敢挡头阵，仅在沿冈脊上设下禁制，去诱蛮猓入网。妖巫这十几把飞刀刚飞起，祝功便当先抢出阵外，大喝：“无知蛮猓，死在临头，还敢来此卖弄!”随说随即手中掐诀,朝上一扬,便有一团黑烟朝上飞去,将那飞刀一齐裹住,坠将下来。

都神婆和扎端公看出敌人厉害,而妖巫伎俩止此,虽还会一些咒诅之法,时太匆促,不及行使。再有就是用来吓骗苗人的障眼法儿,敌人既能破去飞刀,决瞒不过。心中虽然着慌,还在妄想仗恃人多,以力取胜,不欲便退。不料他这邪法未使上,却将敌人的邪法招了出来。

祝功虽知苗疆妖巫有真实本领的极少,还想不到这样的脓包。一见妖巫神情沮丧,便不再有花样,乐得当众逞能。于是将身一纵,飞出圈子外去,站在一块高石笋上,高喊:“诸位弟兄们,哪有这大闲心,去斗这伙野人?快向左侧闪开,等我来收拾他们。”

五虎等闻言,忙率村人纷纷向左纵退。野人有甚知识,个个恨不得早进村寨杀抢,一见敌人纵退,也不追赶,齐声呐喊,往上便冲。

扎端公见四外蛮猓已将杀到冈上,对面敌人又自让出正面山道,祝功满嘴湖北口音,说得又快,也没听出什么,心中好生不解。方在奇怪,忽听都神婆失声惊呼,连喊:“坏了!我们还不快跑!”再定睛往上一看,前队众蛮猓刚跑到沿冈脊边上,猛地突突突冒起数里长一片黑烟,烟中现出无数血盆大口,见人就吞,在前一点的蛮猓全被吞了下去。那没被吞去的蛮猓,见状立时一阵大乱,吓得忘命一般怪叫,纷纷连滚带爬跌下山来。后面黑烟中的怪物并不停留,兀自还在追赶。中队的隔得较远,哪里还敢再上,也似弹丸一般滚跌下来。

扎端公这一惊真是非同小可。方欲保了都神婆逃走,谁知一波未平,一波又起。就在他和妖巫惊惶却顾,返身欲遁之际,石笋上立定的祝功忽然将手一挥,又飞起一片乌云,先将所有村众全行隐去。立时怪风大作,鬼声啾啾,夹着无数沙石,朝众蛮猓当头打到。

扎端公见势危急,亡魂皆冒。慌不迭同了十多个心腹勇悍花蛮保了妖巫,冒着沙石,忘命向山下飞逃。眼看快离山脚不远,猛见眼前黄光一闪,现出一伙敌人,拦住去路。为首三个,正是顾修、杨天真和那破去妖巫飞刀的妖道祝功。人已多了一倍,也不知从哪里杀来的,怎会前后合在一处。不由心胆皆裂,一时情急逃命,不敢再顾别的,用尽平生之力,照准杨天真一刀砍去。

杨天真占了上风,未免大意,没料到他有过人蛮力,横刀一挡,只听当的一声，右臂酸麻，虎口皆裂。扎端公更不怠慢，跟着右手又是一矛杆打到。还算杨天真身手灵便，见势不佳，连忙往侧一纵，没有被他打中。可是这一来让开道路，扎端公哪里还敢恋战，就势一纵十来丈远，似弩箭离弦一般跑了下去。

杨天真随手一镖，没打着。这时风沙已止，岭下黑云未退。祝、顾二人率了村众，已在截杀众蛮猓，不曾顾到。

扎端公侥幸逃出重围，耳听妖巫一声惨叫，料已死在三人手内。逃到盘谷左近，遇见冈尾上败逃下来的二拉和手下野人。幸而这面防守的是谢道明和韩小湘、方奎三人为首。一则利用地形，未使法术；二则三人心善，犹有见面之情，只将二拉等赶下冈来，没有过分追逼，伤亡不多。扎端公知都因自己恃强倡乱，遭此惨败，妖巫已死，以后决难立足，真是又愧又恨。当时无奈，只得相随逃入盘谷，再作计较。

一会儿，后面众蛮猓也相继逃来，说妖巫被祝、顾二人杀死，方在危急，冈上吹起哨子，敌人便闪出道路，退了回去，没有追赶，因此才得逃命。可是天空中怪叫连声，又飞起两三个似蛇非蛇、似鸟非鸟的大怪物，满山盘飞，见人就抓，那在半山腰上跑得落后一点的，想已都被怪物抓死。

二拉一点人数，妖巫和扎端公带去的，十停生还了不到五停，还有不少受伤的在内。那些花蛮因是妖巫心腹同族，十九居中随行保护，攻寨时较为落后，逃时自比野猓容易，伤亡却不甚多，尚有七八十人左右。还算那攻寨右的一队运气，未到峰下，便遇顾修率众埋伏在彼，正厮杀间，便发现冈上出了怪物，妖巫败退下来，总算隔远，见机得早，比较伤亡最少。想起惹祸的是妖巫和扎端公这一伙人，临阵却又如此畏怕，枉害了自己多人，一无所得，后患还自难说，心中老大不快，不禁现于辞色。扎端公却也知趣，没等二拉开口，先咬牙切齿说出一番话来。

且不说蛮猓计议。只说那祝功心辣手狠，本意想将妖巫和花蛮一齐斩尽杀绝。先发了一阵风沙，混过众野猓的眼睛，暗将五虎等移到前面去堵截，恰值顾修追敌到来。

因在事前议定不要多杀野猓，见前面花蛮有一二百个，妖巫也在其内，立时舍了所追野猓，合在一处。正截杀间，戴中行居高下望，见蛮猓被米海客行法生擒的不算，死伤也不在少数，不由动了恻隐，忙将收兵哨子吹起。

妖道所养几只虬鸟，昨晚康康放火只烧死了一只小的，另外一大一小虽被烧伤，已经妖道用药治好。因鸟屋已毁，赶建未成，散锁在冈脊树林之内息养。本就腹饥思食，这一闻得死人血腥，馋吻大动，纷纷长啸，挣断铁链，飞了起来，满山抓人的心脑吃。

妖道因为妖鸟食人心脑，增力长智，只发下号令，不准伤自己人，并未禁止。那些受伤蛮猓及逃不迭的蛮猓大遭其殃，绝少幸免。祝、顾等人也因妖鸟飞赶，知其厉害，恐自己人也遭了误伤，只得遵令停手，聚在一处，由祝功妖云护住，绕回寨去。

戴中行目睹妖鸟裂人而食惨状，再三劝止，等米海客勉强应允，唤回妖鸟时，残留蛮猓得逃生而回的已无几了。中行虽然不快，已是无法。捉了两个被擒的一盘诘，全因昨日夺人而起，主谋的是妖巫，虎王并不知道此事。俱觉首恶扎端公漏网还有隐患，因虎王和远客将来赴宴，无暇搜除，只得留为后图，不愿显出适才争杀零乱之状。

刚发令全村人等赶紧收拾整齐，准备迎宾，便接望楼上报信，说虎王、吕伟等来客业已各骑虎、豹，缓步往村前走来。戴、顾诸人一听，连忙催促收拾残骸，一面请谢、韩二人去通知张鸿，候请入宴。

好在筵席均已备妥，众蛮猓又未攻进村来，一切均与原定的一样。只须将生擒来的蛮猓囚向僻处，死人血肉略一收拾，静候来客离村数里，一接报便可出去迎接，并不费事。

少停，人报岭上下业已收拾干净，来客离村尚有四五里之遥。戴、顾二人立时传令，按照预计行事，除将妖道算作来客外，全村自村主以下首要人等，全都下冈迎上前去。此举本是顾修之计，一则为向吕伟夸耀，二则为表示报那当年相让之情，礼节甚是隆重。少时吕伟如偏向虎王，动起手来也有说词，显出自己实以高朋至友相待，并无挟嫌之意，全是吕伟强不说理，硬要出头，以致变友为敌。

戴、谢等人知他心意，虽再三劝说："大丈夫恩怨分明，即使吕伟出头，也是为友心热，总要给他留点情面。"顾修终是口是心非，不过没有先前仇恨得厉害罢了。要知后事如何，且看下回分解。

第四十一回

沙飞石走　神虎斗凶禽
血雨腥风　仙猿诛恶道

话说戴、顾等主人正往下走，原想越过前峰草坪去接，谁知吕伟仗着二猱神目，不时登高瞭望，已然得知底细，一听主人出迎，忙嘱虎王少时见人如何应付，催动座下虎、豹加紧行进，务在主人下峰前后赶到，明是表示不敢当，暗中却含着显露身手之意。虎王骑的黑虎不算，就是吕、张老少三人所乘野豹，也是千中选一的猛兽，这一催进，立时翻开四爪，一路穿山越涧，箭一般朝前驶去，三几里的路程，哪消片刻，便已赶到。

村中诸人先当来客不会就到，又要山中势派，下山时本就从容。加以虎王等所行近村三里的一段路有山崖遮掩，望楼上人只见来人已转向崖后，没料到忽又改慢为速。直到来人绕过那片山崖，将要踏上草原，才行看出，已不及命人通报，只得改用钟声传警。

那戴、顾等村中主要人物，刚将仪仗队分配停当，行至岭半，忽听望楼上钟声响了几下。大家抬头向岭下一看，只见前面崖口风沙滚滚，尘土飞扬中，几只猛兽飞也似驶来。细一观察，当头两条金影正是康、连二猱，身后紧跟着一只黑虎、一只大豹。虎背上骑着虎王，豹背上坐着一个长髯老英雄。两旁稍后一些各有一只大豹，豹身上骑着一男一女两个小孩。俱都稳如雕塑一般骑在虎豹身上。群兽成一半圆形，星飞电驰而来，所过之处沙石惊飞，木叶乱舞，尘土像雾一般涌起数十丈高下。虎王骑兽向村中来往，村人虽已看惯，这等疾行却尚是第一回看到。端的声势惊人，不比寻常。

戴、顾等人看出来客心意，如让他们驶上峰来，面子上未免稍差。事已紧迫，如果一同下去，估量已来不及。忙即传令，吩咐仪仗仍然从容朝下走去，奏起细乐。戴中行同了顾修、谢道明等几个村主把手一挥，各自施展轻身功夫，往冈岭下面跑去。虎王等四人六兽已似泼风般卷到岭脚，相隔也只二三十丈远。

这时峰上鼓乐之声已起，顾修刚想说来客过于逞能，话还未说出口，只见虎、豹身上老少四人身形微微一闪，齐都离了虎、豹背上，拔高朝前纵起，落到地上。最奇怪的是野豹跑得那般急法，居然说止就止，四足抓地，停立不动。村中诸人见状，好生敬佩。再看虎王、吕伟，已率那两个小孩，身后紧随二猱一虎，缓步走来。二人同声齐说："多承诸位村主招宴，已不过意，怎还敢当亲劳玉步，远出迎接。"说罢便要施礼。戴、顾等人也忙着抢上前施礼，俱对吕伟齐称幸会不已。中行首先说："虎王兄多年芳邻，不是外人。吕老英雄远来不易，这里不是说话地方，且请到敝村少息，再作长谈吧。"说罢，率了诸人，一齐拱手揖客。

虎王便喝虎、猱："在山下等候，叫你们再去。"虎、猱作势不听，虎王正要假意发作。顾修先听中行不请来客就此入席，却请往寨中长谈，已是不快，见状冷笑了一声，欲待发话。中行恐他说出不好听的话来，忙即抢着拦劝道："虎王兄坐下神兽，照例随主不离，今日良朋盛会，我还特为它备下饮食。如不同进村去，倒显得当主人的不因主而敬仆了。"

虎王答道："我因今日村主与吕大哥多年相逢，设此盛宴，宾主应该尽欢才是。这几个畜生屡次无故生事，况且来时已然命它们吃饱，并代村主代约了别的朋友，恐其少时赶来赴宴，人生地不熟，又恐它们无事生非，不安本分，叫我当主人的为难，特命在此守候，听唤再上，却是这等倔强。如非村主讲情，我绝不容它们无礼呢。既如此，就随去吧。"

戴、顾等人一听虎王口吻全与往日不同，料是受了吕伟指教无疑。顾、杨、祝三人更听出语含讥刺，心中好生怨恨，彼此以目示意。暗忖："现时由你说嘴，少时不教你死无葬身之地才怪。"因中行究是全村之主，已在殷勤揖让，只得强忍怒气，一言不发。吕伟又给灵姑、张远一一引见行礼，然后同往上走。

吕伟暗中留神，见村寨形势既是险要，出接的人也都人人武勇，个个英豪。这上岭的一条道路并无石级，只是地形稍斜，没有别处峻陡。沿途两排大树，树下排列着两行乐队直达岭上。谁也没带着兵刃，全没一些小家气的行径，与昔年太子关初会戴中行时刀枪森列迥不相同。如非识得底细，决料不出筵前会有争杀之事，也不禁暗中点头称许。

宾主一行人到了冈上，再沿冈脊进了大寨。吕伟见寨堂上设下十几桌筵席，窗户全都去尽，布置整齐。寨前一大片空地，料是筵后相斗之所。正寻思间，中行已将众人引入旁厅落座，一面令人先献上茶点，一面向吕伟叙起阔来。说不两句，张鸿也经人请到，见爱子张远和灵姑也随了同来，看了吕伟一眼，无甚表示，料是必操胜券，也就放开，加在一起叙谈。虎、猱已由虎王命在寨堂外守候，不许妄离生事。谢、韩二人见虎王向中行不时敷衍两句，并无余人搭理，便过去陪他闲谈。

中行先向吕伟提起太子关前事，又向众复声明昨晚席间之言。吕伟久闯江湖，答话异常得体，中行自是高兴。本心原不愿当日就动干戈，奈事前群凶包围，执意不肯甘休，顾修又不住以目示意，只得拿话点醒吕伟，请他各论各的交情，少时不要过问。并坚留筵后欢聚数日，以示无他。吕伟明白他先不入席，却到别室叙阔，便因想将自己撇开，心中早有一番打算。因双方势均力敌，虎王这面胜算还居多数，自己只消居中和善后，本无须相助，既然主人表示公意，乐得暂时置身事外，含糊允了。只张鸿觉着吕伟行径与往日不类，心中奇怪。下余诸人俱觉满意。顾修也知中行要保全吕伟，正要他这样，免得无故树一强敌，也跟着捧了吕伟几句。

又略谈了一会儿，忽报客到，只见祝功陪了妖道米海客进来。宴中主客俱都起立，分别引见为礼。祝功原因中行与吕伟久谈不休，心中不耐，特意从隔室将妖道引来，好打断二人的话头，催着入席，免得夜长梦多，中行被吕伟言语打动，与虎王释嫌修好。他终是一村之主，如果当众说出话来，谁也不好意思违逆行事，日后再去寻仇，既不冠冕，又要多费手脚。妖道也早听说，恐吕伟出头作梗，进门时便把吕伟当作敌人，自恃妖法，趾高气扬，大有不可一世之概。

西川双侠阅历老练，火候深沉，并未在意。旁边却恼了灵姑和张远两个小孩，因碍着老父，未便发作，却记在心里，准备少时遇见机会，给他一个厉害。中行见妖道大模大样的神气，心中老大不悦，朝祝、顾二人看了一眼，略为分别引见，便命开宴。

顾修知祝功没有听清吕伟所答的话，就出去请人，米海客才有这等做作。见中行不快，便乘着引进，指着张、吕二人对海客道："这二位便是我说的张、吕二兄，当年名震江湖的西川双侠。那两个小朋友，一是吕千金灵姑，一是张兄令郎张远。适才吕兄驾到，戴二哥已将话对二位说开，本就是多年老朋友，益发成了一家人了。席散后，二哥和我们还要留张、吕二兄多盘桓些时日，大家多亲近吧。"

妖道这时见灵姑生就侠骨仙姿，禀赋特异，心中惊赞，正在盘算，全没留神听顾修的话，略为呵呵两声，也没怎样谦礼。吕伟见灵姑、张远目视妖道，暗藏怒意，本不愿二人向妖道执后辈礼，妖道不来答话，乐得借此混过，免得要唤二人上前拜见。中行又连催开席，向着吕、张、虎王等老少五人拱手让客，就此相随同出，到了大寨堂。

中行因吕伟远客初到，又心敬他为人正直长厚，妖道昨晚已然宴过，执意请他首座。

吕伟远见妖道斜眼觑着中行和自己，冷笑了一声，便自向旁走去。顾、祝、杨三人面容骤带惊慌，跟踪赶去。料知妖道见主人没有首先让他，心中不悦，不禁又好气又好笑。暗想："这等连礼让都不懂的妖人，未必有甚伎俩，理他反长势焰。"又见主人殷勤相让，全未觉着，便也不作客套，拱手向众道："有僭诸位，小弟今日恭敬不如从命了。"便自向首位上落座。

中行第二位让了张鸿，三位让了虎王。还要让灵姑、张远，双侠执意道谢，才由韩、谢二人先坐，末了才是灵姑、张远并肩坐在下位。康、连二猱依然随侍虎王身后不离。

全寨堂上筵席全是六人一桌，只当中并列两桌，却是寨中特备的，席作长方形，每桌可坐十一人：当中五座，旁列一边三座。中行因吕伟既带两个小孩同来，实未含有敌意；妖道为人狠毒骄恣，顾修等又和虎王仇深似海，必仗妖法、恶物赶尽杀绝。唯恐吕伟挺身而出来主张公道，动起手来，连两个少年英雄也受了池鱼之殃。因此初见吕伟时，已暗中命人换了当中席面，特地使张、吕等来人坐在上首一席，自在主位相陪，以防万一。打算将妖道安置在下首并列的另一席首位上，顾、祝、五虎等作陪。正和吕伟谈得高兴，还没和顾修提起，祝功忽将妖道引进屋来。中行一见那等骄横之状，恐张、吕二人着恼，一着急就催促开席让客，不料忙中有错，事前未提一声，竟将妖道得罪。

顾修等见机，心中暗怪中行大意，连忙赶过去陪话，将妖道让在另席首位上落座。等中行让完来客，才想起和妖道少了两句交代，回头一看，妖道已然落座，满面俱是怒容，不住冷笑。中行本来性傲，昨晚一见妖道便不投机，这时见状，暗忖："虽然自己有些失礼，但你要在本村长住，总算是自己人，不问对方是否仇敌，终是客礼，哪有不先让客之理？似这样挑剔繁苛，动辄得咎，日后怎能长久相处，自己一心归隐，过着极安乐的岁月，都是顾修一人招出许多事故。”不禁生气。心想：“你既不识抬举，索性不加理你，看你怎样?”

厌恶之念一生，立即强作笑容，向对席一举手，说道：“我们都是长年相处的知己之交，毋庸再拘礼节。吕、张二兄做客远来，我在这边相陪，有劳诸位老弟代我向米道爷多敬几杯吧。”说罢，便就双侠席上落座，敬起酒来。

米海客见中行毫不周旋，话既含糊，意更轻视，气愤到了极处。顾修等自然是万分不快，只说不出的苦。虎王因守吕伟之戒，不多说话，入席便吃喝起来。

酒过三巡，中行举杯欲起。顾修原本蓄势待发，见中行要起立发话，知他对于虎王并无敌意，全是为众所逼，这时又对米海客疏远，唯恐席中变计，连忙抢在头里，由席上一纵身，到了两席中间立定。刚喊得一声：“张、吕二兄和各位兄台……”中行带怒喝道：“顾贤弟且慢，等愚兄交代完了再说。”

顾修看出中行辞色不善，大出意外。他哪知中行昨晚听了谢、韩二人之劝，又因适才妖道骄横过甚，幡然醒悟，有意和他决裂，还当是想庇护仇敌，预打招呼呢。心想：“今日之事，我已布置周密，由不得你。且听你说些什么。”当时虽然怀愤，不便不听，只得说了声：“小弟遵命。”退回席去。

中行先请各席上人斟满了酒，一饮而尽，从容说道：“诸位兄台、贤弟，听我一言。想我戴中行以前也曾在江湖上走动，薄有微名，彼时少年狂妄心高，目空一切。自太子关一役，承这位吕大哥抬手相让，当时虽未丢脸，事后甚是灰心内愧，方知天下英雄能人胜我者甚多，又不愿以怨报德，这才隐居苗疆。难得许多旧日弟兄、门人相随到此，费了多年辛苦，创下这一片田园家业，端的无事无扰，四时俱有乐境。及至顾贤弟全家移居来此，随后又添了好些老友知交，并承顾贤弟和诸位兄弟大力相助，整理得本村日益兴盛。满想大家终身相处，过这清闲安乐的岁月，不再出山多事了。

“不料顾贤弟雄才大略，壮志难消，日久雄心顿起。渐渐全村诸位弟兄也有大半激动壮志，愿作雄飞，不甘雌伏，齐劝中行以本村为根基，遇着机缘，出山举事，以谋大业。中行志气久已消沉，本无功名之想，又不便过违顾贤弟与诸位弟兄善意，便因中行一人之故而误万里云程；欲待各行其是，又恐人道我自私，不舍以区区家业助成伟业。虽然勉强屈从，自问庸愚，决不能随诸位之后，建立功业，心中实是为难，想不出一个两全之策。

"昨晚、今朝吕、张二兄驾到，谈起他二位的来意，益发勾动我的心事，方始决定我个人的出路，并想起一个比较两全之法，还望诸位原谅我的苦心才好。明人不做暗事，有话须要说在当面，无须再做作。今天这一席酒，本是顾、祝、杨三位贤弟因与虎王老弟平素有些争执，意欲借着欢宴张、吕二兄之便，做个了断。虎王老弟与我虽非旧交，但他为人豪爽英雄，又曾救过本村几个弟兄的性命，双方都是朋友。几次想卖我一点薄面给两家和解，无奈双方都甚负气，还有一点小纠葛，谁也不肯降心屈从，以致事与愿违，嫌怨日深，似这样终非了局。

"我盘算经年，已然决定。难得吕、张二兄良朋远来，正可由我三人出面做个中证。你两家如能借这杯酒，将前时仇恨一齐勾销，固是快事；否则席散后，便去至前面广场上，各施艺业，一展身手，人同人比，兽同兽比。就在席前，当我三人之面把话说明，各定高下胜负如何？由我三人从中判断。事完之后，不问两家胜败，便将这建业村让给顾贤弟和诸位兄台执掌，以谋大举。我自和谢、韩二兄以及几个不思上进的门人亲故，仍然回到隐贤庄旧地去躬耕自给，以终天年。不过虎王老弟只有一人，顾贤弟既请米道爷助拳，仍望单打独斗，除双方所养禽兽，不可以人理来论，仍是一个打一个。中行未离此村以前，还望不要乱了以前规矩。"

顾修听了中行这一席话，心中有病，知道自己不合前晚与祝功闲话，说起近年百事具备，中行却和谢、韩二人同调，老是设词推宕，照这样何时可举大事？等米海客到来除了虎王，过些日再劝他一回，如不依从，索性将他三人逐走，或是逼往隐贤庄去。自己和祝功、五虎弟兄等占了此村，即图大举，免得因他误事。

当晚原是酒后愤激之言，并非真要如此。今听中行之言，以为定被他手下心腹听去告了密，所以才这等说法。顾修先前因中行的话句句刺心，愤愧已极。细一想："中行终是此村之主，自己和一些党羽望门投止，承他待若一家，无殊骨肉，情分原自不薄。只怪他埋头隐避，有他在此，终是作梗。异日真要变脸，不特不好意思，说出去反叫外人耻笑。难得他赌气相让，正可乘机承受。好在这建业村自己着实下过一番心血，以中行之力，决难到此，受之无愧。"

顾修当下略沉了沉气，强笑答道："明人不做暗事。诚如二哥所说，小弟实为二哥有此基业、本领，甘心高蹈，太觉可惜，才约了各位兄弟，朝夕进言。

原想推二哥为首，共建大业，不料二哥口虽答应，并不实行，终于说出了实话，不屑与小弟为伍。人各有志，小弟等也不敢相强。建业村虽经小弟苦心经营，终是二哥产业，不过二哥人少，也用不了许多，暂借小弟等作举事之用也好。

“至于虎王这厮，原无什么本领，仅仗生长山野，养得一群恶兽，到处恃强行凶。我等念其粗人无知，以前又曾救助过本村弟兄，本不值和他计较。但是所养一虎、二猱三只恶兽，不论人畜，见了就伤，凶恶已极，如不将它们除去，日后必为世人之患。因此等妖物一般的恶兽，究非人力所能制伏；加以这厮近一年来屡次欺人太甚，万难容忍。

“米道兄隐居仙山，道法高深，专一降妖诛怪，为世除害，并有守洞神兽狮獒和仙禽独角虬鸟。闻得恶兽在此为害，特地驾临，代我们将它们除去，正是一件快事。这厮如肯当众认罪服输，遣散那群野豹，将这三只恶兽献出，任凭米道兄处置，便看在二哥和吕、张二兄情面，饶他不死；不然今日任是怎样比法，他也难逃活命。”

此时康、连二兽不住口中怒啸，大有一扑而出之势。虎王也是不能忍受，几番作势欲起。俱因来时吕伟再三叮嘱，无论遇何难堪，均须照着所定暗号行事，连虎、猱也是如此，吕伟又再三以目示意禁止，只得强忍愤怒，等少时吕伟答话之后再起。

吕伟先不料中行能和自己一气，见敌人自己分心斗口，不便抢着说话，后听顾修说话处处显出昧良负义，狂妄无耻，心中好笑。一面目止虎王、二猱不要妄动，一面盘算对答应付。照着多少年的经历来看，敌人心高气浮，已然落了败着。妖道说得虽然厉害，看那神情、动作，也是一个左道旁门中的下士，不似什么上等妖人。虎王身有防邪之宝，又得清波上人之助，当无败理。不过天下事难以意料，万一妖法厉害，清波上人不来，虎王一个闪失，自己明知不敌，也不能置身事外。想了想，把原来心理略变，打算起立，接口代虎王说话，先挖苦顾修几句。

吕伟正寻思间，忽听门外黑虎啸了两声。虎王面容顿转，向吕伟道：“老大哥，你对这姓顾的说，我也有人就来，他们这一伙子一个也休想讨好。”吕伟闻言大喜，防他话不中听，忙递了个眼色止住。正要张口，中行闻得顾修之言，益发坐实了谢道明天明前暗入内宅所说之言，冷笑一声，抢在头里说道：“众位弟兄和我在此隐居避世，如非顾贤弟阖第光临，费上许多心血，哪能有今日之盛？愚兄诚心相让，并非戏言，顾贤弟当之无愧，何必说甚‘借用’二字？至于虎王的事，我已尽知你两家曲直，不过此时强存弱亡，已非讲人情天理之时。适才话已说明，今日请客，我忝为地主，只要不被天下人耻笑，任凭尊意，我和吕、张二兄作壁上观便了。”

吕伟忙起立道：“戴村主盛意殷勤，相爱甚厚，小弟甚是感佩。不过小弟还有几句话要向顾村主请教，不知可否？”顾修因中行当众予以难堪，自己理屈词穷，加以仇人见面，分外眼红，言动全出了格。中行第二次所说之言更是刻薄，匆忙中正想答几句话遮脸，忽见吕伟起立要向他请教。知道此人成名多年，有谋有勇，说话极有分寸，明知又是难听的话，但又没法教人不说。心想：“如无你这老匹夫，中行不会留人设宴，也不会为张鸿之言所动，化敌为友，闹得这等场面，敌人还未交手，先伤了自家人的和气。不然的话，只消米海客一到，便同去仇敌寨中，为所欲为，尽情报复了。反正中行已然明示绝交，你说好便罢，如不中听，索性连你们几个一个也不叫活着回去。”心虽这样想，表面上仍强作笑容道：“吕兄有话请讲，小弟洗耳恭听。”

吕伟道：“小弟等昨晚接到请柬，主人只写着一位姓尹的名字，看着很生。虽曾料到是位更名隐居、多年未见的老友，故意使小弟打个哑谜，不想这世外桃源的主人竟是戴兄和诸位兄台，这等幸会，真乃生平第一快事。

“虎王老弟与诸位兄台的前因后果，昨晚小弟已由他口中得知大概。虽然双方各执一词，但是冤家宜解不宜结，彼此为了畜类怄气，未免不值，不过人在气头上也是难说。顾村主已有定见，连戴兄多年患难之交所说的话尚且未蒙采纳，吕某何人，怎敢妄有主张？只是虎王弟生长山野，做事一秉天真，善善恶恶，率性而行。顾兄当世英雄，久享大名，想能按理行事。他今来此，总算是个客位，适才所言，未免稍为意气用事了些。江湖上这类以强弱来分别曲直的事尽多，比斗只管比斗，何必便以恶声相加呢？

“小弟与他虽是新交，他今日人单势孤，又是同船同载，本不该置身事外。一则双方同是知好；二则戴兄已然交代在先，令弟等居中，双方各不相助，戴兄虽不日再作高蹈，将本村产业让与顾兄，终是本村主人，他尚且如此，小弟怎敢不从？

“虎王老弟来时又曾再三叮嘱说，他本人对于贵村全无丝毫为敌之心，如万一顾兄不肯相谅，各凭真实本领，人和人比，兽和兽比，一见高下，强存弱亡，死而无怨。设若顾兄这面请有道术之士，他驯使猛兽，全仗勇力，并不曾学过法术，见事不公平，他也请有一两位精通剑术道法的好友，不论相隔千百里，可以一呼即至，也用不着我这老朽无能的远人给他助拳。唯以素来不善唇舌，仅令小弟在双方过手时代他说两句话。我想现在说的也不过如此，既非见真仗不可，客随主便，就请顾兄发令，虎王老弟遵命便了。”

顾修因妖道屡次目视灵姑，心中顿生毒计。听吕伟所说虽然语中带刺，因在意料之中，又是气急头上，暗骂：“老鬼，你不用奸猾，挖苦我不懂礼节过场。见老戴得新忘旧，受了你的蛊惑，不为朋友作脸，当面塌台，便在口头上找我便宜。少时杀了这厮，自会要你好看。”他这里只管盘算使坏，妖道却是始终心惊灵姑仙根异禀，容华美秀，张远也非凡品，全神贯注在这两个小孩身上，对于虎王也有异人相助这句话全没注意。

吕伟把话说完，见顾修还自含怒沉吟，好生不解，偶一眼看到妖道一双眼睛正看住两个小孩眨都不眨，不禁心里一动。略一寻思，又将声音略为放大，喝问道：“顾村主，小弟之言，想已听明，尊意如何，快请示下，早些取决，岂不是好！”顾修闻声猛省，才想起没有回复人家的话，不由又怒又愧。匆匆未暇寻思，便也答道：“当然是人和人比，兽和兽比。请吕兄命那厮同至外面便了。”中行连声喊好，便请主客同至寨堂以外广场之上。

中行请吕、张等老少四人居中，喝道：“今日这事，我已明言，愿随我居中不作左右袒的，居中旁观。”一言甫毕，谢、韩、方奎等八九人首先走过。接着先随中行归隐的一班亲友门人，除不在座的外，在座的约有三数十人，先时为顾修所惑，不无为功名之念所动，这时因中行已然明示决裂，天良道义，论哪样也不能弃了中行而去，明知中行借此探大家心理，立即一同相随站向中间，一个未留。连后来的也有十多人。那不在座的，俱是这些人的家属徒从，无关紧要。

中行见状，深喜人心未死，不由含笑点了点头。又喝道：“我们以武会友，需要不失礼教。凡是给顾修贤弟助威的，俱请站向右面，将左面留给来客。”虎王因是孤身一人，出时顾党也有好些随便同立，闻言俱都走向右边，分了主客立定，这一来无形中分了家。顾修近年招纳亡命，延揽豪强，引进的党羽不少，虽然走开了好些，重要人物仍有很多。

顾妾计采珍原与戴中行妻在后寨款待米海客的家眷，此时也闻声走出，向顾修问个不住。顾修本来对她又爱又怕，和虎王结仇也由她而起，也想询问内寨相待情形。反正敌人决无幸理，乐得表现尊敬中行，由他主持一切，不合己意，再行开口不迟。

顾修这里忙中抽空与爱妾问答，那旁吕伟却发起急来。吕伟原因虎王说黑虎啸声是来了帮手，当是清波上人或涂雷到来，不由心宽胆壮，料知万无败理。及至出来细看，哪有仙人足迹，当着众人又不便过来询问。虽知虎王身佩宝物，不致便输，究无把握。再者妖道始终注目两个小孩，颇似不怀好意，尤以灵姑为甚。灵姑和张远又不时手按身带暗器，交头接耳，怒视妖道，大有跃跃欲动之概。张远还好，灵姑自幼钟爱，性刚好强，虽然屡次示意禁止妄动，终恐不肯听话，惹火烧身。虎王胜了还好，如为妖道所败，吉凶难料。况且中行和顾修已明示绝交，妖道有何顾忌，必然生事无疑。

吕伟方在愁急，见三方面人已站好，中行似要开口，又一想："清波上人已然接信，即使涂雷未归，也无坐视之理，还是多挨一会儿的好。"恐中行把话说错，忙抢在头里说道："戴兄分派已定，就请顾村主先命手下神兽一个对一个挨次登场吧。"

顾修一想，先杀金猱，与爱妾出气也好。便向米海客道："这野人所养的两畜生最是可恶，现在双方先用兽斗，道兄意下如何？"米海客入席之时已看见康、连二猱站在虎王身后。一则二猱身子短小，乍看不甚起眼；二则妖道心粗气傲，一心只在两小孩身上打算，一眼看过，没有在意。这时看出二猱目闪奇光，四爪大而利锐，虽觉不是凡物，估量也非狮獒、虬鸟之敌。闻言哈哈大笑道："这两个猴子也值得一斗么，随便命我仙禽、神兽去一个，一抓就死。"说罢，将手一挥。妖道和顾修等原有准备，立时闪开一条道路。

一阵吱咕怪吼过处，下面从岗脊上跑来两个道童，俱都一手持铁叉，叉上面冒着熊熊碧焰，另一手各挽着几根长链。一童每根链上锁着一只狮形怪兽，共是两大四小；一童每根链上锁着一只蛇形独角怪鸟，乃是两大一小，小的一只身上毛羽好似被火烧焦。

这大小九只怪物，三飞六走，最小的连头至尾也有丈许长短。未到以前，便先带起一阵腥风，惊沙撼树，声如涛涌。再加上这些怪物俱都猛恶不驯，口中不住吼啸，露出满嘴獠牙利齿，狺狺发威，目闪凶光，舌红如血，大有搏人而噬之概。两道童不住摇着妖叉，做张做智，厉声呼喝，怪物仍是桀骜不服神气，端的声势骇人。

米、顾等见在场诸人多半动容，不禁面有得色。方欲再发狂言，忽听中行、吕伟双双断喝道："米道爷且慢！虎王所携虎、猱共只三只，道爷仙禽却比他多了两倍，难道一齐同斗么？”米海客哈哈笑道：“他那三个孽畜，我只一只狮獒已取它们的命而有余了。这不过是叫它们也见识见识罢了。”

中行接口道：“神兽以一敌三太不公平，要我等中人则甚？胜负强弱，少时自见，无论仙禽、神兽多么厉害，总不可乱了章法。我看神兽、金猱俱非常物，正可借着比斗之便，令我等一开眼界。莫如双方各命一只出斗，预先讲定两只算是一拨，无论胜负伤亡，一场比完，就此拉倒，再换第二拨上去；双方主人各不许以法力、暗器相助，方显公允。道爷以为如何？”

米海客自恃狮獒力大无穷，一纵就是二三十丈，前在缅甸，一日之内曾杀百虎，还是小的一只。并且身似坚钢，刀斧不入。金猱耳闻那等厉害，眼看也不过如此。想是仗着身子灵巧，纵跃轻快，脚爪锐利之故，人力制不住它。看神气虽然有点异样，决非狮獒之敌。心本自满，再一听中行所言，意是防他暗使妖法助阵，益发气往上冲。狞笑一声，答道：“既是戴村主想命这三只孽畜挨个儿伏诛，那我只好恭敬不如从命。就请村主发令，命那厮着一只上场，我叫一只小狮獒杀它，无论死活，一拨接一拨斗便了。那狮獒有灵性，用不着人帮它。这厮如敢暗中相助，我也不容。”中行接口道：“如此甚好。虎王如见金猱不敌，行使暗器，休说道爷，我等居中的也不容他。大丈夫一言，请双方发令吧。”

这时二猱因虎王禁止，虽然蓄势待发，还不怎样。那狮獒和虬鸟早望见对面站定昨晚放火的仇敌，全都怒啸前挣不已。中行一言甫毕，虎王喊得一声：“好！”手指处，康康首先纵出。

米海客见虬鸟齐声吼啸，纷纷争着往前飞扑，二妖童喝制不住，与往日猎兽神情不类。对方二猱一虎却静静地分伏虎王身侧，并未发威作势，大有相形见绌之势。更以为虬鸟一出必胜，否则不会如此气壮，意在人前显耀，大喝道：“早晚是口里食，你们忙些什么？”说罢，口中念念有词，将手朝众虬鸟画了一个空圈，二妖童连忙纵开一边，立时便有一圈黑烟将众虬鸟圈住。这些恶物果然害了怕，乖乖地站伏在地，不敢再叫。米海客又请众人站远一些，然后挑了一只小狮獒，亲自引出圈外，摘下锁链，手朝对阵一指，恰好康康从虎王身侧纵落当场。双方迎面，相隔两丈远近，先不争斗，各自立定发起威来。

众人见那狮獒生就一个狮子头，一张恶狗嘴，这一发威露出上下两排四五寸长的利齿，锋利异常。满头黑发如针一般根根竖立，自颈以下，灰色颈毛如鳞，自成纹片。四腿前高后低，脚掌下隐现出钢钩般的利爪。这还是一只小的，全身已有一丈三四长短，从头到脚，高达六七尺。端的凶威怖人，猛恶无比。那金猱康康被庞然大物一衬，越发显得渺小，乍看万不是狮獒对手。可是在场双侠、戴、谢、顾、祝、五虎等人俱都行家，先觉有大小强弱之分。及见二兽相持了一会儿，康康一任狮獒身子后坐，半蹲半立，只管怒吼发威，全不理睬，只半蹲面前，两爪向前虚抱，圆瞪着一双精光四射的怪眼，觑定狮獒胸腹之间，泥壁木雕般动也不动。狮獒未出时那般凶猛，这一和仇敌对面，竟似知道对方不大好惹，和猛虎负嵎一般，只管发威蓄势，却不敢轻于尝试。这一来，无形中已可预料出谁胜谁负，居中诸人自是暗喜。

顾修原尝过金猱厉害，因听米海客口出狂言，以为狮獒一出，金猱必死，不料会有这个神气。情知凶多吉少，满心还盼此乃狮獒斗时特性，未必真个便输。谁知二兽先后相持了半盏茶时，忽听虎王大喝道："无用的东西，还不抓上前，挨些啥子?"一言甫毕，便听金猱康康一声怒啸，长臂振处，作势便要前纵。狮獒想是不能再挨下去，也是轰的一声厉吼，身子突地往后一坐，连身飞起，朝着金猱扑去。

康康原因受了神物指教，特地如此，好觑准狮獒要害之处下手。一听主人再催，不敢不从。但它机警异常，虽然作势欲扑，并未真个纵起。那狮獒也是个有灵性的异兽，初上场时，真恨不能将仇敌一爪抓死嚼吃，其势甚猛，原无畏怯。谁知才一照面，便看出金猱一双精光远射的怪眼，正注定它身上要害之处，物各有制，知道遇见克星。这类恶兽性极猛烈凶暴，虽然有了顾忌，但是绝无后退之想。一面将身子后坐，防护自身短处；一面也把全神注定金猱，待要伺隙而动。妖道知它宁死不退，见与金猱相持之状，心虽诧为仅见，却不似顾修等人失败心理，只当是狮獒看出金猱矫健，欲待乘隙一发而中，并没催它。

狮獒动作原极迅速，见康康作势将扑，立即飞身纵起。不料康康是个虚势，眼看狮獒快要扑到，倏地长啸一声，直朝天纵起有三十来丈，让过来势。狮獒一下扑了个空，刚刚落地，待要回身觅敌，康康已从空中一个转折，头下脚上，伸开两条长臂，一双利爪，照着狮獒腰腹间要害之处抓去。

那狮獒通体刀箭不入，身上只有三条软骨，由小腹起通到后腰腿间，宽才寸许，形如一柄三尖叉。中间一条最细也最脆薄，凡是尖锐的东西刺上就透，是它最致命的所在，两旁虽没中间脆薄，也是攻得进的地方。这三条软骨，外皮都有极长的硬毛遮蔽，不知底细的谁也休想伤它。因是此兽全身要害，无形中养成一种防卫的天性，灵警非常。一眼瞥见康康从空抓来，吓得连身都顾不得回，口里怪叫一声，就地一滚，背下腹上，身子缩作一团，将四足拳紧，先护住了那叉形软骨。一面准备御敌，等康康落近身前，再奋力朝上抓去。

说时迟，那时快，它这里刚翻过身来，康康已经身临切近。见它反身据地，本意正要它如此，忙把前身往起微昂，四爪齐施，往狮獒利爪间直落而下。狮獒也忙把四只爪一齐发出，猛力往上便抓。米海客知道狮獒爪有碎石断铁之能，金猱身子悬空使不上力，无法闪躲，这一下抓上，必死无疑。在场诸人除虎王深知二猱神力天生，机智绝伦，又受过指教上场，准能必胜外，余人为狮獒先声所夺，俱以为金猱不该直纵直落，这一下不死也必带重伤。

正在寻思，只见两兽利爪微一接触，康康首先腾身而起。紧接着便听狮獒厉吼了一声，身子翻起，追扑过去，身子离地。康康倏地回身往下一蹲，长臂往上一伸，似在狮獒腹间画了一下。只听惨叫声中，狮獒跌落，血光飞溅，尸横就地。再看康康，手里抓着两个血圈，已然奔回原地。双方动作均极神速，众人多半俱未看见狮獒是怎样死的。

原来康康见狮獒四爪往上抓来，更不下落，只把四肢微缩。仗着身轻灵巧多力，两只后爪看准狮獒前爪，略一接触，把前身重又朝下一俯，两只利爪早到了狮獒的脸上。同时借劲使劲，凭空穿出去。等到落地，狮獒碗大的一双怪眼已被康康利爪抓去。狮獒负痛情急，只顾翻身起扑，无奈双目已瞎，哪有准头。康康只把身子一低，早到了它的腹下，顺着来势，伸出长臂，往腹下叉形要害之处一抓。狮獒去势太猛，收停不住，小腹下开裂了尺多长的大口，还在前蹿。等落地时，肝肠俱从裂口里漏出，哪还有个活理。

一干顾党见怪物死得这般容易，俱都吃了一惊。米海客因先前口发狂言，尤其又愧又急。中行见金猱成功，好生心喜。恐妖道恼羞成怒，忙即开口道："第一阵已经见过，双方快见第二阵吧。"米海客这时已看出金猱厉害，有心换虬鸟上场。又一想："枉有几只神兽，只见一阵就不敢上前，未免太丢人。仍命狮獒出斗，又无把握。"偶一回顾法圈中的大小五只狮獒，因见同类惨死，虽为主人禁法所制，不敢咆哮，却个个血口开张，毛针竖立，怪目突睛，凶光四射，眼里似要冒出火来，全无丝毫怯敌之象。

米海客猛想起："那只小狮獒出生年岁不多，乃此中最小一只，想必身上皮革还不十分坚韧，所以遭了毒手。否则这等有灵性的异兽，前在缅甸深山中，许多虎、豹、犀、象、毒蛇、大蟒俱都死在它的爪牙之下，怎会叫这小小丑类所伤？深悔不该大意轻敌，头一阵便挫了锐气。这次派上一只大的出去，如若不胜，再派虬鸟上前。好在虬鸟翻飞迅速，居高临下，处处占着上风，万无不胜之理。先输上两阵，下两阵也不愁捞不回本，早晚总有出气之时，犯不着使仇敌看轻说嘴。”当下也不理睬中行，径将一只最大的公狮嫯领上场去，把锁扣一摘。

这东西果然厉害，比起先前那只几乎大了两倍：身长约有两丈三四，头昂起来，高离地面，没有一丈也有八尺，四条腿如小树一般，头大到六七尺的方圆；眼中凶芒，电射数尺远近；血盆大口开合之间，怪舌吞吐，腥涎四射，成团的白气如云雾一般喷出。锁链才一离颈，先把身子一抖，全身健毛根根倒立。再往后一坐身，口里震天价一声怒吼，立时扬开四只蹄爪，腾腾朝前奔去。这东西生性本来猛烈，又当蓄怒始发之际，益发凶暴无比。四只钢爪所践之处，地面山石粉碎破裂，激得火星四射。端的猛恶雄壮，声势骇人，比较先死那只厉害得多。

对阵虎王自闻中行之言，已命连连出场相待。一见狮嫯疾驰而至，也学康康的样，老远立定，圆睁一双怪眼，作势取它要害。谁知这只狮嫯与先前那只大不相同，早料到连连要抄康康的旧文章。仗着身大力大，行动迅疾，仇敌轻易近不了身，昂着又高又大的怪头，一个劲猛冲上来，全不停歇，晃眼要到了连连身前。其力何止千斤，这一下要被撞上，不死也必带重伤。其势又绝迅疾，恍如惊涛骇浪，一瞥即至，哪还有寻思躲避的工夫。妖道和一干顾党，到此方知狮嫯的威力，新败之余，俱都大喜，喝彩不置。

连连见势不佳，知难力敌，往后便纵。狮嫯见连连倒退，到口之食，如何肯舍，再被顾党一阵呼噪助威，凶焰益旺。怒吼一声，四足腾空，连身纵起十余丈，朝前扑去。

连连先纵先落，身甫及地，忽听脑后风生，忙回头一看，狮嫯已起在空中，眼看当头扑下。方欲二次避让，猛一眼看到狮嫯小腹下叉形要害，触动灵机，立生急智，不但不往后退，反倒往前迎去，紧跟着向上一纵。这一下正避开狮嫯两只前爪，双方迎个正着。

狮嫯方想抓裂仇敌，猛见连连回转身来，目注自身要害，知道不妙。无奈身体庞大，又在悬空下落，无法抵御。急伸利爪乱抓，扑的一声，身已落到地上，脚踏实地，益发无处抓捞。同时连连仗着身灵心巧，爪利如钩，业已深深抓探到它小腹里去。狮獒负痛暴怒，狂吼如雷，几次伏身地上，想将连连压死，却吃了腿太粗大的亏，不能全贴到地。抓又抓不着，咬又咬不到，急得像转风车一般满地乱转。连连知它力大无穷，爪牙犀利，也是不敢脱身纵出。只抓紧它的腹皮，随着它头脚动处，左闪右避，另一只爪却深入腹内乱抓乱扯，晃眼工夫，流了满地鲜血。

似这样转了数十转，狮獒又吃连连利爪抓了一下重的，想是奇痛难禁，倏地惨嗥一声，猛地前爪一起，平跃十余丈，朝寨堂下冈脊上蹿去，口里连声惨叫，一路蹿高跳远，疾同电射。金猱连连仍紧抓在它胸腹之间，兀自不放。所过之处，沙石惊飞，林木纷纷折断。展眼工夫，已跑下冈去没了影子。米海客骤出不意，又惊又怒，欲待行法阻止，那只大狮獒业已跑远。见顾党多半相顾失色，愧恨已极，欲待翻脸行法，无奈话已说在前头，众目之下，无从借口。正在咬牙切齿，打点报仇主意，忽听中行道："金猱独自回来，第二阵已算见过。请双方再命手下仙禽、神兽出场见第三阵吧。"

米海客闻言一看，一条黄影在日光下如金箭一般，正由冈下广场射上冈来，转瞬到了面前，正是那只金猱，利爪上抓定两个发光的血圈，乃是狮獒的两个眼珠。朝着自己这面扬手晃了两晃，连叫两声，才转向虎王身侧跑去，神态甚是得意。米海客益发暴怒，大喝道："戴村主，这个野种养有三个孽畜，我手下虬鸟恰也三只，正好一个对一个比个高下，见过这回输赢，再人和人斗。如全输给他，不但是我，连顾贤弟和五虎弟兄等人，也都即日离开此地，不再烦扰戴村主的清修；他如败了，应该如何？"

中行久闻虬鸟恶名，又见生得那般奇特凶猛，黑虎、金猱没有双翼，首先落了下风。知道妖道言中之意，直把自己也当作仇敌看待，拿这片基业作赌胜之具，不过要自己张口，尚不便公然直说罢了。暗忖："顾修背义忘恩，代自己开门揖盗，又千方百计请了妖道来。纵然赌气让出建业村，回转故居，图个身心清静，但是这些人多半狼子野心，卧榻之侧，岂容他人鼾睡？现时已是咄咄逼人，现于辞色，异日怎会两立？事已至此，都怪自己认人不真，中了他们的圈套，悔已无用。莫如放慷慨些，就和虎王一气，胜了更好，败了便二次觅地远隐。大丈夫到处为家，哪里不是基业，何必恋恋于此？"

想了想，冷笑一声道："米道爷言中之意，我已尽知，明人不用深说。戴某行事，一向光明，从来不会使用心机，交朋友也不分新旧。当初归隐，原为独善其身。后来各地亲友闻风来投,我因朋友义气,只要和我同道,不分良莠,一齐收容。近年人数日多,才有今日之事。当初启衅,只因方贤弟等五人雪中遇救,虎王好意派了金猱送信,人兽言语不通,误伤了顾贤弟的如夫人,从此嫌怨日深,本来于我无干。便是适才所说之言,也无非因双方新知旧好,全是朋友,虎王人单势孤,诸位势盛,特地请出吕、张二位远客,同做中证,想令双方手下各比一阵便完,并无偏袒。现在米道爷又欲变前言,令手下仙禽与金猱再见一阵,并以去留为赌,问我如何……"

中行还要往下说时,忽听虎王高叫道:"戴村主,这妖道要叫那三只没烧死的蛇头鸟出来送死,叫他来好了,和他多说则甚?"随着把手一挥,一声虎啸,黑虎同了康康便奔向场中立定,吼啸叫阵。中行因话未完,方欲拦阻,忽觉身旁有人扯他的衣角,一回头,正是吕伟,耳旁似听低语道:"虎王今日必胜,妖法、怪鸟全无妨害,不值理他。"中行只得忍住。

妖道见只有一虎一猱奔出场来,疑心后一只金猱为大狮獒死时所伤,所以未出。也怒喝道:"你这野种既发狂言,还有一只孽畜为何不出来受死?想躲就躲得过了么?"虎王大喝道:"妖道少说废话。我看你那只小鸟昨晚差点没烧死,不禁打,所以没许连连出去。实告诉你,今日休想倚仗畜生多,会闹鬼,我还不犯着多请帮手,随便喊来一两个,便要你们这一伙人的命了,不信你就试试。"

米海客气头上,先听虎王之言没有听真,这时一听,昨晚放火竟是虎王所为,不禁暴跳道:"原来昨晚放火的贼就是你么?"虎王接口道:"这点小事何须我来?随便派上一个猴儿,就把你弄得摸头不着尾了。昨晚不过给你送个信儿,真要动手,你和这些畜生还有命在么?昨晚村里闹了一夜的鬼,看见放火的影子么?"米海客闻言,急怒攻心,怒喝道:"好个野种,你既做贼,不能再拿人理相待。我先除了你手下孽畜,再取你的狗命,免得主人道我不守规矩。你那只孽畜不出场不行,我的仙禽自会寻它。"说时暗中撤了禁法,过去摘下锁链。三只虬鸟立即怒啸飞起,一取黑虎,一取康康,一只最大的公虬鸟越过当场,径取连连。

虎王原因连连回来禀报,得知来了好帮手,宽心大放,比初上场时更有把握,忙给吕伟按照预定手势打了暗号通知。因连连杀大狮獒时,身上受了伤,算计虬鸟定比狮獒还厉害,情知来的帮手既然隐伏在侧,必不坐视,暗嘱连连不要出场,只注定顾修夫妾和祝、杨等几个首恶,少时勿任逃跑。一见三只虬鸟带起满天风沙飞扑过来，当头一大一小分取黑虎、康康，后面一只最大的竟向连连身前飞来，来势甚是猛恶，眼看离身不过十来丈远近。连连知道恶鸟是来扑它，长啸一声，往前便纵。虎王恐连连不是恶鸟之敌，正担着心，忽听当头一声长啸，抬头一看，从峰顶百十丈高处，弹丸飞坠般落下一条白影，知是帮手到来，不禁狂喜。

那虬鸟对敌，因是生来厉害，任何毒蛇猛兽遇上便无幸理，占惯上风，照例是先落在仇敌面前，发上一阵威，对方如不畏伏就死，再用它的长颈、铁爪、钢喙和颔下龙须、身后刺毛搏击刺触取胜。寻常猛兽如虎、豹之类，被它迎头一叫，立即全身瘫软，不能走动，任凭它爪裂而食。除人熊和大象外，更无能与抗者。因养成习惯，虽有长大双翼，不到无法，轻易不飞起使用。这三只虬鸟出时，米海客虽在暗中发下号令，命其飞空下击，仍未改了它们的习性。

在前一大一小两只俱是雄鸟。别的鸟兽都是雄的生得雄壮美丽，唯独这类恶鸟却是雌的最为狠毒猛恶，生相也壮大得多。这两只公虬鸟飞离虎、猱还有三两丈，便即落下。黑虎体灵，知道此鸟特性，康康也受了指教，俱都运用全力，宁静以待，任它自行降落来攻再斗，并不扑上前去。黑虎准备自敌那只大的，将小虬鸟让给康康。双方俱在踞地发威引逗，尚未交斗。

那只雌的，一则昨晚小鸟被火烧死，报仇心盛；二则上阵以前，米海客暗中嘱咐它得胜之后，速将中立两个童男女抱走，飞向无人之处候命，说了几句话一耽搁，出场在后。连连站在虎王身侧，骤然见它迎面飞来，恐近前伤了主人，一时情急，不顾一切，飞身纵起抵御。却不料这东西健羽摩空，疾逾鹰爪，本心就把连连当作杀子之敌，适又见它杀了一只大狮獒，再加出时妖道下了严命，恨不能抓裂嚼碎，方可雪恨。一见它迎头纵来，正好抢个现成，立即一伸长颈，正要爪喙齐施，飞扑下去。连连目锐心灵，身子纵起，猛想道："仇敌肋有双翼，又生得那等厉害，在地下和它斗，尚且不能免于不败，怎倒纵上前去凑它？"心念甫动，无奈身子悬空，再想躲避，无从着力，身子已为虬鸟两翼风力扇动，往下疾坠。猛觉眼前一暗，接着虬鸟一双怪眼发出来的黄光已然射到脸上，全身俱被虬鸟庞大身影罩住，同往下落。

虬鸟颈子长，比鸟爪来得还快，这时正往下伸，钢喙开张，红信如火，露出两排利如钩刀的獠牙锯齿，离头不过两三尺。鼻孔里已闻到奇腥之气，身子尚未及地，知道凶多吉少。一时情急拼命，全副心力专顾上面，也没看清离地还有多高。径将长臂一伸，意欲骤出不意，抓瞎虬鸟的眼睛；再不就借着一抓之势，翻到它身上去拼个死活。谁知一啄一拒，两下原都是个急劲，本来一碰就碰上。连连意欲败中取胜，法子虽想得好，无奈虬鸟飞在空中，如鱼游水，全身俱是利器，又有那么敏锐的目力，宛转回旋，无不从心所如。连连毕竟心慌意乱，居于必败之地，如何能够伤它，纵然不死也带重伤。

就在这危机呼吸之间，连连长臂刚一伸起，眼看双方瞬息接触，耳旁似听当空一声长啸，猛见虬鸟的长颈往右一偏，歪出去了五七尺远近，百忙中两脚已踏在地上面。连连何等机警，情急拼命，实迫不已，并未听清啸声是敌是友，以为虬鸟头偏过去是避它的双爪。身既落地，自然犯不上再冒奇险，立即就地一滚，向左侧蹿出去。耳旁忽又听虎王唤它回去，杂以虬鸟厉啸之声，并未从后追来。为防万一，直蹿出二十来丈远近，才行站住。回顾那只大虬鸟，正在满空乱舞，上下翻飞，口中不住厉声呼叫，两翼疾扇，激得风声呼呼，沙石惊飞，林木萧萧，势如涛涌，也不下落，仿佛疯了一般。起落盘旋之间，背颈上好似抱着一点白影，定睛一看，正是适才所见峰顶上伏着的老友白猿，不禁大喜。

原来虎王起行不久，白猿恰从四川归来，路过铁花坞左近，遇见涂雷，也是新从外归。清波上人将虎王求助之信与他看了，涂雷当时便要赶往建业村与妖道决一胜负。清波上人唤住他道："你每次奉命出山，我俱禁你不得妄杀，便遇左道旁门，只要能知悔改，也多予以自新之路。这米海客却是为恶昭彰，不能宽恕。他曾与峨眉、昆仑诸正派为仇，中经惨败，逃往缅甸深山之中，炼成两件阴毒法宝。自问还不是诸正派中人对手，意欲在此潜伏些日，暗中祭炼邪法。不知又要伤害多少人兽生命，真乃罪不容诛。

"那戴中行改名尹遁夫，人颇正直尚义，性情也还恬淡自甘。一干徒弟虽然十九是绿林洗手，多半以豪侠自命，尚无大恶。只内中有顾修、祝功和顾妾计采珍三人是害群之马，祝功也会一些妖术，均是十恶不赦之徒。戴中行欲图大举为寇，便是受了顾、祝等的计诱蛊惑，非出本心。

"目前流寇四起，滇、黔地方僻远，幸无大寇，怎经得起这些大盗合群为乱，扰害生民？我原欲乘其未起事以前，亲往惩治警戒一番，弭祸无形。一则因你外功未立，留给你去修积；二则戴中行听了老友谢道明之劝，已渐省悟，始终迁延未发。你又暂时无暇及此，才致迟到今日。妖道之来，定是顾、祝等心存叵测，引鬼入室。这几个恶徒已非除去不可，何况又加上妖道。今早我接到颜虎儿的信，得知妖道到了建业村，若你不能赶回，我也抽空前往了。

“不过妖道飞剑、飞刀虽不如你，邪法、异宝却是厉害，尤其善于潜身隐遁。他近年为报前仇，结交了好些海外散仙，万万放他逃走不得，以免异日之患。虎儿身有玉符，邪法不侵。前闻人言，妖道还养有几只奇禽恶兽，一名狮獒，一名虬鸟，俱是极凶猛的东西。好在黑虎通灵，金猱也是神兽，只要妖道不以妖法暗助，均无妨害。村人对虎儿既按江湖上规矩下柬请宴，虎儿又非道术之士，不到情极变脸，未必便用妖法。

“你到以后，可用法术隐身在侧，相机行事，先将这些人的善恶分清，查明戴、谢等人心意如何。然后作为是虎儿约去助拳的人，伺便出面，除了妖道和诸首要。余党分别善恶，驱逐惩治。如能照前隐居安业，不出为盗，便不必过分为难他们了。还有狮獒、虬鸟专食人兽心脑，为天地间奇戾之气所钟。你前见虎儿养有猿、虎、金猱，大为动念，还和他要了四只豹子，累我费了许多事，才得养驯，有了灵性。这次却不可见猎心喜，事前尤须防备飞逃，一个也留它不得。

“你近年已得我真传十之七八，此行虽或侥幸成功，但你一人既要抵敌妖道，诛戮首恶，又要不令这些恶物逃走，实是事繁责重。虎儿道术毫无，至多助你杀却那三名首恶，余无所用。倒是黑虎听经多年，比起白猿固是不如，但也颇有道行，善知人意，虎儿能通兽语，可在事前嘱咐，命它告知虎儿，同了金猱从旁协助，尚有用处。虎儿此时尚在途中，少停再去也赶得上。”

涂雷终是心急，领命之后，略待了一会儿，便即起身。刚飞出铁花坞不远，便见前面一条白影穿越林，疾行如飞。有时竟然凭虚御风而驶，数十丈高宽的危崖阔涧，毫不费力，一掠而过，只不能一气直飞，中途微有停歇。绝似自己以前练剑初成，学着御气飞行之状。定睛一看，那东西虽然人立而行，并非人类，疑是山中精怪白昼现形。又见身旁宝光隐隐，左右时光尚早，便飞行下去拦住。临近一看，不料竟是白猿，好生欣喜。

当下向白猿说了经过，一人一猿，同往建业村赶去。到时中行等人正在下山接客，乘便先去偷看妖道所养的恶物。白猿却是识货，便和涂雷一阵比画。涂雷看出它能够克制，正想命它报信，回视寨堂之下，中行已揖客入内。只见黑虎独踞门外，便命白猿将黑虎调开，告以所知。自己隐身暗入寨堂，查看虚实。

妖道来时,黑虎刚巧被白猿引开,入门时未曾看见。后来又全神贯注两个小孩,意欲得而甘心,自恃太过,没有想到端详敌人强弱。否则真要事前看出黑虎灵异之处,也不致那般大意,一上场便惨败了。

涂雷查知中行与诸恶貌合神离,又创中立之说,善恶更易分清,觉着事颇顺手,甚是高兴,便暗随虎王觅地藏起。白猿教完黑虎,因自己隐身无术,涂雷已不知何往,略一端详地势,觉出峰顶居高临下,正对战场,最据形胜,便往峰顶上纵去,隐伏下视。

连连本听黑虎说是来了帮手,连虎王也当是只涂雷一人赶来相助,并不知白猿也同了来。及将狮獒杀死,取了眼珠,往峰腰上跑回,偶一抬头,望见白猿现身一闪,才得知悉,回去急忙告与虎王。虎王闻言,又问黑虎,才知涂雷和白猿一齐都来潜身在侧,益发欣喜欲狂,宽心大放。嗣见怪鸟来扑,连连迎敌上前。在峰顶上大石旁边应变仓促,怪鸟来势猛恶非常,心中发急,想喊涂雷,又觉违了对敌之约,不好出口。刚转念想到白猿,白猿已凌空飞下。虎王惊喜交集,猛然触动灵机,大喝:“连连快回来。妖道要想以多为胜,我自有仙猿对付它,不许你出去。敢不听我的话么?”连连惊慌骇乱中,刚听明主人的话,回头一看,白猿已跨上了鸟背,抓住它的长颈子,忙即应声回转原处。不提。

这只大虬鸟本是精灵非常,也是命数该尽。一心想抓裂仇敌,下扑时势既绝猛,又看出连连伸长臂要抓它的眼珠,忙着抵御,没有顾到别处。白猿早就瞧准下扑,如飞星坠弹,神速无比,休说虬鸟,连旁立诸人俱是一些练就的快眼,也只见满天风沙中倏地射下一点白影,金猱立即脱险回阵,谁也没有看清白猿形象。

白猿原知虬鸟来历,一上身先用两腿夹紧虬鸟颈背,左爪紧抓虬鸟颈喉要害之处,用劲往右一扳。虬鸟眼看就要啄到金猱脑上,猛觉身颈被束,再吃白猿神力一扳,不知不觉长颈偏过一旁,连连也就脱了它的爪牙。虬鸟骤出不意,就势回转长颈,待向身上仇敌啄去。白猿早有准备,一见虬鸟回头啄来,倏地扬起右爪,照准双目抓去。白猿动作比二猱更要敏捷,虬鸟暴怒来啄是个猛劲,双方恰好迎上。还算虬鸟眼灵头大,闪避尚速,两眼相隔颇宽,白猿之爪没有金猱长大,不易抓中,勉强躲过。就这样,右眼角已被白猿抓裂了一条口子,稍差一点,便非抓瞎不可了。

虬鸟被仇敌紧抓要害,一啄不中,反受了伤,益发情急怒啸。连回颈啄了好几次，一下也未将白猿啄中，急得展开阔翼，满天空上下翻飞，想将白猿甩脱下去，谁知白猿通灵多年，这次回山又得了些传授，身上还备有宝物，虬鸟漫说甩它不落，即使侥幸甩落，想要寻仇报复，也是万无幸理。白猿弄死虬鸟本非甚难，只因虬鸟双目是对夜明珠，想生抓下来，再行杀死。一任它颠倒飞翔，疾如电转，全不理睬。只管夹紧它的颈背，一爪抓紧颈骨环气穴之处，另一爪不住在它身上乱扯乱抓。激得虬鸟气愤不堪，回头来啄，便伸爪去抓它眼珠。

虬鸟也甚凶狡。先见白猿瘦小，还不如狮、象之类的猛兽，并非什么奇特之物，出于不意，骤为所乘。只要甩落地上，便可将它抓裂，虽然怒恨已极，还不甚害怕。及至飞舞了一阵，渐渐觉出白猿神力，束身如铁，休想甩落，枉有全身利器，俱失效用。皮毛有好些被抓裂扯掉，有好几次回啄未中，几乎将眼抓瞎。伎俩已穷，才知厉害。料定白猿立意取它那双眼珠，不敢再行回啄，翻飞愈急。

白猿见它不肯回顾，颈长难及，虽扼紧颈间要害，无奈此鸟颈硬如钢，除非抓穿气穴，将它弄死，要想迫它就范，却是难事。正打不定主意，偶一眼望到下面，涂雷已然现身和妖道米海客动起手来。另外两只虬鸟已一死一逃。妖道这面还有大小四只狮獒，一齐都猛扑上场，被黑虎、二猱和虎王接住，正在恶斗。顾党全都技痒欲试。康、连二猱口发长啸，似在呼唤豹群。白猿见状，恐虎王有失，心里一发急，便伸利爪，照准虬鸟裂伤之处，用力抓了一下。虬鸟奇痛入骨，身不由己，猛地回过头来。因恐白猿抓它眼睛，竟将双目闭紧，不用喙啄，改用头顶独角反触。

白猿何等心灵爪快，忙将抓颈左爪一松，双腿仍旧用力夹紧，上面身子微偏避过来势，伸利爪用力一抓。虬鸟原是痛极拼命，闭目来攻，一下未中，知道不好，再想缩回，已是无及，被白猿双爪将鸟颈连咽喉扣紧不放。虬鸟一声厉嗥，猛一挣扎，并未甩脱。白猿两爪指尖就着那一扣之势，乘机刺入虬鸟双眼以内。虬鸟痛得再也忍不住，一振双翼，疾如星飞，带了白猿，便往侧面天空中急飞而去。

当白猿初现身时，米海客正喜虬鸟得胜。忽见从空飞坠下一条白影落在虬鸟身上，下面金猱立即脱险，被虎王叫回阵去，虬鸟便在空中翻腾起来。定睛一看，鸟背上乃是一只白猿。先还以为虬鸟必占上风，略过一会儿，渐渐看出虬鸟势甚狼狈，一滴滴鲜血直落地下，不禁又惊又怒。大喝道："野狗不守信义，言明一个对一个，竟敢埋伏妖猴，从旁暗算。你们既然闹鬼，须不怨祖师爷手狠。”随说，将手一指。旁立两个妖童首先将余剩的大小四只狮嫠链锁摘下，咆哮如雷，目射凶光，直朝阵前奔去。

妖道把话说完，拔出宝剑，口中念念有词，指定上空，意欲行使妖法，先取白猿性命，救了虬鸟，并伤虎王和中行、吕、张诸人。猛听一两声惨嗥过处，大的一只虬鸟和黑虎对发了一阵威，倏地纵起，奋爪前扑。黑虎也故意作出欲扑之势，等虬鸟一起身，却往后面倒纵出去。虬鸟不知黑虎诱敌，见它退避，自恃颈长，张开铁喙，昂头便啄。

黑虎见它双爪业已落地，只伸长颈啄来，正合心意，向上一纵身，猛伸虎爪，照准鸟头便抱。虬鸟惯杀虎、豹等猛兽，本没把黑虎放在心上。初出时还以为必和常虎一样望风奔逃，不料居然敢和它相对发威，大出所料。先是凶性怒发，后来黑虎一退，颇与常虎见即远避情形相似，不由长了许多骄气，爪一扑空，更不再起飞，拿出往昔杀虎惯技，昂头伸颈，往前便啄。万不料黑虎骤然迎御，改退为进。彼此都是急劲，迅捷无比，偏又一个深心，一个大意，只一挨近，便被黑虎两只坚逾精钢的利爪将一颗鸟头紧紧抱住。虬鸟知道上当，阔翼突伸，想要飞起。黑虎通灵，机智非凡，哪还容它双翼展开，就势抓紧鸟头，猛力往侧一翻，滚将过去。

黑虎此举原是险着。虬鸟本具神力，彼时如不往后退，只消将长颈奋力上昂，再用双爪去抓，黑虎后爪着地，前爪抱紧鸟头，已失效用，就不为所伤，也非松爪后避不可。偏生虬鸟初吃大亏，负痛情急，只顾挣脱。谁知虎爪深嵌入骨，乘它奋力起飞之际，只有直劲，没有横力，冷不防一翻，虬鸟身不由己，立即往侧偏倒。黑虎一个滚翻过来，嚓的一声，将鸟颈扭转过来。见它倒地，更不怠慢，也不问是死是活，后爪猛力一踹，拖了虬鸟，拼命向后退去。说也真巧，这一扭恰好是个猛劲，无意中将虬鸟气穴处环骨扭断。那么猛恶的虬鸟，竟被自己颈间断骨塞住气穴，闭气而死。只初伤嗥了一声，连第二声也未叫出。

那只小的虬鸟，也被金猱康康师袭黑虎巧智，两个照面，引逗得虬鸟野性大发，也是暴怒急抓过去，一击不中，扬颈便啄。康康爪疾眼快，避开利爪，见它啄来，利用长臂，猛凑上前，只一下，便将虬鸟两只怪眼抓瞎。虬鸟负痛退缩，猛一昂头，康康的爪深陷鸟眼，未及拔出，被连身带起。康康知它铁喙厉害，恐被啄中，忙就势往上一翻，拔出双爪，正要纵退，无奈势力太急骤,虬鸟奇痛难忍,一声惨叫,冲霄直上。康康落时顺颈而下,正落在鸟背之上,虬鸟已飞起高空,离地太高,欲下不得了。康康无法,只得紧附鸟背,一面留神防它反噬,任其飞去。

二鸟死伤,只一转眼间事,等到米海客瞥见欲救,已是无及。愤怒已极,顿生恶意,口中怒骂:“戴中行背友小人,偏袒野狗。今日叫你们一个也休想活命。”随说,剑上一团烟光正待飞向天空,又从囊中取出三把精光耀眼的飞刀待要跟着发出时,百忙中猛又听对面一声断喝,一道光华电转霞飞,直射过来,飞入烟光丛中,只一搅,将妖道剑上烟光搅散,一同随风化去。同时另有一道白光,将那三把飞刀接住斗将起来。米海客忙一回视,离虎王身侧不远,飞出一个又瘦又丑的小孩,直落当场,正指着自己叫阵大骂。

米海客见那小孩生得形似雷公,相貌奇丑,二目神光炯炯,远射尺许,妖法已为所破。看去年纪不大,所用剑光宛然玄门正宗,只看不出是甚家数,三把飞刀颇有相形见绌之势。知道近来峨眉、青城各正派中出了不少有根基的后辈,个个年纪都轻,根行、本领却极深厚,料定遇见劲敌,不由又惊又怒。方要喝问来人姓名来历,忽听虎王喝道:“该死妖道,梦想暗用妖法害人,今天休想活命!”言还未了,那丑小孩便接口道:“颜哥哥,你去杀那几个狗党,妖道、孽畜都交给我了。”虎王应了一声,同了金猱便朝顾、祝等人奔去。

米海客已知金猱厉害,恐顾修等人有失,忙从囊内又取出了四把金刀,手扬处各化黄光,待要拦杀虎王。丑小孩喝道:“你这妖道有多少破铜烂铁,只管一次施展出来,省得你小爷爷费事。”说罢,将手一指空中,那道白光突然暴长了百十丈,大自经天,斜伸过去,将先后七把飞刀一齐截住,只一卷,全卷在光圈以内绞成一团,休想脱出。

妖道越发心惊,大喝:“何处小野种? 通名受死!”涂雷喝骂道:“你小爷爷乃黑蛮山铁花坞清波上人门下弟子涂雷。你这该死的妖道,不就是在滇池宁静庵做贼,被峨眉门下道友白侠孙南、黑孩儿尉迟火赶跑,后来逃往缅甸多年,不敢露面的那个米海儿么? 我知你的来历,吹什么大气? 快快跪下等死,免你小爷爷生气。”说时暗中行使禁法,将妖道去路隔断。

米海客原见他突然同了白猿出现,疑心来人不止一个,又见他骨相清奇,剑法玄妙,却不似峨眉一派,料是名师弟子。想探一探来历,以定下手轻重,免得误使狠毒邪法,不留余地,打了小孩子不要紧,却将大人引出,于峨眉、青城、昆仑三派之外，又树下一个强敌，闹得满地荆棘，行动不得。及至听完涂雷之言，不禁吓了一跳。暗忖："久闻清波上人隐居黑蛮山，已数十年不出来问世，如非受了仇敌之托，怎会遣他徒弟来寻晦气，此人剑术高强，道行深厚，生平号称长胜仙师，从不曾栽过跟头。当年各异派中人见了他，大多望影而逃。所居铁花坞，正在此山附近，相去密迩，躲还躲不及，怎会来时全没想起，自行投到？这老家伙不管闲事则已，只一伸手，和乙休、凌浑这对夫妻一样，不胜无休。所遣虽是一个幼童，不是另有帮手在侧，便必有惊人道术尚未施展出来，我倒真得留点神呢。"

米海客想到这里，暗怨顾、杨二人："既有这般劲敌，请我时就该明言，也好在来前做一准备。看这小孩与野狗兄弟相称，可知常在一起，顾、杨等人万无不知之理。自己也是心粗，来时遇见祝功，竟未想到此人虽不高明，也是道术之士，加以顾、杨等人均是有名人物，怎么连一个野人和几个畜类都敌不过，分明对方必有能手。想是知道对各正派心有顾忌，恐请不来，所以瞒着不提，见阵再说。自己为复各派之仇，虽曾炼有两件异宝，无奈功候尚还欠缺，满拟来此隐伏，暗中加紧修炼，不料会有此事。看小孩神气，并非弱者，别的法术、飞剑如胜不了他，说不得只好取出应用。败了固是丢人，即使必胜，他身后还有一个老家伙，岂肯甘休？"

米海客正在为难，涂雷已然布置停妥。见米海客一手指定空中飞刀，目注自己，似在寻思之状，喝问道："贼妖道，你莫想坏主意，你那三字经都在小爷爷手板心里呢。"说罢，手向空中连指了指，飞剑光华愈加强盛，如银龙闹海，倏忽电掣，一阵腾挪舒展，将那七口飞刀紧紧裹住，穿地一绞。米海客看出不好，忙即行法回收，已是无及，七口飞刀全被白光绞碎，化为满天金星，坠落如雨。同时那道白光便似玉虹飞坠，当头飞来。

米海客还算见机，一见飞刀被绞，收不转来，才认准涂雷飞剑威力神妙，不敢怠慢，忙把两口飞剑化成两道青虹飞起，一上一下，接个正着，斗将起来，未为所伤。可是七口飞刀业已化为乌有，又是心疼，又是惊急，气得牙关乱错，直喊："小孽种竟敢伤我法宝，你祖师爷如不杀你，誓不为人！"

妖道口虽如此，也知涂雷仙剑厉害，他那剑光久了也难讨好。又因今日之事，戴、谢等人变得奇怪，疑心中行不愿与顾修合谋，暗与仇敌串通，存心要自己的好看，并借此连顾党去掉，好遂他的归隐之志。越想越对，就越有气。心想："有清波上人在，即使今日胜了涂雷，也难在此立足。中行固是可恶，顾、杨等也不见得够朋友。何如闹个大的，使中行、顾修双方火拼。如得胜，便不妨再助顾、杨等人一臂之力。等将法宝施出，一占上风，敌人或死或逃，急速带了家眷门徒，连吕、张两个小孩摄走，另觅安身之处，再作计较。”

妖道想到这里，便对顾党喝道：“戴中行、谢道明两个老狗不顾信义，私通外贼，意欲暗算我们。这小狗虽然略精剑术，怎是我的对手？少时自会施展仙法杀他。你们还不趁势杀了老狗和吕、张二外贼及一干手下党羽，夺取他的村庄，以做起事基业，等待何时？”

顾党见自己这面连落下风，俱都不忿。又见虎王带了金猱连连奔来，祝功恃有妖法，首先越众上前去敌连连。计采珍因顾修素来恭顺宠爱，适才恶鸟一败，忽然埋怨她两句，说：“我屡次劝你消气，乘机下台，给中行一个面子，不与虎王为仇，免使不快，偏不肯听，以致屡遭挫折，与虎王仇怨日深。果然中行阳奉阴违，今日竟为此伤了多年朋友义气，双方无异绝交。我们以前又是穷途投止，一个处置不善，异日传说出去，岂不叫江湖上朋友笑话轻视？”顾修原是看出妖道败象，懊悔失计，脱口而言，并非发自天良。

计采珍一听，勃然大怒，圆睁媚目，正要反唇相讥。一见虎王、连连奔来，回对顾修道：“怨我不好，我和这些野兽、孽畜拼了如何？”声随人出，拔刀便往前纵去。

顾修见她怒极拼命，深悔失言，一把未拉住，正要追出相助，幸而祝功先出，已将连连截住，才略松了点心。本就又疼又急，打算上场，碍着中行单打独斗之言，方略一迟疑。妖道这一发话，同恶相济，自觉妖道言极有理。今日中行形迹已太可疑，他如和自己一心，已往事情绝不至如此糟法。自忖妖道一败，也无法在此立足，又担心爱妾的安危。当下把心一横，仗着自己这面能手较多，中行仅有双侠、谢、韩四个好手，方奎以下均属本领平常，非滇中五虎众人之敌。主意一定，脱口大喝道：“戴、谢二兄，你们先不仁，休怪我不义。今天事今天了，众位弟兄随我杀这班无义之徒和吕、张二老贼。”说罢，一摆手中长槊、短刀，因关心爱妾，并不先找中行等人，却向虎王杀去。

顾党全是些与顾修莫逆的绿林大盗，因滇中五虎与中行比较交好，早已随了顾党，自无话说。大家原在跃跃欲试，一闻此言，各摆兵刃，齐向中行等人杀上前去。

中行见状，正要挺身上前发话，谢道明拦住道：“这班忘恩负义的鼠辈，和他们有什么话说？各凭本领，以定胜负便了。”说罢，首先拔剑迎出。中行无奈,只得将手一摆,率众迎敌。张、吕二侠见双方业已混战,嘱张远、灵姑小心,老少四人各举兵刃,直往敌人丛里纵杀过去。

妖道见双方各举兵刃混战,正待施为,忽听涂雷大喝道:“你们俱都受了妖人愚弄,我奉师命,只诛几名首恶。戴村主和吕、张二位快约束自己人,免遭误伤,对面贼党自有我来制他。”说罢,手扬处飞起一片金霞,先将后出来的顾党隔断。战场上只剩顾修和计采珍夫妾双斗虎王,祝功独斗连连,俱被金霞隔断。在挨近中行这面,顾党立时一阵大乱,退了回去。中行也命手下人等停斗,静候仙人发落。

妖道见涂雷手上放出百丈金霞,顾党不特不能擅自上前一步,暗中还受了仙法禁制,逃都无路,只当涂雷道法高强,哪知清波上人灵符妙用。不由惊急交加,心一发狠,忙从法宝囊内取出一个形如莲花的宝物,指定涂雷高声大喝:“无知小狗!我看在你师父份上,不肯就下毒手,你竟这样不知好歹死活,看我七宝金莲薛荔神座取你狗命!”随说,便将法宝祭起。

涂雷见妖道手中举着一个形如单层莲花的宝物,知是师父所说妖道苦炼多年之物,早有防备。便指着妖道笑骂道:“无知妖孽!你既要炼魔教中的反金刚降真四宝,就该将它学全,再出来现眼也还不迟。你不过偷学了鸠盘婆一点邪法,那阿寒七神俱都驱遣不动,枉害多少生灵,造下许多罪孽,仅仅炼下这八不像的东西,并且还未完成,竟敢在你小爷面前卖弄么?”说时,那七宝金莲薛荔神座一出手,便化成亩许大小一朵莲花,每片莲叶共分青、红、黄、白、黑、蓝、紫七样颜色。眼看飞到临头,只要七道彩光罩住敌人,只一转,立时骨肉纷飞,成了一摊血水。

妖道所炼几件异宝,以这件最为厉害。先恐得罪清波上人,结下强敌,还想取另一件别的将涂雷惊走了事。嗣见涂雷法术精奇,一则恐次一点的法宝不易生效,再败无颜;二则清波上人近在咫尺,爱徒出助虎王,绝非不知与失察,已成对头,早晚晦气,欲避无从,又恨涂雷得理不让人,一时情急,将最厉害的法宝取出施展。

妖道以为此宝功候虽欠,差一点的正派中的前辈剑仙已非其敌,用它来伤一后学新进的幼童,定能手到成功。敌人一死,禁法自破,那时再放了顾党,杀尽建业村一干敌党。报仇之后,也不再和顾、杨等人长处,免被清波上人寻来报复。及听涂雷说破此宝来历缺点,不禁情虚。又一见法宝被金光托住,不由大惊失色。枉自苦炼多年,今日忽被一个不知名的童子制得百技皆穷，日后怎能寻找峨眉、青城、昆仑等正派报仇雪恨？真个又是气沮，又是急愤，不知如何是好。

其实妖道此时如能见机逃走，白猿中途耽搁，尚未回转，还来得及。因是出于意料之外，几次夸下海口，无法下台，全没顾虑到处境之危，不住运用邪法，还在妄想取胜，以致祸到临头，悔已无及。

涂雷那路金光，乃清波上人一面令牌，为上人当年炼魔防身镇山之宝，有无边妙用。起初那莲花不过被金光托住，尚能自在飞腾，妖道这一施为，那七叶光华倏地匹练似的伸长舒展为百丈天绅，将金光上半包住，待要往下卷去。那金光本似一根擎天柱直立空中，下半截突然布散开来，疾逾电掣，反卷上去，到了顶上，再一合拢。这一来，恰好将那七叶彩莲分里外两层夹紧。那七色光华在金光层内不住隐隐闪动，直似金绢制成的皮包，包住一朵亩许大小的彩莲，看去辉煌灿烂，鲜艳已极。一任妖道用尽心力，想将法宝收回，兀自挣扎不掉。

妖道眼看金光层内莲光渐渐由显而晦，正在焦急无计，忽听涂雷喝道："无知妖孽，我说的话怎样？今日小爷奉师之命，专为除你而来，你那些鬼画桃符小爷全都知晓。可笑你这糊涂虫，小爷来此多时，你连点影子都不知道，还要吹甚大气？实对你说，我已在暗中布下天罗地网，要逃也没路，不如束手受死，免得小爷生气，用太乙真火将你形神一齐烧化，连堕轮回都没指望。"

妖道因见涂雷年纪虽轻，所说的话无不应验，闻言料无虚假，不禁又急又怕。虽然自信脱身有术，无奈敌人玄妙难测，事前暗布罗网，不知使的是甚厉害禁法。既奉清波上人之命，可知如无必胜把握，绝不会来。屡败之余，未免情虚。就说能够逃去，多年心血炼成的法宝、飞剑俱被敌人紧紧纠缠，怎能舍去？况且还有全家眷口。欲待再使别的法宝一拼，又为涂雷先声所夺，恐再蹈覆辙。满心只想将法宝、飞剑收回，再打逃走主意，仍是一味苦挣。

相持了一会儿，瞓见金光影里莲光越暗，方知法宝万无收回之望。已而思其次，咬牙切齿，豁出废弃，运用全神，去收飞剑。起初妖道宝、剑全都不舍，心顾两头，固是不济。等他看出法宝非失不可，变计改图时，那薛荔神座被金光紧压，光华暗淡，本就不支，这一失了主宰，吃金光裹住连绞了几绞，叭的一声，立即绞碎，化为万点彩萤，在日光下消灭如雨。同时涂雷手扬处，那道金光便朝剑光丛里飞去。

妖道方觉飞剑青光稍盛，再如增强一些，便可脱却白光束缚，收回远遁，忽见金光破了法宝，飞来助战。刚暗道一声："不好！"敌人那道白光倏地舍了青光，似要回飞。百忙中正想乘机收转飞剑，谁知金光到处，自己两道青光竟被大力吸住，重逾万钧，休想移动分毫。一转眼间，照样被金光裹住，向敌人身边飞去。同时那道白光却照自己当头飞来。妖道见状，吓得心胆皆裂，当时情急无计，将生平护身之宝夜摩环祭起，化成两圈粉红色的光华，将全身护住。

这夜摩环又名勾迷圈，乃摩教中诸天九宝之一，专污飞剑、法宝，只有太乙真金炼成之宝能制。妖道前与峨眉门下斗法，几乎送命，全仗此宝脱难。涂雷飞剑本是仙家至宝，虽然不怕污秽，却也伤它不得。

妖道见敌人飞剑无奈己何，心始稍放。一看下面，隔断双方的金霞已然撤去。四个狮獒，三死一擒，俱为虎、猱拖走。顾修夫妾俱受了伤，还在和虎王苦斗。祝功与那同斗的金猱不知去向。顾党全部面面相觑，听着中行一人在那里高声说话，无一敢动。晃眼工夫，杀死狮獒的金猱，忽然箭一般跃向场中，只一到便将顾妾计采珍抓起，立时脑浆迸裂，死于非命。金猱得手之后，也不再伤顾修，径朝对阵杨天真纵去。眼看到达，忽似有什么东西暗中阻住，纵不过去。顾党又是一阵大乱，同时一声虎啸，金猱便又奔回。妖道见状，才知金霞虽敛，禁制犹存，想必双方都难越过。再一看顾党，果然到处遇阻，乱窜难出，越发证实涂雷所说罗网密布之言，并非虚声恫吓，不由更加了几分愁急。强敌当前，已无力再顾下面诸人死活。

正寻思脱身之策，猛一看见三位徒弟各持钢叉、刀剑，保定母、妻、爱子，也在人群以内。这才想起入席以前，为使他们开眼，嘱令后寨席散，便到前寨来看热闹。定是随了顾妾同来，万不料会如此惨败。妖道心想："敌人禁制厉害，如他们不来，自己还可逃时冒险潜入后寨，摄了同逃；就便得手，还可杀死戴中行全家雪恨。这一来无异自投罗网，怎生救法？闻得中行为人好高，爱讲虚面，自己逃后，或者不会伤害自己家眷。"又后悔适才中行本是中立，不该把话说错，指使顾党和他交手，结果谁也不得上前，徒结仇恨。又一想："泥菩萨过江，自身难保。逃了命还有报仇之日，徒为所累无益。"

想到这里，心一发狠，才把主意拿定，暗中行使邪法，意欲借着法宝护身，冲开禁制逃去。身才往上升起，没有多高，倏地一道亮晶晶的银光，如长虹贯日，直从斜刺里飞射上来，将路拦住。妖道见敌人又添助手，虽是心惊，还恃法宝奥妙，足可防身，没有加紧躲闪。谁知此宝正是太乙真金精英所炼，乃夜摩环唯一的克星，如何能够抵御。

妖道刚觉出银光射眼欲花，冷气慄人毛发，只听琤琤两声，粉红光环双双斩断。同时涂雷的一道白光、一道金光齐飞过来，三下里夹攻。妖道亡魂皆冒，只喊了半声“哎”，连“呀”字都未喊出，被这三道光华将全身斩成了七八段，血肉纷飞，坠落地上。银光也飞回原地。众人顺光落处一看，正是骑走那只虬鸟的白猿，手中捧着一只玉匣，后随金猱连连，如飞奔来。要知后事如何，且看下回分解。

第四十二回

故交情重　象使赉粮
敌忾同仇　蛮人纵火

话说这时顾修已为虎王所杀，恶禽、异兽悉数就戮。顾党困立原地，十有八九面无人色，战场上更无一人动手。涂雷一落地，白猿也已赶到。虎王、张、吕、戴、谢诸人全数迎上前去，互相引见行礼。然后商议发落一干顾党和妖道眷属门徒，中行、吕、张、谢、韩主人俱主从宽，杨天真虽是首恶之一，因滇中五虎虽在绿林，尚无下流行为，这次全是受了顾修蛊惑，也就不咎既往。涂雷本不喜多杀，便请中行遣散顾党，不许在本山逗留。中行向众述说后，由涂雷撤了禁法，将人放出。一干顾党也无颜居此，有的还回家取些衣物细软，像滇中五虎等成了名的，认为终身大辱，除招呼着自己眷属同行外，却是一物不取，连家也不肯回。嗣经中行一再致意，凡是走的，每人都送了三百银子盘川，才各道了几句外场话收下。

顾修还遗有妻子，中行本意埋葬顾修之后，留在山中抚养。经杨天真拿话一激，顾妻先因今日之事全坏在乃夫宠妾身上，不怨中行，但也不便居此。知杨天真人甚义气，可以相托，便向中行婉谢，即时用棺木盛了乃夫，痛哭一场，留五虎兄弟缓行一步，连夜收拾衣物细软，一同扶柩上路。五虎兄弟只得随往顾家，帮同料理去了。

下余敌党，还有妖道徒弟刘灵、韩小山、朱进三人，先前狐假虎威，还想动手助恶，及至妖道惨死，身受禁制。妖道母、妻恐少时性命难保，悲痛交加，各自寻了短见。只剩妖道之子米和，年才十五，也不悲苦，如醉如痴，呆立当地。三徒俱都心惊胆战，哪敢妄动。等禁法一撤，齐向涂雷跪下，直喊饶命。涂雷见三人相貌俱非良善之徒，本欲处死，见状又觉不忍，只将三人妖叉、兵刃收去，告诫了几句，喝声："快滚！"三人诺诺连声，抱头鼠窜而去。

米和父仇在念，本是痛极神昏，欲哭无泪，这时刚巧缓醒，见涂雷、中行等人正在发落顾党，便乘忙乱之际，混入人丛之中，暗认准一些仇人面貌，一会儿便随众溜去。米和出来较晚，又是一个不持兵刃的小孩，涂雷和吕、张诸人俱不知他是妖道余孽。谢、韩等不常在村，村中人多，也未看出，俱当是顾党中子侄，没有在意，中行虽然知道，起初忙于善后，无暇及此，想起再找，已然被他混走，不愿赶尽杀绝，也就没有说起，不料这一疏忽，日后却种下一个祸根。

一切事完，中行重命设筵，款待涂雷、虎王、吕、张诸人和白猿、虎、猱。大家同至寨堂，互说前事，虎王早向白猿、金猱等问知一切。

原来白猿被虬鸟带走，鸟飞迅速，晃眼工夫飞出老远，猿爪也被甩掉，眼珠未取到手，白猿惦记虎王，顾不得再生取那两粒夜明珠，方欲取出身藏宝剑将它一挥两段，忽觉鸟翼不住扑腾，意欲上飞，身子却似被甚东西吸住，往下缓缓降落。百忙中往下一看，下面山坡上站定一个中年道姑，穿着甚是破旧，正伸一手往上连招。虬鸟身不由己下降，已离地不远。

白猿眼尖，认的是多年未见祖师的朋友郑颠仙。此来必有缘故，不敢妄杀，忙从鸟背纵落，拜伏在地。那只母虬鸟也被颠仙止住，站立山石之上。白猿叫了几声，颠仙已知来意，便对它道："那妖道所炼法宝甚是厉害，涂雷本难诛他。只缘恶贯满盈，为清波道友乾灵牌与灵符、飞剑先声所夺，已伤了他一件厉害法宝，不舍取出应用。如被涂雷所迫，势必铤而走险，难免功败垂成，此人一逃，后患无穷。颜虎不久与黑狐相遇，你和虎、猱均非敌手。此鸟我有用它之处，可饶它一命，交我带走。我这里有一玉匣，内藏一把飞刀，收发极易。我今传你口诀，事完交与吕灵姑带走。此刻急速赶回，先助涂雷杀了妖道。等五日上必与黑狐相遇，可留吕伟父女相助，有此飞刀，便无患了。"白猿大喜，连忙叩谢，传了用法，拜别颠仙，飞奔而回。

行近岭侧，正遇妖道祝功初上阵时。祝功因上次用妖法暗算虎王没有成功，几乎吃了大亏，先疑虎王法力在己之上，一直没有轻举妄动。及至当日与虎王同席对面，细查虎王言谈、举止、神情和所佩兵刃，哪一点也不像道术之士，心便有些活动。后来涂雷出现，米海客一吹大气，虎王率领连连奔来，妄想妖法取胜。心终惧着虎王，以为金猱虽猛，不过是个畜类，绝不会甚法术，可以手到成功，便让别人去敌虎王，自己去敌金猱。

谁知金猱连连身手矫捷，动作神速；而祝功妖法又极平常，不似米海客能随心应手，才一接触，便被连连杀了个手忙脚乱，抓伤了几处。总算长于闪避，没有当时送命，已是便宜。哪容得他有缓手行法工夫，几个照面过去，祝功知道厉害，又恨又怕。好容易冒着奇险纵出了十来丈，慌不迭掐诀运气，贴地飞行，往前急走。满拟一面飞逃，一面匀出工夫，行使妖法，伤害连连性命。不料连连纵跃如飞，比他运气飞行并慢不了许多。

祝功妖法准备停妥，回顾连连追来，相隔甚近，暗骂："不知死的孽畜！"正欲回身伤它，恰值白猿赶到。白猿自是识货，一见妖道脚不沾尘，凌空贴地而行，手中掐诀，嘴皮乱动，料定他不怀好意。又知上前救助，未必能及，便将颠仙玉匣举起，如法一试，果然一道银光，电一般飞出手去。祝功正回身要下毒手，猛然回顾，便已尸横就地。白猿见飞刀如此神异，不顾说话，抢前飞跑，若稍晚一步，米海客就非漏网不可了。

康康回来在白猿之前。先和白猿一样，被只小虬鸟驮上高空，欲下不得。方在为难，幸那虬鸟双眼已瞎，痛晕了头，疾飞了一圈，仍回离原地不远。康康看出它伤重，气力渐竭，便两脚紧夹鸟背，双爪抓定长颈骨，运足神力一扭，活生生将鸟颈扭断。虬鸟一声惨啸，立即废命，连双翼也未收拢，不一会儿斜落地面。康康跳下身便往回跑。一到，正值妖童将大小四只狮獒放出，于是随了虎王、黑虎、连连一同上前。虎王、二猱敌的是三只小的，吃吕灵姑暗放了两只药弩，射中獒眼，不消片刻，先后弄死。仅一只小狮獒，因涂雷事前悄嘱虎王，要留一只活的，吃康康生擒了去。

顾修夫妻本非虎王对手，余党为禁法所制，不能相助，再吃金猱这一上前，计采珍首先惨死。顾修心痛爱妾，身又负伤，支持不住，纵身欲逃。虎王挥手一叉，透胸穿背，死于就地。这些首恶，只便宜了杨天真一个。

大家说完前事，虎王因二猱呼唤豹群、骡队一直未到，不解何故，忙命二猱查看。一会儿回报，才知虬鸟、狮獒全是豹、骡克星，闻声胆寒，连先来的几只俱都避开，在左近潜伏，不敢遽进。二猱只啸了两声，没有再催，都在观望，以待后命，没有上来。

虎王连骂了好几声"无用东西"。重命二猱传话，吩咐豹王率领，先行分别回去。此后双方已成一家，各不相扰，无论何处相遇，不许侵犯。二猱领命去讫。

中行与顾修、五虎等人多半至交，起初受了诱迫，虽与素志相反，并未碍及交情。就是约请双侠赴宴之时，也还是同谋一事的人。虽被张鸿一席话所动，心感吕伟高情义气，仅不过想以德报德，不愿把西川双侠一世英名败于一旦,本心终还偏向顾修一些。哪知这一念之善,反而保全了自己。

谢道明素常不善顾修所行所为,和中行又是生死至交,中行拖延不举事,便是受了他的劝告。昨晚妖道米海客一到,谢道明已早听说顾修心存叵测,再见妖道相貌凶狡,举止狂妄,以及说话的口气,料知来意不善,已代中行发愁。只为忙着观察来人,不及和中行商量,直到赶回张鸿房内,及知火乃金猱所放,妖道并未将它捉住,足见法力并不十分高明,心才略放了些。

顾、祝、杨三人来过,灵姑走去,为防顾修多疑,谢道明便告知张鸿,暗中尾随下去,直跟到顾修安置好了妖道,回转房内。一听他和同党私语,竟是想借妖道之力,谋夺中行田业,以图大举,心中大惊。见天将近明,连忙飞身内寨,直入中行房内,告了机密。说:"顾修狼子野心,忘恩负义,现又开门揖盗,请来妖道师徒。此时彼此尚无嫌隙,已是这样。妖道骄恣凶淫,作恶多端,你为人正直,日子久了一个看不下去,言语不周,怠慢了他,岂不立时便有杀身灭门之祸?务要早作打算才好。"

中行闻言,虽然又惊又怒,总觉宁人负我,我不负人,且待日后现了反迹再说。谢道明又力说:"你当机不断,必贻后患。"中行渐为所动,仍不主张破脸为仇,意欲就着明日席前拿话点明,并说明自己甘于退隐,不愿出山,情愿当众将建业村这片基业让他,自率家族徒众,仍回隐贤庄故居长享清福,以终天年。既可杜绝奸谋,又可使朋友交情全始全终,用心不可谓不厚道了。

偏生顾修受了妖道怂恿,竟率同党反戈相向,意似杀尽中行和不附己的全村人众,方始消恨。中行见他心肠狠毒,又受双侠、谢、韩等人一激劝,这才无名火起。后来顾党被涂雷禁住,没有打成。事完想起自己几遭灭门之祸,适才双方如真动手,又不知要死伤多少人。如无涂雷在场,打败固无幸免,即使胜了,也非好事。似这样只诛妖道和两个首恶,不特消弭了一场大祸,还保全了自己的名声,异日传说出去,也绝无人会说自己不是。心里对涂雷感激到了万分,称谢不已。

偏巧涂雷一来,就看中那些狮獒,想留养一个玩玩。知道带回山去,师父定不肯容,想交给虎王代养。谁知白猿深知此兽性野猛恶,终必为害,不是正经修道人应有之物。见生擒了一只没有弄死,先埋怨了神虎一阵。又暗地告知虎王说:"这种恶兽万留不得。但是涂雷还没上过它的当,正在兴头上,必不肯舍,劝也无用。最好他能带回山去,清波上人必不肯容,如容也必有处置。若不带回,必交我们代养。可推说崖前豹群、骡队最惧此兽,不能同养;如另行觅地,一个照看不到,便出乱子。千万不可答应。”

虎王最信服白猿,果然一会儿涂雷托他代养,虎王如言推托。并说:“适才豹、骡因闻此兽吼声,竟敢违令不前,即为明证。”涂雷知虎王与己深交,又见猿、虎直向虎王吼啸,不是万分有碍,一点小事,绝无不允之理。方在为难,中行因听妖道说过豢养之法和吃的东西,立时揽了过去,愿代涂道友驯养此物。

白猿不料中行会从中包揽,因见是虎王朋友,又正直义气,无法再行拦阻,只得教虎王告知涂、戴二人说:“狮獒爪牙锋利,生长甚速,捷比猿鸟,力逾百虎。年久,口中更能喷毒,人兽当之,立死不治。性更猛恶凶残,一发作,不论亲疏生熟,一概全要伤害,迥非人力所能制伏。这只小的才生不过四五年,适才对敌时已有那么厉害,大家都看见的。尤其可虑的是,此兽终年不交,只每年冬至夜一阳初生时,淫性大发,无论雌雄,到时均须求偶。如无配对之獒,立时性发疯狂,无论人兽,见即伤害,为患奇烈。并且每日非有新鲜血肉不食,伤生太多。

“戴村主既代留养,第一,要准备好能杀能擒之法,并向涂大仙学一禁制之法,以备万一。第二,饮食务要及时充足,不可惹其犯性,犯即难治。第三,此类幸是一只公的,比较还可设法。为防它冬至求偶,可在事先三个月内物色下二十条肥壮母牛,与獒栅相对,可望而不可即之处。每日好与食养,勿使力耕,仅给牛腿带上重物,一月三次使其急奔。母牛乍见此獒,害怕已极,见惯自然稍好。另打二十条粗铁链备用。到了冬至前半夜,将牛放在木架之上,用链仰面朝天锁住。先将獒、牛喂饱,然后将牛蒙上双目,推入獒栅,任其一一交合。牛虽一交即死,但可免却大祸。

“还有獒粪又毒又臭,獒栅须建两个,中设拉门,颈链要粗要长。比如今日獒在西栅食宿,明早便将肉食入在东栅,由房顶或栅外将门拉开,这东西鼻子最灵,闻肉即至。乘其狂嚼之时,将门关闭,然后入栅打扫粪秽。第三日又复照样倒换,要免灾害,这几项缺一不可。妖道因有妖法禁制,故无如此周详,村主却丝毫大意不得。稍一发性,立即撞钟鸣锣报警,当命虎、猱驰来相助,或者还来得及;否则只要被挣断锁链冲出栅来,即使虎、猱闻警赶救,人兽受伤的也不知有多少了。”

白猿原意说得这等难法,涂、戴二人必有顾虑,因而作罢,岂不免患?谁知二人都是死心眼,涂雷还传授了一套禁法。中行口虽应允照办,以为六獒之中此獒最小，还不到长大难制地步，受人大恩，怎这点小事都不给办？又亲见虎、猱诛戮大獒并不怎么艰难，即使异日长大难制，虎王相隔不远，再行求救也还来得及，何必示人以怯？仍旧一口承担，毫无疑虑之容。他这一好面子不要紧，几乎惹下杀身灭村之祸，此是后话不提。

白猿见他二人粗心大意，料知后必有害，都不听劝，也就不便再教虎王深说。

一会儿村人来报："顾修尸首已在家中盛殓，装裹时忽然发现脸上和双腿上中了好几根毒针。五虎弟兄和顾氏家人俱在痛哭咒骂，说是彼此对敌，不该暗箭伤人；否则以顾修的本领，虽胜不得虎王，定能逃走。并说虎王粗野性直，素不会放暗器。此针虽系苗人惯用之物，但是早来苗人业已败逃净尽，杀得亡魂丧胆，绝不敢来；双方动手，谁也没见一个苗人影子。全村只谢村主会医病伤，与苗人时常交往。必是戴村主怕顾修夺了此村，立意除他，既借着外人之力赶尽杀绝，又恐顾修逃走日后报仇，暗约谢村主，借了苗人毒针，暗下毒手。顾村主已然败阵可以逃生，身未及纵起，便已毒发难支，才被虎王叉死，不然不会死得这么容易。一齐神前立誓，此仇不报，决不甘休。"

中行原定殓时亲自前往吊祭，闻言一问在座诸人，除灵姑、张远曾用飞弩暗射过两只狮獒外，谁也不曾使用暗器相助，更无会用飞针之人，好生奇怪，竟不知那放毒针的人是谁。中行还欲往祭，查问针的来历，吕、张、谢、韩四人俱说："双方已成仇敌，你既不忍斩草除根，早晚难免寻仇报复。对方是个妇人，有甚理可讲？先还略知自家不好，这时受了一干小人蛊惑，情急心窄，此去仇人相见，分外眼红，势必和你拼命，无理取闹，白受侮辱，还不能和她一般见识。万一顾党再跟着作闹，逼得非打不可，我们自然不能袖手，一个不巧，便会伤他们一些人。我们虽居必胜之地，可是他们必要四布谣言，说我们已然放了，又复后悔，怕他们将来报仇，借吊丧为名，想一网打尽，连死友的寡妻都不轻饶，必欲置于死地。虽然是非久而自明，终归不值，还以不去为是。"中行只得作罢。

事后一打听，果然好些顾党俱怂恿顾妻，等中行吊祭时闯出拼死，豁出一死，好使中行永背恶名。继知识破奸计，又怂恿顾妻拿着死人所中毒针，去至寨堂辱骂寻死，顾妻已为所动。幸亏五虎中也有明白人，虽恨中行不够朋友，无奈当时既无力报复，却指使一个女流去做这等撒泼无赖行为，传到江湖上去,太岳人,执意不允。只想乘吊祭时,连同顾妻,大家向中行挖苦刻薄一顿,因中行未去,也就罢了。

顾党多半为绿林巨寇,平日造孽甚重,起初满想拥戴顾修大举。当日事败,一多半回家领了家小,收拾细软,各投生路。还有三十多人,俱是单身汉子,拿了中行所赠盘川和自己衣物银两,本因事起仓促,没准主意投奔何处。见滇中五虎暂留村中等候顾妻扶灵上路,不好意思就走,乐得借着护送为名,结伴同行,就便共商日后行止事业,省得大家分散再聚为难,还显得朋友义气,便都跟着留下。滇中五虎本对中行切齿,正打主意另觅栖身之所,见有这些人异口同声相随进山,心想:"本山幅员辽阔,土地肥沃,附近万山丛杂,其中尽有开辟田业之所。中行当初还不就是一些人随便选了块地,建屋垦田,便创下这片基业?何不学他的样,在本山远处觅地开辟,异日复仇也方便些。"

当下由杨天真领头和众人一说,俱都唯他马首是瞻,全体应允。众人本都分到了牲畜、田土、田猎用具,先没算计及此,无心携带。主意打好,只五虎兄弟不好意思来取,余者俱厚着一张脸,各回住所,除却田土不好迁移,把平日分到的牲畜、用具全数取走,一一整理包扎,静候明早捆载以去。

中行闻报,付之一笑。因白猿传了颠仙之命,吕、张二侠须要留住数日,中行说:"虎王寨中无人伺候,虽有灵物服役,终不如村中饮食起居舒适方便。"坚留大家俱在村中快聚,并命人连王守常夫妻也接了同来。白猿知道灵狐厉害,欲使虎王避开,自己先往一探,便劝虎王允了。于是除涂雷坚欲回山复命,只允再来看望不肯久停外,大家俱在村中居住。约定明早派康康和神虎去迎接王守常夫妻父子。当夜宾主只顾欢叙畅谈,全未怎理会到顾党起行之事。

第二日一早,杨天真独自一人代众告辞,来见中行。吕、张二侠和虎王等众人避向别室,由中行、谢、韩、方奎等亲出接见。天真暗示,三五年内,或俟顾修之子成长,必来奉访。并说:五虎弟兄无颜回滇,拟在远近山中开辟田业,就便埋头学艺,艺成去寻仇人领教。大家在此打扰数年,一旦远别,因有孤儿、寡妇同行,仇敌在此,恐万一触动悲愤,言语不周,辜负了诸兄放行好意,特推自己来此面辞。昨日众人取去牲畜、用具,中行便料他们要在左近山中寄迹,所说原在意中。情知仇恨已深,劝解无用,只说了句:"是非心迹,久而自明。相见有日,再图领教。"各自交代了几句江湖上的过场话,天真便即告辞。中行还欲命人护送相助照料，见天真坚辞，也就罢了。

顾党行李、牲口和妇孺乘坐的马匹、山兜均已齐备，天真作别回去，便即上路。顾家妻子紧随顾修夫妾两口棺木，自免不了哭哭啼啼。出村下冈，走不多远，又遇上十多个同党。

这些人也多半是些单身汉，只有三两人带着家眷，十九是五虎旧部和知交。本因无颜再留，想在途中等候五虎到了，共商进止，不曾走远，俱停在冈麓左近树林之中。后来久等五虎不至，疑心受了中行阻拦，再不就是遭了金猱、黑虎之害，既庆自己见机早脱虎口，又恨中行心计狠毒，更恐追来重寻晦气，十九怀着鬼胎，又恨又怕。内中只有一两个稍为明白的人，料定中行既与敌人一党，不会说了不算，况且村中未走的人还多，即使不幸，也不致全数受害。主张晚来命人不携兵刃，冒险入村一探。就被村人觉察，也可和他说明是来探问五虎踪迹和顾家妻子下落，决无大害。话虽如此，可是谁也不愿前往。

那十人中有一人姓随名平，外号双头蝙蝠，人品最坏，多疑善诈，饶有机谋。本是顾修心腹死党，又与五虎弟兄莫逆，顾修一死，就想怂恿五虎另立基业。因知中行素不喜他，方奎等人尤为厌恨，反正前途可以相见，不愿留在那里难堪。加以自己带着家眷，万一夜长梦多，另生枝节，岂不大糟。这十来人之留，也是受了他的诱劝。一见众人都不肯去，所以走得比谁都快。随平心想："离寨不远，好久没听兽啸和喊杀之声。适才高处窥探，虽见虎王、二猱疾驰下冈，在左近林莽中喊出了无数野骡、大豹，大家去路受阻，还在害怕，但是并无伤人神气。一会儿二猱回寨又来，向豹、骡低啸了几声，豹、骡便分别散去，分明是双方恶斗已止，奉命遣散，不再伤人情景。五虎弟兄不是为中行强留，便是想理完顾、祝二人丧葬再走。"深悔不该走得太早，闹得不好意思公然回去。一见众人都不愿往，挨到夜静，寻思再三，明知村中必有防备，但不亲去不行，无奈何只得放下了兵刃，亲往探查。

果然行至冈麓，便被村中巡守人阻住，说什么也不许入村。随平再三申述来意，村人见他没带兵刃，才把五虎现在顾家，明早即行告知，说完立即逐客。随平无奈，恨恨而归。这时见了五虎等人，自然有些说辞。

五虎先颇怪着这群党羽事败即逃，太不义气，一见这十多人露夜相候，又在用人之际，自然嘉许。两下里合在一起，连同妇孺，共有六十多人。

随平便出主意说："虎王、蛮猓俱是深仇大敌，如欲出山，不必说了；既要在本山创立基业，暂时还以离他们较远为是。南边挨近虎王，西边又挨近红神谷蛮猓，东北是出山的险径。只东南另有一条盘谷，里面丛草茂密，甚是隐秘。记得去年冬天，因追几只野兔，曾同两人深入谷内，彼时草木荒落，路径略为好走，一时好奇，三人深入了好几十里。无心中攀上一座最高的崖壁，用望筒遥望隔山远处，有一片平原背山面湖，形胜天成，似有不少野牛、野羊繁息其间。虽在冬令，风景甚好，土地也必肥美。回村曾和顾村主商议，当时因为中隔十几座山头，计算相隔总在百里以外，虽能远远望见，可是沿途尽是绝壁危崖，鸟飞难渡，连探了多次，无路可通。顾村主不教再对人说起，也就没有再谈。如能前往，岂不是个绝妙所在？”

五虎兄弟闻言大喜，知中行尚顾面子，众人只要暂时不和村人为仇，无论走向何方，总不会从中作梗。又想起昨日曾有一队野猓由谷中出犯，败时也由此逃走，谷中必有路径可通。好在人多手众，用具齐备，任何险阻艰难，均非所畏，至多大家受点辛苦，不能绕越，便攀藤缘壁，翻山过去，这百多里的途程，再走得慢，三五日内也能到达。野猓打胜不打败，尤畏神鬼，昨日惨败没有再来，必已全数逃回神谷去，不会尚在半路潜伏。谷中草莽荆棘虽多，带有这些能手，也不愁打不通。

商量定后，因所走的路是条险径，各把行装、牲畜、器具重又结束整理。除妇孺外，把众人分成了三队；第一队随平为首，率领十人，当先斩伐荆棘草莽；第二队共二十人，押着牲畜随行；余人均在第三队内，专司押运行李器具和护送灵柩，以及各家妇孺之事。

五虎弟兄共同断后督队，不时来往三队之间，指挥查看。一、二两队均是众人中挑出来本领比较高强的人物。除随平是向导，必须前行外，两队之人又分作三班，各持刀斧等器械，每隔一个时辰一换班，轮流向前开路。山中气暖，大家都穿着一身短装，身旁所带镖囊、弩袋以及各种暗器全都卸下，放在牲口背袋以内。前行两队三十人因要开路，有的手持钉耙，有的手持钩斧，有的就以自用刀剑枪矛等兵器，还各拿一件器械。后队诸人从五虎弟兄起，俱料无事，多半连兵刃都给牲口驮着，以图凉爽，步履轻快。有几个拿着兵刃的，都是一些胆小之人，也只防备途中有什么蛇兽之类蹿出。大家心意，万一有变，也必发自前方，有这三十个健者足能应付，即或扎手，再取兵器应用也来得及，俱未十分戒备。

因所带牲畜尽是牛、马等载重致远之物，可是比起行人，就慢得多了。

前半日因整理行李一耽搁，行至盘谷口外，天已近午。由建业村起身算起，总共走了才二十多里路。随平忽想起："这是绕山而行，所走均是平原草地，还没走上草棘杂沓的深谷险径。所去之地，高崖远望，相隔虽仅百里上下，如由谷中绕行翻越，怕得有三四倍的山路，这般走法，怕不走个十天半月。五虎弟兄俱都粗暴性急，时日久了，倘一见怪，岂不求荣反辱？"为防五虎弟兄不快，一面招呼众人歇息饮食，给牲畜放青喂吃的；一面打着应付的主意。谁知他只顾惯用机智讨好取巧，几乎把同行诸人一网打尽，尽遭惨祸，自己也遭恶报。

五虎弟兄见走了半日还未入谷，仅不过由横冈前绕到冈尾。取出望筒一望，冈尾上树林中不时有人隐现，知是防守的村人。想想前情，又是愤恨，又是愧悔。料知对方见自己小队经此，也必在用望筒瞭望，甚觉无味，不愿久停，催促快些起行。随平为显巴结，忙率第一队人匆匆用罢饮食，鼓勇当先，径往谷中开路去讫。余人也都跟踪上路。

入谷一看，谷中草莽虽多，到处俱有苗人践踏痕迹。再一走进里许，竟有昨日野猓开成的一条道路。路上原有草莽荆棘，连同小树俱被砍倒，左一堆右一堆，零乱堆着，长达二里，到处都是。地面上本就山石角落，坎坷不平，再加上这些草木的残根断桩，高高下下，绊脚牵衣，人还无妨，牛马却极难行，费事已极。方笑苗人连割草开路都不会，仍要使人费手，路忽中断。前面又是矮树丛生，深草没人，密压压直到前崖转角之处。两边危崖高峙，苔滑如油，不可攀登，并无可供苗人行走之路。如说苗人是由草中钻行，开这近口一段何用，好生不解。

同时谷中这点短程，又费了小半日工夫，天光又暗了下来，谷本幽暗，时近黄昏，景物越发阴森。加以古壁削立，峻险惊人，人畜均无可以栖息之地。众人无奈，只得由前两队合力向前努力开道。明知当日出不了谷，折回必被冈岭上防守村人发觉，太以丢人，且盼寻到食宿之地，再作打算。先有前人将路开通，还在暗自笑骂难走，这一轮到自己，才知天地生物，力量之大，草木刚柔脆韧，各有特性。众人虽是武勇，竟是有力难施，无可奈何。费了半个多时辰，崖缺已有斜阳落照，余光如血，反映谷中草木皆成红色，所开之路不过里许。

众人正在泥汗同飞，愁急无计，忽听身后远远蹄声动处，传来几声象吼。杨天真猛想道："从缅甸来时，带有几只大象，送与中行，自己留下一只公的。

昨晚商议行计,嫌它身子蠢重,没有命人去取,再则已然负气,一物未携,也不好意思再要,此时谷中怎有象吼?记得中行因村人告发,原有象奴丁二、丁三兄弟克扣象粮,去年打发了丁二,只留丁三和另两人喂养。丁二今已随来,丁三昨晚不见面,众兄弟还在怪他。许是心念故主,假装不肯同行,今日借着放青为名,带了赶来也说不定。谷中草木甚多,如有两只大象开路就容易多了。”五人正在谈论间,丁二也从前面行李队中赶来,说那象正是前赠中行之象,为数还不止一只,定是丁三昨晚被自己大骂,事后良心发现,得信赶来。天真立命上前迎着。

一会儿工夫,丁氏兄弟同了方奎和另两象奴,押着五只大象赶来,丁二和丁三一路还拌着嘴争论不休。方奎近前,跳下象背说:“奉了戴村主之命,因冈尾村人报知,诸位兄台未走出正路,大队人等进了盘谷,想起杨兄别时之言,许是想在本山辟土安居。自己当初入山时诛茅斩草,伐木开路,备历艰阻,何况盘谷之中丛莽载途,荆棘遍地,前行决非易事。近年用象开地力作,深知此物功效甚大,带以同行,必有大助,特命小弟和丁三赶来。除村中留下两只,这五只中除一只备小弟、丁三和二奴骑驭外,下余四只,谨以奉还。原是诸兄所赠,珠还合浦,幸勿推辞。另有两大袋干粮、酒脯,略供途中一餐之用,并请笑纳为幸。”

五虎弟兄闻言,虽觉无颜收纳,无奈正当需要之时。互一商量,因那象原是己物,受之无愧,便向方奎致了谢意,将四象收下,余物坚谢不领。方奎见中行对他如此周到情重,仍未稍释前嫌,好生不快,冷笑一声,与丁三跨上象背,说道:“酒脯、干粮诸位既不赏脸收下,由它放在这里喂禽兽吧。”说罢,将手一拱,便自走去。众人见方奎辞色不善,俱都愤怒,但又无奈他何。

丁二本强乃弟相随同行,不许归去,丁三不听,所以见面争吵。这时和众人一使眼色,正要强将丁三留下。不料那些大象虽受丁氏弟兄喂养多年,因丁二侵粮肥己,群象常不得饱,都和丁三情厚,见丁三一走,也都跟着要去。幸而丁二和五虎弟兄昔年在缅贩货,深知象的习性,忙抢上前拦阻。象见是旧主人,略为抗拒,也就服从。等到忙完,方奎、丁三业已走远。

五虎弟兄见象背上各带有不少象粮,足敷数日之用。俱觉中行不管对友真假,已然绝交,还能如此,终究难得,心中消了些气。只把方、丁二人骂了一阵,也就罢了。天已向暮,急于食宿,便令丁二率了四象去往前队开路,另派旧日识得象性的几个同伙帮同照料喂养。那两口袋礼物,任其弃置地上，大家跟踪进发。那象受着众奴驱策，所到之处，深草被踏平，人行其上绵软如茵，遇见灌木矮树，长鼻一卷，立时连根拔起，往旁甩去，夹着沙土碎叶，漫空飞舞，端的壮观。不过人倒好走，牛马牲畜却嫌偃草绊足，依旧不能疾驰，但比起先前难易劳逸，已有天渊之别，众人精神为之一壮。半个时辰过去，居然开行十余里路。

偏偏隔山日落，清月初漏，月光只射到崖壁顶上，断断续续，时有时无。天光吃两边高崖一束，恰似一道长河倒悬高空。疏星掩映中，时有轻云飞渡，仿佛月色甚好，衬得谷底越发幽暗。谷中蛇虫本多，众人沿途驱杀，已遇过两三条大而且毒的蟒蛇，又加人畜饥疲，不能再进。幸那一段路约有里许来长，面积也宽，是片石地，草木甚稀。虽然两壁间藤密苔厚，蔓草丛生，无有岩洞，路中石地上尚堪驻足。五虎弟兄发令，暂且休息一时，再商行止。命象奴各持火把，将四象分前后段歇下，再派出几人轮值，以防蛇兽侵犯。当中支起篷帐，牲畜环篷而伏，外圈用枯枝生了几堆火，各取出水瓶、粮、肉分别饮食。众人俱都力乏，匆匆用完饮食，各取被席，就石地上一铺，便自躺倒。篷帐中的妇孺更不消说了。

五虎弟兄原想略歇个把时辰，还欲起行。及见众人困得这般模样，回顾前后面都是黑沉沉的，要了好几根火把，试往前走了几步，时夜已晏，草露沾衣，手面都是潮乎乎的，湿气甚重。再往前草木渐多，土腥味刺鼻，比起日间还要难耐，侧耳一听，时闻异响，丛草中蛇虺叫啸，仿佛吹竹，与野枭惨啼之声，零落相间。加以牲畜惊骇，牛鸣马嘶，空谷传声，互相应和。火光照在远处，暗影幢幢，各呈异态，似有千百鬼物夜叉之俦四处环伺，欲前飞攫。

五虎纵在江湖多年，是成了名的英雄，处此境地，也觉望影先惊，入耳欲悸，景物凄厉，心胆皆怯了。彼此商量了一阵，俱说深夜涉险，诸多可虑，不如天明赶行，比较妥当。于是同走回帐，将众人分了班次，轮流歇息，等天光微亮，再行上路。众人巴不得能够不走，自无话说。五虎弟兄也在帐中安歇。

只有随平一人初意献好，不料谷中草木繁茂，这等难行，沿途受尽众人目讥眉笑，五虎弟兄也似有后悔之色，越想越难受。细查地势，相距那年登高眺望之处已不甚远。如从谷底绕去，沿途艰险尚多。似这般拖家带口，牲畜、行囊、粮水、用具又多，何日才能到达？

几番踌躇，意欲怂恿五虎弟兄先行，把统率众人之权揽将过来。心想：

“五虎到了地头，一见那般肥美的土地和好景致，当然心喜。只要把他们几个弄好，别人皆可不在话下，勉强对付到达，也就拉倒，日后成了基业，便是首功。五虎性情粗直，何愁不入自己圈套?”如意算盘打好，走近五虎帐前探头一看。恰巧五虎弟兄因满腹心事，心中愤慨，当地阴湿，蚊、蝎、毒蛾、飞蜈、臭蛛之类又多，时来扰人，不能成寐。好在五人一身武功，神旺体健，便都赌起气来，准备等到清晨上路，遇有好地方，再行歇息。正在聚谈前情，见是随平，唤问何事。

随平乘机入内，巧说：“这里相隔上次登眺之所甚近，翻崖过去，赶往新居，不过百里之遥。中间虽有峻岭崇山、阔崖大涧阻碍，大半多是石地。如率妇孺、牲畜、大队行具前往，自非绕越不可。以五位村主的本领，径由崖下翻越山岭，轻身赶往，至多不过半日，即可到达。明早何不由五位村主带上几个会轻功的得力弟兄，由此当先起身。既可早到，看明地势，胸中有了成竹，便于布置，又免得跟着受这种活罪。至于随行妇孺、棺木、行李、牲畜等等，看目前情势，不比冬日草木黄落，容易上路，约有十天半月的途程，有这么多人，也足照应得过来了。”五虎俱都拍掌称善。

随平又说：“大约再有三五里路，就到高崖之下，既都不困，其实不必等天亮。无奈前面这一段野草太深，黑夜深谷之中，老像藏着什么鬼怪似的，叫人害怕，到底还是天亮走的妥当些，否则明日午前便赶到了。”

五虎弟兄俱都本领高强，自恃心骄，性情又极凶暴，素不受激。从早起带着大队人畜走了这一整天，行进迟缓，有本领也无办法，只好跟着苦熬。本已磨得心火直冒，有苦说不出口，万分难耐，随平一说，早被打动。末了再吃几句巧激，心气顿壮，俱以为自己纵横江湖已历多年，什么艰险不曾经过，区区丛莽野草，何足为阻。偏被这大队人畜拖累，无计可施。既照随平之言而行，反正是睡不熟，何如及早起身，连夜赶去，省得在此钝刀割肉般苦挨，饱闻草土腥味，还受虫咬。略一商议，俱主连夜起程。

当下五虎弟兄将几个亲信及主事的同党唤起，分派一切，说自己先往新村觅地计议等候，大队由谷底开路前往，随平仍充向导，一同主持行计。又挑了两名身轻力大的健者，携带干粮、水袋相随先行。嘱咐停当，各家妇孺俱已睡熟，也没惊动，就此起程。

随平又唤起象奴，请五虎弟兄骑至高崖下面，再行回转。五虎弟兄并未推辞，俱夸他想得周到。

起初行至草多处即回，并未深入，以为草木深茂，必不好走。及至骑象走进草丛里面，见象在草丛穿行，偶遇树木，长鼻扬处，立时卷起，甩向一旁，有时还带起大束乱草，竟好似草木全都浮生地上，一毫也不费事。崖高谷暗，五虎一行七人因嫌草木太多，恐怕遗火引起野烧，只当头一人持着一支火把照路，另一手还拿一柄铁铲，以防余烬落草为灾。下面阴黑异常，丛草繁芜，多好目力也看不真切。虽觉路行太易，俱当大象之力，均未留意。

约行五六里，便见右侧崖势特高，上面藤鲜茂肥，月光斜射其上，绿油油好似矗立着一片绝大碧琉璃的镜屏，浮光泛影，鳞鳞欲活，崖下地方也甚宽大。用火循径往前一照，蹬台蜿蜒，由低而高，直达崖顶，仿佛有道可以攀登，不必援藤附壁，效猱升木。觉与随平所说高崖相似，便拿出轻身本领，下了象背，觅路上去。崖顶离地竟有二三百丈高低，势既陡峭溜滑，上的又是背阴一面，虽各有一身武功，但无索抓爬山用具，上起来也甚费力，足爬了一个多时辰，才攀缘到顶。

五虎等七人往四外一看，果是全崖最高之处。皓月清辉，照得远近峰峦草树清澈如昼。谷底虫虺叫声已听不见，到处静荡荡的，空旷已极。试取望筒遥望新村所在，月光之下，遥望远处，自没有日里来得真切，但见山环岭复，横亘前路，深沟大涧，也不在少，树木却是不多。极目天末，平林霭霭，仿佛烟笼，一切景物均与随平之言吻合，料定新村必在远山平林之间。虽然中多险阻，自信能够翻越，七人全都中意。笑谈中，似闻远处微有呐喊之声随风送到，仔细一听，又复渺然，俱当八公草木，事出误听。

杨天真忽然想起：象和象奴尚在下面久候，因上下太远，恐语声难达，约定以晃火扇子为号，上崖之后只顾谈论，尚未遣走。忙将火扇子取出，回向崖口，才晃了两三下，猛一眼看到来路谷中似火焰升起，映得对面谷壁红光闪闪，火势仿佛很大。谷中道路迂曲转折，草莽又深，大队篷帐外虽有几处火堆，走出半里左近，便被崖壁挡住，早已看它不见。就说是高处可以望远，适才上崖时没有留神观察，也不会有这么大火力远映出好几里远的道理。

这一惊真是非同小可，杨天真忙喊众人速看，俱觉奇怪。料是防守的人贪睡失慎，余火飞迸到附近槁木枯枝上面，引起野烧。心想：“危谷高深，最怕失火，行时还再三叮嘱。就是失火，有这么多人留守，帐幕前后尽是石地，草木甚稀，并非不能扑灭，竟使燃烧起来，难道都睡死了不成?”方在焦急埋怨，又有呐喊之声远远传来。五虎弟兄一着急，便要缘崖而下，回去查看。

随行二人，一名飞鹰子胡柏，一名赛壁虎梁尚新，连忙拦劝道：“下面俱是杂草树木，壁上又多老藤，都是容易燃烧之物。看目前神气，火势业已旺盛，有那么多人不能救，我们去了也是无用。崖壁如此之高，万一前路为火所断，再往前面烧来，无法再走，身困火中，再想上来就难了。”

五虎才觉崖壁太高，上固艰难，下亦不易，一个不巧，反弄得上下两难。就这微一迟疑的工夫，忽然谷中狂风大作，来路转角上火光映照之处，残枝乱舞，断花群飞，杂以哭喊呼号之声，宛如潮涌。起初风向相背，还看不见火头。自一起了大风，火势晃眼大盛，渐渐望见转角之处有火苗升起，连这面谷壁也映得通红。情知大队人畜必难幸免，干看着急，无计可施。

杨天真猛想起下面还有四只大象和四名象奴，先连打了几个火号，也无回应。这时火势已延烧到了来路转角之处，又将对壁多年的老藤引燃了些，虽未蔓延到近前，谷底景物已可分明，绝无不觉不知之理，怎无动静？低头定睛往下一看，四只大象全无踪影；四个象奴俱都横三竖四倒卧在草堆之上，身子半被埋没，似已死去。正骇诧间，猛然嗖嗖嗖一片极微的破空之声，恍如飞虫扑面，迎头飞来。

杨天真久经大敌，情知有异，忙喊：“诸兄留神！”手中缅刀早舞起一条寒光，将那些暗器拨落在地。拾起一看，乃是苗猓惯用的毒药飞弩，幸喜无人受伤，这数十支毒弩射过，更不见再来。细查对面崖顶，草木丛杂，不似这面石崖孤高，没有隐身之处，哪看得见敌人影子。

这一来，杨天真才想起昨早苗蛮齐向盘谷溃窜，蓄有再犯村寨的诡谋，并未遁回红神谷去。由此通行，恰好上门送礼，自坠埋伏，那火必也是苗蛮所放无疑。再一细查看那些野草，果然十九先已被人拔起，浮置地上。适在黑暗之中，只觉象行太易，竟未留神苗蛮火攻。敌暗我明，休说行帐中大队人畜无有幸理，便是自己这七个人也须格外小心，方能免害。好生悔恨，已是无及。

一会儿，谷中火势越大，火焰上升几达崖顶，谷底已不能再下。呐喊号哭之声，不时随声入耳，悲惨已极。五虎正急得暴跳如雷，有力难施，梁尚新忽从前边跑来说道：“适往查看，这一边崖顶上尽是怪石，没有草木。中断的地方，上下远近相隔不过十多丈，火光照得甚清，可以纵过。由这里起一直向前，纵有断处，想必也飞越得过。死守这里无益，何不先由崖顶上赶去？有我们几个人在上面，或者可将人救出险地，也未可知。”

一席话把五虎等提醒，没等说完，各持兵刃，戒备着往前飞跑。到了断崖边上，胡柏抖手一飞抓，带着长索，朝对崖掷去，抓住石角，手中用力试了试，将这头交与梁尚新扯紧。又带上两根套索，一头系在这里，施展登萍踏雪的轻身功夫，蜻蜓点水的身法，飞渡过去，把另一头套索分别系好。五虎弟兄也相次踏索而过。

赛壁虎梁尚新是个江湖上著名的飞贼，别的本领都平常，唯独这轻身飞跃、攀缘贴行的功夫，比五虎还强。心有所恃，自愿落后，等众人过后，先将两根套索解下，叫胡柏收去，以备少时救人之用。然后手握紧索，双足用力朝崖壁上一登，身子凌空，直朝对崖荡去。眼看荡到对崖壁上，倏地双手用力一抖，身略上起，缓了去势，并使一个飞鸟停枝的身法，两脚微一屈伸，轻轻点向崖壁之上。紧跟着两手倒换，活猴一般朝上攀去，转眼攀到崖口，身子一起，待要往下翻去。忽听隔崖顶上一阵脚步之声，从后踏草追来。接着又是嗖嗖两响飞到。料是苗人又从适才埋伏之处追来暗算，忙将头一偏，两支毒弩俱从耳旁擦过，总算眼明手快，没被射中。

等梁尚新翻上崖顶一看，五虎弟兄业已忙着先行，仅剩胡柏在理长索，忙叫留意。同看隔崖，崖势也是中断，下临无底深沟，两边相去更宽，匆匆难以飞渡，放毒弩的是三个花蛮，手中毒弩似已用完，正用苗语怒骂，各向丛草里觅石，意欲投掷。胡、梁二人一见大怒，也把连珠弩筒取出，故作前行，倏地回身把手一扬，一筒十二支弩箭同时发出。

三花蛮俱是妖巫扎端公的死党，本是日里奉命埋伏崖上，准备等五虎大队人畜到了前面草木最多之处先放火的。守到半夜，大队久不见到，又未接着扎端公放火号令，一时神倦，全都睡去。后来五虎等七人到来，攀崖上升时，快到崖顶那一段，形势险滑，恐怕失足，互相大声呼应，竟将三个花蛮惊醒。见有敌人上了对崖，月光之下照得逼真，正欲暗算，七人已转向隔崖那面观望，两边高低不一，复有崖石遮蔽，箭不能达。

那四象奴原是五虎旧日徒伙，个个心辣手狠。按说身在谷底暗处，花蛮并未看见，本不致死，想是恶贯满盈。内中一个心性忒急，见七人上崖未发火号，估量到了地头。又想取火吸烟，偏生火把在七人到顶前熄灭。以为反正就要用，便取了一个又长又大的火把点燃吸烟，准备一见上面火号，立即回去，毋庸再点。这一来恰好给三个花蛮看见，忙把毒弩由上往下一阵乱射。这种毒弩，大都见血立死，四人全被射中。四象见象奴倒地，齐向回路逃去。火把落到地上,幸亏被象踏灭,没有引起火灾,否则这四只人象虽未为毒弩所伤,也必被大火前后夹攻,一齐烧死,休想活着一只回去。

后来三个花蛮连射七人未中,箭只剩两支,隐身草里,待时而动,崖顶虽有月光,七人起身之所,向里一面崖势较高,所以起初三个花蛮未见。等他们走出数十丈,到了平处,三个花蛮方始发觉,但七人已经过去。三个花蛮如在五虎踏索飞行时赶到,也必有人受伤坠崖无疑了。胡、梁二人手法本准,又在愤极之际,这一阵连珠箭,三个花蛮全被射中要害,身死草中。

等到胡、梁二人追上五虎,望见前面的火已愈烧愈大,烈焰飞扬,透崖直上,轰轰烈烈风火声中,双方喊杀号哭之声,听得甚是真切。七人同仇敌忾,忧急交并,俱都咬牙切齿,朝前飞驰。

这时谷底野烧已成燎原之势,七人逆风疾行,对面浓烟呛鼻,下面烈焰熊熊,连两壁多年山藤一齐燃着,炙手可热。快到的一段火势奇旺,几难过去。耳听妇孺哭喊与火中诸人喧哗之声逐渐微弱稀少,蛮猓喊杀欢笑声反而渐远。料定自己的人多半伤亡,余人困身火穴,也难求活,悲愤已极,俱都不顾危险,冲烟越火而进,五六里地面,也走了好一会儿才到,还算火场一带的壁上藤蔓甚稀,下面虽被蛮猓掷下无数枯枝干草,其势甚大,火头却是不高,还可凭高下望。

七人走近崖口往下一看,两头里许俱成火巷,谷中草木藤树全都燃烧,烈焰飞扬,噼啪咔嚓之声犹如贯珠。当中一片石地,尽是仇敌从对崖掷落下来的草木残枝,燃起一堆堆的烈火。篷帐前积灰甚厚,余焰方张。火光中望见一切人畜用具齐都烧成了焦炭白灰,人却不见一个,疑心人俱烧死。

七人正在焦急悲痛,忽听对面崖下有数人嘶声叫喊,定睛寻视,乃是一个崖凹里面,横七竖八躺伏着二十多个自己人。内中仅有五六个活着,各持兵刃、长杆之类拄地而立,俱都衣履不完,发焦皮黑。凹外的火环成一个半圆圈,未燃透的树枝狼藉满地。看神气必是火起以后,众人觅地逃避,藏入凹中,又被仇敌发觉,从上面掷下柴草,想将众人烧死在内,幸而崖高,凹又深宽,仇敌柴草不能转折掷入。众人恐洞口被火封闭,各用兵刃、长杆防守洞口,见柴草下落,不等到地便即犯险挑开。虽然赖有此举,未致葬身火穴,可是凹外烈火烤炙,禁受不住,渐渐力竭神疲,晕死倒毙。几个最强健的还在忍死支持,想已望见人来,所以冒死求救。只不知众蛮猓何以一个不见,连呐喊之声也忽然静息,是何缘故?

七人明知此时救人越快越好,无奈相离又高又远,要救人必须身临对崖,方可设法,其势难如登天。如由这边崖上飞索过去将人拉上,漫说人力、索力所不能及,就算有此数百丈长索,具有天生神力飞掷过去,崖凹之外既环着那么一圈大火,人不能过,中间还隔着好几处大小火堆,岂不一烧即毁,哪能将人救得上来?枉自目击心伤,可望而不可即,跳足叫号,无计可施。

待了一会儿,那几个活的望着这面七人,拼命强喘苦号了几声。盼救不至,受不住烈火围逼,也相次热毒攻心,踉踉跄跄,连爬连跑,挣向崖凹深处,先后晕倒。猛一眼又看到那些大小火堆,因无人再添柴草,火势渐小。首先发现的便是顾修夫妾二人的两口棺木,似炉中炽炭一般,被火燃得通红,依然原样未变,想已连人带棺烧化成灰了。接着又见火堆中死人甚多,一具具烧得拳身缩体,成了一段略具人样的焦炭,惨不忍睹,哪还分得清男女长幼。皮毛烧余的焦臭之味,不时随风吹来,熏人欲呕。大约全体人畜多半为火烧死,保得全尸的也就是崖凹里二十余人了。这些人十九是五虎弟兄多年同党朋好,患难之交,万不料一旦遭此惨祸,不禁又是伤心,又是愤恨。对面凹崖中人总想能够救活,偏又不能奋飞,无法相救。大仇得志而退,敌踪杳然,更无从报复泄愤。当时悲愤已极,忍不住齐声大哭起来。

胡、梁二人素来心狠意毒,又与众同党不甚亲睦,更和随平有隙。见五虎痛哭,为了讨好,一边埋怨随平,一边也跟着用衣袖遮眼装作悲泣。只顾做作装腔,那么鬼的人,竟会忘了身在险地,敌人是否走尽。正干号假哭间,似闻丝丝几响,因为衣袖正遮住眼睛,耳为哭声所乱,匆促中不暇观察闪躲,一声:“不好!”想要纵避,已是不及。耳听五虎弟兄连声大喝,一个觉着胸前被尖刺扎了一下,还觉伤处微痛之后,紧接着胸前麻木,立即晕倒;一个恰被射中太阳穴,深入脑海,耳闻五虎一喝,便已身死,连麻都不知道,死得真叫利落。

五虎弟兄原是情发于中,不能自已,虽在悲哭号骂,并未忘却仇敌密迩,身居险地,依然眼观四路,耳听八方。头一个杨天真见胡、梁二人不住以袖拭泪,另手兵器下垂,神情疏懈,哪知二人假哭,当是真的痛极忘形。方要警告不可大意,猛瞥见眼前几线寒光一闪,情知不妙,一面急遽中当先只顾防御自己,忙着挥刀抵御,一面出声示警时,胡、梁二人已为毒弩所中,毒发身死。

天真站得最前,避开以后,敌人毒弩似飞蝗般源源而来,幸而五虎弟兄俱已觉察,一个也没受伤。胡、梁二人一倒,五虎愈发咬牙切齿,恨到极点,一面迎御闪躲,一面细查敌踪。见对面崖上站着七个花蛮,为首一个正是扎端公。因这一段两崖草木俱稀,月光正照崖顶,看得甚清。

扎端公自恃相隔太远,又见五虎等欲下不敢,号跳悲急之状,又射死两同党,以为五虎势穷力蹙,无奈他何。仗着弩强箭急,一味对射不休,俱都挺立崖上,无一掩藏。却不知滇中五虎不特内外武功俱臻上乘,除飞镖等暗器不算,并还同练有一种暗器,名为无敌三星弹。所用弹筒与弩匣大同小异,中设精巧机簧轮轴,每筒能装四十八粒钢弹,有六个弹眼,每发三丸,同时射出,六眼相次轮流,共可连珠发射十六次。弹形与橄榄核相似,前头尖锐锋利胜逾钢锥,后尾附一极小的转风车。因有六弹上下排比分列,相继射出,发时神速无比,百步内外,无论人畜蛇鸟,只要弹筒指处,就算纵避敏捷,也是躲得了上,躲不了下,躲到了左,躲不了右。除非像黑虎、金猱等刀枪不入的神兽,多少总得带点伤。端的百发百中。

五虎虽有此厉害暗器随身,一则弹丸均系缅甸百炼精钢所制,得之不易,其价甚贵,每用至少发两次,要耗去六粒弹丸;二则筒机弹力甚大,必须紧握比准,方能发射,不似镖石等物,随手可出,打远不打近,对面交手,绝匀不出发射工夫;加以内藏剧毒,中上不死即须残废,太以狠毒,练时曾在神前立誓,不遇深仇大恨,或是遇上大敌苦逼穷追,绝不轻易使用。

五虎今日忽遭惨祸,徒党尽死蛮猓之手,本就悲愤填胸,咬牙欲碎,决俟火熄以后,暗入红神谷,将所有蛮猓一齐斩尽杀绝,才称心意。方苦寻不到仇敌,何况蛮猓自行投到,一照面又伤了胡、梁二人,这真是仇上加仇,恨上加恨,不能插翅飞过崖去拼命,哪还再禁得起苦射撩拨,立时想起隔崖放弹最是相宜。彼此一打招呼,仅留两人舞刀御箭,以诱仇敌,内中三人跟着取出机筒,各择崖头山石为屏蔽,将身蹲下,紧握机筒,觑准对崖发去。

在遇敌假败之时,回手放弹,尚能射准,这里占据好地形,站稳射来,自然更无虚发。三人一次先后十八弹,瞄准扎端公等七个花蛮,按着上下左右,疾如飞星,相继参差发出。筒上机括才扳了一下,已有五个花蛮应声而倒。只剩扎端公和另一花蛮因立处相隔较远,不似已死五个花蛮并立在一处,三虎只有三个弹筒,见七仇不能同时并射,一意贪多先射其五,虽然成功,却将主谋大仇漏网。

等射中五仇,忙跟着一歪机筒,想射下余二仇时,扎端公毕竟比众狡猾。

他见一出手便射中两人，正在高兴笑骂，指挥放箭，猛瞥见十数点寒星，亮晶晶映月生辉，朝侧面五人身上飞到。方喊："留神！"五人已齐声："哎呀！"全被射中，倒于就地。扎端公觉出那东西非箭非镖，又小又细，月光之下看去，只是亮晶晶豆大点星光一晃，五人立即倒地。尾随了一日，虽看出敌人不会神法，却料此物一定厉害，心里一惊，恰好身侧有一根石笋，便往石后躲去。

说时迟，那时快，扎端公避得甚是神速，三虎紧跟着再去射他，已被躲入石后。只苦了另一花蛮，虽然立近扎端公，扎端公急欲逃死，竟没顾及拉他。手中弩箭正射得起劲，忽见群星飞跃中，同党五人倒地乱滚，叫号不已。方欲过去喝开，走没两三步，又见同样十来点星光迎面飞来，也知不妙。张皇中不知往石后纵避，手持苗刀、弩筒去挡，如何能行，这二发十八粒三星弹，倒有一半中在他的身上，内中一粒正中命门要害，一声狂号，便即身死。先伤的还剩两个没有断气，转瞬毒发，也已身死不提。

原来蛮人报仇之心最炽。扎端公自从妖巫惨死，逃到盘谷会着二拉，又饱受了一顿埋怨讥嘲。情知破绽已露，红神谷再也不能安身。这些花蛮近年本已零落丧亡，日渐失势，不易再在山寨中蒙骗为生，受人供养，作威作福，卖弄祖传一点邪术。好容易在深山之中遇到二拉这一族野猓不识不知，巧妙玩弄于股掌之上，才舒服了几年，不料所炼邪法有限，一朝失败，立时瓦解冰消。

他不怪自己贪婪过度，妄想谋夺酋长，不问能敌与否，执意兴戎，闹得妖巫惨死，身败名裂，却把五虎、顾、祝等视为戎首。起初本连中行等人也恨在其内，誓死报仇，不死不止。与二拉一面想下火攻毒计，一面暗入村中行刺。谁知二拉因攻打冈尾，村人受了谢道明的约束，没有穷追苦杀，以前又有救命深恩，力说："这两条主意不是不行，但双方平日结仇，均由顾、祝、五虎诸人而起，与村人无干，尤其谢道明好处甚多，不可加以暗算。行刺只许伤害几个为首对头，不可伤害别人。除非他们穷追不舍，自入谷中，那是为势所迫，没有法子。但谢、韩二人仍是不可伤害。"扎端公也因受过谢、韩二人医救之德；再者花蛮死伤殆尽，所剩无多，如欲报复，势须借助二拉；并还想报了惨败之仇，挽回面子，或能再依二拉栖身，不致和以前一样率众窜逃穷无所归，只得允了。

当下扎端公率众苗人在盘谷中砍草伐木，设下许多埋伏。因右崖地势较低，又是来时攀缘之径，有路上下，便把人全伏在右崖。另派人越过前途断崖,准备诱敌深入,一同放火,前后夹攻,一网打尽。分派完后,自带一名最勇健的花蛮,犯着奇险,由建业村后觅路攀缘,潜入村中偷看形势,以便晚来诱敌,得便下手暗算。

到时正赶上虎王和顾党妖道恶斗。扎端公虽系情急拚命而来,见了鸟、獒那等凶恶之状,也很害怕,欲射妖道不敢。后见顾修夫妾上前,想起妖巫死状,不由恶念顿起,乘其转身,暗用毒刺将顾修夫妇双双射中。因他藏处绝密,加以正当虎王和金猱赶了过去时将顾修夫妾一下杀死,所以无人看出顾修中了暗刺。本意还想再杀几个仇人,无奈相隔太远,毒刺难达。又虎、猱眼尖,如放弩箭,必被觉察,仍旧伏身偷看。后见五虎与中行绝交要走,人又不多,心中大喜。但终究做贼心虚,又忙着回去半路堵截,不等事完,便即溜了回去。

说也真巧。大家都在急于善后,全未觉察有了奸细。中行这一中立,扎端公也明白村主是个好人,所以冤仇尽出顾党所为,立时消了敌意。回谷之后和二拉商定,先拟在出口上杀害五虎。久等不至,又带了蛮猓前去探看,不敢再由冈后深入,欲打前山上去。行近冈前,正遇随平这一伙人在等五虎同行,只得耐心守候。天明五虎来到,竟听了随平之劝,要往盘谷进发。火攻之计正好用上,真是再称心不过,便没有当时下手,偷偷赶了回去。

扎端公原定要等五虎的大队人等深入谷中断崖左近,再行放火,免被村人和虎王等发觉。偏生五虎带了大队牲畜、妇孺,行走艰难。虽经方奎送来大象,行至天黑,仍没走到预定放火所在。二拉手下众野猓又把象当神兽,不敢招惹,虽经再三劝说,火仍要花蛮自放。扎端公见行帐所在一大段石地草木甚少放火不易,又知这些仇敌武艺不弱,纵跃轻灵,对面石壁磊砢,易于攀缘,恐放火烧他不死,只要逃走一个便是祸事。

五虎等人虽和中行绝交,汉人终是偏向着汉人。何况虎王素来不许伤人,闻警必然赶来作对,他又养有许多神兽、豹群,手能发电,妖道、怪物均死其手,何等厉害。倘如齐来问罪,绝无幸理。想了想,仍打算在崖上觅地歇息,等到天明,仇敌起身,到了草深地险之处,再行下手。扎端公和二拉略谈几句,便命大众留下几人,轮流探视下面仇敌动作,余均分别歇息。自和二拉也去觅地假寐。众蛮猓辛苦了两日夜,自然一倒便熟。那几个轮守的见谷底仇敌多半入梦,篷帐虽不时还有三数人进出,俱无起行模样,坐不一会儿,也都神倦欲眠,相继睡去。

按说这一队人不是绝无生理，只要不惊动蛮猓或是露出行意，一过子夜，救星便来，哪会死得如此之惨。也是这班人均非善类，十有八九恶贯满盈，气运该终。随平奸狡过度，一意讨好主人，为异日专权邀宠之计，偏在此时说动五虎探寻新村，连夜动身先走，以致惹出这场大祸。

随平初意，本想五虎派他做个临时统帅，以便日后可以驾乎诸人之上，作威作福。谁知五虎虽然心粗性直，却知他威望不孚，不够材料，另派了几名亲信能手共同领队，发号施令，仍命他充作向导。随平本已失望埋怨，气不打一处来，这几个领队的又都是粗野豪爽的江湖健儿，绿林魁首，本就与他貌合神离，又见他鬼鬼祟祟，胡出主意，大队人畜跟着跋涉，受了一整天活罪，闹得进退两难，前途更是险阻艰难，不可预测，益发恨之入骨。

五虎才一起身，便将他唤入帐中，商议明早行事，借题发挥，声色俱厉，冷嘲热讽，骂了一顿。随平武功平常，哪敢明争，忍气吞声，诺诺而出。由悔生恨，越想越难受，虫蚊又咬，再也不能安睡，一个人在谷底闲踱，谷地平易，不知不觉走向来路，离开行帐约有半里来路。

崖上蛮猓，合计有好几百人，除两头草木茂处各有三数人留守，准备火起以后跟着放火断路外，余人俱拉长队伍，一上一下，悄悄跟随五虎大队进止。这时都已入睡，忽然一阵大风，内中一个花蛮先前睡得太香，不知怎的，一翻身将手中长矛脱出了手。恰巧落处山石溜斜，又经山风一刮，刮到崖边，被短草绊住。本已摇摇欲坠，又被大风一吹，立即顺势而下，直落百丈。

随平手中持有火把，被风刮灭。刚暗道："这风好大！"忽听右侧飕的一声破空之音。苗人刀矛俱是精钢打就，磨得铿亮，黑暗中看去，恰似尺许长一道寒光当空飞坠。

随平大惊，忙即往旁纵退。脚刚点地，耳听铮的一声，石火星飞，残砾四溅，那东西已落到地上。断定崖上有人暗算。一想身在暗处，敌人必是见了手中火把，才放的暗器，忙将熄而未尽的火把放在地上，人却避开老远。

随平等了一会儿，无甚动静，心中奇怪，轻轻踱向前去，乍着胆子，晃开火扇细看。只见石地无草，入眼分明，竟是蛮人惯用的长矛。拾起观察了一会儿，又将火把取来绑在矛尖上，重又点燃，在谷底一路乱晃，终无动静。因一路行来，见谷口草原生未动，中有一段草已拔起，到了石地附近又似原生，无人动过，料定左近壁间必有蛮人可以上下的捷径。随平心想："此矛下时，矛尖的光摇晃不定，又是靠崖直落，不曾斜射，分明红神谷众蛮猓攀崖退逃时所遗，适才被风吹落，并非有敌伺侧，无足为虑。否则入谷已一日夜，蛮猓悍而无谋，绝无如此耐心，沿途尽多艰险之地，哪里不可下手？况且行帐前四外皆是火堆，多远都能看见，怎能没有警觉，反因我手中星星火炬，便即来射之理？”心神一定。

随平因恨领队诸人，满拟用这长矛愚弄他们一番，使其庸人自扰，稍泄愤恨。却没想蛮人把自用矛刀视如性命，身存与存，身亡与亡，当时既未遗落战场，已然退到平安地带，怎会有个失落？得矛以后，还怕死得不快，似乎让五虎等走远，崖上蛮猓看不到前途有人先行，就不会动手似的，竟轻悄悄偷跑回帐。见那几个防守的人因为五虎已走，夜寒风劲，俱都寻了山石，铺上垫的，对火支颐假寐，一个未觉。

随平暗中好笑，心说：“你们这班脓包，像你们这样防守，要有大敌到来，怕不滚汤泼耗子一个也活不了么？”心里想着，又绕到行帐前偷听了听，知已入睡。然后回到自己安歇之所，手举长矛，瞄准行帐当中，掉转矛头，作为有人从高下射之势，望空掷去，跟着卧下装睡。矛前较沉，到了空中，重又掉转矛尖，笔直下坠，穿帐而入。

那行帐共是两座：一居妇孺；一座除领队诸人外，还有十来个健者。随平持矛高掷，竟不问伤人与否，这些人虽是劳倦熟睡，也都是久经大敌的人物，睡梦中一听帐顶上哧的一声巨响，接着又是铮的一声落到地上，立即惊醒。翻身坐起。矛落处恰在中间，均未受伤。忙中一看，乃是一只蛮人惯用的长矛，锋长一尺以外，柄端尚被篷顶绾住，矗立地上。石上裂痕零乱，碎石纷飞，想见来势凶猛，只道有蛮人暗算，不由一阵大乱，立时纷纷冲出。

众人俱都有勇无谋，又吃了久居苗疆，情形太熟悉的亏。知道此举名为报信，乃是蛮人习惯，照例无论明敌暗袭，只要这信矛一到，人即蜂拥而至，掷矛之处如在对方主要人面前，其仇更深，来势也更凶猛。此矛穿帐直落，蛮人大队必已到来。

崖高谷暗，地险夜深，骤遇强敌，睡梦中惊起，全都慌了手脚，只知信号四发，全没一些策划。后帐妇孺也都闻警惊起，哭的哭，喊的喊，乱成了一团，人声喧哗，空谷回音，震荡得轰轰山响。于是弄假成真。

崖上众蛮猓本俱入睡，这等哗噪声喧，哪还有个不惊觉之理。有几个一醒，见下边这般乱法，方向二拉通报时，扎端公已然惊醒，先还当埋伏被人看破。及至临崖下视，猛一眼看到去路上远远一点火光掩映，几条人影好似骑在牲口上面,循谷径踏草前行,一会儿转过崖去,更不再见。定睛往下一看,火堆旁牲畜圈中不见了大象,敌人听不出哭喊什么。心中方在奇怪,恰值月光渐高,众苗人在崖口上观看,不觉把人影射到对面崖腰石壁之上。

这时大队中人都已起身戒备,各抖暗器,正在彼此惊疑,惶急自乱,四处查看敌踪,准备厮杀。中有几人忽然见石壁上人影幢幢,为数甚众,抬头往对面崖顶一看,上面果然伏着不少蛮猓,月光之下,刀光矛影闪闪生辉,不禁失惊脱口怪叫。内中一个心粗气豪,自恃武勇,弩劲弓强,能射飞鸟,不问青红皂白,觑准那头插长羽的蛮猓,抬手一弩箭朝上射去,跟着连珠弩箭续发不已。相隔既高,又朝上射,力量自然要减却几分,射出的箭俱被蛮猓长矛拨落,人没射中。

蛮猓中有几人本就急于下手,又见敌人仰射,知追踪迹已然泄露。扎端公才欲传令,偏巧这人一射,大队中人也全往崖上注视,料知吉凶莫卜,非拼不可,凡是暗器发得远一点的,都跟着动手。二拉不知怎的,在臂上竟中了一箭,虽然箭乏力浮,受伤不重,却也因之怒发,首先传令回射。扎端公见战端已起,知道敌人俱都身轻力健,长于攀缘,恐乘黑暗之中爬崖逃走。一面忙传下两头放火号令,以备截断敌人来去的路,连先逃走的人、象一齐烧死;一面又命把崖上预储的草束柴捆点燃抛了下去。

也是五虎弟兄命不该绝,这里火发之时,他们还没走到高崖之下,那奉命放火的三个花蛮恰都睡得和死人一般,此时又值逆风,声音被中途崖角挡住,没传过去,方得幸免于难。可是这一段沿崖三数里俱有蛮猓伏伺,在两头的往下发火,中间一段便将成捆柴草纷纷抛掷,五虎走得较速,虽未波及,中间挨近草地这一段,顷刻工夫,便成了一条火巷燃烧起来。

那随平先只是想借以泄愤,众人自相惊扰,只他一人明白,方在假装睡醒,望着众人好笑,心中得意。及见崖顶敌人,才想起身临绝地,大吃一惊。又见众人拼命抵敌,防护妇孺,谁也没想到爬崖逃走,悄不声刚想独自缘崖逃去,不料敌人火把如雨雹一般掷来,中间杂以乱箭,无法越过。迟疑之间,猛一回身,瞥见敌人崖下有一石凹,仿佛甚大。暗忖:“崖高难爬,箭火飞矛厉害,决难逃走,不如纵向里面,躲避一时,再打主意。”

死在临头,独自藏私,也没通知别人,独个儿往起一纵。不料一支飞矛从上掷下,端端正正,贯胸而过,立即尸横就地。跟着又是一大蓬带火柴草飞落,众人手持刀矛,挑火避箭,伤死渐众,眼看危殆,随平一死,却给他们开一条生路，火光正照见崖下石凹，有两个人振臂一呼，众人也已发觉，跟着纵过了二十来个。下剩多人，有的业已受伤，无力纵远。有的被火烟熏烤得晕头转向，竟不知往哪里跑好。

众蛮猓火箭齐施，从高下掷，毫不费事，不消一会儿，五虎手下相继受伤倒地，被火烧死，众妇孺仅有顾修的一子一女，在火起时经顾妻哭求托孤，被两个有义气的同党首先救出。还有几个略为明白，稍知趋避的人，在随平未死以前，就躲向对面石壁之下，得保性命。等到众人躲入崖凹，又跟踪过去，聚在一起避火，才保住了残生。最可怜的是那些牲畜，事前众人恐其逃逸，紧系一起，火发仓促，谁也没顾得去解开，只悲鸣了一阵，全都活活烧死。

扎端公见敌人多半烧死，还有些人藏入下面崖凹，崖壁外突，箭火刀矛一概不能投入。谷中烈焰飞扬，一片通红，无法下去。于是又生毒计，命众蛮猓停了箭矛射掷，只管收集柴草，贴壁下投，以为工夫一久，火势自然越旺，不怕不把这些人烧死。

崖凹诸人受了谷底火炙奇热，已经难耐，不料喘息未定，又见成捆带火柴草贴壁下落。虽掷不到崖凹以内，这出口被火封闭，火烟倒灌，休说烤得难受，呛也呛死。略一计议，幸而众人长途山行，为防蛇兽侵袭，多半带有长兵刃，逃时仗以挑火，仍在手内不曾弃去。于是匆匆一商计举出人来，分班站在口外箭矛难及之处，持着长矛铁叉之类，将上落柴火挑拨一旁。这般御火，自然不是久计。尤其柴草俱是易燃之物，叉矛起处，残火星飞，火虽挑开，身上却受了伤害，待不一会儿，便闹了个焦头烂额，烧痕叠叠。加以敌人柴草兀自下掷不休，一会儿便围着崖凹，成了个半圆圈的火环。火势酷猛异常，人如何受得了，不消片刻，都被烧得目眦欲裂，身上滚热，头晕胸闷，七窍中都快要喷出火来，再也支持不住，一班跌倒，勉强爬进凹。第二班人无奈继上，又是如此。

众人正在狂号呼天，无计可施，火光中忽见对崖一条黑影，直朝崖凹之中飞来。落地现出一个玄裳道姑，身材矮小，貌相诡异。众人本可得救，偏在昏乱中不暇寻思，中有两三个当是来了敌人，各持兵器上前便砍。那道姑见状，倏地面容一变，怒骂："不知死活的孽障！"也不还手，就地下抱起刚热晕过去的顾氏小兄妹二人，袍袖展处，依然一道黑影，飞将出去。这时外圈的火已高三丈，道姑竟不在意，拂尘一挥，火圈立即向外倒塌了一大半，跟着冲火直上，一晃不见。接着遥闻崖顶一阵大乱。这时凹中尚能支持的共只七八人，见道姑出入烈焰，毫无伤损，走时不向对崖回路，却是贴崖上升，蛮猓一阵惊叫过后，柴草已不再往下掷。料是来了救星，方悔不该动手将她得罪，已是无及，连忙跪下号救，哪里还有应声。

众蛮猓当中，扎端公最为阴险狠毒。这边崖顶通着一片山峦，乃红神谷来路，地势僻险，野猓叫作野鸡架子，草木繁茂，引火之物颇多，但扎端公知崖势太高，火还未到下面，草已被烧去大半；虽将两头二三里外烧成火崖，断了敌人逃路，中间这一段全是石地，无火之处尚多。原先未准备在此发动，所备柴草已用完。恐二拉无谋，凹中敌人冲出，贴壁逃走。不聚一处，更难一网打尽，非多用柴草将其围困，不能如愿。好在地方不大，便命二拉带了一多半人往崖后割草伐木，自率众花蛮往下投掷。

正在兴头上，也是看见对崖一条黑影飞落崖下石凹以内。扎端公学过妖术，看出那道姑行径、装束均非常人，已有戒心。及至道姑上升，正赶上上面火束纷投之际，道姑只把拂尘微动，立即四散消灭，一会儿到了崖上。众蛮猓一味猛投，均未觉察，只扎端公和手下六名亲信花蛮看得明白，料知来人百丈飞升，身有黑气，非神即怪，慌不迭往崖后纵去，藏在一个大石隙里，连大气也不敢出。

众蛮猓不识不知，见崖下上来生人，也不问怎么会上来的，多半举矛便刺。那道姑性情刚愎，来时一腔好意，本意除所救童男女外，连凹中之人一齐救走，不料众人不知，将她触恼，一怒而去。虽不再管闲事，任其自生自灭，对众蛮猓这般残忍凶恶仍是愤恨，想加以警戒，一声怒啸，身子立时暴长数丈，拂尘一展，凡是近前的挨着便倒，当时就死了好几十，众蛮猓方始大惊欲逃，也已无及。二拉恰好率众赶到，见了这等异状，吓得亡魂皆冒，各自拔步回身，亡命急跑，瞬息都散，还算见机，投火的又以花蛮为多，几乎全数在场，吃道姑拂尘连摇，黑烟箭射如雨，一一丧命。道姑还欲追杀野猓，偶一寻思，便携了童男女，收了众蛮猓生魂飞去。

扎端公等七八人见了这等厉害，却不知报应临头。先还胆寒不敢遽出，嗣见道姑飞去，一想同类惨死，均由仇敌而起，誓非杀尽不足以泄愤，试探着走出。正欲往下窥探，一眼望见对崖月光之下站定七人，定睛一看，正有五虎弟兄在内，才知闹了一夜，双方死亡虽多，几个主要仇人竟没死在火里，不禁怒火上升。这时恨到极处，纵和敌人拼个同归于尽，也所甘心，何况还占着地利，敌人武艺虽强，不能飞渡。忙命手下六花蛮各将弩匣的箭装满，出其不意,往对崖射去,满拟一举成功。不料五虎眼明手快,不曾受伤;手下六花蛮,反被五虎毒药暗器打中,全数身死。扎端公仗着逃避得快,仅以身免。

惊魂乍定,欲待翻身逃走,偏生藏处崖势往外倾斜,蔽身石笋孤立崖口,高只三四尺,两旁既不能去,如往后退,地势渐高,一样要被人发觉。五虎更因他是个罪魁祸首,还欲得而甘心,唯恐乘隙漏网,五人十只眼睛注定对崖,各持筒机比准,稍一露面,便连珠齐发。扎端公知道打中必死,躲在石后,哪敢妄动。

双方对峙了一阵,谷底中段火势虽渐熄灭,两头的火蔓延越长,凭崖遥望,直似两条火龙,顺着谷径,向来去两条路上蜿蜒过去。一时烈焰飞扬,狂风大作。耳听轰轰之声,杂以崖石受火崩裂,树木焦爆之音,越来越盛,震撼山谷。五虎立处虽没有火,可是烈火生风,盘旋回荡,浓烟阵阵,左右逢源,加以奇热以致个个脸红脑涨,通体汗下如雨。谷底人畜焦臭之味,更不时随风卷到,闻之欲呕。偶望对崖,石凹中人早全数俯仰地上,神态如死。益发悲愤填膺,咬牙忍受,非将大仇杀死,誓不他去。扎端公知道敌人与他势不两立,反正难逃,也抱着拼死心意,不问射中与否,竟将毒弩从石笋后发射出来。

五虎见他只把弩匣伸出乱射,时发时止,连手都不露出,知道射他不中,便瞄准他那弩匣射去,弩匣应声而裂。扎端公见敌人手法极准,方始息了妄想,不敢妄动。

双方相持间,忽听风火声中一片叭叭的爆音,五虎脚底似在晃动。方在相顾骇异,猛又听喀喀两三声巨响过去,烟尘飞涌,黑雾迷漫,来路两边岸壁首先炸裂坍塌了数十丈,火路立被压断了一大节。紧接着又见裂崖缝中喷起几股清泉,如匹练交织,互相激射,水势甚是洪壮,两崖爆音断续而起,响过一阵,必有断崖崩裂,泉水涌出。

一会儿工夫,左近两岸崖壁全都坍塌。一条高可排天的长峡谷,凭空倒塌下数十百丈,幻成一条奇石纵横的险峻大壑。两边未崩完的断崖都变成了一座座的奇峰怪石,如蹲如竖,如切如斩,风帆阵马,剑举笔立,错列相向。仅剩双方立处不过十多丈地面,侥幸没有崩裂。可是崩势太猛,两崖石笋之类俱都震倒,碎石满空飞舞而下,极小的都比拳大,扎端公早着了两下,五虎在奇惊绝险之际,并未忘了仇敌。百忙中望见对崖石笋震裂,手攀机筒欲射时,扎端公已然脑裂身死,顺着斜坡直落百丈,往谷底坠去,立时软瘫碎石劫灰之上,不再动转。崖一崩裂,月光立时透照下去,又当夜半月中之时,看得逼真。

五虎存身孤崖削壁之上,进退上下俱都无路,极目四望,仅剩两头极远之处尚有残火星飞,蜿蜒明灭。崖崩以后,石裂缝中添了大小数十道清泉,月光下看过去,宛似数十条银龙满壑飞舞,惊湍迅瀑射往壑底,棋布星罗的怪石上面,激射起千式百样的银雨,玉溅珠喷,烟雾雾涌,水光映月,若有彩辉。加以天风冷冷,吹袂生寒,适才烈火地狱,顿时变成了清凉世界,烦热为之一祛。虽然清景无边,壮丽绝伦,无奈五虎俱是劫后余生,心伤同难,哪有心思观赏。尤其壑底山泉又大又急,先时射在劫灰残石之中,还不甚觉得,不消个把时辰,那水便涨高了两三丈,劫灰残烬,重的沉没,轻的全都一团团地浮起,顺流而下,吃洪水一冲打,立时冲散,随着银波雪浪,滚滚翻花,滔滔不绝,直往低处流去。要知后事如何,且看下回分解。

第四十三回

浩劫恸沙虫　把臂凄怆生何著

甘心伏斧钺　横刀壮烈死如归

话说崖石凹中那二十余名同党，经过这一番水火之劫，早已葬身谷底石凹之中，内灌洪水，外被崩崖碎石封闭，成了一个天然墓穴。盘谷地势外昂内低，中间一段更深，休说去救，连尸首都无法掘出，至于顾家灵棺先已烧成了灰炭，中经大风、山洪连刮带冲，更是无迹可寻了。

五虎弟兄寄身千仞危峰之上，眷念伦好，怆恻平生，痛定思痛，想起人生朝露，世事空虚，陵谷易迁，倏忽幻灭，不禁悲从中来，哽咽不止，正在临风挥泪，面面相觑，把臂苍茫，百感交集之际，忽见谷口上流头漂来一根带着残枝的断木，上面挂着一个大麻袋，鼓鼓囊囊地随着洪流汹涌中荡旋起伏，行甚迅速，晃眼到了孤峰之下，吃一块大石阻住。麻袋一角似被火烧焦残破，不时有成包成块的东西掉落水里，定睛一看，正是方奎行时弃置的粮袋，大约火起以后延烧到了前面，忽然崖崩水发，没有烧完。另一袋不是为石所压，便已沉没水底，这一袋恰挂在未烧完的断木上面，因得随流而至。

五虎劫后余生，只有悲痛，对于中行等人嫌怨已然不复置念。见了粮袋，猛想起："孤峰高峻，下面洪水滔滔，四外无边，出发所带干粮，大部分俱在死去的胡、梁二人手里，火起之后忙着回赶，记得到时仿佛不见二人携有粮袋，一会儿祸变便相继而起。事后只顾悲悼，也没留意。倘如二人为图走快，匆匆遗落，或是存放在半途崖顶之上，如今两边山崖俱已坍塌，哪里还会存在？即使能设法脱险，长途山行，无衣无食，怎能度日？再回建业村求助，以中行之为人，自无话可说，这人怎丢得起？如恃猎兽度日，那就苦了。"

想到这里，杨天真忙即四外查看，余人也继续跟踪寻找，哪有粮袋的影子。一着急，便想把崖下水中粮袋弄它上来，以应急需，且爬山钩索每人都带着，刚打算连接起来，缒将下去，试探够长不够，以便捞取。忽然下流头一阵山风过处，一条黑影自天直下，落到水面，现出一个黑衣玄裳的道姑，身材矮小，手执拂尘，踏波飞行，在水面上凌虚而来。不时从水里拾些东西，一路东寻西看，转瞬到达，看见麻袋，似乎甚喜，手一伸，凭空提了起来，口中长啸一声，便要回身飞走。

五虎见状，明知多半是怪人，但是身处危境，求救心切；又见那道姑行动虽然诡异，却不似有害人神情。杨天真首先忍不住，高喊一声："仙姑留步，我等有事相求。"

那道姑原在盘谷尽头斑竹涧发现水面烧余衣物，跟踪而来，一心寻觅遗物，并未留意峰上有人，一听有人呼唤，立时飞上峰顶。月光之下，见那道姑生得面如敷粉，貌甚清丽，穿着一身黑色道装，腰挂葫芦，右手拿拂尘，左手提着方奎遗留的口袋、干粮、肉脯。身材虽然矮小，二目神光炯炯，饶有威风。五虎见状，料是异人，心又放了一半，连忙躬身行礼不迭。道姑不等五虎开口，便问道："你们和谷中放火诸人是一伙么？我先前来过一次，怎没见到你们？"五虎便把前事略提了一遍，恳求救济，并问道姑姓氏、法号。

道姑道："我名玄姑，是四川人，近年才迁隐此山，就在前边居住，只因昨日在林内闲游，看见你们带着大队人畜行走，内中有两个穿孝服的童男女根基甚厚，当时本想引度到我门下，但我素不喜强人所难。一则素不相识，突如其来，你们绝不放心，他娘也未必肯舍；二则看你们的行踪，颇似从别处来此觅地开垦，我知附近有好几处地方都是土厚泉甘，物产丰饶，你们少不得要在此安家立业。

"我前坐禅关，勤于修炼，每年只有数日闲暇。这月刚将功课做完，初次出游，遇见一个多年未见之人在此，急于和他相见，忙着回家卜算，暂时无暇及此。意欲等你们移居定后，再找了去，先和他娘见面。熟识之后，有了信心，再行明说。所以当时匆匆走去，没有露面。

"彼时朝阳初上，遥望你们脸上，十九大都带着晦色杀气，又看出你们俱都武勇，本山并无甚凶险，至多遇上几个生番野猓，也非你们对手。想不出是何缘故，还想他日相见，再行破解，却没料到当晚就会发作。到了子夜，偶出玩月观星，遥见盘谷火起，隐闻哭喊之声，想起日间所遇情景，连忙赶来，见是一大群蛮猓在此为恶放火，凶残已极。

"当时你们大队人畜多半葬身火窟，只有二十多个，带了那两个小孩逃入壁洞里面，蛮猓的柴草还在乱丢。我当即飞身下去救了小孩，本想连里面二十多人全数救出，我还未行法灭火，他们竟把我也当成恶人看待，乱杀乱砍。我生了气，立带小孩飞走，只把放火蛮猓杀死殆尽，以代小孩报仇，没管他们。

“那两小兄妹甚是聪明，到家救醒，便喊饥渴，我知他们生长富家，吃食甚好，我却长年茹素，无什么好吃之物。正打主意，忽听谷中地震崖崩，洪水暴发，涧水大涨，从水里漂来些零星干粮食物。知是这里余烬，或者还有，试来寻觅，不想无心而遇，你们比那些遭劫的人果然好些，救你们不难，并且我听那两小兄妹说了由建业村被迫出走情形，好些语焉不详，正还有话要问你们。我学道多年，颇精法术，你们只把双眼闭上，待我施为，一会儿便可随我出险了。”

五虎听说顾修子女已被道姑救走，放火蛮猓多半伤亡，仇已代报，心想：“怪不得昨晚行近火场，蛮猓呐喊之声由近而远，由远而寂，大约彼时正是道姑救了顾家子女追赶蛮猓之际。扎端公等七人必是漏网余孽，去而复转。如若早到片时，不特胡、梁二人不致送命，连崖下二十多人也未必会惨埋谷底。”不禁惊喜交加，悔恨已经无及，只得各把双目闭上，静候道姑行法相救出险。耳听道姑口中喃喃诵咒，身旁渐觉风起，身子大有被风摄住上升之势。

就在这欲起未起之际，忽听天空中又有破空之声由远而近，适间风势忽然停歇，对面道姑也没了声息，身子好似不曾升起，心还想道姑行法未毕，尚有所待，谁知就这一阵风刮过，更无别的动静。

待有半盏茶时，杨天真最是心急，微睁眼皮试一偷觑，道姑已无踪影。只见立着一个相貌奇异的精瘦小孩，望着自己嘻嘻地笑，看去甚是眼熟。心中一惊，不由把眼睁开，定睛一看，还有一个高的，也是生就一副异相，黄脸红睛，手持竹杖，腰悬宝剑，装束与花子相差不多。旁立那个小孩，尖嘴缩腮，貌似雷公，正是前日在建业村时带了白猿来助虎王斗法，飞剑杀死米海客的那个姓涂名雷的丑小孩。心疑道姑竟是仇敌幻化，涂雷法术已非敌手，何况又加一个，不禁吓了一大跳，脱口“咦”了一声，往后便纵。

五虎久候无信，本在奇怪，闻得杨天真惊呼，料有变故，忙各睁眼一看，见是仇敌，大为惊诧。五虎倒还英雄，明知不敌，逃又无路，反把心一横，齐声喝问道：“前日已然双方罢手，言明他年再决胜负，难道你们还赶尽杀绝不成？”

五虎初意，仇敌既然苦追到此，必下绝情，便死也做个硬汉，绝不俯首乞怜。不料来人闻言竟没动怒，涂雷首先答道："我自有我们的事，赶杀你们则甚？"那花子也说道："你们休要误认。我乃伏魔真人门下弟子五岳行者陈太真，路过铁花坞，被我涂师弟约来，助他除一妖狐。可惜来迟一步，又没掩蔽剑光，将它惊走，我二人没有追及。见你五人立在危峰顶上，涂师弟说你们俱是建业村出走之人，适见妖狐由此逃去，必是想将你们摄往它的洞内，未及行法，临时逃走。因见山根业已震裂，待不多时便要崩塌，你们离地高约百丈，背临绝壑，三面皆水，决难逃出，恐受危害，送了你等性命，特又赶回相救。涂师弟童心未退，见你五人紧闭双目，还在呆等妖狐，形状可笑，不叫我先开口，看你们等到几时。你们却误当我们是仇敌，真乃不知好歹。我们虽然除暴安良，像你们这种有义气的盗贼，还不在诛戮之列；否则不必今日，前日建业村我虽不曾在场，涂师弟早要你们的命了。"

五虎闻言，想起以往经历，顿起感触。忽然福至心灵，纷纷拜倒，异口同说看破了世缘，意欲出家，苦求收录引度不已。陈太真笑道："论你们平日行径，本无善报，既知悔改，仙佛也是人做的，自来放下屠刀，立地成佛，只要从此虔心弃恶从善，终有收获之日。我自身尚在师门修行，怎敢妄收门人？且把你们救离此间，自去寻找机缘吧。"

五虎苦求不允，一回首，看见胡、梁二人的尸首尚暴露在崖顶。这时月落参横，东方已有曙色，细看全崖皆石，无法掘埋。适才只顾忙着随了道姑出险，竟未觉察崖上皆石，无法掩埋，并且少时还要崩塌，如若弃之而走，必为飞鸟啄食。又不忍抛在水中，任其腐臭。想起患难深交，心中难受，不禁流下泪来。

陈太真见五虎颇有至性，便道："论你们手下这一群党羽，积恶已深，才有今日的惨报。你们五人虽是首恶，总算平日天良尚未全丧，未犯淫孽，不轻杀人，劫富济贫，颇多小善，对于朋友也还义气。这两人看其貌相，已是极恶穷凶之辈，行为不问可知，所以你七人同归，独他二人不免于死。似此凶顽，本应任其暴骨荒崖，沉身浊水，死后仍遭碎骨粉身之惨，始足蔽辜。姑念你五人友谊情厚，格外施仁，待我将他二人尸骨埋藏之后，再走便了。"

五虎方要叩谢，陈太真已自掐诀行法，手指胡、梁二人的尸首，喝声："疾！"二尸缓缓离地自起，朝对面崩崖后的峻岭上飞去。随命五虎互相把臂立定，对涂雷道："对岭地形已变，他们也由此走吧。"手扬处，一片白光拥着五人，随同陈、涂二人，也往对面岭上飞去。剑光迅速，百丈之遥，晃眼即至。胡、梁二人的尸首飞到岭上，便即悬空停着，不进不落。陈太真收了剑光，略一端详地势，照定岭上一座石壁，一掌击去。嚓的一声大震，石壁中裂，现出一条丈许高宽的巨缝。再一指，二尸便即随着飞了进去。陈太真两手一合，石壁又由分而合，依旧苔痕如绣，杳无痕迹。五虎慌忙拜倒，叩谢不已。

陈太真道："这里绕向西北一拐，便可达入谷来路，寻径出山了，山势虽险，不过多些攀缘爬缒，还难不倒你们。来处危峰，一会儿便要崩坍。妖狐恶行未著，气运未终，明知此行必无成就，涂师弟坚邀我来，不想却救你们。须知此番乃是上天假手苗民，降此大罚，祸福无门，唯人自招，从此洗心革面，勉为善人，即无成就，亦保首领；如不悛改，再有祸变，就无可幸免了。"说罢，又对涂雷道："颜虎与妖狐这段冤孽，须他自理自解，你虽为友热心，只是徒劳而已。昨晚情形你已看出，此后随时救助则可，如若强自出头，身任其难，你煞气已透华盖，清波师伯又将远行，一个不巧，恐有灾厄呢。"

言还未了，忽见一条白影，如闪电流星般疾驶而至。涂雷笑道："师兄你看，白猿来了。它一个畜生都有这般忠义，我还不如他么？"陈太真注视涂雷脸面，摇头不语，片刻间白猿赶到，行礼之后，朝着涂雷用爪比了一阵。涂雷便把昨晚追寻妖狐，并未相遇等情说了。白猿原是知道虎王不久有妖狐之厄，偷往铁花坞求救，意欲请涂雷瞒着清波上人，将妖狐先期除去，一听没有成功，好生失望。

陈太真道："你主人虽有灾厄，终无大害，要想避免，却是难极。昨见妖狐逃时，满身俱是黑青之气笼罩，必学会了左道邪法。你主人那块古玉符，未会妖狐以前，不可片刻离身，自然遇险如夷了。"白猿敬谨拜命。陈太真急于回山，便向涂雷作别，破空而去。涂雷也同了白猿，一路且说且比，行走如飞，一会儿转过峰头，不知去向。

天已大明，朝阳满山。五虎见仙人已走，追忆前尘，仿佛噩梦，同坐山石上面伤感了一阵。彼此都是孑然一身，除了随身兵刃，更无长物。虽不再怀恨建业村中诸人，却不好意思回去求助。蛮荒险阻，千里长行，无有衣粮财货，怎能挨过？计议结果，猛想起："野人既由此来犯，必有去路。昨晚道姑说已杀尽，怎还有那七个花蛮？想必逃走不少。仙人虽戒为恶，并未禁杀野人复仇。平日由建业村去红神谷口西大林等地行猎，当日即可来回。何不暗入红神谷，将那些漏网的花蛮和为首野酋杀死，为死者报仇？就便抢些衣食金沙，以作归计，岂不是好？”这一想到同党被害烧死之惨，立时雄心陡起，恶念顿生，直往红神谷进发。

五虎赶到谷口，天才交午。连日劳顿悲悼，死里逃生，俱都饥渴交加，不能忍受。便在左近打了一只小鹿和几只山鸡，用山泉洗剥干净，用石砌灶，拾些枯枝，取出身旁火种点燃，用刀戳起肉片烤食，胡乱饱餐一顿。然后寻一隐秘山洞，找出一方净地，铺上树叶干草，将洞门用大石堵好，藏在里面，安睡养神，以备晚来入谷行事。

那一带地方虽是群猓平日游猎出没之地，恰巧二拉和手下群猓跋涉辛苦了一天两夜，备历险难之余，又受了黑狐这一场大惊恐，差点没和众花蛮一齐葬送。侥幸免死，亡命奔回，一点人数，虽不似妖巫扎端公全军覆没，却也伤亡不少。仇虽得报，可是汉人的财物牲畜一样也不曾得到，越想越不值得。还算事颇隐秘，建业村和虎王俱未望见火光追来查看，不致再有别的麻烦。又以为扎端公和花蛮一样，也被黑衣神怪杀死，去了眼中之钉，以后要省却许多心事。在遇怪惊逃以前，看见谷中火势甚大，已不闻再有呼号之声，这般大火，立在崖口都觉烤得难受，何况火窟中人，大队仇敌必已死绝无疑。竟忘了往崖下发火时所见前面崖角上的火光人影，更没料到扎端公当时曾经幸免，后来和五虎弟兄还隔崖放箭相持了一回，直到崖崩壁倒才行身死，五虎弟兄竟会因此追来寻仇报复。路上虽闻得几声震响，蛮山地震，常有的事，也未在意。

二拉回到谷中，饥渴交加，疲倦已极，稍为查问几句，和手下众猓各进了些饮食。深恨受愚，将残留谷中的二三十个花蛮妇孺关在一个石洞以内，准备过一二日，或是杀食，或是悄悄命人押送，驱逐出山，再作计较。于是分别在谷中安睡。他这里刚刚睡下，五虎弟兄也跟踪追到谷口，就在卧榻之侧，鼾睡了一整天，并无一人觉察祸在眉睫，就要爆发。

五虎等一觉醒转，微推开封洞石块一看，夜色沉沉，树杪林隙已有星光隐现，知时已不早，连忙修整好兵刃暗器，走出洞外。一看天色，只是刚黑不久，前此村人与众猓交易药货及金沙，五虎中曾有两人随往谷中去过，当时就没安着好心，路径都留意记下，恰好用上。知道入谷还有一大段路方抵众蛮猓聚居之所，吃些东西起身赶去正是时候。便各自又把余下鹿肉饱餐一顿，振起精神，施展轻身功夫，飞也似的往谷中跑去。

入谷后，一路都是静悄悄的。谷径本宽，月明如昼，照在崖上百年老藤和途中林木上面,清荫在地,因风零乱,景甚幽寂。五虎跑了一阵,跑过崖脚,谷势忽然开展,现出平原峻岭,知是到了蛮猓聚居之所。见天色尚早,到底人单,不敢再一味猛进,各自停了脚步,细一窥探。沿山腰各处,竹楼矗立在月光之下,寂若无人,更不见一点火烛之光,比起白日到来那样喧嚣嘈杂,纷同兽聚之状,直似另换了一个世界。

五虎试贴近山麓折将过去,方听鼾声四起,此应彼和,起伏如潮。料都睡熟,下手原易,不过谷中仇敌还有很多,又是楼居分住,各有家室,散列甚长,既不能一下把他们杀尽,稍一惊动,立即闻声齐起。野人虽不精武艺,矛矢却是厉害,众寡悬殊,难期必胜,有一人失陷,便不上算。如不能全数诛杀净尽,能诛猓酋二拉与那些残留的花蛮已是幸事,但又不知谷中花蛮住在哪一带地方。想了想,五虎决计先盗食粮、金砂,再择一离群隔远的山楼,着两人悄悄上去擒他一个活的,去至僻处,拷问明了这些仇敌住处,再行下手。同时分人准备两头放火,备其惊觉唤起大众,好乱他的军心,使其不能兼顾。五人再合在一起,施展平生武艺,且战且走,杀他一个落花流水。管他是不是花蛮,杀一个是一个,也不恋战,得利即退。

主意打定,由上次来过的两人引路,先往藏金砂的所在,轻轻搬开掩洞大石,走将进去。这些野人对金砂并不看重,也从无人偷盗,俱都用小麻布袋盛着。连一些汉人喜爱的皮革、药草也散放洞内。五虎容容易易,便取到手内。粮肉之类,却因初来没有留心,遍寻不获。因金砂太沉,少时还要厮杀,临时变计,只各取了两口袋,由杨天真一人先运出谷,觅地藏好,再往回赶。赶得回来,接应固好;如人未到,见了火光,便不再入谷,索性在外面等候,以为疑兵之计。

杨天真走后,这里四人仍然照计而行,赶到苗楼之下,方欲分头下手,忽见左近丛莽中似有黑影闪动,四人久经大敌,疑是防守巡夜的野人,恐被看破,忙往岸石后一伏,掩过身形,查探动静。晃眼工夫,那黑影先出现了一条,由前面挨近红神峰左壁深草中纵出,手执一把短刀,一路东张西望,鹭伏鹤行,偷偷摸摸转到那片苗楼之下,侧耳偏头听了又听,然后举着那把明晃晃的短刀,回身朝后面摇了几下。接着便见先发现黑影处同样又出现二三十人,俱都手持短刀,行踪鬼祟,跑去与头一个会合,互相交头接耳,似在商议甚事。四虎定睛一看,这二三十人俱是些花蛮,除了四五个花蛮,余者俱是妇人、小孩。四虎立处,正在他们的前侧面,看得逼真。先本想纵身出去,嗣见众花蛮咬了一阵耳朵，齐举手中刀，望着苗楼作出狠狠欲杀之势，然后分列开去。

那些苗楼十九因山而建，长达里许，高下不等，各有竹梯上下。花蛮是一些妇孺老弱，动作却极敏捷，除几个极小的婴孩，人人有份，不消片刻，由这头到那头全都布好，每隔十来家必有一个立定。四虎看出蛮猓自相残害，自己若现身出去，必将蛮猓惊动，反倒合力迎拒，不如静以观变，看他闹些什么把戏，便没有动。

众花蛮分列定后，为首老人从身后取出一条花花绿绿长约二尺的旗幡，向空一招展。众花蛮齐摇手中短刀示意，各从腰囊内取出一根二尺来长形似棒槌之物，与刀分举手内，频频向楼摇晃了几下。老蛮便把短刀衔在口里，倏地一跃两丈高下。跟着披头散发，连纵带跳，时而猿蹲，时而鹊跃，咬牙切齿，在楼前一带纵横往来行动如飞，身子轻捷异常，连一点声息都没有，状类疯魔，做了好些怪状。细看情景，颇与山寨妖人行那巫蛊之术仿佛相同。众花蛮齐都趴伏在地，状甚恭肃。

似这样做作了有小半个时辰，楼上野人似都睡死，并无一人惊觉出视。到了后来，老蛮动作更疾，将手中旗幡连连招展，取下口衔短刀，向空掷起二三十丈高下。刀光霍霍，仍朝原处落将下来，啪的一声，插在土里。老蛮低头一看，先似惊讶，略一踌躇，脸上又转狞恶之容，匆匆将刀拔起，朝着对面苗楼一指。众花蛮也各将手中刀一摇，飞一般朝山楼下奔去，转瞬之间，缘梯而上，一个个轻脚轻手，掩到楼门旁边。先探头偷望，然后慌不迭将手中形似棒槌长物，反身朝门内甩了一下，回身就走。有的纵援而下，再上别的楼；有那相邻近的，便从楼上沿山腰攀跃过去，都是同样动作。苗楼原是敞的，有门无户，容易下手。每一花蛮约分派着二十来所苗楼，多少不等。众花蛮出此入彼，顷刻便走过了一小半。

四虎先当他们行刺，后来又觉不是，那棒槌说是暗器，没见瞄准，多是掩在门侧，用手往楼门内一甩，立即退去，好生不解。后来留神观察，才看出花蛮甩那东西甚是谨慎，甩的一头从不对着自己，也不用手去触。同时身借墙壁遮住，再把手反伸出去，朝隔壁门内微一甩动，慌忙抽回。退时将手平伸向后，槌头冲外，相隔己身唯恐不远。好似中藏毒物，设有机簧，虽然开了机簧甩出，犹恐余毒沾染之状。

四虎越看越怪。又待一会儿，眼看沿山麓一带苗楼，众花蛮上了十之七八。此外谷中苗楼有十好几处散居各地，大都靠着山崖建成，有远有近，尚无花蛮前往。众花蛮中有几个担任得家数少的，先完了事，齐向号楼前发令的花蛮兴冲冲跑来，到了身侧，各比了比手势，一同拜倒。花蛮手朝那些未去过的苗楼一指。众花蛮齐从地上纵起，高举短刀、棒槌，正待开步跑去，猛听一声怪吼，月光之下，亮晶晶飞来几支长矛，齐向花蛮身前打到。

老人哼了一声，首先应声而倒。众花蛮也有三个被飞矛贯胸而过，死于就地。只一个没被刺中，口里怪叫连声，竟似招呼同党。亡命一般沿着山麓跑去。接着便听芦笙吹动，从斜对面一座高崖孤楼上纵落下六个野人，各持苗刀、长矛，背插短矛、弓矢。有两个口吹芦笙报警，下余几个同声狼嗥怪叫，飞也似追将过来。各处山崖间苗楼上的野人也都闻声惊起，芦笙与人的喊叫之声互相呼应，静夜空山，响振林樾，宛如潮涌，甚是惊人。一会儿工夫，约有三百多个男女野人，全都赶到岭麓左近。

苗楼上依旧响声起伏，睡眠正熟，一个也未惊醒。这时众纹身族人闻得女蛮惊呼，回顾花蛮身死，知事已泄露，纷纷纵落，先与那女蛮聚合，全都面向外，围成一圈站定，各举短刀，也不惊慌，也不逃走，反倒齐声唱起歌来。众野人赶到邻近，也停了脚步，见状俱有惊惧之色。几番喝问，花蛮先是不理，后来歌声止住，纵出一个女蛮，咬牙切齿，怒指众野人，连骂带跳，吼了一阵。众野人便和她软语商量。

四虎原本略通苗语，听那意思，仿佛众野人先是威喝，花蛮未理。后来又向花蛮索讨一样东西，如若交出，便可讲和放他们出谷。知道这些妇孺绝非野人之敌，何以野人已然杀了主持之人，眼看擒敌，又害怕起来？猛又听苗楼上一声暴喝，所有野人全都惊醒出视，正待纷纷下跃。下面野人好似惊慌已极，立时一阵大乱，齐声呐喊，叫楼上野人千万不可下来，人声嘈杂，也听不出喊些什么，楼上众野民也真听话，不特立即不出，已纵落途中的，亦俱慌不迭地逃了回去，于是楼上楼下，千百众野人都向众花蛮说着好话央求。众花蛮好似十分坚决，一任众野人威喝求告，毫不搭理。

楼上众女猓见状，竟似就要死在目前一般，多半掩面痛哭起来。下面众野人各把长矛、弓矢举起，对准花蛮，口里仍是苦求不已。

到了后来，有一女蛮忽然将手往楼上乱指，口中乱叫。所指之处，楼上众野人俱似喜出望外，立率全楼老少，慌忙跃下。四虎细看，俱是花蛮未去过的所在，这些野人刚纵下地，那女纹身族人忽又一声惨啸，向天跪倒，喃喃祝告。众野人大约已知绝望，纷纷张弓搭箭，手扬刀矛，齐向花蛮瞄准。一时刀光矛影，映月生辉，密集如林，只等号令一下，就要发出。众花蛮仍然行所无事，面不改色，祝告已毕，从容立起，齐都手握短刀，仰天惨啸。

楼上二拉见状，忽然暴怒，狂吼一声，扬手一矛，朝着为首女蛮掷去。他这里矛正出手，还未到达，众花蛮倏地回转刀尖，各向自己颈间奋力刺去，刀下人倒，尸横就地。同时二拉的矛也由上面飞到，楼下众野人得了号令，都就原立之处，刀矛齐举，弩箭如雨，发射出去。晃眼之间，众花蛮全如刺蝎一般，被钉地上，悉数丧命，无一幸免。

乱过一阵，二拉出声喝住，吩咐取火来烧。楼下众野人轰地应了一声，四外跑去。一会儿取来许多山柴枯枝，各取火种点燃，避开下风，向死花蛮身上掷去。人多手众，顷刻成了一个大火堆，烧得那些花蛮骨烂肉焦，油汁满地，奇臭之味，触鼻欲呕。

四虎见野人发矛掷火，都是相隔老远，无一人敢走近。楼上众野人还是哭的哭，喊的喊，惶惶然如大祸之将至。说是受了花蛮邪法，行动又极自如，并无异状。

四虎方在心疑，忽听二拉在楼上向下面众野人发话，大意说，花蛮屡次生事惹祸，昨日惨败，受了神诛，乃是自找。剩下这些老弱妇孺，因恐留此为害，将他们禁闭石洞以内，本想过一二日打发他们走。不料出了家贼，受他勾引，偷开石洞。结果这几个家贼反为所杀，被他们乘着我们熟睡跑出，行使邪法，暗下毒手，挨家撒了蛊子。虽不一定家家受害，可是人都睡熟，有无蛊子飞入七窍，无法看出。仇人又是存心拼死，无论如何不肯讲和，给我们解救。还算发觉尚早，没有全遭暗害。现时大仇虽然得报，楼上这么多人却生死难定，为免后患，本应放火烧山，连人带楼，一齐烧成灰，才保没事。无奈谷外还有扎端公和他手下花蛮给我们惹的一处大对头，不知何时寻上门来晦气，必须人多才能抵敌。我打算火只管烧着，但不用死在里头，由我率领，带往西大林内，去找地方安身，昼夜求神。也许仇人已死，蛊子没了主持，害不死人。过了三日，没被蛊子飞进七窍的便可分出。就死，也到发作时再死不迟。

楼下众野人见二拉贪生，不肯火殉，颇不谓然，不由起了骚动，渐有出声责问的，七嘴八舌，乱成一片。

野酋向来横暴，唯我独尊，从来不许部下违逆。二拉实因怕死理亏，才用好话和大众商量。见下面众野人多半不服，知道不用威力压不下去，勃然暴怒，大喝道：“你们当我怕死么？现在全寨一千多人，受害的倒占了六七成，你们想想哪个人多？按理来说，就该叫你们到西大林去，由我们在这里居住，想法医蛊，才算公道。只因我舍不得这个好地方，医好了病大家还要回来，恐怕万一蛊子从人身里飞出来，留下了祸根，没法子收拾。适才我们在楼上，被仇人用妖法捉弄，昏睡不醒。多亏你们没等他们把手脚做完，就发觉赶来，有这一点好处，才不要你们出谷，自甘退让，你们还不识好歹？我主意已然打定，看哪个还敢说一个不字。你们都给我快滚，若不听话，我们对打，来分高下便了。”

二拉越说越怒，突地把手一挥，楼上群猓一声暴吼，各将刀矛弓矢举起气势汹汹，大有准备厮杀神气。楼下群猓悚于二拉权威之下，又见楼上人多势众，彼此面面相觑，谁也不敢出声发难，群嚣顿息。二拉料定他们俱畏蛊毒传布，加以众寡悬殊，心有顾忌，益发气壮，二次厉声喝问。楼下群苗这才三三五五接耳交头，商量了一阵，齐声回答：“任凭二拉做主。”二拉便命楼下苗人分一半速取干柴到来，沿山铺好应用；另一半去取衣粮、牲畜，堆在谷口，以备携走。楼下苗人应声散去。

四虎旁观了一会儿，听出二拉等是中了花蛮的蛊毒，事前并受了片时的妖法禁制，所以那等沉睡不醒。暗忖：“昨晚妖狐曾说谷中埋伏放火，乃是花蛮所为，后来扎端公箭伤胡、梁二人，也只见七个花蛮，并无野人在内。看今夜神气，他两家分明是仇敌，至多野人曾经附和过花蛮，绝非主谋，已可判明。”花蛮全数就戮，大仇已由二拉代报了一半，不由把来时怨毒之气消却十之七八。再加目睹花蛮壮烈赴死时惨状，及近数日来经历和天明前仙人告诫，心又冷了好些。

四虎先还打算只杀几个主酋解恨，继而转念：“二拉已中蛊毒，看苗人畏极胆寒之状，可知蛊毒厉害，便自已不下手，也未必能活。莫如暂容些时，看个水落石出。尾随他们出谷之后，暗中擒一野人往僻处拷问，除了妖巫、花蛮同犯建业村而外，盘谷火攻究竟是谁主谋？众野人是否全数出力？并查讯那放毒箭暗算顾修的是谁，一切问明，再定处置。只要对得过已死同党，便只杀二拉等人，免得妄杀无辜，又添罪孽，因果循环，日后遭报。”互相议定，仍立原处未动。

又待过半个多时辰，楼下野人陆续回转，照二拉所说，将干柴沿山围楼铺好，又在转角出口大路上设下两个高约丈许的大柴堆，中间全空出三尺多宽的通路，与山麓所铺干柴相联。一切准备停当，送衣粮的人也已回至楼下复命。二拉站吼了两声，楼下野人全数伏倒，双手高举，拜了几拜。倏地纷纷纵起，各取火种，将近山麓一带的干柴连那两个大柴堆一齐点燃。二拉站在楼口把手一挥，楼下野人一声哗噪，全都如飞四散跑去。二拉跟着发令，楼下众野人忙取火种，将沿山所有竹楼全都点燃。竹楼都是竹子、木板建成，燃烧甚速，转瞬之间，火便点齐，蔓延开来。

火发以后，二拉喊一声："快脱了走，除火烧不坏的东西外，一样不许携带。"众苗民闻言，轰地应了一声，不论男女老少，纷纷脱得寸丝不挂，手携刀矛，随着二拉，由满山火焰中飞越而下。到了路的中心，顺着两边木堆往前走去，且行且把手中刀矛向火头上去烧。这时两边干柴火焰烈烈，燃得正旺，偶然风来，火便连成一片，人行其中，无殊穿通一条火巷。出口两堆柴比人还高，火势甚大，常人到此烤也烤死。野人俱都咬牙忍受，号叫连声。

火光映处，照得人都成了红色，有几个支持不住，互相抢路往前拥挤，力大的冲烟冒火抢了过去，力小的一不小心撞到火里，哇的一声惨号，立时跌倒，被火裹住，沙沙乱响，油烟冒起，全被烧焦，一会儿化为灰烬。都是忙着逃命，各不相顾，只一跌入火里，再爬不起，即便想救，也无法下手。走完这条火路，那葬身火穴的已不下百十多个人。二拉等虽然幸脱火灾，十有九身上都有烧焦了的痕迹，伤势轻重不等，一个个趴伏地上，喘息不止。等过一会儿，二拉发令喊走，野人才随着他勉强起立，狼狼狈狈同往谷口外走去。

四虎有存身之处，离火虽较远，热风吹来，也是难耐，不等二拉等走出火心，早绕到前面僻处相候。二拉一走，便悄悄尾随下去。正好那些未中毒的野人事前避开老远，没有再出来。二拉等新经祸变，一意死中求活，如战败了的公鸡一般，垂头丧气，挣扎前行，万不料还有仇敌在侧，通未觉察。

四虎尾随到了谷口，见前面崖坡上堆着许多食粮、衣物、牲畜、用具，无一人看守。回顾来路，火光冲霄，天都红了半边，知道岭上丛林必已延烧起来。野人这等举动，蛊毒虽然害怕，却未想适才自己立处正当下风，蛊粉已然入了七窍。心中正在后悔："早知谷口无人看守，还不如赶在他们头里走出，随便挑选一些多好。这一来只好跟往西大林暗中盗取，费事多了。"

四虎正寻思间，前面二拉等已纷纷向前取了衣、粮、用具，赶着牲畜，走向谷外。四虎猛想起："杨天真曾往谷外藏金，言明事毕前来接应。此时天已近明，无论如何也应该老早赶回，怎会毫无踪迹？难道还在谷外相候不成？”且行且思，一行出谷，始终未见杨天真出现，四虎好生惊疑，便分出一人去往预定藏金之处寻找，其余人仍旧尾随下去。直跟二拉等到了西大林，有了一定巢穴，天已大亮，杨天真依然不见，复又返身寻找。途中遇到派去的人，说是金砂仍藏在昨晚所居石洞以内，天真不知去向，如为野人或是蛇兽所害，又不见一丝痕迹，俱都大惊。当下四外搜寻，直寻到中午时分，哪有一点影子。四虎重又聚集一处，商量无计，意欲先寻野人盗些粮食肉类，吃饱一顿再去搜索，不论死活，好歹也要探查杨天真下落。于是重向大林走去。

行经一片林崖之下，四虎忽觉心内烦渴难耐，一看谷下正有清流甚是清浅，连忙赶去，各自伏身水面，狂饮了一阵。一同起立，往前走没十步，烦渴愈甚。方欲回身再饮，猛的一阵头晕，心慌发闷，身子虚飘飘的，再也支持不住，相继跌倒溪边，不省人事。

也不知过了多少时候，渐渐神志略为清醒。睁眼一看，都躺在一个大树林里，前面不远站定一个身材矮小的黑色背影，与昨晚盘谷火后所遇的道姑相似。

那地方四外山水环抱，只当中一片小小的平原，宽广不过十亩。树均合抱参天，亭亭矗立，翠叶森森，都开着形如玉兰的奇花，每株上不下千百朵，红黄紫白，尽态极妍，灿若云锦，甚是繁茂。中间行列却又疏密相间，迎风映日，倍增光艳，不像别处树林那么密层层，黑压压。加以清溪萦绕，泉水淙淙，好鸟穿枝，娇鸣不已，越点缀得景物清丽，不似人间。四虎顿觉眼花缭乱，目迷五色，回忆前事，几疑身入梦境。正骇异间，猛想起仙人说那道姑乃是妖狐幻化，不由吃了一惊，急欲纵起。不料身子绵软，四肢无力，再也不能转动，越发害怕，不禁“咦”了一声。

那道姑本在煎药，闻声回头，见人醒传，便走了过来，说道：“你们不要害怕，昨晚我本心想救你们，忽被对头走来寻事。我也并非敌他们不过，只因他们党羽甚多，不愿多树强敌，误我清修，不得已暂时避去。我走以后，那两个对头必对你们说我坏话。

“实不相瞒，他们说的也并非无因，我前身实是异类修成。幸在遭劫受害之时，所炼丹元未被仇人夺去，因得转劫为人。来此潜修已有多年，日前才得知仇人踪迹。冤冤相报，本是定数，这也不足为奇。我与你们无冤无仇，不过探问一点事情，并无丝毫恶意。我想后来你们被我对头救出了险地，我本不愿再见你们。偏生昨日傍晚路过西大林，见你等四人中了蛊毒，晕倒在溪边，同时还有数百野人也中了蛊毒。

“他们生长蛮荒，别的都蠢，唯独此事却深知趋避，长于救治。先前他们曾借火力，想将未成形的蛊子烤死，仍嫌余毒未净，恐过些时日恶蛊死而复生，无可救药。他们知本山有一种毒虫，可用来以毒攻毒，方欲哀求邪神，由中毒野人中抽出几人为饵，去引毒虫出来，忽然发现你们，自然再妙不过。刚要把你们搭走，被我从旁看见。因你们原是五人，忽然短了一个同伴，我疑为野酋所害。况且昨晚放火，又有野酋在内助纣为虐。

“此山原是我的旧居，当我前生未入蜀以前，在此修炼，曾经屡受这类蛮猓侵扰，子孙常被杀害，几无遗类，又恨他们行为凶残，触动旧仇。只不知那毒虫如何引法，蛊毒怎样医治，当时没有下手。直尾随他们到一暗壑之内，暗施禁法，用四野猓将你四人替换，藏向僻处，观察他们如何施为。

“那猓酋先将人身用刀割了数十条口子，再缒落壑底。众苗民便在壑腰危石之上守候，准备圈套，擒那恶物。旁边放着许多药草，待有半个时辰，才将那毒虫引出。那虫形似一面琵琶，姑且叫它琵琶蝎吧。这琵琶蝎颇有灵性，甚是机警。肚腹底下满是小脚和吸血的嘴，跳到死人身上，只一趴，便把血吸了个干净。索圈才一晃，便即惊逃回洞。它虽贪吸人血，也知道有人要算计它，行动如飞，敏捷非常。毒气又重，出没无常，人不敢近。人血连被它吸了三个去，琵琶蝎并未捉到。

“我在旁看出精治蛊毒的野人并不多，只有野酋二拉和几个老年野猓。我这里虽有灵丹可救你们，但因炼时颇不容易，乐得有此现成治法，自是省便。暗中擒了一个老野猓去至僻处，问明底细。等我回去，那四个野人血又被吸尽，毒蝎仍未捉到。二拉还不知死的四个都是他自己的心腹近人，正在暴躁无计。我一现身，全部吓得乱窜，我也未多加杀戮，只杀了几个为首野酋和一些年老的野猓，略报当年之仇。另擒一野猓，照样行事，去诱毒蝎，终于用了禁法，才行捉到杀死。取出皮囊内所藏丹黄，用瓶盛好，携了药草，将你们救到前面洞旁大石之上卧倒。

“这毒蝎未死以前虽是奇腥极臭，积恶非常，那皮囊内的丹黄却和麝香一般芳香已极。可惜当时只想救活你们，没有多取。适才连那些药草放在药釜内一熬，才发觉妙处。连忙赶去，打算全数取回时，休说丹黄无有，连尸首都不知去向。那些漏网逃走的野猓也找不到一个，定是他们蛊毒未解以前，不能回转老巢，又恐你们醒转，去往红神谷查看，便赶回来取去。

“你们已然药性发作，从口鼻中流出许多小蛊虫，俱已成形蠢动。我连用溪水冲洗净，然后把你们四人事完，方带到此地。因我洞府逼狭，只宜我一人清修，难容多人，又用花草结成床榻，就在这洞外安歇。此时蛊毒虽然去尽，只是元气大伤，尚须一二日始能痊愈，暂时还劳顿不得。你们虽睡在露天林里，但此间气候为全山最好所在，仗我妙法，绝无风露之侵。只管放心静养，等你们身子复原，我还有话问呢。”

四虎闻言，一看所卧之处，乃是四人并一方丈大榻。看去虽是重台叠瓣，聚叶花枝，五色缤纷，灿若云锦，似花草堆成一般，坐上去却是温软柔滑，杳无痕迹，如卧重棉，舒适非常。细一察听道姑语言，不特毫无恶意，连死中得生也是由她所赐，不觉把先时疑惧之心去了十之八九。本心想要下榻拜谢，无奈四肢绵软，卧在温软花榻上面还不觉怎样，略一转侧，便觉周身骨节根根作痛，加以气弱神惫，起动不得。

道姑看出四人心意，又再三慰止。强挣着口谢了几句，只率罢了。道姑说完，仍回到药灶前去调炼那釜中药物。那药也是香的，于是花气、药香相与融会，清馨馥郁，沁人心脑。四虎闭目养神，静心领略，直如身浸香海之中，有说不出来的妙趣。

过有半个时辰，四虎方觉腹饥，忽听道姑在旁呼唤。睁眼一看，林边药灶业已移去，道姑手里端着一个用细草繁花结成的花盘，里面热腾腾放着四枚薯蓣，皮已剥去，挨个喂向四人口中。饥肠得此，看去已令人馋涎欲滴，入口更是鲜腴美妙，到嘴酥融，不用咀嚼。咽罢多时，犹复芳留齿颊，甘留舌上，顿觉腹充气沛，精神为之一健。端的色香味三者均到极处，休说人间珍肴无此佳物，便是仙厨妙品不过如斯，不禁连声赞叹。

道姑笑道：“此乃本洞特产，道家名为闰果，又号金瓜。一株只结两枚，连理双生，一黛一紫。三五年始一开花结实，逢闰方熟。原是瑶岛仙根，不知何时被玉雀衔来，巧值地有灵气，因得遗留。与寻常薯蓣不同，服了能益气轻身，延年祛痰。我也是劫后重来，始得发现。可惜种少，又不能分根分种，守了多年，仅存下三十多枚。除每年尝一次新外，轻易不舍服食。今见你们亏损太甚，急于速好，筹思至再，方始各赠一枚，以作灵丹之代，至迟明朝即可复原。须知仙缘遇合，得这不易呢。”四虎方知果非凡物，不免又谢了几声，道姑仍禁不要多说。

当日天晚，四虎都能坐起，道姑已然他去。月照花荫，清辉四射，白云片片，时从天空缓缓飞过，轻风细细，吹面不寒。俯仰其间，俱觉心胸澄净，皎无渣滓，俗尘为之一祛，悠然有世外之感。待了一会儿，想起当年结义五人，纵横滇黔诸省，威名远震，所向无敌。如今落得部属丧亡殆尽，两三番死里逃生，还有一人尚无下落，看出凶多吉少。

观察道姑语言、行径，不论她行踪如何诡异，是甚出身，对于他们总是有恩无怨。况她对于前生是个异类修成一节毫无隐讳，道法又如此神奇，可见不是个凶恶妖邪。人生朝露，转眼虚空，现既看破世情，何不等她回来拜求收录？再将杨天真存亡查明白，如能寻回，便在此一同修道，求一长生不老，永享清福，岂不比在江湖上奔波劳碌，争名夺利强得多了？四虎越商量越心热，又怕道姑不收男徒，心中委决不下，恨不得道姑即时赶回，行完拜师之礼，早早定了名分才称心意。

正悬盼间，忽听破空之声。旋见一溜火光，后面带起滚滚黑烟，疾如电射，穿进林来，直往斜刺里密林深处投去，晃眼无踪。隐隐闻得黑烟中有啾啾鬼鸣之声随风而去。

那片密林就在花林的东北角，密压压尽是松、杉之类的巨木。古树森森，月光下照，只有树外一层浮辉，林内甚是阴暗。四虎此时虽能起动，因是初历仙境，明知道姑洞府必在左近，恐于禁忌，只在原坐卧处花林之下望月盘桓，未敢轻涉堂奥。乍见异景，颇为惊讶，事过神定，猛忆前晚与道姑初会时所见的情景，颇有相似之处，料是道姑由外回转。由此想起道姑曾说顾修子女被她救到此间，来了一日，除道姑外未见一人，也没听提说，令人挂念。意欲少时觑便请问一声，又不知可否。

四虎互相商谈没有几句，适见那溜火光又从东北角密林内飞起，冲霄破空而去。忽听一声长啸，又是一溜火光，拥着一条黑影从林内飞出，跟踪追去。这才看清后一黑影确是道姑本人，只不知先飞走的火光是甚路数。

道姑二次飞出为时更久，四虎延颈相待，不觉月影西斜，参横斗转，道姑仍未回来。四虎的精神已然逐渐康复，等得心焦，不免四面看看，走远了些。一会儿白月坠林，天光忽暗，花香浥露，分外浓郁。四虎无心领略，只在林中往来闲踱，到处东张西望，不知不觉走近东北角那片密林之下。

这时晨旭始升，天已大明。密林内的楠、榛、松、杉原是多年古木，拔地百尺，根根挺立，笔也似直。上面又是虬枝繁茂，翠叶浓密，相互纠结交覆，直似千百根铁柱共支着一座广达数顷的绿幕一般。虽然天光不易透下,因为树身甚高,夜晚看去虽是一片浓黑,日里看去只比林外显得阴森一些,并不十分晦暗。又赶上朝阳初上,红光万道从枝头树杪斜射进来。林外是万叶浮光,森若拥翠;林内是千株筛白,阴影在地,黑白分明,宛如织玉,更觉清晰非常。

四虎又想顾家子女,探头往林深处定睛一看,见道姑所说崖洞就在林的尽头,古木掩映之中。崖不甚高,密林是个弧形,南北斜长,恰好将崖洞遮住,外观不见,地绝隐秘,不进林去直看不出。四虎先还不敢冒昧走入。挨到下午,道姑终无音信,越发心疑,乃决定入林探视顾修子女。如被道姑走来闯见,万一犯了她的禁忌,就说腹饥求食,误入仙府。好在道姑只说洞中不能下榻,又没禁止妄入,事出无知,也难见怪。入洞时再通白一番,遇事谨慎,礼节上放恭敬些。她既以好心相待,想必不致招她忌恨。商量定后,一同走入。

行约里许,忽闻水声淙淙,音如鸣玉。再往前数十步,树林如画,当前现一大溪,水甚清冽,可以见底。溪中砺石齿齿,白沙平匀,时有三五石笋突出水上。飞泉奔流,激石而过,珠迸雪霏,入耳清越。溪对面一座危崖,高只十来丈,大约十亩,由对崖偏东平地突起,顺着溪流,高高下下,弯弯曲曲,蜿蜒东去,似与前面高山脉络相连,也不知有多少里长。溪流也是由此而东,仿佛源远流长,骤难穷极。溪崖尽是翠竹挺生。

崖凹之下有一古洞,门外怪石森列,石笋怒生,地平如砥。另外稀落落两行杉松,大约数抱,华盖亭亭,齐整整直达溪口石桥之下。树下和近溪一带,种着许多不知名的奇花异卉,红紫芳菲,凝香竞艳。洞门往里深陷,甚是高大。当门一大片石钟乳,宛如玉幔珠缨,由洞顶直垂至地。远望过去,晶光离合,幻为彩晕,闪闪流辉。洞口都如此庄严华丽,料定洞内必有仙景,都思一扩眼界。恰好溪边石桥正对洞门,四虎便在桥头又整了整衣服,向着洞门虔诚下拜,恭恭敬敬通白了一番。然后试探着往洞前缓步走去,直达洞外,并无异状,也不见有人走出。估量顾修一子一女许在内洞深处,略一寻思,同向洞内二次下拜默祝,然后走了进去。

初入洞时,颇觉那洞异常高大。那片钟乳屏风竟有二十多丈大小,几将全洞隔断,不见缝隙。身临切近,越显得五光十色,耀眼欲花。入口处是左侧乳屏上面的一个丈许大洞,相隔地面不过尺许,通体浑成,晶莹圆滑,仿佛经过鬼斧神工开凿成的一个水晶月亮门一般。只是门内光景仿佛没有外边来得明亮,似乎要晦暗些。入门一看,不觉吃了一惊。原来那洞外面虽大,洞内方广也略相似,其深还没外洞的一半。除却壁润如玉、石地平洁、净无纤尘外,只有两方青石、一个短小的石榻和一座三尺多高的丹炉,别无他物。因地势过宽,把它形成了一排夹壁,更显得逼狭。洞口天光因钟乳屏厚而不匀,有疏有密,不能尽透,晶光反映或晦或明,不如外洞晶明远甚,哪有什么理想中的奇景,更不见顾修子女的踪迹。

四虎见状,好生惊异。心想或者还有别的门户暗藏壁间。细一寻视,忽闻水声潺湲,音甚清微。走近内壁,先发现右侧壁下横着一条七八尺长、二尺来宽的深沟,近地面处,绿若肥鲜,流润欲滴,看去黝黑。侧耳一听,水声便在其下,似乎深极。既有暗泉伏流,其非门户可知,何况沟深壁削,初涉奥区,不知出进之方,就有入路,也不敢轻率妄进。

方自有些失望,偶一眼看到右壁角,暗中似有一团黑影。四虎连忙赶过去一看,乃是前晚道姑从水里捞起,方奎日间遗在盘谷中的一袋干粮肉脯。另有四根象牙,有两根一头业已焦裂,各有烧焦压碎痕迹。知道本山素不产象,只建业村有他们相赠的几只。必是盘谷火起时,在崖下逸去的那两大两小没有逃出火阱,又遭地震山崩,洪水暴发,全都死在谷内,吃道姑事后将牙取来。

四虎正猜度间,又从粮袋旁发现一件被火星燎穿了好些小洞的短衣褂和一只焦裂小鞋,认出是顾修爱子兴儿之物。细查粮袋,似已全行翻动,取过东西,不似原样,粮肉也少了一小半,袋中所盛均是上半层未经水泡湿之物。暗忖:“道姑昨晚明明说是见两幼童资质不差,特意救回仙府留养,传以道法。行时还为他代报亲仇,杀死众蛮猓。回洞之后,复为食粮发愁,因见外面漂来烬余之物,特地重往盘谷寻取。爱护看重,颇为周到,怎么粮衣均在,人却无在?洞内又仅这点地方,不似另有栖息之所。”越想越奇怪。正在惊疑不解,忽然一阵疾风从身后吹来。

四虎情知有异,回身一看,道姑已立在面前,似有微愠之状。等四虎起立,又改了笑容说道:“我好心好意救你们,并且说明洞内不能下榻,怎么才得活命,就敢私自来此窥探?幸我料定你们尚无他意,否则还有命么?”

四虎听出道姑语气不善,忙即躬身答道:“弟子等多蒙仙师垂救,感恩切骨。加以新遭大劫,世念全灰,意欲拜在仙师门下为徒,参修学道。久候不归，后来便即睡去。到了今日午后，既想拜见仙师，又想求些饮食，无心中闲游至此。因昨晚仙师未禁参谒，疑心仙师已然回转，拜谒心虔，先在桥头洞口两次虔诚通白，然后进洞参拜，不料仙师并不在内。以为仙府必有后洞，正在寻找门户，恰值仙师驾临，望乞宽宥则个。”

道姑闻言，微笑道：“我前身虽是异类修成，素来无故不肯伤人，最不喜人骗我。你们所说的话未必全真，此来何意？还是对我老老实实说好。”四虎同声脱口答道：“弟子等所说俱是实话。”道姑忽然把脸一沉，四虎方看出道姑发怒，心内发慌，嘴里话没说完，便听道姑狞笑道：“原来世上竟没好人，我真把好心错用了。”随说把手一挥，四虎立觉头晕体软，倒于就地，不省人事。

四虎心本无他，道姑问时，只要把寻找故人子女一节的真意实话实说，便不致有这场凶灾。因在江湖上多年讲究率真，性复粗直，不工作伪，稍打几句诳语，便觉情虚，加以敬畏道姑心甚，一加驳诘，更转不过口，辞色之间多不自然。狐精本来善疑，话中有诈，一听便知，又知四虎曾与仇敌相见，得知自己根底，越发疑他们存心不善，心想：“两次救人，费了许多手脚，杀伤许多生命。他们刚得脱死，即来窥探隐秘，可见好人难做。”一时发怒，也没加详细考查，就用禁法将四虎生魂摄走。等到向生魂考查，才知四虎端的是心虔向道，情切投师，又急于想探询故人子女下落，久候不至，才来洞中通诚窥伺。不过因见顾修子女没有在洞，恐说出实话不便，略为掩饰，一言之失，铸此大错，居心并未不良。自己看出他们情虚词遁，闹得凶终隙末。虽也后悔，事已至此，再令重生，又得费事。

妖狐起初救人的本意，是因仇敌虎儿三世清修，夙根深厚，非比常人；又是神僧心爱门徒，并有仙猿、神虎相助；他师父表面上虽责他犯了杀戒，迫令转劫，了这一段因果，并允自己和红蛇各自向他报复，终是多年师徒之情，难保不预为之谋。事犯当时，不令堕劫，又命在后殿中独居苦修了数十年，才使转世，其中显然做有文章。

红蛇久已幻形来此相候，近十余年她只见过一次，云在红神谷中居住还约有一个厉害同党，苦寻仇人算账。当时她勤于修炼，没有同往，别后便无征兆，料是寻仇未得，反遭毒手。仇敌绝非易与，法未练成以前，明知近在本山，始终没敢妄动。直到近日妖狐道行精进，法已练成，决计复仇，心中仍有戒心。打算从四虎口中盘问出仇敌的虚实动作法力深浅，还可教他们做个内线，重回建业村，带了自己所炼法宝，伺隙暗算，岂非救人助己，两得其便。

不料因疑误会，一番好心，已有缺欠，即令重生，难免疑恨生心。弄巧回到村中，经高明人一点破，还闹个恩将仇报，岂不误了大事，哪有把握再令他等卖死力。莫如将错就错，一不做二不休，就此驱遣生魂相助下手。报仇之后，如看他们尽能称职，便舍却几粒灵药，救他们还阳；如若奉行不力，好则放他们自去投生，不好便命他们做连日所摄幽魂厉魄之长，永远服役；倘被仇人所伤，那是他们命该如此。虽然事出误会，死非其罪，自我救之，自我杀之，也足两抵。当初若见死不救，还不早惨死在毒蝎恶蛊之口，有什么过处？

妖狐素来不喜伤生，才得寄迹灵山，修成道果。前此遭劫，不能详忖剥复之机，视为定数，只好苦求神僧超度，一意报仇，误却千载良机。反因多年薪胆悲愤激恨，发动了先天中的恶根，为报子孙宿怨，先杀多人。这次又因多疑，害及无辜。眼看报应临头，还不自知。主意一打定，便高高兴兴行起法来。

四虎先是倒地，人事不知。忽然清醒转来，见那存身所在，已非原处，四面都是钟乳晶屏，烟云缭绕，碧焰飞扬。道姑披发仗剑，高坐石台之上。四人跪在台下，地方看去不过三四丈见方，却有千百成群的花蛮野猓，披发纹身，三面环立，个个怒目狞眉，状态凶恶，势欲搏噬。道姑脸上神情也是冷森森的，狞威怖人，与前时判若天渊。四虎直疑身入梦境，大是骇异。猛一转念，想起适才道姑变脸时情状，偷觑道姑身后，还立着两个恶鬼，那大群蛮猓身子都是虚飘飘的，凌虚而立。细再寻思查看，忽然省悟，自己必已身死，魂魄被道姑拘禁在此，不禁又是伤心，又是害怕。知道厉害，逃跑不脱，只得哀求道："弟子等多蒙仙姑搭救，起死回生。适才未奉法旨，误入仙府，虽然罪该万死，也是仰慕太切，并无丝毫不敬之处。望乞仙站放转还阳，从此洗心革面，也不敢冒昧。"

道姑厉声喝道："我适才已用仙法使你们将入洞时情景从头照做了一遍，委实并未对我轻视。但如今事成了定局，你四人性命俱是我救的，还须由我主宰，此时尚有需用之处，放你们还阳不得。现在你们将在建业村与虎王结仇，约请能人斗法经过，一字不许遗漏，从实细细供出。然后受我驱遣，领命行事。稍有差误，定将你们形神齐用法火炼成灰烟，万劫不得超生，永堕泥犁，连做鬼都不能够了。倘能勉力从事，不畏敌人凶险，为我效劳，你们躯壳尚在，俟我报了大仇，事成之后，必然放你们还阳，并赐灵药，你们虽不能长生,也可延年。此乃格外开恩,生灭两途,任凭自择。如若不愿,我便以仙法禁制,永为蛮魂厉魄之长,依旧奉命即行,不能自主。在我不过运用稍差,不如你们神能自主,可以便宜行事,来得灵敏;但你四人却永沦恶鬼,终古服役,超脱无日了。速速回话,勿得迟延。”

四虎已然想起那晚所遇仙人之言,看出妖狐凶狠毒辣,不是一个好相与。无奈魂已被禁,如若违忤,定无幸理。吓得连声诺诺,哪敢稍作迟延。道姑狞笑道:“我谅你们也是不敢。”接着挨次唤上法台,再询村中之事。

四虎知道虎王厉害,更有仙人为助,连米、祝二人均非敌手。自身只是屈死幽魂,有甚法力?如真派去,岂非自投罗网,照样要受雷火、飞剑诛戮,魂散魄消,鬼都难做。对于虎王、涂雷的本领本就惊奇,为使道姑知难而退,至不济也使她量力行事,不派自己前往,于是添枝加叶,说得虎王好似天上神仙一般。不特道法高强,飞剑灵异,并有仙猿、神虎、灵兽金猱随侍,以供驱策。此外还有两个仙人为助,那夜盘谷从空飞坠的就是他的同党。又举出米海客、祝功二妖道惨败之事作一陪衬。

四虎以为都是相去不过数尺,自己上去答话,台下边三人总能听见,好在事实现成,并无虚做,不过加些渲染,总可答得一样。谁知妖狐禁制,台上下之隔不啻重山,下边的人哪能听见。妖狐原意也怕四人又说虚话,特地如此,事前均未说明,问完即命侍立左侧,所以后上台的全都不知就里,幸而命不该绝,都是一般心理,居然闹了个不谋而合。词句间虽然大同小异,略有进出,意思却是完全一样。

妖狐所用禁法,近日的事还可令其重演一遍,相隔一久,便不能再使一一演出,除了口问虚实,便须亲往。四虎的话又属不虚,即被听出有些不实不尽,只能说他们是凡人,目光短浅,过于惊奇,不能加责。四虎说时也曾想过,虽因适才说谎受害,仍敢大胆饰说,亦由于此。话再说得一样,妖狐原有先入之见,言出预料,哪得不信。不禁大吃一惊,暗忖:“照此情形,驱遣生魂前往窥探,定被看破无疑,害了四虎无妨,就怕被仇人看破收去,问出实情,岂不误了大事?”越想越慎重,仇又非报不可,盘算至再,决计亲往,先行探明了虚实,再行下手。

妖狐于是变计,先行法收了四壁的鬼魂,然后对四虎道:“我初意命你们打听仇敌虚实,现在一想,仇敌虽是道行微末,你们只凭一股戾气,就给你们灵符护身,也不善于运用。仍由我亲去比较妥当。本应将你们一同收禁,因念你们死非其罪，格外开恩，另眼相看，暂命你们代守门户，只要谨慎从事，日后必有好处。

“此洞僻处荒山，外有深林危壁屏蔽，从无生人足迹。以前出入，原无须人看守，皆因那些蛮魂厉魄个个凶悍，虽经收禁，我不在此，难免蠢动图逃。因要用他们来祭炼宝幡，又不便过于克制，损伤他们的元气。现有灵符两道交给你们，倘有变故，可将头一道如法施为，便有百丈阴火将他们围困；倘还不畏此火，硬要闯出，连将第二道灵符施展，立有奇效。

“我用生魂炼宝，只为此幡报仇不成做准备，并非仗以为恶。这类恶鬼生前如是好人，我也不会收他们。如被逃走出洞，势必秉着凶煞之气，四处为祸，再去一一收回，太不容易，岂不是我造孽，本心不相伤害他们，如真制止不住，说不得只好除了他们。事若不济，再去另打主意，以免贻祸于人间，自干天罚。

“事关紧要，洞外有我仙法封锁，你们皮囊尚存，死活全在我手，务要小心，不可大意。我往建业村去，或者还向别处约上一个帮手同往，归期无定，弄巧就许要过三两天才回。若我时久不回，你们再蹈覆辙，那我就没有这般慈悲了。”妖狐说罢，交过两张灵符，教了用法，将四虎生魂领往适才昏倒之处，往外走去。

妖狐出时，四虎才看出那通往后洞法台的门户，就在靠壁沟底之下，相隔上面竟达三丈以上。洞大不过二尺，生人就知地方，也无法进去。身已做鬼，震于妖狐凶威，哪敢丝毫大意，由两个手持灵符，注视沟底，以备万一。妖狐走后，好一会儿都没敢擅自离开，嗣见沟底毫无动静，才提着心去查看自己的躯壳，见依旧好好地躺卧在地上，和人熟睡一样。四虎互相伤感了一阵，谈起连日所经之事，始信仙人之言果然无虚。看妖狐神情动作，始终未露放还阳世口风，分明凶多吉少，苦无善策可脱罗网。又互相往自己躯壳上扑了几次，哪里能附得上体去。心想：“人在阳世受苦受罪，情急时还可求死。这一做了鬼，更是强弱异势，百般随人，任凭处置，摆脱不掉。稍有违忤，便须受尽苦厄，末了还在她掌握之中。”

越想越难受，正在鬼脸相看，焦急无计，忽听沟底后洞中隐隐鬼哭号叫之声，甚是凄凉。四虎大惊，疑心恶鬼闯出，忙赶过去，用那灵符照定下边。闹有顿饭光景，鬼声渐渐宁静，侥幸没出乱子。心才略放，二次鬼叫又起。似这样时起时休，不觉去了好几个时辰，累得四虎目不旁视，唯恐变生俄顷，一直提心吊胆。

守到夜半，渐觉洞中阴寒，尖风刺骨，加以鬼声啾啾，入耳凄楚，想起自身冤苦之事，不禁悲酸痛哭，起了同病之感。有心想招呼后洞恶鬼，任其逃出，不加禁阻，自己鬼魂也跟了逃走，宁愿终古为鬼，也不甘受妖狐役使。无奈这些幽魂都是恶鬼，纵出，必为害人，洞外还有封锁，未必逃走得脱，自身还阳尚未完全绝望，几回踌躇，欲发不敢，终觉忍耐的好。

悲谈未终，猛然眼睛一花，面前现出一个相貌清奇的道人，行至沟前立定，也不说话，戟指向壁上一指，一声大震过处，便裂开一个大洞。再把左手一扬，洞口半空涌起一团红光，其热如火，丈许以内几难驻足。光中遥看洞内，恶鬼狰狞，不下数百，似要由内闯出，此拥彼撞，抢到洞前，又似畏那红光，望而却退，往来争突，乱作一团，神情惶遽已极。

道人见状，意似难耐，大喝道："尔等生为恶人，死为恶鬼，本当不与超生。只因妖狐不久伏诛，尔等恶鬼无依，必出为害，全数消灭，又觉不忍，为此借来仙家至宝，使尔等钻圈而出，消却凶煞之气，各依罪孽深浅，往投六道，不致扰害生灵。已是施恩格外，怎还疑畏不前？莫非要等妖法祭炼，日夜受诸苦痛，永沦贱役么？再不自出，我一强制，就更难熬了。"众鬼魂闻言，齐都下拜哀号不止。道人道："这事由不得你们。"说罢将手一指，那圈红光便缓缓往洞内飞去，一入洞口，立时暴涨，光照四壁。

群鬼逃避无路，又禁不起红光炙烁，纷纷争先逃出洞外。先前那种恶相，只由光中一通过，都变了一团团的淡烟，落到地上，化成一幢幢略具人形的黑烟，烟笼雾约，身形仅在依稀有无之间，自腰以下几看不见。浮光飘泊，聚集道人身右，动作已远没有未出时那样矫捷迅速了。不消片晌，洞中鬼魂俱化黑烟，滚滚飞出。

四虎先颇惊愕，不知如何是好。继而猛然省悟："妖狐严命监守，恶鬼全逃，回来怎肯甘休？看这道人，分明是天上神仙，还不求他垂救，等待何时？"刚要拜倒，道人已走近，手扬处，似有一阵热风吹上身来。当时立脚不住，跌跌撞撞，身不由己，直往那四具死尸前扑去，只觉头脑发涨，闷热难耐。耳听道人喝道："尔等业已回生，不可睁眼，到了地头，再行相见。"接着耳际风生，身子似被大力吸起，悬空迎风而驰。料已遇救重生，喜出望外，便把二目紧闭，任其所之。

约有顿饭光景，忽落在实地上面。又听道人说道："到了。"四虎睁眼一看，石洞高大，光明爽朗，十数具石床、石几以及丹炉、药灶之属，陈列井井，润滑如玉，净无纤尘，气象庄肃雅静，与妖狐洞中情景大不相同。身侧一个道人，长髯飘胸，含笑而立，相貌甚是清奇，令人望而生敬。知是救命仙人，慌不迭一同翻身拜倒，谢了救命之恩，随即叩问仙长法号。道人唤起，说道："此地是黑蛮山铁花坞，我名清波。日前往建业村相助颜虎除掉妖人米海客的道童，便是我的门徒。你四人身死已历二日，新近还阳，虽仗事前服了天府薯蓣，元气难免受了点伤。妖狐不久即膺天谴，绝不敢来此寻衅。可去我徒弟房中进些饮食，安心养息，等到事完，再送你们下山便了。"

四虎闻说仙人就是那形如雷公杀死米海客、后同另一人救己出险、自称涂雷的师父清波上人，又惊又喜。心想："他徒弟小小年纪，已有那么大法力本领，师父不问可知。仙缘难遇，怎可错过？受这几次灾难，反倒因祸得福也说不定。"重又俯伏在地，哀请道："弟子等以前身在绿林，并不似别的盗贼，专行不义之事。后来洗手为商，又入了建业村。虽因亡友顾修等之劝，商议举事，只是想乘着时势谋点功业，也无害人为恶之意。自经涂小仙童儆戒，本意带了一干朋友，在附近深山之中开垦耕牧，隐居不出，不料受了野人火攻暗算，只逃出弟兄五人。受了仙人点化，本有厌世出家之想，无奈资质太差，苦求未允。当时衣食两缺，又因红神谷野人尚未被妖狐杀尽，想起许多死友之仇，前往报复，不料误中蛊毒，又被妖狐摄去生魂。眼看永沦地狱，超生无日，多蒙大仙垂救，九死得活，世念已灰。务乞格外开恩，只求收到大仙门下，永为奴仆，感恩不尽。"

清波上人接口答道："不要说了。论你们五人结局，均非红尘中人。虽年事已长，物欲戕伐过甚，不足以深造，出世清修，以冀再劫，尚可办到。无如你我只有这点缘法，我门下教规谨严，日子清苦，嫡传弟子只有一人，加以证果在即，聚日无多，已决心不再收徒。你们向道心诚，我也深知，我却不是你们的师父。你们同伴杨天真现已被一高僧度去，待过两日，可持我书柬前往相投，只要心虔志坚，谅无不收之理。我还有事，你们自去歇息吧。"

四虎见上人词意坚决，不敢再渎。且喜得了杨天真的下落，欲待请问详情，上人忽喊："雷儿。"接着听人应声，从左壁一间石室内走出一个瘦小道童，正是日前两次相遇的仙童涂雷，四虎慌忙下拜。涂雷略为还礼，便走到上人面前垂手侍立。

上人笑道："雷儿，你等急了吧？天已大明，少时便可去了。"涂雷闻言，应了声:“是。”转身就走。上人又唤住道:“你怎如此性急?颜虎该有此厄,才能应点,绝无大害,你忙则甚?我话还未吩咐完呢。”涂雷重又回身,意似不耐。上人又笑了笑道:“你先把这四人安顿在你房内,给他们山粮,任其自做。妖狐当诛,此时其恶尚未大著,命不该绝,更不能由你手杀她,须记住了。去吧。”涂雷领命,微一举手示意,将四虎领到左壁石室之内,如言略为指说,道声再见,便即匆匆向外走去。要知后事如何,且看下回分解。

第四十四回

灵符幻影　斩蟒铁花坞
接木移花　惊狐斑竹涧

话说这间石室没外间大，除了石床、石几外，还有木制用具，俱是用整段大木刨削而成，质均坚细，表里平滑，形式尤极古雅。室隅置有炉灶、米臼，当中石案上设文房用具，靠墙两个大竹书架满堆书籍。

彼时滇、黔两省虽然地界僻远，迹接蛮荒，但自大理段氏建国以来，除了山野蛮人，凡是汉人，多以不能读书为耻。有明季叶，东林结社，天下从风。越是边远的人，因不知就里，向慕愈切，不问家世操什行业，多爱把子弟送往乡塾以内去读两年。重文之习，深入民间。到了清初，流风仍未尽替。五虎弟兄虽不事文墨，却都认得几个字。先以为这里的书籍，内中必有玄言道经，天书秘册，梦想窥窃微奥，连饭都不顾得去做，同往架上翻寻。细一查看，差不多俱是经史子集之类，连一本道书也没发现。

正觉奇怪，猛觉脑后鼻息咻咻。四虎习惯山居，常年行猎，一听便知是虎、豹之类的猛兽。心刚一惊，两肩已被兽爪抓紧，力量绝大，疼如陷骨。这一惊真是非同小可，知道猛兽附上肩背，如一回首，正咬头颈；若和它强挣，已在爪牙之下，更不是法。仗着一身武功，各自运足全力，施展硬功，将身往下一蹲，就地下一滚，脱了兽爪。再一个鲤鱼打挺的解数，手足并用，同朝左侧空处蹿去，翻身跃起，贴壁立定一看，乃是四只金钱花斑大豹子，并排立定，两只最大的竟有黄牛般大小，生相虽是雄壮威猛，神态却甚安详，不似要杀人的模样。

四虎的本领，如在平日，再多上十只八只，也不会放在心上。一则连经危难，九死一生，如惊弓之鸟，早已气馁；一则地方狭小，展布不开，手无寸铁，怎么抵御？适才肩上抓这一下，觉出此豹好似具有神力。尤其是生平久经大敌，这么猛恶大物从后暗袭，上身始知，竟未觉察，断定不是常物，方才有些胆寒。及见那豹目光注定自己，并不发威前扑，惊魂稍定，忽忆：“此乃仙人洞府，野豹何敢妄进？再者，一人恰是一豹，数目也巧。莫非此豹乃洞中神兽，仙人有心试探我等心志，有意遣来不成？”

四虎越想越对，便对四豹说道：“我们四人俱蒙清波仙师救来仙府，并非私自擅入。适见神兽并无见害之意，如不允我四人在此，便请点头示意，我们便即退往洞外，等仙师和涂小仙童回来，重请安置也可。否则便请神兽暂退，由我四人在此炊饭养息。”说时，那豹各将头连摇，轻吼了两声。

四虎见状，越发心定。见四豹兀自不退，姑试探着往侧面走开，豹仍未有动作。渐渐胆大，一同绕向豹的身后，将臼中的米取了些出来，待寻水煮。大虎偶想起逃时匆迫，架上有两本书落在地上，未曾放好，便走过去拾起，仍置原处。一眼望到有一本黄绢的书，似是一本道经。手刚伸到书上，四豹倏地同时跃起，齐扑过去，动如飘风，迅捷已极。大虎闻声骇顾，欲躲不及，竟被撞倒在地上。

幸是大虎武功已臻上乘，如换常人，这一下不死也必带重伤了。四虎都吓了一大跳。那豹将人扑倒即止，不特未加伤害，反倒缓步退出。三虎早拼死抢过去，将人扶起，四豹已走出室外。

经这一扑，四虎才恍然大悟，这豹是不愿人动室中书籍，意只警戒，并不伤人。便走向门侧，探头往外一看，四只大豹只剩一只略小的，面对室门蹲伏在地。清波上人已然他出，料是洞中所养神兽无疑。回到室内，打算煮些饭吃，一看灶旁，一切用物齐全，只是无水。又不知出洞门户，水源远近，没有仙人吩咐，能否擅出。鉴于连番俱因冒失，几遭凶险，正在商议，作难欲罢，门外的豹忽又走进。

四虎知有灵性，正想问询。那豹已走近灶侧一口空石缸前，爬墙人立，张开大口，将墙上一块突出的尖石咬住一扳，石塞拔处，现一小洞，大才二寸，一股甘泉便从洞中流出，直注缸中。水快要满，又复用嘴衔石，将泉眼塞好，从容摇尾而出。

四虎见豹如此灵异，大为惊奇，忙致了谢，一同用水淘米煮饭。又寻出一块腌肉，一些咸菜，一一切煮，少时停当。自从在妖狐那里各服了一枚薯蓣，久未进食，妖狐回时已然有些腹饥。又经死里逃生，受了若干惊恐疲劳，哪能不饿。彼此狼吞虎咽，胡乱吃了个大饱。仙人师徒均未回转，只剩那四只大豹，不时在外间洞室出进，不再进室窥视。只要不动架上书籍，料无他故。见涂雷所卧石榻甚是宽大,足足可容十人以上,食后人倦,同向榻上卧倒,一觉睡去。

洞室到处长明如昼,也不知睡了多少时候,醒来觉着周身温暖异常,手触处毛茸茸的,不禁大惊。睁眼一看,那四只大豹不知何时跑来同榻,分卧身侧,恰好将四虎身子围在中间。见人一醒转,跟着立起,各张大口,昂头哈了哈气,伸了伸懒腰,慢腾腾走出去。仿佛是怕人受冻,特为送暖而来。

四虎连忙起身出外一看,仙人仍然未回。坐谈了一会儿,觉着无聊,又去榻上卧倒,闭目留心,试验那豹还来陪卧与否。等了好一大会儿,一只也未走进。石榻冰凉,身上反觉寒冷起来,只得坐起,觉出室中气候也没先前温暖,冻得身上直抖。作法自毙,正在说起好笑,忽然一道光华在外洞一闪,跟着眼前一亮,现出一人,正是涂雷,神态颇见张皇,开口便问:"我师父回来未有?"四虎刚答了声:"真人自从小仙走后,便即他出,至今未见归来。"涂雷闻言,微一寻思,又忙跑向外面,走至上人适坐之处寻视。

四虎站在门口,见他从座旁石案上拾起一张纸条,面上便现了喜色。转向四虎道:"此时深夜,洞中夜寒甚重,你们如冷,我唤豹儿们陪你们同睡便了。"接着长啸了一声,四只大豹齐从外面跑进。涂雷向着四豹道:"夜来天气太凉,他四人新来,禁不起冻,你们陪他们暖和一夜吧。只不许动我的东西,需要听话,不可吓人。我还要回原地去找我师父呢。"说罢,竟不容四虎答话,身子一纵,一道光华往外飞去。四虎忙喊:"小仙留步。"人已无踪,那四豹却往室内走来。

四虎虽然觉冷,似这样向野兽怀中取暖,未免不好意思。已然睡了一整天,估量相隔天明不过两三个时辰,怎么也能耐过,见四豹又来衔扯衣服,似要扯往榻上同卧,只得说道:"小仙虽是好意,我等已然睡足,不想睡了,请你们自便吧。"四豹好似只知主人之命,奉行唯谨,绝无商量余地,依旧强扯不休。

四虎方在为难,四豹忽然昂首侧耳向外谛听,好似有甚动静神气,倏地舍了四虎,齐往外面跑去。四虎看出有异,跟到外室,四豹似已跑出洞去。静心向外一听,渐闻四豹嗥叫扑逐之声甚烈,仿佛与什么猛兽在外恶斗。先因手无兵刃,鉴于前失,再不敢冒昧走出。嗣听豹声逐渐急促,中杂怪叫之声,内中有两豹似已受伤,不禁激动义愤。暗忖:"自受仙人救命之恩,如今他师徒因事他出,守洞的豹为恶兽所伤,怎可置之而不理?看四豹跑出神情,分明有恶兽来此侵犯,才行奔出抵御。如不助它们除害,那东西伤了四豹,仍必跑进洞来,要糟仍然是糟,转不如此时出洞相助,力量还要大些。”

偏生兵刃不在身旁,四虎一摸腰间,所藏临危应用的暗器无敌流星,又在与花蛮扎端公对敌时使用殆尽。搜遍腰囊,一共搜出六粒。放弹机筒早在中毒昏倒时遗失,洞中休说没有器械,就有也不敢妄用。慰情聊胜于无,只得分取了六粒弹丸,各人在灶旁拾起一根较粗一点的柴枝,往洞外跑去。

外层也是一个石洞,没有里洞大而爽亮。尽前是一甬路,尽头洞口有两扇石门,再走出去便是洞外,全洞位置在一个平崖之上。耳听四豹啸声凄厉,似在崖下树林之内。

蹑足潜踪走到崖边,往下一看,四只大豹与一条大蟒正在林中恶斗。斜月照林,看得逼真。那蟒遍体红鳞,闪闪生光,口里不住喷那火焰。身盘树上,中腰半截缠住一人,细看身相,颇与虎王相似。蟒的头尾俱露出在外,各长两三丈,粗约径尺,通体总有十丈长短。血口开张,红信吞吐,翻翻若电,屡屡作势去咬虎王咽喉,却咬不上,好似被什么东西隔住神气。四只大豹又不住蹿前扑后,疯了一般,拼命朝蟒狂咬,此起彼落,毫无休歇。内中两只较小的豹似已受伤。蟒尾也似被豹爪抓伤。激得那蟒头尾乱摆,身子一拱一拱地用力,意似想将虎王勒死,附近林木被长尾打断了好几根。虎王连手都被恶蟒束住,也不叫喊,也没见怎撑拒,也不曾死。

四虎见状大惊,暗忖:“这种恶蟒倒也少见,无怪四豹敌它不过。虎王具有伏兽本领,每值出游,必带黑虎、金猱随行,有时还带着大队豹群。所养猛兽多半通灵,无论相隔多远,一呼即至。怎今晚会一人到此?为蟒所困,又不呼唤虎、猱来援?好生不解。他与清波上人师徒交厚,妖狐又曾说要寻他为仇,想因妖狐所迫,来寻上人师徒求救,行抵崖前,遇见恶蟒。豹在洞中听出动静,见是主人好友,故尔在此死拼,绊住那蟒,不使伤他。一个畜生尚知同仇御敌,何况我等身受仙人活命之恩。蟒固厉害,既然遇上,哪有不管之理?”

四虎互一商量,这般大蟒,手中柴枝已是无用,而那六粒毒药弹丸,也只能伤它要害,不能致命,偏生放弹机筒不在手内。林虽不深,由崖上打下去,也有好几十丈远近,弹丸无多,几下若打不中,便成徒劳。于是把四人分别列成一个半圆形,一同绕道下去。当中二人,一人两粒;两旁二人,一人一粒。环列前进,乘着蟒头左右乱摆,由当中两人觑准蟒目,先发一粒出去试试。若一击无功,再孤注一掷,须觑准蟒目、蟒口等容易透穿见血之处,一同发作。

计议定后,四虎一同纵身下崖,悄步入林。行近蟒侧三丈以外,已闻到腥恶之气,使人欲呕。各借林木隐藏,屏气凝神,冒着奇险行事。四豹想知有人暗助,口里嗷嗷连声怪叫,跳扑更急。四虎各将弹丸用右手三指捏紧,周身功夫全都运入指臂等处。互在树后一打手势,当中两人倏地朝前一探身,一同用足全力,朝蟒双眼打去。

四虎软硬武功俱臻上乘,专讲四两拨千斤,有寸木穿铁之能,如换寻常蛇兽,虽皮糙肉厚,这一下也不愁不应手即穿,何况打的又是蟒的双眼,药弹奇毒,见血必死,相隔又近,以为总可胜算。谁知蟒乃神物转劫,灵警非常,任是下手准速,依旧被它发觉,蟒头微俯,两粒弹丸全被躲过,当当两声,落在地上。登时乱声怪叫,怒目电闪,首尾摆动愈急,如非四豹前后扑蹿牵制,几欲脱身穿出寻找敌人,得而甘心。

四虎见状发急,更不迟延,一声呼啸,四弹同发,瞄准蟒的口、目打去。这四弹虽没打中要害,因为用力绝大,参差并发,配合巧妙,手法又极准确迅速,那蟒又吃了四豹骚扰的亏,虽是性灵眼快,终不能八面兼顾,一时躲闪不及,左右颈间连中两弹。下面两弹又打了一粒在头上,总算额骨坚硬,一撞便落,不曾穿透入脑。只末一弹由头皮上擦过,扑的一声,打在虎王身上。四虎见状,虽中了三弹,俱都撞落,估量不会透皮见血。末了一弹又误伤了虎王,身边虽有解药,他身体被蟒缠紧,无法施救,久即毒发不治。只顾悔恨惊急,无计可施,竟忘了身临绝境。

蟒颈受弹见血,颈骨几被击碎,疼痛非常,刺痒难耐,额间又受了一下硬伤,本就怒极。再加打中虎王身上这么一下,忽然听出声音有异,不顾寻敌,连忙回头谛视,方知受了敌人愚弄。不由急怒攻心,嗞的一声极凄厉难听的怪啸,身子似长绳脱轴,转风车一般,从原缠合抱大树干上平穿出去,疾若飘风,昂头吐信,直向四虎藏伏之处追来,蟒身长达十丈,双方相隔不过四丈远近,瞬息即达。还算那四豹同仇敌忾,见蟒穿出,虽不敢迎头抵御,却把身子往旁一纵,避开正面,让过蟒头,十六只利爪齐向蟒身后半段抓去。那蟒情急寻仇,误认四虎闹了玄虚,必欲置之死地,一味前蹿,吃豹利爪一抓,只得回身来咬。四豹哪敢和它硬斗,忙即四下避开。

这一停顿,四虎藏的不在一个地方,身手灵快,林木又多,便于藏躲,幸得脱险,人已吓得亡魂皆冒了。等蟒追入,四豹又复从后抓扑。林木繁茂,人和豹子个个纵跃轻灵;蟒虽厉害,终吃了身子长大的亏,追得固快,回环往复却不灵便。三方走马灯一般,在林中出没隐现,纵跃追逐,人、豹都仗林木躲避,谁也不敢往林外逃去。那蟒怒发性起,长尾扫处,半抱粗的树木一卷便断,只扰得林内腥风大作,沙石惊飞,枝叶纷纷断落如雨。

追逐有个把时辰,四虎忽然逃近虎王被困之处,回顾四豹正和那蟒纠扑,百忙中想起虎王不知被蟒束死也未,如若未死,此时用解药救他所中弹毒,只要伤的不是要害,人还未死,或者尚来得及。忙着两人赶过去,准备将虎王挟往僻处救治;下余两人将蟒诱向远处,以免赶来伤害,只要挨到清波上人师徒回转,即可诛蟒脱险。及至赶至树下一看,哪有甚虎王在彼,乃是一段木头,上画人的五官面目,中间围着虎王素常的虎皮衣裤罢了。

正骇怪间,猛听呼呼风声,毒蟒又从斜刺里追来。四虎连忙逃避时,在近一株大树下忽有一个长大身影一闪,那蟒如箭一般直朝树下追去,只一绕便将树身缠紧。四虎定睛一看,又是一个虎王被蟒缠在树上。同时四豹也已赶到,一见虎王为蟒缠紧,也似有点疑义。各把四腿踞地,长尾竖起,张口怒啸,发了一阵子威,倏地前腿一起,猛扑上去,和首次一样,前扑后跳,连抓带咬,与蟒恶斗起来。蟒虽将人缠住,依旧似有阻隔,咬不着人。同时还得应付四豹,颈伤的毒又渐发作,疼痒难当,怪叫愈急。

人毕竟比较聪明,四虎自从发现前一虎王不是真身,渐渐省悟这一个也是假的,不然,以虎王的本领身手,怎会这么容易被蟒缠住,更不出声呼喊呢?断定仙人法术禁制,便放了心。略为定了定喘息,互商诛蟒之策。均觉蟒身太大,动作如飞,毒又太重,人不能近。

方在为难,忽见蟒头下垂,在地上两面乱擦,不时掉转蟒尾,自向颈间乱打,好似痒极神气。四虎见状,料是适才侧面两弹打中,弹毒透进皮肉,因为伤轻,此时才行发作。知道少时毒性大发,还要昏晕过去,不能转动,好生喜幸。再看四豹,虽仍纠缠不舍,那受过伤的两豹,想是中了蟒毒,势力已没先前凶猛迅捷,大的两只也有力竭声嘶之象。不乘此时下手,一个毒不死,被蟒缓醒,早晚同归于尽。忙就林内各寻了一块磨盘大小的石头,举在手里,仍按前法,四人环列而进,悄悄走近毒蟒身前。静俟蟒一昏迷,即行运足全力,当头打下。

不料蟒性甚长,弹毒透进无多,虽然疼痒难耐,灵智未失。本就想追杀四虎报仇，又顾着先把虎王弄死，在那里举棋不定。及至苦咬虎王不到，便改了主意。四虎近前，早被看在眼里，因为狡猾，故作无睹。一面运转长尾和豹厮拼，暗中却蓄锐待发。

四虎等了一阵，见蟒仍未昏迷。两只伤豹业已退下，趴伏一旁，喘息乱吼，无力再上，仅剩两只大的勉强拼扑，心想："虎王纵是假的，四豹俱是仙人守洞灵兽，怎能看它们被蟒弄死？"一时心急，互在树后一打手势，相继纵出。相隔丈许远近，手举大石，照准蟒头往下砸去。那蟒原是处心积虑留神在彼相候，如何打得中，略一腾挪，便已闪过，紧接着飞线脱轴般抽身蹿起便追。

四虎相次同出，以为那蟒动作已缓，准备一击不中，连珠而下，只要一下打中，便即毙命。第一人石块刚刚打出，余下三人也跟踪由斜刺里蹿出，举石便往下砸。石沉力猛，势绝迅疾，哪里收得住脚步。这时蟒身业已脱树飞出。四虎事前商定，出时不问击中与否，石一脱手，便就势纵开。这后下手的两人身当蟒的侧面，蟒出是个直势，还可横跃蟒身，相对跃过。头二人正当正面，见石未打中，蟒已昂首穿来，本已惊惶欲往左侧纵去，偏生那两只大豹也在此时向蟒扑去，阻住二人退路。一时情急，只得把气一提，身往后仰，只脚踏地，改向来路退去。

那蟒来势疾如箭射，这次又是认准发弹伤它仇人，不得不止，一切均未顾及，其行更速，凡人哪里跑得过它。头次全仗四豹代挡一阵，免遭毒吻。这次两豹气力已竭，成了强弩之末，又上的不是时候，方往前纵扑时，蟒头业已高昂两丈以上。一见豹来，理也不理，只把长身左右一摆，便将两豹弹出老远，跌趴在地，仍旧加速往前追去。二人情急逃命，却吓昏了头，一味拼命急奔，更无寻思之暇，也忘了绕着林木分途逃窜，反倒顺着林中空路照直逃去，自然更容易被蟒追上。

不消一会儿，眼看双方首尾相衔，蟒头往下一搭，便可将二人咬住，危机不容一瞬。忽听左侧一声娇叱，斜刺里连珠也似的飞来无数寒星。只听身后哒的一声蟒叫过去，接着沙石横飞，树枝乱动，哎哟窸窣之声响成一片。

二人业已跑出老远，不见毒蟒追来，乍着胆子一回顾，只见离身二十丈外，一个老头和一个少女，各自仗剑而立。这时天已微明，觉他们身材衣着甚是眼熟。那蟒盘作一堆，下半身搭在一株大树上面。四围林木东倒西斜，折断了好几根。二人连忙跑过去，后动手的二人也已赶到。一看那老少二人，正是建业村初会的西川双侠之一吕伟和他的爱女灵姑。毒蟒业已身首异处。想是死时负痛太甚，盘身之处地上沙土被旋成了一个大深圈，林木卷倒八九棵，长尾所挂大树粗有合抱，也被拉压得几乎弯倒。死后余威尚复如此猛恶，不禁骇然。知道命为吕伟父女所救，感愧交集，腆颜谢了。吕伟父女见四虎在此，也甚惊异。

双方见礼之后，方欲问讯，忽闻破空之声，晃眼一道光华自天直下，落地现出涂雷，见面便指着吕伟父女对四虎道："你们领了吕老先生父女到洞里去，师父已回，有话要对你们说呢。可恨我昨晚不该不听师父的话，又赶回去，让红蟒把豹儿们伤了，我还要救活它们，一会儿就来，你们先走吧。"说罢，不等回言，便朝四豹奔去。那四豹两只业已毒发，奄奄待毙；两只力已用尽，身受重伤，趴伏地上。望着主人到来，嗷嗷怪叫。

涂雷先从身边取出些药，每豹口中塞了一块，一手一只，提着豹的颈皮便要纵起。四虎意欲赶去相助，涂雷喝道："它们身上尽是毒涎，你们动不得。叫你们走，你们就走吧。"四虎本欲见好，反倒闹了个无趣，只得陪了吕伟父女走回后洞。见清波上人仍坐原处，六人慌忙拜倒，清波上人将四虎唤起，说了经过。

四虎才知林中红蟒两次所绕的假虎王，俱是清波上人预设的幻身代形之物。这条红蟒因为本身太毒，自从转劫以来更迷了本性，伤却不少人命，积恶已深。那年红神谷出游，正在伤害生灵，遇见一位散仙路过，恨它恶毒凶残，本想诛戮。不料此蟒狡猾，拼牺牲多年炼就的一粒内丹抵御着飞剑，亡命钻入地底，得逃活命。那散仙法力有限，无法除它，将它出口行法封闭，受禁多年。这次妖狐向虎王寻仇，无心中发现仙人禁符，仔细一看，竟是失踪已久的同党。知它道力不济，想下一条毒计，打算到日借它奇毒之气行法。双方商定这晚举事，设下狡谋，去引虎王入网，连猿、虎、金猱一并伤害。

清波上人因佛家最重因果，妖狐虽该诛杀，虎王的灾劫终要应过。知道妖狐还约有一个厉害同党，虎王有一日夜之困，身佩宝符，虽然无虑，可是妖狐到时无功，必将毒蟒杀死，役使它的精魂，运用毒蟒害人，唯恐失算，特使分身幻形之法，用两段木头幻作虎王原形，将毒蟒诱引到自己洞前，任其纠缠，到了天明法术失效，自己也正赶回，再去除它。当时曾给涂雷留下一封柬帖，命他在洞守候，虎王到了时辰，即可脱难，无须再去寻找。

涂雷偏是朋友情重，第一次助虎王时不该大意，使妖狐乘机漏网，给虎王留下祸根，又添上一个厉害妖党，师父到了定时方去，凭虎王、白猿万敌不住，虽知人不会死，终恐受伤。准备要应点，连自己也陪着他一同被困。看完柬帖，一见妖狐并未杀死，背师行事仍然无功，立时就走。来得匆忙，去得更快，只顾心急，竟忘了封锁洞门。

四豹也是该有此劫。先因听出洞外来了怪物，出洞一看，见是一条毒蟒，追缠的是昔年恩主，连命都不要了，急忙上前相助。四豹近年虽然有了灵性，毕竟年浅，无甚修为，如何能是毒蟒对手，斗不多时，都沾了蟒身的毒涎，小的两只并吃蟒尾扫着两下。仗着涂雷喜爱四豹，偷偷给它们服过几粒灵丹，力猛性长，没有当时毙命，勉强支持到吕伟、涂雷先后来到，才行力竭倒地。

清波上人说时，涂雷已将四豹身上毒液用山泉冲洗净尽，一手提着一只，分两次飞进洞来，放在地上趴着，跪请师父开恩救它们一救。清波上人道："雷儿，你近来越来越不像样，我说的话总不肯听。那年跟颜虎要这四个孽畜，我本不许，是你再三苦求，才行答应。既养了，又不好好管教，放它们出去惹事，今天又来烦我。如非念在它们私自出洞，由于救主情切，正好让它们自作自受呢。"说罢，从身边取出十二粒丹药，吩咐化水与豹服了，提向洞外山沟里面，急速回来遣送六人上路，涂雷领命去讫。

清波上人笑对众人道："你们六人各有前途，该回去了。此番相见总算有缘。吕伟可和原来诸人仍去莽苍山中隐居，你女儿到时自有仙缘遇合。这里有灵符一道，如遇危难，足可保得一半人在。你四人拿我这封柬帖，去至昆明碧鸡坊旁玉林寺厨房内寻一秃僧，与他看了柬帖，说我致意，他必指你们去投一位有道高僧。你们同伴杨天真也在那里。只要心虔意诚，不为七贼所侵，定蒙收录。我此时尚有早课，你们可去适才室内等我门人回来，见上一面，再走好了。"六人分别接过，还欲叩问，上人已然入定，闭目不答。只得通诚叩谢，一同走向涂雷室内。四虎乘便问起建业村连日情景，与妖狐寻仇之事，吕伟畅谈经过。

原来建业村事完以后，吕伟父女和张鸿父子因奉颠仙之命，留助虎王斗过妖狐再走。戴中行因敬佩双侠为人，复感相助之德，意欲乘机盘桓数日，连虎王一并留住。虎王本和吕伟一见如故，知道相聚无多，立即应了。想起王守常妻子尚在自己寨内，偏生康、连二猱督率群豹回山，已然遣走。中行本欲派人去接，虎王一则嫌他来往太慢；二则以前两家有仇，群豹多是怀恨，万一路上与双猱相左，被豹群无知误伤，大是不妥。欲命白猿前往，白猿只是摇头。大家一商量,料知白猿灵异,不肯前往接人,必有缘故,再者双方又未见过。当日不便,俱主明早二猱回转,派康康、黑虎往接,说过拉倒。

吕灵姑年幼心高,素来任性,适才没上得战场,只发了几箭,心中已是不快。见众人先说接人,临行又改了主意,暗忖:“虎王洞中都是一群野兽,饮食起居无一方便。虎王在洞还好,如今大家都在此快乐享受,却丢下他们在荒山古洞中与些野豹同处。双猱回去,大家连字条都忘带上一张,人一个没回,难免还在担心。天色并不甚晚,要接尽可接来。白猿不肯去,黑虎不会说人话,难道不会带封信去?”越想越觉不公平。加上两番骑虎畅快已极,意欲瞒了众人,去将王守常妻子接来。于是假装观景,走出寨堂。见黑虎正卧在一株树下,便走过去蹲在虎侧,和它低声商量。

黑虎尚无表示,忽觉身后有人扯了一下衣袂,回身一看,正是白猿。知它通灵,必瞒不过,莫如和它说明还好些,便和白猿说了。白猿先摇了摇头,末后又伸出三指,指着天比画。灵姑悟出要叫她夜里三更时分骑虎前往。暗忖:“我原意当日将人接来,同赴村主夜宴。三更前往,归已天明。反正明早要派康康往接,岂不多此一举?”二次又向白猿央告,终是不允。灵姑知虎听猿话,强它不过,一赌气,本想作罢,继想:“住不几天就走,哪里遇得到这等神虎?多骑一回玩玩也好。”当时点头答应,约定三更将近,命黑虎在昨夜藏身之处相候。然后径自回转寨堂。

中行之妻谢氏也是会家,爱极了灵姑,执意要她和自己同住后寨,这一来正好给灵姑有了两头说谎的机会:对老父说是答应了女村主在内寨住;对谢氏又说:“自小丧母,老父年迈,需人扶持,从小至今寸步不离。愿陪伯母晚来多谈一会儿,更深仍往老父房中去睡。”谢氏只得允了,双侠都住在昨晚张鸿住的那两间静室以内,相隔内寨原近,主客新聚,又忙于善后,谁也不曾留意到她。

灵姑等到席散,便陪谢氏和各家女眷在内寨中坐谈。坐到二更过去,听说村主也回了房,料定两不接头,才行辞赴父屋。谢氏还亲自送到通静室的峰壁外面,看她进了山洞通路,方行回转。灵姑藏在洞内,侧耳往里一听,老父正和虎王、张鸿父子、谢、韩等人谈笑方酣,还未就卧。恐怕惊动,屏息凝神,略候了一会儿,算计谢氏去远,连忙轻轻纵出洞来。一看,前寨冈上因敌人明早才去,恐夜间生事,防卫周密,灯光处处灿若繁星。知从前寨走,必被村人发现;后寨又一样有人巡守;昨晚所过暗壑中的石梁,必须打从老父房中窗下飞渡。此外路都不熟，无法出村。正在迟疑，忽见一条白影飞来，近前一看，正是白猿，心中大喜。

白猿将身一俯，灵姑会意，双手一按猿肩，纵上猿背，两膝盖紧夹猿腰，低喊一声："快走！"白猿便往那僻静无人处纵去，接连十几纵，又绕到后寨危崖边上。崖势孤削，离地不下百丈之高。白猿立定脚步，回头望着灵姑，伸手一比。灵姑日里已见过它本领，笑道："我不会害怕，你只顾往下跳吧。"一言甫毕，猛觉腰间微紧，身子已被白猿四爪扣住，凌空往下跳去。只听耳际风生，身子如腾云一般，晃眼一同着地，连一点声音都无有，不禁连声赞妙。才一纵落猿背，忽然一阵风起处，月光之下照见一对拳头大的蓝光，带着一条丈许长的黑影，由右侧陂陀丛草之中飞驰而至。知道黑虎到来，忙和白猿迎了上去，跑没几步，会在一起。灵姑骑上虎背，白猿对虎叫了几声，便往前跑。

黑虎先是跟在后飞跑，跑得比昨晚还要快些。虎行生风，所过之处山风大作，地面上沙石惊飞，林木萧萧，声如潮涌。回顾后面，昏尘如雾，高涌十丈，随着虎爪起落，漩涡一般卷起，凝不易散，似一条千百丈长的灰龙蜿蜒追来，生动如活。再看前面白猿，直似一条银箭向前射去。灵姑端坐虎背，挟风电驶，自觉豪快绝伦，高兴已极。连经了好些山头岭脚，大坂平坡，一前一后跑得正欢，白猿忽朝斜刺里射去，飞星疾流，转瞬无迹。黑虎却不跟它，依旧前驰。灵姑连喊了两声："白仙何往？怎不同走？"并无回音，一看所行道路，正与昨夜来去途程方向相仿，估量白猿绕道他行，少时必往洞中会合。人虎言语不通，又在急跑的当儿，无法唤阻，只得任之。

又跑了一阵，虎王崖洞忽然在望，崖前群豹吼啸断续相闻。一会儿到达，骑虎纵过涧去，转到崖前，见群豹已入豹栅，只剩豹王和两只老豹守卧崖下，老远望见黑虎，赶来迎接。洞中康、连二猱也已警觉，纵下山来，见虎刚要张口，黑虎把头连摇，低低吼了几声，便同往崖上纵去。

灵姑通未在意，到洞前下了虎背，便往里跑。进了石室一看，王守常妻、子均已睡熟。灵姑将王妻唤醒一问，说是日里久候众人未归，方在悬念，双猱忽率豹群回转。用比画问答，得知众人占了上风，被村主留住，当晚不会回转。吃完晚饭，双猱忽同豹王入洞，将王子拉出，强他骑上豹背，往崖下纵去，料无恶意，也就任之。谁知它只令王子穿上虎王一件旧豹皮，骑了豹，学着虎王模样，在崖前一带高处盘桓了一阵。二猱口中不住吼叫，群豹也跟着应和。似这样闹有半个多时辰，便即送回来，令人安卧，由此不让出外，也不知是何用意。

灵姑闻言，忙出洞去寻双猱问时，神虎、金猱一个不在。只豹王和那三只老豹守卧洞前崖口，一见人出，便上前阻，不让走下崖去。灵姑虽未明白它是何用意，但是虎、猱不回，看豹王神气，绝不令骑，如何接人走回？几次向豹王疾呼，喝令唤回虎、猱，豹王只是不理。灵姑不往前来，豹便摆尾摇头，近身示媚；一作势欲走，或是乘骑，便咆哮腾跃起来。灵姑无法，只得站在洞前，耐心等候虎、猱回来，再作区处；同时请王守常妻、子三人收拾行李，准备动身。

待有老大一会儿，渐渐月落参横，东方有了曙意。忽见双猱、黑虎从崖对面盘路上电闪星驰，如飞而至，晃眼纵到崖下，一跃而上。双猱一见面，便把王子拉进洞内，仍将虎王那身旧衣迫他穿上，帮同携了原来行李，纵下崖去。早有四只大豹在彼相候。双猱向人用爪比画，人、猱一齐动手，把所有行囊绑架在两豹身上。另有两豹带得东西少些，结束定后，不由分说，将王守常夫妻扶了上去。又将豹王唤来，令灵姑空身骑上，却令王子骑着黑虎。二猱低吼了一声，同时进发，灵姑见黑虎不令她骑，行时康、连二猱紧停虎侧，与虎王骑虎时情景相仿，估量必有用意。人兽言语不通，只得任之。

这一虎五豹过涧走完那条盘山的路，王守常夫妻所乘，连那驮着行李的两只大豹，便加速朝着适才来路跑去。灵姑、王子所乘豹王、黑虎原是比肩同驰，忽然慢了下来。

灵姑先以为虎和豹王行最迅速，不消片刻便可追上，许是成心让豹先跑。谁知豹行越速，虎行越缓，曙色昏茫中，先还略看得见一点尘影，半盏茶的工夫，前行四豹便失了踪迹。同时发现经行之处已转入了生路，业与王守常夫妻背道而驰。心中惊疑忙出声喝问时，康、连二猱似早料到，忙跑过来，双爪接连，直比手势好似此行藏有深意，一切听它而行，不令声张。一面又朝灵姑膜拜，意似称谢，灵姑心料有事，摸了摸身佩的宝剑、暗器。

二猱见状，颇现喜色。灵姑益发感觉料到的定不差，事已至此，继又生了好奇之想，反倒打起精神，嘱王子准备兵刃、暗器，就依二猱之意，乔装虎王戒备前行，以防万一。王子虽然年幼，也颇会一点武功，都是一般好事心理，听灵姑一说，更装模作样起来。二猱见状，欢跃不已。灵姑、王子知对了虎、猱心思，只不知它们何故如此做作，仅疑虎王有伏兽本领，特地装一假虎王吓别的猛兽。哪知白猿李代桃僵，拿他二人去诱妖狐，几乎身濒危境。

起初虎行颇缓，二猱却不时纵前跳后，蹿高跃矮，四外眺望。灵姑骑豹傍虎而行，为了要装得像，竟改口喊王守常之子王渊作虎王，一路说笑前进。及至走出二十余里，康康忽然奔往前面路侧高峰上去，凝眺了一会儿，急匆匆纵下峰来，落在面前，将爪连摆，意似禁声。又朝黑虎、连连耳边低叫了两声，一虎一豹立时驮着人，翻爪亮掌，似飞一般沿着峰脚平坡朝前急跑。

灵姑觉着几次骑虎都没见过这般快法，人在豹背上，只觉两边林木泉石白花花、黑糊糊，似飙轮电转，骇浪雷奔一般，直向身后倒去，分不清是什么形象。身在虎后，当前又激扬起滚滚尘沙，随着狂风，迎头扑面打来，呛得人一张嘴开闭不得。鼻孔里没法呼吸，又无法唤止，正在难耐。还算座下豹王不如黑虎灵异敏速，先还随虎急追，转过峰去，跑没三五里，便即落后，灵姑方始略通呼吸。

眼看前面风沙高涌，烟雾蒙蒙，上出天半。尘影里依稀看见一人一虎，一跃数十丈，连同前后两点金影，星腾电掣，朝前蹿去。直和弹丸脱弩相似，哪里像跑。情知事变顷刻，就要发作。灵姑见中下相隔越远，忙用力夹紧豹腹，持剑的手半抓定豹颈皮，另一手向腰间取出药弩。重又将剑匀回右手，双双横拦在豹王颈间，抓紧豹皮往上一提，两腿用力一夹。豹王会意，知是催快，嗷的一声狂吼，也跟着一跃数十丈，朝前猛追，虽然不再落远，前后相隔终有半里来路，依旧不能追上。

灵姑恐王渊有失，心正惶急，忽见前面虎行渐缓，豹行越快。所经之地，一边是山，全山林木蓊翳，树高百丈，郁郁苍苍，繁茂已极；一边是条山涧，流水汤汤，泉声盈耳。最前面有一高崖，从涧那面横伸过来，仿佛阻住去路。虎、豹就在山麓之下绕山而驰，向那崖下跑去。晃眼工夫，眼看着首尾相衔，灵姑猛觉斜刺里似有一条白影由涧中飞起，落在黑虎身后，随虎并进，一看正是白猿。知它身有法宝、飞剑，纵有厉害蛇兽，也可无虑，心中大喜，把适才疑虑之想消了个干净。

心刚一放，倏地眼前一黑，伸手不辨五指，耳听阴风大作，鬼声啾啾，暗影中似有无数怪物张牙舞爪，猛扑过来。灵姑不禁大吃一惊，知道不妙，忙把手中剑舞动，手持药弩，往前一阵乱射。箭才发了两三支，倏地又是一道光华起自眼前，银辉宛若匹练，略一舒展掣动之间，众鬼魅立即消灭无踪。寒光影里，照见王渊紧伏虎背，依然无恙，只是面有骇异之容。二猱左右夹持，圆睁怪眼，乱舞长臂利爪，似要寻敌而攫，也露出慌张之状。白猿却是神态从容，手捧昨日颠仙所赐玉匣，手指空中银光，在那里扫荡妖氛。光华所到之处，团团黑雾虽似风卷残云一般随以俱散，但是天色终是不明，依旧灰沉沉的。那黑雾也似随灭随生，这边刚散，那边又起，兀自扫荡不尽。

灵姑出生以来虽尚是初次身经，建业村会战妖人也只是旁观，但心雄胆大，并不懂得害怕。见与王渊相隔尚有十丈左近，意欲催豹上前会合一起。谁知行近黑虎三丈以外，似被甚东西隔住，座下豹王往前一扑，便倒撞回来，几乎跌倒。初尚不觉，嗣听豹王嘶声怪叫，一任股夹手提，总是不动。仔细凝神一看，前面虎和二猱也似钉在那里，并未转动。连喊白仙，俱未搭理。天更越发黑暗下来，似快压到头上。黑雾成团成絮，随着剑光，上下四方飞舞，乱若狂风搅雪，分合不定。只白猿还能动作自如，却守在虎旁不肯离开，一味指挥空中光华往来驰突，渐渐脸上也现出惶遽之容。

灵姑方在惊疑，暗影中忽有一个女子厉声喝道："大胆妖猿，竟敢愚弄凡人，设计骗我。你们已入罗网，休想脱身。凭此一刀，其奈我何？今日我先取妖猿、妖虎的命，然后再寻仇人算账，与别人无干。虎、豹背上两个娃娃，如若晓事，你仙姑不愿作孽，急速下骑跪伏地上，即可免死；否则玉石俱焚，悔之晚矣！"

原来白猿自得了颠仙玉匣，便存了私心，意欲不等妖狐寻仇，先代主人除了祸害。回村时仅教虎王传了颠仙之命，留住双侠等人，自将玉匣和匣中柬帖暂时藏起。先只想命康、连二猱将王子装成虎王，故令妖狐发觉，以为疑兵缓敌之计。自己却俟人静以后，带了颠仙玉匣，私往妖狐巢窝一探，就便下手，将她除去。嗣因灵姑力请骑虎还山去接王守常夫妻，心想："灵姑身有仙骨，资禀深厚，又是颠仙弟子，福大命大，妖狐绝不敢加侵害。"于是变计，借着灵姑回山之便，教黑虎传语二猱，将灵姑与王氏妻子分作两拨：一拨骑豹先回建业村；王子却装作虎王，与灵姑前往妖穴附近诱敌出斗。自己埋伏在彼，等妖狐一出面，看出虎王不是仇敌的真身，绝不下手伤害，自己却可借以成功。

主意虽想得不差，无奈妖狐一世苦修，早学会一身邪法，比起米海客胜强十倍，飞刀虽利，不能伤她。才一照面，先用法术，连人带猿、虎、二猱一齐困住，当时本要伤害。一则看出仇人不是真身，又俱是有夙根的少年男女，这时妖狐尚无为恶之心，甚是踌躇；二则颠仙飞刀毕竟不凡，妖狐虽会玄功变化，不为所伤，要想近前取敌，却也费事。相持了一会儿，想道："虎王虽然不在，这一猿一虎却是起祸根苗，如没有它们，何致有前生之事？先除猿、虎，正好去掉仇人羽翼，怎能放过？”又明白敌人用的是移花接木之计，越想越恨，必欲得而甘心，只还不愿伤害那两个少年男女。

这一下警告不要紧，白猿更是狡猃，因身藏仙剑，深明用法，比颠仙飞刀还要指挥如意，一上场就留了一下后手，仅把颠仙玉匣飞刀取出施为。见妖雾随灭随生，妖狐始终不曾现形，只管相持下去，料定妖狐必有拿手。便故做惊惶之状，暗中早在准备。一听妖狐发声似在近侧，立时打好主意，手向腰间皮囊内握住那口仙剑，暗俟运用；另一手故意一指空中飞剑，那道剑光如太白经天，银电流空，直朝妖狐发声之处飞去。

妖狐也料有此，话一说完，早运玄功，避过一旁。一见银光远射，预料回救无及，正中心意，暗施妖法，飞近猿、虎身侧，正要放起一团邪气暗下毒手。白猿何等机警，早已料她必要乘隙而入，一听身侧微声飒然，长啸一声，手扬处，一道数十丈长的朱虹倏地从囊内飞起。近侧妖烟邪雾，立似烈火融雪一般，四外飞散，照得人满面通红，势甚惊人。饶是妖狐变化遁逃神速，依旧受了点微伤，才慌不迭地化身逃走。

灵姑先听妖狐之言，料是妖人怪物之类，少年气盛，哪肯服输，口中大骂妖狐，心里也想用毒弩朝那发声之处射去。正在一手舞剑防身，一手按定弩簧待发，猛见白猿身边又飞起一道红光，虹飞电舞中，似瞥见一团浓烟裹着一条黑影飞向身侧，几乎没被红光扫着。灵姑心灵，料是妖物，更不怠慢，提弩便发。

妖狐也真晦气，正在逃避，白猿又把空中银光招回，两下夹攻。妖狐见不是路，两边要躲，见灵姑身侧这一边略有空隙可躲，以为一个凡人女孩，还敢怎样，匆促中毫无防备。不料灵姑眼尖，一下看破，接着就是一排弩箭。饶是妖狐飞遁得快，仍被射中了两支，箭头上又蓄有奇毒，虽不致丧命，当时却也痛痒难禁，不由暴怒，激发了凶残之性。一面运用玄功变化，遁过一旁，将身隐起，取了两粒丹药敷好伤处；一面施展妖法，将多年苦炼成的内丹喷向空中，去摄取仇敌的魂魄。

这里灵姑放完了一排弩箭，见黑影业已带着烟雾破空逃去，对面白猿却指挥着一红一银两道光华，倏忽穿掷，驱散烟雾，神光离合闪耀之间，近身邪气晃眼都尽。坐下豹王好似阻碍已去，更无畏怯，不等人招呼，便纵了过去，会合在一起。

这时人和猿、虎、二猱见妖雾散得甚快，没有先前艰难，哪知妖狐已下毒手，另有施为，俱以为双剑联璧之功，好生欣喜。又料妖狐已逃，正互相问答欢跃，比着手势，准备往回走。灵姑抬头望见远处没被剑光扫到的妖云邪雾，似雨前浮云，疾如奔马，四外散去。便向白猿道："妖怪逃了，不用再费事，快收法宝，我们走吧。"话才说完，忽见白猿神色顿变，也没搭理灵姑，一声长啸，手指处，先放出的那道银光又如匹炼横空，往前面高崖顶上飞去。

灵姑随定光华所往之处一看，这时烟雾乍消，早来晨光业已透露下来，远近景色逐渐显露。晓色微蒙中，只见前面崖顶上站着一个身材矮小的黑衣道姑，用手指着自己这边，跳跃比画，飘然如风，动作甚是迅疾，银光闪处，一瞥即逝，不知去向。同时崖顶上飞起一团晶光荧荧的东西，光并不强，芒彩却极流动。初飞起时和水晶相似，转瞬变成银色，如飞星般直上中天，大只如拳，一任银光上下追逐，只是扫它不着，再看白猿，已是满脸惶急，口里啸声不已。豹王、二猱也挨近黑虎身侧，人兽紧靠作一堆。白猿一手指定银光去追逐那团晶球，一手把短剑舞动起数十丈长的红光，在虎、豹前跳跃如飞，意似防卫。

灵姑见那晶球只在高空避着银光流去，黑衣道姑二次又复逃遁，天色渐向清明，看不出一丝败状，白猿反倒比前还要惶急，好生不解。正要询问，忽听当顶嗖的一声极清脆的声音，晶球上射出数十道黄烟布散空际，本身也倏地暴涨数百倍，化为丈许方圆一团明光，五色缤纷，瞬息万变，光艳夺目，华丽无匹，叫人越看越爱，目不忍舍。看不一会儿，猛觉心旌摇摇，身软神昏，无处安排，有一种说不出的况味，令人难耐。灵姑哪知元神已为妖狐邪法所迷，幸还仗着夙根深厚，暂时没被摄出窍去罢了。白猿因是得道多年，虽不似灵姑那等志夺神摇，可是一面要指挥飞剑御敌防身，一面还要镇慑元神，不为妖狐所算，实是大难，时候一久，也有不能兼顾之虑，渐渐剑光连转，显出迟缓。

妖狐知道猿、虎、二猱多是神物，不易摄走，自在意中。而灵姑和王子两个未入道的小孩居然也能支持，那少女元神更是显得神志坚定，仅看出稍有摇动，急切间并不能将她真魂摄走，不由又惊又爱，于报仇之外，又把念头转在两个少年男女身上。一见白猿剑光渐缓，益发卖弄精神，加意施为。又因人和对头聚在一起，那两道剑光非比寻常，如连两人摄走，却非容易。不得已而思其次，决计选一个最好的，先把女孩摄去，再作计较。

主意打定，方欲幻形变化，将白猿和那女孩分开，乘隙下手。这时王子在黑虎背上，元神虽未出窍，人已被妖狐邪术制得昏倒在虎背上，如痴如迷。灵姑比他稍强，一样也是全身绵软，怎么振作精神，也是眼软体慵，不能自制。白猿、黑虎知为妖狐所算，见状枉自焦急，吼啸连声，通无用处，同时妖狐又在身旁幻形诱敌，眼看危机顷刻。

忽然西南方一片红光倏地一亮，照得满天通红。紧跟着震天价一个大霹雳，挟着无数电火，似雹雨一般打将下来。白猿只觉空中那道银光都受了震荡，几乎指挥不灵。惊疑骇顾之间，耳听远远一声厉啸。再一注视空中，雷火星飞中，妖狐和所放彩芒俱都无踪。只见一片红光夹着万千点电火，带起隆隆之声，往北追去。人兽受了这一震之威，恍如当头棒喝，全都清醒过来。一看四外，业已朝阳满山，杂花含露，竞艳争妍，娟娟欲笑。左边山麓以上，林木森森，浮青耀碧。右边是危崖雄耸，阔涧迤迤，泉声幽咽，宛若人语。四处静荡荡的，真似换了一个境界。

白猿断定来了救星，妖狐不死必伤，侥幸转危为安，人兽均无丝毫伤损，甚是欢跃。忽又听破空之声由远而近，遥见一红一白两点光华，疾若星陨，自天直坠，接着眼前一亮，光华敛处，现出两人：一个正是涂雷；另一个生得黄脸红睛，额骨高拱，一副五岳朝天的异相，手持一根竹仗，腰挂长剑，装束与花子差不多，一身破旧衣服却极干净。

猿、虎、二猱和灵姑俱知是仙人搭救来此，慌忙拜倒。王渊虽没见过，也跟着行礼不迭。来人也忙向二人答礼请起，涂雷先指那花子说道：“这位是我师叔姜真人门下弟子五岳行者陈太真师兄，日后与吕师妹是同门同辈的自家人。”灵姑聪明，闻言重又行礼，改口称了师兄。

陈太真还礼之后，便对白猿怒目相视，似要发话，这时白猿业已行礼起身，见陈太真怒视，又听说灵姑是他师妹，想起前事，心中有病，忙又跪下。陈太真骂道：“你这个孽畜，真个胆大妄为！妖狐与你主人结仇，便由你无知惹祸而起，以致误人误已，几乎败了你主人几世清修。事到今日，怎么还要胡来？佛家最重因果，以老禅师的法力尚且不能无故解免，你们两个孽畜有多大气候，也敢逆数而行？漫说你无此道力胜那妖狐，即使鬼鬼祟祟，仗着隐匿颠仙飞刀，侥幸斩了妖狐，她死非其罪，依旧转劫投生，冤冤相报。你主人不应过这一段因果，终于不能成道，岂非爱之实以害之？尤其荒谬的是，吕姑娘乃颠仙记名弟子，青城派朱、姜二位真人他年四个传人之一。只因她入门还未到时候，此去莽苍，尚有险阻，颠仙特地将玉匣、飞刀、银蟾蜍，连同匣中灵符、柬帖，命你转交,以作此行防身之用。你瞒心昧己,隐匿不告,已是该死;又引他二人假扮你主人来此诱敌,如非我在中途路遇颠仙,说你接那玉匣时生了异心,命我绕道查看,刚到铁花坞又遇涂师弟,望见这里妖气弥漫,赶来相救,将妖狐逐走,她虽不致便死妖狐毒手,但她本身真灵已为妖狐所迷,元神摇动,如非夙根深厚,或是再迟片刻,神一出窍,即使被我救回,也受了大伤了。你微末道行,竟敢如此狂妄,他日稍有成就,势必为祸人间,留你不得!"陈太真随说手扬处,一道红光飞出,像光笼一般,将白猿罩在里面。

白猿适已看出他的厉害,虽有法宝、飞剑在身,哪敢施展抗拒,吓得跪在地上,哀啸叩头不已。

涂雷自是偏向白猿,不知陈太真心存警戒,更没料动手这么快,无法再出飞剑抵御,急得跳着脚直喊:"师兄,千万看我薄面,不可伤它。"陈太真面色一沉,便问:"似此冥顽,如何可恕?"涂雷结结巴巴,慌不迭地力说白猿如何忠义,此次暂时隐瞒颠仙飞刀,必是救主情切所致,绝不敢于侵吞。恳求至再,陈太真才撤了剑光,指着白猿骂道:"如非涂师弟求情,今日定斩你首了。"白猿叩头谢了,起立,随将手中玉匣交与灵姑,面上神情十分忸怩。灵姑方知那玉匣竟是颠仙赐与自己之物,不由喜出望外,欢然接过,向着陈太真谢了又谢。

陈太真道:"匣有颠仙柬帖,师妹务须留意。妖狐内丹受损,不敢轻易再用。经此一来,报仇之心更急,两三日内,必去建业村中窥伺。不过妖狐新创,我又被涂师弟强行留住一日,妖狐修炼多年,出与人事尚是初次,拿不准仇人深浅,胆子尚小,今晚尚可无虑。你二人连同猿、虎、双猱回村,要叮嘱颜师弟,只在村里不要出游。明日一过午,师妹便和白猿守定了他,晚来更是要紧。他因转此一劫须犯杀戒,往玄门中一转,了却许多孽因方成正果,本门二师尊已受了他师父的重托。你奉颠仙法谕,责任甚大,必须慎重从事,不可丝毫疏忽,好在他有法宝防身,又有清波师伯避邪灵符,你和白猿各有仙剑,只要胆大心细,绝对无碍。"

灵姑又请问莽苍之行休咎如何,陈太真道:"令尊和张老侠各有孽因。师妹早该入门,只为成全你的孝行,迟却几年,待等孝道一尽,便是入门之日了。"灵姑听出口气似与双侠不善,不由大惊,愀然问道:"听师兄之言,难道家父数年后有什么不好么?"

陈太真道:"双侠正直光明,行侠仗义,自是英雄本色。可惜早年杀孽太重，因果相循。我也只听师长提起，不能前知。死生有数，人定当能胜天。以他为人，也不会暮年凶折，不保首领以没，这层只管放心。颠仙玉匣柬帖必还提到此事，日后自知，此时也难详说呢。”

灵姑自幼失母，天性笃厚，父女二人相依为命，闻言料知老父寿命不长，好似当头浇了一盆冷水，把适才得剑时的满怀高兴打消了个干净，忍不住凄然泪下。略一寻思，便向陈太真跪下哀求道：“多谢师兄。请师兄转禀仙师，世上无不忠不孝的神仙，既因成全弟子事亲之念，晚入仙门数年，可见仍以孝重。可否特降鸿恩，以弟子异日仙缘来换家父一个长生不老？不特有生之日，皆戴德之年，纵然百死，也所甘心。”

陈太真劝起，叹道：“师父屡说师妹孝行为本门诸弟子冠，今日一见，果然令人可敬。无如禀赋、因缘人各不同，此世成真，全出多世修行，岂能代为？如照师妹所说，非但无此情理，事实上也不能办到。就算至诚格天，人力用尽，仅不过转危为安，略享修龄而已。我既饶舌泄露先机，自惹麻烦，他日必有以报。师妹且自安心回村，休要提起。到了令尊有难之时，我必亲往相助脱难，或是早为之谋如何？”灵姑闻言，心才略放，跪在地下，重又虔诚叩谢一番。

涂雷便催快走。陈太真行时又嘱灵姑：“转致令尊，积善可以消灾，虽有孝女，一半仍视自己积累如何而定。好自为之，行再相见。”说罢，便和涂雷朝二人一举手，两道光华疾如雷电，破空直上，星驰电闪于碧空晴云之中一晃不见。

当下灵姑、王渊仍骑虎、豹、猿、猱同往归途。王渊几番想要叩问未来成就，均未得便，见仙人厚奖灵姑，自审缘浅，又愧弗如，好生懊丧。灵姑也是忧喜惊惧，心情不定。一路无话，回到建业村。

王守常妻业已先到，到时滇中五虎刚离村他去。吕伟一早起身，不见灵姑到前寨来，以为留在内寨，不便动问。嗣见内寨来请，方知灵姑失踪。一问虎王，二猱未归，猿、虎不见。大家方在惊疑，恰好王守常妻骑豹到村，见面说起灵姑回山接人，同行不多远，使即分路等语。知有仙猿、神虎与灵姑相伴，料必无事，也就安心相待。过了些时，灵姑一行回转，父女众人相见，灵始还恐白猿不好意思，到前早和王渊打了招呼，由她一人述说前事，把白猿隐宝不交一节遮掩过去。猿性多傲，见灵姑替它遮丑，由此心感灵姑不提。要知后事如何，且看下回分解。

第四十五回

虎跃猿腾　同探怪阵
雷轰电舞　尽扫妖氛

话说众人知道妖狐要来寻仇，俱主严行戒备。谢道明道："听贤侄女所说妖狐神通广大，凡人岂能抵御？人多无用，我们先请贤侄女开了玉匣，取出仙人柬帖，看是如何，再行定夺吧。"灵姑原恐柬帖上有甚仙机，更恐老父有甚应避的凶灾，不便当人泄露，意欲回房背人取看。闻言只得把玉匣取出，先供在桌上拜了几拜，虔诚通祝。又请虎王转问白猿用法，知可随意开看，才恭恭敬敬把匣盖打开，立时寒光凛凛，瘆人肌发。灵姑定睛一看，匣中只有五寸来长的一把小刀，卧在匣槽之内，宽却倒有两寸。通体均是精钢铸就，寒辉耀眼，光彩晶莹，形式奇古，端的是个神物。别的空无所有，心疑白猿已把灵符、柬帖取出，未便当人询问，不禁看了一眼。

白猿知旨，走将过来，伸出一只毛爪，轻轻捏起刀柄，微一提开，现出一点纸角。灵姑忙将纸角一抽，白猿跟着将刀放好，细看那纸只有一张，并无灵符在内，与陈太真所言不符，刚要细看，吕伟已要了过去，看罢，当众一念，才知柬帖乃是两张，外有灵符一道。一符一柬均藏匣槽以内，尚未到取视之时。这一张柬帖全是关于相助虎王抵御妖狐之事，大意是说：妖狐明晚必来，此行只是窥探虚实，稍败即退。天交子夜，可命虎王择一有明暗间的静室，住在里面，身佩古玉符端坐。白猿、二猱随侍在侧，灵姑父女同在外间散坐闲谈，若不经意。黑虎当外室门而卧。妖来，黑虎必然发觉一啸，灵姑立将玉匣飞刀放起，跟踪追出，只是不可追远。余人准备弓弩，如见黑影，一同发射。虎王、白猿不可出室，以防妖狐暗算，只将清波上人所赐灵符施展，自有妙用。妖狐内丹修炼不易，不到危急拼命，或是自知必胜，绝不轻用。所仗厉害的是她所炼妖阵，但须前三日行法布置。当晚见不能胜，必定再来诱敌。若诱敌不成，又生诡谋，反难预防，不妨将计就计，到日带了猿、虎一诱即往，最好算准时地，故蹈危机，免其疑而生心，等虎王应完此劫，恰值妖狐恶孽已多，自然有人解困，百险无妨，事完之后，可去莽苍山隐居。

此外，柬帖还写有去莽苍山的途径、走法，以及虎王与妖狐对敌的时日、地点，俱都一一开示，甚为详细。另赐灵姑的灵符、柬帖，不到时日，却不许取看。

众人听罢，立即依言部署：把双侠、谢、韩等所居静室让出来，将灵姑前晚藏身的一间给虎王居住，外间住吕氏父女。另由戴中行发令，连谢、韩、张鸿、王守常父子，以及村中一干能手，各备强弓硬弩诸般暗器，均将毒药上好，准备明晚埋伏应用。虎王性傲，一听妖狐如此猖獗，众人费这么大事来保卫自己，不禁怒发暴跳，执意率众除妖，不肯潜伏室内，还算平素信服白猿，再三和他分说厉害，众人又为劝解，方始忍气答应，不提。

那妖狐眼看得手，忽被陈、涂二人赶来，用太乙神雷震散妖氛，将她逐走，内丹也受了伤，仗着机警，长于变化，侥幸脱险，逃到建业村左近密林之内潜伏。惊魂乍定，想起前情，又急又怕。暗忖："仇敌帮手如此厉害，这仇如何报法？"正在作难，恰值五虎、随平一行人等走过。

妖狐前生在神僧座下听经多年，恶性渐泯，转劫以后便来斑竹涧旧居洞穴以内苦修待仇。明知仇敌降生本山，因自己法宝、妖阵没有炼成，又知仇敌有神僧护庇，虽令转世应劫，必然早为之谋，况有神虎、仙猿为助，恐报仇不成，未敢轻动。偶然出门，也只在洞外崖顶上吐纳修炼，轻易不肯远出。后来路遇红蟒，得知本山有一片山崖，啸聚着不少的豹子，内中还有一虎、一人、两只金星神猱为主。近崖数十里，仿佛有法术禁制，看去无形无质，别的鸟兽俱能随便通行，红蟒却不能擅越雷池一步。只要走近那一带地方，不是找不到路，便是阻碍横生，不能越过。并说它现在红神谷受一群野人供养，已特地示意，令他们专掳汉人上祭，打算借他们力量，将仇敌捉来，一直没有如愿。料那统率豹群的必是前生仇人，只是无法往探。妖狐一听，亲去试了试，果然那一带地方不能通过。仇人前生道行深厚，万非其敌；如今转世，还能役使金猱、百兽，法力不问可知，气又馁了好些。意欲叫红蟒去打头阵，授以地行之法，使其穿地通行，前往窥探虚实，相机图报。如见不佳，再行归商进止。用心颇为阴毒。

也是虎王仙缘厚福，不该遭害。红蟒行至半途，便因残杀生灵，为一过路散仙所败，凭着妖狐传授，遁入地底。虽未伏诛，却被仙法禁闭，困在地底，不能脱身。妖狐等了多日不来，估量红蟒必为仇人所杀，益发胆寒害怕，哪里还敢妄动。直到近日，法术快要练成，决意复仇，方始出洞探寻。起初数日，因有先入之见，知道虎王崖前设有禁制，恐被惊觉，不肯走近，建业村也并未去过，只在晨夜课暇之时，偶然隔山凭高远望，观察动静，仍未远离巢穴。昨夜所炼妖阵大功告成，忽生恶念。心想："此阵如能再加数百生魄，更要厉害得多，不患前仇不报。"

初为恶，还顾虑着神僧以前告诫，举棋不定。后来决定摄取红神谷野人生魂。这些野人俱是以前子孙同族之敌，自己当年也曾几为所害，衔恨多年。暂时先不造此大恶，万一妖阵敌不过仇人，再行下手，也还不迟，于是隐忍未发。

当晚便赶上双猱使王渊装了虎王诱它来窥，以为疑兵之计。妖狐何等狡狯慎重，老远便看出有心做作，料定有诈，还不知是个假的。为了一发即中，打算稳扎稳打，设下妖阵，再与交锋，并没近前打草惊蛇。天明前，白猿直入妖窟，将她诱出，以为妖狐生前受戒，除报仇外绝不伤人。能仗仙剑就便除去，固是妙极；设若不能，她见来人是个假的，也必舍之而去，还可使其因而缓兵。

不料妖狐已入魔道，恶根萌动，又知虎、猿是个罪魁祸首，哪肯轻放。这时新败之余，心怯仇敌厉害，为恶之意愈炽。恰值五虎等一干人走过，正凑现成，当即尾随下去，几番打算下手，就便摄取。随走了一程，妖狐渐渐听出仇敌近况，并知村中还有多人与他同党，这伙竟是仇人的对头。这一同仇敌忾，才把恶意打消。反正红神谷、建业村两地尽有许多生魂可摄，何必要害这些与自己同病人的性命？又爱上了顾修子女，算知五虎等必走盘谷，不患追他们不上，打算练完妖法，再来摄这两童男女回洞收为门徒，还可盘问虎王真实来历。所以当时没有下手，便即回去，等坐功做完，望见谷中火起，连忙赶去，众人已中野人火攻之计了。

妖狐和野人宿仇相见，分外眼红，又当需用生魂之际，如何能容。当时本想连顾修子女和火中诸人一并救走，不料一人误会，害了大众，一刀砍去，将妖狐激怒，一赌气，只将两小孩救出，就势摄走了数百花蛮的生魂。她将顾氏小兄妹救回斑竹涧洞内，因寻吃的，又与五虎弟兄相遇，未及救出盘问，恰值陈太真、涂雷二人赶来，将她惊走。

涂雷因妖狐厉害，虎王是个凡人，绝敌不过，意欲代他除去，师父又坚执不许。难为陈太真到来，再四强留，除了妖狐再走。陈太真在伏魔真人姜庶门下，得道最早，知道妖狐气数未尽，不该死在自己手内。虎王必须应过这场因果，否则冤孽牵缠，反倒多事。无奈涂雷执意不听，再三苦求，只得答应代为搜寻，到了子夜过去，不问成否，必行他去。涂雷应了，还恐陈太真不肯尽心，乘着师父他出，追随陈太真满山苦搜，斑竹涧一带连去好几次，均未遇上。末一次刚走，妖狐即回，一会儿又出寻粮。陈、涂二人发现妖气，跟踪追来，尽管手下神速，终于无效。知道再寻甚难，陈太真坚执有事要走。涂雷无法，只得别去，心还想独寻妖狐除它。偏生清波上人回洞得知此事，把涂雷教训了一顿，不到时日，不许外出，这才怏怏而罢。

妖狐两次受惊，断定仇敌有了厉害帮手，恐妖法不能成功，紧炼生魂之念愈切。把顾氏兄妹放在外洞，自往内洞行法。偏生顾氏兄妹聪明好动，见师父不在，出洞探看，对坐在树林外山石上，想起父母惨死，放声大哭。妖人陈惠路过发现，爱他兄妹资质，立用妖法摄走。

那妖人乃北邙山冥圣徐完门下，照例事后要留一点记号。妖狐也颇知他名头。行完了法出洞，两小兄妹已不在，赶出林外一看，见有陈惠名字的符箭，算计走还未久，连忙赶去，已是无及。懊丧归来，行至半途，无心中又遇见四虎中毒，倒地待毙，野人要拿他们去诱毒蝎。

妖狐本因顾氏兄妹年幼，仅知虎王是乃父仇人，语焉不详，四虎俱是顾党健者，必然深悉，正好救回一询虚实。当下又弄死了好些野人，将四虎救了回去。妖狐起初颇把四虎引为同调，连安置洞外，也是为了四虎蛊毒太深，需多吐纳清新之气，以利速愈，并非有所顾忌，每人还给了一枚仙府薯蓣，原无丝毫恶念。本拟当晚四虎复原，问罢仇敌虚实，即往建业村窥探。

黄昏时，忽想起那两小孩丢得可惜，无奈人去已久，北邙山相隔太远，就寻了去，也未必是人家对手。大仇未报，又树强敌，甚是不值。盘算至再，终于不舍。见妖人陈惠遗留的符箭仍旧钉在地上，暗忖："常听人说，冥圣门下狠毒骄横。对方见到这种符箭，如果不服，与他为敌，只消将它毁去，妖人灵感相通，不问相隔千里万里，三日之内，自会寻到原处对敌。如若好好拔起，通诚祈求，再用阴火化去箭上的灵符，那符立即自己飞回，留箭的人必应约而至，和你相见。此举虽然表示不愿，已是低头服输，不论允否，还可商量，至多所求不许，绝不致再反脸为仇。如若自甘吃亏，任其豪夺，不敢违抗，那箭无人动它，满了三日三夜，自会飞去。妖人见对方如此顺服，最为得意，除却本是仇敌而外，异日遇上机缘，尚有几分照应。目前仇人势盛，自己孤立，何不试一引他前来，相机商求？如允将两小发还，固是佳事；否则借此和他交接，岂不多了一个支援？”

妖狐也是运数将尽，处处倒行逆施，自速灭亡。它虽出身异类，得道年久，多与妖邪往还，自从前生遇见神僧，听经多年，早已洗念修行，不复为恶。遭劫之夜，神僧也曾一再点化，此时如能自省孽因，不修仇怨，苦求超度，必能仰仗佛法，借这一次兵解，转投人生，重修正果，以它多年苦修之功，仙业何难立致？偏生执迷不悟，始终不舍旧日所修旁门中的根行。竟没想到此生之因，来世之果，精金良玉，经此磨冶，益发坚明朗润。以为内丹尚在，元神犹存，仍可随意修为，故一味苦求，解冤雪愤。

当其罪恶未著，只不过虎王应劫，吃一点亏，于他本无损伤，这些年工夫，先是自恃得了神僧应允，安心复仇，可以无忌。嗣见虎王好久才投生，所居又有法术封锁禁制，红蟒复仇，一去不归，渐疑神僧私心袒护门人，并不主张公道，渐怀怨望。所练法术又是旁门左道，不知不觉还了本来面目，一到运用之时，便非害人不可。野人凶顽好杀，虽有应得之罪，但其居心并非除暴安良，乃是摄取生魂，借以行恶，即此已是罪深孽重。这一结纳妖人，更闹了个形神俱灭，万劫不复。如非佛家最重因果，连虎王这一劫都不消应了。

妖狐和冥圣徐完门下这些妖邪并未见过，只是耳闻，哪知厉害。打定主意以后，先走向插箭之处，恭恭敬敬拜了几拜，将箭拔起，虔心通白。把自己如何倾慕情殷，难得降临，未及迎候，又不知仙踪何所，特借神符传信，请再降临一晤等等，默祷了一阵。然后吐出内丹，用自炼阴火将符化去。那符立化成一缕轻烟，裹定那支妖箭，脱手朝空飞去，一瞥不见。

妖狐震于传言，恐来人辞色凶狠，当着四虎过于卑屈，不好看相，箭飞去后一会儿，便跑向林外高山上等候。先还以为妖人隔远，不会就来。谁知陈惠因近年乃师连遭各正派赶杀，几乎全门覆灭，声势迥不如前，都由于门下弟子在白阳山上妖尸无华氏墓中想夺取轩圣至宝，留下一支符箭，被峨眉门下女弟子杨瑾、凌云凤毁去，师徒不服寻仇，惹出来的乱子，符箭每留一次，总丢一次人，又羞又恼，几次严命门人，以后不是定能如意，不许妄用，违必重罚。先见两小只是凡人子女，林内崖洞又隐有妖气，这一带素无峨眉、青城、昆仑各派中人隐居，留箭为记乃本门习惯，匆匆没有深思，留箭而去。

陈惠飞出百里，忽然想起曾听人说清波上人隐居黑蛮山铁花坞，离此甚近，寻常妖邪不通声气，哪敢在此寄迹。近年各派多喜收徒，一干异派中人只要安分，一样容纳往还。两小啼哭，必是新来，弄巧许是一个与正派中人有瓜葛的。师父现在处心积虑潜隐炼宝，以为报仇之计，休又给他闯祸生出枝节。收了妖遁，向两个小孩一盘问，听说乃师是一黑衣道姑，拿不定是何路数。一算途程，已飞出了好几百里。恰好左近双钵岭下三清观中恶道无疵道长史渔是个同道，便将两小孩寄在观中，飞回查看。

陈惠久不见箭有动静，心里还在发虚，当是又遇高手。隐身到达一看，正赶上妖狐在林前取箭默祷，不禁失笑，知是一个未见世面的妖邪。又看出妖狐道行颇为深厚，正可收服引为己用。于是收了符箭，跟到林外，妖狐通未觉察。陈惠本可即时出现，为使妖狐迷却多年修炼的善根，并给她一个下马威，好使其胆寒畏服，驱策如意，永不背叛，又耽搁了片时，暗中运用好妖法，然后出其不意，骤然出现。

这类妖人在各异派中最是凶恶狠毒，不在妖尸谷辰以下，遇上躲还躲不及，妖狐却反去招惹。她这里正盘算人来如何对答，陈惠妖法已然发动，故弄玄虚，将手一指，立刻来路上火云飞射，恰似正月里的花炮，在遥天空际闪了一闪。妖狐见天边一亮，料是妖人赶来，方讶来得神速，倏地眼前一暗，现出一个装束怪异、相貌狰狞的短衣道人。

初现时，浓烟匝地，黑风滚滚，风力绝劲，以妖狐的道力，都几乎立脚不住。妖狐想不到这样厉害，不由吃了一惊。初见不愿示怯，连忙暗运玄功镇静心神，躬身说道："贫道不知道友驾临如此神速，未在原地恭候，还望宽宥一二。"

陈惠本心是想先声夺人，吓它一跳，所以把看家本领全使出来。看出妖狐脸上虽有惊容，转瞬却复了原状，镇定如常，身子也未被风刮动，料知不是易与，越发看中。索性一不做二不休，将本门迷神照影之法施展出来。乘妖狐躬身答话之际，将手微微一扬，就势指着妖狐喝道："我乃北邙山冥圣徐完门下四弟子陈惠便是。路过此间，见两个童男女在你洞前哭泣，资质不差，甚合我意，已将他们带回山去。你敢强么？"

妖狐先见两小兄妹没有同来，又震于妖人来势，知道人要不回，已然改了主意，专意和他结纳。再加匆匆未及防备，中了妖法，一个寒噤打过，神志已昏，自愿归附，巴结都来不及，哪里还肯说出不愿的话，忙即改口答道："贫道并非要把那两个小孩索回，只缘久仰徐祖威名，向慕情殷，已非一日，总以仙凡迥隔，无缘得见，私心引为憾事。昨日在盘谷火窟中救起两个小孩，也是爱他们资质，但自问道行浅薄，难加深造，方欲暂且收容，异日为之别觅仙师，不想被道友垂青，将他们携走。后来贫道发现神箭符记，知是徐祖门下道友所为，颇代两个小孩欢喜。情知道友出入青冥，飞行绝迹，仙踪已远，意欲借这一点鸿雪因缘，请返鹤驭，一表衷曲。倘蒙折节下交，何幸如之。”

陈惠见她这等谦卑说话，虽然灵智已昏，却看出她本具诚意，也甚心喜。当下把狠厉辞色收起，答道：“道友如此知机，足见高明。此地不是讲话之所，你我同往宝洞一谈如何？”妖狐自是百依百顺，诺诺连声，同回洞内谈了片时。

陈惠本想把她引归鬼祖门下，这一听出她心意，才知树有强敌，道法高强，想结一奥援，助她复仇。并知对头是佛门有道力的弟子，两生修为，夙根深厚，更有清波上人与青城派剑仙为助，暗自惊心。师门每和正派诸剑仙对敌，屡遭挫败，哪敢惹事。再三盘算，不愿在妖狐面前灭了本门威风锐气，假说：“虎王是个无名小辈，就连清波上人门徒都算上，也不值一敌。无奈我奉了师命，有事东海，暂时不能相助。”答应把妖道无疵道长史渔引见给她。并留下一枚信香，如若相需，一焚即至。又给妖狐出坏主意，并传授一些妖法和一道遁神灵符，以备万一危急，可仗此符保了元神，投往北邙山去。妖狐自是欣喜万状，奉若神明。双方订好后约，陈惠起身作别，妖狐亲身送出老远方始回转。

妖狐归途自恃结交了两个厉害妖党，又学会了些恶毒妖法，本想当晚往建业村一探虎王虚实。行经一条峡谷之上，无心中往下注视，忽发现谷中有了仙法禁制。如在平日，妖狐知道这类禁法下面必然禁得有邪魔鬼怪之类，绝不多此一举。这时因与妖人一气，灵智已昏，仅知结党增援，把昔日鄙夷的邪魔都当作了同气之求，哪还分甚邪正。忙住遁法，落下一看，那禁法形迹明显，并不高深，易于为人解破，估量所禁妖物无甚道力，不足引为同调。妖狐本想不管走去，继又想道：“目前用人之际，这东西既遭玄门禁法封闭，能逃入地底躲避，不为所戮，多少总有点用。管它道行深浅，且救出来看了再说。至不济，用它来惊扰敌人，略分心神，也是好的。”想到这里，便将禁法解去。

等那东西钻出，妖狐一看，竟是以前失踪的同仇患难之交红蟒，好生高兴。因第一次红蟒往害虎王没有得手，证以连日经历见闻，再命红蟒往建业村去，无异自寻死路。起初想将妖阵设在西大林，那里森林蔽日，四外高山峻岭，人迹不到，既便行法，又不易为人窥破，只要将人诱往，即有成功之望。只是相隔建业村太远，仇人万一不肯穷追入伏，岂不枉费心力？最好中途再设一阵，由毒蟒代为主持，将所有恶毒妖法俱留为第二阵用。能胜更好，倘不能胜，毒蟒现了真形一逃，虎王定率猿、虎、双猱追赶。等到引入阵内，再用妖法杀死红蟒，役使妖魂，借它内丹奇毒之气运用，仇敌就是大罗神仙，也禁当不起。

妖狐阴谋打定，着意布置一切，没有往建业村去。径和红蟒先往中途白沙坪山洼平原之上，设下一处妖阵，授以机宜，留蟒坐镇，约定到时发动，旋即回洞，适遇四虎等得不耐，心念顾氏兄妹，入洞窥探。妖狐自被陈惠迷了本性，善根尽掩，直似换了一副肺肝，凶暴已极。以为四虎前夜遇见敌党，道破行藏，藐视自己出身异类，不念救命之恩，乘隙窥探隐私。立时野性暴发，怒火上升，不问青红皂白，径将四虎生魂摄禁。等讯明实情，并无他意，无如凶焰已张，不可遏制，依旧想利用四人生魂，使为蛮魂厉魄之长，永沦鬼役，增厚威势。事完方往建业村窥探。因这许多迟疑耽延，致使虎王等在建业村多等了一夜。等至次日白天，因昨晚枉自准备终宵，妖狐未到，虎王首先不耐，正欲发话。白猿忽自外来，手持一封柬帖。

打天一看，原来白猿因昨夜虚等，颠仙之言未验，心疑涂雷已将妖狐除去，私往探询，中途遇见清波上人，授以此帖。众人急忙开秘，上写道："妖狐定于昨夜前来，动念已久，不料中途连生波折，先遇陈惠，后救红蟒，又复变计。今晚必来，可仍照前法应付。妖狐明知踪迹已露，当场暗害，势所不能，此来专为示弱诱敌，稍敌即去，明晚必要再来。

"到了黄昏时分，不等她到可同灵姑父女、猿、虎、双猱迎头寻去。行抵白沙坪，妖狐设有第一阵在彼，留有红蟒主持，本身必还未到。红蟒见人，必然出现，诱敌入阵。那阵未发动时，虽甚隐秘，不易看出，但虎、猿俱是慧眼，一望而知，连双猱也可嗅出妖气。

"到时虎王不可骑虎，暂不入阵，只与白猿同立。等蟒败退，见人不追，二次出斗，可装败逃走，由白猿前导，绕过妖阵，向铁花坞那一面退去。黑虎、双猱不时在后阻挠，以防追上。等逃出十来里，到了青杉林左近，那里设有虎王一个替身。逃时虎王必由林内两片大崖石当中经过，替身就在石后，人往左侧石后一转，红蟒追来，势必触动禁制。

“假虎王也即出现，行动比虎王更速，红蟒为仙法所制，一定照直穷追不舍。无须理它，径直骑虎，同了猿、猱赶回白沙坪。妖狐此时必然先到，向红蟒指示机宜。可出其不意，径入阵内，身有法宝与白猿一口仙剑，绝可无虑。不消多时，即有人来相助，破却此阵，仍旧急速往西大林追去。

“妖狐多诈，素来谋定而动，本心先用这第一阵来试探成功与否，如不能胜，再斩红蟒，役使妖魂。洞中厉魄，不难一招即至。注重仍在红蟒，见蟒不在，心还不死，为求必胜，定要遁回寻找。其或当晚遁去，改日再图大举，俱说不定。这一来，可使她措手不及，又被相助破阵的人破了她隐身邪法，势非即日一拼不可。等她遁回西大林洞中，所炼一招即至的千百厉魄凶魂，已为人破了妖法收去，无一可用了。

“虎王一入西大林，定为妖阵所困，猿、虎、双猱均须应劫，无可避免。可将人兽聚在一起，虎王持宝端坐虎背，双猱夹侍，由白猿独持仙剑抵御。挨过定时，自有救星。千万不可大意走散，稍有疏虞，便即无救。

“吕家父女先随到了白沙坪，等红蟒出现，认明之后，便随虎、猱身后追去，等虎王一回身，跟踪虎后追赶。中途如若有人相唤，不可理睬。如真追来现出身形，可借玉匣飞刀动手，不问来人多少，一齐杀死，休放一个逃走。此乃北邙山冥圣鬼祖徐完门下约来相助妖狐的妖徒，无多道力。死后如不见尸首，只有人影在地，可用飞刀十字切断，便可无害。妖徒如遗有符箭、令牌之类的物件，切忌拾取。随后追到铁花坞崖下树林之内，再用飞刀斩了红蟒。蟒行如风，非它止步还追不上。不到铁花坞，也不可斩它，免被妖狐败阵往西大林内，路过发现，收去妖魂毒气。”

众人看完之后，知妖狐当晚必来，事已前知，早有部署，不似初次闻警那般忙乱。中行、双侠慎重，为防万一，老早吃了晚饭，各人照计行事，分头埋伏准备去讫。

灵姑年幼喜事，自得玉匣飞刀，珍如性命。连日白天无事，借着出猎，已拿它追飞逐走，连试过几次，甚是得心应手，指挥如意。仙家异宝，果不寻常，益发爱不忍释，佩挂身旁，一刻不离。连等妖狐未来，本是心焦，一听说当晚准到，不时拿着玉匣抚摸观看，好生高兴。

灵姑饭后回房，因妖狐要亥子之交才来，天色还早，老父倚榻假寐养神，有心想和虎王闲谈。探头往里间暗室中一看，虎王因听白猿之劝，正按照涂雷所教坐功，在那里练习入定。白猿也面向着崖窗静坐，双目垂帘，眼缝里仍有两线光芒斜射地上。康、连二猱想是要学主人和白猿的样，又静不下心来，一边一个夹坐在虎王身旁地上，时而斜睨白猿，时而看看主人，一会儿又抓抓头皮，变动手脚，远没白猿沉静，神态甚是可笑。四只怪眼睁合之间，红碧光华不住在暗景中明灭闪动。

灵姑证以连日见闻，看出白猿道行甚深。暗忖："一个猴子，居然修到通灵地步。据虎王说，它已有千年道行，只要渡过这一番劫难，日后还有一番仙缘遇合，换骨伐毛，口吐人言，再一加积外功，即有成仙之望。异类尚且如此，自己幸承仙人垂青，恩赐飞刀、灵符，虽未入门拜师，已成了记名弟子，这等仙缘，旷世难逢。偏生陈太真所说的语气，分明老父将来有甚灾厄。再四苦求解免，虽承应允，并未明言，好叫人忧疑悬念。精诚所至，金石为开。从此务要多积善功，给老父解免灾厄。倘能皇天鉴怜苦心，使父女二人同修仙业，哪怕多受灾厄困苦，甚或把自己仙业折却一半，均所甘心。否则女儿成了仙，父亲仍不免于受劫受难，重堕轮回，就做仙人，也是抱恨终古，有甚趣味？"

灵姑独个儿在外间缓步徘徊，胡思乱想一阵，望望老父似睡未睡，躺在榻上。过去取了条夹被盖上，老父仍然未醒。心想："今晚有事，怎会熟睡？"虎王打坐未完，不便惊动，觉着无聊，走向院中。见月光皎洁，晴空如拭，树影散乱，清风飒然，黑虎声息不闻，目射碧光，静悄悄当门而卧。俯身低问道："此时天色尚早，妖狐未来，我想往外面走动走动，看看张叔父他们埋伏得怎样，至多半个时辰即回，去得么？"黑虎只是摇头。灵姑恐怕妖狐早到，略站片刻，已将回屋，白猿忽从外飞来。

灵姑出屋时，曾见它陪着虎王一同打坐，此时由外而至，必从里屋向崖窗中飞去，绕道前面回转。方疑有故，白猿朝着黑虎耳边叫了两声，又朝灵姑打了个手势，意似叫她等在外面，旋即飞回里间。接着金猱康康纵出，拉了灵姑衣服一下，径往屋旁崖洞小径走去。灵姑方一迟疑，黑虎也衔着灵姑衣服向外一扯，仍旧在原处不动。

灵姑试由洞径追去一看，康康已等得不耐，正要回走。见灵姑走出，将手往前一指，脚底示意快跑。灵姑见那指处正是寨堂前冈脊后面，中行代涂雷豢养恶兽狮獒之所。康康已是先行，既出白猿之意，必有怪事发生。灵姑摸了摸腰悬玉匣和身佩宝剑、药弩，跟踪追去。路上原有谢、韩等人好些埋伏，康康竟是绕路避人而行，唯恐众人发现，有时竟避向冈脊后面，回扶灵姑攀缘而行,道极难走。灵姑稍欲低声发问,便即摇爪示禁。灵姑不知何意,只得轻悄悄随它进止。一直绕到狮獒兽栅近侧,康康方始止步,拉了灵姑潜伏草际,指着栅门,教灵姑留意。

中行当时虽答应涂雷代他豢养恶兽,后听虎王转述白猿之意,再三告诫,也未免有些顾虑,特意选了这一个所在做兽栅。那地方僻在冈后,大约数亩,背后崖壁削立。大壑前横,深不可测,对岸危崖高峻,不能飞渡。一面奇石磊砢,壁立百丈,无可攀缘。只灵姑去的这一面有条下降之路,可以直达栅前。但是中间十数丈有四处中断,分设着一丈到六七丈不等的四条活栈道,以备万一恶兽破栅而出,只需人在上面将栈道活节一解,立即坠入无底深壑以内,不致逸出为害。为使恶兽畏威,每日由虎王带了白猿与喂食的人不时同往,用仙剑威吓。夜晚俱有戒心,向无人迹。

灵姑伏在草里等了一会儿,先听狮獒发急怒啸。待不一会儿,又听追逐腾跃之声,仿佛那日恶斗情形。欲往探看,被康康拉住,往对崖一指。灵姑随它指处一看,瞥见一团酒杯大小的碧火,在对崖荧荧流动,浮沉起落,若往若还。康康又用爪比势,教灵姑准备用那玉匣飞刀。灵姑方把玉匣捧在手上,耳听兽栅内一声人的惨叫,对崖碧火便似流星过渡一般飞来。相隔一近,看出火光之下有一黑影,直往栅中飞落。

康康立促灵姑站起,一打手势。灵姑会意,把手中匣盖微开,口诵真诀,将手一指。说时迟,那时快,这里一道银虹刚由匣中飞起,恰好栅中狮獒一声厉啸,两点绿火由栅内飞出,火光下面各有一条黑影,内中一个似已受伤,扶抱同行,比起来时较缓。乍见银光,想是知道厉害,未伤的一个方欲丢下同伴逃走,如何能够。两条黑影子刚才分开,十数丈长一道银虹已急如电掣,疾卷而至,圈住两条黑影,只一束,嗷嗷两声惨叫过处,便成了四段。两点绿火应声而坠,如陨星一般,瞬即消灭。

灵姑知妖物伏诛,收回飞刀,过去一看,月光下照见地面上躺着四段形似人体的黑影,仿佛浓烟聚成一般,却又凝结不散。康康奉命行事,自是莫名其妙。灵姑更不知就里。因妖物死得如此容易,未免轻视,试持宝剑一砍,砍过依然原样,不似飞刀一过,便即分裂,心想已死妖物,未甚在意。康康又催着快回。等到转身走没几步,想起这东西还是消灭的好,打算再用飞刀将其乱砍一阵,分裂搅散时,回身一看,那四段断影已渐没入地内,飞刀出匣,踪迹已杳,康康一味催回,这里既发现妖鬼之类,妖狐必已到来。耳听狮獒仍在厉声悲叫，不暇过问，忙着回赶。

灵姑到了静室以内，见黑虎仍卧门口，态甚安详，老父也已坐起，室中也无动静。又进里间一看，虎王仍自打坐，康康向白猿附耳低叫了几声，白猿并未回答，令康康仍侍原地。对灵姑只注视了两眼，无甚表示。灵姑走将出来，问老父今晚为何这般困法。

吕伟答道："适才饭后，虎王和白仙、金猱等回屋。大家散后，我和张、方二位叔父见时尚早，你正去往后寨，又谈了一会儿，才同走出。过了寨堂，忽来一阵山风，我三人都打了个寒战。分手时方叔父还在说笑话，你便走来，一同进屋。我只觉晕，一味想睡。梦见两个披麻的黑衣人，用一条黑绳将我和方、张二位系上，由一人拉了，走到冈上，另一人不知何往。这人听到狮獒啸声，甚是高兴。拉了我们同去，将人系在外面，径入栅内。我三人俱当命尽，遇见阴差，想要挣脱逃回。谁知那一根细绳竟比蛟筋还结实，扯长了十几丈，却不能断。前一黑衣人又从对崖飞来，正恐被他看见，嗔怪受苦，他已直投栅内。我三人还在拼命强挣，忽然一道银光一亮，两黑衣人恰好由内飞出，被斩四段，同时我三人系身黑绳忽然消灭。我刚看见你和康康，人便惊醒了。"

灵姑闻言大惊，知老父并非做梦，定被妖鬼所擒。如非白猿前知，令己赶去，几乎一瞑不起。便把前事细细一说，吕伟好生惊讶。父女二人又谈了一会儿，白猿忽在里间门口朝着灵姑把爪一比，仍走回暗中坐定。灵姑料知妖狐将到，侧耳一听，外面风声渐起，吹得屋外树木花草飒飒乱响，仿佛有异。悄对吕伟道："爹爹，妖怪快来了。"吕伟点点头，各把应用兵刃、暗器准备在手边应用，心情立时紧张起来，静等黑虎一声暗号，便即动手。

待了一会儿，除了风势越大，仍无别的踪迹。灵姑又踱至阶前窥视，只见银河耿耿，星月在天。山风过处，吹得林木花草起伏如潮，发出一种极尖锐猛烈的怪啸。连嶂危崖，如披霜雪，矗立月光之下，阴影投到涧壑以内，遮黑了一大片，静荡荡的，别有一种幽旷寂寥之景。四外寻视，除风比往日较大外，并不见有别的异状。再看黑虎，仍然守卧阶前，虎目半闭，若无其事。

灵姑忍不住伏身虎颈，悄问道："妖狐快来了么？"黑虎把颈朝右侧一拱。灵姑不解，方欲再问，黑虎侧耳一听，口中微啸了一声，跟着跑向右侧洞径出口旁边，往下一蹲，长尾高耸，觑定洞口，作出欲扑之势。

吕伟在室中听黑虎发了警号，灵姑仍在屋外呆看，忙即走出，点手叫她走进，与虎王不要离远。灵姑回到室内，见康、连二猱各从里室奔出，如飞往外纵去。白猿站在虎王前面，手握剑柄，目光注定门和窗户，大有待敌而动之势。知道事变俄顷，忙把玉匣捧起。吕伟低嘱道："仙人柬帖不叫我们装作无事，静以待敌么？我儿只守在虎王门口，让白猿好照顾窗洞一面好了，这般进出忙乱则甚？"言还未了，猛听黑虎震天价一声怒吼，接着又听康、连二猱厉声怪啸与黑虎腾扑之声。白猿立发对敌暗号。灵姑便照仙柬所示，将手一指，匣中飞刀立化一道银光穿窗而出。吕伟与灵姑说完了话，早手持暗器，伏身窗侧，往外窥探。见是一团黑烟裹着一个黑衣道姑落在地上，刚往室门张望欲进，冷不防黑虎潜伏近侧，怒吼一声，随即扑上前去，迅疾异常。

黑虎原是神物，妖狐虽有道行，毕竟生性相克。此来仅由四虎口中得知来客款留在此，自恃新会妖法可进可退，成心显露形迹，一窥仇人深浅。到前先刮了一阵妖风，不见动静。到时见全村灯火尽熄，只仇人所居峰腰危崖一角之地，有一排静室，遥见灯光外映。妖狐始而疏忽，贸然直落，没有细心观察。黑虎藏处极隐秘，又将双目闭上，不易发现。继见四外并无法术禁阻和其他异兆，觉与红蟒所言不类。心想："虎王起初不知自己近在咫尺，尚且通设埋伏，以防万一。近日明知衅端已起，早晚必要寻上门来，反倒毫不防备，连手下虎、豹、猿、猱等灵兽俱不见一只。不是人已回山，便是另有诡计。倘有道行法术，这等声势前来，已然升堂，快要入室，绝不会全无知觉。"心中一迟疑，不由临阶却步。

就这一停顿间，黑虎已运足全力，怒扑上去。这一震之威，全山齐都起回应，屋宇摇撼，似将崩倒，屋瓦震碎了好几块，沙石惊飞，山风大作，真比迅雷还要猛烈，势绝惊人。妖狐骤出不意，心刚一惊，便吃黑虎扑了个正着，当时受伤。化身欲起，还未及行使妖法报复，说时迟，那时快，崖石后面潜伏着的康、连二猱早乘机纵出，如两朵金星，飞身上前，猛伸双爪，照准妖狐双眼抓去。

双猱原是百兽最厉害的克星，妖狐万不料仇敌埋伏如此周密神速，自己会在阴沟里翻船，吃这么大的苦头，任是变化灵敏，也是无用。身才倒地，瞥见黄影一闪，利爪抓来，忙往左一偏，待要飞起，连连利爪又到，胸腰上早吃黑虎双爪抓扑。急于行法变化逃脱，一个手忙脚乱，应付乖方，左眼又中了连连一下利爪。若非修炼多年，道行深厚，双目非被二猱抓瞎不可。还算妖狐灵敏，连受创伤，心寒胆怯，不顾再行法伤敌，百忙中一声惨叫，忙运用玄功变化，才得纵起。

吕伟就势由窗眼中将毒弩连珠发出，妖狐又是一个出于意外，躲闪不开，连中了好几下。当时愤怒恨极，刚喷起一口妖气，忽听满山金鼓齐鸣，杂以风鸣树吼，空山回应，宛如天崩地裂，石破山摇一般。晃眼工夫，昨晚所见那道银光又从窗中飞出。

妖狐日前吃过苦头，内丹已然受伤，不敢再用。知道厉害，来得疏忽，上了大当，不敢恋战，银光才一照面，立用妖法变化逃走。匆促之间，忘了隐去身形，所过之处，满山冈埋伏发动，毒弩密如飞蝗，齐朝黑影射去。如换平日，绝不甘休，无如生性多疑，连吃大亏，更坐实了四虎之言。不知敌人还有甚厉害设备，恐遭暗算，仇报不成，还送了多年苦炼之体。同时那道银光还在身后苦追不舍，不敢回身流连，只管加速飞逃。

容到逃出埋伏，银光也被敌人收转，不再穷追，妖狐才想起身形未隐，身上又连中了好几十箭。白吃大苦，连虎王的面都未见着。怨恨之极，把全村的人也痛恨入骨，心中老大不甘，意欲再返回去，纵不能胜，好歹也杀死百十人。继一想："仇人罗网如此周密，分明事事前知，必有准备，绝不肯白送凡人性命，去也白饶。除利用妖阵孤注一掷，以决胜负，别无善策。何况箭毒已发动，疼痛难禁，也须医治。好在示弱诱敌之计已成了一半，明晚准备好了再来，必能成功。"当下取了几粒灵丹，吞服下肚。先寻一僻静所在，运了几个时辰气功，将伤养好。

妖狐先到白沙坪见了红蟒，又指示了一回机宜，说仇敌十分厉害，自己吃了大亏，千万不可丝毫大意。随后又到西大林将妖阵严密布置。本想早把洞中蛮魂厉魄招来应用，继一想："时间还多，这些生魂俱是新炼不久，赋性凶厉已极，全凭法术勉强将他们禁制驱遣，尚未甘心顺服。自己当日还有好些事要办，既去诱敌，更得些时候耽搁，不能长日留守林内。离开以后，既恐凶魂叫啸聚哄，不安本分，容易为人窥破，遇上一个正派中的能手经此，便多阻害；又恐虎王来到林外发觉，不肯入阵，凭真打又非敌手。好在用时一道符令，即可招来，无须忙在一时。"行了一阵法，便即他去，一直没有回洞。

她这一临事慎重，清波上人早乘机而入，到了妖狐洞内，救出四虎，将一干凶魂解救驱散，自投轮回。妖狐功败垂成，知道已无及了。

建业村众人自妖狐败逃，待了一会儿，不见回转，齐往寨堂聚集，设下宵夜，筵席相庆，欢饮通宵，以便虎王和吕氏父女日里饱睡，夜来好去除妖。

到了第二日下午，虎王、灵姑都很心急，黄昏将近便起了身。虎王、吕氏父女因清波上人不令骑虎，俱都步行，连黑虎、白猿、康、连二猱，共是三人四兽，装作行猎，出了建业村，抄着山僻小径，绕道往白沙坪跑去。路上还成心打了些山禽野兽，令虎、猿、二猱带着前进。

行近白沙坪，刚刚日落，半天红霞，残辉倒映，暝烟欲暮，满眼昏黄。前望山坳广场上，愁云漠漠，聚而不散，似降了雾一般。白猿慧眼看出妖气浓厚，忙和虎王一打手势，指明妖阵界限，叫众留意。好在事前早已商定步骤，仍然故作不知，只把行进方向改斜，意似将由阵前掠过，人、兽口里互相呼啸说笑，去诱红蟒出来追赶。

红蟒因当晚就要对敌，以为天时尚早，本在石穴中闭目养神，静俟时至，不料敌人会打此经过，闻声惊动出现。本存着敌人厉害的主见，一则时候未到，二则妖狐未来，原想不出来招惹，只等夜来行事。继一想："近见妖狐性情暴烈异常，稍不如意，便以恶声相报，时常拿话恫吓，极难伺候，自己道行浅薄，孤立无援，非得她欢心，难望修成气候。仇敌不来，尚要去诱，怎可轻放过去，招她到来见怪？再者妖狐连番受挫，并未见到虎王本人。今见三人，有两个根骨虽厚，均是凡人，并无道气，可见以前全是有人相助。难得今日没有帮手在侧，虽有一猿一虎，自问能敌。现在正是立功报仇良机，还不上前，等待何时？"念头转定，把周身气力运足，略一屈伸，倏地怪啸一声，昂起蟒头，把一条十多丈长、火一般红的身子，似箭一般直射出去。

虎王独自当先，虎、猿紧傍身侧，早已警备。一听怪啸，虎王回头一看，见一条生平未见的红鳞大蟒头如磬，高昂数丈，口中赤焰熊熊，吞吐不休，夹着呼呼狂风，带起数十丈尘沙，在傍晚暗影中似火龙一般追来，看去却也惊人。大喝一声，身未上前，一猿一虎已分左右，抢上前去，大家守着仙人之诫，俱未使用飞刀、飞剑。白猿先照准红蟒的七寸子上纵身抓去，黑虎、双猱相继抓扑蟒尾。吕伟、灵姑各寻僻静所在藏伏，手举毒弩，照定蟒口等要害之处连珠射去。

兽是神兽，人是能人，红蟒虽然厉害，也照顾不到。正追之间，一见白猿来伤它颈项，宿仇相见，分外眼红；又知白猿厉害，如被抓紧七寸要害，必吃大亏。顾不得再伤虎王，口喷毒气，伸出数尺长火一般的红信，回头就咬，不料白猿狡狯，存心引逗，是个虚招，早从颈间跃过。这略一停顿之间，下半段长尾上逆鳞早吃虎、猱抓落了几片。红蟒负痛,急怒攻心,身子一转,拨头喷毒,举尾就扫,咬未咬中,好几丈长大半条水桶粗细的长尾一下甩过去,正扫到一株半抱粗细的柏树上面,用的力猛,咔嚓一声从中折断,将上半截树身似断线风筝一般飞出老远,摇摇坠地,带起满天沙石,坠落如雨。

虎、猱眼快心灵,未被打中,吕氏父女的弩已连连发出。灵姑心思最为灵细,料定这么大东西,虎、猿、双猱尚且纵跃顾忌,不敢近身,决难伤它要害,临时改了主意,不射蟒目,乘机觑准扑过之处,连珠发了几箭。红蟒只注目虎、猿、双猱,一下打空,树虽扫断,尾上受了硬伤,负痛非常,收回时势子未免稍慢一些,于是又中了三箭,当时只是微麻,并未觉怎么痛。心知还有敌人伺侧,首尾乱动,二目凶焰远射,口中毒气喷个不休,大有觅敌甘心之概。吕伟知道厉害,不易射中,忙令灵姑停手,定睛注视,以待时机。

虎王几番欲上,俱吃白猿出声阻止。红蟒力敌虎、猿、双猱,接连几个回合,找不着半点便宜,身上又受了好些创伤,末了回头追咬双猱,虎王再忍不住,纵身过去,奋起神威,用足平生之力,照准蟒的下半身就是一刀。

红蟒刚被双猱抓落了两片逆鳞,痛极暴怒,追势过猛,不料虎王从未动手,忽然一刀砍来,猝不及防,竟被砍中。蟒鳞虽坚,难禁虎王天生神力,嚓的一声,逆鳞碎裂了好几大片,几乎深透肉里,又收不住势,欲想回咬,身子已箭一般滑射出好几丈远。头刚拨转,白猿、黑虎又复夹攻上前,红蟒见不是路,知难力敌,身子往后一昂,成了个乙字形,回头往阵内蹿去。

这里白猿一声呼啸,按照原计,将人、兽聚在一起,径由坪侧斜跑下来。虎王当先,虎、猱居中,白猿殿后,吕氏父女偏出老远,另作一起,不走正路,加急前行。红蟒入阵,见仇敌不来追赶,忽然往侧逃去,认是怕了自己,能逃即逃。新仇旧恨,一齐发作,怒啸连声,然后追来。

白猿返身迎敌,红蟒一口毒气喷出,白猿假装中毒,一声长啸,纵起数十丈高远,飞也似往前急跑,一会儿跃过虎王,当先引路逃去。红蟒赶去,又遇黑虎、二猱回身夹攻,且斗且逃。红蟒怨恨已深,依然一味穷追不舍,吕伟父女在侧面望见红蟒已然追过了头,忙同奔向正路,跟踪红蟒追赶。

几下里首尾相衔,相差至多不过二十丈远近,虎、猱更从中扑跳蹿逐。恰值东山月上,清光乍吐,照见这条山路及平原之间,烟沙迷漫,腥风滚滚,拥着两团碧光,像一条火龙般向前疾行如飞,蟒和猿、虎不时又舞斗于烟凝雾涌之中,火红星碧,翔舞翻飞,比起五月里的火龙灯还要好看十倍。

似这样驰逐停顿，不消多时，便到了青杉林左近，白猿在前引路，虎王后随，黑虎因快到地点，追赶红蟒更紧。人、蟒相隔比前较远，约在四五十丈之间。那片树林满是松杉等古木，稀疏疏地高矗天半。月光如水，清荫匝地，虽然明如白昼，可是那些林木大均数抱，参差布列，由外望内，却将目光阻住，不能到底。

虎王入林以后，见白猿不时招呼，催促快走，知已到禁法埋伏之所，脚底加劲，跑不多远，林内忽现出了一片空处，两座危石，大约亩许，像门户般当路并立。白猿到此，倏地腾身跃起数十丈高下，由二石中间，足不履地跃了过去。虎王回顾身后，碧光红影，隐现穿行于林木之间。黑虎、二猱连啸示警，红蟒业已入林追来。虎王忙往两石缝中穿去，一晃出去。出时眼前亮了一下，似有光华闪过，白猿已在近侧相候，长啸一声，将虎王往旁一拉，自山右侧绕向危石后藏起，示意虎王看着紧对出口之处。

虎王定睛一看，口外林木渐密，一株大树底下，浓荫掩映中仿佛藏着一人，身形穿着，越看越像自己，在那里掩掩藏藏，神情甚为惶遽，知是自己替身。正寻思间，腥风起处，红蟒一条红影疾如电闪，从石口内蹿出，一到便朝那假虎王追去。假虎王本在树下藏藏躲躲，时隐时现，一见蟒来，大叫一声，拨头就跑，动作更比真虎王要快得多。

红蟒先见仇敌逃进林内，恐被逃脱，不顾和黑虎纠缠，忍着身上伤痛，用足力量，拼命往前射去。黑虎、双猱仍忙追入，还想阻挠，嗣见虎王已然跑进石缝以内，料已成功，不再追赶，等蟒进了石缝，便即绕往石后而去。

毒蟒途中连和虎、猱恶斗，又受了好些伤，所中弩毒又复发作，真是仇上加仇，恨上加恨，急怒攻心，一味猛进。清波上人所设禁法，枢纽就在两石出口之处，白猿知道，由上跃过，虎王由下面通行触了枢纽，禁法便自发动，再来无论人兽，只一通行其中，即为禁法所困，心神失了主宰。这一来，红蟒更是唯敌是求，忘却厉害轻重，哪再禁得起假虎王一引逗，口中怪啸连声，怒发如火，狂追下去，转眼工夫，人妖俱杳。

待了一会儿，吕伟父女追来，白猿阻住去路，悄悄由虎王转告了去铁花坞的途径、机宜。说红蟒已为仙法所制，只知追那替身，绝想不到虎、猿、二猱为何不见。清波上人既设下两个替身，必有用意。此去不到铁花坞崖下树林以内，见着虎王第二替身，不可放出飞刀斩蟒。吕氏父女应诺去后，黑虎、二猱也从石侧密林中绕行过来，虎王骑上虎背，带了白猿、金猱，抄道回赶，行抵白沙坪。

妖狐自从昨晚败退，养好创伤，心想："仇人已是厉害，还有一个清波上人近在咫尺，虽不会公然出敌，但他门人与虎王却是至交，倘若到时突来作梗，以他盛名之下，自己所投阵法难期必胜。虽说有一支信香，一燃帮手即至，但无疵道长这人素未谋面，不知他的道行深浅，好在红蟒已然叮嘱至再，一切罗网均已布置停当。此时还有一些闲空时候，何不借着拜望为名，一则套套交情，二则观察观察无疵道长的法力如何。以便早作打算。"于是离开西大林，便往双钵岭飞去。

妖狐到了三清观前，还未降落，见观门外站定一个相貌丑恶、手执拂尘的道人，向上把手一招，妖狐便觉身子被他吸住，如磁石引针一般，不能自主，往下降落，心中大惊。初来不欲示弱于人，忙运玄功，往上升起。道人见状，似颇愤怒，也使妖法将手连招。妖狐原非弱者，起初骤出不意，几乎被他招落，已然看破，自然不肯输脸。料定道人必是观主无疵道长史渔，本为见他而来，这样反闹了个既不能就下去，又不舍去，于是彼此相持，停在空中，闹了个不下不上。

待过一会儿，妖狐细看史渔周身邪气，法宝囊内妖光隐隐，果是大帮手，难怪陈惠那样推重，甚是心喜，自己已然显了本领，未输与他，方欲闻言相询，忽听史渔喝道："何方贱婢，竟敢在我三清观上面窥探，并敢倔强，不遵我的招呼？今日叫你来得去不得！"说罢，把手中拂尘一抖，立有几丝黑烟破空入云，其疾如电。妖狐何等机警，知他必弄玄虚，再不明言，一经交斗，便没好处，忙即高声答道："贫道玄姑，特来专诚拜见史道长，并无他意。"声随人下，落在史渔面前，打了一个问讯。

史渔早听陈惠说过妖狐来历，再一谛视来人，更合心意，立时转怒为喜，先把拂尘一摇，然后还礼说道："道友光降，先不明言，几使贫道错认，伤了和气，请往观中坐谈吧。"妖狐落时似觉脑后有一股冷气袭来，暗中虽在戒备，仍做不觉。嗣见史渔拂尘一摇，料将法宝收去，装着和史渔谦让之间，侧身偷觑，果有四五个狰狞恶鬼，各持绳索戈矛，从身后身侧一闪而隐，仍化几丝黑烟，飞回拂尘上去，越以为妖道法术高强。

当下妖狐随史渔至里面，见全观甚是宽大峻整，设置也极华美，不似出家人清修之所，山环水绕颇俱形胜，只是偌大一座道观，并无一个道童和执役之人。方一落座，史渔喊得一声："茶来！"空壁角中便有两个鬼影出现。

乍见只是两幢略具人形的淡烟，转瞬之间由晦而显，面目毕现，只两眼碧光如豆，绿芒闪烁，下半身有黑烟裹住，别的衣着相貌都与生人无异，各手持一个托盘，上有茗点，浮行过来，将茗点放在桌上，看了来人一眼，躬身倒行，退到避角，仍复隐去。

妖狐看出这些恶鬼已由游魂厉气凝炼成形，史渔妖法实实高出己上，还在暗庆得助，却不知陈惠只给信香，未令来见，虽然一样不怀好意，对待妖狐止于收为己用，并没史渔居心狠毒，这一被他看中，竟闹得伏诛以后，魂魄被妖道收去，永沦贱役。后来妖道恶盈数尽，也随着被雷火烧化，形神一齐消灭，总缘一念之差所致，此是后话不提。

宾主相对，略作套语，妖道说起陈惠昨日才走，他因听说建业村中隐居人多，料定内中不乏有根基的男女，意欲便中摄取几个回去，就便相助妖狐一臂之力，曾派了两个灵鬼持了黑煞剑，前往相机行事，不料一去不归。今早方欲亲往，忽接乃师冥圣徐完的加急敕令催归，鬼祖敕令，从不轻发，照例令到即行，连句说话工夫都不许有的，何况又是加急而来。陈惠一见，便即遁去。

午后因妖狐当晚设阵，昨晚灵鬼探村，一去不回，估量敌人不是好相与，曾派了两个门下得力弟子前往建业村，先期隐身窥探，有无什么出奇能手在内，再者昨晚灵鬼如为人所诛，只要对方不知徐完底细，杀鬼以后未将其灵气消灭，便能潜入地底，仗着本门传授，仍可凝神聚气，成形回来。不过至少须在地底潜伏过六个时辰，始能凝聚不散。加以真灵耗损，再似来时那般瞬息千百里，迅如飘风，已不可能，仅能依草附木，御风而行，回得甚慢，想必仍在左近。

这等奉命出役的灵鬼，多是千百选一之才，颇不易得，就便将其寻回，也是一个大人情。妖狐到前，派出的两个妖徒刚走不久，妖道自身连日有事，这两个门人到了建业村，并不动手，事完即去西大林暗中相助，破阵的人如无深法力，自觉能胜，便将信香熄灭，代师出面，妖道能不去，就不去了。

其实妖道原因清波上人太不好惹，所派门人明里是相助妖狐，暗中却是预为布置。妖狐胜了，乐得做个好人，以为异日之计；万一清波上人忽出多事，看出妖狐绝无胜理，不等妖狐焚香，妖道早得了信息，暗中赶来相机行事，稍得空隙，便将妖狐真魂、内丹齐行收去，坐收渔人之利。

妖狐与虎谋皮，毫不自悟，闻言甚是欢喜感佩，因听妖徒业已动身先行，算计回去待不多时，即要发动，诱敌尚须费些手脚，称谢之后，便即告辞。妖道请略饮自制珍茗，妖狐哪知厉害，端起茗碗，一饮而尽，入口甚是甘芳。方要赞美，微觉眼前仿佛一暗，知他观中诡秘，通未觉察，竟自别去。

妖狐路过白沙坪，想下去对红蟒再吩咐几句，入阵一看，红蟒已然离阵他去。正在暴怒，恰值虎王率了猿、虎、二猱赶来。妖狐存下先入之见，前晚探村又吃了大亏，以为虎王乃神僧衣钵传人，多世修行，转劫前又苦修了数十年，道行、法力必不寻常，虽在苦心积虑，刻意报仇，并没存着必胜之想。所以事前布置般般缜密，期于能进能退，胜固可喜，败亦全身，丝毫没敢大意。这时见面，妖狐才看出虎王只是夙根极厚，别的俱与常人相差无几。断定昨晚之事，必有能人相助，并非仇人之力。早知如此，何必劳师动众，费尽心力，白白中了他的暗算，心中痛恨已极，又见虎王此来，好似带了虎、猿、二猱行猎夜归，无心经此，不由起了轻敌之念。暗忖："我正要前去诱他入伏，还恐其不肯上当，难得自己寻上门来，帮手一个不在，此时不下手，等待何时？"不等虎王入阵，径直迎出阵去。双方都快，就这寻思观望的工夫，虎王骑了黑虎已到阵前，迎个正着。

妖狐本因连日与白猿交斗，知他身有飞刀、飞剑，稍被警觉，便费手脚。既然仇敌这等易与，如照预定，只需由红蟒出阵诱敌，自己在当中法台主持运用，仇敌只一入阵，略加施为，不难人、兽俱获，立收全功，第二阵直用不着。红蟒偏在此时离阵，真是可恨。心欺虎王是个凡人，打算一到，便出其不意，将他生魂摄去，然后再收拾虎、猿、二猱，岂不省事得多？万一不成，再用诱敌之策，略一交手，化身入阵，运用妖法取胜。

谁知白猿早识仙机，老远便叫虎王戒备。虎王一手伸入怀中，紧握玉符；一手暗持灵符，以备应用。快要绕近阵门时，人、兽都是加倍留心，虎王瞥见白沙坪洼地上一股黑烟飞射而出，情知妖狐到来，不等白猿招呼，早大喝一声，把玉符取出，同时左手灵符向空中一掷，立时有一幢白光和数丈方圆一团彩霞飞起，连人带兽，一齐罩住，紧接着白猿飞剑也便出匣，一道十数丈长的朱虹朝那黑烟绕去。

妖狐仅知白猿不太好惹，未料看虎王也看走了眼，虎王虽是凡夫，身旁却藏有仙家异宝，应付又如此神速，不禁大惊。知是有心寻上门来，作伪骗己，忙运玄功变化，避过一旁，口里喷出一团黑光，抵住剑光，现身指着虎王喝道："无知小贼秃！我与红蟒听经潜修，碍你什么？为何听了两个孽畜，无端斩我躯壳，坏我道行？我等你报冤已数十年，昨晚前往问罪，又仗孽畜和一干贼党倚多逞强，埋伏暗算。你仙姑道力深厚，可有一毫伤损？只白便宜你们多活一天罢了。今日狭路相逢，仇上加恨，绝对饶你们不得。

“想当初老秃驴曾面许我，任你转劫还愿，并不得将你前世法力带到今生，我只说佛家人不打诳语，因果循环，必持公道。他却命你在后殿坐修数十年，方令投生，我已有些怀疑，果然老秃驴言而无信，仍将你前生法宝交你，以为可以消灾免祸。须知你仙姑含冤饮恨，多年来早料及此，你虽有一两样现世宝，也休想逃得活命，乖乖与两个孽畜跪我面前，任我诛戮，我只伤你们躯壳，你们不可转劫为人，否则便叫你们形神俱灭，永坠泥犁了。”

虎王、猿、虎胸有成竹，一任妖狐怒骂，连理都不理。妖狐所喷黑光渐非仙剑之敌，又见仇敌手捧法宝端坐虎背，一言不发，也不前进，也不后退，摸不清是甚意思，连喷了两口妖气，俱被宝光阻止，反闹得不知如何是好。

呆了一会儿，妖狐先喷出的那道黑光渐被白猿手持剑尖上发出来的那道朱虹逼得光芒大减，眼看消灭。妖狐心想：“自己这口飞剑系采地底钢铁之精，日以内丹精气淬炼而成。劫后修为，经时数十年，始能吞吐运用，与身相合，颇非容易。白猿一口短剑，并不能脱手神化，只在手中舞弄，竟为所败，当年错了主意，向乃师理论时，以为收去仇人道行、法力，转劫变成凡夫，即可任意报复，谁想他师徒通同作弊，道行枉自收去，却给他这等神妙的护身之宝。分明佛门弟子最重因果，特意使他应过此劫，仍可修成正果，自己白费多年心血，竟成徒劳，即使报了前仇，于己何益？早知如此，还不如当时不求报冤，只求救度，虽然轮回转世，以自己法力，总可修成正果。这一来弄巧成拙，或许仇报不成，还受他害都难说，否则仇敌如无胜算，也不会如此从容镇静。”

妖狐听经多年，灵根尚未全泯，一时回光返照，想到这里，不禁心寒，颇想悬崖勒马，与虎王弃仇言和，只要能转求乃师助她成道，即可两罢干戈。无奈入邪已深，连日伤生，恶孽过重，好念头旋起旋灭。就这微一凝思出神之际，空中黑光被白猿仙剑裹住，只一绞，铮铮连声，化为无数缕黑烟，夹着一些零星碎铁，纷纷坠地而灭。妖物早就想收，无法收回，伤人不成，先伤了一口飞剑。那剑又与内丹真气息息相关，立觉真神受损，心灵又复受创。立又暴怒如雷，纵身一跃，化成一道黑烟，径往坪上飞去。满拟入阵施为，事若不济，再将仇敌引往西大林妖阵之内，拼个死活，回顾虎王、猿、猱，指挥剑光随后追来。方喜仇人中计，正要发动妖阵，不料到了阵中一看，就这阵外对敌的不多一会儿，中央法台上所设诸般禁制，不知怎的为人所毁。近在咫尺，事前通未警觉，不由急怒交加，又惊又恨。

当下妖狐把心一横，神志全昏，竟没细想虎王并未入阵，阵中法台禁制何人所破。仍妄想此阵虽系尝试，不是最后制胜之法，设置妖法也非容易，法台虽破，仍可施为，何必便宜仇人省事？且试上一回，再败退不迟。于是怪啸一声，回转身形，对着虎王，一口浓烟喷出。白猿持剑连撩几下，黑烟散尽，妖狐不知去向，知是妖阵发动，忙叫虎王仍坐虎背，不去理他，自己紧随在侧，持剑四顾，以御妖法。

虎王还未答话，便听阴风大作，尘烟四起，齐向身旁涌来，愁云漠漠，星月无光，天低得似要压到头上。因被怀中玉符宝光阻住，下落不得。正惊顾中，眼前妖云邪雾里，电光倏地闪了一下，接着一个震天价的霹雳打将下来，随见雷火横飞，砰砰乱响，声如狂涛怒啸，震撼山岳。一团团的雷火，最小也有斗大，随着电光一闪，立即爆发，为数不下千百，所中之处，立时轰成一个石洞，所有妖云邪雾，俱似烈火熔雪，风扫残烟一般，纷纷消散。

俄顷，清光下照，天上星月依旧光明。妖氛甫尽，瞥见地上箭也似冲起一条黑烟，烟中隐现着一个黑衣道姑，周身俱有火星围绕，黑练横空，其疾若电，直往西南方飞去。后面有数十团雷火打上前去，均未打中。又听一声怒喝："妖狐往哪里走？"口音甚熟，雷火闪处，从空飞落一人，正是涂雷，只一现身，朝虎王喊道："虎哥还不快追！"紧接着一道光华连人飞起，当先朝妖狐追去。

虎王立催坐下黑虎，带了猿、猱跟踪追赶。虎行迅速，遥见涂雷剑光尚在前面，妖狐已然隔远，烟光早为空中云雾遮蔽，不能发现。追了一会儿未追上，遥望空际，涂雷剑光又转了一点方向。

虎王暗忖："妖狐阵法埋伏在西大林内，去时应向西北，偏向西南已然不对，这一改向正南，分明去铁花坞的道路，与仙人之言不类。"正在盘算，白猿也觉仙柬所示无差，不应错了方向，忙和虎王一说，虎王心疑涂雷业已回山，只叫自己另行追赶，方想吩咐黑虎改途，不问如何，仍照仙示往西大林追去。猛瞥见前面崖壁丛草中，又蹿起一条黑烟，烟中道姑已现出妖狐原形，身上仍有火星围绕，腹际血迹淋漓，仿佛为剑光所伤，不能飞空急驶，离地只有数尺，斜行向西，朝前直蹿。一查路径、方向，正是去西大林的道路，虽还不知涂雷已为妖狐分身之法所骗，故现原形，做出负伤之状前来诱敌，反正不往西大林，事不能了，不假思索，径直追去。

双方都快，不消片刻，便到了西大林外，相隔不过半里来路。妖狐首先蹿进林内一看，当中空地山丘之上法台无恙，围着妖阵俱是合抱参天的大木。鉴于前失，心还疑虑。嗣一查看，所有一切妖法埋伏，俱都无人动过，一发动便可运用，不像头一阵事前便被仇人暗中破去。就是仇敌帮手同来，也不愁他不落网，心才一放。暗忖："仇敌紧随身后，本该早到，为何还未入阵？莫非识破机关，不肯入网？那么他又追来则甚？"想要出林引逗，又因第一阵离开法台，才被涂雷乘虚而入，恐仇敌重演故技。

等了一会儿，遥见林外白猿剑光闪闪，只不进来，妖狐实忍不住，索性喝破，高叫道："小贼秃和四个孽畜，今日你仙姑已设下天罗地网，不报前仇，誓不为人。你们起初那等猖狂，怎又临阵畏怯？你们不进来，难道你仙姑就不会把仙阵倒转，移到林外么？"

语声甫毕，忽见林外朱虹闪过，映得林樾火也似红，耳听啊的一声惨叫，心方奇怪，虎王已率白猿、二猱，与前一样，全身在宝光笼罩之下骑虎款步而入。妖狐当时报仇心切，急于应敌，无暇再顾其他，忙将阵法发动。口中大喝道："该死孽障，已入我伏中，尔等纵是神仙，今晚也死无葬身之地了。"随说随运玄功，将手向四外连指，先将预先埋伏的真假五行妖遁一齐发作。同时将内丹喷出，化成一团赤红的晶球，蔽住全身，外有黑烟围拥，守定法台，以防万一。

妖狐因知敌人护身法宝厉害，等一切运用已毕，便发敕令，意欲将妖洞中所摄千百蛮魂厉魄招来，增加妖阵威力。不料连发紧急敕令，妖魂俱未应招而至。初意蛮鬼倔强，见身不在前，不肯用命，心中暴怒，改用极厉害的拘魂之法，仍是无效。这类拘魂邪法，所炼恶鬼稍一违忤，即备诸苦痛，且有阴火焚身化形解魄之灾，最是狠毒不过，即便有几个拼受苛虐的恶鬼，也绝无力反抗而一个不到。妖狐试再一招，四虎的生魂也是一样不来。这些魂魄也受禁制，不会逃走，逃也无用，分明又被人破法消灭。自己事前一点都不知道，可见对头法力高强，神妙莫测，不由又寒了心，哪里还敢大意，竟把妖人信香取出准备，稍现败状，立时求助，不敢再志得意满了。

当妖狐入林之时，虎王本已离林不远，方欲催虎追进。白猿在前，倏地伸手一拦，将黑虎止住，又举起手中剑，朝前作势砍去，剑尖上朱虹飞起。虎王定睛一看，路旁崖凹中正飞起一条丈许粗细的黑气，腾舞屈伸，夭矫如龙，迎着白猿仙剑红光斗将起来。

斗有半盏茶时，黑气似乎敌不过红光。凹中又出一条形若恶鬼的黑影，一现身便飞纵上去，与黑气合而为一，黑气立时暴涨数倍，与红光斗了个难解难分，看不出谁胜谁负。又过了不大一会儿，黑气忽又由合而分，分化成九条，一条仍敌住红光，余下八条齐向虎王、二猱飞来。

白猿原因正走之间，发现崖凹之内藏伏着一个鬼物，朝着来处比画，另有一条黑气飞出，神气似欲行法暗算。虽知虎王身佩宝符，不畏邪侵，因想起昨晚灵姑诛鬼之事，暗忖："这个邪鬼也敢助纣为虐，似此妖魔，凭手中这口仙剑，岂不一下了账？"一时轻敌贪功，以为顺手牵羊，不料此鬼乃妖徒生魂炼成，所使黑煞剑颇有妙用，非寻常妖魂厉魄之比，如非数尽当诛，白猿几乎中了道儿，更不料暂时添这一场麻烦，无心中却减去妖狐一个厉害帮手。

当时白猿一见恶鬼黑气居然将剑光敌住，又分而为九，来伤虎王，手中仙剑虽是至宝，无奈不能脱手，恐有疏失，只得举手一挥，回剑来护。黑气分后，力量较薄，一挥而断，下余八条到时，红光也自掣回，暂时虽能敌住，无奈红光不能分化，这八条黑气更是狡猾非常，并不与红光正面相对，只是忽上忽下，忽左忽右，往来驰突，其疾若电。

白猿舞剑如飞，用尽心力，竟几乎阻它不住，尤可虑的是虎王枉有法宝护身，光华笼罩，那黑气竟似毫不畏怯，直取虎王，乘隙即入，工夫一久，必被它飞近身来无疑，受侵与否，大是难料。

白猿正在惊急，猛瞥见一点其细如豆的光华迅若流星，自空直坠，后面好似牵有一条紫巍巍的淡影，乍见看不甚真，离地约有数丈高下，忽然涨大，变成尺许大小一圈白影。那八条黑气仿佛克星到来，纷纷拨头欲退，已全被白影吸住，齐往圈口内收去，快收尽时，内中一条黑气的尾上倏地坠下一条黑影。白猿灵慧，先见星光紫影飞来，疑是妖党又闹玄虚，还在骇异。晃眼之间，看出是救星，心中大喜。一见圈口余气中黑影飞落，形与妖鬼相似，哪里还肯放松，举剑一撩，红光过处，一声惨叫，妖鬼斩为两段，正往下落，又被那圈白影吸住往上升，转瞬收入口内，俱无踪影。

那妖鬼正是妖人史渔的门徒，一名史文，一名尹铸。一同奉命往探建业村，寻找昨晚失事的妖魂，就便相助妖狐成事，先到建业村，穷搜各地，并未找见。又往西大林，行至中途，遥望妖狐飞过。史文乃史渔胞侄，自小随叔修炼,道行较高,虽以生魂出来行事,原身尚在,自恃妖法厉害,最得乃叔之宠,专横暴戾,无恶不作,同门师兄弟都是仰他鼻息。他一见妖狐正要赶去,忽又瞥见近侧又有一个妖狐由斜刺里疾行而过,飞得甚低,那方向正是去西大林的道路,头一妖狐后面又有剑光尾追不舍,断定妖狐用分身幻形之法愚弄敌人,方一寻思,果见妖狐身后有人率领一猿、二猱骑虎追赶,因看出虎王是个凡人,虎、猱、白猿俱是神物,忽起贪心,将尹铸支开,命他去追先见妖狐,自己却抢在妖狐前面,往西大林等候。意欲伺隙下手,将诸神兽的生魂摄去,瞒住师父、同门,暗中炼为己用。

妖魂飞行原极迅速,一晃便到。满拟所炼黑煞神剑专污法宝,即或虎、猿较有道力,敌人法宝虽污,不全如愿,至不济,总可将二猱生魂摄去。不料被白猿识破,未容下手,便有一道朱虹飞来。黑煞剑几非其敌,身剑合一,才敌个平手,妖法已难同时并用。斗了一阵,又欺白猿剑虽异宝,不能脱手分化,贪功心盛,便使妖法,将妖剑化成九道黑气,八面来攻,欲使敌人穷于应付,伺隙取胜。白猿仍能勉力支持,反伤了他一道黑气,益发怒恨,誓欲必得。刚打算把真神遁向一旁,拼着黑煞剑受伤,暗使摄魂妖法,先摄去二猱的生魂,忽然来了克星。史文久经大敌,一见那点星光,便知是仙家异宝潜光蔽影而来,情势不妙,欲避已是无及。又吃白猿一剑,连黑气带那两段残尸,全被收去。

妖徒方一伏诛,虎王、白猿便听耳旁有人低催入阵。林树高密,妖狐竟未知悉。嗣见剑光闪耀,以为虎王在阵外有甚施为,正欲出手,虎王已骑虎而入,妖狐忙把阵法催动。虎王立觉眼前一暗,所有山石林木全都失踪,宝光以外,到处暗云低压,妖气沉沉,恍若置身重雾之中,到处一片浑茫。先还看见妖狐在暗影中戟手施为,一团火光倏地从法台上飞起,爆为万点寒星,四方飞散,妖狐随即不见。跟着便见无数黑剑环身射来,为护身法宝所阻,虽难近身,兀是不退。白猿知道厉害,忙嘱虎王就在当地静摄心神,沉着抵御。妖狐伎俩绝不止此,少时必然还有怪异事情发生,千万守住身心,不可妄动。虎王依言,手持玉符,端坐虎背,静以观变。

待有片刻,黑箭放完,宝光照处,箭在光外,箭尖朝里,又齐又密,直组成了一座黑幕,连人、兽和那一幢护身宝光包围在内,支支都带着朝前猛射之状,只是近前不得。

白猿见状,忙举手中仙剑隔光撩去,居然应手而折,化为黑烟四散,心中大喜，忙把剑光频频挥动。无奈那箭随灭随生，终归徒劳。方想收回，忽听妖狐一声厉啸，黑箭随消，化为百丈碧焰，四方八面环绕烧来。白猿不知阴火厉害，仍持剑隔光遥击，觉着剑忽发沉，重有千斤，知道不妙，连忙掣转。阴火不比黑箭，得隙即入，已有一丝带进，幸是玉符灵异，白猿见机，收剑尚速，又有多年修炼之功，只激灵灵打了一个冷战。因阴火只有千万分之一侵入，力太单薄，顷刻便被玉符宝光消灭，人没受害，白猿吃了一个虚惊，益发慎重，再也不敢多事了。

阴火烧了一阵，除虎王觉着手中玉符十分沉重外，宝光依旧灿烂辉煌，别无险兆。似这样相持片时，一声微震，阴火忽又敛去，身上为之一轻，当时四面漆黑，过了好一会儿不见动静。虎王等如非事前奉有仙示，务须挨过时刻，方能应劫脱难，几疑又有仙人救援，妖阵已破；或是妖狐不能取胜，知难而退了。

虎王正疑虑间，对面忽有一团光华飞起，其大若盘，升到天半，便即停住，也不往虎王身前飞来，仿佛一团明亮的水晶虚悬黑影之中，光并不强，莹活欲流。白猿一见，便知是妖狐内丹。忙嘱虎王、二猱仔细，最好澄神定虑，不要乱想，致为所乘。二猱生性好动，白猿不说还可，这一说，不由对那晶球多看了几眼，念头一动，便被球中幻景所摄，立觉头晕眼花，站立不住，神魂似欲出窍飞越。尚幸二猱是通灵异类，身在宝光笼罩之中；当时妖狐志不在此，没有专注。白猿又是行家，见状大惊，知道二猱魂将离体，不敢多想，忙回身背向晶球，把两前爪搓热，大喝一声，照定二猱头顶击去，二猱方始如梦初觉。白猿又命它们镇静心神，定虑澄思。如觉把握不住，便把眼合上，不求有功，先求无过，以免闪失。

白猿救罢二猱，细看虎王，到了此时，方显出他累世修积的夙根定力来。平日那么性暴喜动，此刻竟和没事人一般，端坐虎背，目光微望前面，宛如无睹，沉静之极。再看黑虎蹲伏地上，睁着一只怪眼望着晶球，虽无异状，颇看出强忍情形。只有虎王毫不着相，神态从容，心中好生赞美。料无差池，索性回身挨着虎王身侧，手握仙剑，两眼望着晶球，盘膝坐定，静看妖狐如何施为。

妖狐原是日前受了妖人陈惠怂恿传授，这时看出阵法无功，所炼妖魂又被人暗中取去，急怒攻心，一时无计可施，妄想照妖人所传邪法喷出内丹，用本身元神出摄敌人真灵，却不想上了妖人大当。这类狠毒妖法，如同孤注，虽说敌人心神一摇动便为所算,但是一个害人不成,不特内丹耗损,受伤以后,真灵便守不住金顶元关。遇上一个有道力的异派妖人,只要被看中,便容易被他将丹夺去。妖狐起初并非不知厉害轻重,只因邪迷志昏,报仇心盛,以为虎王是个凡人,余者全系异类,只有白猿道行较深,不难成功。只要摄去一个生魂,于己便可有益无损,事甚容易,不妨一试。如果敌人深知底细,凝神闭目,不来相拼,再打别的主意,至不济,还能将二猱的生魂摄为己有。

谁知上来时全神专注虎王,错了主意,二猱稍受摇惑,便被白猿警觉救醒。容到妖狐默运玄机,暗揣虎王心理,前世、今生备诸幻象。虎王竟能反虚生明,五蕴皆空,心如一粒元珠,空明无滓,一念不生,双目微向前面,见与未见,只在有无之间。猿、虎也均是各有定力,不受摇动。方悟仇敌智珠在握,明来相拼,自己已然落了下风。这才想到二猱比较容易得多,只要摄收一个即可无害。忙细一查看,二猱已各自把头低下,紧闭双目,并不偷观前面。

这一惊真是非同小可,妖狐悔恨之余,重又运用元功,对着虎王和猿、虎一一施为。终于百技皆穷,全无效果,再挨下去,内丹越要耗损,暗忖:“仇敌只守不攻之势,暂时虽难取胜,他要想脱出阵外,却也万难。阵法五行,仅用其二,何不把余下三样乙木、癸水、戊土这玄阴三行三相相继施展出来,哪怕无功,我仍周而复始,轮流运用,稍有机隙,即行下手。今日势成骑虎,便和第一阵那样,仇敌来了厉害帮手,是清波上人得信赶来,抵敌不住,再逃也来得及,反正他是脱身不得,自己不到力穷势迫,绝不罢手。”主意打定,明知适才替身只瞒一时,终被涂雷看破,必要赶来,自恃脱身有术,并未放在心上,便即如法施为。

白猿先见妖狐放起内丹,误以为妖阵伎俩止此,一意以宁静相持,没想到妖狐忽又重施故技。正在潜心内莹,力束妄念之间,猛见晶球下一片青烟闪过,接着便有无数合抱粗细的青气,从四方八面当头打来。妖狐奸狡异常,成心先使阵法,后收内丹。白猿也是自恃道力坚定,因二猱一边一个夹持虎旁,坐的地方虽也在虎王左侧,相隔较远,乍见青烟如柱滚滚飞来,骤出不意,势更迅速,误以为是妖狐内丹作用,仍以宁静相持。晃眼工夫,猛觉左半身一紧,恍如千万斤潜力压到。虽仍在宝光围拥之内,未为所害,但是离宝光较远,光力较薄,颇难再支。再看前面晶球已然隐去,方知中了奸计,不敢妄动。只得一面运用功力拼命抵御，一面悄向黑虎示意，令往自己身侧横移，缓缓凑近。

谁知妖狐这次用的是木行木相，当地尽是千百年古木，妖阵恰设在内，乙木精气正可为用，比其他是金、火、水、土等四行要厉害得多，虎王、二猱等所受乙木压力，虽不似白猿狼狈，一样也是四外紧迫，身负奇重，透气都难。黑虎识得厉害，哪里还敢转动。白猿看出虎王等也受了禁制，恐时久受伤，一时情急，便运玄功，把多年苦炼而成从未用过的内丹放将出来。命门开处，立时便有一团毫光，其白如银，往上飞起，直达玉符宝光上层，化为一团白气，如伞而下，连人带兽一齐罩住。跟着移向虎王身侧，向黑虎颈旁紧紧挨定。白猿这粒内丹虽不如妖狐变化功深，可是听经多年，屡经仙人指点，功候纯正，这一施展出来，当时人、兽身上为之一轻。

妖狐见白猿将内丹放出，又惊又喜，知它是正宗修炼，根基极为牢固，如能谋夺了去，足抵数百年苦炼之功。贪心一起，又看出仇敌已略现败状，不似初见阵时那样应付裕如，行所无事，有心想把五行一齐发动。无奈自己无此道力，万一仍难取胜，一个收束不住，立时五行易位，引动地水火风，附近数百里方圆地面，却要变成混沌世界，化为火海，伤害无限生灵，异日难免天刑之诛，又有些胆怯。

妖狐正在举棋不定，忽听一声怒喝，一道剑光如长虹飞射，直落阵中。妖狐暗中偷视来人，正是适才白沙坪所遇童子，落到阵中，环阵一绕，便朝虎王身侧飞去。妖狐忙即运用阵法，想连涂雷一齐困住，不料涂雷来得更快，未容妖狐下手，又是一道白光飞起，挡住后来乙木之气。接着把第一阵所用雷火发将出来，雷火群飞，宛如雨雹，霹雳之声震得天动地摇。与身相合的一道剑光，更似怒龙翔舞，在青烟中纵横驰突，倏忽如电。晃眼工夫，紧围虎王的乙木之气便被雷火、剑光爆散好些，现出空隙。涂雷长啸一声，双剑归一，如惊龙归海，直朝虎王护身光幢之中投去，等到妖狐重运乙木之气赶上，涂雷已和虎王归到一处，宝光逾强，更有万千团雷火自内发出。

妖狐五行运用原是邪法，玄阴乙木之气虽盛，毕竟难敌阳雷真火。眼看仇敌四外烟柱，一任自己运用不竭，如怒潮般涌上前去，仍被雷火冲荡得纷纷断裂。化为片段青烟爆散，渐渐相隔逾远，不得近前。

妖狐忙把信香点燃，满拟救兵俄顷即至，竟无动静，知道涂雷是清波上人门下弟子，法力如此高强，师父本领可想而知，屡次出头作梗，定必奉命前来，心想："眼前情势已难讨好，长此相持，再把清波上人引来，岂不是画虎不成，自找苦吃？目前救兵不至，史渔两个门人也未到来，大是不妙，如欲败中取胜，除非乘清波上人未来以前，将五行一齐发动，尚有幸理。虽说作孽太多，又太行险，但是事已至此，别无良策，好在业与陈惠交好，鬼祖门下善御天劫，将来大劫临头，至多投到他的门下，一样可以避劫修为，怕他何来？"妖狐当时一情急，更乱了方寸，咬牙切齿，把心一横，一面按照妖人所传遁法，准备自己无法收拾时，便即丢下妖阵逃走，一面催动玄阴五行真气，欲使仇敌化为灰烟，一网打尽，尽情施为起来。

虎王等正在困中，忽见涂雷飞入阵内，俱都大喜。白猿初意，虎王宝光阻隔，涂雷不能近身，恐收了玉符，放进涂雷，又受妖法侵害，忙嘱虎王不可造次。以为涂雷奉命来破妖阵，阵破以后，方能见面，不料涂雷略荡妖烟，竟乘隙往光中飞来。与虎王相见一谈，才知涂雷正在为妖狐分身之法所愚，白追逐了半夜，始行消灭。回洞读了师父柬帖，得知虎王被困在此还得些时，受完五行之灾，方可脱难，恐道力不济，有甚差池，特地赶来相助。到了一看，此阵果然妖法厉害，与白沙坪妖阵不同，自知难破，非时至不可，不愿徒劳，故来会合，一同抵御，分任其难。虎王见他如此侠气热肠，自是感激不尽。

涂雷一边说，一边发挥雷火威力，又将法宝、飞剑放出护身。虎王见青烟纷纷爆裂，身上如释重负，笑对涂雷道："雷弟法力真个高强，我异日能学到你这样，就心满意足了。"涂雷道："虎哥真看轻自己了，你多世纯阳真身，积功累行，将来成就不可限量，休看妖狐已败，只怕厉害的还在后呢。如只这一点，我也不忙着和你相见了。"才说完，便见对面法台左边冒起三四色烟花，纷纷飞起，接着黑烟如箭，碧焰熊熊，青林滚滚，当头卷到。

涂雷知道妖阵五行五相必然一齐发动，狠毒异常。虽看出妖狐所炼玄阴五行，除却当地是片森林，乙木气最盛，是本色外，庚金、丙火本当一个深赤，一个浅黄，黑、碧均非本色，功候尚差，照平日师父传授和随身诸宝，自问还能抵御。但它水、土二行跟着发动，虎王等俱不能胜任，必须早做准备。忙即连用玄功，将手一指，两道剑光便有一道往地下飞去。随即施展遁法，以备少时全体升起。一切停妥，然后迎御。

妖狐毕竟吃了道力尚浅的亏，虽然决定发动全阵，终是不免有些胆怯，先用庚金、丙火看出涂雷无甚新奇施为，反将飞剑收去一口，雷火停止，五行之气也紧压上前，颇现败状。哪知涂雷早经仙人指点，深悉妖阵奥妙，收去雷火、剑光，是在暗中准备。以为既能取胜，何苦竭尽全力，闹得尾大不掉，无法收拾？方在心喜，加力进攻，猛听霹雳连声。涂雷谋定后动，不特雷火如星飞炮炸，加了力量，又从光幢中飞起两道光华，满空飞驰，所到之处，三色妖烟又复纷纷爆散，光幢前冲荡开了好几丈远近。妖狐不由又惊又怒，更不寻思，一面催动妖烟，一面又将癸水、戊土二行相继发动。

涂雷见黑烟如涛，四外涌来，天空一片黑烟簇拥着无数黑团，聚矗如山，当顶压下，脚底下的地面也在摇动震撼，似欲崩裂。知已五行全动，上下四方，六面夹攻，声势却也惊人，不敢怠慢，虎王等不会升空，只得先防下面。刚把手一指，恃有法宝、飞剑防身，待将虎王等凌空升起，再顾上面时，不料妖狐仇恨太深，孤注一掷，来势万分迅疾，虽然功候尚差，也非小可，不容少懈，虎王等身刚披剑光遁法托起，上面玄阴戊土之气已同山岳一般打到，四面妖烟邪气更如山崩海沸一般卷来，护身宝光竟难抵御，平白压低了数尺。

幸而白猿见机尚速，一见黑影如山压来，早把内丹凝成一片，猛力往上冲去，一上一下，恰好迎个正着。同时涂雷也已缓过手来，恐白猿支持时久，伤了丹元真气，忙命它速急收回，仍化作白气，在光层以内防护。随即加快发动神雷，身剑合一，向上迎去，将那山一般的黑烟托住，仗着生俱异禀仙根，婴儿出家，得了玄门真传，道力高强，虽将上面戊土之气挡住不下来，可是身上已觉受了重压，稍一退缩，虎王等便难免受害了。

涂雷正竭力抵御间，见底下雷火尽管发如贯珠，无奈妖狐五行连运，其力大增，各色妖烟邪气恍似怒潮澎湃，不特随散随增，反倒越来越厚，光幢渐受紧束，大有相形见绌之象，时候一久，必败无疑。要知后事如何，且看下回分解。

第四十六回

折同侪　古鉴识先机
遇异人　飞刀歼丑类

话说涂雷与妖狐对耗有一个多时辰，虎王护身法宝虽然依旧辉明，可是光圈已逐渐缩小，光中人、兽个个现出受了紧束压迫神气，狼狈已极。涂雷心正忧急，忽想起适听地下震响，早该崩裂，此是妖狐致胜要着，如何久不施为？运用慧眼一望，妖狐已在法台之上现身，通体火烟笼罩，不住在台上手舞足蹈，运用妖法，神态颇现惶遽，好生奇怪。暗忖："师父曾说过，颜虎等绝无一失。照着目前形势，自己不来，非糟不可。如应为自己解救，何以严嘱不许前来？如说不是，岂非没有算准，万无此理。地久不裂，妖狐胜而发急，莫非有人暗中相助，破她妖法不成？"

涂雷想到这里，再定睛往下一看，虎王等悬身之处，重光阻隔，不能透视。四外地皮却在暗影中微微起伏，宛如波浪闪动，隆隆之声出自北面，时起时止。这才恍然大悟，果是有人暗中相助，只要挨过时刻，全数脱险。师父早已离洞他出，必是他老人家无疑。不由宽心大放，胆气一壮。涂雷仗着乳婴从师，名是师徒，情逾父子。平日涂雷只要不犯规条，有甚为难之事，多得爱怜，终于曲允。此时如见身受危难，必无坐视之理。

涂雷起初专心保护虎王，同御患难，谨慎从事，本无轻敌之心。今见虎王等这样难支，五行之厄已然身受，何苦多受活罪？心想："莫如趁着师父已来，冒一点险，将随身所有法宝全施出来，暂代自己抵住玄阴之气，用飞剑直取妖狐，一击不中，即时飞回，瞬息之间，料无差池。能斩了妖狐更妙；如果不能，自身再陷危境，岂不把师父引出，当时就可破阵除妖？"主意打定，暗将师父所赐几件法宝一齐放出，抵住戊土之气，紧跟着身剑合一，电射星驰，一道白虹直朝法台上妖狐飞去。出时仿佛耳听师父急喊："雷儿不可鲁莽！"因是去势迅速，未及理会，剑光已经飞到台上。

妖狐阵法运用忽然不能如意施为，先颇疑心有人暗中破法，甚是焦躁。嗣见全阵无恙，又觉不似，以为自身功候尚欠，五行并用道力不济，并无人在侧暗算，渐放宽心。仇敌已现败状，只中央戊土之气往下一压，五行合壁，立可收功。不料偏被剑光阻住，不能下压。正想设法将涂雷引开，一见涂雷飞来，大称心意。知他得有玄门真传，仙剑神妙无穷，急切间难以伤害；又怕清波上人厉害，恐结仇怨。忙即运用玄功变化，装作抵御，先喷出一口浓烟，护住法台，暗使幻形之法，留下一个假替身。本身却从烟雾中隐遁，乘隙飞向虎王等上空，将内丹真元放出，化为一团彩雾，围住那座黑山，往下压去。

涂雷所遗诸宝，不比仙剑有人运用来得神妙变化，抵御之力本就稍差。这一来，戊土之气益发加了几倍力量，护身宝光抵抗不住，渐渐被它压低下去。虎王等如何禁受得了，当时只觉全身压力重如万斤，五面俱被迫紧，七孔堵得连气都透不过来。白猿、黑虎俱有道行，还可勉强支持，二猱和虎王已是头晕眼花，脑涨欲裂了。

说时迟，那时快，这里正在危急，涂雷已将法台上妖烟驱散，但不见妖狐踪迹。方疑已被遁走，百忙中猛一回顾，见状大吃一惊。知道上当，忙即飞回救护时，妖狐早料及此，手扬处，又是滚滚青林排山倒海而来。涂雷只得迎敌，而身为乙木所阻，四外妖烟厚密，不得近前，只见宝光缓缓低下，什么也看不见。料已情势奇险，急得怪叫连声，直喊师父，只不见答应。心想："师父绝不会如此漠视，必是存心磨炼自己，暗中救护虎王，莫要上当。"口里仍在急喊，暗中却在运用慧眼注定前面。

果然待不一会儿，那幢宝光忽然全数敛去。他知这几件法宝俱非寻常，妖狐更收它不去，妖烟虽然厉害，可是压逼愈紧，光华低下得越慢，至多人受伤害，法宝绝不会消灭。并听师父说，白猿道行颇深，危急之时必将所炼内丹拼命救护虎王，哪有如此容易？方寻思间，猛觉围身妖气减退甚速。涂雷也真机警神速，这一来，料定师父暗地施为。算计妖阵已破，更不怠慢，恨极妖狐，唯恐漏网，念头才转，反正妖气锐减，已阻不住自己，忙即运用玄功，径往适才妖狐现身之处飞去。

刚飞出不远，忽然眼前光华大放，明如白昼，当头又现出一圈光华，阵中各色妖烟似潮水一般直往圈中飞去。光华照处，正瞥见妖狐面容惨白，手中掐诀，业已离地飞起，仓皇欲遁，身后似还有一黑影相随。涂雷哪肯容她逃走，不问三七二十一，催动剑光，电驰般飞去，恰值妖狐刚巧遁起，妖阵已破，对面又有仙法禁制，异宝当头，唯一活路，只有妖人所传邪法。她哪知另有妖鬼要收渔人之利，乘机夺她内丹，已然冒着奇险，飞临身侧。妖狐一见剑光耀眼，吓得亡魂皆冒，知不及逃遁，不顾本身，忙把内丹喷出时，剑光已绕身而过，腰斩两截，落在地上。

涂雷见妖狐头前星光一亮，知是内丹。方要指挥剑光围收，倏地震天价一个大霹雳打将下来，雷火飞射中，同时眼前一暗。一片黑影如乌云流天，电逝而过。跟着一声厉啸，由近而远，妖氛邪雾一时俱尽，再找那团星光，已无影无踪。当顶光华已隐，师父不知去向，只剩虎王委顿虎背，人、兽仍被自己剑光法术托住，相倚相伏，喘息不已，颇为狼狈。

料知妖狐元神逃走，方欲飞起查看，金光闪处，清波上人自空下降，涂雷忙即拜倒。上人也不搭理，满面愠色，走至虎王身前。涂雷以为师父定怪他违命前来，那些法宝必已代己取去。好在除了斩妖，并未误事，毫不害怕，仍照着往常淘气神气，笑嘻嘻赶过去，将剑光法术一收。虎王等缓缓落到地上，护身白气依旧围绕。

上人始终不睬涂雷，只对白猿道："你多年听经，本可身入佛门，因以前连犯贪嗔，几乎误了前途。适才紧急关头，竟能舍身救主，既应大劫，又可挽盖前咎。虽难重列禅师门下，从此勉力虔修，总可于玄门中寻求正果。只你今日真元受伤太甚，不能还原。幸是胸有成竹，一心盼我救助，不曾逞强自收；适才又仗我神雷迅速，妖鬼不敢多起贪心，才得保全，未被摄去，尚是便宜。现在先代你将真元凝聚，另赐仙丹一粒，回去再静坐修炼数十日，便可复原了。"

白猿含泪拜倒。上人忙将它止住，吩咐盘膝闭目，宁神端坐，不可着相。上人张口一吸，白气便有一头缓缓飞入口里，渐渐吸尽，上人也闭目端坐，默运玄功。过有片刻才起身，伸手朝白猿头顶一指，命门忽然裂一小缝。口张处吐出酒杯大小的一团晶光，载沉载浮，萤萤流动，似要往上升去。上人戟指大喝道："大胆婴儿，妄离母体，还不归窍么？"随说手一扬，风雷之声隆隆大作，晶光被迫缓缓往白猿头上飞落。上人将手一合，头便回了原状。白猿立时精神如故，二次拜倒在地。上人救罢白猿，又去抚治黑虎。

涂雷见虎王伏身虎背，只是喘息，目光虽现坚强之状，神情却是疲殆已极，料他身上定和散了一般痛苦。见上人先给猿、虎施治，大是不平，忍不住请道："他受伤很重，这些灵兽多能支持，还是先救他吧。"上人喝道："无知孽障！你只知倔强任性，适才已然误事，给你自身日后添了许多麻烦，尚不自悟，又来妄自请求。颜虎不将命定灾劫受完，莫非还要他再多一劫么？”涂雷见师父今日似乎真怒，不敢再说，肃然侍立在侧。

上人把黑虎、二猱一一救复了原，方给虎王施治。又给了一粒丹药，命他回山静养，每日打坐，候到明年春天，前往蜀中一行，自有仙缘遇合。

虎王等拜谢之后，上人对涂雷道：“颜虎灾劫，终于转祸为福，时至自了。你非不知我早在此防护。刚入阵时，妖人史渔命门下妖魂来此埋伏阵法外，本意妖狐如胜，便出相助，败便将她内丹摄去，坐收渔人之利。他看出颜虎和虎、猿、二猱俱有根器，元神坚固，意欲乘隙下手。值我赶来将他诛戮，祸根已除，原可无碍。不料灵姑昨晚杀了陈惠所差妖鬼，未将余气驱散，被它凝聚成形，逃到路上，遇见史渔所差另一妖魂为灵姑所斩，急忙逃回。妖狐信香被我行法暗中破去，史渔久候无信，正要亲来窥探，又遇见两妖鬼报信，到时恰在破阵那一会儿，你如不离开原地，挨到这时，由你保护他们，我全力对付妖狐，必可将她除去；或你不违命行事，我无毋防你树下强敌大怨，也不致被她遁走。

“你偏不听教训，使我心分两地。当妖狐用内丹舍命来攻之际，势甚危急，我一面要解救颜虎，一面要防乙木之气将你隔断，只好暗中行法破阵，收了诸宝，不使你见，以免胡来误事。满拟再缓片刻，妖狐必将行法遁走，而且她躯壳修炼颇非容易，又恃学会妖遁，必不舍弃之而去。等她一逃，我再出其不意，发动禁法，将她形神一齐擒住诛戮，永无后患。

“无奈被你看破，又闹鬼聪明，见妖阵已破，疑心我会放走妖狐，不去扫荡妖阵余氛，骤然飞来。更不料史渔那般大胆，恰在此时冒险飞落，抢了妖狐内丹、元神，立即遁走。我连顾三面，下手略缓，妖狐逃又稍迟，致有此误。史渔为人无仇不报，适才虽然得手，却也身受雷火之伤。他无奈我何，早晚遇你必不甘休。这类事不是不可避免，偏要自寻苦恼。你这孽障真是可恨，如非念你忠义，为友热肠，似此屡逆师命，岂能宽恕？

“适间豹声悲啸，定是你出门慌张，忘了封锁门户，红蟒追逐替身。到了洞前，被四豹发觉，救主情切，中了邪毒，在彼挣命。我因四豹虽为恶畜，居然颇有灵性，甘受我的诫饬，不妄杀生，年来已渐素食，推爱屋乌，意欲使它们遇机受一次灾难，为之略换胎骨，此举原与有益。但你从小修道，气质如此浮妄，不加责罚，焉能悛改？灵姑等此时必在林内，你拿我灵丹，速去救了四豹，去往洞中洗涤，再行回洞受罚，顺便命灵姑父女往洞中相见。”上人说罢，袍袖一展，破空飞去。

虎王见涂雷为己受责好生不安，欲代跪求，已是无及。涂雷听说四豹有难，早急于归去解救，别的并不放在心上，匆匆别了虎王，便自飞去。虎王等回转建业村去。不提。

灵姑父女追赶红蟒，蟒行御风，其速如矢。起初虎王逃走，全仗黑虎、二猱沿途不断阻挠，才没被它追上。灵姑父女脚程虽快，如何能与妖比，不消片刻，便落在后面老远。灵姑乃少年人心性，急于成功，不断脚底加劲，唯恐到晚误事，仍是无用。眼看越追越远，一个转折，连红蟒影子都看不见了。

正发急间，恰值妖徒尹铸因师兄史文争功，命他去追前面妖狐替身，他为人也颇凶狡，迫于积威，虽不敢违抗，但他深知此举不特徒劳无功，弄巧还要吃那御剑追赶妖狐人的大亏，哪肯上当？等史文赶往西大林，略一走远，便即下落。越想史文恃宠欺人，专横太甚，越觉其可恶。暗忖：“师父自从妖尸谷辰一死，极力学他和冥圣徐完所为，时常物色有根器道行的人畜生魂。自己奉命出来，一事未办，师父又常说自己比史文差得太多，这厮却建了大功回去，相形之下，未免难堪。来时原命自己顺便招回陈惠所差灵鬼。先到建业村时，因见冈前仿佛没有禁法，那两个灵鬼道行、法力虽不如自己远甚，却都受过本门传授，来去无踪，最善于潜身逃遁，尚且失陷，妖狐也连番俱遭失利，可见敌人厉害，岂可轻视？史文更注重妖狐之事，不愿犯险，闹得弄巧成拙。因而只一同在附近搜寻了一会儿，并未入村。虎王已入西大林，村中纵有能手，也必随往相助，适才追赶妖狐的剑光神妙，可以想见。估量此时正好乘虚而入，寻着二鬼更妙，至不济也摄取几个生魂回去，纵不算大功，也可交代。”

尹铸主意想定，因为时尚早，就便还想搜寻二鬼踪迹，没有驾遁高飞，时而深入地下，时而升起，一路查看前行，走并不快。走了一会儿，忽然想起这么大地方，岂能遍找？仍以先行入村为宜。刚驾遁飞起，正值灵姑父女追赶红蟒，由左近山脚绕过。

尹铸也是恶贯满盈，该在当晚伏诛。稍迟或是稍快，都可错过，偏偏不先不后，恰在此时飞起。一眼望见老少二人在黑夜荒山疾行如飞，明知不是寻常无根器异禀的人物，却立即行使妖法，骤出不意，凭空下手。而且死星照命，又偏多事，心欺二人不是道术之士，再见小的是个身体俏秀的女子，月光之下，仿佛艳美，忽起淫念。意欲当面看明，行法禁制，问出来由，肆意奸淫一番，再看事行事。如若中意，便不弄死她，放了老的，省得泄露，将美女藏过一旁，自去村中行事。复命之后，乘便会合取乐，永远享受。于是未先动手，径向灵姑身前飞落。一看果然仙骨玉肌，美秀无俦，心中大喜，竟不忍骤施禁法，妄以为手到之物，可以随便侮弄。来人见己自天而下，定疑神仙下降。如果不出强迫，自愿相从，岂不又省事又有趣？

谁知灵姑事前得过仙柬指示，又会过两个妖鬼，有了点经验。正行之间，耳听怪风飒然从脑后吹来，早自留意戒备。瞥见一条黑影，带着一溜烟光，飞落身前，与昨晚所斩妖鬼形影大同小异，断定是仙人所说妖党无疑，哪里还肯怠慢，竟未容他张口动作，将事先掐好的仙诀朝身佩玉匣一指，怒喝："无知妖鬼敢来送死！"言还未了，匣盖开处，飞刀如电，立即飞出。

尹铸见老少二人先后止步，老的一见，面上略为吃惊；当前美女玉立亭亭，面不改色，樱唇欲破，似要开口，越觉容易勾引。正要拿话诱胁，忽见美女手往腰间一指，仿佛掐有灵诀。心刚一动，猛瞥见银光耀眼，知道不妙，想逃已是无及，耳听美女一声断喝，还未听清，刀光绕过，尸横就地。

灵姑见这妖鬼比昨晚所见还要厉害，斩后两段人形黑烟依旧盘旋地上，并不停止，似要聚合一处，乘风飞去。鉴于昨晚之失，不俟凑拢，忙挥飞刀，照仙示所说，斩了一个十字。犹恐作怪，指挥那道银光，照准残烟不住乱砍。烟鬼尽管片段碎裂，终似有形之物，急切间仍是不散。时又云净月明，山风不扬，吕伟也觉可虑，主张小心。灵姑无法，益发乱指刀光，跟踪妖烟，纵横驰骤。

尹铸从小好道，误入旁门，枉费多年苦练之功，受尽恶师煎熬，由生魂凝炼成体质，与人无殊。只因一念贪淫，形神俱灭，连鬼都做不成。一条性命，只换得美女半声娇叱。那灵鬼玄阴之气，怎敌得过仙家太乙真金百炼之宝，又被寸斩尸身，早已伏诛，怎得还原。灵姑虽不知妖鬼魂气较为坚聚，遇大风始能吹散，直等刀光将满地断魂余气消灭殆尽，仅剩几丝残烟袅荡空悬，忽然一阵山风吹散，无影无踪，这才心头落实，同了老父上路。

这一耽搁，恰值昨晚二妖鬼在地底炼形还原，沿途攀依草木，随风归去，望见银光电掣，正是昨晚所遇女子在诛戮妖鬼。深幸昨晚飞刀容情，得逃活命，哪里还敢近前，远远藏起，等吕氏父女走远，方始逃回。路遇无疵道长史渔，报了凶信，只说亲见妖徒为一老一少所斩。妖道得了内丹回山，史、尹二妖徒无一生还，因为二妖徒俱死灵姑之手，由此结下深仇。皆是后话不提。

且说吕氏父女、涂雷、四虎互说了前事，天已大亮。涂雷又将所存干粮取出，分与四虎，说道："师父以前曾赐我几道灵符，原备在外救人时逃难之用。你们此去云南碧鸡坊，休说道途遥远，就是出山走上官道，还得两三天。这里只有一天的干粮，如何够用？你们又不愿往建业村去，莫如我拿这符送你六人到建业村附近，放下他父女二人早点回村，省得村中诸人挂念，就便用这一道灵符把你四人送上官道。我还有师父昔年给我的几两银子没用完，一并发送给你们吧。"

四虎同声说道："我们五人在红神谷内，曾盗出八口袋金砂，交与杨天真先行运出，由此失踪不见。盗时也防到万一走散，各人挑那豆大的小块都取了一些。一上官道，到了城镇，便可换银。承蒙远送，已感盛情，钱倒无须，只是兵器一件没有。适见吕老英雄除两口宝剑外，尚有一口苗刀。宝剑自是多年随身之物，未便割爱。相见无期，不敢说还的话，可否将此刀见赐一用呢？"

吕伟忙解佩刀，答道："小弟此剑原是双剑，有时和小女分用。来时路上买了这口苗刀，倒还锋利。日前方将双剑给了小女，以免分用不便。次日便蒙颠仙恩赐玉匣飞刀，由此爱不释手。昨晚出村时，我恐万一用着刀剑暗器之类，命她将双剑、弩囊一齐带上。后追妖蟒，其行如风，我父女一会儿工夫，落后老远。我见小女性急，这两口剑又长又大，恐她碍事，要了过来。四兄长行，无有兵器防身，此去山高路险，难保不遇蛇兽之类，此刀本有奉赠之意，没说出罢了。不过四人合用一刀，终嫌不济。小弟愚见，四兄与戴、谢诸兄俱是多年老友，无非受了小人浸润，友谊不终，实非大家本怀。四兄现受仙人点化，行即入道，想不再计及尘世间的恩怨。村中诸位老友，对于这次走的朋友，常以为念，并未忘情。与其长路为难，何如同往村中，由小弟出面，化弃前隙，言归于好，盘桓个一天半日，顺便要几件兵刃。小弟等一行明早也必动身，你我一同上了官道，再行分道扬镳，各奔前途，岂不是好？"

涂雷本意想抽空赶往建业村，与虎王相见，叙说经过，只因奉有师命，不得不先送四虎出山。又知四虎必羞于再见村中诸人，因此不便相强，原拟送人回来，绕道一行，闻言极口称善。

四虎自顾九死余生，还谈甚恩怨二字，见吕、涂二人一唱一和，自然不便逆意，乐得大方应允。便答道："小弟等与村中诸友原是自己弟兄，既然前往，任是何物，皆可索讨，尊刀也无须割爱了。”吕伟笑道：“四兄不要此刀，岂不显得小弟有心小气么？村中器械虽全，似此吹毛断铁之物，却也不多。不论四兄哪一位收用，留作纪念吧。”

四虎知他意诚，不便客套，只得称谢收了。涂雷又把干粮索回道：“这一来，还要这点粗粮食则甚？仍留我自己享受吧。”说罢，相偕走出。见上人已是垂帘入定多时，不敢惊动，一同恭敬拜别。

到了洞外，涂雷用禁法将洞口封了，吩咐六人手挽手，闭目一处站好，取出身藏灵符，运用玄门妙法，自驾剑光隐护，喝一声：“起！”六人便觉身子被甚东西托住，凌虚上升，又听呼呼风响，飞也似往前飘去。不消片刻，又听脚下有欢呼之声，身随下沉。

落地一看，已是建业村长冈之上，戴、谢、韩、张和虎王、方奎诸人正奔迎过来，各自叙礼相见。吕伟见四虎面有愧色，忙把自己和涂雷相邀来意说明。好在中行以下诸首脑均无芥蒂，仍和以前一样相待，入寨落座，又几番殷勤款接，四虎方才心安。大家畅谈一阵，已到午饭时候，中间已连进了两次茶点。中行大设盛宴，集众庆贺，大家欢呼畅饮，快乐非常。

将要酒阑散坐，吕伟屡经爱女目语示意催促，站起身来，当众告辞。四虎也跟着辞别。中行哪里肯放，尤其四虎重归，弟兄复和，喜出望外，正好常聚，更不放走。嗣经吕伟、四虎再三分说，涂雷又代做证，说是出于仙示，这才勉强多留一日，约定第三日午前送双侠、四虎弟兄起身。涂雷因四虎还得等两天走，席散谈到天黑，未赴夜宴，便即别去。中行等知留不住，约好以后得暇常来而别。

当晚无话，每餐都是盛筵欢会，又给双侠、四虎诸人各备了极厚的川资和一切应用之物。众人见主人情深意厚，万辞不掉，分别道谢收下。

第三日，中行等提早设宴送行，并亲自送出几十里远，双侠再三辞谢，方始别去。

虎王因白猿说张鸿面有晦色，与双侠、四虎别后，行近村前，听了猿语，又推行猎，离却中行诸人，独率猿、虎、双猱，绕道尾随下去。双侠、四虎一行都骑着村中备就的快马，算计山中只住一日，次日黄昏到近山口难行之处，便可弃马出山，走上官道。当晚寻了一处崖洞，正要准备铺陈安歇，忽见涂雷飞来，传授清波上人之命。说四虎已迟了一日，当晚出山还来得及，特命前来行法相送，速与双侠分途各进，否则会出差错。四虎闻言大惊，连忙结束，将马匹交与同来的马夫，匆匆别了双侠等人，随着涂雷行法，破空飞去。

行时吕伟似见涂雷面容惶遽，看了张鸿一眼，口张了张，似有惊疑之状，又似忙着起身，无暇多说，欲言又止之状。吕伟父女何等机警，心疑有故。再一细看张鸿脸上，果似带有晦暗之色，料非佳兆。恐张鸿疑虑，反倒无事生事，自己多留点心，本不想给说破。

张鸿也是久经事故的，见他父女相互以目示意，料知有事，摸了一下脸，笑问道："大哥、侄女老看我脸，莫非我的气色不好么？这个但说无妨，今早起身我已得有警兆了。大丈夫死生有命，我两人出生入死，也不知多少次了，怕它怎的？"吕伟闻言，忙问何故。

张鸿道："你弟妹生前好道，喜做善事。有一年寒天大雪，门外来了一个穷道姑，衣甚单薄，冻得嗦嗦直抖，你弟妹将她接了进去。彼时远儿生才满月，我正和你出门在外。不知怎的，她两人一拍即合，结成方外之交，你弟妹将她留在家里，由此长斋打坐。把家中田业视为身外之物，早晚归人，不肯再事料理。更不喜和我相见，闺房之乐，更谈不到了。

"我和她原是少年患难，彼此爱好为婚。虽我时常出外，但每年总要回家一次。到家吃她那样冷淡，全没夫妻之情，自然不愿意。家人因我性情太暴，并没敢说后楼上还住有一个道姑，日夕受她礼拜。好在舍下房多，无人告发，那道姑终日打坐，从不下楼，我待不几天就走，也就罢了。

"等我第二次回家，家里直改了样。家务也交给一个老长年经管，田业施舍了大半，说是为我消灾减孽。休说是我，连她亲生的乳婴都雇人来喂养，不闻不问了。更怪的是我还没到家，她头晚就给我先留下一封长信，叫我不要惊扰她，由她在家习静修道，否则留日更短。我没看完，便气得把信撕了。盘问下来，才知是所救道姑作怪。我素恨三姑六婆，当时怒极。因我夫妻相敬相爱，从未破过脸，把罪过都归在道姑一人身上。心想取瑟而歌，将道姑屈辱一顿赶走，使其自悟。刚一跑上后楼，便听道姑在楼上对你弟妹说道：'不是我不肯度你，无奈时还未到，你又体质脆弱，不宜山居，恐难免此一劫。你看那不是你的冤孽来了么？'我脚步很轻，不知她何以听出。我只道妖言惑众，不等她说完，便冲进房去。

"那道姑虽在我家两年，但穿的仍是来时破旧衣服，在蒲团上坐定。你弟妹跪在她面前，泪如雨下，似在哀求超度神气。我还恐伤她面子，反正人跑不脱，强忍怒气，打算拿话逼那道姑显点真法力出来，做个凭信。等将她问住，再明斥其奸，逼她供出骗人的实话，好使你弟妹回心，并未当时鲁莽。谁知我进门，她理也未理，只喊着你弟妹的名字道：‘王莲，王莲，你看我话如何？我在大熊岭上等你，十年短期，转眼即至，切莫自误。’随说，一掌照你弟妹头上打去。

“我恨她无礼，满口胡说，怒火中烧，实忍不住。刚喝一声：‘妖道！’道姑抬头看了我一眼，我看出她双目精光远射，不似常人。本要纵上前去抓她，就这目光相对微一停顿之际，那道姑又说了句：‘蠢得可怜！’随把袖一展，相隔还有两三丈远，便觉一股子绝大潜力涌来，我几乎被她推倒。心方一惊，满室光华耀眼，人已不见。推窗远望，仅见天空有一丝白光游动云际之间，片刻即隐。才知道姑真个是神仙，悔已无及。

“你弟妹却似早料及此，并没见怪。我心内愧，不好多问。她却没事人一般，一切照常，只不叫我进房，反把婴儿抱来抚弄，也不再打坐了。我看不出是何心意。第三日，却把我请进去，抱了远儿，谈到深宵，尽是劝我的话。她又从怀中取出那年给你看的小铜镜子，说可辟邪，亲手给我挂在胸前，贴肉藏好。我因她语气好些奇怪，忍不住想问她。她推说天已不早，催我回房安歇。

“我夫妻虽说互相爱好，为了便于用功，素来难得睡在内室，我还想明早再问不迟。第二日早起，入内一看，她房门未开。道姑走前，她时常一打坐就整天整夜的不开房门，不进饮食，也不许人进去。我当她又在打坐，以为常事，便不去惊动。出门看了两家亲友，入夜方回，房仍未开。远儿时已两三岁，不住啼哭要娘，下人遵她以前之命，又不敢进去相唤，我便抱了远儿，才走到她门前，便闻见一股极清的微香。唤了几声，不听答应，仍当打坐。正要回转，使女在旁悄说：‘适才因远儿啼哭不休，抱近房外，故使闻悉，好开门放进。久候无信，曾从窗隙中偷看，平日打坐的蒲团上不见人，许已坐完入睡。’猛想起她昨晚颇有别离之意，疑心生变，又撞了几下门不应，便用重手法破门而入。见她已沐浴更衣，在后房竹榻上端坐圆寂了。事已至此，只得入殓安葬。

“我一直连梦也未做过，可是那面铜镜却时显灵验。平日看去只是满生绿斑的一片光溜溜的青铜，可是一遇有事时，人影便即现出，以愁苦喜笑，来定凶吉。有时还有人物影子关合未来之事。虽有大阵仗，只要与我无大相干，如像上次斩蛇遇颜虎、建业村争斗等情，就不怎显。今早因有远行，用它来卜前途吉凶,竟现出许多异状。

“镜中先把我现出,也不愁,也不喜。只一转眼,却换了远儿,带着哭相。随后又隐隐现出一座道观和些山水林木影子。当时远儿正站在我的跟前。往常照时,总是父子一齐出现,今番变作了一个一个单独出现。我的影子没有生气,一晃即灭,远儿却有悲容。后照别的镜子,果然面色不佳,料必凶多吉少。现被大哥、侄女看出,是与不是?”

吕伟不便再隐,就将适才所见说了。张鸿因吕氏父女面色有变,张远更是从早起看镜中景象便带戚容,不禁笑道:“我自幼闯荡江湖,到处行侠仗义,坏事虽自问没有,杀生实是太重,无心之失,更所不免。如今已在暮年,死生祸福早置度外,忧心它则甚?今晚没有好东道主人,难得寻到这么好的山洞,免却露宿一宵,谢道明还单送我好酒在此,来来来,就着上好酒菜,痛快喝它一醉,再倒头一睡,明早上路,万事全休。”

说时,王守常夫妻轮值宿事,已将洞中扫净铺陈就绪。吕伟虽不放心,也不愿多提逆意之事,徒乱人意,就在洞外对月饮食。大家连日村中畅聚,遽别良朋,跋涉长路,空山寂寥,风月凄清,已不无离索聚散之感,再加上这一点未来的隐忧,一任张鸿心雄气壮,慷慨激昂,终提不起全席的兴致。尤其张远深知仙镜灵异,十不爽一,心忧老父,举止呆丧。

快要吃完,忽然虎王骑虎追来,众人问他何故去而复转。虎王来时守着白猿之诫,并未明言,只说别后苦念双侠,左右无事,虎行又快,特来赶送一程,就便多聚些时。众人知他绕路追来尚未进食,忙着取杯更盏,劝酒劝菜。双猱又戏跃于前,互相一阵说笑,才把兴致稍稍提起,俱都渐忘前事,只张远一人殷忧未艾。

一会儿,酒酣食饱。双侠正要劝虎王回去,才一开口,灵姑忽然动念,知猿、虎、双猱灵异,如有虎王护送,张鸿父子前途绝可趋避,悄悄拉了老父一下。吕伟被她提醒,暗忖:“仙人曾有白猿须随虎王回山静坐修养,方可还原之言。虎王虽不能长途相送,但他去而复转,未始无因,不如听其自然,能送多远是多远。万一张鸿凶变,就应在前途,多他这一人、四兽为助,岂不要好得多?”便改口说道:“既是虎弟如此盛情,好在虎快,今晚且和我同榻而眠,明早上路,再行分手如何?”

虎王道:“我要和白猿回去用功,涂兄弟已说我在村中多耽搁了两天,不能久延自误。白猿又和我说,至多只能送你们到后日早上,不用劝说也回去了。”吕伟是众人之主,张鸿豪爽,又是个喜聚不喜散的性情,听二人这一说,也就罢了。当下略为徘徊,虎王便催早睡早起,好多送众人走一程。灵姑暗中留神,见白猿一来就注目张鸿,酒后朝虎王叫了两声,虎王便催大家入洞早睡,愈料有故,偷偷向老父说了。吕伟不令说破,也跟着催早睡,分别安歇。

一宵无话。次早天还未明,白猿入洞相唤。虎王先醒,又催促进食起身。众人昨日已走了一小段路,宿处地虽荒僻,相隔官道甚近。登高遥望,远处渐有人烟,带着猿、虎、双猱同行,恐惊俗人耳目。行时计议:起初只因山路不熟,意欲到了青麦驿,接近莽苍山地界,再行觅路入山,反正不免山行,莽苍山又是白猿旧游之所,有它前行引导,路要近却不少。于是重又走入山里。一路之上,山岭重复,也不知费了多少攀缘跋涉,由黎明起身,毫不停歇,一遇平地,便各快跑,行至午未之交,才只走了二百多里的山路。一行饥渴交加,只得寻觅水源歇息,饮食饱餐之后,又复前行。所经都是荒山古径,蛇兽繁生,险阻非常。

歇息之时,白猿说此去莽苍,比沿驿路虽要近却三百余里,可是这一段生路,自古绝少人迹,照众人脚程,需要傍晚才能走完。过去便有苗墟蛮寨了。再走数日,人烟又断,才能进入莽苍山境。边叫边用树枝在地上划,虎王代为译述。灵姑在旁用心默记,一见所行道路方向果与仙人所说相似,大为惊佩。一面谨持玉匣,紧随张鸿身侧,以备变起非常;一面暗察白猿和虎王的神色动作。一直无事发生,纵遇蛇兽之类,也禁不住虎、猱等驱除,不值一提。

赶行多时,霞绮满天,青烟四起,眼看红日西坠,时近黄昏。途中草莽茂密,沼泽纵横,毒瘴恶雾成堆浮涌,恶禽猛兽相与号叫,蛇蝎载途,见人怒窜。知已到了白猿所说最险恶的一段路,过完即有墟烟可见。

白猿原本当先领路,引着众人左弯右转,躲开瘴岚沮洳,避道而行。忽然奔回,看了张鸿一眼。又叫两声,仍复奔去。这时众人刚踏上石地,傍着一片山麓之下行走。山体如削,壁立数百丈。山下是数百顷方圆的平原草泽,浮沙淤泥,到处都有,误踏上去,就有陷没之虞。泥沙中蕴藏奇毒,沾肉立肿,疼痒不堪,重或致命。众人好容易才绕到山下石路上去,路有宽狭高低,尚须纵跃而过,不宜比肩而行,俱作单行前进。

原先虎王把黑虎让给妇孺们乘骑,一会儿跑向前去与白猿同行,一会儿又跑回来和吕伟说笑。双猱紧随身侧，跳前跳后。这一人二兽，总是在前时多，中间是黑虎驮着王守常妻子。虎王本欲令灵姑一同骑虎，灵姑自恃有玉匣飞刀，决意随父暗保张鸿，让给张远乘坐。张远先是不肯，午后再走，双侠见他毕竟年幼，不胜跋涉，力逼他骑了上去。由王守常、双侠、灵姑四人断后同行。

这一走到石径窄处，改作单行，吕、王二人见沿途平安，荒山野径，仗有虎王同行，不疑生变，也就大意过去。又正赶虎王前面招手相唤，双猱追向前去，一行分成三四段，拉长老远。只剩灵姑一人，紧随张鸿身后，吃白猿赶回一看一叫，灵姑心方一动，猛觉内急。一看老父、王守常都在前面与虎王立谈，相隔不到百尺远近，张鸿一会儿便赶上，恰好来路石壁突出，可以隐身，忙向张鸿道："叔父先走一走，侄女去去就来。"说完遂往后跑去。

灵姑刚刚解罢起身，忽听前面叭的一声爆响，接着叭叭之声四起，密如贯珠。心疑有变，连忙纵出石后，往前面一看，见山对面污泥泽里，泥浆似开了花一般，涌出许多五颜六色的东西。虎王、吕、王等人纷纷前蹿，张鸿业已倒在山脚底。知道不妙，方欲纵上前去相救，只见凭空一条白影如银丸飞坠，落到张鸿面前，正是白猿，一手持着虎王那面古玉符，就地上抱起张鸿，朝着灵姑单手连摇，意似叫她速往来路退避，不要走过去。长叫一声，往前飞去。

这时泥泽中彩雾飘浮，映着斜阳，灿若云锦。泥浆四外飞洒，宛若雨雹，腥风秽气，闻之欲呕。彩烟笼罩之下，泥中之物也都逐渐现出全身。那东西似蛇非蛇，头似蛤蟆，紫额黄斑，碧眼血吻，口里无牙，白舌尺许，吞吐不休，不时喷出五彩烟气，凝聚不散。后半身与鱼相似，通体作暗绿色，间以彩斑。长者十尺过外，大小不一。初出土甚是欢跃，嗷嗷乱叫，翻腾转折于淤泥之中，往来如飞，两爪扬处，便有泥雨飞出。最大的一条，出土处陷了一个两丈大小的深坑，逼近山脚，相隔张鸿甚近。张鸿想是中毒晕倒。怪物中有好几条望见灵姑，滑驶而至，张口乱喷，爪中污泥发如骤雨，已然打近身前。

灵姑哪知厉害，因见张鸿受伤，心中大怒，方欲指挥飞刀诛戮，忽听头上有个老人声音高喝道："那小姑娘还不赶快上来，要等死么？"一言甫毕，便有一根山藤自山崖上垂下，正落在灵姑面前。山径逼狭，泥中怪物何止千百。灵姑立处正在中间，前后都有怪物爬行上来，路被阻断。灵姑虽然不怕，但那奇腥之味令人头晕脑涨，实是难闻，不由伸手抓藤。耳旁又听一声："抓稳莫放。”身便凌空扯起。才一离地，怪物也追逐上来，脚下臭污泥已落了一满地，侥幸没被打中身上。百忙中灵姑飞刀已是发出，追着怪物只一绕，立成两段。等人缒到山上，怪物已死了百十条，余下的吓得纷纷往泥中钻去，刀光仍是飞跃不已。

灵姑立定一看，那用山藤救自己的，乃是一个红脸长须的瘦小道人。未及说话，另一同样道人已从去路山崖之下，领了虎王、老父等一行，抱着张鸿赶上山来，灵姑不顾和人问答，忙赶上去一看，张鸿业已面如墨绿，毒发待死。张远号哭不止，众人个个愁容泪眼。

一问，才知白猿看见张鸿面上晦色愈甚，知将祸发，忙赶前去告知虎王，想不出致祸之由。虎王和吕、王二人商议，刚想起将那面古玉符借他佩带些日，等过几天，再命白猿追来索取，便望见张鸿正走之间，脚旁泥泽中一个泥泡涌起爆开，现出一个怪物，污泥乱飞，毒烟四溢，人即中毒晕倒。幸而灵姑因内急事先离开，否则仓促中一样难免，众人见状大惊，方要赶救，白猿忙令虎王禁止，中毒必死，不可近前。自持玉符赶去，将人救回。吕伟虽不放心灵姑，也是无法，仗有玉匣飞刀，或可无害，只得随众奔逃。刚转过山脚，忽从山上纵落下一个道人，看了猿、虎、双猱一眼，先给张鸿口里塞了一块黑药，随令众人上山避祸，免为毒气所侵，看他诛戮怪物。知是异人，一同走上来路，山崖陡峭，转角这一带却不难走。道人领路，行走甚速，彼此尚未通名请教呢。

灵姑见两道人已会在一起，各用手指着下面，似有悔恨叹惜之容。猛想起飞刀还未收转，忙赶到崖边一看，沼泽中的大怪物死有二百多只，余者全部钻下泥底。剩下一两条小的逃遁仓皇，上半身已然钻下，外露半条鱼尾，动作甚快，眼看全身尽陷，吃飞刀赶上一绕，将尾削断，血泥飞溅，上半身仍被它逃去。

那山崖上下相隔颇高，风并不顺，但那股子奇腥极秽之气仍是浓厚触鼻。毒氛恶雾依旧如烟如雾，还是凝聚不散，灵姑知这毒气厉害，忙指挥飞刀往来扫荡，意欲将它驱散。白猿也赶来相助，手舞仙剑，直指下面，四外乱搅。搅得那些毒气如零云断雾突遇狂风，化为片片轻烟，随风高举，四外飘去，映着斜阳夕照，直似无数透明花瓣，雪舞烟飘，煞是好看。

一人一猿指挥刀剑正驰逐得起劲，忽听身后喝道：“这样使不得，快将刀剑收回，否则贻祸无穷了。”白猿知旨，首先将剑光掣回，收入匣内。灵姑见发话的是那道人,刚把飞刀收回,便见两道人同时走近。

灵姑留神细看,道人都生得身躯矮小,骨瘦如柴,红脸黄睛,黑须黑髯,连髯盈腮,长迄腹下。黑髻不冠,又光又亮,横插一根尺许长的大铁簪,形如无把之剑,上面满布五色锈斑,篆文隐隐,仿佛暗光。身穿玄色葛布道袍,长仅及膝,腰束一根细草织成的带子,绕身数匝,两头各有一个茶杯大小的草球,自腰下垂。内穿玄色葛布短裤。赤足如玉,蹬着一双深黄色的麻鞋,手足纤长柔白。各持着一根长竹钓竿,腰插长竹剑和一个玄色麻袋、一个葫芦。两人竟似一人化身为二,不特衣服、佩带之物一样,容貌身材也都是一而二,分毫不差,分不出谁长谁幼。端的骨相清奇,装束古野,迥非寻常黄冠火居道士之比。

这时两道人已走到前面,将手中长竹竿插在地上,匆匆各取腰间葫芦、竹剑分持手内,又从囊内取出一个令牌。先将葫芦拔盖,放在崖口,并令众人速往后退。然后一前一后,雁行斜立,前一个站在两葫芦的旁边,后一人正当葫芦之后。立定以后,朝那浮腾泥泽上空的毒气细看了看,似有作难之色。互相一点首,后一人便踽步站好,闭目合睛,身上乱抖,好似浑身都在用力。倏地身子蹲了一下,瞠目撮口,对着前面用力往里猛吸。同时前一人也运用真力相待。

空中毒气自剑光刀光收回,本是载沉载浮,随风欲去,经道人这一吸,渐渐往回飘来,齐向中间聚拢。一会儿工夫,纤云碎雾,聚成数亩大小一团彩霞,浮悬空中。无奈山风正大,眼看飘近山前,忽又被风吹退。道人这口气始终未换,时久无功,不觉焦躁,用手中竹剑朝令牌上猛力一击,朝前一甩,便有一溜火光射出,飞入彩雾之中,毒气见火,立即燃烧起来,势更迅速,恍如纸投红炉,晃眼烧尽。可是火过处,毒气全烧成了黑烟,随风飘荡。值有数十飞鸟自上飞过,相隔还有数十丈,不知怎的,竟会为奇毒所中,纷纷垂翅,翻折下落,坠入泥泽而死。

众人见毒气这等厉害,方在骇然,道人也勃然大怒,口中喝了一声,二次运用真力往里一吸。这次却是快极,黑烟受了真力牵引,竟似流水一般往山前射来。眼看将到,前一道人早在旁运足真气相待,先用力往外一喷,喷出一团白气,出口分布,恰将黑烟来势抵住。跟着一手举令牌护住面目,一手持竹剑连挥几挥,往下一指。那白气立将黑烟带裹带压包住,只底下留一茶杯大小空隙,与面前葫芦口紧紧相对,距离也由高而低,渐渐合拢。

后一道人见已成功，忙赶向前，同样用竹剑一指。白气团底下又现一孔，与另一葫芦口相对，白气中的黑烟便往两葫芦中投去，不消半盏茶时，黑烟收尽。前一道人举剑一挥，白气分而为两，也向葫芦中投入。二道人忙用盖盖好，分佩腰间，吁了一声，如释重负。插剑身旁，各自拾起地上大小石子泥块，折些树枝，口中喃喃诵咒，同向泥泽中投去，落地便有一道青烟冒起。似这样有半个时辰，几乎把近山一带泥泽来路全都掷遍。

众人都担心张鸿生死安危，急于求道人救治。虎王尤其不耐，正要上前询问，二道人已然住手，各将竹剑拔出，连击了三下令牌，便有无数火星向下飞落。火星闪过，那一大片泥泽盆地连同来路，忽然失踪，凭高下望，只是一条极宽大的幽壑，黑暗暗一眼看不到底。二道人这才回身，指着张鸿，对众说道："这人吃了我的解毒药，命虽保住，要想复原，却不是一年半年的光阴，还得费好些手脚，谁有这闲心神服侍他？我真爱这白猴子和这小姑娘，我又真恨他累我晚死好些年，还不知到时怎样？"

正说之间，忽有两只形如鸾凤的彩禽，一递一声叫着飞来，在道人头上盘旋翔舞，飞鸣不已，其声锵锵，若转笙簧，甚是娱耳，叫了一阵，倏地侧翼一掠，往来路飞去。两道人互看一眼，齐声说道："这里刚在棘手，师父便要赐示，定是早已前知。莫非这人真该我救他么？"

众人先听他只赠前药，意似不欲终始其事，方要恳求，二鸟便自飞来。两道人住口谛听，若通鸟语。二道人不但面容如一，而且说话同发同收，一字不差，动作也如影随形，除有时独自言动外，更是不爽毫厘。众人虽在忧烦之中，也几乎忍不住想笑。二道人各自说了两句，同对众道："适才青鸾报信，说家师飞书到来，或者这人与我有缘。说来话长，且到我家中相叙如何？只是你们扶抱病人，仍是不可用手沾他皮肉。"众人自是欣慰，齐声称谢应了。

当下二道人在前领路，叫妇孺下来，吕伟抱着张鸿骑虎，同了众人由山后绕下。时近黄昏，暝色欲敛。遥望前面，炊烟袅袅，上出林薄，苗人墟落隐约在望。明明有好走的野路，道人却带了众人由素无人迹的林莽中穿行。野草纵横，灌木杂沓，浮泥沙窝所在都是，更有荆棘刺草之属碍路牵衣，上面都生毒刺，人中立肿，比来路所经还要艰险得多。山月未升，天又逐渐昏黑下来。如非道人带路，又有白猿、金猱左右将护，就本山苗民也通不过去。道人领着众人，在这暗林昏莽之中左绕右转，曲折穿行，走到天黑，还没将那片林莽走完。虽只一会儿工夫,众人都觉不耐。灵姑、虎王心急,几番想用飞刀、飞剑向前开路。吕伟持重,恐道人有心相试,连忙止住。

又走出四五里,忽走入一片森林里去。沿途俱是原生古木,参天矗立,密如排柱。上面虬枝交错,繁荫密结,宛如重幕,看不见丝毫星月之光。底下空地又尽是些荆棘野草,藤蔓纠缠。林木最密之处,人都单行,虎须强力跻身而过。两旁老树受了震动,树头枝干相擦,离柯密叶上面常年积存的残叶沙土,纷纷散落如雨,扑面生腥。不时还有些带毛小虫在内,落到人头颈里,刺痒非常。前后人的呼吸之声都可听见。老树梢上,蛇虫松鼠之类见人惊窜,嘘嘘乱叫,衬得暗林景物越发幽险,阴森怖人。尚幸众人目力敏锐,身怀绝技;如换常人,休说通行,吓也吓死。二道人只从容前行,若无其事,好像走熟了似的,从未回头张望一次。

前后走有半个时辰,草莽渐少,林木行列也渐稀疏。可是地下残枝落叶厚积尺许,多半年久,朽腐糟烂,一不小心,脚便踏陷在内,霉臭之味甚是难闻。众人只得施展踏雪无痕的轻身本领,提气前行。正在烦恶,前面忽现光明。跟着道人过去一看,身已出林,走上石地。可是对面石壁削立千丈,山月已出,正照上面,仿佛披了一层白霜,雄丽无比。走不几步,便到壁下,无路可通。众人多半猜道人是神仙一流,以为他要喝壁开路。

沿壁走了十来丈,壁间现出一小洞,上下石块参差,形若巨齿,大仅容身。洞口离地三尺,尚须纵跃而入,望去黑洞洞的。二道人已相继跃入,只得随了进去。里面奇黑,由明入暗,几不能辨。灵姑方奇怪二道人乃有道之士,怎住在这等险恶幽暗、毫无生趣之所?眼前骤亮,二道人各把双手扬起,发出一片红光,照路前进。洞顶甚是高大,洞途石笋怒生,钟乳四垂,多半通体明澈,晶莹耀目。吃红光一映,晶屏翠盖,玉栋珠缨,缤纷幻彩,顿成奇观。只是钟乳太多,奇石碍路,弯环曲折,窄处仅一人多宽。虽光怪离奇,景物瑰丽,终觉只可供探幽之兴,不是居人所宜。

虎王首先忍不住问道:“二位道长就住在这洞里么?”二道人同声答道:“这里哪有空地方住人?不过向洞主借路罢了。”众人一听不能住人,却另有一个洞主,方觉道人说话矛盾,忽见前面晶辉莹流,垂乳长约数十丈,恍若天绅自洞顶下悬,红光照处,芒彩四射,耀眼生辉。灵姑眼尖,一眼望见上面似趴着一个怪东西,长约丈许,头有几点蓝色晶光,闪闪下射,先还以为钟乳受光凝成的幻影。康、连二猱发现更早,长啸一声,便要跃起。吃白猿一爪一个夹颈皮抓住，叫了一声，双猱才停了势，只睁眼望着上面。啸声才住，那怪物也跟着蠕蠕蠢动。二道人顿现惊慌之状，同声大喝道："他们都是远客，生人新来，要到我家去，不比土著，休得见怪。他们明早仍由此洞出去，如有什么事，明晚寻我便了。"说罢，怪物又怒啸一声，才停了动转。声如洪钟，震得全洞皆起回音，嗡嗡绕耳，半晌方息。

众人抬头仰视，见那怪物头如蟾蜍，生着四只蓝眼，血盆大口直缘到颈间，赤舌如扇，吞吐不休。自腰以下，形如蜈蚣，后面一条鳄鱼长尾，腹下两排短足，通体长约一丈四五，宽约三尺。壁虎般趴伏乳屏后面，面向来人，距地甚高。背后两片黑影闪动，仿佛生有双翼，正瞪怪眼向下怒视。乳屏透明若晶，全身毕现，俱甚骇然。

道人喝罢，各拔竹剑，取出令牌，分了一人回来督队，一前一后护住众人，由屏侧石笋林中绕过。过后又改作回望倒行，意似怕那怪物翻脸伤人，防备万一，态甚严重。怪物也不再见动作。吕伟严戒众人不令回顾。

再行半里，石乳阻隔，早望不见怪物影子。虎王问那怪物是什么东西。二道人说："此乃本洞主人。出洞不远，就是我家了。"虎王知他顾忌，吕伟又摇手示意，便不再问。前途钟乳渐稀，奇石磊砢，又走了一段极难走的路，方到尽头。由一个小洞隙中俯身钻进，二次又见月光。走出洞外一看，天地忽然开朗，月光之下，只见平原芜芜，浅草如茵。左侧群峰秀耸，林壑幽奇。数十百株古松，轮囷盘拏，各俱异态，势欲飞舞。

尽前面一片危崖，宛若排嶂，崖隙间一道飞瀑，宽约丈许，恍若玉龙飞下，匹练悬空，直落百十丈。下面为林木所遮，烟霏雾涌，看不见落处，只听泉声殷如轰雷。崖右一条白光，如银蛇走地，蜿蜒迂回而来，与右侧清溪相会，林石掩映，似断还连，奔泉为地势所扼，再吃沿途溪中奇石一阻隔，激起一二十处的水花，珠雪群飞，发出怒鸣，与源头瀑声相应，琮铮轰隆，汇为雅奏。上面是碧空高净，云朗星辉；下面是杂花媚目，松荫匝地。端的红尘不到，景绝人间。久行险阻晦塞之境，不意得此，俱都称赞不置。

道人领了一行人、兽，傍山背水，行抵左侧峰下，忽见竹楼三五，隐现峰腰，到了峰脚，却又不见。方以为仙人多好楼居，延客必在竹楼以内，道人却不往上走。峰回路转，又现出十数亩平地，七八间竹屋背峰而建。两旁辟土数亩，左边菜畦，右边花圃。对面是一个大池塘，作蚪虬形，尾端向外，想也是瀑布余流。方塘若镜，匀不生波，天光上下，凝青沉沉。偶尔风来，水面上便生微皱，丝纹万缕，耀若金鳞，旋复静止。到此群喧顿息，泉瀑之声为高峰危崖所阻，已不复入耳，比初出洞时又是一番境界。

道人引众到了门前，一个先走进去，将明灯点起，一个便揖客入内。吕伟仍抱了张鸿，与众人随同走进。道人命将张鸿放置竹榻之上，又给口中塞了一块黑药。这时张鸿已能睁眼视物，只是周身麻木，不能张口。张远情切老父，眼都哭肿，等乃父躺卧，便向二道人跪下，哭求施救。二道人道："你父中毒已深，不是即日可好。既遇见我，你又具有至性异禀，异日转祸为福都说不定。你们都未进饮食，我这里只有野蔬粗饭。好在你们自带食物，屋后灶具齐全，可随我一同收拾，吃了饭再细说吧。"说完，便当先往后屋走去。众人虽急于疗治张鸿，并听这双生异人来历，因看出道人性情古怪，不便违拗。除张远侍父，虎、猱未进门外，各取路菜、干粮，随同走至后面。

这些屋宇间间都是纸窗素壁，洁净无尘。每间屋顶各吊着一个透明晶盏，大小形式不一，里面贮的不知是什么油质，望如清水，各有几根小指粗细、用山棉搓成的灯芯搭在盏边。每点必双，点时道人只用手指一弹，各发出一点极细的火星飞向盏边，立有两个灯头燃着。灯光奇亮，满室通明。清香微妙，不见一丝油烟。厨房设在最后一间，最为高大宽广。当中一座大炉灶，安着一口形式古拙的大锅，锅底油光，仿佛常用。两旁另有两个小炉灶，锅具却甚素净。

吕伟看那大锅边款，隐有宋初年号，分明古时行军之物，至少也可供得百人食量。道人只兄弟两个，荒山隐居，怎会时常使用？情知有异，不由多看了几眼。虎王正和白猿抱了食粮走进，见锅脱口惊问道："好一口大锅！这是二位道长煮饭吃的么？"道人愀然道答："人哪有此大量？这是没法子事。今晚你那金猱闯祸，虽有胜算，还无把握，少时再细说吧。"众人听他前后话一样，便不再问。

道人又去屋侧剪了些肥韭山蔬，王守常夫妻连忙接过洗净。问明道人并不茹素，取此随带的腊肉，一同连饭煮熟。用原有瓦钵和随带用具盛了，端至外面。分别饮食。道人连赞腌腊、路菜之美，同声笑道："自受家师之教，伏居此山，不尝此味已有多年了。"吕伟为讨他欢心，说："来时朋友赠此甚多，道长既嗜此味，敬当转赠。"道人方在谦谢，虎王道："诸位无须如此，建业村内每值秋后起腌，交春始止，此物多如山积。明早回去，我着猿、虎送来好了。"道人惊道："你不与他们同行的么？归路已断，怎好回去？"虎王便把虎、猿灵异之处说出。

道人大喜道："我真眼浅。初见你们带着猿、虎、双猱，这小姑娘又有一样至宝，虽觉异样，但你们俱是常人，并非道术之士，不过资质甚好罢了，想不到有这些来历。师父常说我就在这两年脱困，还我金丹。昨日又算出今日除害，主有阴人作梗，但是先难后易。果然我除害时下手稍慢，被小姑娘飞刀所误，害没除尽，以后是更为难。照此说来，除这两害，定有一个应在你们身上了。"说完，二道人互相把臂，同声庆幸不置。

要知后事如何，且看下回分解。

第四十七回

朗月照松林　洞壑幽奇清溪如镜
晴空翔鹤羽　烟云变灭异宝腾辉

话说众人这时恰好吃完，就势请问道人名姓。道人先命撤了食具，又去取些山产异茶，煮了一壶与众同饮，然后揖客人就座。二道人仍是互相对看了一眼，同声说了两句，才由一人单独说道："我二人不特双胞并生，起初自腋至股，连身体都是相连的。慈母怀胎两年，难产而亡。家本寒贫，先父是老学究，晚年得子，生此怪婴，以为己德不修，遂致妻亡子怪，贫病交加，六年后亦忧郁而死。此时我们虽然年小，形似残人，心却聪灵。知道自己奇形怪相，饮食起居以及一言一动之微，无不同时张口，同时行动。自来躲在屋里，没见过一个生人，出门必定惊人耳目。

"先父未死时早想到此，先母一死，便辞馆入山，开荒自给，受尽人间苦处。曾经扶病，将家中衣物全数变卖，只留下一榻、一案、一条板凳、几百本旧书和一些零星日用必需之物，余者全都换成粮米、食盐、菜籽之类，大约可供我们数年之食。

"从三岁上起，先父便每日教我们种菜养鸡、烧火煮饭等家庭琐事。余下闲空，再学写字读书。死前自知不起，再三告诫：死后即就茅屋中掘土妥埋。不可出门见人，即便长大，最好仍在山中，就着六年辛苦开出来的这点田地，以了此生。先父见背之后，我们便照遗命行事。好在年纪虽小，倒还力大心灵。守着遗体痛哭了好几天。先还每日守伺，不舍埋葬。无奈南地温暖，不耐久停，只得就原停灵卧榻上，周围及上面包上木板，外用麻索扎紧，每日加土培厚。不消半年，连那间屋子都一齐埋在土内，筑成一座土坟。

"幼遭孤露，僻处荒山，苦已难言。偏生福无双至，祸不单行。次年山中忽然发蛟，山石崩裂，正压在父坟上面。田土、用具、鸡雏、粮食，冲的冲，毁的毁。半夜里闻警逃生，一无所有，哪能再生活下去，勉强满山乱跑，寻些松子果实之类充饥。过了几天,实受不了这苦,没奈何,只得出山觅食。

"先父在日,曾在樟树场一家姓秦的富户家中教馆多年。宾东极为相得,时常提起,说他乐善好施,屡次周济我家。怪婴的事也只他父子知道。辞馆时再三坚留。先母葬费,全由他家所赠。后来潜移深山,隐居不出,他不知住处,才断了来往。如到万不得已时,可往求助;但能生活,无故寻他,即为不孝。并留下一封信,上面载明方向、地址。平日放在书案上,因未想去求人,一直不曾留心,信中之言虽还记得,地址却不记得了。这时逼得非去不可,无奈原信已为蛟水所毁。仅仅记得由当地往西南方走百多里路,出了山往西折回直行,只七八里便到。因怕遇见生人,所行全是山路,我们只得姑且试试。

"那一条路离山外较近,但我们从未走过,又没干粮,沿途采些草实野果充饥,走了许多冤枉路。三次遇着毒蛇猛兽,全仗机警脱祸。连走了十好几天,受了不少颠连辛苦,好容易才走出山去,时正天热,我们只穿着一件短衣,每见生人,都当怪物。见面一张口,不是吓退,便欲加害,简直无法问道。吃的更讨不到,山外又无草果可采。路径不熟,连在樟树场左近转悠了两天,饿得头晕眼花,最后无法,只得装作人是两个,并肩把臂,由左边一人和人对答,先讨些吃的,再找秦家住处。谁知两人一闹,到处皆知,人多望影而逃,如何觅食?

"正困难间,场上有一恶人萧义,本想杀害我们,俱被我们逃脱。后看出我们并无本领,又想拿我们生财,派人四面兜捉。我们虽然生长在山中,天生异禀,力大身轻,无奈肚饥无力,连打伤了他三个手下,终被擒住。正在毒打,恰值秦翁闻得场上来了双身怪物,想起前事,急忙赶来。他乃本场首富缙绅,当下向众人说明前事,出了养伤钱,把人要走。我们随到他家,说起前事,他甚伤感。又令他子秦人穆给我们安排住所,待如骨肉。说怪相不能应考,读书无用,可学些居家手艺,暇时随同习武,以防人欺。又到处申说,禀知官府,证明不是怪物,以防暗算。我们住在他家,衣食无忧,苦极得此,直如天堂一般。

"不料祸从天降。当年秦人穆中举进京,走不到两月,秦翁便得重病。危时恐误乃子前程,再四严嘱家人:长安离此山遥路远,山川险阻,来往不易,好歹也等人穆会试之后,再行报丧,不可着人唤回,次早身死。家只一媳,余者都是长年下人。乃媳萧氏是恶霸萧义远房族侄,恶霸平日本就看中他的家财,想要染指。只因秦翁疾恶如仇,知他无赖下流,作恶多端,从不和他来往,无法近身。人死以后,立借吊丧为名,常和萧氏娘家兄弟勾串。始而常来,欺她女流无知,买通下人,设法沾点油水,还避着本家亲戚。后来胆子越大,知道秦子是有功名的人,田产难占,竟乘一个雨天黑夜,事前他自己故意往县里交租,暗令手下徒党将萧氏害死,所有金银财物全数抢走。

"贼党行劫之时,俱都画花脸,以为这事绝对无人知道。不料我们眼尖,见强盗人多,持着兵刃,自知不敌,虽然伏身暗处,没有出斗,面貌口音颇能记忆。尤其内中一个手持长矛的黑面大汉,正是上年我们初到樟树场时,相助绑我们的萧贼党羽,右手有六指,是个记认。当晚贼徒曾到我们住房内连搜两次,未被寻到。强盗走后,长年家人渐渐聚集,我们才知女主人已死盗手,心中愤极,好生后悔没有赶往上房救护,与贼拼命。先还不知秦家下人凡是主点事的,多半与贼通气。虽想起秦翁死后,萧贼随萧氏娘家兄弟萧泳、萧诚时常走动,他头一天前来,逢人便告,说他当日进城,第二晚便出这大乱,来的又有那六指贼党,料定事与此贼有关。但因我们是年幼孤儿,做客他家,寄人篱下,仔细寻思,以为我们是小娃尚能看破,他们年长,本乡本土,自能辨出来贼是谁,便没过问。

"谁知次日官府到来相验,我们从旁偷听,家人竟供是外来苗匪所杀,所供情形与当晚诸不相符,好生惊诧。官走之后,我们便找他家一个总管收谷子兼理家务的世仆秦福,悄悄说了昨晚诸人年貌口音和那六指强盗。谁知这厮竟也与萧贼同谋,闻言脸色骤变,先盘问我们昨晚藏在哪里,黑夜中怎看得那么清楚,等我们说出从小目力异常,夜间见物视如白昼的话,他知不假,立用恶言恫吓说:'此事非同小可。官府面前只能供说一回,慢说供得没错。萧大爷是个当地有名武举乡绅,还是主人的亲戚,他又在城里未回,绝无此事。即便照你所说,来的苗匪有汉人在内,也不能再说出去。小娃儿家懂得什么?幸亏是我,如若向人乱说,官府传去,见你们这等怪相,定说是妖孽,别的不说,单这顿打,就打个半死。'

"说完,又用好言安慰我们几句。然后又说:'你们见官不得。事情正在火头上,你们从今日起,三天以内,千万不可走出你们住的那一院外去,任是谁也不可再提此事。女主人虽死,男主人考完即回,家事由我做主,必然好好相待;否则莫怪我无情,赶你们出门,没吃没住事小,只要我嘴皮一动,说你们是妖怪,老主人行善特地隐瞒,如今老主人身死,家遭大祸,全是你们的晦气，场上人立即将你们活埋了。'说完，立逼我们回房。

“我们见秦福心虚色厉，语言颠倒，益发可疑。待他走后，我们出屋一看，通前院的院门和往花园去的两门俱遭封锁，竟将我们禁闭院内。伏身门侧往外偷看，等不一会儿，又见这厮同一下人低着声边说边走。到了院外，忽又停步说：'我得留神防他们跑了，事不宜迟，今晚便须下手。还是你去找他快来吧。'情知不妙，时已黄昏，不敢久延，仗着身轻，先跃过院墙到了花园，再由园内纵出。心想：'秦翁在日已然呈案，说我们只是并体孪生，并非邪怪，平日又常带出门去，人已见惯不惊的了。昨日偷看官府，也和常人一样讲理问话，有甚可怕？果如秦福所言，为了世交至谊、救命恩人申冤泄愤，就受点罪又有何妨？'恐萧、秦二贼发觉追来，因他徒党甚多，抄着山径小路，连夜往县城赶去。

“且喜小雨连阴，沿途未见一人，脚底又快，到时天还未亮。等了一会儿，回望来路上，三骑快马如飞赶来，内中一人正是萧贼。且喜城门刚开，慌忙赶进。说也真巧，迎头遇到的便是秦翁老友李德卿。他虽是寒儒，人却肝胆，以前我曾见过几次。他听说秦家盗案伤人，正欲下乡看望，他家正住在城街近门之处，刚要起身，忽然遇到我们，甚是合心。我们知不但遇救，还可和他相商，忙抢步跑进他家。萧贼到时，还问门军遇见我们也未。我们原装二人并肩行路，赶早城人多，竟答未见，头一难算是躲过。

“李德卿听我们一说，大为愤怒，立代写状，令我们代死人鸣冤。县官当日相验已是生疑，再吃我们一告发，立出拘票：除萧贼闻风远逃外，余人俱都拿到。一堂问明，出了海捕，捉拿萧贼。又给我们披红回去。同时着族人与秦人穆加急报丧，令其兼程速归。下人分别首从，一齐治罪。只是元凶未获，种下祸根。

“这厮原和生苗时常交易，精通苗语。地方上存不了身，竟然投往苗寨中，娶了一个苗女，做了苗匪，四处劫掳，无恶不作。时常着人与秦家带信，着将我们交出绑献，否则遇到便杀，寸草不留。人穆武艺甚好，闻警益发小心，练了不少壮丁，两年后竟助官兵往剿，扫平山寨。不料这厮，仍带了苗婆逃走。

“又过两月，我们忽想吃山中野菜、野味，以为生苗死尽逃绝，自恃本领，背了人穆，入山行猎。忽闻一股异香，眼前人影一晃，即就晕倒。醒来觉着有人打我们，睁眼一看，身已被绑，仇人正站面前，手持荆条乱打，死去活来，好几次才住。又饿了我们两天，方给饮食。内中暗下哑药蛊毒，稍不如他意，苗婆只一念咒行法，立时腹痛欲死。

“似这样折磨了两月，因萧贼徒党死绝，无法谋生，最后才想起从前主意，拿我们赚钱。先教会一些玩法，然后带同绕路往广西、海南诸岛，拿我们做幌子，卖药茶骗钱。我们屡次想刺死他，又怕蛊毒发作，求生不得，求死不能。

“也不知受了多少磨难罪苦，这日走到五指山中一家有大威力的黎峒之内。峒主姓蓝，他有一好友是个道姑，法名邓一仙娘，精通道法，惯破恶蛊。我们正向女峒主献媚，萧贼见她貌美，忽起淫心，打算勾引。谁知仙娘早看出我们中毒受迫，忍辱无奈，垂怜欲救，见他生心，便朝女峒主一说，女峒主立即大怒，先把我们唤近身前一看，遍体伤痕。然后向他喝问我们的来历，为何既要这可怜人卖钱，又给他们如此罪受？我们闻言，知遇救星，竟忘顾忌，忙即跪倒，痛哭悲号起来。萧贼见难脱身，便令苗婆行法，张口一喷，扬手一把蛊粉。吃仙娘张口一吸，全吸了去。一会儿喷出一团烈火，苗婆当时倒地，横身烧焦而死。我们正腹痛欲裂，仙娘遂命张口，用手往喉间一招，两条红线般的恶蛊随手飞出，腹痛立止。手下黎婆早将萧贼绑起，拷问明了经过。仙娘又用灵药治好我们哑毒，收我们为义子，并将仇人交我们处置，报了冤仇。生平快心之事，再没比这更好的了。

“由此黎峒中一住两年，每日由仙娘传授法术。到了第三年上，仙娘从海外觅来了灵药千年续断和灵玉膏。说我们原是没长好的双生异胎，虽说起居动作已成习惯，并无不便之处，但终以分开为妙。当下行法，将两个身子由腋下相连处分解为二，成了两人。因先备有灵药，并不痛苦。

“后来峒主年老身死，诸子争立，对仙娘缺了礼貌。仙娘大怒，带了我们来到云贵苗疆之中行道，备受苗人礼戴。初意创设一家神教，只因所事者是左道旁门，难免伤生害命，所志未成，遽遭劫数。我们传了她的衣钵，仍欲完成她的遗志。解体以后，人虽化一为二，但是性灵相通，言语行事无不如一。我们虽无甚真正法力，但那吞刀吐火、五行禁制、巫蛊搬运之法，俱得仙娘所传。加上这双身子，拿神道设教制伏苗蛮，自然尽够，予取予求，无不如意，盘踞数年，作尽威福。苗蛮信畏神鬼，这原无妨，偏我们行事任性，专爱犯他们的禁忌。当地苗蛮始而畏服，终而怨恨，多半敢怒而不敢言。

“这附近有两种怪物。一个土名沙龙，原是射工之类的毒物。但它身体特大，生得奇形怪状，五颜六色。所行之处，毒烟如雾，口吸沙土，向人乱喷，喷上即死。雌雄两个，奇毒无比。一个土名四眼神王，道家称为游壁，乃深山大泽中的大壁虎之类，感蜃气而生。头生四眼，背有双翼，蟾头鳄尾，肥爪如掌，能隔远吸物，腹下另有十八只短足，喷气如虹，喜食人脑。前一个盘踞在你们来路污泥里，后一个便是你们来时洞壁上盘着的那个怪物，但此物颇有灵性，自知多伤人必遭天谴，每年只一两次出洞，为害不烈。只那沙龙厉害，如非天性恋土，不肯远离，左近数百里，无论人兽，早皆遭其殃。苗人先还想让我们为他们驱逐，我们也曾用尽方法，但并无成效，于是连我们算作此地三害。尤其是两怪各不相容，每遇必定苦斗，谁也伤不了谁，每年虽仅一两次，人畜遭殃却不算小。

“这年忽遇见百鸟道人公冶恩师，经过点化，恩师命我们移居到此，立誓除此二害，以赎前罪，然后传授道法。先仗恩师指点，将两只沙龙除去。谁知此怪已然产子土内，为数不下千百，潜伏地底千尺之下，人力难施，须俟今日成长出土，方可下手。这时我们已和洞中怪物假意交好，并劝它不要再出伤人作孽。又知它食一生人，可耐半年之饥；如食兽肉，只管一月。答应每月一次，由我们擒来猛兽，供它大嚼。那口大锅便是煮肉之用。原打算用熟肉诱它，使其吃惯口味，日后暗中下毒，它偏狡猾异常。幸未下手，否则必被看破无疑。我们无奈，只得忍着，意欲除了小沙龙后，再想除怪之策。

“昨晚开读仙示，说我们独立难成，今日并有阴人作梗，还须有二次再举。按理这类毒虫出土，多在黄昏近黑之时。今日定是你们一行为数太多，人、兽气息被它土中闻着，惊动早出。我们恐到时气力不济，也大意了些，不等部署停妥，它已出土。我们见小姑娘一人在下，恐被毒气所伤，又恐你们赶回同归于尽，忙着分头救人，忘了行法禁制，绝它入土归路。嗣见小姑娘和白猿均有仙家异宝，神妙无穷，毒虫畏死，已有好些遁入土内。

“我们知道此物生殖甚繁，今日所见，便是已死一对雌雄二虫所生。此虫头一对得天地至淫奇毒之气而生。以后非凶辰恶日、丧年败月、穷阴凝闭、风雾浓厚之时，又当那月是个晦日，不作首次交合。交后每逢月晦，必交一次。每交产卵四十九枚，深埋地底，经过三年零六个月，始全数同时出土。虽然这样繁生厉害，但它终身只交十二次，天时地利，年月日时，缺一不交。数百年中，难得有那么凑巧的事情，往往不到交期，即为识者所诛。那对已死的老虫，差不多已有四五百年气候，挨至死前两年，才得交配，其难可想。

否则以它那般奇毒耐死，生育又多，人类受它毒害何堪设想。

“第一次交合所生幼虫最大最毒，以次递减。同是一年内所产之卵，成形出土时各有大小。传至第二代，交配便不似头对繁难，只一逢晦，遇到风雾四起之时，便即交合。所产之卵，毒虽稍减，其繁殖却非可数计。只要放走它一雌一雄，已属不了，何况当时逃走那么多。反正诛不胜诛，更恐毒气飘浮空中，被风吹散，只要沉落一点，那一方便受瘟疫之灾。这初出土时所放之毒，端的非同小可，有心收去，又觉它已凝成一处，唯恐无此大力，恰好被你们的飞刀、飞剑搅成碎片，省却我们不少气力。这才将小姑娘与白猿唤住，仗着师传吐纳之术与所赐葫芦，将它收尽。

“因见你们只有防身之宝，不会道法，本心没想招惹洞中怪物，不料金猱这一啸，又将它惹恼。此怪纵然看我们常年供它肉食情面，今晚不寻上门来，明早你们起身，也必途中相候，或是追去为害。它已修炼了近千年，腹内有内丹，飞刀、飞剑未必能伤它，它却可飞空吸人脑子，所喷五色彩虹也蕴奇毒，中人立死。适听你们说起猿、虎灵异，并与铁花坞清波上人相识。上人乃家师多年好友，只要他肯派一门人到来，此怪立除。

“细看你们面上并无晦色，这位胸前又有宝气外透，莫非除小姑娘和白猿外，还有人带着法宝么？我们虽受仙传，因积恶太多，尚未入门，赐宝防身更谈不到，纵有几件防身，俱非能制此怪之物。家师因不许我们再见当地苗人，才潜居到此，出入也甚隐秘。苗人多知这里是怪物巢穴，不敢入林一步，洞侧更无论了。此外虽有一条通路在适见高峰后面，中隔深沟大壑，最窄处相距尚且百尺，常人绝难飞渡。为今之计，由我稳住怪物，使缓寻仇，命白猿连夜赶往铁花坞求救，是为上策。或是再有一件防身之宝，需要能护全身不畏毒侵，然后再以白猿仙剑去敌此物那粒内丹，再用飞刀夹攻，方不致两败俱伤呢。”

虎王喜道：“清波上人是我师叔，隐修多年，已然不问外事。来时听涂雷背人和我说，这次已为救我，破例相助。命涂雷送完人后速回，上人要用白云封洞一年。不特是他，连他弟子涂雷，都须一年以后，尽得他的衣钵真传，方许出外积修外功。他说话再准不过，去了连人都不会见着。倒是我胸前佩有一样法宝，前日曾与妖狐对敌，用作防身，施展出来，有一宝光，足可护得我们这一群人。你看合用与否？”说罢，将胸悬玉符取出，略一施为，便见光腾满室，耀眼生辉。道人忙命藏好，以免怪物万一出洞，窥见宝光警觉。

又喜道："有此仙家至宝，诸怪授首无疑了。"

吕伟、张远又同声询问张鸿如何救法。道人道："他中毒已深，如非遇见我们得过家师预先指示，此山又产有解毒灵药，便是神仙也难救他活命。就这样，还得将药草熬成了水，人浸其内，每日一换，内服我们所制灵药，经过半年之久，毒尽脱皮，可是心头还是终日发烧，身热虚软，至少再加半年，才能复原呢。"众人一听大惊。张远守侍乃父榻前，闻声赶来，听说病势如此凶危，扑地往道人身前跪倒，痛哭起来。

道人掐指算了一算，说道："这是他命中注定的凶灾，无可避免。幸是在此遇到毒虫之害，得我二人救治，虽有年余凶灾，过此或能转祸为福。如走山南驿路，此时早为仇人所杀，连尸首都保不全了。你这娃儿至性过人，又生有这般资质，将来必有成就。我这里向来不留外人，如今破例，容许你在此随侍父病。我定尽心成全你的孝道，除依我调治可活外，别无良策。多哭多说无济于事，快起去吧。"张远知多求无用，只得含泪拜谢，仍去父榻前守侍。

虎王因张鸿遇险，全由白猿看出他面有晦色，自己赶来劝他改道而起，心甚愧悔，及听道人说是定数，心始稍安。便问道："道长的姓名、法号还没说呢。"道人道："先父在日，曾取了个名字，叫作同儿。又因本来姓何，正含着内省无咎，问天何故使己生此怪胎的意思。不久先父见背，到了秦家，仅将儿字去掉。后来落难遇救，承仙娘收为义子，分体以后，由一为二，仙娘本要另起一名，以便呼唤，我们追思先父，谁也不舍原名。仙娘见我们都不愿领受新名，体虽分解，依旧二是一，一是二，同行同止，同声同应，如非事前商定，永远言动如一，改不过来，又好气又好笑，也就听之，由此没再起别的名字。对人自称同道人，极少说姓。以前任性胡为，无心之过，苗人个个害怕，提起同道人，没有不知道的。"众人见这一道人说时，另一道人虽未似前同声说话，但坐在那里嘴皮仍然随着微微张合，这里说完，他也停止。灵姑和虎王都忍不住几乎要笑。

吕伟、王守常夫妇三人与张鸿，一个良友情深，一个葭莩谊重，因听道人口气，当地还不能多留外客，意欲商量借住些日，看张鸿有了转机再走。才一张口，道人已经觉察，说道："这个无须。你们就在此三月五月，不到痊愈之日，也看不出他好来。只要人不死罢了，人多转倒于我不便。并且适算一卦，你们有一大仇人约了能手，到处寻你们报复，今晚本该途中相遇，幸是绕道避过。至迟明午除怪之后，便该各自分途，回的回，走的走。颜道友无妨，你们如若走晚，阻碍就更多了。”吕伟无法，只得忍痛应了。

虎王、灵姑因当地景物清丽，平生罕见，话一谈完，便要乘月出游。同道人忙拦道：“那怪物从没受过触犯，必不甘休，今晚难免寻来。我们虽说明早除它，大家俱已劳顿，终以歇息一宵，养好精神，再合力下手为是。屋前只是池塘、菜畦，无甚可看，好景致都在峰侧一带，我们又有夜课不能偕往，且等明早除怪物后畅游吧。”

虎王道：“我本定今晚赶回，为除此怪，才多耽延一晚。巴不得它能早来，事完早走才好。它既安心寻仇，我们就不出去，难道它还会寻上门来么？”同道人道：“家师为防我们入定之际妖鬼侵凌，这屋周围俱有仙法禁制，如无主人引路，能出不能再入。怪物每月来此一餐，深知奥妙，绝不轻入。现时虽未听它叫唤，说不定已在峰前月光之下吐纳相候，出去正好遇上。天已不早，乐得安歇，何必忙此一时呢？”吕伟也从旁劝阻，令大家就地上各设铺陈，分别就卧。

虎王和灵姑二人，一个想起清波上人嘱令早日回洞静坐，不应耽误过久；一个因张鸿中毒惨状，老父焦愁过甚，此去莽苍山少了两个好伴不说，张鸿之事既然应验，老父将来不知能否避免？俱都心中有事，越想越烦，不能安枕。

虎王原与王守常同卧一席，过有些时，王守常看罢张鸿，倒下便自睡熟。虎王瞪着一双眼睛，见两道人床已让给张鸿，就地上蒲团，各据一壁，对面打坐，已然入定。始见两条白气细如游丝，由二人鼻孔内喷出，约长尺许。倏地收了回去，又喷出来，便长大了些。越喷越粗长，渐渐粗如茶杯，长到丈许。四条白气忽又纠结不开，恰似含有绝大力量，在后互相牵扯，势均力敌，两不相下。心想：“此定炼气将成的功夫，自己不知何日能炼到此境地？”忽然嗞的一声微响，四条白气同时分开，似电一般，从二人鼻孔中飞出，各朝对面鼻孔中射去。晃眼又同射出来，四条一碰头，联成两条，此收彼放，此放彼收，循环吞吐，疾如投梭，往复不已。

虎王正注视出神之际，偶一回头，见张远满面悲苦之容，守在张鸿榻前，仍只管低头垂泪。不特吕、王诸人屡劝他睡不肯，连二道人入定吐纳，俱没心观看。不由触动孝思，想起父母入京报仇，一去多年，并无音信。虽听白猿说是孝行格天，转祸为福，报仇之后，又得奇遇；涂雷转述清波上人之言，也说各有遇合，他年父子同登仙籍，但终未得过实信。虽也时生孺慕，想一会儿便自放开，哪有他这等至性。不信此毒除二道人苦治一年外无药可医，回山见了涂雷，好歹托他转求上人，要两粒灵丹，赶来成全他的孝道。越看越觉张远可怜可敬，刚想爬起安慰他几句，劝他少为安歇，猛听一声虎啸，仿佛来自峰侧。

黑虎一来就在门外蹲伏，不曾入室。白猿、二猱晚饭后过不一会儿，也都相次出去，没有进来。虎王当时只顾谈话，慰问张鸿父子，并未在意。一听啸声，忽然想起同道人所说室外设有禁制，生人能出不能入，洞中怪物盘踞，今晚必来窥伺的话，恐虎、猱误到峰前迷了归路，遇见怪物中毒受伤。心方一动，又听黑虎猛啸两声，听出是在遇敌发威。见二道人犹是炼气吐纳，恍如不闻，未便惊动。一时情急着忙，由地上纵起，持了兵刃飞叉，将古玉符取出挂在胸前，循声往外跑去。

灵姑在隔室内闻得虎啸，情知有异，也匆匆纵起，追了出来。二人先后脚到了外面，侧耳一听，双猱也在那里吼啸。虎王对灵姑道："它们已和怪物对敌，同道人还未做完功课，这屋它进不来，别的不怕。你把那飞刀放起，我两人快接应去吧。"边说边跑。灵姑手按玉匣，暗中准备，紧随虎王身后，疾行如飞。

一会儿转到峰侧，循声往前一看，只见离前不远的天空中飞起一个怪物，正在张牙舞爪，喷毒发威。黑虎、二猱俱都分别远避。只白猿独自舞动仙剑，发出一二十丈长短的红光，与怪物相持不下。怪物周身俱有彩雾围绕，口里喷出一道虹光，长约三丈，抵御白猿的仙剑。身子比洞中初见时暴长了两三倍，两只又肥又大的前爪和腹下两行蜈蚣形的短足凌空划动，如鱼游水，如鸟行空，不住翔舞攫拿，卷舒回环，捷若掣电，赤舌焰焰，喷吐不息。四双蓝眼齐射凶光，注定下面。屡次飞近双猱立处，意似得而甘心，吃白猿剑光阻住，不得近前。双猱纵避敏捷，心思灵巧，得了白猿警啸，不等近前，先自逃避，不时还就地上拾些石块，朝怪物身上打去，手法又巧又准。怪物虽不怕打，却被逗得性发如雷，轰的一声怒吼，宛如铜山崩倒，洛钟齐鸣，山摇谷应，震耳欲聋，端的声势惊人，非同小可。

灵姑见状，早不等招呼，手掐灵诀，一指玉匣，匣中飞刀化为一道银虹，破空直上，朝怪物身后飞去。怪物见仇敌来了帮手，越发暴怒，阔口张处，又是震天价一声怒吼。接着口里喷出一团紫蓝色的火球，出口大如面盆，奇光炫目，径将灵姑飞刀敌住。同时背脊缝中又迸射出无数毒烟，化为彩雾，越布越广，渐渐往地面笼罩下来。白猿见飞刀、飞剑要抵御怪物的内丹和所喷虹光，其势不能全顾，知道毒重厉害，连忙急啸，令虎王等人、兽聚在一起，以免受害，自己也退避下来。虎王护身玉符早已准备停当，先想乘隙相助，及见怪物不畏叉石，离地又高，连发了几个飞叉，俱是白打，知道无用，只得停手旁观。闻声知旨，忙唤灵姑、虎、猱近前，会合白猿，同立宝光之内。仍由灵姑、白猿以飞刀、飞剑与怪物恶斗。

是夜碧空澄霎，云净星稀，怪物身具奇形，五色斑斓，所喷毒气彩雾，映着月光，闪闪生辉，直似长虹电舞，明霞丽空，天花乱飞，散为明绮。更有一团火球与红、白两道宝光，在霞彩气层中上下跳动，往来驰逐，汇为奇观，耀眼生颖，绚丽无俦，不似日间沙龙毒气腥秽刺鼻。虎王、灵姑童心犹盛，当这胜负未分、吉凶莫定之际，边斗边看，反倒互赞好看，喝起彩来。

似这样相持了半个多时辰，同道人始终未见出来相助。虎王等只顾好看还不怎样，怪物乍遇劲敌，久斗不胜，敌人又有一幢宝光护身，无法近前，不由发起急来，口吐虹光越发加大，脊骨上射出来的彩烟似蒸笼初揭一般突突乱冒。一会儿工夫，峰前一带全被布满，将虎王等护身光幢一齐罩住，兀自奈何不得。

灵姑见状，忽然惊觉，暗忖：“同道人竟似坐观成败，不理此事。闻说毒气甚烈，似此相持，不能除害，如何是个了局？”方在寻思，耳听白猿叫了几声，虎王随说道：“怪物周身毒气俱使尽了。”灵姑定睛往上一看，毒雾迷漫中，自己飞刀裹住那团紫蓝色的球，白猿剑光专敌虹光，已略见一点优势，怪物背上毒烟果然发尽，不再冒起。刚想：“可惜此时涂师兄不曾在场，否则再有一口飞剑，便制怪物死命。”忽听哧的一声，一条白气如匹练横空，从身后高峰上飞出，直朝怪物射去。

灵姑回头一看，月光正照峰顶，奇石嶙峋，矮树摇风，景甚幽静。只近顶一块突出的危崖上面，有一团丈许大小的云雾，势欲浮起，那条白气便由此中射出，却不见一个人影。再看怪物，已吃那白气拦腰裹住，绕身数匝，悬在空中，仅剩头尾在外挣扎不脱。想是情急太过，一声怪啸，张口一吸，那团紫蓝色的火球舍了飞刀，倏地掣转。灵姑哪肯放松，手一指，空中银光电掣般追去，火球飞到怪物口边，飞刀也已赶到。怪物竟似忘了飞刀厉害，依然张口吸进，同时先吐虹光跟着掣回，意欲收回内丹，用那虹光抵敌。

白猿在下面看出它心意，胸有成竹，虹光还未容它掣近口边，便吃白猿运用手中仙剑急追上前，照样裹住。当这时机瞬息之际，虹光飞回一缓，灵姑飞刀已然先到，围着怪物颈间一绕，立时斩断。怪头刚往下一落，忽又往上升起，似欲破空飞去。说时迟，那时快，怪头一断，怪物绕身白气似银蛇飞掣，离了怪身，直向怪头绕来，怪物尸身随即坠落地上。

灵姑先见怪头不落，破空飞遁，方欲指挥飞刀追去，耳听峰顶两人同声大喝："且慢！"听出是同道人的口音，略一缓手，怪头已吃白气包没，裹了个又紧又密，若沉若扬，缓缓下降，看去怪头仍有知觉，似要挣扎逃去。灵姑为防万一，仍指挥飞刀随同防护。那颗怪头下降越低，跳挣越急，几番被它挣升老高，终未得脱。约有刻许工夫才落下来，快达地面，还有两丈高下。又听同道人喝令："大家不可走出光幢之外，听候行止。"随见弥天妖雾毒氛，似潮涌一般往峰上飞去，渐渐稀薄，仅剩白猿手舞仙剑，与空中那道妖虹缠绕为戏。虽然怪物已斩，妖虹失了主驭，哪知毒重，急切间无法消灭，又不能收去，只得任剑光将它缠在空中，以防它逃逸为害，不令下降，静候同道人收完妖雾，再行发落。

这时同道人已从峰崖云雾中现身，站立崖上。脚底踏着一个与日间所见同样的葫芦，口斜朝下，所有妖气毒雾，齐往葫芦口中争逐钻入，与日间行径相似。看神气，不似那么畏惧毒气侵袭，但是两人都一手持剑向空比画收那毒雾，同时目光却注定下面白气裹住的怪头，显得十分慎重。直到那怪头离地只有三尺，跳荡之势也渐歇，妖氛毒雾也都敛尽，地面上月白如霜，清光毕照，才从峰顶飞落。一到地，内中一个先将葫芦放在地上，命白猿用仙剑将空中妖虹缓缓向他身前绕落。等将落近头上，左手取出令牌护住头面，右手竹剑一指，葫芦盖自开。白猿剑光往回一掣，妖虹又要腾空扬去，被道人举剑画了两画，猛力朝葫芦口一指，妖虹才往葫芦内飞去，嗞的一声收尽，盖随自合。道人将葫芦挂向腰间，然后同声发话，命虎王收了护身符，远立旁观。又各持竹剑，上下画了一阵，朝妖头一指，便停滞地上不动。

虎王见二道人头上汗出，行动甚忙，怪头已落，白气仍未收转，又不令用飞刀、仙剑去砍，口里同声自言自语，好似处置为难之状。忍不住问道："妖雾已尽，怪头已斩，难道还怕它跑么？"二道人同声答道："你们哪里知道。此怪岁久通灵，耳目尤极敏锐，稍近一点，便被听去。金猱洞中一叫，便知闯祸，妖物必不甘休。有心就着你们所带飞刀、仙剑将它除去，又恐力量不够，好生为难。初到时久不和你们说话，便由于此。后来知道你们尚有一件防身之宝可御它的毒气，方始定局。彼时算计此怪必在外面窥伺，故意说出明早起行时再合力除它的话，又令众人不要外出，好使无备，暗中却在准备，将恩师所传两身真气合而为一。知虎、猿、二猱俱是通灵的异兽，我事前未禁它们出去，必往外面窥伺，双方相遇，定斗起来。你二人闻声往援，我们却绕道遁往高峰上面相机行事。

“此怪所炼内丹，乃先天奇毒之气所萃，虽甚厉害，因差着百余年苦练之功婴儿尚未成形，不能自在飞出，我们大家合力诛它不难。最可虑的是它借兵解之力，元神带了内丹遁走，不易搜戮，异日贻祸人间，为害无穷。所以下手时须要缜密神速，一丝疏忽不得。当它毒气放尽，妖虹、内丹两俱相形见绌，又吃我们太乙真气将它拦腰束住，技穷力绌之际，自知难免诛戮，果然发狠，竟欲收转内丹与元神合一遁去。我们早就预料及此，下手得快，不等它元神出窍，先用真气将它连头裹住，一任奋力挣扎，终归无用。

“此怪吃了头壳坚固的亏，它那元神内丹藏在命门以内。适才飞刀幸是齐颈斩断，如若连脑斩破，早被它遁走了。如今休看它已入网，吃我连头困在这里，但要诛它元神，好好取出它的内丹，却非容易呢。”

这时灵姑仍指着那口飞刀，盘旋怪头之侧，以防突然飞起遁走。闻言笑道：“这个有什么难？我这口飞刀乃郑颠仙恩师所赐至宝，大小随心，神妙非常。这怪物头已斩下，还有什么能为？我将刀光布开，盖它上面，白仙持剑守住一面，道长放开一些，等它元神一离窍，我们两道宝光相交一裹，它多快也逃不走了。”同道人闻言，为难了一会儿，说道：“要除它何用如此？只因它那内丹用处甚大，与元神合而为一，想要完整留下，不令残破，苦无善法，故此委决不下；否则何须如此费事，只须运用真气一逼一绞，便成粉碎。看此情形，实难两全。你们且躲远些，免为毒气所中，索性都给毁掉了吧。”

灵姑收了飞刀，随虎王等避过一旁。道人又将葫芦取置地上，仍用竹剑比画了一阵，面对面朝着怪头东西立定。刚把手一搓，便听怪头在白气内轰轰怪叫。同道人喝道：“你天生恶质，此时大劫临头，纵将内丹献出，我也不能发那妇人之仁，放你元神出为异日大害。我也绝不诈骗你，逼出内丹，再加诛戮，违我恩师戒条。你只静俟形神俱灭，同归于尽好了。”更不再说，各举右手指定怪头，一任惨嗥怪叫，全不理会，白气纠裹愈紧。耳听里面头骨咔嚓碎裂之声密如贯珠。眼看怪头就要粉碎，忽听空中一声鹤唳，同道人闻声惊喜,连忙住手,向天跪伏在地。

虎王等抬头一看,碧霄月明,澄净如拭,仅东南方挨近月亮处,有一团白云缓缓浮动。一只孤鹤银羽翩翔,正从云边掠过,向下飞来,上面仿佛驮着一人,看似舒徐,却极迅速,晃眼之间已飞离头上不远。接连又是两声鹤唳,空山回音,明月增华,山容夜景,倍觉幽清。两声方息,鹤已及地。上面坐着一个面容枯瘦的道者,并不跃下,胯下仙鹤径直划动两只长腿,款步往同道人身前走去。虎王等见那仙鹤从头到脚竟在八尺以上,朱冠高耸,目射金光,顾盼非常,甚是矫捷。又见同道人执礼恭肃,料定不是他师父,也定是神仙一流。不便冒昧上前,仍躬立原处,欲等同道人说完话引见参拜,俱都未动。

道人下了鹤背,命同道人起立。说道:"你二人近年刻苦虔修,具见悔过心诚,能知自爱,不枉我破格收录一场。我上次行时曾给你们留有信香,遇有紧急,尽可焚香请降,除这两怪。原欲借以磨炼你们心志,因为你们须身任其难,自不能请我临场相助。但游壁脑内所藏这粒丹黄,乃亘古难逢的奇药至宝,异日矮叟、颠仙全有用它之处。你们不是不知此物珍贵,已然将它得到,纵恐元神脱逃为害,无法分取,也应请我到来处置。这等轻率行事,我如晚来一步,被你们无心中毁掉,岂不可惜么?"

同道人同声惶恐,答道:"弟子自知罪孽深重,虽蒙恩师超度,依然魔劫重重。一则信香共只两支,为留他年难中救急之需,视如性命,不敢妄用;二则两怪只除其一,尚难复命。今晚因人成事,业将就绪,非不知此丹珍贵,但以些许小事,不敢妄劳恩师法驾。此怪颇有灵性,又宁为玉碎,甘与同尽。匆促中想不出适当方法,更恐时久生变,意欲连怪物元神一齐毁掉,再仗恩师传授,收去内毒余气。躁妄轻率之罪,实所难辞,望乞恩师鉴宥。"

道人道:"你二人难处,却也难怪。日前算出此事应在今宵,特往峨眉,向髯仙李道友借他坐下千年仙鹤来此应用。正值他弟子赵燕儿在昆明碧鸡坊,为五台派余孽小金童黎樊子毒刃所伤,奉了峨眉掌教齐真人法旨,命弟子石奇带了朱文的天遁镜骑鹤赴援,就便将人接回洞中调治。候了一日,方始回山,我即借乘赶来。此鹤千载修为,在髯仙门下多年,峨眉开府后,齐道友赐服教祖长眉真人在凝碧崖后微尘阵丹炉内遗藏的仙药灵丹,业已换过两次毛骨,为峨眉五仙禽之一。道力虽还不如神鸟佛奴,已与秦家姊妹的独角神鹫不相上下。尤其是各种蛇鳞虫蝎的大克星,专于攻毒除邪。适在空中老远，便嗅见此怪的气息了。你们且站开，我自有处置。”

那鹤听道人称赞，昂颈长啸了两声，仿佛得意神态。同时白气中的怪头也跟着轰轰怪叫，声震山谷。道人喝道：“我也知你修为不易，无奈你禀天地间至毒奇戾之气而生，任你怎样想学好，由不得要残害生灵。我师徒除恶务尽，今日绝容不得你了。”说罢，怪头啸声愈厉，作势渐渐往上腾起，白气渐渐有点禁压它不住。道人也不理睬，手扬处，先是一片薄如轻绢的微光，一半往上，一半往下，分布开来，一闪即隐。随又将手一指，鹤即振羽飞起，离地三五丈，略一盘旋，也没踪迹。道人二次喝道：“我师徒不打诳语，此时上下俱是罗网密布，你如能逃，自逃好了。”随说，手指处，白气似电一般掣向道人袖内，怪头立即疾若弹丸，向空飞去。晃眼之间，眼前奇亮，忽现奇景，上下四外尽是光华交织，薄如蝉翼，映月通明，恰似一个光网，将那怪物、道人网在中间，余人俱被隔离在外。怪头急于逃遁，上下四方冲突飞扑，俱被阻住。

约有半盏茶时候，咔嚓一声巨响，怪物头忽坠地裂开，由脑门中飞出一团紫蓝色的火焰，当中裹着一个怪首人身的婴儿，飞行更急，直似冻蝇钻窗一般乱钻乱窜。道人仍不理它，只将手指定光网，任它飞向何方，那一处的光网上便即增强，往下压去。同时别的三面便现稀薄，恍若无物。怪婴与道人同在网内，起初尚不敢相犯，后见挣逃不脱，想是看出道人在旁作怪，哪知敌人故示破绽，一时情急，又见仙鹤不在，妄想声东击西，舍了内丹逃走，忽然变计，先在网中加急飞行，飘忽若电，却不似前往光网上撞。一见道人照顾不到，现出手忙脚乱之状，四围光网也疏密不匀，时现空隙。以为得计，星飞电驰中，那团紫蓝色的火球倏地离了怪婴，直射道人。同时怪婴却向空中光网有空隙处电一般飞去。旁观诸人骤出不意，方在失声惊讶，眼睛一花，空中仙鹤忽然出现，自百十丈高空如陨星坠流，银丸飞坠，悄没声将怪婴一口衔住，翩然下降。回头再看那团紫蓝色火球，已到了道人手内，外面也有薄薄一层光华网紧。怪婴到了仙鹤口内，只吱的一声惨叫，便被全吞下去。咽到喉间，婴大颈细，凸出一大块，匆遽间不能消化，急得那鹤眼射红光，长颈连连曲伸，状颇狼狈。

道人将怪物丹黄藏入袖内，收了四外光网，从容走到鹤前，笑道：“这样美食，酬你远来之劳，少说也抵三百年功行，略受点苦何妨？你不运用本身精涎将它克化，干自着急有何用处？如真吃不消，待我用药给你化去，那就差了。”仙鹤摇了摇头，依旧努力昂颈曲伸不已。道人又笑道：“此怪虽秉两间毒恶之气而生,但它性最通灵,深知美恶。因知自身难免天诛,经它多年采取日月精英,多服灵药,融汇本身纯阴之气,吐纳凝炼,孕此灵胎,与别的毒物所炼胎元不同。你用精涎化它,与内丹融合一体,大有补益,并无丝毫妨害。难道我还给当你上么?”

仙鹤闻言,略作迟疑,将头一点。走到一块大石旁边,把颈伸长,横搁石上,单腿挺立,拳起一爪,按紧颈间凸出之处,双眼一合,鹤顶朱冠便急颤起来。颈间凸块也跟着似要高出,吃鹤爪按住,仍是一味乱动,仿佛怪婴尚有生命。一会儿工夫,朱冠静止,鹤喉汩如有声,怪婴猛挣了几下,忽然不动,磊块渐渐由大而小,由小而平。那鹤自吞怪婴,赶紧闭住嘴,那么堵得难堪,一直没有张开。磊块一消,倏地把口一张,吐出一粒拳大宝珠,精光透明,其赤如火,直往当空飞去,映得四外山石人物俱成红色。道人才说了声:“白儿,你看如何?”鹤已昂颈长啸,振羽高飞,晃眼升入云表,追逐那粒宝珠,在空际上下翔舞,吞吐不休,意似快活已极。红光闪闪,银羽翩翩。时而流星过渡,芒彩曳天;时而朱丸跳掷,精光耀彩。万里晴霄,一任纵横,流云华月,掩映生辉,端的好看已极。

灵姑、虎王方在赞妙,耳听戛然一声长啸,那粒红珠倏似陨星飞石,从高空一落千丈,往下投来。那鹤也似卖弄身手,银翼往里一收,头下身上,长腿斜伸,恰似火云飞坠,往下追来。初落相距尚遥,只似小小一团白影。转瞬之间身形毕现,离地不过十数丈高下,已与红珠首尾相衔。再一展眼的工夫,眼前红光一亮一隐,红珠不见,鹤已翔止地上,立在道人身侧,急叫了两声。道人笑道:“我知你得意卖弄,遇见对头,又惹事了不是?”一言甫毕,忽听破空之声,一道乌亮亮的光华,长约丈许,自空飞落,直朝那鹤飞去。

灵姑耳灵眼快,年轻喜事。先听道人说鹤遇见对头,已是留意。一听破空之声,见有黑光飞坠,屡听虎王转述各派剑光,知是妖邪一派。见道人似未准备抵御,一着急,手指处,飞刀离匣而起,未容挨近鹤身,便迎头截住。才一接触,便听黑光中一声怪叫,拨回头破空飞去。灵姑指着飞刀要追,已被遁入云影之中,一瞥不见,只得收转。

道人本欲伸手去隔,不料有此。见来人已去,含笑看了灵姑一眼,对仙鹤道:“她是颠仙弟子,今日为你出力,你须记住了。”随命同道人将先收毒气的葫芦呈上。说道:“你们今日所救的人,与此女不是一路。他父子另有机缘,可留在此,余人明早打发走吧。”随取了几粒丹药,吩咐一粒给病人服下,余留自用。随唤:“白儿,我们走吧。”

虎王、灵姑早就想上前拜见,叩问前途及张鸿吉凶。因同道人未招呼,事还未完,以为乃师远来,总要请至室中礼待,略为迟疑,竟然耽误。一听道人说去,忙喊:“仙师且慢,容弟子等拜见。”道人已将白气喷出,还了同道人,跟着骑鹤破空而起,转眼飞入云层之中,杳无踪影。等同道人礼拜起身一问,果是他师父百鸟道人公冶黄,好生后悔不迭。

那怪物死后,尸首恢复了原状,仍只一丈多长,一颗怪头业已当顶破裂,横尸之处血污狼藉。同道人皱了皱眉头,说道:“此地素来干净,不想今竟为此怪所污。随便埋藏,得了地气,日久又化生别的毒虫害人,要消灭它真得费一番事呢。”灵姑笑道:“适才那口大铁锅,怕没有几条牛好煮。这东西长还不到两丈,一顿要吃那一大锅兽肉,你说它是怎么吃的?可惜还有一怪未除,今晚反倒给它去了一个对头,天下事真难说呢。”

这几句无心之话,忽把同道人提醒,喜道:“我有法处它了。二怪天性相克,死怪尸骨,可作异日引怪出土之用,我怎倒忘了?”随对虎王道:“白猿、金猱生具神力,可命它们去到后面厨房内,将大灶上那口铁锅,连灶侧锅盖,替我取来。”虎王未及开言,白猿已率康、连二猱如飞往后跑去。同道人先撤了四外禁法,跟着拔出竹剑,在峰侧隐僻之处踽步行法,画了一个丈五六的圆圈,喝声道:“疾!”圈中石块沙土便似转风车一般,往四外转旋飞洒,一会儿工夫陷成了一个五六丈深的大坑。白猿、二猱早将大锅捧出。

吕伟、王守常等原早闻警,因同道人出时再三告诫怪物毒重,不到功成,不可出视,俱在静俟佳音。白猿取锅时一打手势,只张远仍守侍父榻,余人俱都随出观看,见怪物死状狰狞。又听灵姑说起斗时恶状,好生惊异。

坑成之后,同道人命二猱将锅放在怪物身旁。命白猿挥动仙剑,将怪物尸身连头斩碎。灵姑在旁看得兴起,也放飞刀相助。红、白两道光华绕着怪物尸身,只几个起落,便即成了一堆烂骨肉。二道人吩咐收了刀剑,从峰侧取来两个铁铲,将那残肉碎骨,连同染了血污的石土,一齐铲起放入锅内,不使留下一点痕迹。右手掐诀比画,随同左手铁铲起落不已。等到铲除净尽,釜中血肉碎骨受了法术禁制,也已凝结成一体。同道人将锅盖好禁闭,仍命二猱抬到穴口,端平往坑中一放,各持竹剑一指,便即端端正正,平稳落底。又用竹剑向穴内圆壁画了五道火符,左手大指扣中指往下一弹,中指尖上便有两点火星飞落穴底,立时烈焰齐燃,围着铁锅四外燃烧起来,同时锅内也噼啪乱响,密如贯珠。烧有好一会儿,声音始息,火也跟着小了下去,渐渐随声同熄。同道人又行法掩土,手指处,适才飞积坑上的浮土仍回坑中,雨也似往下飞落,顷刻填满,凸起一个数尺高下的土堆,复经行法禁制,才行毕事,一同回到里面。

月落参横,天已渐亮。同道人将仙人所赐灵药与张鸿服下,说:“此药服后,虽不能即日痊愈,却定痛宁神,免去不少苦处。只是四肢绵软,人不能动而已。”张远拜倒在地,望空谢了。同道人说起仙人行时之言,众人知不能留,只得殷勤安慰张远,嘱其安心侍疾,乃父既有仙人垂佑,决无他虞。又给留下许多食用之物。虎王也说这一年期中,得暇必来看望,回山如遇涂雷,定请其向清波上人求赐灵丹,一旦得到,即命白猿送来。同道人也未置可否。张鸿初服灵药,依旧神志昏迷。吕伟无法与他话别,至交情重,好生伤感。众人也都垂泪不已。

众人行时,灵姑担心老父异日安危,乘隙请问此行休咎。同道人道:“我道行尚浅,不能前知。除你自身前程远大外,照你们气色看,只知此去各人康庄,暂时必无凶险而已。”又转对吕伟道:“你们长日劳顿,没有睡好,便下逐客之令,愧对嘉宾。无奈此间并非善地,我们孽重,灾难未满,张家父子留此已属勉为其难,未便再留多人。异日自知就里,不情之处,还望见谅则个。”

吕伟自是谦谢不遑,张远见父病未愈,困处荒山,痊愈不知何日,众同伴又将远别,不由得悲泣起来,众人免不了又温言劝慰了一阵,方始忍泪作别。同道人分了一个送出,因虎、猿乃神兽,众人俱有绝顶武功,去时未走原路,另由峰后绕出。行了许多险峻幽僻之地,绕到一座危崖上面。脚下削壁千寻,绝壑无底,对岸也是一座峭壁,较此略低,相隔不下数十丈远近。众人顺崖顶行约四里,到了一处,地势愈险,只两崖相去较近得多,约在二十丈以内。

同道人道:“此地只有来路山洞可供出入,地既奇险,洞中又是怪物盘孽窟宅,人不能过。对崖不远,有两条道,一通滇中驿路;一通罗儿墟、牛蛮寨等苗墟。再翻过几处悬崖峭壁,便是去往莽苍山的捷径,比你们来时所走还近数百里。羊肠小道,曲折幽僻,但是险路甚少,好走得多。这里相隔尘世颇近,对崖较低,左近没有再高的山,望不到这边景物;加上这阔涧深壑,无异鸿沟天堑,真个上废攀缘,下临无地,休说当地苗人,便是猿鸟也难飞越。

最宽之处，两边相去约数百丈，壑底经年阴云杳晦望不到底。仅有两处相隔稍近，一处尚在前面，比此地还要近些。可是过崖容易，到了对峰下行，路却险峻得多，过去再想回来，更是难极。此地去对峰约十六七丈，较前途虽要远些，只要纵过去，一下崖，便登坦途了。我常由此往来，崖下多是老藤。可命白猿下去采上几盘长大的，由白猿带了一头过去，结成飞桥，人在上面踏藤而过。我再略施禁法保护，绝能平安，如履康庄。这样要费事些，过去却好。”

言还未了，虎王笑道：“道长莫说了。我以为未到地头呢，就这点远，哪里要如此费事？康、连二猱虽尚不能背人跳得这么远，单它本身，却是容易。至于黑虎白猿，再远一点也背纵过去了。”同道人闻言大喜。吕伟父女深知虎、猱灵异，还不怎样。王守常夫妻父子三人，本领俱是平常。王妻李氏更胆小，沿途凭崖俯视，先是有些眼晕，一听说要由猿、虎背上驮了飞渡，不禁“哎”了一声。虎王知她害怕，便教金猱先渡，以示无忧。

康、连二猱平日轻易也没纵过这么远，因是好强心盛，一听主人招呼，应了一声，先往后退了二十多步。背后原是一个奇石磊砢的斜坡，如是常人，几难在上立足，二猱却得助势不少。退到坡顶，各把长臂一举，康康当先起步，身子一蹲，暗中提气，蓄着势子，蜻蜓点水，皮鼓迸豆一般，两条黄影在如剑锷森森的危石之上，十几个短步起落，星丸跳掷，纵到崖边。又猛地身形往下一低，双脚用力一踹崖石，跟着斜朝对崖，身形再往上一伸，两条长臂如钻浪急鱼般往后一分，一声长啸，身已离崖飞起。金毛映日，闪闪生光，快比飞星，疾如电射，连同啸声，随以飞渡，等啸声由远而微，二猱已双双扑到对崖之上。

空山回响，康、连之声犹是殷殷绕耳，余音未绝，连连更因用的力猛，飞时在后，到时却纵过了头，急切间空中收不住势，撞在前面康康身上。康康猝不及防，吃这猛力一撞，撞出老远。同样连连也着了急，再伸两前爪抓它，一同撞落地上，几乎没跌个重的。康康怪连连鲁莽，登时激怒，伸爪便抓。连连恼羞成怒，也回手相抗，在崖上扭扑起来。直到虎王看清二猱真打，含笑喝骂，猿、虎也齐吼啸，才行止住。二猱本极和好，一停手又互相拥抱着怪啸亲热起来，引得众人俱都发笑不至。

虎王对王守常等说道：“你们看如何？康康、连连尚且如此，何况猿、虎呢。”说罢，便命白猿轮流背着吕伟父女先渡。白猿多年修炼，又承仙人赐服灵丹，自更身轻飞速，连势都不作，背上灵姑，当即纵起，白影一瞥，恍如银光飞射，人已安然稳渡。白猿重又飞回，挨个儿连行李一一背过。最后才是黑虎驮了虎王，也先退到顶上，向下飞驰，到了崖边，犹未停足，仿佛要向壑底踏空坠落。对崖众人多半心惊目眩，替它捏着一把急汗，目光一瞬之间，虎已离崖飞起，天马行空，看去比起猿、猱还要惊险得多，转眼到达。众人见它对面飞来，其势绝猛，恐怕撞上，纷纷往旁避让时，一阵大风过处，黑虎已悄没声地稳稳当当四足抓地，站在崖上，相隔众人立处还有丈许之遥。

人全渡后，忽想起只顾飞渡，还忘了向同道人致辞谢别。忙看对崖，二道人已联臂转身，从容归去。虎王急喊："道长留步！"二道人只回身点头，摇了摇手，径直走去。众人遥遥举手为礼，各自示意辞别，一会儿，二道人已不见影。先照所说途径下崖，到了两路分歧之处，虎王作别自去，吕伟等一行老少共是五人往莽苍山进发。

第二天，吕伟等绕到牛蛮寨，虽是僻处山中多族杂居的寨墟，因离官道驿站较近，时有大批采药汉客、郎中、货郎等人来往，人情并不十分粗野，汉人习气染得甚重。到的那天又正赶上趁墟的日子，附近三数百里内的各色苗民都来集会。有的耳鼻各戴银环，纹身漆面；有的发蓬如茅，满插山花；有的上身赤露，腰围桶裙。十有八九都佩刀挂矢，手持长矛。带来的货物不外兽皮、金砂、药材之类，多半用筐篓或是竹木做成的架兜，有的用头顶背着，有的用背背着，用肩挑的绝少。一半先寻熟识的汉客、货郎。苗人性情率直，以物易物，几句话便成交。

事完，汉人多半饱以酒肉。苗人吃罢，自去寻找店家歇息。再不就寻个丰草地儿仰天一躺，望着碧空白云，口里哼哼，温习着自编的情歌，静等晚来向寨主送上常例。杀牛痛饮之后，会合各地男女，自寻伴儿，在明月之下，连唱带跳，尽情狂欢两三夜。苗人都爱文彩，穿得花花绿绿，奇形怪状，看去却也热闹。

灵姑虽在蛮荒中穿行多日，经过不少苗人墟寨，因云贵山中苗蛮种族何止百数，风殊俗异，各不相同，遇上的都不是时候，似当地这等情景和跳月盛典尚未见识过，和吕伟说要留上半日，明日起身。吕伟见天色虽还尚早，前途鸟道蚕丛，渐入荒凉，难得遇上这等热闹大墟集，汉客甚多，正好在此采办一些食粮，歇一歇连日山行劳顿，当即应允。恰好所投打尖的一家主人姓范名连生，原是吴人，流落到此。因会医道，人又忠直不欺，在当地寄居多年，以行医贩货自给。所生二子,一名范洪,一名范广,俱都好武。父子三人俱受峒主罗银和众苗人爱敬,各地药商、山客都得与他招呼。吕、王等人虽是初见,一拍即合,本就想留众人住一两天,这一来益发高兴。吕伟颇通苗俗,便和他商量,意欲取两件礼物送给峒主。范氏父子俱道:"不必,此人今非昔比,不睬他的好。即或有甚过节,问时只说慕名投我,商量下次贩了货来做大宗买卖,便没事了。"吕伟因离莽苍已近,自己既欲在彼隐居避世,耕猎自给,为爱女谋应仙人之言,许多牲畜用具俱未采办,过此即无人烟,一心盘算未来应办之事,但初来不便多问,主人一拦,也就丢开。

逢着墟日,范家最忙。连生因要接待各地来客办理交易,峒主派人来请,谈不一会儿,便令长子范洪陪客,率领次子范广告退出去。范洪见吕伟等数千里远来,所经都是深山蛮荒之区,早料定来客必有惊人本领。家规素严,当着乃父不敢多言,等乃父一走,便向吕、王二人讨教。

吕伟知他父子俱会一点武功,感于主人情厚,便不作客套,不特有问必答,并还指正错误,尽心教授。范氏兄弟僻处蛮荒,见闻自少,不过生来力大心灵,把乃父当年所学的几套南派拳法学到手内,再加一点变化罢了。休说吕伟这等上乘武功难于达到,如论身法解数,连王守常都不及。这一席话,真是闻所未闻,见所未见,不由五体投地,心花大开,当时拜倒,执意要连乃弟范广同拜吕伟为师。

吕伟鉴于为期太促,自是不肯,坚拒道:"老弟不必如此拘泥。武艺一道,全仗自己勤苦用功,只上来路要走对,聪明人一点就透,我如客气也不说了。其实无论哪派拳法,都可登峰造极。令尊所授南拳均是正宗,不过气、力两字功夫没有分清,不能无限运用,生长动静之间,也不能神明变化。经我一说,你已明了,只须照此勤习,不愁没有进境。我多少年来从未收过徒弟,今已灰心世事,隐遁蛮荒,怎好妄为人师呢?"范洪哪里肯听,依然求之不已。后听吕伟口气,颇似聚日无多,不能尽得所传,又伏地不起,力求多留数日,稍传心法,等学上一年半载,自往莽苍山寻师请益,否则禀明老父,明日便即随同前往。

吕伟不料他会如此虔诚,王守常夫妻和灵姑又在旁代为请求,迫得不好意思不允。只得应道:"我有许多碍难之处,难于深说。既是老弟如此虔诚好学,我也未便坚拒。但是令尊此间事忙,长期远离实在不可。你武功已有根基,不比初学,今为老弟多留一日,后日一早一定启行。虽只一天多的工夫,依我传授,也须一两年的光阴始能学成。不敢说纵横江湖,用作防身御敌,也略可够用了。人事难说,到时如若机缘凑巧,我必前来看望贤乔梓,就便给你指点。人之相知,贵相知心,别的都是浮文末节,可不必了。”

范洪哪里愿从,等晚来无事,仍非拜师不可。吕伟无法,也都允了。因行期匆迫,说定以后,便立即跟着传授生平实学绝技。这些话,灵姑已耳熟心会,听了一会儿,觉得无聊。又听外面芦笙吹动,金鼓齐鸣,人声如潮,甚是热闹,忽然心动,便和吕伟说要同王守常之子王渊同出观看。

吕、王诸人正谈得高兴,心想:“灵姑在家乡也常独自出游,家学渊源,人又机智,从未出事受欺。王渊虽然年才十二,也会一些武功,寻常三五个大人都打他不过,近又长行阅历,增长不少见闻。”当即允了。守常之妻沿途劳顿,早往隔室榻上歇息,未在屋内。王守常自知本领不济,途中时常乘便向吕伟请教,自是乐于旁听。两个大人都在兴头上,全未在意。

灵姑高高兴兴同了王渊穿过前屋时,范广正同了许多汉客在那里谈论交易,院中散放着许多挑子,见二人出来,忙起身招呼,问欲何往。灵姑说往门外看看。范广忙问:“可要着人陪往?”灵姑说:“只在近处,无须。”范广因二人来时腰间挂有极精利的兵刃、弩箭,一想二人虽然年幼,作此壮游,本领必然不弱,出时兄长和他大人既让出门,绝可无碍。便答道:“我恐你们走远迷路,既在近处,也就罢了。”

话说灵姑方要走,范广看了灵姑一眼,又追上说道:“妹子出门,哪里都好去,只山那边石寨前莫往。如遇一个穿花衣、包绿头巾的苗人,不要理他,急速回来。如有人问,就说是我家远客,也没事了。”灵姑年幼气盛,先听命人陪往,又这般叮嘱,以为轻视自己,好生不快,只鼻孔里哼了一声,并没留神去听,等他说完,转身就走。要知后事如何,且看下回分解。

第四十八回

争羚乳　智服苗酋
点哑穴　独擒丑女

话说灵姑、王渊出门一看，门外是一条南北向的街。西边有数十所人家，尽是苗楼。除范家外，还有五六家汉人，门外有帘招挑出，俱都疏疏落落位列于山坡底下。街东是条广溪，停着不少苗人用的独木舟。水流澎湃，波深湍急，撞在木舟上面，激起数十处好几尺高的浪花。坡不甚高，当顶平坦，广约百顷，中间有数顷方圆空地，此外林木森森，疏密相间。到处停放着苗人装货的担架和汉客的挑箱，另外还有些卖糌粑、青稞酒、熏腊肉的担儿。苗人纷纷穿行购买，花男彩妇，往来如织。

遥望隔坡，另有一座方石崖，上有一石寨，寨前广场中皮鼓嘭嘭，芦笙呜呜，百十彩衣苗人正在舞蹈为乐。一时街上男女苗人多往那里跑去，却不上崖，只在崖下翘首仰观。有的情不自禁，随着乐声在下面欢跳。夕阳光中看去，情景甚是热闹。

灵姑觉着无甚意思，便和王渊信步往南走去。路上行人见了二人，多要看上几眼。灵姑甚是厌烦，脚底一加快，不觉走出两三里外，路上人迹渐稀。再走里许路，忽右折，望见前面有座大山谷，里面林木蓊翳，泉声聒耳，仿佛深秀。入谷不远，便见一条大瀑布高悬于广崖之上，广约七丈，势绝雄伟。那崖上半壁立孤削，中间奇石磊砢，颇多突出。瀑布如千尺天绅凌空下坠，和匹练也似笔直坦平，不稍偏倚，中途吃这几处奇石一阻隔，生生把它折为六七叠，每叠都激撞起大小数十丈不等的水花相与会合。恍若烟雾罩着一条倒挂的玉龙，映着夕阳，炫为丽彩。落处是一个深壑，水云蒸腾，望不见底，除泉声激石，哗哗乱响外，底下反听不见什么大响。人立老远，便觉寒气逼人，跳珠袭面，发衣欲湿。

这里山势已向左右展开，茂林丰草，弥望青苍，曳紫摇金，山容欲活，无意之中得此奇景，灵姑不禁称奇叫绝。正说："主人太俗，这样好所在，适才也不提说一声。明日定请老父来此，一同观赏。"王渊忽然惊叫道："姊姊，你听这是什么声音？"灵姑侧耳一听，当中一段崖壁上，飞泉激荡声中，似有什么东西在石壁里面乱撞，杂以石裂之音。初来时并没听见，才响不久，与瀑声全不相同。刚刚分清，忽见里面石壁上似有碗大碧光电一般闪过，再看不见。一问王渊，却说未见。阳光照瀑，本多幻影，方道眼花，壁里撞击之声愈猛。灵姑正奇怪间，猛一回头，瞥见两只黄羚羊由丰草地蹿出，一前一后，飞也似往左侧树林内跑去。连日山行，绝少遇见这等苗疆有名的野味，又是老父最喜之物，哪里愿放过。无心再听壁里响声，连忙招呼王渊，一同急步追去。

那片树林就在崖傍平野之间，俱是原生老林，大均数抱，高插云际，行列甚稀。相隔崖前还有两箭多地，羊行绝迅，按说不易追上。那羊偏生是一对配偶，互相追逐为戏，不知有人在偷看它们，刚蹿了进去，倏地又从别的林隙里蹿将出来，一见有人追赶，旋风般拨转身子，二次往林内蹿进。这一来越发坚了灵姑必得之心。王渊更是青年好胜，一路之上，每逢行猎遇敌，俱被父母拦住，不使上前，巴不得乘机一逞身手。急喊："姊姊莫放飞刀。今天爹爹不在，且让我打一次猎，试试箭看。"灵姑本和他说得来，笑着应了。

二人边赶边喊，追入林内。那羊正立在一株大树旁延颈望敌，见人追到，吓得亡命飞逃。二人跟在后面，紧紧追赶了一阵未追上，反而追丢了一只，仅剩下一只公羊在前急奔，不时又立定了脚回头观望。二人路径不熟，羊性甚狡，又有林木阻隔，隔不远，便有树木阻碍，老不好下手射它，急得王渊不住乱叫。灵姑见他性急，只顾好笑，帮同追赶，林径弯环，不知跑了多远，林本向西，走到尽头，便是苗人大寨前面，二人哪里知道，一味穷追不舍。

追到后来，灵姑见对面斜阳由林外平射进来，望过去将与远地相衔，红光万道，耀眼欲花。回顾来路，一轮明月业已升起。不知业已走向归途，恐太阳落山，昏林之中迷了归路，又挂念着苗人跳月盛典，方自后悔未先下手。遥望前面林尽处，逃羊猛然收住急步，身形往后一缩，大有逡巡欲退之势。灵姑刚喊得一声："二弟！"王渊沿途十几次扬弩待发，俱未得便，见状更不怠慢，右手一按，接连三支弩箭早连珠般射出。第一支中在羊后股上，那羊受伤惊急，咩的一声惨叫，带箭蹦起丈许来高。接着连蹦带跳，口里咩咩连叫，似弹丸飞掷一般，直往林外蹿去，动作迅捷异常，余两箭全都射空。王渊心花大开，见灵姑手按玉匣，边追边喊："姊姊不要动手，让我拿它。"灵姑且追且埋怨道："只顾你好耍，可晓得跑了多远？看太阳都落山了，还不打回去的主意？还是让我来收拾它吧。"

言还未毕，忽听芦笙吹动，远远传来。同时人也赶出林外，抬头一看，适见山坡后的石崖就在前面，不过里许路，路崖上下的男女苗人，连那大皮鼓，俱已移向坡顶广场之上，鼓声已息，只有限几个苗人在坡上调弄芦笙。才知误打误撞，无心中绕向归路。

再找逃羊，正往崖侧草地里跑去，已然伤重力竭，跑不甚快了。已将到手，离家又近，怎还肯舍，脚底一加劲，双双飞步赶上。眼看离近，王渊手举弩弓，方作势待发，耳边似听嗖的一声微响，羊忽倒地。那一带地方正当崖侧荒僻之处，地上草深绕膝，只有几株大树孤零零挺生其间，不成行列。二人跑得正急，虽听出有点响声，见野地无人，便也疏忽，也不想想那羊只后股一处箭伤，如何声也未出，就会死去？依然照直跑，想将逃羊取回。行处有一株大黄桷树高达十丈，粗及十围，枝柯四出，荫被亩许，羊便倒卧树前不远，身已被草遮没。

王渊在前，已然跑过树去。灵姑在后，正跑之间忽听头上枝柯动摇，窸窣作响，心疑有蛇。刚往外一纵，便听嗖的一下，从树上飞落一圈蛇影。灵姑身已避开，没被套中。怒喝一声："该死东西！"手按玉匣，回头一看，哪是什么毒蛇，乃是一条长索，上面结有一个活结圈套。再往上看时，耳听格格怪笑，树干摇动处，跟着纵落一个苗人。看年纪不过十七八岁，生就紫森森一张三角形的丑脸。眉浓如刷，两眼圆睁，白多黑少，见人滴溜乱转。鼻塌而扁，唇厚口阔。头上花花绿绿扎着高巾，双耳各戴金环，坠得那耳朵长几及肩。胸前挂着一张三角尖的兽皮，腰间也围着一块豹皮，背插长矛，腰挂刀弩。四肢赤裸，现出油亮发光的紫铜色皮肉，甚是矫健结实。

灵姑方欲喝问，那苗人已跑近身来，一言不发，伸手便抱。如换旁人，见这狞恶之相，早已吓退。灵姑哪吃这个，不由大怒，一声娇叱，双足点处，飞身纵起，一个开门见山，双手往外一分，便将苗人双手隔向两旁。再往里一合，一双玉掌同时打在苗人丑脸两颊之上。苗人身长，灵姑比他矮有三尺还多，这一纵起，双脚离地，正齐苗人肚腹。

灵姑身法何等轻灵便捷，说时迟，那时快，两掌打中，底下双腿一拳，喜鹊登枝，照定苗人胸前踹去，人早就势纵落三丈以外。苗人骤出不意，做梦也未想到一个小小女娃这等厉害。脸上一痛,两太阳穴直冒金星,未容野性发作,胸前又似坚铁般猛戳了一下,哪还立脚得住,狂吼一声,满口鲜血乱喷,往后便倒,躺在草地里面,两手捂胸,口中哇哇怪叫,挣扎不起。

灵姑气犹未出,还欲过去踢她两脚,忽听王渊喊道:“这苗人不是那戴绿头巾的吗?”灵姑定睛一看,苗人头上扎的果是绿头巾,上面还绣着许多花色,业已滚落草里,露出一头茅草般的乱发,脸上血污狼藉,越发难看惹厌。猛想起来时主人之嘱,暗忖:“父母常说强龙不压地头蛇,并诫客途之中以忍为妙,不可生事。看这苗人装束,定是山寨首要之人。自己固然不怕,也须为主人留点地步,既已重创示警,何必再为过分?”便指着苗人怒骂道:“无知苗人!今日权且饶你狗命,以后再欺凌我们汉人,叫你死无葬身之地!”说罢,唤了王渊,一前一后,抬着那只死羊,取道往范家走去。

其实灵姑当时如若空身走回,和主人一说,范氏父子见祸闯大,或将来客隐藏,或是连夜放走,苗人不知仇人来踪去迹,空自暴跳一阵,也就拉倒。二人偏生稚气未除,不知轻重,明知树敌,依然行若无事,不舍到手之物。取羊时商量如何带走,微一耽搁,羊大人小,行时半拖半擎,自不方便,又容易引人注目,还未走近坡前,早被坡上面聚集的苗人远远看见。

这类羚羊乃当地特产,角贵如金,肉又鲜嫩肥美,汉客最是重视,比各种药材、皮革都贵。无奈羊性狡猾,动作轻灵,捷逾猿鸟,任是苗人久惯奔山,弩石刀矛长于投射,也难命中。又善识山中灵药异草,便中了苗人毒箭,只要当时逃脱,便能寻药自愈,耳目更是敏锐,什么陷阱都不易使它上当。尤其是像二人所得这样比驴还大点的老羊,角有晶乳,最难捕获。众人见二人都是小娃儿,却获得这么大羚羊,一路说笑走来,纷纷惊奇,立时一窝蜂似围了上去,七嘴八舌,汉苗杂呈,纷纷絮问。灵姑在前,王渊在后,不问懂与不懂,概不搭理。有几个药客欺他们年幼,想拿财货金银掉换,故意把路挡住,纷问不休。

灵姑见人越聚越多,不能前进,才发话道:“我们是打来自吃,不要卖的。快些躲开,再如拦路,碰了你们莫怪。”众汉客闻言,便说:“你吃肉,我们只要皮角。”又问住哪里。灵姑见还不肯让道,众苗蛮也跟着围挤,不禁有气,不好意思伤汉人,便娇叱道:“你们这些苗子给脸不要,欺我人小,我要撞你们了。”

说罢,众人依旧不退。灵姑发急,回手朝王渊一挥,喝一声:“走!”各把左手一使劲，羊便横举起来，直向苗人丛中硬撞过去。当时怪叫连声，撞倒了好几个。性情好的纷纷退让，性暴的不知厉害，还欲怒骂动野。二人也没看在眼里，依旧朝前冲去。

人声哗噪，正乱作一团，草里受伤苗人早已痛缓过来，跳起一看，仇人不见，坡上人乱如潮，忙即飞步赶来。这时斜月已升，静等阳光一敛，便是众苗人举火哄饮、欢呼跳月的时候，人都聚在坡上，灵姑路径不熟，恰是越坡而过。这些汉、苗人等性均粗野，灵姑没显出真招，如何肯服气，手里持的又是一只庞然大物，累累赘赘。再加上几个汉客觊觎羊角，巴不得灵姑惹一点乱子，好借势吓吓，抢夺了去，暗中怂恿苗人往前拦阻。齐声怪喊："小女子竟敢撞人，快快放下羊磕头赔礼，休想走脱。"七张八嘴，乱哄哄的，谁也没有注意坡下。

灵姑见不是路，知非动武不行，又恐伤人太多，老父嗔怪，给主人惹事。暗中一擎羊腿，分量不轻，带着纵起，势所不能。便喊王渊道："将羊交我，你先跑回报信，我自有处。"王渊听说，把手一松，双足一点劲，便从人丛中纵起丈许高下，连施蜻蜓点水身法，踹着众人头肩往回纵去。众人立时一阵大乱。

灵姑乘着众人惊顾之间，一手握着羊的前脚，一手握着羊的后脚，把羊身弯成半圈，脊背凸向外面，口中娇叱一声，使一个旋风搅雪之势，抡圆往外一荡。有十几个想动蛮逞凶的苗人，拿着矛杆正往上挤，意欲作势威吓，吃这一荡，纷纷跌倒在地。灵姑见身侧略空，更不怠慢，觑准前面人数较少，就着回旋之势，双手一甩，手中羚羊脱手，抛起好几丈高远。紧接着如孤鹤斜飞，跟踪纵起，向羊下落之处追去，叭的一声，羊落人到。落处还有不少苗人，见灵姑这等身手，俱都吓得后退，不敢上前。

灵姑知道苗人怕硬，打胜不打败，业已被自己镇住，从容握着羊腿，正要奋起神力，举了走路，忽听身后又是一阵大乱。回头一看，众苗人似潮水一般，纷纷往两旁退让，耳听怪叫如雷。晃眼工夫，人丛中追出一人，正是先前所遇苗人。一照面，不容分说，撒手就是一支长矛当头掷到。灵姑知他追来寻仇，手松处往上一抓，便接到手内。那苗人业已奔过来，迎面纵起，又是一苗刀砍来。灵姑单手持着长矛一接，咔嚓一声，长矛削去半截，方知苗刀锋利。自得玉匣飞刀以后，身旁一直没带兵刃，无法迎御。苗人力大刀沉，身形轻捷，刀光霍霍，又似泼风一般砍来，知难理喻。心想："今天乱子已大，似这等凶横苗民，索性一不做二不休，不杀伤他一个也走不脱。”

念头一转，将身一纵，落在数丈以外，大喝一声：“不知死活的苗子！”一指玉匣，一道银光刚刚飞出，忽听众人齐声呐喊：“峒主赢了！”灵姑一听，这苗人竟是峒主，不由大惊，忙止刀光，不令伤人时，飞刀电掣，早已到了敌人头上，正往下落。苗人虽不识飞刀厉害，见银光如电，冷气森森，迎头飞到，却也心寒胆怯。举刀一撩，身便纵起，想要避开，已是无及。还亏了众苗人这一呐喊助威，灵姑投鼠忌器，收势尚速。就这样，一把千锤百炼的苗刀厉器，已被刀光扫过，断为碎铁。苗人右手虽未断落，手指已微微挨着一点刀芒，去掉三个小指节，刀柄掉落地上，鲜血直流，吓得一身冷汗，目瞪口呆，望着空中银光，连手上痛都忘了，众苗民早为灵姑先声所夺，又见她能发电伤人，哪里还敢喧嗓上前。

灵姑指定空中刀光，正要发话警诫，忽听身后一声断喝：“我儿不可随便伤人！”回头一看，正是老父和王守常父子，同了范氏兄弟赶来，见灵姑已将刀光止住，收了回来，才松了口气。范洪首先抢步上前，向那苗人大声说道：“这几位汉客与我父子并不相识，适才刚到，才得遇见。闻说这位小姑娘已与峒主争斗，连忙赶来，峒主已受伤了。他们俱会仙法，能在手里发电打雷伤人，我们万敌他们不过。不如两下讲和，送他们几条牛，过两天打发走吧。听小姑娘兄弟说，他们赶一羚羊，峒主不合无故抓她。幸她发电，要是打出雷来，这片山都成焦土，这些人一律全死，如何是好？不信就试一试。”

在场众人闻言，俱都大惊失色，面面相觑，作声不得。灵姑耳尖，似闻人丛中几个汉客窃窃私语冷笑，似有不信之状。暗忖：“这几个汉人比苗人还可恶，如不当时献彩，范洪纵一时将苗民镇住，这几人知是假语威吓，难免进谗坏事。自己一走拉倒，范氏父子怎能安居？”想到这里，娇叱道：“你们当我打雷是假的么？我因这雷一打出来满山是火，不肯伤生，所以不发。那旁有株大树，离这里好几十丈。我先用这道电光，将它连左近一排小树给你们斩断做个榜样，看是服也不服？”

说罢，手指处，飞刀脱匣而出，银光十丈，其疾如电，直冲前面大树上射去。只一绕动之间，咔嚓连声，树折木断，连排倒落，暮烟影里，尘沙飞扬十多丈高下。灵姑再把手一招，银光绕向众人头上，环飞了两匝，众人只觉精光耀眼，冷气侵骨，一个个头缩颈藏，此逃彼窜，互相冲撞，乱作一堆，飞刀已掣回匣内，俱吓得心寒胆落，不由得不畏服若神。

那峒主罗银明知厉害,强横已惯,当着众人,依旧羞于服低,吞吞吐吐说道:“我让她也就是了,怎还要罚牛赔礼?”范洪方要恫吓。吕伟恐事闹僵,又知今晚跳月之事若罢,苗人必定怀恨,忙抢上前说道:“话虽这样说,我等今日赶墟,原慕峒主名望而来。适才刚到范家探问,请其引见,不想小女入林射猎,与峒主发生争执。常言强客不压主。我等远来是客,按客礼相待,晚来参与贵墟盛会,那便是客,事出误会,彼此情面无伤。若按敌人对待,峒主委实先侵犯人,便赔送几条牛,似这样欺凌我们汉客,我们也须还个了断,不能就此罢休。”罗银正不好落台,闻言惊喜道:“原来你们竟是寻我们的客么,那是自家人了。天已近夜,少时就要杀牛祭神,快快请去寨中拜见。等我上点草药,便陪你们玩个尽兴吧。”说罢,猛伸双手,上前便抱。

灵姑疑他骤出不意,动手伤人,忙纵上前。一看吕伟已和罗银抱在一起,左肩上染了好些血迹,原来罗银行的乃是苗人抱见之礼。吕伟颇悉苗情,并未惊讶,只抱时觉得罗银蛮力甚大,成心示警,暗运气功往里一束。罗银立觉肩上如着铁箍一般,透气不出。幸而吕伟点到即止,一束即放,没有喊出声来。暗忖:“这几个汉客怎的如此厉害?休说放雷,就这把子力气,也不是他们对手。”这一来越发害怕,连手上疼痛也都忘却。

还是吕伟瞥见肩上血迹,故作失惊道:“峒主受伤,这可怎好?我身边带有伤药,且去至寨中医治吧。”罗银闻言,方才想起,忙过去将地下三小截断指拾起,说道:“这没要紧,我寨中现有灵药,搽上就好,连指头也能接上。快些走吧。”

吕伟想不到他会真以客礼相待,请往寨内。因知苗疆中有接骨之术,不传外人,颇想探悉。见范洪不曾示阻,便答道:“我们原慕范家父子之名,投他们引见。既承峒主美意,请他们与我们同去如何?”说时,范父连生也自得信赶来,范广恐把话说岔,早迎上前去,悄声说了经过。连生一听事已平息,吕氏父女不但本领高强,还精剑术,足能将寨民镇服,才放了心。见罗银往寨中让客,吕伟要他父子同往,料知罗银无甚恶意,乐得与吕氏父女装得疏远,便即答道:“我父子不比别人,只能分出一人陪你同见寨主。你们两家已然熟识,此后常来常往,不用多人。我还有事,就着阿洪陪你父女同去好了。这只羚羊甚是值钱,可由你那伙伴带到我家住处,算是一件货物。如不宰吃,要卖多少钱,或换他们的金砂,今日天晚,明早再议。”

吕伟听他完全生意口吻,知留后步。暗忖:“峒主受伤,终是难免嫌怨。

他们重视此羊，何不顺水推舟，做个人情？”忙答道：“我们此来因不知贵地规矩，没带甚好礼物，就有些茶、线、针头、布匹，也不及于回取。适听王贤侄说，此羊虽是小女和他打的，峒主也有一箭之功。现在成了一家，不比仇敌，便拿来送给峒主，算我父女送的薄礼如何？”

苗人性直而贪，罗银当初起意劫夺，一半是见灵姑生得美秀，一半也是由于看中那只羚羊。不料小姑娘会神术，身遭惨败。山俗只一受罚，便成话柄，算是终身之耻。不罚他牛，免丢大人，已是幸事，哪里还敢垂涎他物。一听吕伟说将羊送他，喜出望外，咧着一张丑嘴道：“你真将羊送我么？汉客中哪有你这样好人。实不相瞒，银剪山牛母峒主的女儿桂花娘，是我最心爱的人儿。偏她去年生了热病，如今周身红得跟火一样，非这样五六十岁以上老羚羊角尖上的乳，病不能好。老峒主力大无穷，又会仙法驱遣蛇兽，以前二十七峒峒主前往求亲，俱未答应，这一病才透出话来。

“怎奈这类羚羊虽说出在南山，但极稀少，尤其要年岁老，吃过灵芝，角尖又红又明亮的，才合用，谁也没有找到。恰好前三月，不知从哪里跑来这只老羚羊，正好合用，我带了多人设下坑子，连搜拿它好几十次。这东西死了功效便差，还特地为它做了麻箭，以防射死。谁想这东西狡猾非常，甚坑不跳，见人就逃，跑得飞快。先还时常出现，随后就没了影儿。我因向桂花娘求赶郎三次，理也未理，想起心冷。又听说羊已有人送到，见羊难捉，也就罢了。

“你们汉客多是心贪，我让他们打来羚羊换我金砂，却不许我们的人提说此事，先连范老先生和他家大郎、二郎都不知道。前三天才听说那送羊求亲的是菜花墟孟峒主的侄儿，羊有驴大，可惜没乳，吃老寨主连羊带人一齐轰了出来。我才又心动，想起这只羚羊合用，知道人多反而误事，每日找它常走过的地方，独自一人埋伏了两天，也没见影子。日里和范老先生商量，叫他招呼大郎、二郎代我留心，只要活捉了来，便换一斗金砂、八匹牛去。

“他一走，我见时早，又换个地方，藏在树上往下偷看。到了擦黑要回去时，忽见它从树林内飞跑冲出，才一现身，便闻出我的气味，回身要跑。别的矛箭怕弄死，麻箭长大，须要近打，我又恐它惊走。它只停了一下，重又亡命蹿去。谁知它身后还有一男一女两小娃儿在追它，正跑过我树下，被我一箭将它麻倒。因见那姑娘生得和桂花娘相像，只人瘦小些，不合欺她人小，跳下去上前就抱，才有这些事情。羊被你们得去，我怎好说要的话？又怕你们要吃它肉,将它杀死,正想背人和大郎说,和你们商量,拿东西换,万不想你听范老先生说它值钱仍肯送我。有了这东西,桂花娘是我的了,真快活死人呀!”罗银说罢,喜得乱跳。众人也跟着欢呼哗噪不已。

吕伟过去一看,那羊身软如棉,胸前犹自起伏不已,身上中了两弩一箭,俱在后腿股间。料被苗人箭头麻药麻倒,并未射死,忙命灵姑拖过来,交与罗银。罗银喜极忘形,见了灵姑,便行抱见之礼,欢叫一声,扑前便抱。灵姑大怒,一跃纵开数丈,方欲喝问,范洪在旁道:“峒主,我们汉人的姑娘不比你们,怎的如此粗鲁?莫非还想惹翻他们么?”

罗银方在没趣,闻言省悟汉人与苗人礼俗相异,尤其是妇女,恐灵姑生气,急喊:“我真眼瞎!”顺手就给自己一个嘴巴。一时情急忘形,用的恰是那只断了三指、血迹未干的痛手,再忍不住,疼得甩手,双足乱蹦,半边脸上血迹淋漓。灵姑见了这般丑态,不由哈哈大笑,吕伟连看她两眼,方始止住。吕伟知罗银话多,更不容他再赔话,俟痛稍止,立即催走。

罗银见灵姑并未怪他,方始安心,一手捧着自己那只痛手,喊声:“贵客随我来。”拔步就往回走。吕伟看他兴高采烈,全没把受伤的事放在心上,甚是好笑。那羊自有寨民抬着随行。王守常由范广陪了回去。吕伟看出王渊想要同往,连他和灵姑一齐带上,范洪陪侍同行。

天已不早,山人纷纷跑回原地,静俟举行跳月赶郎盛典。只剩一伙汉客围着范连生,七张八嘴俱说:“这等珍物百年难遇,何况又是峒主百求不得,急需应用之物。乐得挟制,多换几斗金砂,平白送人实在不值。”各代吕氏父女惋惜不提。

吕伟父女等老少四人随定罗银刚一走到崖下,寨人早得了寨主途中命人传令,俱知峒主交了有神法的汉客,各自抄道赶回,连同在寨苗民,一字儿在寨前排开,人未近前,便奏起迎宾的乐来。这时斜阳初坠,素月方升,水盆大小一轮冰盘刚刚浮出林端。西半天边晚霞犹未全敛,远近山峦林木俱蒙上一种暗紫色的浮辉,与苗人的刀光矛影相与掩映。加上皮鼓嘭嘭,芦笙呜呜,端的声容凄状无限苍茫。

吕伟留心谛视,见众苗民行列整肃,有条不紊,迥非红神谷野人之比,好生惊赞。正向范洪谈说,前面罗银倏地飞身纵上崖去,到了众苗人队伍里,面向来客。等吕伟走到崖上,用苗语喊得一声,抢前几步,双手高举,扑地便拜。身后众苗人除乐队吹打得更紧外,纷纷各举刀矛,向空摇舞了两下,罗拜在地。吕伟路上已有范洪告知本寨礼俗，忙令灵姑、王渊后退，抢步走近，照样双手高举，身子往下一俯，就着欲拜未拜之势，将罗银双手一托。罗银随手起立，恰好头对头碰了一下。吕伟跟着伸手插入他的左臂，罗银也横过身来，宾主挽臂，并肩而入。灵姑等三人跟着同进。

苗俗尚右。罗银当众败在女孩手内，认为莫大之耻，虽幸化敌为友，对方又会神法，非人力所敌，可以遮羞推托，终觉平日强横已惯，日后难免受人讥笑；更恐部下众苗民因此轻视，减了畏服之心，边走边想，老大不是滋味。硬的又决斗人家不过，无可奈何，只得借抬举对方，来衬托自己。暗中命人传语，说得来客手能发电打雷，真是天神下界，本心想与她做朋友，彼此不知，发生误会。这个老的比小的本领、神法还高得多，难得肯下交，非用极恭敬的礼乐接待不可。

出事时众苗本多在场，早把灵姑视若天人，闻言果然敬畏，一毫不敢怠慢。罗银所行乃是小峒苗落参拜大苗之礼，以示不敢和来客相等的意思。接客时偷觑手下众人，俱有敬畏之色，方幸得计。照例，这样敬礼，入寨以后，让客在右首上坐，由此反客为主，一切须听从来客意旨，予取予求，不能违忤。虽也有主人不堪勒逼，事后又情急翻脸拼命的，但这类事十九屈于暴力凶威之下，倒戈相向的很少发生。

罗银也是见吕伟得宝不贪，才敢冒险一试。万不料一个异方汉客，竟会如此知礼知趣，应付得不亢不卑。虽然自居上宾尊客地位，却只受了他半礼，跟着便按平等礼节，客不僭主，让他为先。有一个极厉害的大峒苗，来与比他低好几等的人做兄弟，分明显得有心结交，是一家人的意思。这一来不但前辱可以不算，反给他长了威势，连他和全寨苗人都增光彩，哪得不喜出望外。众苗人仍跪地未动，俱都拿眼偷窥，见宾主如此，皆大欢喜，等五人一走，俱在寨前跳跃欢呼起来。范洪见状，才放了心。

罗银将客引进，吕伟见寨中有门无户，外观直是一座土堆，门内围着一圈石土堆积的屋宇，间间都有火筐照亮。当中大片空地上建着一所大竹楼，高约八丈，共是三层。下层厅堂，没有隔断。两边排列着许多的石鼓，居中一把大木椅子上披着虎皮，石鼓上也铺着各种兽皮。厅柱上挂有不少油灯，灯芯有指头粗细，照得全堂甚是明亮，只是油有臭味，刺鼻难闻。此厅似是峒主集众会客之所。罗银一到，便双手交拜，让客上坐。

吕伟不肯，自和范洪等向两旁挨近主座位坐了。罗银不再让，径向中座后面木梯上跑去。跟着苗婆、苗女纷纷持了捧盘,盛着糌粑、青稞酒和牛羊肉,跪献上前。肉都是半生不熟,灵姑、王渊不肯吃,只范洪陪吕伟略为饮了点青稞酒,便用苗语叫她退去。

吕伟因那屋宇明爽坚固,与别处山寨不同,一问范洪,才知全寨均是乃父连生按着山人习俗重为兴建。再问苗人接骨之法可能传授,范洪悄声说道:“他们不传之秘,便连罗银也不会呢。”吕伟惊问:“既然不会,他这手骨怎能接上?”

范洪道:“当初老峒主在日,和家父最为交好,死时这厮不过十三岁,曾经再三托孤,请家父照应,扶助他成立。本寨族人欺他年小,又是野种,几次起意篡夺,仗着他娘还未死,御下有恩,这厮又生来力大,我父子再明帮暗助,代他除去敌人,才有今日。起初甚是感激,非常听劝,那时我们话好说,生意好做,他也不吃亏。谁想他十八岁后人大心大,耳根既软,又好女色,渐渐骄横放纵,不再听劝。虽对我家仍有礼貌,不似寻常对待,比前些年就差太远了。

“我们两代相处多年,先并不知他家有些奇药妙术。还是去年秋天,舍弟由崖上坠落,断了一腿,全家正在焦急,以为必成废人。他恰走来,看了一眼,便飞跑而去。我们方道他人野,一会儿却带了一包白药跑来,教我把舍弟碎骨理好接上,将药调水,敷上一包,当时止痛。两天便下床走路好了来。只腿上稍留残痕,和好腿一样。

“家父原会伤科,想讨方子如法炮制,为人医伤。他始而连来历都不肯说,后来酒后盘问,才知他也不知药名,只知药和方法,都是他母亲祖传。药料共是九种,采自远近山岭无人迹处。有两样最是难得,不但采时艰难,配制也极麻烦。合滇、黔各地山寨,除他家外,仅有两大山寨精于此道,照例不传外人。乃父在日曾故意跌伤两次,乃母虽给医好,方法却坚不传授,夫妻几乎为此反目,直到乃母死去,也不知底细。

“现在存药已然无多,在一个老苗婆手内。苗婆是他姑妈,自幼舍身学巫,性情很暴,乖僻异常,寨山民时常受害,畏如神鬼。本来又驼又跛,四肢拘挛,五官不整。数年前,忽在大雷雨中夜出行法,想害一人,又被电光坏去双目,成了瞎子,越发丑怪,性更较前凶残。生平只爱这姨侄一人。这厮有时野性发作,将她毒打,她俱不恨。别人却是一语成仇,恨之终身,几乎是人皆仇。尤其痛恨家父,曾两次行蛊未遂。因她积恶多端,前年快将全寨人逼逃他山，另成部落。家父向这厮再三警劝，她又瞎了双目，才将她锁闭楼中。

“这厮也甚恨她，本欲处死，就为这点余药和用药方法，打死不传，并说强学了去，立有奇祸。苗人怕鬼，不知以前她说人有祸立时遭殃，是她作怪，虽然锁禁，照样好酒好肉养着。她自从得知罗银骗药医了舍弟，鬼叫多日，愤怒欲狂，以后怎样也不肯再拿出来了。据说药外尚有别的妙法，骨断连肉带皮未落的，敷上一包即可痊愈；如已断落，流血太多，为时过久，便须从好人身上现割下来接补。你听楼上鞭打鬼号之声，想必这老龟婆恐防受骗去医别人，不肯给药，惹翻这厮，在打她了。”

吕伟侧耳一听，果然楼上鞭扑之声与号叫相应，又尖又厉，惨号如鬼。苗语难懂，听不出叫骂些什么，约有半盏茶时，鞭打之声忽止，楼板腾腾，似有两人在上面相抱跳跃。方在奇怪，跳声又停，忽又听少女惨叫之声。晃眼工夫，楼梯乱响。偏头一看，从楼上亡命也似连跳带跌，窜下一个年轻苗女，面容惨白，头发向后披散，右手紧握左手，似已出血。见了众人，微一俯身为礼，便如飞往外跑去。范洪道：“这苗女手指必然断了。这里的老弱妇女，直不当作人待。老峒主在日，家父也曾再三劝说，怎耐苗俗重男轻女，人贵少壮，已成积重难返之势，并未生甚效果。可是全寨苗人妇女，除老龟婆外，全对我家感戴，无形中也得了她们不少帮助呢。”

言还未了，猛听楼上一声怪笑，纵下一人，正是罗银，受伤的手已用鹿皮包好。范洪立时面现惊容，摇手示意众人禁声。紧跟着后面惨叫凄厉，从楼门口骨碌碌人球也似滚落下一个老苗婆来。

吕伟见那苗婆身材矮小，屈背伛偻，绿阴阴一张瘦骨嶙峋的圆脸。两只三角怪眼瞳小如豆，往外微突，虽已瞎掉，依旧在眼眶中滴溜乱转，闪着深碧色的凶光。一字浓眉紧压眼皮之上，又宽又长。头上茅草般的花白头发四外披拂，既厚且多。鼻梁塌得没有了，只剩一个鼻尖，笔架也似钉在那一张凹圆脸上，鼻孔大可容一龙眼，往上掀起，渐渐向两旁分布开去，其宽几占全脸五分之二。嘴本宽大，厚唇上翘，因年老，口中之牙全都落尽，往里瘪回，本似一堆泡肉，偏又一边一个剩下两只獠牙，钉也似伸出唇外，将那其红如血的大口缝显露出来，格外添了几分狰狞之容。

那苗婆耳朵上尖下圆，高藏乱发之中，因为戴的是一副满镶珠贝金铃的耳环，又重又大，日久年深，坠成两个大耳朵眼，耳被拉长及肩，成了上小下大。人再一驼，于是连耳带环猪耳一样，全奄拉在两边脸上。身上穿着一件猩猩血染的红短衣，袖仅及肘。下围鹿皮同裙，膝下赤裸，露出两条精瘦黧黑的短腿和双足。走起路来，耳铃丁丁当当乱响，若有节奏。两条枯骨般的瘦臂，鸟爪般的瘦长手掌，箕张着快要垂到地上，随着双足起落，蹒跚而行，身又干瘦，远看直像个猩猩，端的生相丑怪凶恶，无与伦比。

这时罗银好似知她必要追来，成心气她，一纵落地上，先跑了两步，突又轻轻跃过一旁，左手持着藤鞭，背手而立。那怪苗婆滚到楼下，口里不住厉声惨叫，径往罗银先前立处摇晃双手抓去。抓了几下未抓着，急得伸颈昂头，鼻孔翕张，不住乱嗅，口里更是哇哇乱吼不已。室中诸人俱是悄没声地静以观变。随侍诸苗女更吓得面容失色，屏息旁立，不敢走动。

灵姑看她双手频抓，连扑了几个空，神情越发丑怪，先还强忍，后来实忍不住，不禁哧地笑了一声。范洪见状，连忙摇手拦阻，业已笑出声来。王渊年幼，早就忍耐不住，灵姑失声一笑，两人再一对看，也是扑哧的一声笑出来。灵姑又打了一个哈哈。范洪知道快惹出事来，忙打手势叫二人避开原坐之处。

那苗婆本疑楼下有人，下来一阵乱嗅，刚嗅出有生人气息，暗中忖度地点，蓄势欲起，这一闻得笑声，直似火炮爆发，立时激怒，倏地转风车一般旋转身形，跟着脚一点地，长臂伸处，两只手长如鸟爪，向空一晃，人便连身纵起，捷如飞鸟，径往二人坐处扑去。范洪知这恶婆心辣手狠，灵巧轻快，毒手利爪甚是厉害，专惯寻仇拼命，不伤人不止，灵姑虽有本领能放飞刀，但此人又不宜加以杀害，唯恐骤出不意，受她伤害，匆匆不暇顾忌，忙喝："师妹不可出声，也不可以伤她。"说完跟着一招吕伟，往旁便纵。

吕伟见其来势猛恶，也甚惊心，知道爱女身手矫捷，虽可无妨，王渊却是可虑，不暇多说，飞身离座纵起。寨堂广大，这时两下里相隔本有三丈来远。等刚把王渊夹起，未及纵避，山婆已似喜鹊上枝，接连两三纵，疾同弹丸，到了灵姑父女身前。中间虽有石鼓、火架等阻隔，竟和明眼人一般，全被她纵时轻轻跃过，没有绊倒，才一临近，便就着下落之势，猛伸利爪，照灵姑当头抓下。

吕伟见灵姑托大，好似看出了神，没有在意。王渊恰在灵姑下手，所坐石鼓，间隔甚稀，约有六七尺左右。吕伟左手夹人，须转身用右手抵御，苗婆来势又急又准，快慢相悬。方大喝："我儿仔细！"耳听灵姑一声娇叱，身随声倒，往后一仰。眼看苗婆快要扑到灵姑身上，知灵姑已有准备，故显身手，才放了心。说时迟，那时快，果然苗婆厉吼声中，似抛球一般倒飞出去，手脚乱舞，叭的一声，仰跌地上。同时灵姑腾身跃起。罗银也手持长鞭，纵落二人身前。灵姑疑他要代苗婆报仇，方一作势准备。罗银见苗婆仰面飞跌，已跟踪追纵过去，大喝一声，持鞭就打。

原来苗婆闻声追扑时，灵姑也恐匆促中伤了王渊，准备迎敌，并未躲闪，口里仍在发笑引她。苗婆耳灵心巧，地势又熟，循声专注一人，以为此乃惯技，一扑必中，不料撞在太岁头上。灵姑等她临近，仍坐石鼓上面，上身往后一倒，紧跟着拳起双腿，运用全力，朝她胸腹上蹬去。苗婆料准敌人在彼，一下扑空，也知不妙。身又悬空着不得力，当时只防要跌，知道石鼓后是平地，百忙中方欲变换身形，免得上身先着地受伤，已被灵姑蹬个正着。灵姑家学渊源，两脚之力何止百斤，用的又是回振弹力，老苗婆如何禁受得住。还算是范洪先打了招呼，不愿送她的命，蹬时脚沾肚皮，方始用力蹬出；如是不等挨近，硬踹出去，这一下纵不踏破肚腹，血出肠流，内腑也必受了重伤，难免于死了。

罗银粗心，先未想到苗婆会迁怒来客，遽下毒手。见她追扑灵姑，又惊又怒，忙即纵来赶打时，人已被灵姑跌出老远。忙赶过去举鞭就打，手沉力大，只打得苗婆满地乱滚，鬼哭神号，惨厉之声，令人心恻。吕伟天生侠义性情，虽听范洪说她可恶，自己并未亲见，终觉一个失明老女，不应如此毒打，忙纵过去拦劝。

范洪见状大惊，知这恶婆无殊毒蛇毒蜂，不能沾手，任凭侄儿毒打，死而无怨，别人对她多好都是仇人。只顾关切着师父安危，竟忘了自己适才已种怨毒和此时处境之险，忙奔过去拦道："师父不要管她。"一句话才出口，罗银因贵客拦劝，不由手一停顿。苗婆先欲伤吕伟，闻得范洪语声，心中恨毒已极，早把怪嘴唇一努，两只獠牙一错，倏地乘隙纵起，利爪一伸，冷不防将范洪肩背紧紧抱住。罗银见状大怒，过去刷刷照苗婆背上一连就是几藤鞭。叵耐苗婆衔恨已深，一任毒打，死不放松，一面颤巍巍嘬着血唇，一面将那两只獠牙朝范洪身上乱咬。

范洪虽是会家，无奈苗婆猛如狼虎，犯了先天凶野之性，状类疯狂，不可遏制，又有许多顾忌，不能伤她。骤出不意，吃她一下抱住，两只铁也似的鸟爪早深陷肉里，人被抱紧，挣扎不脱，当时手忙脚乱，晃眼工夫，腰背间已吃那獠牙伤了两下，鲜血透衣，直往外冒。如非自负汉子，咬牙忍耐，几乎叫出声来。

还是灵姑心灵，高叫道："范师兄，你挣怎的？还不扯她头发往外推么？"一句话把范洪提醒，才用手抓住苗婆发根，往外硬推。虽不再吃獠牙的亏，可是苗婆双手抓得更紧，全身几乎吊在范洪身上，仍分不开。吕伟先因身是客，范洪又非弱者，不致吃苗婆大亏，满想罗银必定上前一分就开。及见罗银一味狠打，并不上前拉扯，范洪肩背已然见血，实忍不住，忙纵到山婆身后，喊声："峒主停手。范老弟休动。"随说，手已点到山婆肋下，手指到处，苗婆立时应手不动。跟着吕伟便拉住范洪，不令走动，以防将苗婆甩跌。然后抓住苗婆两手腕一扯，手便松开，双脚方全落地，脱了毒手。再看苗婆，凶睛怒凸，目瞪口呆，站在当地，双手斜举，如庙中塑的恶鬼相似，言动不得。

罗银知苗婆虽然年迈，力气甚大，除自己是她不肯还手伤害外，通常二三十个健苗一齐拥上，俱要吃她打得落花流水，受伤败退。适才那般凶猛，自己也知分扯不开，才发狠想将她打死再说。见吕伟只一指点，立即制得她半死不活，容容易易地放解开来，越当神法高妙，敬畏已极。

方自寻思，吕伟借着医伤为名，乘机向他要些白药。罗银道："这只抓伤，大郎家的药一搽就好。"吕伟知他不肯，改口道："范家有伤药，那就罢了。此人这样凶性，久必为害。峒主可乘她未醒，托了她腰，抱向楼上禁闭起来，命人好好看守，免得逃出伤人。醒来可对她说，我若不念峒主情面，实不能容她活命呢。"

罗银道："这老狗婆近来越发可恶。今日和她要药医伤，先是一定不肯，说药用完了。被我一顿打，才拿出来，又是假的。直到摸着断手，才抱了我一阵乱跳，给我医治。因恨那每日给她东西吃的女娃儿，她已给我接上，硬说我这手指时候过久，接了日后仍然要断，冷不防将那女娃儿的手指咬下两小截，还要再咬，吃我拉开。咬的还是只左手，就说接也无用处。我留心看她医我，已知药怎样配，手怎样接。等问明她方法不错，她忽觉得我有二心，便拿话吓我。我心想照法医那女娃儿试上一试，乘她一转眼，抢了药包，藏在怀里，就往下跑。她从后追来，想伤贵客没伤成，却伤了大郎。这狗东西专与人拼死，不是吕老仙会神法，除了打死她，真分不开呢。我不知法子学得灵不灵。她还藏有要紧东西没交出，容她多活些天也好。"

吕伟巴不得他试那白药，从旁怂恿。罗银始而应诺。及将苗婆抱到楼上，遍寻断指不见，当下将苗婆点醒锁禁，任其独自号叫，下楼唤来受伤苗女一问，知她当时急于逃脱毒口，断指并未抢走，伤处敷上另一种苗人惯用的伤药，业已包好，止血定痛了。罗银跑上楼梯，隔楼门喝问。苗婆怪声鬼气叫骂着，说是追下楼时已生咽了。气得罗银又要上楼打骂，吕伟将他劝住。范洪忍着伤痛，还想请他取药观看，并探配制之法。遥闻峒外高坡之上皮鼓嘭嘭，芦笙四起，盛会行将开始。罗银也说时候到了。苗人多疑，急反败事，吕伟忙使眼色止住范洪，令先回家敷药之后，再去坡上相会。范洪应命去了。

要知后事如何，且看下回分解。

第四十九回

银羽翩跹　火焰山前观苗舞
芦笙幽艳　月明林下起蛮讴

话说这里罗银早发下令去,众苗女纷纷送上服饰,给他穿戴。头戴白绸做的包笼,上绣金花,高约尺五六寸,笼沿上右方插着一枝银灵鸟羽。银灵鸟本名䴔䴖,身高六七尺。云贵苗人居处灵鸟大多杂色,白色者最为珍贵少见,其尾上翎毛尤鲜明,闪闪泛银光。性极灵慧,通人言语,极难捕获。苗酋以其尾翎为冠饰,视若异宝,非大祭盛会,不轻佩用。其声如其名,苗人多谓之为银灵子。

包笼即此类花苗与高筒苗酋所戴之高帽子,式样各地不同。以麻布、绸绫等材料,依头大小,缠一桶形高帽。颜色彩绣,各从其俗;精粗贵贱,亦视其寨之贫富大小而定。霜毛如雪,长约二尺,斜插头上羽上茸毛厚约三寸,颤巍巍直闪银光。身穿一件白麻布的衣服,式样奇特。前面短只齐腰,密扣对襟。胸前左边绣着一朵大红牡丹,右边绣着一个骷髅、一支长矛和一弓三箭,色彩鲜明,绣得甚是工细。袖甚肥大,但是长短各异。左袖长齐手腕,袖口紧束,渐渐往后大去,仿佛披了一件和尚衣在肩上;右手长只齐肘,却又上小下大,袖口肥几径尺,满缀小金银铃和五彩丝穗。后面衣服长到拖地,各种花绣更多,好像是用许多大小绣片重叠错落缝缀上去,五色缤纷,只觉鲜艳夺目,人物、鸟兽、花卉、骷髅、弓矢、刀矛无一不备,乍看真分不清绣的是些什么。

罗银年轻雄健,穿上这华美工细的衣服,配上半截白麻筒裙,露出精铜也似的皮肉,赤足穿一双黄麻草鞋,越显得雄壮威风。看去只觉新奇,并看不出一点俗恶,走路也改了庄严一派,比起日里的轻骠躁妄,大不相同。右手本应拿着一柄上有叉头为饰、形如蒺藜的金钟,因手指受伤新接,用鹿皮包紧,不能持物,改用左手拿着。身后有两个年轻貌美苗女替他提了衣摆,另四苗女各提红灯任前导。

吕伟看出那些绣货和纱灯、绸丝等物俱都购自汉客，单这件衣服连材料带手工就所费不赀，知道此寨必定富足非常。正寻思间，寨外鼓吹越盛，罗银已然喊走。吕伟让他当先，罗银坚持比肩同行。吕伟知他豪爽，必有缘故，只得听之。灵姑、王渊紧随身后。

才近寨门，便见寨外一片火光，青烟突突，触鼻清香。出门一看，本寨苗人俱已齐集，手中各持松枝等香木扎成的火把，分作两行，由寨门直排列到前面坡下，高下参差，接连不断，望过去直和两条火龙相似。遥望坡上，已闪出一片空地，四外的人围了一大圈，芦笙、皮鼓之声汇为繁响。另有数十苗人各持苗乐，列侍寨外，见峒主一出来，即纷纷吹奏。坡上闻得乐声，越逞精神，两两相应，声振林樾，端的热闹已极。

所过之处，两旁持火苗人各把手中长矛向空一摇，倏然俯伏在地，等人过后才行起立。前面的火光随人行进，如同潮水一般依次倒退，后面的火光又似浪一般卷起。无数刀光矛影，摇舞生辉，前瞻后顾，此伏彼起。地旷山高，天空云净。头上明月朗照，清辉四澈，大地上到处都似铺了一层霜雪，与这些眼前人物、火光一陪衬，显得分外雄浑豪旷，情趣古野。尤其灵姑、王渊觉得新鲜有趣，依在吕伟肩侧，不住地指点说笑，问长问短。吕伟虽然见多识广，颇知苗俗，但各地苗民的习俗多不相同，未尽深悉，随口答应。

不觉行抵坡前，坡上苗人越把芦笙、号筒等乐器拼命狂吹，皮鼓加劲疾打。先在峒外奏乐的苗人，等峒主、贵客一走过，早跟踪追来，彼此争胜，各不相下，哄哄呜呜之声，聒耳欲聋。苗人却个个兴高采烈，连走带跳，欢喜非常。那两行持火苗人也跟着散了行列，纷纷持着火把，往坡上跑来。人人踊跃，个个争先，都是抢前绕越，没有一定道路，转眼之间，只见满山遍野都是火光闪耀，苗人走得又快，纵跃轻灵，宛若群星乱飞，野火疾流，煞是好看。

峒主罗银早大踏步到了广场中心现搭的木台之上，苗人纷纷罗拜在地，身后众苗人也都赶到。罗银站在台口，将左手持的金钟丁零零连摇了几下，群乐立止，声息不闻。

苗人男女俱都趺坐在地，静听号令。范氏父子和王守常夫妇也从汉客丛中走向台上。吕伟见那汉客另聚一处，乃是一座较低的木台，上面设着几席酒筵，相隔甚远，不似这边台上空无一物。客主相见，行了宾礼。罗银二次摇动金钟，朝上连举了三次，用苗语大喝一声，台下众苗民纷纷响应。如是三次，震得遍山都起回音，半晌方息。罗银随用手指着台前一排身穿花衣、腰佩短刀的苗人，说了两句苗语，这数十苗人纷纷纵起，风也似往台旁树林之中跑去。

吕、王等老少五人留心细看，见那台约有四丈见方，用整根大木叠成，正当坡上最空旷处，两边还堆着不少大小木块、树枝。台前设着一列三十多个火架，都是就地掘坑，两旁各有一根插在地上的铁叉架。坑内俱是零碎木块树枝，只当中那根穿肉来烧烤的横梁不见。环台三面火架以外，散列着一大圈酒缸，陶、石都备，形式大小多不相同。青稞酒的香味早已散布坡上下，老远都能闻到。再看台后，还有一台比此略高，上面却摆有三席。席都不大，是条木案，当中一席独座，两旁各有四个座位。

吕伟暗忖："适才经此时，仅看见那一圈半埋地下的空缸和台后一台。不过和罗银去医伤这片刻之间，缸中就注满了酒，又搭下这两座木台和柴堆、火架，手脚也真算快的了。"席既在后面台上，方觉这台多余，可以无须，忽听范洪附耳说道："少时他们林中抬了牛来，便在台上祭神。我已和峒主说过，叫他先行。师父可告知师妹，到时火发，不可声张，乱了步数，免得苗民们见轻。只朝这厮纵处纵去，越纵得高远越好。"

吕伟一问，范洪说："这些苗人俱都带有贡献，峒主杀牛相享，照例醉饱方休。近年人越来越多，常不够吃，苗人往往自带些来。今天因有贵客，又添了不少兽肉，所以苗人格外喜欢。那酒半出峒主预备，半出苗人用皮囊盛来，各向缸中倒尽，以满为度。群力易举，又是各自熟悉的。黄昏时正要往里倒酒便打起来，还耽误了一会儿，不然早就齐备了。王师叔夫妻先下无妨，师父、师妹必须在此同行。"

吕伟才知这台还要放火烧掉。刚悄悄告知同行诸人，忽听台下暴雷也似一声哗噪，先去的一伙苗人已从林内抬了许多洗剥干净的牛羊野兽奔出。俱是两人抬一只，用一根铁棍由股至颈穿过，担在肩上，急步往火架前跑去，朝两头叉架上一放，旋即退下。最后面抬的却是一只活的大乌牛，四蹄扎紧，跪伏在一块大木板上面，另有绳索捆住全身，由四人手捧着朝台前跑来。那牛想知死期将至，挣扎不脱，急得双角齐颤，哞哞乱叫。

到了台口，罗银先朝牛跪伏，行了苗礼。然后纵落台下，蹲向板底，用头顶住，与捧牛的人一同膝行上台，放置台心。范洪忙请吕伟等人闪向台角。罗银朝牛跪下，伏拜地上，喃喃祝告了一阵。环台而立的执事苗人，便将备就的青稞、五谷暴雨一般向牛身上撒去，人多手快，晃眼工夫，成了一堆，几乎将牛全身盖没。

罗银突然纵起，手持金钟，振肩一摇，口中高唱祭神的山歌。台下众苗民跟着同声应和，声调如一，状甚严肃。

约有半盏茶时，歌声顿止。那些执事苗人便去两旁木柴堆上，将柴成根成束地抱来，放置台下。台上除了中心供牛之处，四外也都堆满。到了后来，人都站在台后边沿上，恰似一座两丈多高的木圈，将牛围在里面。柴堆齐后，罗银又将金钟摇动，环台四面放起火来，火由下往上点起。那些木柴多是本山所产油松之类，极易燃烧，才一点燃，火焰便熊熊直上，蔓延开来。范氏父子同了王守常夫妻父子三人，已在火发以前下去相候。

吕伟见火势猛烈，快要烧到台口，因范洪说罗银是以贵宾之礼相待，最好在他后走，虽然烤得难受，只好忍住，装作不介意的神气。果然台下众苗民见火已大发，峒主和来客父女尚未离开，纷纷欢呼大叫起来。挨了一会儿，眼看火苗已冒出台口数尺高下，吕氏父女和罗银俱都退立柴堆之上。苗人见状，越发狂呼欢跳，齐声称赞："寨主侍神，退得这样晚，又有两个会仙法的贵宾陪侍，来年年景、生意必蒙神佑，样样丰盈。"

灵姑暗忖："这样重礼待客，免劳照顾。"方在埋怨晦气，倏地一团火球爆上台来，连台上木柴也都引燃。跟着一阵山风，满台上到处都是火焰直冒，熊熊怒发，声势骇人。

吕伟也自惊心，心想："要糟！现在前面火大，再不走时，风势一转，将退路切断，就凭自己本领，也难脱身火窟。灵姑飞刀虽能将火势闭住，要护住三人同时纵起，终是险事。"便和灵姑使眼色，命她准备。罗银原是见吕氏父女神情泰然，行所无事，不知是在等他。心想："今日虽与敌人成了朋友，不算丢人，终是败在来人手里，部下众人难免见轻不服。"吕氏父女既不畏火，乐得破例多挨了一会儿，以博部属们的欢心爱戴。此时早被火烤烟熏，闹得头晕脑热，通体汗流，目红似火，再也忍耐不住。只得哑着嗓子暴喝一声："贵客先请。"同时摇动金钟，将手一举。吕伟早得范洪指点，多时已挨过去，自然不肯，也高举双手一摇，说："请峒主先行吧。"罗银见状，又喜又佩，更不再让，双脚用力一垫劲，凌空纵起三丈多高远，由烈焰上飞越过去，落到台下。

这时火势旺盛，近延眉睫，危险瞬息，已迫万分，吃二人这一让，又延误了一些；加上罗银用力太猛，虽然纵起，脚底下的积柴立即倒坍，哗啦一声，火星四溅，直往人身前扑到。幸是吕伟父女早有准备，见罗银一纵起身，也紧跟着双双离台飞起。为在苗人眼里显功夫，父女二人俱都用足生平之力，各纵起八九丈高下，由烈焰中冲越而出，落地时反倒超出了罗银的前面。因纵高落远，四外众人都看得清楚，不由震天价暴喝起来。可是事也险极，台木宽大，火头七八处，二人身才纵起，火便由分而合，转眼之间，火焰腾起数丈，冲霄直上，宛如一座火山相似，稍缓须臾，定无幸理。

火一全燃，一面罗银引客上台，一面众苗人便围着火台环转跳跃，欢呼高唱，歌声入云，甚是雄壮。火池的火也早升起，另有执事苗人转动架上梁轴，烧烤那些牛羊野兽。先时只闻一片焦臭之气刺鼻难闻，一会儿烤熟，肉香、酒香盈溢满坡，衬着明月光中数十堆池火熊熊上升，情趣妙绝。罗、吕三人喘息方定，早有执事苗人奔至火架面前，将那烤得焦脆香腴的各种牲畜熟肉，片成巴掌大块，用几方木盘堆陈着献上台来。

罗银起身，将钟顶上金叉拔下，叉了几片熟肉，高高举起，口中祝颂了几句苗词，直朝火台上掷去。另向献酒苗人手内取了一个满盛药酒的葫芦，照样隔台遥掷。虽然相隔遥远，全都掷到火里，并未落地。火台上立时冒起一阵五色火焰，半晌方熄。肉、酒掷完，祭神仪式便算终了。

台上诸人各拿起备就的刀叉，随着酒肉更番迭进，各自饮用。台下众苗民也纷纷往火架前跑去，不问男女，各拔佩刀，朝牲畜身上割了大块烤肉，再去缸中舀了酒，三三两两，自找地方欢呼饮啖，此去彼来，各随所嗜。不消片刻，池中火灭焰残，架上的肉只剩下数十具空骨。

不一会儿工夫，大池中火灭烟消，连骨架也被山民抢光。火台上的火却烧得正旺，执役健苗分班轮流，各持钩竿，环台而立，以防引起野烧。那站在下风一面的，个个烤得颈红脸涨，气如牛喘，兀自环着火台此奔彼蹿，往来守护，勇敢争先，并无一人后退。有时火团火球飞起，苗人用钩竿一拨打，立时爆散，火星满空，落在左近人丛里面。苗人只是纷纷惊窜，纵笑狂欢，虽被火烧着，也并不以为意。有几个直被烧得肤发皆焦，仍然欢笑纵跳，自以为勇，乘着酒兴，故意往火台前挤进，满地打滚乱蹦，怪状百出。看神气，仿佛以被火烧伤为乐似的。

灵姑看了奇怪，暗问范洪，才知按着苗俗，此火乃是神火，可以驱除不祥，免去一年疾病。凡是胆子稍大一点的男苗民都愿挨一下烧，各以伤处相豪。苗人又有专治火烧虫咬的妙药，所以不怕。峒主是一族之长，本身关着全寨苗人的祸福吉凶，适才在火台上多留了一会儿，就得苗人爱戴，便是如此。众苗现已全数醉饱，就要开场了。

二人正谈说间，罗银业已酒醉，忽从座中立起，眼望灵姑，用苗语向范连生叽咕了几句。范连生方起身对答，范洪已从座上立起，父子二人用苗语正颜厉色对答，竟似戒斥。罗银又望了吕氏父女两眼，把头一低，仍回座上，竟似怏怏。因当地苗语又是一种，吕伟虽听不大懂，料与灵姑有关，悄问范洪，答道："这厮酒醉胡思，要请师妹与他下台跳月唱歌。已被我吓退，不用理他。"

言还未了，罗银倏又立起，手举金钟，连摇了几下。这时台下众苗正在各自相中伴侣，静候号令。有那等不及的，已在低声微唱，拿着芦笙试吹。钟声一响，近旁蛇皮鼓手把鼓打起。紧跟着众苗暴雷也似一阵齐声哗噪过处，除原有寨中乐队外，各把自带的土乐奏起。男女齐上，先绕着火台，在乐声中口里唱着山歌，边跳边唱，又吹又打，各就相中的人调情引逗。只一声相和，便算情投意合，跳上两圈，即离场他去，一对儿另寻僻静所在，情话幽会。如有一方不中意，有的还在苦苦纠缠，有的当时改寻他人。

苗人以健勇为上，不重容貌，各求其偶，十九匀称，并不难配。才跳十数转后，台下人影歌声已越来越稀，连那两个乐队也都加入跳了一阵，各寻伴侣，挽臂而去。末后剩下大小两看台上的主客和一些醉倒坡上的老弱妇孺。台下一时静寂，月明之下，皮鼓也无人再打。只听山巅水涯，深林密菁之中，芦笙吹动，歌声四起，远远随风吹送入耳，遥相应和，月夜听去，觉得分外幽艳缠绵，令人神往。众人侧耳细听了一阵，再看罗银，只呆呆地闷坐在那里，一言不发。

灵姑生性好动，既觉枯坐无聊，又嫌罗银讨厌，便和吕伟说要和王渊下台步月。吕伟也恐罗银酒醉无礼，闹个不欢而散，好在二人均知苗人禁忌，不会随便乱闯，点头应了。王渊自然巴不得与灵姑同游，二人便即下台而走。

二人刚走入林内不久，忽听台下有一苗女曼声低唱，音甚凄楚。吕伟暗忖："台下人多时，大都一拍即合，成对而去，并不见有落单少女，怎这时还有失偶的怨女？"偏头往下一看，那苗女年约十七八岁，不特身材婀娜，面貌也极秀美，正在仰面向上，含泪悲歌。方想："似此人才，怎会无偶？"那苗女唱了一阵，见台上无人理她，忽把蓬着的满头秀发，双伸皓腕往后一拢，径自情急败坏，抢步纵上台来，往中座奔去。

吕伟见她手内还握着一把尺许长的锋利腰刀，疑是罗银仇家前来拼命行刺，正要起拦，吃范洪一拉衣襟。停住一看，那苗女到了罗银座侧，先是抱住罗银双足，扑地拜倒，哀声吐着苗语，似在乞告。罗银只是不理。苗女放声大哭，好似伤心已极。哭了一阵，见不搭理，倏地银牙一错，把手中苗刀塞在罗银手内，延颈相待。又把胸前葛衣用力一扯，哗的一声撕破，露出雪也似白的酥胸、粉颈，以及嫩馥馥紧团团上缀两粒朱樱的一对玉乳，凑近刀上，意似要罗银亲手杀她，死在情人手内。这一近看，又在月光之下，越显得活色生香，美艳动人。

众人知道苗女痴心，甘为情死，俱都代她可怜。谁知罗银竟似全无一点怜香惜玉之心，倏地大喝一声，将苗女那口刀往台下掷去。跟着放下手持金钟，一手抓苗女头上秀发，起身往外便拖。那苗女一任他摧残凌践，毫不反抗，只把双手搂抱定罗银的大腿，死不松手，口里断断续续仍然唱着极哀艳的情歌。罗银先并不理，依旧恶狠狠横拖竖拽，往外硬拉。

吕、王等人看不下去，方欲拦劝，因为不知就里，又见范氏父子三人不住摇手示意，只得重又止住，心中正在老大不忍。罗银因苗女拼死命抱紧双腿，一任喝骂毒打不放，愈发暴怒，伸手下去，就地一手抓腿，一手抓住腰间，往上一提，看神气颇似要将她摔死。吕、王等三人方暗道："不好！"那苗女倏地停了歌声，将手一松，就着一提之势，纵身而上，两腿分开，夹紧罗银腰腹之间，上面伸双手抱住罗银头颈，把那嫩腹酥胸紧紧贴向罗银胸前，似恨不得两下融为一体之状。同时猛张樱口，在罗银肩颈等处不住乱咬乱啃，周身乱颤，哼哼之声又似哀鸣，又似狂笑。急得罗银在台上乱蹦，两只铁拳似擂鼓一般往苗女背股等处乱打不休。眼看快要挣到台口，苗女也夹抱更紧，哼声愈急。

不知怎的一来，罗银忽然怪吼了一声。吕、王等人看出罗银力大拳沉，苗女再不放开，打也打死，以为罗银不知又要下什么手。忽听范广笑道："好了，好了。"就这微一回顾之间，再看苗女，手足已然放开，软绵绵双足双手散摊在罗银两肘之间，花憔柳悴，声息已微，仿佛创巨痛深，力竭将死。罗银捧了她往台下便跳。

王妻妇女心软，早就恻然，不忍卒观，见状只问："怎了？"范洪笑道："大家快往台下看呀,听呀。”言还未了,果听罗银莽声莽气在台下高歌,晃眼出现场上,双手仍将苗女捧定,只搂得更紧些。山女披散着满头秀发,双手向上环搂着罗银的头颈,有气无力地唱着情歌,头往上迎。罗银边唱边跳,两眼注定苗女的脸和胸腹,不时低下头去狂亲乱吻,两人都似快活已极。那歌声也时断时续,忽高忽低,不成音调,不一会儿便隐入深林之中。

众人耳听四外群苗男女高唱入云,晃荡山林,远近回音响振林樾,罗银、苗女已跑得踪影全无,不知去向,范洪才道:“此是本地每年难保不有的怪剧,不足为异,只想不到今年会出在他的身上。人言烈女怕缠郎,这里风俗却是相反。苗女用情极专,宁死不二,只要男的还没有娶,哪怕跳过野郎,女的都可纠缠。上来都是存了必死之志,结局十九如愿以偿。因被男苗厌恶凌践而死也不是没有,但因当地苗俗虽是重男轻女,有人这样拼死求爱,却是极得意的体面。这等苗女又都有点姿色,貌丑的自惭形秽,决不敢来。还有最关紧要的是,当场如将对方打死,事非自找,虽没有罪,可是要看情形处罚,多则十年,少则三五年,不准跳月择偶。一般苗女也认他是心肠太狠,不愿赶他的野郎,所以惨剧绝少发生。

“适才苗女名叫白莲花,乃当地上等美色,从小给汉家充过使女,染了汉俗,自视甚高。年已十九,还是一个处女。本来想嫁罗银,罗银父在前年又从虎口里救过她的命,平日任谁不理。苗人多不喜她,时常欺凌。罗银虽恋着银剪山牛母寨主的女儿,不愿要她,人却性暴,爱打不平,不许手下苗人欺负,因此她对他越发倾心。自前年来,她每值寨舞,便想向他求偶,因为胆小,怕挨毒打,始终只在台下悲歌,不理也就罢了。今晚不知怎的,她竟会舍命上台硬求。苗人好色,最重年少光阴,自不愿受那孤身独宿之罚。我早就知他不会弄死莲花,不然罗银力大,只向致命处一下就打死了,怎会容她苦缠不放呢?我们总想罗银苦恋着牛母寨小主,单思病害得很深,决不要她。以为不是苗女挨打不过,知难而退,便是力竭倒地,谁知这厮竟为她至情所动。可见心坚石也穿,精诚所至,什么样人都可感动了。”

范广笑道:“大哥,你说的话我看未必。苗人素看重色欲,这只不过是那苗娃相貌长得好看,这厮又当酒后,眼看许多部属俱都成双配对去寻快活,两人再一揉搓,一时情不自禁罢咧。要是换上一个丑婆娘,就真死在他的面前,他要动一点怜悯才怪。依我看来,罗银对牛母寨的那个决不忘情。这苗娃情重心痴,日后宁受他朝夕鞭打都是心甘,要见这厮丢了她再爱别个,不和他拼命,杀了他再自杀才怪。”

范洪道:“你料得虽是不差,你可知道罗银只是单面相思?牛母寨那个小香包早就说过,立志不嫁苗人。便这回病,也因她那夜叉娘强逼她嫁给菜花墟小峒主,受逼不过,自服毒草,才得的热病。夜叉婆何等强横,蛮不讲理,这苗娃子又是她性命一般看重的独养女儿,医得了病,医不了心。好了说声不愿,还敢再强她么?罗银财势在各峒中也只算二路货,哪看在她母女眼里?枉自费尽心力。就把羚羊送去,还不是落个空欢喜?弄巧还许丢个大人回来,不死心也死心了。”

吕伟因苗女拼命求爱,这一耽延,估量灵姑去远,不易寻觅,也就不再想去了。

当晚除照例的青稞酒外,还有一种本寨特制的珍奇佳酿,乃苗人采取松子、莲心、枇杷、荔枝、桃、李、梨、枣、青梅、甘蔗、苹果、桑葚十二样果实,和一种只有当地特产,叫作金樱子的异果,按着成熟之时,分别榨取汁水,用陶罐封固,一一埋在地里。到第二年春天同时取出,混合一起,加上酒母和各种香花,泡制成酒以后,仍埋地下。每隔一年开视一次,那酒只剩多半,再把罐数减少,重埋地下。如是者多次,酒均果汁制成,点水不渗,埋的年代越多越好。因苗人性懒,制时烦难,视为盛典,只峒主生子才制一次。这还是罗银降生之日所酿。每一开坛,香闻十里。名为花儿酒。其色澄碧,黏腻如油,不能入口。饮时用山泉掺兑,十成泉水,至多也只兑上一两成。醇美甘馨,芳留齿颊,经时不散,端的色香味三绝。

罗银好酒如命,也不轻舍饮用。当晚为了欢迎贵宾,又看在那只羚羊份上,特命亲信苗人由地窖中取了小半葫芦出来,兑山泉敬客。在座诸人多半好量。范氏父子寄居年久,还沾润过一两次。吕、王二人竟是初尝佳味,当时只觉此酒佳绝,不由多饮了些,被风一吹,渐渐有了醉意。人静以后,忽然想起酒好,适才正想询问,被苗女一闹岔过,便向范氏父子动问。范洪一心讨老师的好,范广又想学样拜师,一面详述造酒的经过和那名贵之处,一面想给老师弄些带走。

大家对月坐谈,正在得趣高兴头上,南头山谷那面忽然人声骚动,杂以惊叫之声,远远传来。吕伟久经大敌,耳目最灵,首先察觉,还以为苗人快乐喧哗。因正是灵姑、王渊去的那条路上,未免心动。再留心侧耳一听,渐觉中杂妇女号哭之声,仿佛生变,因是风向不顺,听不真切。方欲提醒大家一同静听,忽听范洪跳起惊叫道:“老师快走,峡口子出妖怪了,师妹、师弟都在那里。听这号哭之声,这蓝蛟必已破壁而出。如今全寨苗民,连我们这些汉人的身家性命,全仗老师、师妹来救了。”边说边走。吕伟听说出蛟,也甚惊心。蛟必发水,忙令王守常护住乃妻与范连生,寻觅高地避水,自带范氏弟兄往南方赶去。

出蛟之处便是灵姑日里所去的山口里面。灵姑初来不识路径,由坡下街道绕越过去,路要远却一倍。实则径由坡上穿林而过,再绕越两个山坡,便可到达,并不甚远。那一带地势,东北高于西南。吕伟师徒三人急忙前往,沿途并未见水,耳听号哭之声已减,呼叫之声却是较前更盛。等到相隔约有半里,才闻水声,林麓一带低洼之处也有浊流,夹着泥沙,四处乱窜。再往前走,见水之处愈多。因见水流急而不深,方以为洪水不大,爱女如在当场,立时可了。忽听众山民暴躁之声,震撼山岳,时发时止。

一会儿赶到,见那出蛟所在,一边是广崖,一边是山,外观矗若门户,里面地势展开极宽。山上下聚集着不少苗人,俱都面对崖壁,随着罗银手举处不时呐喊,手里分持刀矛弓矢,作出待发之势,离崖约有二三十丈。灵姑手捧玉匣,同了王渊,却站在崖前不远的一块平地拔起、高约三丈、粗约五尺的危石之上。近山崖一带,水也不过数尺,并不见大,深浅不等,较远较高之处尚还干着。地势凸凹不平,水多隔断。月光下照,四外望去,水中映出好些个月亮影子。对面广崖上垂着一条极长大的水痕,瀑布已止。近壁脚处,崖石新崩裂一个数尺大的洞穴,黑黝黝地望不到底。壁脚好似有一深潭,水已溢出,水面上起了一层彩晕,水色昏暗,与别处不同。

吕伟定睛注视,似有一条水桶粗细的黑影,长约两丈,横卧潭边。此外还有一男一女两个苗人尸首,一具头上破一大洞,互相搂抱着,死在近山麓的浅水之中。看那水中黑影,颇似蛟、蟒之类怪物的后半截身子。暗忖:“怪物似已死在水中,难道洞中还有怪物没除尽么?”

吕伟正寻思往山麓走近,罗银和先那苗女同立指挥,老远望见吕伟,喜得乱蹦起来,高叫道:“我们受害久了,老怕它出来。今晚被它撞开石壁跑出,一条小的已被仙姑娘用电闪杀死在水里,一条逃回洞去不肯出来。你快发雷打死它,给我们除害吧。”吕伟随口应道:“我如发雷,山崖更要崩塌,一定死伤多人,这使不得。有我女儿除妖已足,你放心吧。”灵姑回顾,看见老父到来,忙唤:“爹爹。”吕伟懒得和这群苗民纠缠,知范氏弟兄纵不到危石上去，命他和罗银在山畔等候。一摸身旁袖箭、药弩，就着无水的山坡，一路连纵带跳，到了危石之下，纵身一跃，拔地而上。众山民看见吕伟到来，又是一声震天价的哗噪。吕伟见了灵姑，问其经过。

原来灵姑、王渊想起日里所经山谷颇有泉石之胜，试由林中穿过，居然在无心中寻到当地。见飞瀑如龙，凌空夭矫，盘拏而下，水烟蒸腾，映着月色，如笼彩绢，分外好看。

先在崖上领略了一会儿月色泉声，王渊说："这里必然还有未发现的景致，我们何不乘着月色探幽选胜，游个尽兴?"灵姑守着平日老父之戒，知道当晚凡是隐僻之处都有苗人幽会，来时虽故意择那极难走的地方纵跃绕越，仍还遇上两次苗人野合的标志，如非自己小心留意，几乎撞上。尽管自命英侠，不做寻常儿女子态，终是少女，哪能过于脱略不羁。何况苗蛮区中风俗如此，众苗对己畏若神仙，虽然无心撞破，不敢以白刃相加，也须顾全贵客身份，故而对王渊之说再四不允。

王渊性情好动，见灵姑流连飞瀑，不肯他去，待得久了，正觉无聊。猛一回顾，见身旁不远，有一危石笔立数丈，上下青苔布满，藤蔓环生，碧痕浓淡，绿叶扶疏，乍看直似一棵断了干的枯树一般，不由喜道："姊姊，你不肯往旁处去，这里地势又不很高，只能看一面。你看这石峰多好，你先纵上去，我再攀藤而上，在那顶上望月，开开眼界，岂不有趣?"灵姑也便兴起，答得一声："好。"略一端详高矮，飞身一跃，便到上面。王渊也将藤蔓试了试，且喜不是刺藤，蔓老坚韧，心中大喜，忙用双手攀缘，也随到了上面。

峰顶方约七八尺，倒也平坦。最妙是当中石隙里还生着一株怪松，铁干盘屈，粗约尺许，仿佛一条卧龙初醒，将要离石飞去之状。当中一段低几贴地，恰可坐人。松枝向崖右侧突出，算是最高，离石也只三数尺。寥寥几丛松枝，葛萝藤蔓，缠生其上，迎风波动，绿油油泛着一层浮辉，古拙秀润，兼而有之。

二人想不到上面还有这样好一株松树，越发高兴，便一同对坐树干之上，凭凌绝顶，沐浴天风。仰视碧霄澄雾，净无纤云，月朗星稀，同此皎洁。时有孤鹤高骞，群雁成行，银羽翩跹，飞鸣而过。极目四顾，到处一片空明，清澈如昼，近岭遥山都成银色。明月之下，山歌四起，远近相闻，与泉响松涛互为妙响。疏林浅草之间，时有山民少年男女捉对成双，追逐玩闹，一会儿相与搂抱踏歌，隐入丛莽密菁之中，时复隐现，出没无常。看去纯然一片天真，点缀出一幅苗疆妙境。任是荆关再世，阎李重生，也难描画。真个娱目赏心，触耳成趣，别有风光，令人留恋。二人相互叫绝道妙，赞美不置。

正玩得有趣，王渊忽谈起张鸿父子。灵姑也把心思挑动，渐渐谈到前途未来之事，无心再赏风景，坐在松树干上，都谈出了神，不禁伤感怀忧，全没理会到下面去。王渊坐处恰好可望到对崖瀑布落处，先是侧脸和灵姑相对谈话，瀑布已看够，无心再看，这时偶一回身下顾，似见一条黑影盘旋崖下。心想："那瀑布下端崖壁凹进，飞泉凌空而坠，壁间虽有空处可以立足，但那水势洪大雄猛，水珠四溅，雾涌烟霏，相隔丈许以外，便觉寒气浸入肌发，凛然不能久站，人怎能够冲瀑而过，去到壁下？"心中奇怪，不由注目下去。同时仍随口对答，也没告知灵姑。

后来定睛一细看，见那黑影颇似日间被罗银毒打的怪苗婆，佝偻着身子，穿着一身形似披肩的黑衣，头扎黑巾。左手拿着一柄明晃晃的两尖钢叉，右手拿着形如铁锤的短兵器，正向壁上不住敲打。不时回首侧耳四面倾听，一双怪眼依旧一闪一闪，绿幽幽地射出凶光，隔老远都能看出。崖壁内凹，月光照处，有明有暗。苗婆身容丑怪，衣饰奇诡，纵跃轻灵，捷比猿猱，在壁凹瀑布左近上下蹿跳隐现，出没无常，看去直和鬼魅相似。那岩间发出的响声，为泉声所盖，灵姑坐处正当危石之中，被石角遮住，看不到下面，起初丝毫不曾闻见。

到后来，王渊见那苗婆在壁间打了一阵，又把耳朵贴壁静听了一听，意似暴怒，嘴皮乱动，手中铁锤敲打更急，渐渐上面也听到击壁之声，觉着耳熟。忽想起："日间同灵姑来此，似闻崖壁中有什么东西在响，正是这个声音。难道壁中还有洞穴可入，就是这个老苗怪在里面敲打么？可是后来同了罗银前往寨中医伤，老怪物曾经下楼追逐，看那神情，颇似不曾离开。罗银又说她双目已瞎，因她时出为害，近已拘禁楼上，常年不许轻易出寨。就算她偷偷出来，两地相隔也很不近，路更险峻难行，到处都是丛莽森林，密菁荆棘，便是跑熟了的明眼人，也尚须绕越穿行，纵高跳低，何况她还是个瞎子。"不禁寻思奇怪。要知后事如何，且看下回分解。

第五十回

引袖拂寒星　良夜幽清来鬼女
潜蛟破危壁　洪流澎湃动雷声

话说灵姑正一心盘算未来之事，与王渊商谈。后来觉出他目光老是偏向下面，神志不属，问非所答。暗笑王渊终是年幼无知，只知贪玩好动，一说正经话，便不甚入耳经心。不愿再往下说，起身向天伸了懒腰。恰值一阵山风吹过，吹得衣袂飘飘，颇有凉意，仰望天空，不知何时添了几片白云，在那里载沉载浮，自在流动，掠月徐行，不碍清辉。

云边吃月光一映，反现出一层层的丽彩。天宇高碧，疏星朗耀。底下一边是危崖高耸，飞瀑若龙；一边是双峰夹峙，不亚天阊；一边是山峦耸秀，若被霜雪；一边是陂陀起伏，绵亘不断。平野当前，疏林弥望，林树萧萧，声如涛涌。苗歌蛮唱，已渐渐稀疏，偶有几处芦笙独自吹动，零落音声，转成凄楚。一切都浸在月光影里，千里一色，直到天边，只中间略有几片大小白云，高的高，低的低，低的几乎要与地面相接，各自缓缓浮来。比起适才空旷寥廓之景，仿佛又换了一种情趣。

当前景物虽然清丽，灵姑心中只觉空寂寂的，也说不出是喜是忧是感慨。山风渐起，罗袂生寒，想起老父尚在台上，无心久留，刚打算招呼王渊回去，一回头看见王渊依旧目注下面，似有惊异之容，便问："有什么好看，这样出神？"口里问话，心神不觉移向近处。

王渊还未答话，灵姑已听出风鸣树动声中，杂有撞壁之声，与日间所闻一般无二。接着王渊闻言，也已惊觉，才想起忘了告知灵姑。忙喊："姊姊快来，看这老怪物在做什么？"灵姑业已走近，低头一看，原来这时下面乱子已将发生。那老苗婆用手中铁锤在壁间又打了一阵，闻得里面有了响声，知道这壁中藏蛟业已激怒，击壁愈猛，口里更发出各种怪啸。她此来为报白日之仇，蓄着满腔怨毒。虽然明知那蛟厉害，一旦破将冲出，自己性命也是难保，无奈蕴毒已深，非止一日，全寨不分汉人与苗民，俱认成她的仇敌，必欲致死为快。唯恐石壁坚厚，蛟攻不出，不但不退，反而冒着奇险，加紧怪叫乱打。

王渊年轻好奇，只管欣赏怪剧，忘告灵姑。如发觉再晚片刻，全寨生命财产便遭殃了。

灵姑见那苗婆形似疯狂，又不时回首戟指，獠牙突伸，做诅咒状，知她不怀好意，侧耳一听，壁中撞声愈来愈猛。壁上碎石逐渐跌落，由少而多，石壁也似在那里晃动。料定壁中之物非妖即怪，否则便是妖巫邪法。

灵姑方要飞身下去喝止，忽听苗人急喊之声，往旁一看，在近树林内飞也似跑出一男一女。男的手持苗刀，口中高喊，似在喝阻苗婆。女的随在男的身后，一面急跑，一面取出芦笙急吹，也似告急求援，都不成个音调。壁下那苗婆见人追来，举锤朝壁上猛击了几下，倏地抽身，贴着壁根横跳了几步，择那瀑布较薄之处奋力一跃，水花四溅处，从十尺多宽的水面越过。手举钢叉，迎着那男苗奔去，动作轻灵，捷如猿猱，简直看不出是个瞎了眼的老婆。灵姑见已有人拦阻，不欲多事，停步未下。

转眼工夫，苗婆已纵到那男苗身前，怪吼一声，举叉就刺。那男苗来势虽猛，及至见了苗婆，却如见鬼一般害怕，枉拿着一把极锋利的苗刀，并不敢向她还手，略为招架，回头就跑。苗婆一叉没将对头刺中，暴跳了两下，侧耳一听，又循声追了过去。

男苗见她追来，又往侧面纵开。苗婆虽然熟悉地势，身手矫捷，无奈双目失明，全仗两耳闻听，苗民俱都长于纵跃，如何叉得他中。那男苗为要教人当场发现，一味东西闪躲，不时大声怪叫，却不肯跑远，只在崖前瀑布左近。双方似捉迷藏一般，往来纵跃，驰逐不已。几个照面，女苗也已赶到，见苗婆追逐她的情人，越把芦笙拼命狂吹。

苗婆知道今晚所为犯了众怒，少时众苗闻声赶来，必无幸免。一听壁上碎石只管纷纷坠落，蛟还没出现，四外苗人呐喊应和之声渐渐由远而近，越发咬牙切齿，痛恨这一双男女入骨。猛生毒计，听准苗女立处，先故意追逐男山民，骤出不意，横身一跃三四十丈，便到了苗女身前，扬手就是一叉。女苗举笙狂吹，因苗婆没有追她，全没防备。忽见纵落身前，吓得狂喊，纵起想逃，已然不及，吃苗婆叉尖透穿小腹，当时一声惨号，倒于就地。

男苗回顾情人受伤倒地，也不再害怕，口中怪叫连声，跑来拼命。那苗婆手抖处，一股血水冒过，叉已拔出；一听男苗赶来，正中心意，将头一侧，听准来人声临切近,回手又是一叉。男苗情急拼命,直如疯人一样,见叉刺到奋身纵起,让过叉头,照准苗婆就是一刀,那苗婆耳也真灵,手脚更快,一叉刺空,觉出劈面寒风,便知敌人刀到,右手举锤护住面门,左手叉便往上撩去。男苗吃了性急的亏,纵身过高,等到奋力下砍,苗婆叉已收回,恰好迎着。可是刀沉力猛,男苗报仇心切,恨不得连吃奶的力气都使上去;苗婆顺势一撩,叉飘力浮,自然相形见绌。苗刀锋利,这男苗又是寨中有数勇士,刀也全寨精选,当的一声,径将那柄铁叉砍断下半截。还算苗人只恃蛮力,不会解数,更不善于运用,虽砍断苗婆铁叉,自己手臂也已酸麻,落时略停了停;否则只要再就势进步变招,一刀便可了账了。

苗婆专以巫蛊诅咒之术吓人,除罗银外,自来无人敢和她对手,所以赶尽杀绝,毫无顾忌。想不到这男苗会和她拼命恶斗,这一刀虽未砍中,虎口业已震裂。知道不好,忽然急中生智,索性顺手将半截叉柄朝那男苗打去。男苗落地略隐身形,瞥见叉柄飞来,举刀一格,打落地上,暴喝一声,二次又纵身砍去。同时左近众苗闻警追来,快要到达。苗婆毕竟眼瞎心虚,打胜不打败,恨毒枉自增加,气却馁了下去,哪里还敢架隔,把心一横,便向崖下瀑布间纵去。

这一带原是山婆跑熟了的,又是在盛气凌人之下,敌人只逃不还手,可以从容聆声追逐。这一来强弱易势,反主为客,立时相形见绌。男苗存了拼死之志,追得比她还猛,直不容有丝毫犹豫忖度的工夫。苗婆心慌意乱,只知照那瀑布发声之处纵去,原意连身纵向壁上,不顾生死,用足平生之力,猛然一击,使蛟破壁飞出,引起大水,同归于尽。

壁中所伏二蛟,乃昔年出蛟以后遗留的两枚蛟卵,不知怎的被苗婆寻到。她知崖顶有一小洞深不可测,特地费了无数心力攀缘上去,将蛟卵用细麻缒下,用石将孔封固,本就留为异日害人之用。嗣又经过两次地震,崖壁内陷中空,更成了蛟的良好窟穴。可是地形略变,四外封固,蛟被禁闭在内,没法出来,身体却越长越大。这东西因在壁中潜伏已惯,平时倒也相安。每遇大雷雨,便在里面翻腾吼啸,撞壁欲出,也不过闹上一阵便罢。此外还闻不得人声和击壁之音,一听到便用头在壁间乱撞,恨不能破壁飞出。

苗婆知道蛟头常撞之处,壁已脆薄欲裂,无奈离地高有两丈,潭边地窄,难于立足。刚才纵身打了一下,几乎坠落潭里,先还有点惜命。这时只顾猛力前纵,却忘了穴口正当瀑布最盛之处,须从侧面绕过。蛟水将发,势益猛烈，水又奇冷刺骨。起初朝那稀薄之处冲过尚且难禁，偌大洪瀑，人如何能冲得过去？如在平时，至多被瀑布撞回，或是为寒气所逼不能前进，也就罢了，偏生恶贯满盈，男苗追得太紧，一时情急拼命，慌不择路，身离瀑布还有丈许，哪管冷气侵肌，依旧鼓勇纵去。一个用力过猛，竟将瀑布冲破了些，身子立被裹住。那瀑布从崖顶流出，宛如玉龙飞坠，又粗又大，那下压之势不下万斤，多大力量的人也承当不起。

苗婆却也真个厉害，当未纵起时，早将手中铁锤用足平生之力抡圆，一半助势，一半助力。及至飞身纵起，刚一挨近，猛觉奇冷难禁，五官俱被冷气闭住，身子仿佛往一片坚墙上冲去，头上的水更似泰山压顶一般盖下。猛想起忘了由左侧水薄之处绕过，双足业已悬空，收既收不住，冲过去更是万难，知不能活。就在这念头转动之际，陡生急智，顺着前冲之势，不问中否，往上把手一松，锤脱手而出。苗婆纵得本高，那锤又是个枣核形，本来抡圆了的，这一松手，先是打滚甩出，吃水力一压，恰成平直斜穿，无巧不巧，刚刚冲瀑而过，锤尖正打中在壁间蛟头撞裂之处，打裂下一片崖石，现出茶杯大一个小孔。

说时迟，那时快，苗婆锤方出手，身已冲入瀑布外层，吃奇寒之气一逼，立时失了知觉。因是头前脚后被水力一打，变为头上脚下，随着洪瀑飞坠之势，扎煞着手脚，急流翻花，飞舞而下，由两丈来高处下落。只不过微一晃眼的功夫，便坠入潭底，无影无踪。

那男苗追到潭边，见仇人被飞瀑裹入潭底，在潭边扬声狂啸了几声，拨转身向女苗身前跑去。那女苗在地上痛滚了一阵，人还未死，见男苗跑来，不住颤声哀号。

男苗也向着她哭叫不休，连跳带比，大约是说仇人已死。女苗又强挣着把手连招，口中仍是哀号，气息已微，男苗先跳着脚哀号相应，倏地一把将女苗抱起，往瀑布前走去。那女苗也回过手来将男苗紧紧抱住，双目紧闭，面带苦笑。

当地苗人往年闻得那蛟撞壁之声，当是山神求祭，谁知祭时人多，蛟被人声惊动，撞得更厉害，众人吓得不知如何是好。也是范连生料出内藏蛟、蟒之类，决非山神为祟，向众苗人晓谕。先还不信，终于苗婆在醉中向罗银吐了实话，并说只有她能制伏那蛟，谁要冒犯了她，便把蛟放出为祸。苗人吃过发蛟的苦头，平日谈虎色变，枉自又恨又怕，无可奈何。事泄以后，苗婆益发借此作威作福，荼毒众苗。后来又是范氏父子试探出那蛟虽是她种下的祸根，她却并不能制伏，这才乘她眼瞎，将她锁禁起来。可是那石壁之下便成畏途，风景虽好，谁也不敢前往。又试出那蛟喜欢芦笙，每值雷雨撞壁之时，便命人前往吹奏，一吹即止。罗银又下严令，不准人在壁下大声说话敲打，违即重责，悬为厉禁。

当晚苗婆随在罗银身后冲下楼来，挨了一顿毒打，仍遭禁闭。人去以后，看守她的就是那被刺死的苗女。因她早就和那男苗相恋，好容易盼到良宵盛会，偏生原看守的苗女伤了手指，该她轮值。以为苗婆近年禁闭已惯，难得偷出，再由门隙一偷看，已然酒醉睡熟，鼾声大作。她不知苗婆蓄怨复仇，存心要酒装醉，益发大胆，偷偷跑出去与情人幽会。又恐被他人撞见，因岸前一带树林邻近蛟穴，人必不往，故而到此幽会。

欢聚未久，忽然发现山婆在用锤叉击壁，想引蛟出。这一惊非同小可。苗女不敢跑回，只得和男苗商量，叫他前往拦阻，自己装作追她到此，一面狂喊惊众求援，一面吹笙报警。知道全寨上下恨极苗婆，罗银前曾宣称：不问苗婆所说是真是假，只要蛟一出，便将她斩为肉泥，或是活活烧杀。男苗为给女苗卸脱擅离职守的干系，自己却又有些内怯，不敢和苗婆真拼，只想绊住她，好使众目共睹其现地实犯，明正其罪。却不料苗女情急胆寒，一味狂吹，只为片刻偷欢，白送了一条性命。苗人男女之情最重，因苗女死前要男苗抱往仇人处一看，刚刚到达潭边，四外苗人也都赶到。

灵姑、王渊二人在危石上，只顾目注这三人争斗，忘却观察壁中怪物动静。灵姑暗想："随身带有小瓶秘制金创药，只要内脏没断，还可有救。看这苗女甚是可怜，老苗婆已死，何不下去给她药治一回试试？"正要纵身飞落，忽听四外苗人哄然惊噪，立时一阵大乱，连男带女，此喊彼叫，纷纷往崖对面山坡上连纵带跳，如飞跑去。那男苗也抱了苗女亡命一般跑来，好似有甚厉害东西追逐之状。定睛一看，近崖脚壁凹里新陷了一个数尺大小的深洞，撞壁之声已然停歇。偌大水势的瀑布竟会忽然断止，一丝不流，而潭水却无端上泛，已渐溢出潭外。

这原是不多一会儿的事。灵姑刚想起壁中有怪，叫王渊留意，便听壁凹洞穴里发出两声如野牛怒啸的怪叫。紧接着穴内蹿出一条牛首蛇身的怪物，立时狂风大作，潭水高涨了两三丈，直似黄河决了口，带着一片巨涛，排山倒海往前涌去。怪物全身都在水里，看不出有多长，只把一颗牛头昂出水面,大如五斗栲栳。身有水桶粗细,眼却不大,目光发呆,作暗蓝色。微张着血盆大口,如箭一般挟着急流前进,展眼工夫就数十丈远近。所过之处,树木、石笋遇上,全都倒折。灵姑、王渊存身的一根石笋,因是又粗又大,虽未被蛟洪所毁,人在上面已觉有些摇晃,大有欲倒之势。灵姑想不到这怪物还会发水,一见水势如此猛急浩大,不由慌了手脚。略为惊疑停顿,蛟已从石上驶过老远。

那男苗离崖最近,跑在众苗后面,又不舍丢下情人泅水逃走。转瞬之间,便被追上,水高于人,又从后面远看,不能真切,只听两声悲号过去,蛟头微一低昂,水便漫人而过,不听声息。别的苗人还有不少脚步稍慢,跑落了后的,吃大水一冲。有的冲向山麓,就势抓住上面的草根树皮,攀缘而上;有的冲得连翻带滚,被水压在下面,再奋力上翻,拼命泅水而逃,肚子里业已多半灌了个又饱又胀。吓得众山民狂呼急嚷,哭喊之声震动山野。蛟见了人,更加发威,一声厉吼,水便涨高好些,血口张开,似欲逐人而噬,眼看将有多人葬身蛟腹。

王渊忽动义愤,不问青红皂白,一扬手,便是六支连珠弩箭,照蛟射去。虽然由侧面旁射,箭远力微,可是发得极准,每支俱都射中蛟头。尤其是末一支射时,正值那蛟中箭回顾,望见身侧危石之上有人射它,已然激怒,待要返身寻仇,不料又是一箭射来,恰好射中眼眶边上软肉。蛟一负痛,怒吼一声,头往上一扬,身子昂出水面两三丈高下,张开血盆大口追将过来。那水经它这一回旋激荡,立时波涛汹涌,骇浪山立,平地又涨高了两丈,声势越发骇人。

灵姑起初因见水势太大,自己不识水性,手虽按着玉匣,未敢造次。正踌躇间,不料王渊一时义愤,不问青红皂白,首先动手,将蛟激怒返回,立身危石之上,四面是水,越涨越高,无可纵逃,除了一拼,更无善法,这才决定下手。娇叱一声,手指处,一道银光似匹练般飞将出去。那蛟本从侧面横驶过来,见银光飞到,想也识得厉害,慌不迭把头一低,连着身子,疾如箭射,往斜刺里猛窜出去。逃得虽快,无奈吃了身子大的亏,头虽躲过,吃银光往下一落,水花溅处,立时断为两截。那蛟命长,力猛势速,身虽腰斩,仍往前飞蹿,想往原出来的洞穴中钻进。身隔老远,便吃飞刀砍断,前半身护痛,猛力一挣,出洞以后身又加粗了些,穴小身大,一下撞歪,撞在穴口上边,将蛟头上两只短角一齐撞折。一声惨叫,连同穴口裂石,弹落壁下深潭以内。后半身被前半身的余力带着随后飞来，刚到潭边，吃前半身往下一压，也一同落到潭里。因为余力已竭，一头落水，一头却搭向潭边，没有全下去。吕伟所见水里半截蛟身，便是此物。

那蛟一死，山洪不复继长增高，水势就下，便往四外流溢，两三丈高的水势，立即减低成了数尺，稍高的地方已逐渐现出土地。喜得那些苗人俱都破涕为笑，纷纷向二人欢呼拜倒不迭。

灵姑见怪如此易除，好生高兴。石下水未退尽，无法纵落，又没处寻船载渡，方自作难。罗银忽然得信赶来，问知除蛟之事，先向灵姑遥拜致谢，又大声说起老山婆养蛟贻害经过和平日禁忌，并说穴中还伏着一条尚未出现，拜求灵姑用电光将它一齐杀死，永除后患。灵姑闻言，谛视穴中，果有两点暗光闪动，隐现不定，与适才蛟目相同，便指飞刀入穴扫荡。只听哞的一声怪啸，银光未到，两点蓝光先自隐去，一任飞刀在里面盘舞了好一会儿，也不见再有动静。估量已死，收将回来。忽听壁穴之下地底轰隆乱响，穴内暗光又复一闪而逝。罗银忙喊："近数月来，常听这一带地底轰隆之声与撞壁之声相应，与此一样。"灵姑也料定蛟还未死，又把飞刀放入。地底响声虽止，却拿不准杀死也未。罗银因蛟平日一听人喧哗，便在里面蠢动，又命众山民鼓噪呐喊。直到吕、范三人赶来，始终无甚动静。

吕伟到时，水势大减，已可由石上纵落。及听灵姑略说经过，不由大惊道："这蛟出来，还可用飞刀杀它。听你说那地底怪声，分明是那蛟平日身困在内，不能破壁飞出，改由下面穿道。前一条必是苗婆将石壁击裂，适逢其会，就势由石穴发水蹿出。这一条不是身较粗大，穴小难出，便是见前蛟被斩，吓退回去，哪会再由穴蹿出？这般呐喊，毫无用处。看这神气，地下已被掏空。万一这时破地而出，地陷崖崩，你两个站身危石之上，还有命么？快些离开，且到对面山上，再想除它之计吧。"话才说完，地底轰隆之声又复大作。吕伟侧耳凝神一听，还杂有哗哗之声，知道不好，一手夹起王渊，喊声："我儿快走！"父女二人同往石上无水之处纵落。

吕伟领头催走，接连几纵，到了山腰之上，与众苗人会合。刚放下王渊，未及开口说话，便听轰一声，浪花分处，离石不远，平地冒起一个丈许高的土包。知道蛟将穿地上升，方喊："灵姑准备！"跟着左近轰隆一声，同样又冒起了一个土包。由此接二连三冒个不已，形状都和馒头相似，大小不一。一会儿工夫，前后冒起十七八个土包，颇似一片被水淹没的丛冢，蛟却未曾出现。

冒到末一个包时，地底响声忽然停止。过约半刻工夫，又在灵姑前存身的危石下面发出，较前益发剧烈。响过一阵，那根笔立数丈的危石便微微摇晃起来。方料危石要倒，猛听轰的一声巨响，紧贴石根处倏地冒起一个绝大土包，似开了锅的水泡一般，随着当顶爆裂，水泥翻飞，由裂口里喷出一股十多丈高下的浊泉，上冲霄汉。地底土一松，危石相随倒下，震天价一声巨响过去，落在积水之上，土包压平了好几个，激得浊水泥浆到处飞射，似暴雨一般纷纷乱溅。山腰上下一干苗人，只要立得稍低一点的，都溅了个满头满脸。有两个竟被泥团打倒。吓得众苗又是一阵大乱。

那股浊泉只冒了两冒，便即落下。裂口却冲大了许多，已和危石倒处的大洞连在一起，成了一个十丈方圆的大坑。坑中的水轰隆隆，突突高出坑面约有二尺，中高旁低，渐渐往四外溢去。那水因被断石阻在坑旁，水势越急。同时那些被危石压平的虚泡也相继裂开，往外冒水，水色却是清的，被石一挤，做一排激射起七八根大小粗细不同的水柱，映着月光，亮晶晶闪耀生辉。水流既急，山风又大，水面上滚浪翻花，吹皱起千层锦鳞彩片，甚是美观。吕伟恐众苗惊哗，蛟受惊不出，忙命罗银喝止时，那坑中的水愈发愈大，地面上左一个洞，右一个洞，不住往下陷落。大坑经水冲刷，又大了两倍，连断石那一面也都扩开。不消片刻，山麓下的陂陀高地，十有八九相次淹没，水高已逾三丈。断石因为下压力大，半陷土里，业已被水漫过。

罗银见水势如此洪大，近寨一带低处必已见水，再高数丈，全寨田园屋舍势非淹没不可，急得搓手顿足，不住求告吕伟父女快发雷电，除蛟去水。吕伟因蛟不见，无计可施。嗣被罗银催促再四，仔细一观察，见大坑水已由浊而清，水势也与别的不同，适才响声也在此处，估量那蛟必在下面。暗忖："飞刀乃是仙赐神物，想必能由人意指挥。蛟在大坑底下，如由正面进攻，难免被它窜向别处。何不将飞刀放入左近小穴试试？能除更好，否则只要逼得那蛟在地底存身不住，逃上地面，就好除它了。"想到这里，一面命众苗端整毒弩，一面告知灵姑依言行事。蛟久不出，灵姑正等得有些心焦，闻言忙朝玉匣默祝了几句，然后将飞刀放出，一道银光直往坑旁水穴之内穿去。

连日两蛟早就在壁根底下作怪，打算通到外面，破土而出，便苗婆不来，也只多挨上两三天，就要出土为害。彼时吕氏父女已他去，全寨苗民生命财产绝少幸免。苗婆一使阴谋，反害了它们。当晚两蛟本在壁中酣眠，吃山婆敲壁之声惊醒。平日山人无心将它们惊醒，只要略闻撞声，立即害怕逃去。

苗婆居心害人，闻得撞壁之声，手中敲打愈急，二蛟听了越发激怒。壁内形势上窄下宽，深不可测，上面难容两蛟，一蛟在上乱撞，一蛟仍向穴底近山根处猛攻。后来壁穴撞裂，前蛟破穴而出，为灵姑所斩。后蛟看见穴顶透光，弃了穴底，也想打上面穴口蹿出，无奈身比前蛟要粗大得多，穴口太小，山石又坚，急切间，钻不出来。

方在踌躇待发，灵姑已杀了前蛟，望见蛟目放光，又将飞刀入进诛戮。蛟知银光厉害，不等近前，拨头往下窜入地底。飞刀神物，放出时不伤一物不归，那蛟虽未被斩，可是尾巴尖上已被削断尺许，才行退出。那穴底山根原吃二蛟频年猛撞，石质酥脆，本就快被打通。蛟一负痛受惊，急于逃遁，拼命下窜，用力更猛，一下将石土撞松，再接连几撞，成了一个大洞。地底深处，泥土不似上面坚硬，那一带正当潭底，恰是一片伏流暗泉。蛟方得势，灵姑的飞刀又二次飞来，直落穴底，蛟身尚有少许没有通过，又被削掉了些。尚幸灵姑不知就里，两次都因见银光投入暗处不见，恐有疏失，招将回去，否则早已了账。

蛟因同伴惨死，身受两伤，愤怒已极，出困后越发暴怒，在地底到处寻揣仇人所立危石猛撞，俱觉不对。嗣被寻着撞倒，还不敢就出。直到把水发高数十丈，正要出土，灵姑飞刀已然追入。果如吕伟所教，地底各坑俱都通连，飞刀下去，无巧不巧，又将蛟尾削伤了些。蛟一负痛，立由大坑内蹿将上来。

吕伟正目注水面，忽听轰隆一声，适才大坑所在，水似宝塔一般涌起。随着带起一条牛头蓝眼、遍体通红、有小圆桌粗细的怪物。头才露出水面，便连着身子，似射箭一般往旁泅去。这时天光微亮，天上阴云四合，电光不时掣动，雷声殷殷，大有欲雨之势。

蛟身还未出尽，水又高了丈许。吕伟忙发令，吩咐众人快发毒弩。灵姑见蛟出现，也不知下面飞刀砍中也未，忙即收回，刚准备等蛟全身出现，再放飞刀，免又吓退回去，吕伟已当先将连珠毒弩照准蛟目射去。蛟在暗穴潜伏过久，初出见光，目力迟钝，头两箭便将双目射中。加上众苗民恃有吕氏父女在前，都鼓勇齐上，刀矛弩箭，乱发如雨，虽然只两箭射得恰中要害，却也够它受的。

那蛟双目受了重伤，益发暴怒，口中怪啸连声，周身乱动，不住在水里腾蹿翻滚，搅得波涛壁立，浪涌如山，比起前蛟声势还要猛恶得多。罗银和众苗恐遭水害，正在惊心顿足，灵姑觑准蛟身全现，将手连指，飞刀飞出，一道银光直向蛟身绕去。蛟目虽瞎,仍然觉出厉害,还待往地下钻去,哪里能够,被银光接连几绕,从头到尾斩为数段。

银光刚飞出时,吕伟窥见银光过处,那蛟一面闪逃,一面张口喷水抗拒,蛟吻开合之间,喉间似有蓝光一闪,未及吐出,便为灵姑飞刀所斩,暗中留了点心。蛟斩以后,蛟身分为数段,沉落水底,水也随着减了两三丈。仗着山寨地势特高,只要不再继长增高,便不至于成灾。可是地水骤溢,山洪已发,水势仍往四外低处泛滥下去,流波浩浩,只没先前狂大罢了。

吕伟见当地水深数丈,急切间难以减退。蛟头沉在水里,前蛟上半身更是深坠潭底。预料积年精怪,头内或许藏有宝物。方欲设法命人钩取,忽然眼前电光一闪,天空中阴云层里无数金蛇乱窜,紧跟着震天价一个大霹雳打将下来,拳头大的雨点似一阵飞蝗密箭,从空斜射。立时风起水涌,水花四溅,汇为急漩,夹着泥沙一股股往外急流。吓得众苗纷纷惊窜,人语惊喧,乱作一团。吕、范诸人也觉立脚不住,各自三五成群,满山头乱跑乱纵,寻找避雨之处。

天光本已大亮,这一变,天又黑了下来。只见湿云满空,齐向中天聚拢,天低得要压到头上。远近峰峦林木俱被阴云包没,雨中望过去,只是一幢幢大小黑影子,哪还分别得出是山是树,近山草树,随着狂风暴雨,似波浪一般,起伏不定。雨点打在山石上面,都成嗒嗒之声,宛如万马冲锋,战鼓齐鸣。加上密雨打波,惊涛击石之声,汇为繁响,山岳皆鸣。天空霹雳更随着电光起落,一个跟一个,轰轰隆隆响个不绝,震得人耳聋目眩,仿佛脚底的山都在摇晃。端的声势惊人,非同小可。

大家各寻了几处岩洞崖坳,分头避雨。雨越下越大,直似银河决口,天空中倒下了千重瀑布。休说冒雨行走,有两处崖坳地势不佳,水向里灌,上面没受淋,人却泡在水里。那出口处多挂起一层水帘,水猛且大,休想再换地方,就有也没法出去。吕、范诸人还算运气,初下时不似苗人心慌忙乱,没跑多远,便找到了半山腰里一个危岩,里高外低,上面危石如檐,又高又敞,只衣履略湿。余下罗银等一干人,多半淋得似落汤鸡一般,内中还跌伤了不少。

这场大雷雨直下了两三个时辰,还未少住。吕伟暗忖:“斩蛟以前天还是好好的,怎的蛟才斩去,反倒降下这等毕生未遇的大雷雨?照此下去,蛟虽斩了,水灾仍是难免的了。”心中方在奇怪,灵姑忽然失惊道:“爹爹,前面雷怎专打一处?”吕、范诸人顺她手指处一看,左侧大片草原已成泽国,所有林木俱都烟笼雾约,浸在水里。当中一株绝大枯树,由高下望,粗有数抱,枝叶全无,仅剩稀疏疏几株老干,上面隐约盘着一条东西。那雷火电光紧一阵慢一阵,只朝那一处猛打,霹雳连声,地动山摇。天气沉黑,雨势又大,水气蒸腾,相隔尚有半里之遥,看不真切。仅随雷电闪烁,略看出雷向树上打下时,树心里似有一股黑气,裹着一簇金星,往上微微一冒,也不甚高。电光隐隐,那雷只管接连猛打,树仍矗立水中,不损分毫。

吕伟料是又有怪物盘踞树上为祟,如不除去,雷雨决不会住。便令灵姑放出飞刀助雷一臂,怪不惧雷,必然有丹护身,可向树身上黑影横扫过去。灵姑领命,乘雷电正急之际放出飞刀。一道银光脱匣而出,星驰电掣,晃眼飞到,围住树身一绕,遥闻嚓的一声,半截树身连同上面蟠伏着的怪物一齐断为两截。飞刀雪亮,照得到处都成银色,看去逼真。怪物一斩,跟着又是震天价一个大霹雳打将下来,电光闪处,水花飞溅,波涛高涌,那株古树劈为粉碎,灵姑爱那飞刀胜如性命,树身一倒,估量怪物已死,随把银光招回。

父女二人正说那怪物不甚长大,满身皆须,又宽又扁,天晴后看看是个什么东西。耳听雷还响个不住,仍似有下击之势。心方奇怪,猛闻着一股子腥风,古树那面一片黑云,其激如箭,忽然迎头飞来,云中似有金星微闪。灵姑机智,眼灵心快,看出有异,连喊:“爹爹留神!”手指飞刀,还未出匣,那黑云离身已只十丈左右,眼看飞到,倏地电光一亮,一团雷火大如桶般,自天直下,正打在黑云里面。吱的一声,电光照处,乌云化为黑烟四散,水面上叭的一声,似有一物坠落,这里飞刀也已出匣。

灵姑手指刀光,眼望水面。只见一个形如蜈蚣的怪物,长约四尺,百脚翻飞,从对面驶来,晃眼出水,爬上山坡。上面电光连闪,雷声隆隆,又要下击。灵姑不等迅雷打下,手往下一指,银光飞落,那怪物欲待旁窜,已经无及。飞刀似银蛇一般,那怪物一阵乱颤,吱吱连声,竟被斩成了十好几段。灵姑又看出那怪物只有半截身子,还能飞行寻仇,恐它复活,意欲斩为粉碎才罢。猛一眼看见飞刀照处,怪物已不再动弹,才把飞刀收了回来。同时看见地上似有亮晶的光华乱滚,仿佛明珠一般。

要知后事如何,且看下回分解。

第五十一回

恶怪伏诛　明珠入抱
仙山在望　灵鸟来归

话说怪物一死，立时雷声便住，雨也小了下来。范氏弟兄首先冲出岩口雨瀑，赶向山脚一看，不禁喜得高叫起来。范广首先拾起一粒，便往回跑，近前说道："师父你看，偌大明珠，不是宝贝么？"

吕伟见众苗避雨之处相隔俱远，雨势虽止，崖顶积流尚大，灵姑怕湿了衣履，不愿出去，自己便和王渊、范广同去山麓查看。见那怪物果是一条绝大蜈蚣，后半身已被头一次飞刀斩断，只剩前半截身子。背脊作暗紫色，环节有海碗大小。腹下左右两排密脚，长达尺二三寸，颜色深黑，隐泛碧光，看去利如钢钩。一颗怪头，色如赤金。一对突出的凶睛，其大如拳，晶莹滑亮，宛如赤晶，光射数尺。凹吻箕张，露出火也似一条如意头的曲舌和两片钩牙。通体被飞刀斩成零节残片，碧血满地，膏油狼藉，奇腥之味触鼻欲呕。又见那明珠约有七八粒，由脊环中蹦出，都是蚕豆般大小。一粒被飞刀劈为两半，散落附近地面上；一粒为膏血所污，余者都干干净净地闪着光芒。范氏弟兄恐血有毒，先把未污的拾了起来，并拔佩刀将血中那粒拨开。

吕伟看出那明珠藏在蜈蚣节骨相连之处，见还有两个节环连而未断，又疑怪头有珠，拔出宝剑，先顺骨环连接之处猛力一砍，咔嚓一声，断为两截，果有一粒明珠蹦将出来。忙举剑又砍怪头，头一剑觉出怪骨甚坚，这二次用力更猛。剑到处，只听哐啷一声，眼前火星飞溅，怪头未伤分毫。再看手中宝剑，已然砍缺了米粒大小的一个缺口。吕伟此剑虽非仙传神物之比，却也吹毛过铁，无坚不摧，是个万金难买的利器。数十年英名，一半就在这口剑上，平日甚是珍惜，刻不去身。前些日子给了爱女，自从灵姑得了飞刀，才又取回。一旦残缺，武家自己常佩带的称心兵刃最忌伤损，不禁难受心惊。当时没有说出，把剑还匣，站在一旁，好生不快。范氏弟兄见剑未砍动，也把腰刀拔出，连砍几刀，怪头依然纹丝无恙。

灵姑正目注别处，吕伟宝剑一伤，心烦意乱，也未想起唤她相助。正想着心思，猛一眼看见左侧一个山窟窿里，落汤鸡也似绕出两个汉客，交头接耳，向身前走来。看去身骨步履倒也轻健，像是个常跑南山的油鬼子（专吃苗人之奸商），神情甚是鬼祟，相隔两丈，还未到达，便朝吕伟满脸赔笑，举手为礼。正要开口，范洪已经发觉，舍了怪头，一个纵步迎上前去，用刀尖一指，怒喝道："我们师徒在此斩妖除害，你来怎的？"

一人仍然躬身赔笑道："大郎，我们都看见了，这怪物头上虽有宝贝，可惜你们取它不开。都是自己人，莫如将它交我，取出宝贝，我们也不想多的，只打算每人分一两粒珠子，我们决不走口。"言还未了，范洪大怒，迎面啐道："这是我师父、师妹杀掉的妖怪，自有本事取宝贝，用不着你。你们这些不要脸的狗东西专门害人，上回才赶跑，怎又偷偷来了，趁早给我滚你妈的，免得挨捶。"一人还欲软语求告，见范洪声色俱厉，同时范广也扬刀喝骂而来，知道没法商量，只得垂头丧气说道："大郎莫生气，我们走就是。"说罢，懒散着一步一步打从山麓之下，沿水往崖后一面绕去。

吕伟见二人行时不住回望，面有狞容，似做愤恨之状，方问何人。灵姑见崖流已小，也走了出来，说起众人出时，看见二人在左近山窟中掩掩藏藏偷看，又似争论一回，才行走出。

范洪道："这两人连油鬼子都不如。前两年才在各墟走动，专一架弄主客两方，无事生非，于中取利，偷抢诈骗，无恶不作。手底下武功也还来得，受害的人不知多少。起初各峒苗人多受了他们蛊惑，当时火并伤人。近一年多才马脚败露，大家都知上当。没处立身，去冬到此行骗，被我弟兄和罗峒主轰走。昨晚趁虚，不知怎的又被混进来。不知又想出甚坏呢！这两个狗东西，都说姓蔡，没有真姓名，最会改形变貌，人常受骗。我却留神，认准一个是一对三角黄眼珠，一个左手有一只指，脸上还有一小痣，所以瞒我不过。他们见怪身上有宝，想算计我们，不是昏想么？"吕伟听过，也就拉倒。灵姑发现最早，却把两人相貌印在心里，不提。

灵姑正要用飞刀开头取宝，王渊忽然在无心中用弩箭钢尖插入怪眼眶中，将眼珠挑出一团火红也似的光华，带着无数金星应手而起，蹦落地面。吕伟恐上面附有余毒，拔出宝剑，用剑尖从草里拨出一看，竟是一粒精光耀眼、通体晶明、上面环着密密一圈芝麻大小金点的红珠。比起前珠大出两倍，几乎有鸽卵大小。最奇的是辉光流动，彩晕欲活，那一圈金星更是奇芒透射，隐现无常。知是奇珍异宝，忙令灵姑取块手帕放在地上，用剑尖拨进。再把那只眼珠也取出来，二珠大小光色俱是一样。灵姑还恐未尽，又用飞刀将怪头徐徐斩碎，捂住鼻子，用剑尖一一拨视。脑浆一流出，便浸入地里，余无所获。最后细搜怪物骨环，又得一粒明珠，连前共是九粒。血中之珠一拨开，便即晶明莹泽，毫无污染。

吕伟只疑红珠有毒。先得明珠，范氏兄弟已然拾过，以为不致有害，便命灵姑将两粒红珠包好兜起。九珠赠予范氏兄弟每人二粒，余下五珠准备分与张、王诸人。范氏弟兄再三推谢，始行收下。吕伟想起："二蛟腹中之宝，未必胜似这两粒红珠，并且有无尚不可知。自己出世之人，何苦多起贪心？再者，水势未退，搜取不易，赶路心急，也难于留此多等。"便和范氏弟兄说了，命他们水退之后，设词前往一试，以免沉埋地下可惜。范氏弟兄闻言大喜。范洪更是别有心意，当时也未明说。

正谈论间，罗银等众苗因雨已住，又有那目睹诛怪的苗人前往报信，俱都赶来。因为相隔都远，经了斩蛟，这一来苗人对吕伟父女益发敬畏。即有几人望见宝光，也都当是灵姑行法祭宝，想不到从怪物脊骨、双眼内会取出这么贵重的宝物。况又见那样庞大凶恶，连天上神雷都打不死的毒虫，为灵姑所斩，益发五体投地，畏如天神，纷纷罗拜不迭。

范洪知灵姑喜洁，此去还有许多涉水之处，对罗银耳语道："仙客行了半天仙法，连除三妖，身子疲倦，须命苗人速用滑竿抬回，以示恭敬，怠慢了不是要处。"罗银慌不迭地命人赶回去取滑竿。

依了吕伟，本想将所得珠分赠罗银一二粒，范氏弟兄却说："苗人性贪多疑，不给倒好，给了转生觊觎，反倒惹事。如今为他连除二害，不索谢礼，已是出于他们望外，不可再行自卑。"吕伟一想，苗人性情果如所言，也就罢了。

众人且谈且行，因为到处积水难涉，俱改从高山之上绕越。刚把山腰绕过，滑竿已然取到，苗人抬了三副，如飞跑来。罗银请吕氏父女与王渊分坐。吕伟想和王渊同坐，匀出一乘与罗银，罗银不肯，范氏弟兄又使眼色，只得分别坐了。

这时洪水之后，继以大雨，低处都成泽园，望过去一片汪洋。山峦陂陀低一点的只露角尖，宛如岛屿罗列水中。奔流浩浩，激浪翻花，轰轰哗哗，响振山原。危崖高山之上，又是飞泉百重，自树梢崖巅，玉龙倒挂，飞舞而下。

山地经雨冲刷，泥沙尽下，石根清洁如拭。无数积潦从山头自高就下，奔流于石隙凹罅之间，直似千百条银蛇满山乱窜。草木经雨如沐，尘污尽洗，弥望新绿。枝头宿雨兀自滴个不休，石击有声，其音清脆。静心听去，各地的泉鸣涛吼，竟如不闻，弥增佳趣。天空浮云一团团，疾如飘风之扫落叶，四下飞散。渐渐朝阳升上中天，云翳朦胧，尚未消尽，虽如白影一轮，浮沉于灰色流云之中，但已逐渐现出全身。东方一道彩虹半挂天边，半没云里，虹光已现苍碧之色。

行至中途，浮云尽去，日光普照，云净天高，碧空澄霁，处处山光水色，泛绿萦青，路旁杂花乱开，缤纷满眼。枝头好鸟振羽梳翎，上下穿飞，噪晴之声，鸣和相应，其音细碎，入耳清娱。真是观听无穷，玩赏不尽。虽然断木残柯，落花败草，到处可见，但都苍翠欲滴，碧痕肥润，仿佛还要重生。到处欣欣向荣，生意弥漫，不见凋敝衰落之状。

群苗在前疾驶，遇到有水之处，便争先涉水，乱流而渡。只要一个不留神，跌倒在水里，立时齐声哗笑，争讼不绝，纯然一团天真，引人发笑。那抬滑竿的苗人更是山歌迭唱，咿呀相属，平增了无数情趣。只惜数里之遥，一会儿便已到达寨前高地。水势至此，早折入坡下长溪之内。那暴雨又只崖前一带下得大，这一带除溪流迅急，水声汤汤，新涨几将平岸外，岸上不过泥湿，并未见水。

吕氏父女到了寨前下地，犹自凝想来路风景，遥望恋恋不置。范连生已然得报，同了王守常夫妇取了衣服，走至寨前相候。罗银延客入寨，相待礼节较前自更隆重。众人同入寨内，分别更换湿衣落座。苗女先将砖茶献上，后进酒肉。累了一夜，全都有些饥渴，分别饱餐之后，罗银问起二次除怪之事。范洪代为述说，益发添枝加叶，绘影绘声，说了个淋漓尽致。

范连生道："那株枯树，当我来的第二年，便遭遇一次雷打，彼时峒主还没降生呢。自此以后，每有人由树下经过，往往头痛发肿，像是中了蛇毒，寻找求药。有时人去砍那残枝，又不怎样。一年之中总有这么几次。我因树下常有人病倒，说是犯了树神或是瘴毒，又不该有验有不验。后来一算受害人的日期，不是初一，便是月半，心中奇怪，曾和老峒主前后往树窟内外搜索两次，什么痕迹都没有。想把它烧掉，女峒主恐树中有神，执意不肯。好在病人俱给我治好，本山柴草又多，恐怕中毒，渐渐无人前往。后来峒主接位，发觉壁内藏蛟最忌伐木之声，那一带离蛟窟甚近，成了禁地，更无人往，也就没有在意。

“前些日有一人追赶逃鹿，行经树下，忽然跌倒，通体紫黑，头肿得有瓮大，抬到我家，已然无救。连抬的两人都染了毒，几乎身死。我勾起前事，正想和峒主商量，偏生墟集已近，外客寻找我的太多，打算事完再想方法。前、昨两晚月明，偶然看月望高，见那树上起了一股黑烟，内中金星乱冒，彩雾蒸腾，才断定有奇毒之物。今日见吕老先生父女均会仙法，正想跟他老人家商量，未得其便，不想竟是这等厉害之怪物。想是以前深藏树根之下，没有钻出，只逢朔望，向外喷毒，如今才成精怪。如非吕老先生父女在此，我们全寨的人还有命吗？闻得人言，蜈蚣只要三百年以上，身长过了二尺四寸，通身骨环均有宝珠。吕老先生将它斩碎，不曾发现，这话也靠不住了。”

一句话把吕、范诸人提醒，猛想起蜈蚣下半截身子先被飞刀斩落在水内，尚忘检视。吕伟方欲设词往取，范洪揣知心意，已故作失惊，先开口说道：“我们仗着吕老先生父女仙法、神刀除此大害，已是万幸，还想贪甚宝贝？倒是蜈蚣那么大，也不知是公是母，万一树窟窿里还有小蜈蚣，不趁姑娘在此，将它搜寻出来，一齐杀死，岂不和以前出蛟一样，没有搜出蛟蛋，又留下极大后患么？便那蛟穴也须仔细查看一番。”

罗银已成惊弓之鸟，谈虎色变。因昨日得罪灵姑，始终没给他点脸色。敬畏已极，不敢当面求说，故问：“水势尚大，怎么前去？”范洪道：“这有何难？只须把河里独木船抬一个去放在水里，带上鱼叉钩网，就把事办了。只是那蜈蚣大的已成精怪，小的必也有好几尺长，除了吕老先生父女，谁敢近它？人去多了，真遇上怪物毒虫，还要保着自己人，反而误事。这事也不敢再劳动他老人家，只请姑娘姊弟带上两个心灵手快、会武艺的人前去相助划船钩东西，也就够了。”罗银闻言，连声赞好，便要挑选健苗随往。

灵姑知道范洪心意，对吕伟道：“我不要那些苗人陪我，只带着渊弟，请大郎、二郎相助驾船好了。不然就作罢，明日赶路，我还想回到范家睡一觉呢。”范氏兄弟故作畏惧怪物，面有难色。罗银慌不迭又向二人说了些好话，才行应诺。罗银急于免去后患，忙即传令，命八名健苗抬了一只独木小舟，备好一切用具，随定灵姑等四人重返来路，择那水道相通之处放落水里。灵姑、王渊立在船头，二范驾舟，溯着逆流，径往那发蛟之处驶去。

吕、王等人推说身倦，回去歇息。罗银和众山民累了这一天一夜，也都疲乏，加以晚来既要继续寨舞，又要设宴庆祝谢客，听吕伟说灵姑事完自回范家，不会再转山寨，此去至少还得半日，尽可归息，等到晚来听信，无须在彼相候。罗银只得订了夜宴相会，各自回寨安歇。不提。

且说那水道山洪浩大，浪迅流急，路又不顺，范氏弟兄驾舟左绕右转，足行了个把时辰，才行到达怪物蟠伏的枯树之下。四外一看，那树已被雷火劈裂成四五片，通体俱是焦痕，怪物伏印犹存。树周围的水虽是最深之处，可是树根下恰是一个两丈大小的土堆，水浅及膝，清可见底。这一片洼地水势又极平稳，蜈蚣骨重而沉，下半截尸首如在水内，一眼可见，水底泥印宛然，怪身却是遍寻无着。灵姑暗忖："此怪上半截身子既能飞行为害，下半截焉知没有灵性？也许被它逃走。适才不该忘却此事，当时如将飞刀放出再斩一回，既得宝珠，又免后患。"心方后悔，范广忽用竿从水里钩起一双草鞋。苗人多系赤足，虽也有穿鞋的，形制却是不类，分明汉人所遗。

范洪看了看，忽然想起前事，失惊道："该我们背时。适才因为雨后人累，没顾得喊人撵他，如今被这两个狗东西跑在头里把宝贝偷走了。"灵姑问怎见得。范洪道："这不是明显的事么？师妹你看，水底蜈蚣印子都在。这一带轻易无人敢来，家父日前曾见毒气上升，要有人从树下经过，准死不活。这鞋还没经水泡散，又是新的，只断了结绳，没法再穿，分明适才有人来此。刚除了怪物，谁还敢来？早晨两贼被我吓退，正由山脚往这边绕走，竟没想到这一层。定是看出蜈蚣后半截有宝，节骨坚硬，没法取出，又怕我们想起寻来，所以连尸首一齐带上，浮水逃走。他们带着半截好几尺长的蜈蚣身子，又重又腥，必还逃走不远，我们快追去。"

灵姑累了一夜，想回去睡上一会儿，见范氏弟兄甚是愤怒，便拦他道："这般大水，路又四通八达，知他逃往何方？他既是常来往苗寨，早晚遇上，何必忙在一时？倒是那蛟头之宝，趁此无人，去取了吧，莫再被人盗去哩。"范洪看出灵姑不愿穷追，又想起蛟头之宝，若等水退，当着苗人去取，吕氏父女已走，许多不便，只得恨恨而止。当下撑舟往崖下驶去。老远便望见两条蛟身都横在水里，与先前情形有异。

四人俱觉奇怪："后蛟在水面所斩，说被山洪冲远，应该顺流而下，如今逆流上移，已是怪事。前蛟上半身好几丈长深投潭里，这般蠢重之物，只有下沉，怎也浮了上来？"越想越怪。舟已行近，见两蛟身子乱叠作一堆，只不见蛟头。仔细一搜查，蛟头业已不知去向。最奇的是，有一截被灵姑飞刀斩断的，竟齐脊骨被人斩为两半，腹破肠流，却又没有全斩。情知出了变故。

方在惊奇，王渊眼快，一眼看见前立山坡之上摆着两个带角的东西，正是两颗蛟头，忙和三人说了。驾舟近前，上坡一看，谁说不是，已齐脑门劈开，脑中陷一拳大空洞，好似内中有物，被人取走。满地腥涎流溢，刺鼻欲呕。灵姑惊诧道："难道蛟头所藏之宝，又被二贼捷足先登，偷去了么？"

范广道："这两个偷牛贼哪有这大本事？师妹先杀那蛟，不是多半截飞落潭里么？如今两条蛟尸都由原处移在一处，好似有人把他从潭底拖出来，将头斩掉，再把脑子打开，取去宝物的神气。这么长大沉重的东西，人力怎能拖动？休说水正在发，地已被蛟掏空，虚窝陷坑到处都是，蛟仗身长才能横搁地上，人不能在水内行走，便是天晴地干，想去丢它，全寨苗人一齐下手，也只能一段段锯开斩碎抬走，还说不定要费几天的工夫才收拾完呢。刚才我和家父谈起此事还在为难，恐怕水泡日晒久了，腐烂发臭，引起瘟疫，连溪水都染了毒。当时如请师妹用飞刀斩碎，原极容易，又恐斩碎没法埋，更难收拾，毒散更快，怎么也想不出个善法。似这样轻轻巧巧，随便拖动，不是天神下界，如何能够？这真是桩怪事呢。"范洪也说："如此长大之物，如不斩断，便竭全寨苗人之力，也无法挪动，此事决非二贼所为。"如此一来，连那半截蜈蚣是否二贼偷去也成了疑问。

四人正在悬揣，范广手里拿着一根钩竿，无心中戳了蛟头一下，竟是随手而裂，十分松脆。灵姑猛想起："蛟皮本来坚韧，昨晚王渊连射数箭，中在蛟身，俱都迸落。头骨自必更坚，怎会变得一戳就碎？"越看越怪，便把钩竿要过，向蛟头试戳一下，仍是应手而裂。略用点力，朝那头额硬骨又戳一下，居然一下刺穿。用钩尖一划，那头皮竟是腐的，钩过处就是一道数寸深的口子，地下渐有黄水流出。范氏兄弟也看出有异，拔刀一砍，直似摧枯拉朽一般随手粉裂。

灵姑忙命上船，撑近二蛟身侧。见那蛟皮一紫一蓝，依旧好好地浸在水里，看去非常雄伟，只皮色比昨晚活时油光发亮要差得多。正想拿钩竿去试，王渊忽然叫道："这里怎么泡化了呀？"三人顺他指处一看，正当蛟头斩断之处，自颈以下渐渐溶化，颇像一条灰泥制成之物，久泡水里，逐渐溶解。当中还有实体，四外已将化去。蛟身附近的水俱成了浑色。灵姑看出有人弹了极猛烈的化骨丹在蛟腔里，早晚变成一摊浑浊黄水，连骨化尽，定是盗宝之人所为无疑。再找另一条蛟仔细一看，不但一样，而且昨晚飞刀砍断伤口全都溶化殆尽。四人见状，俱都惊骇不置。

灵姑再用钩竿一拨拉，蛟身已然到处酥溶，一搅便散。由此又看出蛟侧的水静止不流，所溶化的尸水也不往旁溶解。钩开一段查看，二蛟之下恰有一个极大的陷坑，蛟尸所化浑水，如釜底抽薪，随水往坑中倒灌，由下面淌走了。围着蛟身数十丈方圆以内的水，四方八面齐向当中缓缓挤来。水色也有泾渭之分，清者自清，浊者自浊，全不相混。

四人不知是何缘故，年轻好奇，都想看个水落石出，重又撑船回到坡上，伫立观望。只见那蛟身到了后来，竟是越化越快，前后只不过半个时辰的工夫。先见蛟身由原样变成一条极粗大的黑影，待了一会儿，不见动静，拾几块石头一击，黑影散处，蛟身不见。一会儿工夫，水中心起了一阵急漩，水色浑黑，搅作一个大圈，蛟尸所化的浑汤俱往漩中卷进，越漩越急，突地往下一落，水下现出一个深坑，长鲸吸海一般，将浊流全吸了去，涓滴无存。尸水刚往坑中流去，上流的水立即漫过，将水漩填满，成了平波，与别处的水一样，清波滔滔，往低处流去，偌大两条蛟身，顷刻化为乌有。山洪依旧清澈，若无其事，那水时流时止，分界清晰，暗中若有神人操纵。四人俱不明白那是法术禁制，不由看得呆了。

因为蛟头腥秽难闻，四人立在上风，相隔蛟头较远。蛟化以后，赶过去一看，事更奇怪。两颗比缸还大的蛟头，业已溶化冲散，头上硬骨俱已化尽。这还不奇，最奇是四外的泥沙也和蛟尸旁的水一样，裹着那堆烂腐之物，自动旋转不休。只见沙飞土卷，往上翻起，蛟头所化之物却往下沉。又待有盏茶光景，便即全数沉埋，漩入地下，不见踪迹。因值新雨之后，地面上的土也都湿润，除较别处略为松散外，一点痕迹也看不出。几次留心四面查看，更看不见一个人影，俱诧为出生以来第一次见到的奇事。

范洪兄弟商量，想把这事归功于灵姑，说是她使的仙法，特意将蛟尸消灭，以免水浸日久，腐烂流毒。灵姑素来不喜说谎话，又因事太奇怪，这盗宝的人必会法术，不知他是正是邪，万一住在近处，若贪心不足，还想夺那蜈蚣头上宝珠寻晦气，闹穿了不好看，执意不肯。又想起那人法术神奇，敌友难定，自己只凭一口飞刀，不知是否那人对手，老父尚在范家，不由着起急来，立催速回。二范只得罢了。

当下四人同上木舟回赶，归途顺水要快得多，一会儿到了原入水处，一同上岸，飞步跑到范家，太阳已快落山了。进去一问，吕、王等三人尚在酣卧未醒，连忙走进。吕伟睡梦中闻得房外爱女与人低声说话，惊醒坐起。唤进一问，料是异人经过，发现蛟身有宝，以为无人知晓，顺便取去。看他行法消灭蛟尸，以免贻毒害人，行为善良，用心周密，定是正人一流，决不致因此起了贪心，赶来攘夺他人到手之物。灵姑这才放了点心。

吕伟已睡了半天，见灵姑累了一日一夜，催她安歇，晚来好看苗人跳月。灵姑道："寨舞昨晚已然看过，再看也没甚意思，不如大家把觉睡足，明早起身走吧。"吕伟道："我也想早走，无如范家父子再三苦留。昨晚无心中给他们除此大害，今晚更要设宴庆贺，狂乐通宵，哪肯放我们走？横竖都耽搁了，也不在此两日，大后天早晨走吧。"

灵姑道："其实爹爹这次出门是找地方归隐，无挂无牵，本来随处都可流连，无须这么急法。无奈自蒙郑颠仙赐了女儿飞刀以后，不知怎的，老是发慌，恨不得早到一天才放心，也说不出什么缘故。"

吕伟道："我素来做事心细从容，自从巫峡遇仙起，那莽苍山从没去过，还不知是个什么样儿，可是心里总觉是我归宿之地，那地方不知怎样好法似的。再加上几次仙人显示灵机，我儿将来成就全在此山，所以我也心急得很。但是该山深处，洪荒未辟，草莽荆棘，定是蛇虫猛兽聚居之所。此去开辟草莽，单是应用之物，就得煞费心思，还有牲畜、谷菜种子，哪一样都得想到。山高路险，道路难行，张叔父受伤，同行人去了两个，东西太多了又不好带，我正为此作难，不料无心中替他们除此两害。这里离莽苍山虽说不近，但是苗人对我父女敬若天神，正觉无法报恩，我们如要他们相助，定然不辞劳苦，踊跃争先。这一来，岂不要便利得多，省却我们许多心力？答应多留二日，一半也是因此，明是耽搁，实则路上还要快些呢。"

灵姑暗忖："此番归隐，本意隔绝红尘，不与世通，静候仙缘遇合。如令苗人相助，当时虽然便利得多，日后少不得有事相烦，岂不违了初志？"闻言颇觉不妥。无奈过了牛蛮寨，即无人烟，昨日和范氏父子商量，请他代为置办牲畜、用具。因当地乃大寨，又当墟集，采买全都容易。只是东西太多，同行人少，搬运为难，几次商量，减到无可再减，仍还是要雇十来个苗人，用山背子背进山去，到了适当所在，先分出两人走往山深处探道，寻到形势隐僻、土地肥沃、景物清丽之区，再回转来。打发苗人择一个洞穴存储，由自己人陆续搬运进去。真不知要费多少劳顿。山中蛇兽又多，能否没有伤损，全数平安运到，尚不可知。如若劝阻，王守常夫妻本领平常，老父必多劳苦。想了想，此外别无善策，不但未劝，反倒连声夸好。吕伟也自以为助人适以助己,甚是高兴。便催灵姑、王渊歇息,自己走出外屋,与范氏弟兄同往前院商谈。不提。

灵姑倒在床上,勉强闭目养了一会儿神,便自起来。到外一看,范氏弟兄分别在铺上瞌睡。一问,老父和王守常夫妻均被罗银亲来请去,范连生随同陪往。行时留话:灵姑、王渊二人如醒,愿去则去,不愿便等晚来去至跳月场中相会。灵姑厌恶罗银,既未一定,乐得不去。回到屋里,见王渊趴在竹榻之上,睡得正香,知他倦极,不愿唤醒。

灵姑枯坐无聊,耳听坡上面芦笙吹动,山歌四起,人声嘈杂,隐隐随风吹到。独个儿走出,到了门外一看,地皮业已干燥,只道旁低处有些积潦,溪水也差不多平了岸。

所有货摊商担,俱都聚在坡上,汉苗群集,此吹彼唱,雀跃相呼,笑语如潮。昨晚看台已然打扫干净,桌上比昨晚多了些木盘,盛着不少东西,远望过去,有的好似果子。看台栏杆上扎了鲜花,火场已打扫干净,重新堆起一座火台,柴堆比昨晚还要高些。烧肉的铁架并未撤去,下面火池余烬早已收拾。

苗人比昨日来得更多,还掺杂着好些从未见过的苗民。像姬家苗、高楼苗、竹桶苗、三环苗、花背苗、朱家苗、云洞苗、女番子、穿胸苗、银叉苗、马头苗、金环苗、长颈苗之类,添了不下三四十种,这些苗人装束诡异,丑俊不一。纷纷各取猪尿泡皮壶、小筒等酒具,争向缸中倒酒,一时酒香四溢,触鼻芬芳。

最引人注目的是长颈苗和金环苗。前者是从生下来就把大小铁圈堆宝塔似的,由喉前一个套一个,由大而小,直到下巴,将头撑起,年岁一长颈子越撑越长,整个脑袋硬僵僵不能转动分毫,人必须直身侧转。内中一个最长,颈长几有二尺,加以身长腿短,走起路来,上身不动,底下飞快。后者因那峒中生金产铜,上身穿一件花花绿绿的半截披风,从大腿根往下直至足踝,除两膝盖处,都是金铜圈子,贴肉紧紧箍定,下重上轻,肌肉受了紧束,两腿显得奇瘦,上半身却极粗壮,与下身大不相称,尤其股腹两处,一个前凸,一个后翘,远看颇似一个长脚鸭子,步履蹒跚,甚是迟重,可是背后都插有一把厚重阔面的苗刀,分量颇重,一个个横眉立目,神态狂野。这些苗人凶猛得多,遇上敌人,那些铁圈、金环俱是百发百中的兵器。

铁腿苗更是厉害。两腿终年负重,无论翻山跳涧,全不取下,一旦去掉,身轻于猿鸟，快捷如飞。性情又怪又野，以多杀为勇，惯好与人拼命，不分死活，不肯罢休。因常年同类自相残杀，所以种族日渐衰微，枉自厉害，人却日少一日。

灵姑昨日初到，听范氏父子说起当地每遇寨舞，常有远山各寨苗人赶来赴会，人情风俗俱不一样，往往酒醉闹事等情，说得那些苗人活像鬼怪。昨晚所见，也只披发文身之流，数见不鲜，方谓言之过甚。今日一见，竟比所说还要多些。一时好奇，不由行近前去。先顺坡下绕行，众苗不曾见到，这一上坡全都发现。多半知她是昨晚斩妖除怪的神女，纷纷呐喊罗拜在地。那些新来的苗民听说，也都赶来，想看神女仙娘是个什么模样，立时围了个水泄不通。苗人大都健谈，七张八嘴，此说彼问，乱糟糟吵作一堆。

灵姑本心想近前数一数到底有多少种类，不料乌烟瘴气，好生扫兴。正要喝退，一眼瞥见一伙长颈苗人，有一个头上满插孔雀翎子，脖颈最长的酋长，直着个头，两眼斜睨着自己，面带诡笑，似有轻视之容。心想："这等丑鬼，还敢轻视人么？"闲中无事，忽起童心，打算拿他取笑。于是脚尖点地，轻轻一纵，便到了那酋长身前，手指他那颈上铁圈，问道："你用这些铁圈把颈箍住，连头都掉不转来，除了不怕刀砍，有甚用处？枉自撑得颈下又细又长，也不嫌难受么？"话才出口，本寨有几个年老晓事的苗人知要出事，这两方哪个也不好惹，忙喊："乌加，这是我们请来的仙客。昨晚用电闪杀死妖怪的就是她，本事大呀。"

那酋长名叫乌加，虽是个苗民，因常和汉人交易，精通汉语，人更刁狡凶顽，力大无比。他见灵姑只是一个汉家少女，并未看在眼里。灵姑这一指一问，恰又犯了长颈苗俗最大忌讳，立时暴怒，把两只滴溜滚圆、白多黑少的小眼一瞪，目闪凶光，狞笑道："汉娃子，我送你一个如何？"

灵姑还不明白言中之意，那几个老苗越知事情非糟不可。虽料定那酋长不是灵姑的对手，却也怕他吃了亏回去，日后迁怒，来此寻仇，急喊："乌加莫乱来，她会打雷放电闪的呀。这话她还不懂，快躲开吧。"乌加闻言，先照说话老苗唾了一脸口水，嘴里叽叽咕咕，似用苗语乱骂。同来诸长颈苗也各拔身后腰刀，小眼皮直翻，黄眼珠乱转，大有寻衅之势。众苗立时一阵大乱，纷纷四下散开，现出大片空地，只灵姑一人和乌加等十几个长颈苗人对面站定。

长颈苗妻妾最多，尤喜掳奸汉人妇女，适才所说便是强聘妇女的隐语。

灵姑虽还未懂,听当地老山人一说,料是决非什么好话,早发怒叱道:“我好好问你的话,你这个长颈苗的苗子乱说些什么,谁稀罕你这个套狗的圈?有话明说,我不懂狗话,说得不好,今天要你狗命!”乌加也用汉语怒骂道:“你祖宗见你长得乖,要带你回去,补我才死不久第二十六个的嫩婆娘呢。”

说罢刚要伸手,灵姑业已先发制人,纵身跳起,照准乌加脸上就是一掌,打了个顺嘴流血。乌加益发暴怒,拔出背上苗刀,怪吼一声,脖颈一缩一伸,头再一摇,当啷啷一片铁环相触之声,颈上铁环立即松退下大半截,那颗尖头跟着顾盼自如,随向灵姑一刀背打来。

灵姑哪里把他放在心上,因守父诫,不肯伤人。忙向左侧飞身纵开,指着乌加喝道:“该死的苗子!我要你命,比杀鸡还容易。我先替你把套狗圈去掉,让你鸡颈子见见风吧。”随说,不等乌加纵过来,一指腰间玉匣,一道银光飞将出去。

乌加举刀正追,忽见少女手放银光飞来,还不信她真个厉害,用刀一格。只觉寒光耀眼,冷气侵肌,锵的一声,刀头削断,落于就地。方始大惊,知道不妙,回身想逃,已是无及,银光已将头颈圈住,银芒射眼,冷气森森,一害怕,跌倒在地。惊惧亡魂中,耳听叮当一阵响过,银光不见,颈子却轻了许多,只听灵姑骂道:“今日这里跳月,我不杀生,权且饶你一条狗命。以后再如出口伤人,被我知道,定将你斩成八块,莫非狗颈子比铁环还硬?还不起来快滚!”

乌加睁眼一看,同来的人俱都抱头鼠窜,如飞逃去。一摸颈上空空,二尺来高一叠铁圈化为满地碎铁。这东西乃长颈苗最贵重之物,从来不许伤损分毫,忌讳最多。如今一个不留,回去怎好再为众人之长?有心拼命,又知白送,决非仇人对手。又痛恨,又害怕,又伤心,一时情急,不由鬼嗥也似放声大哭起来。慌慌张张就地乱抓,仍把碎铁拾起,半截不留,用身上带的麻布粮袋装好,恶狠狠含着痛泪看了灵姑两眼,追上同族,连哭带叫,也不知是说是骂。

灵姑看他丑态百出,忍不住好笑。这一下把新来诸苗一齐镇住,见了灵姑,俱都侧身避道而立,由着灵姑采风访俗,问长问短。间犯所忌,也都恭立敬应,谁也不敢稍有违忤。有那不会汉语的,便由会的做通事。那些汉客更纷纷恭维巴结,献饮献食,想借此交个朋友,有问必答。

灵姑正听得新鲜,范氏弟兄忽同王渊跑来。范氏弟兄说因听灵姑未去山寨，知她喜食蔬菜、白饭，不喜烧烤肉食，特命伙房做了几样素炒，煮些腊肉，川上好汤，请二位师妹、师弟吃。灵姑一听，正合自己口味，连忙喜谢。见二人手上都涂黄药，问是何故。范洪答道："适才睡醒，双手奇痒，说是中了妖毒，又觉不似，恐是湿毒。好在家中药多，取了些祛湿毒的擦上，痒才略止了些。"灵姑见日已衔山，暝色欲暮，苍烟四起，便随范、王三人走回，去吃范家特为自己备的那顿好饭。一会儿开上，四人吃得甚是舒服。席间灵姑谈起适才与长颈苗相斗之事。

范洪惊道："这种长颈苗天性凶狠，奸刁恶毒，复仇之心又最甚，人心又齐，连罗银那样蛮横的人都不敢招惹他们。住的地方在师妹去的莽苍山左近，路极险阻，轻易不出来，每年不过来赶这么一回墟集。他那里苗女最贱，待得比奴隶都不如，从不带出，也不和本峒苗女跳月。只不过买些盐、茶、布匹回去，拿东西换东西，都是他山中出产的兽皮之类。

"与他们交易倒也爽利，不过东西贵贱得由他们定，不许对方讨价。有的明值一个钱的，他能拿数十倍的钱的货来换；有的却不够原价，人又那么凶横，全不讲理，加上好恶无常，这回给得多的，下回又变了少的，以他本寨缺这东西不缺来定。好在多的太多，少的并不太少，汉客都知道他们的风俗性情，起初吃亏便宜，各凭天命，谁也不敢和他们争执。后经家父与汉客们商定：各人东西随他们自己挑，人走以后，再拿他们换下的货物放在一起，照各人换出去的货物贵贱多少，分别按本利成数均匀摊分。这样一分配，得利都不在少，所以他们还算是这里的好主顾。

"那酋长乌加力大身轻，更是厉害。白天带了六十多个同族，已将货物交换，分人带走。仅剩乌加和手下十几个小头子，打算看两晚热闹，大吃两顿熟肉，没有回去。这种苗民个个多疑，听说昨晚除蛟斩害之事，以为师妹是个青脸獠牙会飞的天神下界。日里他们也已然赶往发水之处看了一回，蛟身已化，没有看见，本就有点不信，再一见师妹生得这样文雅秀气，越发当是本寨苗人拿大话吓人哄他们。就师妹不嫌他冷笑轻视，晚来他也必和罗银说，要仙客显出本领与他看，否则决不甘休。虽然也是惹厌，却可使其心服口服，不致结仇，再启争端。这样一来仇就大了。

"他那颈上铁环是有品级的，以多为贵。外口尖棱甚是锋利，对敌时取下来当暗器用，百步以内，无论人兽，都难幸免。连那背上插的厚背钢刀，都是防身利器。那刀每人只有一把，也是从生下来就采生铁打炼，年年磨冶，到了十六岁生日那天，刀才打成，真是精钢百炼 吹毛断铁的好兵器。人死后用天葬之法，引来恶鸟吃尽。刀却埋在地下，算是祖坟，说灵魂附在上面。每年子规啼时，前去哭祭。祭罢三年，那地方便成了禁地，谁也不敢前往。这两样直看得比命还重。与人结仇虽不肯解，本身一死便罢；如毁了他的刀、环，必认作奇耻深仇，全家亲属都来向你寻仇，不把人拼完不止。

“师妹断了他的刀，仇恨已深，又把他的颈环一齐毁掉，如何肯就此罢休？当时如非害怕飞刀，同来苗民早已一拥齐上，拼个死活。想必看出飞刀厉害，不可力敌，又见所闻是真，他们又恶又刁，只管拼死寻仇，也是不肯白送，所以逃走回去。那乌加是他族中酋长，事已闹大，他本人也是不了。此番回寨，全族必定集会，先限他取回仇人头骨。取回以后，他再当众身殉，刀环遮羞，死后方可投生。

“他如复仇不成，反为仇人杀死，跟着又推那和他最亲的人再来。一个接一个，不把仇报了不止。如果仇人见势不佳，找地方藏起，必定穷年累月，千方百计到处搜寻，休想躲脱。可是这类仇杀的事多出在他本峒和别家苗民之间，和汉人却是少见。虽然总是他占上风，每次死的人却不在少，因此人口一年比一年减少，如今全峒不满千人，在深山之中自成部落。

“除乌加和几个小酋长时常往来墟集，学得一口汉语外，他那苗语尽是喉音，连他们久居在此的人都听不大懂。只晓得每次寻仇杀人，口里必常喊‘呱啦’两字，声音拖得很长，又尖又厉，半夜里听去比鬼叫还难听，喊的是他们一个生具勇力、惯于复仇的祖先。起初在仇人住的地方，满山遍野，东一声西一声乱喊，等到三天过去，越喊越近，就快下手了。休看来的只是一个，但他身轻体健，最喜隐藏，出没无常，行踪飘忽，哪怕对头是个大峒酋长，手下人多，一听声音就去搜索，一样不易寻到。即使捉住杀死，当场先被他拼掉几个；这个才死，后面他的同类又接上来了。

“他们生平只怕汉城中的官兵差役，因为怕官，轻易不往汉城中去。只要一进各州府县城门，气焰立即矮下三尺，皈依服法，卖了东西就走，从来不敢发威滋事。

“此外家家都供有一个姓陈的神像，木头刻的，青面獠牙，七头八手。祖上相传说是我们汉家的一位武将，听他们说那神气，好似各山寨供的汉丞相诸葛武侯，偏又姓陈，生相那么凶恶难看。据说此人尚在，所有官兵都是此人手下。供得好时便有福气，得罪了便有灭族大祸。可是寻常汉客和他们交易,稍为不合,便吃他们掳去,杀了生吃,直不看在眼里。

"师妹虽有法宝防身,与他们酋长结此大仇,此去莽苍山虽不打他峒中路过,但也邻近。今日起,他们必暗中跟随,途中不下手,到了地头也不放松。这类东西防不胜防,从此需要留点神呢。"

灵姑怒道:"早知这类苗子如此凶横可恶,还不如把他杀掉了呢。"范广道:"杀了也有同族给他报仇,一点无用。我看乌加刀环一毁,无论怎说都难活命,酋长更做不成了,遇上时杀掉也好。苗人多畏神鬼,就此不等第二人来,寻上门去,想个方法显点神通,将他们制伏,虽然险些,免却不少后患。"范洪也说:"只有此法可以一举了事。但是身入虎穴,那太犯险,等禀明师父,商定再说。"仍恐乌加即时寻仇,大家都加了几分小心。范洪又出去暗命当地健苗到处探查,如有长颈苗人踪迹,速来报知。

那坡上鼓乐之声早已大作,不一会儿,罗银陪吕、范等人到了坡上,命人来请。灵姑嫌那火烤难受,不去又恐老父离火时,万一和昨晚一样稍迟,火旺无人保护,只得随了范、王三人一同前往。到了一看,竟与昨晚情形稍异。主客俱在看台之上,两边木柴早已堆向火台,比昨晚还高得多,却由上而下刚刚点燃。架上烤的猪、牛、羊等牲畜,因为当晚人多,苗人庆贺高兴,每架都备着两三份。想是早就动手烧烤,昨晚初烤时那股毛焦气已闻不到,肉都有了八九成熟。苗人纷纷持刀而待,馋相十足。酒肉香味洋溢满坡,人更多出一两倍。

本峒众苗看见灵姑到来,纷纷欢呼下拜。罗银自不必说,不听吕伟拦阻,早就迎下台来。一时满坡骚然,乐声大作。别处苗民日里目睹飞刀神异,更无一人再敢轻视,也跟着欢呼礼拜不迭。只小看台上的一班汉客,虽多称赞,仍在台上未动。中有几个却在交头接耳,遥指灵姑窃窃私语。

灵姑见众苗这等敬服礼拜,也颇顾盼自喜。当下与范、王三人随定罗银,同至台上落座。因罗银未提化蛟之事,悄问老父怎么说的,可是照着自家意思实话实说?吕伟答说不全是。灵姑睡后,吕伟与范氏弟兄一商量,觉着全说真的不好。后来告知范连生,由他含糊其辞。先说吕氏父子怕蛟尸怪尸水浸久了贻毒太烈,意欲将它们化掉,去时已另有人代办。做出仿佛灵姑做了此事,不愿居功,故意如此说法,又像那人是吕氏父女同道神情。罗银却认定没第二人有此神通,吕伟又装作故意不认此事,众苗越发深信不疑,话说得极为圆妙。灵姑终觉有点掠人之美,心中不安,已过的事,不日即行,也就拉倒。

罗银已听人报灵姑飞刀斩断长颈苗人的刀环之事,因当灵姑天神一样,以为无碍,反倒欢喜替他出了往日一口恶气。吕、王等人听范连生说起长颈苗人的凶狠厉害,山寨又离隐居之处不远,甚是担心,当着人不好现出,未便向灵姑细说。

这第二晚不祭神,余者都和头晚一样。只头晚出蛟,众山民没有尽兴,今晚情况越发狂热。各处山寨为了献媚本寨仙客,又打听出要往莽苍山住家,想日后有事求助,各在台前争献了一些技艺,如舞蹈、相扑之类,无甚可记。一会儿,主人和一干众苗各找情人拥抱跳舞,散入深林僻处幽会。吕、王、范等八人,便各自回转范家,分别安歇。

第三日早起,苗人找齐,诸事具备。范氏弟兄几番命人四处侦察,不见长颈苗人的踪迹,以为畏惧仙法,苗人不敢复仇,乌加本人也许回到寨中已自杀。范连生知道苗人习俗、生性,闻言不住摇头,连说未必,再三叮嘱小心戒备。灵姑胆大气盛,随口应了,并未十分在意。

范、罗等人又强留了一天,到第四日才得放走。因东西太多,头一晚半夜里,就由范氏父子弟兄三人召集苗人准备一切。众苗又用盛礼设筵饯行。吕、王诸人老早安睡,天没亮就起来,一同受了寨民礼饯。全寨之人早已毕集相候,情景甚是隆重热闹。

经过两晚安眠,把以前劳乏全都去掉,所去之处又将到达,加以主人情重,事都先期代为办妥,应有尽有,样样富余周到,抬送有人,毫无烦难,个个都是精神健旺,兴高采烈,欣慰非常。

罗银本给吕、王等人备有马和兜架。吕伟知道此去山高路险,已然带有不少苗人,再添上马匹、兜架,人更要多,一则遇到险峻之地攀越艰苦,二则食粮为难。苗人食量甚大,单是范家给苗人备下往返的干粮、蒸煮两样,就费了他全家大小两天两夜的工夫,还不显得富余,途中稍为耽搁,就须打野味来补充。行李、牲畜、用具太多,人力有限,其势不能多带。同行苗人只求够用已足,再要多添上些人马,反多累赘。自己随同步行,既省心力,又便于照料。因而再三坚辞,只要了一个山背子,先不坐人,里面装着一行人等头两顿的食粮,等走过一日吃空下来,再给王妻一人乘坐。就这样,一行连所带苗人,已有二十多个。

头一天因范、罗等自带干粮,率了百多名健苗送出老远,翻山过岭,遇到难走之处，一齐上前相助，人多手众，甚是容易，多半天的工夫，便走出百数十里的山路，一点也不觉费事。吕伟问心不安，屡辞不去，只得由他们。偶和范洪路上闲谈，颇觉山人忠实情重。范洪笑道："师父不和他们长处，不知细情。苗人虽说心实，翻脸无情，却是厉害，不过知道承情罢了。这厮自从那晚被情人死缠，赶了野郎，已把昏想汤圆吃的心思打掉，不想再做牛母峒的女婿。那只羚羊只要能将那山娃子热病医好，立时可以换他二三百牛羊，得别的东西还不算。他们讲究礼尚往来，这次又给他连除两个大害，所以硬送老师这些东西，论起价值，相差还多得很。何况所送的东西，他借酬谢仙客为名，都出在他所属苗人身上。老师又嫌太多，退的一半也归了他，自然喜出望外，巴不得讨你老人家喜欢，日后好吓别人。休说送这点路，就叫他送到地头，也是心甘愿意的了。我们得那宝珠要叫他知道，虽不敢就此翻脸，相待又不这样了。"

吕伟听范氏弟兄二人连日总说苗人贪狡无良，据自己观察却是知恩感德，诚中形外，颇觉言之稍甚，闲谈说过，也自不言。罗银恰从前面危崖上指挥山人相助吊运牲畜，事完跑回。吕伟见日色偏西，相送愈远，罗、范诸人归途没有行李、牲畜麻烦延滞，可以拿出本领任情飞跑，虽然要快得多，可是天已不早，再送一程，当晚便赶不回寨，重又再三劝阻。范、罗诸人方率众苗拜别回去。范洪因有师生之谊，又敬服吕氏父女，别时最是依恋，分手之后，又赶去坚订后会之期。吕伟催促数次，方始怏怏而去。

吕、王等自送行人去后，见从黎明起身，途中只有午餐时少息，连赶了将近二百里的山程，翻山越岭，上下攀缘，人畜多半疲倦。天已不早，所经之地右矗高崖，石洞高大，可以寄宿；左边更有一片平原，茂林丰草，羊鹿之属来往驰突，因这地方素无人迹，羊鹿见人，都不甚惊避，性驯易致，绝好食宿之地。同行人中有三四健苗，跋涉终日，犹有余勇，又几次请猎，想打点新鲜野味来吃。便停了下来，命人将行李、牲畜运入崖洞，安置卧处，明早再走。

灵姑、王渊都是年幼喜事，一听老父允许行猎，早兴高采烈，带了那几名健苗追逐羊、鹿而去。头两只不知畏人，容容易易就打到了手。后来那些羊、鹿见同类被杀，才知来的并不是什么好东西，都害了怕，拿出天生本能，飞也似到处惊窜。众人所得已有三羊两鹿，足够一行人等吃顿美餐，本可放手回去。灵姑、王渊因见天色离黑还有好大一会儿，忽起童心，想把小羊小鹿每样生擒一对，带往山中喂养，不肯罢手。可是这类野兽跑得飞快，多好脚程也迫它不上。这一知道害怕,望影先逃,先见几只小的,早被大的带走,觅地藏起。灵姑又不愿妄使飞刀,只凭真实本领,急切间寻找不到,山人忙着回去开剥烤吃。灵姑一赌气,骂声:“贪吃鬼。”全打发走。

四名苗人抬了羊、鹿回洞,只剩灵姑、王渊二人满林苦搜。有时遇见几只大的,因恨苗人太懒,只顾眼前,有了一顿,便懒得动,自己也就不愿再加伤害,仍去搜寻小的。

费了许久心力跋涉,才在深草里找到几只小鹿。因小羊没寻到,这几只小鹿都是刚生不久,比野兔大不了多少。天已黄昏,忙着回去。便挑了两对肥壮的,二人一手抱了一只,往回路跑。

行至中途,无心中又发现一窝小乳羊,皮毛光滑,肥壮可爱。大羊业已惊走,满林飞窜,口里不住咩咩乱叫,却又不敢过来。二人好生高兴,无奈手已抱满,无法携带。有心弃掉一对小鹿,又觉不舍。正在为难,骂那先走的苗人该死。恰好吕伟因见苗人已然得兽回去,二人久出不归,命王守常寻来,沿途边走边喊。二人闻呼大喜,连忙应声。

王守常循声赶到。灵姑本想乳羊也带走四只,因见母羊在左近奔窜急叫,乳羊闻得母羊叫声,也是哞哞乱叫,不住悲鸣,知它母子依恋,甚是可怜,想了想,仍带一对回去。行时朝着母羊遥喝道:“它们生在这等荒野之中,早晚不免受那蛇虎奇虫之害,真不如由我带去喂养呢。本心给你一齐带走,因见它们叫得可怜,想是不舍分别。我给你留下三个儿女,只带两个走吧。”

王守常见她稚态可掬,心方好笑,仿佛听到路侧大树顶上有人嗤一声冷笑。抬头一看,并无人影,只树枝上立着一只白鹦鹉,便喊二人快看。灵姑见那鹦鹉生得有公鸡大小,除乌喙黄爪、朱眼金睛外,通体雪也似的白,更无一根杂毛,斜阳映处,闪闪生辉,恨不得也带了回去,王守常劝道:“此鸟性野善飞,离地这么高,不等上去就飞跑了。天已不早,令尊还在等你回去,快些走吧。”说时,白鹦鹉只在树上朝着下面乱叫,不住剔毛梳翎,颇有学语之意。灵姑空自心爱,却擒不到手,放飞刀上去,又恐伤害可惜,只得罢了。说道:“我们走吧。”鹦鹉也在上面学道:“我们走吧。”

王渊听了,笑对灵姑道:“姊姊,你看这东西多么心灵。我们这回移家莽苍山,已喂有不少牲畜,适才又得了这六只小羊、小鹿,再要有这么一两只会说话的好鸟养着,每天逗着它玩多好。”灵姑道:“谁说不是,可惜捉它不到,有什么法?”

王渊道:“我在四川家里听老师说过,鹦哥能通人言,最是心灵,何不试它一试? 也许肯跟我们同去,有多么好。”说罢,便回头向树上高叫道:“白鹦哥呀白鹦哥,你要是真正聪明,懂得人话,赶快飞来同我们到莽苍山去隐居过日。每天给你好吃的,免得你在野外受凶恶的大鸟欺压受伤。并且我姊姊是郑颠仙的徒弟,日后她成了仙,你岂不也有好处,你快点来吧,等一会儿我们走远,你就找不到了。你要不愿意,就莫理我;要是有灵性,愿意跟去,就叫一声‘我来’。”王渊说时,那鹦鹉已由原立之处跃向较近枝头,偏着个头,一声不叫,目注三人,似在谛听之状。

王守常见爱子憨态甚是好笑,喝道:“呆娃,你说的话,它会听得懂么?天都快黑了,只管发呆做啥子?”灵姑虽觉王渊神气可笑,心中也是不无万一之想。便拦道:“管他呢,说几句话也耽搁不了什么。”话才出口,王渊话也说完,还未转身,忽听鹦鹉连声叫道:“愿意,愿意,我们快回去吧。”说罢,离树飞起,落在前面去路的道旁树枝之上,意似相待同行。三人见状,俱都惊喜。王守常先还以为此鸟惯学人言,乃是天性,学有凑巧,未必真个愿意同行。灵姑也是拿它不定,故意绕向侧面,回看鸟未跟来,方自有些失望,忽听鸟又在叫。止步静心一听,竟是“错啦,错啦”。试再走向正路,刚到鹦鹉立处,它便又向前面飞去。

灵姑喝道:“你这东西不跟我去也不勉强,要肯跟我,便飞下来落在我肩上。要是存心哄我,我就要放飞刀杀你了。”鹦鹉又连叫道:“我怕,我怕。”灵姑道:“你乖乖下来,决不伤你一根羽毛。我知你是有灵性的东西,也不拿索子套你的脚,只要试出你是诚心愿意,仍还让你自己飞走,你看好不好?”鹦鹉果又连叫:“好,好。”应声飞下。三人都抱着羊、鹿不能去接,鹦鹉在三人头上环飞了两转,最后落在灵姑左膀之上。灵姑、王渊俱都欣喜欲狂。灵姑见它羽毛修洁,顾盼俊朗,不同凡鸟,比起适才初看时还要雅丽得多。只那叫声太快,又掺杂一种奇怪土音,有些难懂,句子稍长,便要细听才能明白。不由爱极,忙把右臂下小鹿往上提了提,想凑手过去摸抚它身上的雪羽。

小鹿被人夹紧,急得呦呦乱叫。鹦鹉看见鹿头随着人手凑了过来,想是有点厌恶,叫得一声:“快回去吧。”立即离手而起,仍朝前路飞去。三人才知鸟果通灵,能识人意,真个有心相随。

由此下去,人快鸟也快,变成鸟在前面引路,停在沿途树、石之上,等三人走到,再往前飞去。灵姑、王渊二人先追羊、鹿,满林穿越,只记得来路方向，途径却是模糊。王守常也是如此。鸟一引导，反倒少走了好些冤枉路，人、鸟都快，一会儿行抵崖洞。

灵姑见天色入夜，月光已上，白鸟飞行，容易被人看出。苗人多凶残，路上稍有余闲，常拿毒箭射鸟为乐，经老父告诫之后，虽然当面不敢，犹恐阳奉阴违。未到以前，先向鹦鹉叮咛说："苗人不是好人，须要留意。最好落在我肩上同行，便可无妨，不然恐有误伤，悔之无及。"鹦鹉闻言，只叫"不怕"。灵姑终不放心，到时见众苗人都在洞外手持芦笙，乱吹乱跳。旁边设着行架和现掘的火池，架上兽肉尚有好些剩着。老父、王妻也在洞侧凝望。不顾别的，把手中小鹿递给吕伟，忙纵过去喝道："我适才得了一个白鹦哥，它跟我同走，你们谁要伤了它一根毛，就要你们拿命抵它。并且以后什么飞鸟都不许伤。知道么？"众苗本畏灵姑，自是诺诺连声，彼此互告，奉为信条。等说完回转，这边王渊也抢着向吕伟、王妻说了经过。

灵姑又命苗人将四鹿二羊交给苗人，用草索系好，与随带牲畜一同喂养携带，草草停当。众人都知道她带了一个灵鸟回来，等乱过一阵，问她鸟呢？灵姑、王渊抬头一看，哪有鸟的踪迹。王渊首先急得乱跳，直喊："它定是看见人多害怕，不肯来了。"灵姑暗忖："此鸟如此灵异，分明有心相从，怎会中途飞去？"正要高声呼唤，忽然王守常道："渊儿着什么急，那不是么？"灵姑随他手指处往空一看，那鸟疾如飞射，好似有什么恶鸟追赶神气，正从左侧危崖之上飞来，晃眼工夫便落在洞前高树之上。

灵姑方欲喝问何往，鹦鹉已向下连声急叫道："在那里，怕呀，怕呀。"灵姑料它说的是下面人多害怕，忙说不怕，叫它下来吃点东西。鸟只是不下来，仍在树上照前一样急声乱叫，约有二十多声。灵姑就在下面回答，连说了好些不怕，才行止住，也不再往别处飞走。灵姑又教它说话，竟是一教就会，有时还能回答，语声却不如现教的清楚。

旁人俱觉日后山居，有此灵鸟相伴，既可解闷，又可练来照看牲畜，还有蛇兽侵袭，可使它前来报警，皆大欢喜。众苗自是个个惊奇，又认作是灵姑使的仙法。

灵姑与王渊一到就出去行猎，俱未进食，跑了半日，腹中饥渴，边吃边教白鹦鹉说话。人、鸟相答，调弄了好一阵，才行吃完。苗人俱住洞外，灵姑恐鸟畏人，不敢下来，又命众苗避开，取些生熟肉用刀切碎，又取些干粮、谷米散放在石板上，唤鸟下食。鹦鹉连叫不饿，只不飞落。灵姑恐它野性未驯，不肯呼叱强迫，只得罢了。

吕伟因明日要走长路，连催灵姑、王渊早睡早起，莫尽贪玩。二人准备回洞，刚一转背要走，鸟又叫了两声："人在那里。"灵姑当它是说守卧洞外的那些同行苗人，没有在意，只笑答道："怕什么？我有飞刀，不听话就杀，谁敢乱动？"鹦鹉闻声，便不再叫。灵姑、王渊也就各随父母入洞安歇。

二人均惦着那鹦鹉，恐它万一飞走，或是受了别的恶鸟侵害，没等天亮，便自爬起。出洞一看，众苗如死猪一般，一个个把身子钻在粗麻袋内，躺卧在石地之上。仰顾鹦鹉，不见踪影。天上星稀月淡，东方已有曙意。苗人身前防兽的野火圈子尚未全灭。纵将进去，叫王渊伸手将众中一个头目摇醒一问，说是半夜里睡梦中听见几声山鬼叫唤，惊醒睁眼看时，天上月亮正被云遮，好像看见一条鬼影，捧着一个长东西，在那边崖顶上飞跑，晃眼闪进树林里去了。一同惊醒的还有两个同伴，都害怕山鬼吃血，没敢再看，把头缩进袋内，拉紧袋口，不敢出头，一会儿便睡着了。

耳听鹦鹉在树上连声急叫，没听出叫些什么，也不晓得甚时飞走，想是找吃的去吧。二人一心惦记鹦鹉，也未留意别的，跟着吕、王等三人醒转走出，天已微明。那苗人头领忙把众苗唤醒，忙着取水，各用早餐。往洞内取出背子挑架，扎捆行李，给牲口上料，准备起程。苗人多是各不相顾，自找自己职司，谁也没留心到同伴有无短少。吕伟、王守常虽然老练细心，起身忙乱，众苗纷纷奔走，此去彼来，相貌打扮十分相似，一时点数不清，苗人俱都踊跃从事，又无什么异状，也就忽略过去。

直到将要起身，吕伟进洞看有甚东西遗落无有，忽听洞外王守常、灵姑等惊叱之声，忙即出洞查问。原来众苗吃罢粮肉，各找各的背子，待要起身。王守常正引王妻解手回来，忽然发现多出一个背子，没有人背。灵姑、王渊任务本是押队和分配众人劳力，因惦记那只鹦鹉，四下登高张望，无暇及此。这时闻声纵落，一点人数，才知少了一名。分别一问，众苗才想起失踪那人昨晚随众好好安歇，今早起来却不曾见他，答语甚是支吾。只内中一人说昨晚与他睡得最近，睡前还曾说笑。半夜里好似先听他在耳边一声大叫，人正困极，没有搭理，后来也被山鬼叫声惊醒。此时不见，定被山鬼捉去吃了血了。

众苗闻言，个个害怕，立时一片惊噪。气得灵姑劈脸啐道："怪物都不怕，怕什么山鬼？不是偷懒逃回，定是走到别处去，把路走迷，一时找不到了。再不就是伤了我们的鹦哥，怕我罚他，逃走了。你们还不快去找他回来，莫非这山背子留给我背么？”

苗人头领见她发怒，战兢兢地答道：“我们就死，也不敢偷懒，半路逃回，寨主先要了我们的命了。昨天老仙客说不许再打鸟，怎还敢打仙娘心爱的鸟？我们走路会看星宿，怎么也不会找不回来。他定是被山鬼吃血去了。背子再多两个，也可背走。只是山鬼厉害，吃人的血都是双的，定还要来找那一个。今晚落夜，求仙娘、老仙和我们在一处睡，不敢分在外头睡了。”众苗也抢着纷纷应和。灵姑听他语无伦次，越发有气，方要喝骂。吕伟走出，问知就里，忽然想起长颈苗人结仇之事，暗道：“不好！”刚把眉头一皱，心中寻思，忽见鹦鹉由左侧崖顶天空中飞鸣而来。灵姑、王渊大为欣慰，忙舍苗人，迎上前去。

鹦鹉晃眼飞临二人头上，方以为它会下落，谁知鸟翼一侧，竟自翩然飞下。灵姑忙把手一伸，轻轻落在腕肘之上。灵姑一面抚弄它的雪羽，一面问道：“你飞往哪里去了？叫我担心一早晨，当你不回来了呢。吃东西没有？饿不饿？”鹦鹉这次却答：“饿呀，饿呀。”灵姑方欲去取食，王渊见鸟一到，早飞也似跑回，匆匆向粮袋食盒中抓了几大把，用衣角兜了跑来。灵姑令放路旁平石之上，随走过去。鸟似饿极，立时纵去，一路乱啄，只捡那素粮吃，荤的一口不沾。王渊又给取了点水来，鹦鹉连饮了几口才住。

这时众苗人纷纷跑来观看。灵姑恐惊了它，正要喝开，忽听鹦鹉又连声叫道：“人在那里，人在那里。”灵姑见它并不似畏惧身侧众苗，方要问它何意。吕伟心正愁虑，见灵姑只管调弄鹦鹉，憨不知愁，招得众苗话未说完，全跑过去看新鲜，欲和灵姑商谈分人寻找。忽闻得鸟叫与昨晚睡前所闻一样，不禁心中一动，暗忖：“此乃灵禽，相随不为无因，况又深识人意，能飞高视远。何不命它代为查探失踪山民下落？”忙接口问道：“我们昨日半夜不见一人，你乃通灵之鸟，路上飞来，可曾看见他么？”鸟便偏头向吕伟，重又叫道：“人在那里，人在那里。”吕伟听它叫声一样，又问道：“你说人在那里，是我们丢的那苗人不是？”鸟又叫道：“是苗人呀，是苗人呀。”吕伟父女听出有点意思，又问道：“这人现在何处？你引我们去找他回来好么？”一言甫毕，那鸟答得一声：“好呀。”便自飞起。吕伟便命灵姑带了两名健苗，各持弓矢刀矛，随同前往寻找。

鸟在空中盘飞，见下面人已派定，灵姑出声喝走，便绕着左侧崖角飞去，口中仍然连叫："人在那里。"灵姑和二苗人跟它绕到崖角，鸟忽下落，停了一停，重又飞起。灵姑往草里一看，什么也没有，只是崖势到此偏斜，不似来路一带险峻。再看鸟，已飞上崖顶，边飞边叫。同行一个正是苗民头领，忽然叫道："昨晚山鬼就在这崖上头跑呢。"灵姑方悟鸟意是令由此上去，见鸟已落在崖树枝上等待，连忙如飞跑上。

苗人俱惯爬崖，不一会儿便上了崖顶。一看上面林树森森，碧草如茵，又肥又短。四顾群山杂沓，原野在下，景物甚是幽丽。鸟早叫着往茂林深处飞去。随鸟跑进半里多地，正走之间，忽听里面怪鸟飞鸣扑食之声。二苗人方说那人死了，鸟已飞将回来，扑落灵姑肩上，只叫："人在那里。怕呀，怕呀。"灵姑一边抚慰，连道不怕。回问苗人怎知人死？山人答道："听叫声，里面有两种鸟：一种是鬼灵子，又叫魔头；一种是猫脸雕。都是神养的神鸟。平日轻易见它们不到，只要人一死，它们就飞来，将尸首啄吃个干净，人才能升天呢。我们走了一天，没有见一外人，不是他还有哪个？定是昨夜被山鬼捉去，吃完了血，丢在这里，现在尸骨被神鸟在争吃呢。"

灵姑听苗人如此说法，鹦鹉也不住往怀里钻，似有惧状，疑有怪异在彼，便把左手按着鸟身，右手按住玉匣，脚底加快，朝鹦鹉适来之处跑去。越往前走，怪鸟鸣扑啄食之声越发猛烈，地势也较来路险僻。进约里许，树林走完，乱石阻路，甚是难行。乱石高均两丈以上，棋布星罗，森列若林，怪鸟厉啸之声便在石那里传来。同行二苗人连次悄声相告，说鸟厉害，如非深知灵姑本领，早吓退了。鹦鹉也急叫："怕呀。"似要挣脱飞去。灵姑忙道："不怕，有我。"一手将它按住，脚踏乱石，接连两纵，到了一块绝大怪石之下。

方欲纵过，倏地眼前一花，对面石后长蛇也似忽伸出一个花花绿绿的怪头，绿毛披拂，赤睛电射，张开月牙锄形的铁喙，照准灵姑当头啄来。灵姑骤出不意，也颇惊心，忙把身往后仰，就势一踹山石，倒纵出去，大喝一声，手指处，一道银光脱匣飞出。那怪物一下啄空，身还未飞过怪石，银光已先飞到，哇的一声惨叫，怪头离颈飞出老远，落于就地；怪身张开两翼，腾扑转折而下，落于石后。同时石那面风沙大作，一片飞鸣腾扑之声，早又飞起大小七八只同样的怪物，见头只已死，尚欲寻仇，不知进退，只见银光似电舞虹飞一般，略一举动，全都身首异处。

灵姑仔细一看，俱是从未见过的怪鸟。头一只最大，高约五尺，颈长身矮，翼阔嘴宽，爪大逾掌。头有海碗大小，嘴作月牙形，爪喙均极坚利。虽不如虬鸟厉害，生相也颇猛恶。问二苗人，均说初见，不是先说二鸟。

灵姑侧耳静听，石那面还有别的怪声，只比前时所闻要差得多。恐还有别的恶鸟，便用银光护身，纵将过去一看，满地都是零毛断羽，地下连死带活，还有十几只怪鸟。

一种似雕非雕，体比前见怪鸟小两三倍；一种和猫头鹰相似，生得更小。一问，正是二苗人先说的两种吃尸鸟。当中平地上躺卧着一具苗人尸首，身旁俱是鸟爪血印，通体脏腑皮肉俱被啄空，连骨架也被啄断，头剩下半个空壳。只从被群鸟撕裂的衣饰，略可辨出是昨晚失踪苗人。大约人死之后，先是两种吃尸鸟赶来啄吃，后又赶来那些怪鸟，相互火并。吃尸鸟好些俱为怪鸟所杀，活的只有两三只，也是奄奄待毙，不能飞起。因觉此鸟残食人尸可恶，便用飞刀一齐杀死。

因苗人尸体残裂，看不出被害受伤形迹，方在为难，那只鹦鹉忽叫道："在那里，在那里。"灵姑见它似要挣起，知有缘故，把手一松，鹦鹉便凌空飞起，目注下面，环飞了两匝，忽往右侧浅草里落下。灵姑跟踪过去一看，见草地里有人躺卧的痕迹，草已压扁。仔细一搜查，寻到小半支断箭，箭镞作鸭嘴形，上染血迹，甚是锋利，形式与寻常苗人所用不同。箭旁不远，溅有好些点鲜血，还有半条腊干的兽肉。那一片丈许方圆的草地，格外显出蹂躏践踏之迹，好似有人在草里滚扑猛斗过一阵。一会儿又在左近发现一堆苗人吸残的叶子烟灰，那上半截箭杆却找不到。灵姑将箭镞与随行二苗人一看，均说这样箭镞从未见过，要问同伴中一个领路的老苗人才知道。灵姑料那苗人不是被别的仇人杀死，便是被长颈苗人暗害。见鹦鹉已然飞回，直叫"走吧"，不愿再和苗人多说，忙即赶回。见了吕、王等人，告知经过。

吕伟知众苗最爱大惊小怪，忙把箭镞要过，将那同行充向导的老苗唤入崖洞，背人一问。那老苗名叫牛子，自幼跟随汉客往来各寨当通事，见多识广，是个苗疆的地灵鬼。一见那箭镞，便失惊道："这是长颈苗神庙中供的神箭呀，怎么会被仙娘捡来的呀？"吕伟见那箭断痕已旧，形式古拙，杆上血痕甚多，斑烂如锈，箭镞却似新近磨过，早料是苗人供祭复仇的神物信号，忙追问就里。牛子先请吕伟着灵姑在洞外留神防守，查听有无异兆异声发现，以备万一。然后述说箭的来由。

原来这箭便是长颈苗人那个惯于复仇的祖先姑拉所遗。据长颈苗人传说，当初姑拉在时，此箭虽有三支，因是弓劲手准，从无虚发，又因杀人太多，箭头上附有不少灵鬼，不等用第二支箭，敌人便伤中要害身死，其余那两支简直未怎用过。并传说这箭还有一桩奇处：不问射出多远，自会悄没声地回到原处。姑拉仗着此箭威镇各寨，苗人几乎闻名丧胆。后来有一邻寨苗酋受逼不过，暗中结纳了一个美貌女巫，去盗此箭，就便行刺。

姑拉好色如命，明知是诈，仍然将她留在寨中淫乐。这日女巫刚把三支箭盗在手中，便被姑拉发觉。女巫见事不成，恐遭毒手，回箭向喉中一刺，当时刺穿脖颈身死。姑拉本来爱她美貌，不想伤害，着急一抢，不知怎的，竟将箭杆折断。因箭头上有女巫的血，不舍丢弃，终日佩戴，从此也不再用长箭射人。和人对敌，总是一手握刀，一手握这半支断箭，等将敌人打倒砍翻，再用断箭刺人咽喉。箭头有毒，伤人立死，苗人死于箭下的不计其数。终于积仇太多，被各寨苗民合谋围困。姑拉苦斗数日，连杀多人，筋疲力竭，狂吼三声，和女巫一样，回箭自杀。

断箭先被别寨苗人抢去，可是谁有此箭，必遭凶杀，为了此箭，争端时起。姑拉后人为夺箭，又在终日寻仇，互相伤亡甚多。最后姑拉向双方托梦，说箭乃神物，上有他和女巫的血，须归他子孙保有，否则便有灾祸。得箭的人久了，也觉此箭乃不祥之物，正好借以求和，只得将它送还，两罢干戈。由此长颈苗人把箭奉若天神，非遇大敌深仇，有亡族之忧，不轻取用。因信箭上有神，能自还原处，不怕失落。又因佩之不利，谁也不敢常带身旁。照例带出之时，必择一隐僻地方作为供箭之所。当时能捉来仇人祭箭最好，否则至多不过七日，必要捉一生人。到供箭之处，用箭刺死，作为神已祭过，以后神便保佑，有战必胜。

苗酋乌加正是姑拉嫡裔，想系看见灵姑手能放电，又精通仙法，其势不敌，欲借祖神之助，将此断箭请来。因害怕灵姑仙法，又见人多，急切间无法下手，先把苗人擒去祭了神箭。苗人丧命所在，便是乌加供箭之处。灵姑去时，乌加恰值他往，无心中将箭拾来。乌加失了此箭，先必以为神鸟自出显灵，一旦发觉被仇人得去，乌加本人必拼死寻仇不说，如被别的长颈苗人知晓，必举全族来犯，决不甘休。

吕伟听牛子说那箭的出处，虽然鬼话无征，但苗人信奉邪神，宝贵祖遗信符，以及失踪苗人死因，却说得很对。知众苗过信灵姑仙法，否则此事一传，立即轰然逃散了。心中尽管忧虑，面上一丝不露，笑对牛子道："我女儿的仙法你是知道的，我的仙法比她还大得多呢。休说乌加一人，就是长颈苗人全数来此寻仇,有我父女二人在此,休想占得半点便宜。昨晚不过我们睡在洞里,没有留神,吃他偷了一个人去。今晚只要他敢来,决不能叫他活着回去。这支断箭,我先藏起。你出去可对他们说,昨晚那人是被怪鸟抓去,如今鸟都被我女儿杀死,不会再来,只管放心上路。却不许你说出真话,以免他们大惊小怪。我女儿见不得那种样子,她一生气,再有什么事就不管了。”牛子深信吕氏父女的仙法,诺诺连声而出。

吕伟出寨,悄悄告知守常夫妻与灵姑、王渊四人说:“长颈苗人已然寻来,敌人仗着地利善于隐迹,彼暗我明,务要留神。”当下把众苗职司重新分派,随命起行。

灵姑因见鹦鹉灵异,大可用以搜查敌人,一边走,一边教它说话,打算略为教熟,便可放它飞在前面探路,以免双方言语不通,和昨晚一样没有听明它的叫声,致葬送了苗人性命。那鹦鹉本是灵物,能通人语,只因带有别处土音,乍听觉着含糊。人、鸟一路问答,不消多时,彼此都能领悟,鹦鹉业已几番要想飞起。灵姑便趁众人途中歇息吃午饭时,背了苗人,告知长颈苗人是自己的仇人,命它前飞探查,如见踪迹,速即归报。并说仇敌凶残,千万不可飞近,免遭伤害。鹦鹉连叫“晓得”。灵姑把手一放,冲霄飞去。众人吃饱,跟着起身。鹦鹉去了好一会儿,也没见回来。

由此前行,已抵莽苍山境,山路益发险隘,到处都是鸟道羊肠,亘古无人通行的生路。一行又带着不少牲畜、粮食、用具。东西还可上下抛掷,攀系缒落。那些牲畜都是活物,遇到那些上矗天闾,下临无地的危崖绝壑,便吓得拼命乱挣,惊叫起来。那些地方多半都是半悬崖当中的一条石壁,最窄之处不容人并肩而走,更有溜斜所在,一边绝壁千寻,一边是黑茫茫看不见底的阴沟,须要攀藤爬行而渡,稍一失足滑落,立成粉碎,怎能容得牲畜跳跃乱挣。先勉强走了一两处,还没走到中间两段极难走处,已是惊险百出,并且丢了一头牛。抬牛苗人如非放手得快,几乎丧命。

吕伟见不是路,吩咐选地停下,把牲畜双眼蒙上,头和四肢一齐绑紧。仗着所带牲畜只有四头牛,一头较大的已然落涧,余下只是小驴大小,别的牲畜身量更小,小的可以陆续背运过去,不能背的,遇到险处,先着人走向较宽之处,用粗索绑好,拉缒过去。

就这样,那些牲畜依然前呼后应,悲鸣不已,吼啸之声荡漾山壑。日光又常被崖壁遮住,上下阴森森,越发使人心悸。也不知费了多少心力,走到黄昏将近，才遇到一片山地，免去坠壑之险。但又乱山杂沓，绵亘不断，丛林密莽，荆棘蔽野，更无一个可以安身之所，路不过只走数十里。吕伟见那路径常人绝不敢走，药客怎能到此？歇将下来，方要查问，忽见领路老者由高山上满面喜色，如飞跑下，还未近前，便高喊道："就好啦。"

吕伟一问，才知牛子中途将路走迷，并非以前药客入山所行途径。因见日色、方向大体不错，又见众人受了若干惊险劳累，俱都愁急，恐说出来受吕氏父女嗔责，私下估量可以通过，一直忍着没说，但心却急死。适才赶向高处查看，一认地方，不料误打误撞，竟然深入莽苍山深处，比起前路要近去好几天的途程。明日再走出三十多里，便到山阳景致最好之处。

吕伟因仙人留示，说灵姑遇合在莽苍之阳，到时再行择地开辟，本无一定所在，闻将到达，甚是心喜。知人、畜均已疲极，不能再走，便择一较平坦处，命众苗将杂草去掉，将牲畜、行李放在当中，四外生火，以防蛇兽侵害。吕、王等老少五人夜间分成四班轮值。苗人仍令饭后安卧，只不许把头全缩进袋里去，至少须将两眼露出，收口放松，连成一圈，面朝外睡，以备闻警起身方便。

一切停当，天才擦黑。吕伟便催早睡歇息，露宿一夜。明早天不亮就可起身，等寻到安居乐土，还可从容部署。这路一走错，不但巧走捷径，近了几天途程，并还免去中间许多攀缘缒系的辛劳。前行略经险阻，便到山阳美景肥沃之区，牲畜、行李均可直达。把来时预拟改变，不再觅地停顿，分人前往探路，来回运转。虽说苗人知道地方，以后遇事难免上门寻求，是个缺点，却顺利得多，也就罢了。

吕伟两次盘问牛子，俱说前些年给药客们做向导，入山虽深，那一片好地方均未到过。只最后一次，也是无心中在森林内把路走失，误打误撞，走到山阳坳区。药客们因机会难得，去时受了若干惊险，伤亡好些人畜，才行到达，决计满载而归。这次留的日子独多，生在此地者各种珍贵药材不说，单是打猎所得的皮角、虎骨就有二百多背子。挨到快要大雪封山才起身，一批一批往外搬运，总有二十多次才陆续运走。

时已隆冬，差点被雪困住，没得出山。走时给了牛子极厚的酬劳，命他折箭为誓，十年之中，永不许再引别帮药客到此。可是他们也一去不来，听说因为这回几次死里逃生，个个心寒胆裂，回去把药卖了重价，都成财主，谁也不敢再来冒这大险了。又说以后虽未再引人去过，因那时同行三个引路山人被虎伤了两个，只剩牛子一人，余者都是汉客。除有时随同打些山粮外，因汉客采药时刻以及挑选移根均有秘法，照例避着苗不使知闻。

牛子见他们把这些野花、野藤、草根、树皮宝贝也似取之不已，本觉无趣，又不令插手，闲来无事，便独个儿拿了刀矛毒箭满处乱跑，打山粮解闷。方圆百里以内全跑遍，差不多左近的一草一木都还记得。适才出险到此，已觉来过，再登高一望前面，竟是昔年所到之地，一点不差。并说那里有大片肥土，花木繁多，有山有水，日丽风和，一生没见过那样好的地方。吕、王等闻言，料无差错，十分欣慰。

灵姑因见鹦鹉一去不回，心中忧急，连饭都无心吃，哪肯睡觉，执意要与王渊母子二人对换，改作头班守夜。王渊也和她一样忧念，不肯就睡，吕伟原意，有变必在半夜。五人中只有王妻、王渊较弱，特命改守前夜，苗人一发现，以后事变方殷，精神须要保养。两小偏是执意不肯，只得把王氏夫妇做一班改在天明，自当半夜，分成三班轮守。

灵姑和王渊谈一会儿，起来走向高处，四下眺望，夜静山深，目光之下，空中时有鸟过，鹦鹉终是不见飞来。二人疑心遭了苗人毒手，或为别的恶鸟所害，好生懊丧，深悔不该命它探路，又怪牛子把路走错，以致飞失，时光易过，不觉到了吕伟轮值之时。二人望仍未绝，也不去唤醒吕伟，却偷偷把牛子唤起，问他原来路向如何走法，鹦鹉是不是因此走失。牛子慌道："鸟在天上飞，多远都能飞到。我们又有这长一串人在下面走，哪有寻不见的理？"二人问不出所以来。

一会儿，吕伟忽然醒转，逼着二人各去安歇，以免明早到了地头精神不济。二人不敢再违，只得分别躺倒。王渊还好，不久睡熟。灵姑心挂鹦鹉，始终没有入睡。连日跋涉，本多劳顿，这般虚熬，更劳神思，总算当夜没有闹事。

吕伟因灵姑到时未喊，已然睡足，因是不困，也没唤人接替。等到王守常夫妻醒转，晓烟迷茫中，东方已有了曙意。灵姑也装着睡醒起身。吕伟将众苗唤醒，取来山泉，就所带干粮、肉脯饱餐一顿，食毕正好大亮。灵姑、王渊几番登高瞭望呼啸，终不见鹦鹉踪迹，时候愈久，越觉没有指望，无精打采，随着大队上路。

果然入山愈深，境愈幽丽，前行不过三十余里，一连翻越过两个极险的危崖峻壁，便到了牛子所说的途径。由此一步一步渐入佳境，路上除在危崖上遇到过两次毒蛇外,并未出事。吕氏父女见所行之处襟山带水,林木森秀,已是欣慰,连声夸好。牛子笑道:“真好的还未到呢。我这时候才想起,那年和药客们快动身时,为采何首乌,还找到一个大岩洞,又爽亮又干净,里面还有一口热水井,住在里头真比房子还舒服得多。可惜怕要封山,洞隔他们采药的地方又远,没有住下,回来待不几天就动身了。要是喜欢住的话,今天简直可以再走远些,搬到洞里住去,省得现搬帐篷盖房子费事。不过洞前石头地多,要种田是种不多少的。”

吕伟本因现建屋宇费时费力,苗人又不能久留,满心想寻一处岩凹石洞之类暂时栖身,日后再相度地势陆续添盖,闻言益发大喜,便令牛子领去。灵姑问:“风景有先说的好不?”牛子道:“好在以前药客住的地方也要路过,仙娘看哪里好住,随便挑吧。”

正说之间,走过一片黑压压的森林,忽有危壁当前,阻住去路。众人见那危壁高峻,又要上下攀缘,翻崖缒运,觉得麻烦。牛子同了两个苗人沿崖壁走了百十步,忽在一根石笋下站定,喜叫道:“我记得是这里嘛,差一点没有走错了。”

众人赶将过去一看,牛子已将壁隙间的藤草用苗刀砍断,现出一条宽有三尺的崖夹缝来,指向众人道:“当初药客们错走到这里,他们是由那边过来,沿着崖脚走了一天,也没找到通路,这崖又没法翻过去。来路一片地方已然寻遍,得的药材不多。大家因我把路引错,跑到这死地方来,能不赔本就是好事,还不知要费多少事才能回去,你一句我一句,正在怪我,忽然看见七八个兔子钻到这里头去。我觉得害了他们,心中难过,怕听埋怨,看出里面很深,又有一丝丝亮光,一赌气,拼着让毒蛇咬死,带了苗刀,硬往里闯,居然被我走通。他们回来时,怕藤草碍路,差不多砍了个干净,几年工夫又长长了。不是我记准正对口外这根石柱,还找不到它哩。”吕伟见他唾沫横飞,说得眉飞色舞,诚恳之状现于辞色,颇觉这老苗老实忠心,与寻常苗人不同,甚是心许,便有留他之意。

灵姑见他老说不完,便笑道:“你先莫表功,以为你是地灵鬼。你要能把我的鹦哥找回,才算你好本事呢。”牛子笑道:“那鹦哥是个神鸟,决不会死。只要到了地头,仙娘不叫我回去,不出十天,定给仙娘找来。”吕伟便问:“你愿意跟我们么?”牛子道:“就怕你们不要,哪有不愿跟的?再说我只一个人,不比他们都有老婆儿子。就这样,他们要不回去,有仙娘做主,峒主也不敢怎么,我更不怕了。当真你们要我么?”吕伟把头一点。牛子喜得乱蹦道:“这就好了,我们快走吧。”

吕伟外看夹缝中似不好走,想叫众人歇息一会儿再进。牛子恨不得早到见功,匆匆取了几根火把点燃,分与几名健苗,自己取了一根大的,把苗刀插向背后,一手持着一根长矛,举着火把,当先奋勇而进。众人也鱼贯而入。吕伟、王守常夫妻各持兵刃,紧随牛子前行。灵姑一人手按玉匣断后,以防仇敌尾随侵袭。

那夹缝前窄中宽,走进十多丈,便现出宽崖。上面是一线青天,两边夹壁削立,道平如砥。壁上时有香草下垂,清馨透鼻。最宽处竟达丈许,窄处也过三尺,并不难行。众人前呼后应,不消多时,望见前面亮光,略一转折,便到了外面。

眼前豁然开朗,简直又换了一个境界。只见青山红树,横亘于前;芳草芊绵,平林清旷;杂草乱开,原野如绣。奇石古松,飞瀑流泉,所在都是。时见珍禽异鸟枝头飞起,鸣声关关,入耳清脆。端的是丘壑幽深,景物清丽,令人到此俗虑为之一消。众人喜慰不说,连众苗人也高兴起来,互相唱起情歌野曲,此应彼和,自成音籁,响震林樾,惊得枝头好鸟纷纷飞起。可是那些近岭遥山,锦原绣野,看去依旧矗立平铺,静寂寂的,不似有丝毫摇撼。偶然水流云走,别有会心,只觉动者自动,静者自静,造物神奇,人生渺小,众苗歌声只管骚乱,充耳竟如不闻。吕、王诸人正在领悟那静中妙趣,灵姑手指前面道:“爹爹你看,这些泉石山林,不跟画图一样么?其实就在这里也好。”吕伟拈髯微笑不语,灵姑也含笑相答。

众人正要朝前走去,牛子忽然抄到前面,领了众人,舍却正面,由右斜行,穿过一片平原,走入右侧疏林之中。那一片林木种类不一,多不知名,都似千年以上的古木,亭亭华盖,高矗参天。底下浅草平铺,繁花星列,摇曳随风,娟娟自媚。间有几株数抱粗细的大树,树身独矮,桩一般挺立群秀之中,老干槎丫,树身强半枯死,忽然又茁新枝,一半是铁骨盘纠,片叶不生,一半却是绿绿森森,浓荫匝地,越显古趣。

走着走着,忽然香风拂面,芳馨清郁。抬头一看,原来是几株苗疆深山中特有的木莲花。山人多叫作神姑掌,认为神手所种,有许多神奇传说。树身特高,笔也似直。三五丈以上,枝干丛出,八面挺生。叶似人手。花大如莲,形也相似,只是花瓣较密,比莲花还要香艳。分为白黄紫三色,白色最多。开时绿叶先落，就叶落处，长出一个如拇指大小的花苞，一叶一花，经雨之后，花开满树，小苞也含英吐蕊，相继开放。

这时正当叶落花开之际，枝头千花万蕊，开得正繁，便玉树琼林，也无此华艳。加上奇香馥郁，袭人欲醉，端的色香双绝。吕、王诸人尚是初见，个个欢呼叫绝不置。牛子道："这花虽好，可惜生在树林以内，一共才十几株，开不几天就败啦。要到洞前一带，什么花都有，还要好呢，快些走吧。"牛子虽这么说，吕、王诸人仍是流连花下，尽情观赏，恋恋不舍就走。最后吕伟见日已偏西，也发话催走。灵姑、王渊忍不住援上树去，采了几大枝下来，分持手内，才一同往前进发。

走完树林，转过一个崖脚，又见清溪映带，奇峰罗列，匝地繁花，灿如云锦，一路水色山光，境更清丽。众人依山傍水，走了一程，中间也略攀越了几处险峻地方。

正走之间，忽又峭壁撑天，绵亘千丈。壁上苔藓厚达尺许，其碧如油。薜荔香藤，满生其上，红花朱实，累累下垂，倍增幽艳。右侧岸尽处，有二尺许一条石路可通崖后。路侧清溪蜿蜒，水面平阔，离岸不过尺许，清鉴毛发。

绕崖才走一半，便见对岸一片平原，绣野千顷。尽头处列巘萦青，奇峰矗紫，大小高下，异态殊形，不相联系。两峰缺处，天际苍苍，极目无涯。间有丛林森树，都如荠聚，斜阳影里，仿佛烟笼。真个雄浑清旷，幽丽瑰奇，兼而有之。便走遍天下名山，阅尽古今图画，也不易找出这样的好所在来。众人除了赞绝，更无话说。

一会儿将崖绕完，转到崖后，适见右侧广原列巘，看去越发明显如绘。只那崖像是近数十年间受了地震崩裂，到处都是高矮不等的奇石怪峰。最高者不过数丈，小只数尺，鸱蹲猿跃，凤舞虬飞，或如笋立，或如剑峰。形式无一雷同，而又鬼斧神工，穷极玲珑瘦透之致。棋布星罗，何止百数。上面多半长着绿油油的苔藓，浓淡相间。偶有两块石顶上生着一两株小松，粗只半尺以上，却生得盘拿夭娇，神态欲飞，甚是生动。虽然石地为多，可是石根、石隙之间，不是修竹成丛，临风弄响，便是奇花照眼，瑶草芬芳。幽兰嘉惠，更是倒挂丛生，无地无之。左侧不远是一个大沟壑，广达数顷，其深莫测。底下白气蒸腾，泉声涌沸，殷殷若雷，石边俱有焦裂痕迹。益发看出当地经过极猛烈的地震，壑底必是温泉无疑。

循着平坡，把这些疏落的奇石林走完，又是大片梅林，树都合抱，只不甚高，绿荫浓茂，不下千株。穿林走出，地渐高起。偏左近大壑处有一座平顶大崖，下有一洞，洞门高大圆整，如人工凿就。崖前石地宽广，也有几块石笋挺立门侧。此外，还有两个小岩洞。一问，正是牛子所说的岩洞，俱都大喜。外观洞内，一点不暗。牛子又说内中爽朗，无庸持炬。灵姑、王渊二人首先欢呼跑入，一进门，便喊起好来。

众人随进一看，不特石室高大，洞壁如玉，明而有暗，并且里面还有两层院落和几株合抱粗的大树。头洞一旁有一块断裂的平方大石，石质温润，比洞壁还细腻得多。处处都似人力修建而成，只短门窗户槛罢了。那温泉在第二层洞坑之中，是一大深穴，广约亩许、石齿棱棱，也有烧焦痕迹。又发现许多庞大枯骨。院中古树一株已然断倒，因是地气太厚，树梢落地正当有土之处，枝插在内，又复生根向上倒长，头重脚轻，不能直起，横搁在地，所有横枝旁干一齐向上。树身本高，齐生根丈许处断落。上半截长达十丈，横亘地上，变成了一株排树，下半截树桩又从四面齐长新枝，枝枝向上，围着树身成了一个大圆圈，绿荫如笼，里面却是平底中空，可以对弈聚饮，坐上七八人也不觉挤。两两相映，顿成奇观，众人只是拊掌称妙。

吕伟心细识广，一见便看出树身断处平整如削，如此粗大巨木，绝非人间刀锯所能如此，心中好生惊奇。同时发现别的树上也有刀剑削伤痕迹，又想到洞府如此整齐敞亮和那些庞大的兽骨，一件件互相印证，料定以前不是妖穴兽巢，便是仙灵窟宅，弄巧怪异就许还潜伏在洞的深处也未可知。当下起了疑虑，恐惊众人，连王守常夫妻都没说，只悄嘱灵姑道："山中哪有如此天造地设的洞府？我看树上好些斩断削擦痕迹，虽说年时颇远，到底不可不防。你看这么好水草丰肥之地，近洞一带竟没有看到过一只野兽，还有那些大骨，都是可怪的事。后洞暗处地下似有一个深穴。天色将晚，大家都在劳乏饥渴，不愿惹事，且把人聚齐在头层洞内住上一夜，我父女多留点神。假使如我所望，洞中原有精怪早伏天诛，即有仙灵在此潜修，我们与他分地而居，各不相扰，这真是皇天鉴怜，赐给我们这样旷世难逢的洞天福地，也不枉我父女万里跋涉之苦。否则长颈苗人外患未已，再起内忧，真得费一番心思手脚呢。"

灵姑笑道："爹爹总是多虑，忘了仙人所说莽苍之阳么？仙人既命到此等候仙缘遇合，想必早就算定我们住此洞内。那些兽骨都枯干得成了灰炭，一碰就散。断树痕迹虽似刀斩，新枝也成了抱。况且洞外俱似经过整修，如有仙灵居住，这些残腐朽骨也决不致还遗留在此，依女儿想，许多可疑痕迹俱是旧的，纵有精怪，也不知几千百年的事，早已数尽伏诛的了。牛子在路上和我说，猎场在西北角上，休看有水草，隔溪平原他都走过，近百里内多半石地，仅上面薄薄一层浅土，草都是些细草，所以那边近处没有树林。据药客们用千里眼看，再过去还有高山毒瘴，人不能到。因是远在百里以外，我只见天地相连，看它不出罢了。高山猛兽多喜在丛林密菁深草之中栖身潜伏，又喜合群，它有它游息的地方，所以不往这里来。这一路上还有一件奇事：只要前途有警，女儿心总要动一下。自到洞里，女儿好像出门久了，回到自己家里一样。爹爹只管安心，定然无事。”

吕伟一想，爱女料得也合情理。但寄迹荒山，总越谨慎越妙。嘱咐完了灵姑，又和王守常商量，决定居此洞内，有事也听诸天命。当下便将所带粮脯，连同路上打来的牲畜，乘天未黑，与众苗饱餐之后，把托范氏父子择苗人心爱预备下的物品取出，当众分配，以做酬劳。言明只留牛子一人，余众带了回去粮脯，明日遣走。众苗欢谢之余，有几个没家室的俱都意存依恋，愿与牛子同留。吕伟因初来牲粮均少，难养多人，便用婉言坚拒。饭后趁着人多，将用具、干粮略为布置存放。暂时住前洞不往后去，且俟探明底细，再作计较。睡时仍然分班守夜。那鹦鹉始终不见寻来，灵姑也只好把万一之想交给牛子，径去安歇，心中仍然惦念不舍，仍未怎样睡好。

第二日，吕伟遣散众苗。众苗人因吕氏父女俱会仙法，为他们连除大害，心中感佩，别时甚是依恋。又希冀日后有甚急难可以求助，知道汉人不惯以肉类为粮，吕、王等人自带青稞、谷米仅足两月之用，就算天暖地肥，年有三秋，即日垦植，撒了籽种，至早也得四月才能成熟，决接不上，俱说沿途可以猎兽为粮，有这些熟肉足备缓急，愿把干粮留下。吕伟再三推谢，众苗意甚诚恳，只得听之，各订后会而别。

吕、王等人本以食粮不足为忧，正商量日后多猎兽吃，有了这么多干粮，即日开耕，绝可接上。决计先把那不能久存的，如糌粑、糍粑、苞谷饼之类，做头拨吃了去。二拨吃可用冷水浸泡的，如米粉糕和锅魁等存放稍久之物。最后再吃那些临时调制蒸煮的半熟粮，如苞谷粉、炒米面、五谷干、青稞丝之类。这一来连灵姑、王渊对这伙苗民都有了好感，觉得他们有良心，异日有事，愿为出头了。

要知后事如何，且看下回分解。

第五十二回

日落风悲　空山惊异啸
星昏月冷　黑夜服凶苗

话说苗人去后，吕伟父女又带牛子，拿了火把，重往后洞幽暗处查看，果有一个广大地穴，但经过一次大地震，已为崩石碎砾填满堵塞。虽不知下面大小深浅，看其情形，多少年早已绝了人兽出入之迹，不复能通，这才把心放定。因里层深暗，不如前面明爽，也就不再移动，只把东西理顺。又将牲畜分别栖息在侧面两个小崖洞内，责成牛子、王渊二人轮流放青。

诸事就绪，甚是称心。于是觅地耕种。在左近一试地土，果然石地居多。灵姑又不愿糟蹋风景，纵往隔溪用铁锹东掘西掘，连大带小，勉强零零落落找了十几块小土地，合计还不到三亩，无法种稻，只得把青稞籽撒上，任其自生自长。

午饭后，灵姑惦记和牛子去找寻鹦鹉，借着出觅耕地为名，连王渊也不令去，径和牛子绕崖走向来路。牛子本是猜想此鸟灵异，必能自归，心中并无把握。带了灵姑，东支西吾，找了一下午，白跑了不少冤枉路，依旧失望而回。还算好，鹦鹉虽未寻着，却在近侧发现了大片可耕的绝好沃壤。

原来昨日所经危崖之下，仅有近崖一带地是石质，上面薄薄一层浮土，满生浅草，不能耕种。灵姑、牛子先并不知崖左有大片肥土，因寻了几处耕地，相隔所居岩洞最近的也在十里内外，除却建屋移家外，如若此宿彼耕，不特每日往返不便，而且那一片土地，尽是草莽荆棘，便开辟也非容易，风景尤其不好。灵姑好生烦厌，打算明日再找，没有想要。去时一过崖便往来路直走。

牛子领她四下乱找鹦鹉，越绕越远，路越弯折，归途竟从崖左走回。崖下本是平阳，只当中两里方圆一片森林。牛子昔年同了药客匆匆来到洞中，未宿即行，也未入林查探，这次尚是初次。本拟穿林而过，入林走不数十步，忽闻水声潺潺，地势突然凹下，野麻满地，高可及人。林木渐尽，仔细一寻觅，原来那片森林只四外环着一片树林。尤妙的是周围树林都厚约数十丈，高低不一，各种异果树木都有。当中约有一里多方圆的地面，竟一株树也无，却有一条广溪曲曲弯弯蜿蜒其中，被野麻遮住，不近前直看不出。

牛子首先喜叫道："仙姑你看，这里野麻长得多肥，又有水有树，这不是一大片好田么？"灵姑闻言，仔细一看，果然绝佳。忙和牛子在野麻丛中跑了一圈，越想越好。因四外绿树环绕，当中清溪沃野，给取了地名，叫作"碧城村"。决计归告老父，将那片野地开辟出来。就溪旁风景佳处建上几间竹屋茅舍，以供耕时憩息之用。另在舍侧辟两亩地来种花种菜。那崖前隔溪的平原绿野全作牧场。这一来便可果蔬无缺，牲畜繁多，四时之中凡百足用了。一边想着，一边往回飞跑。到了洞前，见吕、王诸人正在收集牲畜，满心欢喜，跑过去喊了一声："爹爹！"王渊抢口说道："姊姊，那长颈苗头子乌加又寻到这里来了。"灵姑便问："现在哪里？我找他去。"王渊忙说适才之事。

原来灵姑走时恐路跑得太远，不叫王渊跟去。王渊自是不愿，当时没说什么，灵姑走后，随着吕、王等三人做做这样，做做那样，觉着无趣，老想去追灵姑。隔了一会儿，实忍不住，便向三人说："姊姊错了，家住在这里，哪能往远处找田？我就不信，这么好的地方，近处就没好土地，我偏在近处找一片肥土跟她比比。"三人因他年幼，深山初来，地理不熟，本不令去，经不住王渊一味苦磨。吕伟细一端详地势，见寨前高崖、平原极为醒目，沿途又未发现蛇兽之类；这一误入歧途，路近了好些天，长颈苗也不会就寻了来。王渊又口口声声说所觅之地，决不使在二三里外。心想："以后长居此山，让他历练历练，把地势走熟也好。"便即允了。为备万一，除他身带苗刀外，又把自己所用毒弩也让他带去。

王渊早见灵姑是朝直走，乘吕、王三人手边正忙，没有留意随后观察，悄悄绕过崖那边，便也飞步照直跑去。哪知灵姑走不多远，便改了道路，依然直追不已，一口气跑了好几十里，连越过两个山头，仍未追上灵姑。这才想起："灵姑、牛子一定改了方向，否则他们走了不过半个时辰，路上决不能没有耽搁，我这般急赶，也无追不上之理。日已偏西，再追下去，黄昏前决赶不回去。如落在他二人后面，父母定要担心，又要四处寻找，白受埋怨。"想了想，登高四望，并无踪影，只得又往回跑。可是心还不死，归途也绕着道走。

王渊行经一个高坡下面，正低着头跑得起劲，忽见路侧石地上有拇指大小一撮烟灰,先还当是先走众苗所遗。已然走过老远,忽想:“苗人走时说是仍走原路,这里方向途径全都不对,怎会经此?那长颈苗乌加地理甚熟,莫非又赶了来?”心中一动。王渊初出牛犊儿不怕虎,没怎细想,便把脚步立定。一看四外形势,见那高坡是左侧一座高山的支脉,只行处一带最低,余者都是冈峦杂沓,往还起伏。前面乱山之中,隐隐盘曲着一条谷径,甚是险僻,断不定乌加隐在哪里。试往回走,仔细观察,又在左近寻到两三撮同样的叶子烟灰,一撮已被风吹散,剩不多少。查好风向,循踪找去。

王渊越过山坡,地势逐渐低下。又走了一段,先看见一处孤崖。因寻了里许途程,乌加未见,猛想起长颈苗的厉害:“自己年幼力弱,又不知敌人多少,灵姑未来,怎是他的对手?”勇气一馁,有些胆怯起来。正想收步回身,悄悄跑回,人已绕出崖前。才一探头,首先看到的便是三支苗人惯用的长矛,锋长尺许,明光锃亮,做一排倒插在崖前草地里面。旁边横卧着一只似熊非熊,牛一般大,从未见过的怪兽,血口张开,獠牙掀唇。虽已被苗人刺死,形态猛恶,看去犹是可怖。不由大惊,退回崖侧,把身藏好。暗忖:“矛是三支,苗人至少是三个。一个也未必打得过他,何况是这样多?”

刚想再探看一下苗人在当地没有,好回去报信,忽听“姑拉”一声惨啸,声音若远若近,甚是凄厉。猛又想起老苗牛子所说长颈苗复仇时的情景,不由激灵灵打了一个冷战。也没听出声音是在崖畔发出不是,吓得手按毒弩,回头就跑。跑没多远,又听叫了一声,直似近在身后,回顾却又没人追来。空山回音,恍如鬼物互啸,哪敢停留,慌不择路,一味飞驰。总算侥幸,不几绕便踏上去时正路。第三声惨啸似乎稍远,以后不再听到,这才定了点心。跑到崖前,见了吕、王三人,说了经过。

吕伟闻报,心想:“凭自己这几人的本领,休说三个长颈苗人,再多十倍,也不是对手,何况还有爱女这口飞刀,决无败理。无如荒山初至,地理不熟,敌人巢穴就在附近。加以他们身手矫捷,行踪飘忽,捉摸不定。路上又听牛子等苗人传说他许多神奇之处,不知是真是假。敌人毒矢厉害,中人立死。拼命到此,前仆后继,不死不止。彼众我寡,敌暗我明。又当初来开辟草莽之际,共总老少六人,随时都要分头耕作。一个走单,遇上固遭暗害;就是常聚一起,人怕拼命,他只要豁出一人送死,莫说被他多伤,偶然小有伤害,这亏便吃不起。只说牛子错走这条路,四外危峰峡谷,除前次药客到过外,素无人迹,敌人途中必定相左,纵不由此绝迹,也须日久才能寻来,想不到来得这样快。如不想法绝此祸根，从此多事，永无宁日。灵姑久出未归，还不知遇上没有。”

吕伟等正聚在一处忧虑商谈，恰值灵姑随后赶回，王渊抢着把前事一说。依了灵姑，恨不得当时便要寻去。吕伟忙拦阻道：“敌人人多拼命，杀他不完，这须想一根本主意才好。此时天色已晚，我们地理不熟，如何去得？万不要忙。从此各人多留点神，不要分开，你更不可离群他往。今日先去洞内安歇，仍是分班守夜，等把主意商定，再作计较。”

牛子在旁笑道：“乌加来么？还早呢。主人和仙娘会打雷，又会放电闪，来啦还不是找死，怕他啥子？”吕伟不愿当着他示怯，又恐牛子过信神力，不知戒备，正色说道：“我们都是修好的人，不愿多杀生灵。他实要来和我们拼命，不听好话，没法子，才弄死他呢。要不的话，找到他的巢穴，放我女儿的法宝，立时全数杀死，休想走脱一个。因为不愿死伤人命，所以叫大家放小心些，得放过去就放过了。他们已在近处现形，怎说还早呢？”

牛子仰天大笑道：“想叫长颈苗听好话，简直没得的事，乌加更不必说。再说仙娘又毁了他的颈圈，除非杀了他，想他不来报仇，只有日从西出。”

灵姑喝道：“问你乌加怎么不会就来，谁管他这些事？”牛子最怕灵姑，慌道：“乌加那支神箭不是在这里没飞回去么？他们最信祖神，只说那箭无人敢拿，就被人拿去，也会自己飞回。丢刀时有好些怪鸟在啄死尸，定是乌加杀人祭神，不晓得怎么会把恶鸟引来，见打不过，当时躲开。回来见箭不在，必当恶鸟衔走，不会想到落在我们手内。

“丢这支箭比要他命还凶。照例这箭第二天不飞回，再无音信，就要先寻到仇人住的附近，用三支长矛倒插土内，杀上一只野兽，取它血心，到一个人迹不到山谷之中，取出自用毒箭插在兽心上，跪地喊三声‘姑拉’，一天四回哭喊。过了七天，再把箭拔出，朝天射去。等落下来，照箭头那一面寻去，先把神箭寻回，才能打报仇的主意。

“神箭既已请出，如不在手，哪怕仇人近在面前，这仇不也能报的。因为这支神箭传说多年，差不多各寨都有人知道，他们又凶，就是落在路上，也没人敢摸它一下，都当它能自己飞回。我要不是亲见，也不会信。主人藏起了它，乌加更不信在此地了。除非箭头朝着我们这里，不会来的，就来也还要过几天。

“适才小相公听那叫声，定在他祭神的时候。照这神气看来，乌加丢箭后，必定偷偷回寨，约上几个亲人同来；要不的话，他这用矛来卜，不是一人能办的事。他们最会找地方藏躲和瞭望，小相公必被他们看见了，因神前没找到，不能无故伤人。只要一走近那三支矛前，早被他毒箭射死了。你们是不晓得他们杀起人来多么凶狠，又爱生割活人肉吃。只要到他寨里看一回，主人就觉得杀完他们都不多了。那同来的人多是私情相助，报仇仍得他自己。如真为他拼命，一同下手，事前必要想方设计，和我们作对，先结上仇才动手的。”

灵姑本就饱听敌人恶迹，闻言大怒，决计明日寻去，先将乌加连那几个同党除去，然后寻到山寨，扫平巢穴。牛子道：“他们藏得太好，眼睛极尖，除非他自愿出头，要去找他，只怕踏遍全山也找不到。上次他吃过你的大亏，知道厉害，遇上就死，决不会再和你明动手。乌加这一回必是乘你睡着，不然就埋伏暗处，乘你不留神的时候暗下毒手。现在找去，没等看见影子，他早跑了。反正他报仇以前，不管是明是暗，总要在寨前鬼叫上两天。我们只要听见他‘姑拉’‘姑拉’鬼叫时，再想法寻他，还容易些。”

吕伟、王守常也说：“牛子之言甚是。不如守在洞中，多加小心，以逸待劳。目前既不曾寻来，正好想一妙法，诱他入阱。反主为客，易遭暗算，而且徒劳，大是不可。”灵姑不便违逆，只得罢了。当晚过去，果然无事。

次早起来，因已发现敌人踪迹，恐他万一来袭，连那片耕地也都顾不得去查看，先行应付敌人。昨晚众人业已熟商，灵姑力主先下手，除此隐患。吕伟强她不过，筹思了大半夜，觉得先办此事也好。老早把饭吃了，把崖前形势仔细看过，将所有的人分作两班。由王守常夫妻、父子三人留守洞内。牲畜、用具、籽种、粮食另寻适当隐蔽之所，分作几个地方，一一藏好。洞门原有大石可以封堵，外观只是一座浑成的石崖，里层洞井院落，不到洞顶上面看不出来，内外层相通之处也可封闭。

当下一齐俱运大石堵好，仅留外洞门可供一人出入之路和石隙间的箭眼，里面再立上一块大石。一旦有警，不问能敌与否，先退入洞内，由箭眼中用毒弩觑准敌人猛射，以待归援。吕伟父女自带老苗牛子出寻敌人踪迹，寻到后，再看事行事。乌加立誓拼命，百折不回，自然非除去不可。如杀此人后，能借飞刀镇压其余敌人，永罢干戈，也就无须多加杀戮。如若乌加死后，敌人仍不怕死，再接再厉，源源来犯，不肯罢休，再给罗银、范氏父子去信，把援兵招来，另打先发制人主意。

牛子见大家忙着搬运筹备，封闭岩洞，虽然不敢违命，随同劳作，却笑主人太过虑。说："姑拉叫声还没听到，事情不知在哪天云里，就这么担心起来。我要像主人、仙娘的神法，才不怕他呢。一高兴，便找到山里面他巢穴里，杀个一干二净。出气不说，单他洞中的珠宝、金砂、药材、兽皮，就不知要得到多少，还喊罗银和范大郎来，便宜他们白得东西做甚？如说真打，除了仙娘，谁也不是长颈苗的对手，人多有什么用处？说真的，要不是跟着仙娘，杀了我也不敢同去找他。死不要紧，被他捉到，活剥人皮生啃才难受呢。"

灵姑听他又说又笑，便道："你这老牛知道什么？老主人不愿多杀人呢。"吕伟也道："牛子莫太大意，以为他们报仇时都有一定规矩；须知敌人已然知道我们会打雷放电，也许和往常下手不同。如无防备，为他所算，就后悔无及了。这样我们处处都不吃人的亏，只有占上风的，岂不是好？"牛子只是含笑不答。吕伟知他过信自己法力，尚不明白，懒得多说。因他地理既熟，人又忠实勤快，正是山居一个绝好的助手，恐无知大意，认定敌人箭未寻到，不会无故伤人，暗嘱灵姑多加小心，并诫牛子同行同止，只许引路报警，不许独自离开。牛子应了。

忙完，天已近午。三人又各进了点饮食，带上粮袋、水壶，以防归晚。别了王守常等，一同过崖，先照王渊发现敌人之处寻去。到了敌人插矛之所一看，所有崖峰、树石俱和王渊所说情景相似，只是不见了三支长矛，别的全无迹兆可寻。

牛子深知敌人惯例，这三支长矛乃是镇物，须等箭卜以后，看出神箭遗失方向，才能拔去，计算日期，尚差好几天，好生不解，直喊："怪呀！"吕伟道："我说如何？这次敌人决与寻常复仇不同，真非细心不可呢。"牛子闻言，也不应声，只把身贴地上，在王渊所说崖前一片草石地里，不住闻嗅细看。忽然跳起道："是在这里，一点都不会差。不过他做得隐秘，不单草地里插矛的窟窿眼被他用草泥填成一样，分不出来，连那死熊血迹都擦洗干净了。只那血腥气去不掉，还是被我闻出。他定为昨天被小相公撞破，当时不是来不及下手，便是有别的缘故不能伤害，知道仙娘今日定要寻来，便换了地方。看情形，藏的地方必不甚远。"

说话时，三人都立崖下阴影之中。那崖本不高，又是秃的，未到以前，老远便望见一座孤崖矗立丛草乱石之中，崖顶空空，并无一物。到后只顾找寻敌人遗迹，并未往上观察。阳光正从崖顶斜射，崖畔一些杂草影子全都映在地上。

灵姑始终手按玉匣戒备，先未留意。因听牛子说敌人藏在近处，不觉用目四望。猛一眼瞥见地面上的草影，有一团独自缓缓移动，似有往牛子立处移去之势。方觉有异，猛见阳光映处，地下白影一闪。耳听老父一声暴喝，接着便是当的一响兵刃相触之声。只见吕伟横剑跃起，同时由牛子头前飞出一支长矛，斜阳影里，颤动起亮晶晶尺多长的矛锋，飞出两三丈高远，斜坠下来，插入草地之中。紧跟着又“姑拉”一声若远若近的怪啸，甚是惨厉。这才发现崖上藏有敌人，把手一指，飞刀脱匣而起，一道银光直射崖上。人在下面看不见崖顶，连忙跑向来路较高之处瞭望，只见银光盘旋其上，并不见敌人踪迹。

吕伟便命灵姑指挥飞刀，以备万一。自己施展内功，援上崖顶。仔细一看，原来上面石质多半碎裂，石缝里生着许多短草。近崖口处有一个四尺来长尺多深的裂凹，原石已被人搬掉，做了敌人潜伏之所。那敌人并非乌加本人，面朝下屈身趴伏里面，为飞刀斩成两段。头上颈圈已然取下，手中拿着两个大的，余者俱放手边。身上敷着泥土，从脑背起到脚后跟，满绑着长短野草，趴在地上，直和一般草地相似。如非断定有人，仔细观察，便近前也不易看出。看那死状，定是预先藏伏上面，恨牛子泄机，乘着三人低头之际，打算右手发矛，左手发圈，将牛子和吕伟先杀死，只留下灵姑，给乌加亲手报复。不想吕伟久经大敌，瞥见矛影，反手一剑，将矛挡飞。敌人颈圈未及发出，灵姑飞刀先行出匣，害怕缩退，已是无及，只喊得一声“姑拉”，便为飞刀所斩。吕伟查遍崖顶，见无第二人，令灵姑收回飞刀，跟着纵落。

牛子先已吓得面无人色，闻说敌人已死，胆子又壮，不禁拍手欢跳道：“我有主人，从此不怕他了。只要仙娘把那电闪放出，隔多远，都能把他杀了。”牛子无意中一句话，却把灵姑提醒，暗忖：“飞刀乃神物，甚是灵异，如能自出杀敌，敌人就无足虑了。”

当时没说什么。依了牛子的话，将敌人已断的两截尸首，连同所戴颈圈及长矛，各用野藤系好，吊在危崖边上，以示警戒。吊时又在尸侧寻到一柄厚背苗刀。灵姑说王渊尚无合适兵刃，此刀锋利异常，想给他带去。吕伟因牛子说敌人重视此刀，和颈圈差不多，拿了去，死苗全家男女老少都来寻仇，不犯为此多树强敌。再者，敌人巢穴近密，即便目前无事，王渊年青胆大，难免私自远出，带了此刀，若被敌人撞见，势必勾起仇恨，强夺暗算，反害了他。

灵姑笑道:“乌加事还未完,今天又杀了一个示众。反正是要苦寻我们,不肯甘休,不拿他刀,难道好些?如怕渊弟惹祸,暂时不给他佩用好了。”吕伟强不过爱女,所说的也是实情,便未拦阻。灵姑命牛子先将刀佩上,牛子适才虽说不怕,积威之下,仍是不敢。灵姑一赌气,自己带了。

牛子说适才敌人怪叫,没有回音,也许只有死的敌人一人潜伏近处,乌加等相隔尚远,主张回去,明日再出来搜查。话还未了,忽听崖西“姑拉”一声惨叫。三人侧耳察听,一会儿又叫了两声,始终若近若远,忽东忽西,听不出一定所在。吕氏父女都说,至少是有两个敌人在叫。牛子力说不是,并还断定叫的也不是乌加。吕伟刚问怎见得?又听崖西“姑拉”一声惨叫,比起前几声还要凄厉得多,尾音又长又尖,格外刺耳悸心,比鬼啸都难听。

牛子失色道:“这声音才是他呢。看神气,难道真个不等寻到他祖先的神箭,就动手报仇了吗?”这一声叫过,隔不一会儿,又是一声,四面八方,一递一声,此和彼应。有时听那怪声就在近侧,寻声追去,却是遍寻不见敌人影迹,怪声又起自远方。仔细察听,约有二三十处之多,牛子却说敌人连乌加算上,至多不过三人。

灵姑想往前边山谷之中寻找。吕伟知是敌人害人惯技,借以先寒敌胆,好使疲于奔命,天近黄昏,恐遭暗算,又惦着洞中三人,力命回守,以防不测。牛子也说“姑拉”怪声一发,敌人便有藏身之法,此去山谷,决找不到。不如回洞,等他早晚现出形迹再杀他,要容易得多。灵姑原想寻到谷中,只要一闻到怪声隔近,一看见人,先将飞刀放出一试。看出牛子胆怯,天晚怕遭暗算,推托不往,又听老父一说,也怕王守常等在家出事,只得变计回赶。这一走,那敌人以为怕了他,“姑拉”的怪啸越密,而且越发隔近,竟似从后追来一般。

走到半路,时近黄昏,忽然风生雾起,满天空愁云漠漠,悲风怒鸣。落日只剩半轮,涌在遥岭远山之间,殷红如血,映得半天浮云和草木山石都成了暗赤颜色。空山萧萧,落日凄凉,再加上四外厉鬼似的怪啸,凭空把一个灵山胜域,变成了一个悲惨阴森的境界。

吕伟父女觉景象悲凉,令人无欢。一看牛子四顾张皇,望影先惊,早又吓了个面无人色。灵姑大怒,断定敌人在后跟踪,定要赶去。吕伟拦她不听,试再循声搜索,依旧东逐西应,不知所在,白跑了两段路,只寻不见影子。惹得灵姑性起,把飞刀放出,照那发声之处一指,银光如电,飞出老远,并未下落,怪声也依然未住。灵姑算计飞出已在数里之遥,敌人不会相隔这么远,以为飞刀仍须指人指地方始有用,仍不能以意杀敌,念头便冷了下来。又因敌人叫声有好几处,恐刀飞远,忽受狙击,难以防御,只得招回。

哪知敌人发声望远,俱有器具,人隔尚远。飞刀神物,灵异非常,所去之处正是敌人藏伏之所,再过去半里,便可使之授首伏诛了。这里灵姑略一疏忽,以为前策无效,遂致日后平添许多麻烦。

连搜无功,三人重又跑向回路。到时,天已入夜,身后敌人叫声方始由远而寂。过了危崖,见洞外漆黑一片,静悄无声,洞内也没有灯光透出。吕伟父女以为出了乱子,大是惊疑。跑近洞前,见洞口已由内用封洞大石堵上。灵姑还未走到,急得连声喊渊弟。同时王渊也在里面石隙中窥见,告知父母,一面移石,一面出声呼应。两下相见,方始放心。

二人进洞点火一问,原来吕伟等三人走后,平日俱无动静。王守常夫妻恐王渊又施昨日故技,由王妻看住他,不令离开一步。因要戒备敌人,三人都无所事事,只在洞前眺望。有时也绕往崖前去看一看,略停即回,始终没有远出半里以外。王渊自是不耐,便对父母道:“这座岩洞一边是深沟绝壑,一边是平原旷野,敌人要来,必走崖那边的正路。偏生有这危崖挡住,敌人来时不近前,我们简直看不见他。如等近前,贼已到门,打得过还好,打不过就晚了。今早和灵姊前后查看,崖前一面都是极滑溜的青苔,只顶边上有藤蔓。崖势不是突出,便是笔直,最低处离地也有十来丈高。灵姊那么好的轻功都上不去,敌人更未必行了。这崖后一面近山沟处,倒是微微倾斜,并还有两三根石条,分两边成人字形直通到顶。虽然又窄又陡,仅容一人贴壁爬行,但是上下都是藤蔓,不须过于用力便能援得上去,下来就更容易了。与其在洞前呆等,看又看不见,何不上崖瞭望?这一带只有这崖最高,多么远也能望见。不问能敌与否,俱可先打主意了。”王守常觉得有理,便依了他,只告诫不许往别处去。

王渊应了,援藤上去一看,上面地势竟是平坦非常。崖顶所积的土,也比别的近崖一带地面深厚得多,丰草矮树,到处都是。左望隔溪,青原平铺,直向天边。排峰怪石,突出其间,或远或近,自为行列,竞奇挺秀,各不相谋。右顾广崖,蜿蜒如带,自顶遥瞩,势益雄秀。崖内虽有深壑梗阻,崖外却是好好的,未受当年地震波及。只是里许以外,渐与丘山为邻,若连若断,望不分明。路也高低各异,宽窄不一。这些夹连在左右的丘山峰岭,石脊多露,不似崖顶一片青绿，看过去好似一条极长大的苍龙，出没隐现于千山万壑之间。再看对面，便是来时道路。所有遥山近水，浅阜崇冈，奇石清泉，茂林广野，以及涧溪谷径之微，无不历历如绘，足可看出老远一大片。敌人如在三五里左近，绝难逃出眼底，端的绝好观敌监视之所。

王渊不禁欢喜着拍手乱叫，连喊："爹、妈快些来看，这地方多好！还可在上面盖房子，种谷子呢。"王守常夫妻年近晚年，只此一个又聪明又孝顺的独子，钟爱异常。这次万里投荒，深山随隐，一半固然为了家况清寒，平素信赖张鸿，为他力劝所动；一半也由于爱子生性好武，立志要随吕、张双侠学艺而起。一见爱子那么喜欢，不愿扫他高兴，问明上面可以望远，便遇敌人，赶回洞中防守也来得及，夫妻双双也一同攀缘上去，到顶一看，果然洞前一带全景在目。

王渊又笑着跳着，指东指西，说在上面建屋种地的话。王守常笑道："呆儿，这么高陡难上，便是种点果树，还怕花果被山风吹落，种五谷更是不行。还有水呢，从哪里引来？"王渊笑道："地种不成，横竖盖几间屋子，在这上头看看远景，望月乘凉总可以了。"

王妻李氏笑道："乖儿说话放小声些。你吕伯父和大姊都没回来，敌人人多厉害，你这闹法，这些山贼要是藏在近处，被他们听见声音，寻来还了得么？"王渊笑道："妈胆子真小。那敌人只有毒箭厉害，只要不被他暗中偷射，明动手，他真未必打得过我们呢。不过我们人少，他人多，地理又熟，不知这次来多少，不能不细心一点。此时他只要敢从明处走来，一对一，谁怕他才怪。"

李氏慌道："乖儿快莫这样大胆。昨天因信牛子的话，只说这里安静，敌人不会寻来，你又说在近处看地，放你走了，好些时候没回。还有吕伯父宽慰我，说你品貌决无凶险，既住此山，应该历练，就走远回晚，决无妨害。可我仍在背地里担心，到你回来心才放下。后听你说走出多远，无心中又还遇见敌人，吓得我今天想起还心跳。怎又说出这样大胆的话来？再这样，告诉吕伯父和你大姊，从此不理你，也不教你武功了，省得胆子越来越大。乖儿，要晓得你爹妈辛苦半生，年纪都快老了，就你这一个命根子呀。"

王渊见母忧急，正在认错宽慰，忽听"姑拉"一声又尖锐又凄厉的怪叫。三人俱说着话，乍听还当左近有甚怪鸟，不曾留意。待不一会儿，又听见第二声。王渊首先听出是昨日敌人叫声，急喊道："爹爹，这便是敌人叫他祖先的声音，昨天追了我一路。莫不是敌人赶来了么？”王守常夫妻闻言大惊，各自握刀持弩，留神观察。只见空山寂寂，流水潺潺。一轮红日衔涌远山，放射出万道红光，照得山石林木萦紫浮金。晚烟欲升，弥望苍茫，空中时有鸦群雁阵，点缀得深山落日分外幽旷，到处静荡荡的，哪有一点踪影。看了一会，那怪声竟是时远时近，此歇彼起，越听越令人心悸胆寒。

王渊觉着叫声比昨日所闻要远得多，还想发现敌人踪迹，看来人多少，再打主意。王妻李氏因吕氏父女久出未归，知道丈夫、儿子本领有限，稍有疏虞，便难禁受，早吓得面无人色，再三催促，力主回洞退守，以避凶锋。王守常也恐敌人行迹诡秘，万一藏伏近处，骤起袭击，有甚闪失。王渊不敢违逆，只得随同下崖。好在事前小心，牲畜、用具早已收藏入洞。三人进到洞内，李氏首先强着合力将洞口堵好，将连珠毒弩由石隙对准外面，谨慎戒备。

待有顿饭光景，先听敌人叫声有远有近，俱在隔崖一带，虽然有些胆寒，还料他未必真个寻到。末后几声，竟似寻过崖来，就在洞外厉声怪叫一般。三人只当敌已临门，估量来人必还不在少数，吓得连大气也不敢出。偏生封洞石头又厚又大，又从里面推堵，虽然事前堆积的大石，留有射箭观敌之用的孔隙，但是只能直看，两旁看得见的地方不广，只听叫声，看不见人。侧耳静心细听，没有步履叫嚣的声息。先那两声怪叫分明近在咫尺，绝未听错。正惊疑间，又听一声怪叫，似已过溪老远。随又连叫多声，那远近方向始终拿它不定。

王守常夫妻因敌人既已深入到此，定知一点踪迹，必不会过洞不扰，疏忽过去。耳听叫声和应，低昂各异，远近不一，弄巧还是大举来犯，如非诱敌，便是牛子所说复仇以前叫几天，使敌人心胆俱寒，然后下手。吕氏父女出时，原定日落以前必归，灵姑虽有飞刀，也难防敌人冷箭飞矛暗算，越想心越寒。还算那怪声只在洞外叫过两次以后，即不在近洞一带出现。情知当时或可无事，祸患却正方兴未艾，眼巴巴只盼吕氏父女早点回来，好做御敌除凶之策。

眼看洞外光景渐入黄昏，叫声忽然渐止，三人方在低声互说人怎还不见回，猛听又是“姑拉”一声怪叫，凄厉刺耳，好像就在洞口边上。余音摇曳，由近而远，听得甚是清楚，直似恶鬼夜叉飞鸣而过，尾音拖得老长，方始衰竭。

三人骤出不意，都吓了一身冷汗，越发不敢疏忽，手按弩机，由石隙目注洞外，哪敢再有声息。这一声叫罢，虽不听再叫，天却渐渐黑了下来。加以风生雾起，外观冥冥，一黑不能见物。耳闻林木萧萧，泉声潺潺，宛若鬼哭。惊疑震撼之中，益发草木皆兵，忧心如焚。正急得无计可施，吕伟等三人恰好赶到，才放了心。一同将石移入洞里，重又将洞封好，就不透光处点起火把。大家都已饥渴交加，由李氏和牛子去煮夜饭，互相述说前事。

吕伟因所去之处离洞甚远，一听说敌人叫声洞中俱都听到，料定大举来犯，正在四处找寻自己踪迹，为数决不在少。嗣听王渊说起近洞三次叫声，后音又尖又长，心中一动。

吕伟方和诸人谈说，牛子正取腊脯走来，牛子听众人说敌人来数不少，插口笑道："主人们不知道，这长颈苗报仇，向来只是一个，各报各的，哪怕死了，后人再接，决不做那丢脸的事，请人帮他。这回乌加多带这三个同党，定有原因，昨天听说，我直奇怪到今天。我想这三个帮他的长颈苗人，定是他什么亲人。不是犯了罪，被他们赶了；再不就是犯了罪，要拿他们心祭神。乌加见我们厉害，怕仇难报，偷偷回寨，放了他们，约来帮他下手。这已经是没脸的事了，怎还会再多？莫听他东叫西叫，这还是头一两天，临下手的两晚，叫得更多更紧呢。

"这是他们祖传神法，不论有多少地方在叫，人还是只他一个。适才我们杀死了一个长颈苗人，后来叫的共只两个：一个是乌加本人，我一听就听出了；一个是他同党。这里叫的定是另一个同党。一共三个长颈苗人，不正对么？不信你们细想，我们听他叫时，至多两声紧挨着，像是分开地头一同在叫。如若真的人多，可曾听见他几处四方八面一齐在叫么？我敢保这里听见的只有一样叫声，隔些时候叫一回，连挨着叫都没有。再说他神箭没寻到准落在哪里，这几天乌加是不会寻了来的。我们又杀了一个长颈苗，就有人来替他报仇，事前也还是要在近处叫上几天，才会下手。这么早何必担心他？"

吕伟因他前后几次的话俱有不甚相符之处，已不深信。及听到后半说敌人人数不多，叫声乃是祖传神法，并举适才所闻叫声虽多，并不同发为证，再把王氏父子所说情景细加参详，不禁触动灵机。遣走牛子，重又仔细向王氏父子盘问，越想越觉自己料得有理。因还未十分断定，恐王渊知道，万一出寻遇险，仅背人告知灵姑，吩咐明日起留意查看，连王守常也未说起。饭后略谈，便即轮值安歇。果如牛子所言，一宵到明，毫无动静。

次早起来，吕伟命将封洞石块重新加厚堆积，只留个供人俯身出入的小洞。众人相继出洞，在崖前后四处看了又看，并无踪影可寻。一同吃罢早饭，喂了牲畜。因敌人出现，开垦之事暂时已谈不到，先除隐患要紧。但是敌人善于隐避，出没无常，来数多寡尚难断定，昨日又在洞前呼叫，外出找寻，既恐他乘虚来袭，并也难于寻到他的踪迹。商量结果，为了万全，决计以逸待劳，不将人数分开，先候过几日，再设法诱使来犯。等到除了乌加，看别的敌人继续寻仇与否，另打主意。

灵姑前日好容易找到这片沃土，巴不得早日建屋开垦，缓做自是不愿，但也想不出别的善策。午后同王渊援上崖顶眺望，到了日头偏西，俱以为敌人昨日或被飞刀吓退，回去不敢再来。否则牛子说他鬼叫都在天刚明和日落以后，昨日那般叫法，分明知道我们行踪，怎天到这时还没一点响动。说时，山风大作，王妻李氏因饭吃得太早，恐众人腹饥，煮了些面，做好午点，唤人入洞同吃。灵姑、王渊应声下崖，随众入洞，端起面碗，吃了两口，王渊嫌洞口被堵黑暗，要和灵姑到洞外吃去。刚起身要走，忽听洞外又是“姑拉”一声怪叫，比起昨日还要尖厉难听。灵姑听出叫声在洞侧附近，放下面碗，便往外纵。吕伟忙喊：“灵儿，小心敌人暗算。”灵姑随着外纵之势，早把飞刀放起，一道银光当先射出。等众人相继赶出，那飞刀已射向隔溪浅草地里，微落即起，随在空中盘飞，好似并无敌人在侧。隔溪一片广原浅草，休说敌人，连个寻常小野兔也藏不住。

众人方在极目四顾之间，又听一声怪叫，随风远远传来。接着东一声，西一声，有远有近，叫个不已。灵姑早收了飞刀，和王渊、牛子重上崖顶，四下眺望，敌人踪迹仍看不见。细听那叫声果是三样，偶尔也有两声相次同发之时。山风甚大，恰又是旋风，远近方向一点也听不出。有时正赶风大势逆，好似连那叫声一齐吹向崖西，听去颇远。只得下崖，匆匆把面吃了，出洞防查。耳听敌人递声怪叫，只不见人，无奈他何。

灵姑因头一声骤出不意，未及留神细听，风势又大，赶出四望，不见一物。恐敌人畏人远避，又把众人齐唤入洞。等到天黑，叫声越发凄厉，只不再在洞前出现。众人只得收了牲畜、用具，将洞口严密堵塞，候至明早再说。

这一晚却不清静，“姑拉”怪声直叫到天明方住，夜静空山，分外阴惨。吕伟知道敌人此举专为先声夺人，使自己这面胆寒心悸，吩咐众人照旧两人一班轮值。并将通中层洞院的道口用石堵住，以防夜间侵袭。余人依次安睡，以便歇息。

次日白天，依旧无声无息。一到黄昏，怪声又起。灵姑不耐久候，说：“日里找敌人不到，又不能离洞远出。既在夜间出现，怎倒闭洞躲他？”执意夜里要在洞外守候。

吕伟说：“不能长此受他惊扰，且待两日，诱他走近再说。”灵姑不听。当晚恰好风静月明。晚饭后，吕伟勉徇爱女之见，除王妻留在洞中外，前半夜把人分别埋伏洞外石笋后面。灵姑独带牛子援上崖顶，伏伺眺望。子夜过去，如无动静，再行回洞安眠。这时怪声正紧，若远若近，此鸣彼应，静夜无风，越发真切。灵姑不久便听那叫声余音甚长，摇曳空山，不是由远而近，便是由近而远；直似宿鸟初惊，飞鸣而过，并不在一个准地方，越觉老父所料有理。无奈总不在崖一带发声，看不出一点形迹。枯守了大半夜，眼看斗转参横，天色夜深，吕伟再三催睡，只得恨恨而返。

似这样守过三天。末一夜睡到天明，牛子忽从洞角惊起，跑过来说道：“主人们快起，长颈苗人快叫到洞前来了。”众人侧耳一听，那叫声果与往日不同，除原来“姑拉”之声比前越近外，内中还杂着一两声从未听过的厉啸，只相隔比较远些。虽然一样也是“姑拉”两字，但很粗暴，一发即止，没有那么长的尾音。连忙一同起身。等到移开洞石，相继追出时，天已大明，怪声全住，又是毫无踪迹。牛子面带惊惶，说道：“再听厉啸一出现，长颈苗就快来了，不是今晚，便是明天。今天与往日不同，大家多加小心得好，看被他暗中刺死，挖了心去。”灵姑笑道：“这样倒好，我们还怕他不来呢。”

日间无事。到了傍晚，怪声又起，果比前些日要近得多，那暴声厉啸却不常有，留心细听，啸声倒有一定方向，仿佛来自崖的西南，灵姑发现的新田一带，相隔至多不过里许。吕伟命灵姑留神，说：“这啸声定是敌人主脑，也许就是乌加本人。余者俱是党羽，不知闹甚玄虚，我们仍然静以观变，日内绝可水落石出。”灵姑又欲循声搜索，吕伟说：“现时天晚，虽然月色甚好，那一带遍地野麻蔓草，高过人身，敌人最善藏伏，敌暗我明，不宜冒失。这里颇具形胜，进可以战，退可以守，还是坚守不动为好。敌人见我们不去睬他，势必逐渐试探着前进，只要一现身，便可除去。遇上时，不管人数多少，最好不要全杀，务必擒一活口，问出虚实，方能消弭隐患。”灵姑口虽应诺，心中却打了一个主意，当时未说。

众人见敌人逐渐进逼，情势愈来愈紧，个个小心戒备。直等到子夜过去，厉啸忽止。只先一种怪叫更密，听去仍是有远有近。因夜已深，算计当晚不会便来。而且岩洞坚固，防堵严密，来也无甚可虑。吕伟便令众仍然回洞安歇，免被扰乱心神。

这前半夜本该吕伟、王守常二人轮值，灵姑力说："爹爹连日睡晚，我还不困，可令牛子伴我守夜，后半夜再行换人。"吕伟应了。灵姑便忙着堆石封洞，乘着众人不觉，将堵口一石虚掩，以备少时略为推移即可钻出。等众人相次睡熟，耳听洞外"姑拉"之声越来越紧，那厉啸也更近了些。静心细听，估量已到危崖前面，快要过来。料是时候了，先走过去悄悄把王渊摇醒拉起，低声告以机宜：叫王渊等己一走，将石堵好，代为防守，如有动作，急速唤醒吕、王等三人。自己虽只在崖前后一带寻敌，但是不可不防，千万小心。王渊素服灵姑，想要随去，灵姑不允，也就罢了。

灵姑嘱咐好王渊，点手唤过牛子，告以出洞寻敌，除身佩玉匣飞刀外，又命牛子带上毒弩、绳圈。移开洞石，轻轻俯身钻出，隐伏洞口积石旁边，看着王渊由里面把洞口封堵。然后探头四下寻视，见月明如画，四无人迹。时有怪声四起，"姑拉"之声满空飞驰，越听越近，甚是凄厉刺耳，令人心惊。灵姑一问牛子，也说："照这声音，相隔已近，说来就来，最晚也过不了明天。我们岩洞坚固，非常严密，不比别的苗楼容易下手。只不知他想甚主意进去害人罢了。"

灵姑见他说时音低语促，面有惧容，知他信神，便低喝道："有我在此，你怕什么？我在你背上画道符，长颈苗就不能伤你了。"牛子闻言大喜，立时胆壮起来。灵姑假装朝他背上虚画了几下，低喝："好了，放大胆子随我过崖看去。"言还未了，一阵山风刮来。忽听近侧"姑拉"一声惨啸，由身前斜飞而过，尾音老长。声音明在眼前，人却不见。月光之下，似有一支短箭随声飞坠，落向隔溪浅草之中。

灵姑想起日前老父所料之言，心中一动。忙即和牛子追踪越过溪去，在草里搜索，发现一件奇怪的东西。拾起一看，乃是一支六寸长的铁杆，当中套着半截苇秆，杆上凿着七八个大小不等的孔窍，中有数孔蒙着竹衣，已多破碎。铁杆一头是一架拇指大小的铁叶风车，其薄如纸，已然卷折；一头扎着几根鸟羽。灵姑才知连日"姑拉"怪叫的，果非敌人自叫，乃是这类特制的响箭作祟。灵姑试命牛子用吹笛的法子吹那苇管各孔，吹了一遍，俱不甚响。再用弩弓一射，谁知那铁杆看去坚硬，却易断折，苇管更是脆薄，未等射出，吃弩弓弹力一振，苇管便成粉碎，铁杆也断为两截，落在地上。试拿半截向石上一敲，立碎数段。估量敌人射出必远，也不知那是怎么射的。

灵姑满拟此物还要射来，必不止此，谁知等了一会儿，叫声又和前日一样偏向崖西一边，那响箭更不再现。于是悟出前一支响箭，和王渊第一日所闻洞前怪声一样，俱趁风力送来。又悟出敌人每寻仇以前，特意把箭四下乱放，发出怪声，以示神奇。苗人无知，只当敌人自叫，找又找它不到，加上素日许多传说，益发疑神疑鬼，心惊胆寒。等到敌人气馁心虚，神志怔忡，立时趁机而入，敌人本来矫健多力，射法甚准，自然容易得手。用的是声东击西之策。响箭的铁杆、铁叶不知用何铁质所制，又甚脆薄，触石即碎。适才那支还是落在草地里，头上风车已然大半卷碎，一发不能再用。敌人又不朝有人处射，即或有一两支被风刮来，苗人粗心，除非眼见，决不知发声的便是此物。叫时都在黄昏日落以后，苗人睡早，闻声先惊，更不易于发现。所以敌人得以横行苗疆，猖獗多年，稍有不快，便即逞凶寻仇，无人敢惹。不想今日灵姑无意中发现他的机密。

灵姑笑对牛子道："你们真蠢。这支短铁杆就是长颈苗的鬼叫，拿这个来吓人的。你们偏信神信鬼，吃他乘机暗算。今晚你总亲眼得见，该不怕了吧?"牛子得知叫声来处，再听灵姑一说，胆子越壮，悄向灵姑道："我常听那受害的人家说，他这'姑拉'叫声如在左近周围连声乱叫，就该下手了。害人时，快到极点，不管人在屋里屋外，是走路是立在哪里，只听近处天上叫得一声'姑拉'，人便中毒箭毒矛，死在地上，有时连心都被剜掉。来的长颈苗人只一个，哪怕有成千成百的人，多快的腿，一听声音立时追赶过去，就把一大片的草根根数遍，也找不到他的人影。就是四面下了埋伏，远近合拢来，也是无用。长颈苗人害人多在没有月光的黑夜，照今天这样叫法，风越刮越大，一会儿云起天阴，月亮不见，怕不等天亮就要来呢。"

灵姑道："呆子，他杀人时定是下完了手，人往东逃，他却把响箭往西射。那些蠢人只当叫的是他，照声音追，不想走了反路，正好放他逃走，如何能够寻到?你放心，他不来还可多活一两天，来了包他不能活着回去。"

说时，风生云起，星月逐渐无光。只听厉啸忽然连叫三声停住，那"姑拉"怪叫却是移向远处。牛子忙把灵姑拉向石笋后面藏起，悄声说道："我还忘了说，这样声音连叫三次，必来无疑。他万不想我们会在洞外等他，定往洞口想法下手。我们藏起来，他在明处，岂不好些?"灵姑也觉有理，恰在石笋后有一石块，便在上面坐定。牛子蹲伏地上，一同静以观变。二人俱当前有危崖阻隔,左边平原广野无处藏身,右边对崖险峻非常,人难上下,又有绝壑深沟不能飞渡,敌人必由崖前沿溪绕来,目光都注定一个地方。

等了半个时辰,不见动静。灵姑不耐,意欲绕向前崖查看。牛子正把耳朵贴向地上静听,见状忙拉住衣角,不令她走;又比手势,叫灵姑听。灵姑静心一听,风声呼呼,越刮越大,别的什么响声也听不出。又隔一会儿,狂风怒号中,仿佛听到崖顶老藤咔嚓微响,跟着又有泥土坠落的声音。牛子又在扯衣角。灵姑回眼往崖顶一看,先是几点白光一闪,一条黑影捷如猿猱,从崖顶援藤而下。到了相隔两丈来高,轻轻一纵,便落在地上。

二人藏身之处,两面俱有石笋遮掩,四面奇石林立,由里看外,甚是清晰;由外看里,却看不见。牛子还差一点,灵姑更是练就目力,一眼便看出来的不是乌加。因乌加未来,另外还有同党,心想:“敌已现身,飞刀一出匣,即可了账,何必心忙?不如再等一会儿,这样深固崖洞,看他闹甚把戏。”

灵姑见牛子连打手势在催,把手一摇,定睛朝外注视。见那敌人身量比乌加还高大,颈上铜圈已然取下,套在臂上。背插两支短矛,一把苗刀乍见闪光的,便是此物。好似在崖上已先向下查看,料知无人,一落地便昂着长颈,向崖上将手连挥。再看崖顶,又有一条黑影现身。先垂下一个二尺来粗,五六尺长,形如篾篓的东西,看去颇有斤两。前一敌人接着,放在地上,跟着上面黑影也援藤而下。这敌人身材更高,头颈比前一个略短,依旧不是乌加本人。装束、兵刃俱与前一敌人相同。只双手爪特长。由手过肘,闪闪发光,好似套有东西。

两敌人见面,互朝岩洞指了指,一同下手,一前一后,端起那个篾篓,径向洞门前跑去。到了,将篓放下,推了推洞口堵石,好似为难,又互相耳语两句,把篓抵紧洞口。后一敌人便伸手朝抵洞一头伸手一摸,又朝后面一按,微闻吱的一声。

灵姑先当乌加必来,耐心守候。及见敌人到了洞口,因洞口堵闭严紧,万进不去,还想再等一会儿,看乌加到底来否,再行下手,牛子连打手势,也未理睬。正看得出神之际,忽听牛子悄声继叫道:“长颈苗要放东西进洞害人哩,还不放电闪杀他?”

灵姑毕竟年幼,本不知敌人竹篓闹甚把戏,闻言方想起敌已深入,不问篓中所藏何物,绝有凶谋毒计。不由大喝一声,手指处,飞刀出匣,一道银光直朝洞口飞去。同时那敌人手脚业已做完,回身要走,闻声大惊,当头一个首先飞步欲逃，银光已是飞到，围身一绕，立时了账。飞刀正朝另一敌人飞去，灵姑业已纵出，又想起要留活口，连忙一指刀光，盘绕空中，准备拦阻敌人去路，再命牛子用苗话喝他降伏。

谁知那敌人甚是凶狠，并不怕死，一见同伴惨死，敌人现身，更不计别的，一扬手，便听锵锒锒连声响处，手臂上数十铜圈似雪片纷飞，分上中下三路，直朝灵姑飞来。跟着又取背上短矛、腰间毒箭，待要投射。

灵姑万想不到敌人在飞刀压顶之下，死在眉睫，还敢反噬。事出仓促，急切间不及收回飞刀抵御，也顾不得指刀杀敌。敌人飞环同时飞到，左右上下，数十丈方圆俱在笼罩之中，寒光闪闪，势绝猛烈，躲得了上，躲不了下，闪避极难，尚幸灵姑没有纵出石笋林外，左右俱有怪石可以掩护，见势不佳，忙往石后一闪。牛子刚刚站起，躲避更易。二人没受伤。只听锵锵锵锵一片铁环击石之声，密如串珠，石火星飞，石裂如雨。差一点没被打中。

灵姑勃然大怒，正待指挥飞刀先断敌人双手，才一探身，忽见敌人手持短矛，高扬过顶，还未发出，倏地接连两声暴吼，丢了矛、箭，甩着两手，待要逃走。灵站料是中了王渊弩箭，两手俱伤，已无能为。大喝一声，手指飞刀，阻住去路。跟着带了牛子，追上前去。

牛子用苗语喝他跪下降伏，敌人也不答话，在刀光围阻之下，吓得乱窜乱蹦，无路可逃，只是不肯降伏。一会儿，咬牙切齿，颤巍巍伸出痛手，想拔背上腰刀。牛子大喊："他要死了！"灵姑一听，忙纵上前。敌人已然连中三箭，见仇敌近身，还欲拼死苦斗，已是无及。灵姑照准腰间软穴，腾身纵起，一脚踢倒。牛子早拿绳圈等候，见灵姑上前踢人，也将绳圈抡圆甩去，一下套住敌人长颈，拉起便跑。灵姑恐怕勒死，忙收刀先喝止时，敌人已被勒得闭过气去。牛子这才放心，将他捆好。

灵姑喝骂，牛子道："这长颈恶狗厉害得很呢，不这样，他连抓带咬，休想捆得住他。"言还未了，敌人把气一缓，回醒过来，悄没声把身子一挺，照定牛子腿肚上恶狠狠一口咬去。牛子正站敌人头前和灵姑说话，先没有留神，如非敌人双手倒剪，捆得结实，身又受伤，打挺时用力太猛，双足擦地有声，牛子警觉得快，连忙纵开，差点没被咬上。敌人见人没咬着，急得连声怪啸，不住猛挣，在地上滚来滚去。灵姑恨他凶顽，赶过去踢了两脚。

这时云破月来，风势渐止。灵姑见敌人相貌甚是狞恶，正想令牛子喝问乌加下落，猛想起："王渊既在洞内发箭，分明见敌人一杀一擒，想已将人唤醒,怎这么大一会儿不见众人出来!"心中奇怪,不由舍了敌人,往洞口跑去。

那打斗处相隔洞口已有十来丈远,还没跑到,便听洞内老父高喊:"灵儿。"一眼看到那篾篓尚堵洞口,微微有些动弹,好似里面藏有活物。料有变故,忙即应声,询问大家怎不移石出洞。吕伟在内忙喊:"灵儿留神,先莫走近。敌人放了两条毒蛇进来,渊侄差点被他暗算。如今一条已被我们合力杀死,一条缩退出去。这东西又细又长,眼放绿光,奇毒无比。我们怕它伏在洞侧,又不知还有多少,不敢轻易出去。快把飞刀放出,仔细查找。"

灵姑听老父喝止,早就停步查看,断定蛇藏篓内,尚未逸去。把话听完,刚把飞刀出匣,那篾篓倏地往侧一滚。跟着堵向洞口的一头,箭也似蹿出两丈多长一条怪蛇,看去甚细,果然头上有拇指大小一点碧绿的亮光,晶莹闪烁,宛若寒星。身子似未出尽,略为一拱,又在继长增高,势甚迅疾。灵姑手指处,银光飞去,只一绕,斩为两截,上半截落将下来,想系知觉尚在,身痛已极,落在蔑篓上面,电也似一卷,将蔑篓从头到尾连绕了好几圈,箍得那蔑篓嚓嚓乱响。晃眼工夫,当中高起,硬把长形束成扁形。里面也在奔腾跳动,好似还有毒蛇在内。

灵姑更不怠慢,指挥飞刀连篓一阵乱绞,不消半盏茶时,蛇身寸断,篓也粉碎,现出无数断骨残肉,腥血淋漓,方始住手。高喊:"爹爹,毒蛇已然杀死。敌人杀死一个。又擒住一个活的,中了渊弟毒箭,不上药,怕活不长。快些开洞出来吧。"吕伟答道:"堵洞石头被蛇缠紧,毒太重,手不敢摸,正想法移呢。你看住敌人,尤其要留心他的同党,防他暗算。我们一会儿就出来。"

灵姑应了。耳听喝骂之声,回头一看见牛子正拿刀背打那敌人两腿。敌人也不住咬牙切齿,猛力挣扎腾跃。互用苗语厉声叫骂。灵姑赶过去喝住一问,牛子说:"敌人不由分说,只是大骂求死,凶横已极。一不留神,吃他踹了一脚生痛,故此打他。"灵姑正问之间,敌人一翻身,又想朝灵姑身侧滚来。灵姑心灵眼快,身手矫健,见状也是有气,就势踢了他一溜滚。不想用得力猛,将敌人肋骨踢断了一根,当时狂吼一声,痛晕过去。

灵姑因"姑拉"之声忽然停止,心想:"这响声既是响箭,先时乌加故意将它射远,以为疑兵之计,人必藏伏近处。敌人这样狼嗥鬼叫,定已听到。此时叫声停歇,如被他偷偷暗算,岂非冤枉?这类敌人复仇心重,不惜以死相拼,终以谨慎为是。"因牛子惯于伏地听敌,命他耳贴地上听了一会儿,并无动静。

灵姑终不放心，意欲就着月光，登崖查看，又恐乌加已在崖顶潜伏，冷箭可虑。想了想，便将飞刀放出，护身前进。一直援藤上到崖顶，四下查看，只见斜月欲坠，明星荧荧，清光明晦之间，草树萧萧，随着余风，起伏若浪，看不出丝毫迹兆。知道敌人善于藏身，且吓他一跳再说。当下就指挥飞刀，在近崖一带四下飞舞，银光过处，纤微毕照，顿觉星月无光，山石林木都成银色。

似这样上天下地，电掣虹翔，往复驰逐了一阵。吕、王诸人已将洞石移开走出，看见灵姑独立危崖之上，手指银光，满空翔舞，忙唤下来。敌人急怒奇痛，一齐攻心，晕死未醒。吕伟闻他凶横已极，乘他未醒，就势亲自下手，给他敷好伤药，然后照他穴道点了一下。凶苗立即痛醒转来，见了众人，怪吼一声，又要挣起。那绑索乃吕伟来时，经范氏父子在苗墟用重值选购，以备沿途遇见危崖峭壁，系缒牲畜重物，乃以各种兽筋、野麻紧密结成，又坚又韧。牛子绑得又甚结实，敌人一味猛力强挣，手足勒成很深的血印，身又受了重伤，依然亡命一般吼叫翻腾，不肯停歇。灵姑、王渊又要上前踢打。

吕伟知这人憨不畏死，就把他粉身碎骨，也所不惧。目前正要取他活口，非使怀德畏威，知道上了乌加的当，心怀怨恨，不能使其吐实。一面喝住众人，不要乱动；一面又叫王守常取些酒食出来，打算命牛子好言劝诱。谁知这敌人竟懂得汉语，转而破口大骂。吕伟刚把眉头一皱，一眼瞥见死敌人身侧闪闪有光。定睛一看，正是那柄厚背利刃钢刀和那手臂上套着的大串颈圈。猛生一计，过去将其取下，悄向灵姑告以机宜。

灵姑接过刀、圈，又把敌人自有的刀、圈一齐捡来，放在敌人身前，然后过去手指敌人喝道："我是天上神仙姑娘，你不是不怕死么？我叫你死了做鬼都难，永世不得超生。休说你这野狗，便是你颈子上这些圈儿，也禁不起我用手一指。你那同伴因是逃得太急，也没等我问话就死了。我现在先做个样儿你看，把他刀圈砍断，再把他鬼魂也杀死，叫他永远不能投生为人。你要是肯听我话，问什么答应什么的话，不愿死，可以放你逃走；愿死，连刀圈和人一齐葬掉，再用仙法叫你好好投生。"敌人仍是一味叫嚣。

灵姑知他听不进话去，便命牛子手持厚背刀，先用力照准死人那一叠颈圈砍去，锵锒一片响声，颈圈层层扣牢，只上层震起多高，散了一地，下层纹丝未动。

凶苗在旁见状，哈哈大笑，声如枭鸟，甚是狞厉，接着又用苗语怒骂几句，惨叫了一声"姑拉"。牛子说敌人意思是叫死人复仇，少时乌加到来，恶鬼助他把仇人砍成粉碎。灵姑大怒，喝道："叫你看看我的仙法厉害，你把眼睛睁开，等我断给你看。"说罢，手指处，飞刀出匣，照准那堆颈圈上下连绕，只听琤琮连声，银光过处，铁环寸断，成了一堆碎铁。敌人本不知灵姑砍断乌加颈圈之事，目为飞刀银芒所炫，虽知不妙，还不甚相信这样百炼千锤、能刚能柔的精钢会成粉碎。等到灵姑收了刀光，定睛一看，不由目瞪口呆，惨嗥一声，呜呜痛哭起来。

吕伟知他胆怯气馁，朝灵姑使了一个眼色，折向敌人身后，故作低声向王守常道："他们真蠢得可怜，明明上了乌加的当，还不醒悟。乌加自从那天在跳月场上被我们用仙法将他颈上铁圈斩断，业已吓破了胆，自己不敢来，却派别人跑来送死。你看他还在叫么？他见这两人死的死，捉的捉，早跑得没有影子了。盼他复仇，不是昏想么？"

那人边哭，边在偷听。听完，呆了一呆，忽向牛子道："他们说乌加颈圈早已斩断，是真的么？"牛子便将前事说了。那人一听，气得眼射凶光，目眦欲裂，厉声怒叫道："我被这老狗骗了。姑拉大神呀，这该万死的猪狗，我们不能饶他呀！"吕伟虽听不懂他说话，看神情料已上套，便命牛子一探来意。

原来昨晚两人，一名拿加已死，这一个名叫鹿加，俱是长颈苗中的小酋长，力气都比乌加大。因小时性野，父母早死，年幼无知，嫌颈圈勒束难受，颈子长得没有乌加长。苗人虽是尚力，这一族风俗却以颈长为尊，因此吃了亏，没得做到峒主。乌加本极嫉恨二人，时常想方法陷害。这次未与吕伟等人开衅以前，已故意引诱二人犯了寨规，意欲杀害。全寨苗人因二人曾经手搏虎豹，乃本寨力士，处决时互相观望，不肯举手罗拜。乌加知众人不服，心存顾忌，改判了两年囚禁，关在一个石牢以内，已有两月，每日受尽苦处。

这日晚间正在切齿咒骂，乌加忽然同了所爱苗女和一个心腹死党谷加，开了石牢，悄说上次保全不杀乃是已意，全寨苗人好些不服。如今祭神节近，无处寻找生人，意欲将他们生裂祭神。自己因爱他们的勇力，特地偷偷放他们逃走。但须裂石为誓，以后应为乌加效忠效死，永不背叛。苗人野犷，囚禁本就难忍，再加乌加存心磨折，常不给食，终日饥肠雷鸣，苦到极点。又知本峒杀人祭神，生裂寸割之刑惨痛无比。立时化仇为恩，感激应允。乌加便命谷加将二人引往莽苍山中候命，言定事完之后，许他们回寨安居。二人俱都死心塌地，信以为真，在山中候了数日。

这日乌加来到，说是新近结了一个仇家，是个汉客女儿，就在附近居住，带有不少好东西，但不知道一定地点，要用矛卜请神。二人知道这矛神轻易不能妄请，又见乌加颈圈一个未在颈上。照着长颈苗风俗，圈在人在，圈亡人亡，尤其峒主和酋长失落不得；如若失落，不特降尊为卑，威柄全失，还得定下限期，勒令复仇寻回，否则便成了众人奴隶，全寨之所不齿；如再被人毁去，更是永沦奴籍，没有出头之日。这片刻不能离身之物，怎会一个未带？心中奇怪。一盘问，乌加说是那晚放走二人之后被人识破，动了众怒，非要自己交出二人祭神不可。自己无法，只得说是放走二人，为的是要掳劫一家有无数珠宝货物的汉客，献给全峒享受，将功折罪。众人这才好些，议定须脱下颈圈作押，要乌加亲将二人寻回。如今只要能杀死仇人，得了他的东西回去，便可无事。

二人又被他哄信，杀了一只马熊，正在祭神矛卜的当儿，恰被王渊闯去。彼时四人中的乌加、谷加正在崖上石凹之中潜伏，拿加、鹿加也在近处，本要将王渊杀死。乌加拦阻说："这样打草惊蛇，杀一个小孩，于事无补。"命三人乱放响箭吓人，自己暗中尾随下去。乌加眼尖，见王渊不时回顾，相隔颇远。正追之间，行经一处山坡，因无草木、岩石遮掩，恐被王渊看破，略停了停，打算等他越过坡去再追。

不想王渊刚过去不久，正要起步，忽从坡侧深林内跑出十几只大马熊，一想因杀了它们的同伴，闻出气味，一现身，便朝乌加冲去。乌加知道这东西力逾虎豹。甚是厉害，日前杀来祭矛神，还是一只较小的，已费了无数的事，四人合力才得刺死，这么多怎敢招惹，不顾追人，回头飞逃，仗着腿快身轻，马熊虽猛，身子蠢笨，不能纵跃攀缘，才得逃走。

乌加先不知王渊走的不是正路，一过坡没多远便改了方向。次日仍照王渊昨日所行方向，寻了一早，没有寻到仇人踪迹。忽想起："神箭已失，恐怕神怒降罚，就寻到仇人，也不能下手报复。仇人又会仙法，打电闪伤人，连颈圈都被斩断，何况是人。除了暗害，不能力敌，否则遇上准死无疑，反正仇须怂恿拿加、鹿加两个蠢人代报，何必自去涉险？"想定跑回，说了仇人相貌、人数，命二人一起往探。

乌加料定王渊回去，必有人来。又看出连日谷加因知底细，虽然应允相助，神情却甚轻视；初来时二人盘问，又在旁冷笑。这人口直，老恐日后泄露机密，不用仇人，就此二人便可将自己了账。意欲杀以灭口，未得其便，现正好觑便下手。因此等二人一走，便命谷加在崖顶破石凹中埋伏待敌。谷加见他全无感激之状，仍是骄横待人，发令严厉，心想：“自己为了忠心于他，连家都不顾，而所作所为俱犯大规，日后还不知道能回家不能。”心中不免大忿，积威之下，虽未十分发作，却也点了他几句，意思是叫乌加放明白些，不要忘了自身的事。乌加见状，益发存了戒心，除他之念更急。

乌加正待下手，恰值吕氏父女带了牛子赶来。乌加早把灵姑畏若神鬼，哪里还敢上前发难。偏那不知死活的谷加，常跟乌加往来各寨，认得牛子，知他所通汉语比被擒的鹿加还高得多。恨牛子帮助汉客泄机，自以为藏处绝隐，又有响箭可乱敌人的耳目，打算施展出杀人惯技。因先前和乌加斗口怄气，匆匆上崖埋伏，忘带响箭。偷由上面绕向崖后，举矛示意给乌加，自己这里下手，他那里便放响箭，以便将其余二人引入歧途。

乌加这时藏在崖侧一个土坑里面，上有草棘遮掩。望见谷加在崖顶后方举矛打暗号，明知敌人近在咫尺，又是大白日里，三个敌人倒有两个会仙法，一旦被发觉，休想活命，心中却巴不得谷加自寻死路。因此不但没有示意拦阻，反倒作势催他速急下手。等谷加举矛要发，乌加还恐敌人万一不曾发现，特地把一支响箭径朝崖顶上射去。

那响箭原是长颈苗族秘制，平日与外族交往，无论情分多好，从不泄露分毫。杆是精钢和药磨淬制成的细杆，中套发音的苇管。箭头上有一极薄铁叶风车，箭柄绣有鸟羽。发箭之物也是一个特制的钢筒，中设机簧。发时只要不遇大风，远近随心。箭质甚脆，触石便成粉碎。那“姑拉”怪声只发一回，间或落在浮土软草之中，都不会完整，敌人拾去，决不知它用处。每次害人仇杀，总在下手以后将箭往相反路上放去，以便遁走。各山寨苗人见他杀人之后有声无迹，畏若神鬼，实则此箭作怪而已。

谷加手中的矛刚掷出手，猛听头上响箭飞过，“姑拉”一声，料到乌加不怀好意，知道上当，下面银光业已飞到，立时了账。

灵姑杀了谷加，搜出苗刀，又将尸首号令示儆，跟着往下搜索。乌加见飞刀如此厉害，益发吓得亡魂丧胆，一面放出响箭把敌人引向远处，一面飞步逃跑。拿加、鹿加正往回赶，途中与乌加相遇。乌加不敢告知灵姑厉害和谷加被杀，以防胆怯。只说发现仇人踪迹，正好放箭吓他。叫二人随他一同藏好，四外放箭。

直到吕伟等三人回去，他遥遥尾随，看明所居之地，才假装自己也是外出寻敌,刚往回走,放了些箭,怎不见谷加响应?故意同看,发现谷加已死,才向二人说:“谷加定是适才分散落单,遇见仇人走来,寡不敌众,被他杀死。杀了我们的人,还敢将刀夺去,此仇怎可不报?”

二人本和谷加有亲属瓜葛,果然大怒,咬牙切齿,非代复仇不可。乌加这才说起敌人厉害非常,又是汉客,诡计多端。并说:“你们看谷加藏得那么严密尚且被杀,人数又多,平日杀人方法恐无甚用。想报此仇,非听调度不可,也许十天半月,三月五月,都不一定。”二人问计,乌加知非仇人对手,当时也说不出所以然来,所以当晚并未放箭生事。

事有凑巧。第二日乌加和二人因复仇日期未定,所打山粮剩得不多,当地虽有野果,却无野兽。只马熊偶有发现,但既猛恶,皮肉坚韧,四人合力方始弄到一只,还几乎受伤,不敢轻去招惹。商量了一会儿,打算乘着日内无事,去远处猎兽。苗人身手矫捷,行路如飞,不畏艰险,习知蛇兽藏伏之处,又能闻风嗅味。往山阴晦塞之区走才数十里路,便闻到腥风中带着兰花香的臊味。苗人最嗜腥膻,思量前途不但藏有各种猛兽,而且还有极厉害的奇怪东西。苗人野悍,也不害怕,依旧往前找去。

三人所行之处,恰在一座极高大的峻岭背面,乱石杂沓,地势坎坷,甚是险恶,几乎无路。一会儿走入一大片森林以内,地既卑湿,日头又被来路峻岭遮住,黑压压不见一丝天光。那些林木俱是数千年的古树,小的也有数抱粗细,高达数十丈。森林耸立,虬干相交,结为密幕。地下落叶堆积甚厚,有的朽腐,有的霉烂,发出极难闻的气息,毒蛊蛇蝎穿行其中。走着走着,前面树干上星光闪处,就许挂下一两条长及丈许的大蛇。

苗人本常以蛇为粮,身带一种奇膻之味,寻常蛇类多半见即畏避,并不在意,只嫌林中黑暗难走。乌加便说:“这里蛇多,足可随时来此取用,何必再走多路?”拿加、鹿加却为那香中夹臭的怪味所诱。说蛇吃多了身上发痒,不如打野东西好。横竖没事,坚欲一探就里。

要知后事如何,且看下回分解。

第五十二回

擒怪蛇　奇迹述穷荒
逞凶心　巧言诓野猓

话说乌加等三人正走之间，闻见那怪味越来越浓。三人正在心醉，忽觉林中四处窸窣乱响，身侧不远暗影中，时有一条一条长长短短各色影子，由树梢草皮之上朝前如飞穿过，有的头前还有两点或红或蓝的星光。苗人对这类事自是当行，一看又知前面有了奇怪蛇兽之类，林中群蛇定是闻了它的奇怪香气，不是赶去献身送死，便有一场恶斗残杀。

三人天性残忍，最喜冒险残杀，这原是平日最爱看的好戏，又知那斗处地势一定险峻非常，又是有天光的明爽所在，一则藏伏不难；二则深知这类蛇兽习性，当它们斗时都是一心注敌，决不二用，只要看出它来踪去迹，避开正面，不去惹它们，明明被看见，也若无睹。互一商量，前进之心更决。

三人又走一会儿，因离高岭已远，又当日中之际，林内逐渐现出天光。再往前走，林木渐稀，那四外的蛇东三条，西两条，似箭一般昂起个头向前穿行，络绎不绝。因为数多，三人也没敢招惹。仗着视听灵敏，身手矫捷，左闪右避，随着蛇行方向飞奔赶去。又追有顿饭光景，前面天光透处，闻得各种野兽猛啸之声，森林业到尽头。

三人出林一看，除了来路，余下三面仍有森林包围，郁郁苍苍，甚是幽晦。只当中一座小小的孤崖，四外方圆不过百亩，高只三数十丈，上丰下锐，石色墨绿，寸草不生，光滑如油。石面凸凹百出，多是上突下缩，险峻非常，便是猿猱也难攀登。去的这一面凹进去一个深穴，黑暗暗不能见底。面前一个大约数亩、形如锅底的沙坑。坑外一大片水塘，波平如镜。地均赤沙，间生几株荆棘，一丛短草，也都瘦小枯干，憔悴可怜。那香气似从崖底暗穴中透出。怪物尚未发现，可是崖前却有一桩奇事惊人。

原来这时四外树林中的蛇类已然不少，大小不一，飞也似奔来，一到便往坑底投去。到了下面，各把身体一旋，盘成一堆，将头昂起，对着崖穴红信吞吐，虎虎发威，却无一条敢于钻进。三人因在上面，只能看到对面半边，已有数百条之多，陆续投入的尚还未断。更奇的是，当中对崖背水一面坑边上，还盘踞着数十只虎、豹、豺、狼之类的猛兽，也是面向崖穴怒啸，声甚悲厉。三人也不知这些东西是争斗，是送死，情知厉害，也不禁有些胆寒。想乘怪物没有出斗之时，找一隐秘地点藏躲，隐身林边。细一寻视，只崖腰上有一块突出的奇石，不特居高可以望下，而且周围又滑又险，蛇、兽之类都爬行不上，最是适当。偏这面上不去，须由崖后绕过，用身带索钩抛挂石尖援系，还不知能上与否。想了想，只有此法最妥，除此无路。

正端详间，乌加忽然想起一事，顿生毒计，意欲乘机一试。于是招呼二人一同飞跑，由崖后绕向对面。适才看去虽近，到后再看，相隔却远。还算好，离怪石不远尚有两块同样怪石，参差斜列，凌空突出。最近一块相隔不过两丈高下，如有索钩，挨次掷索攀升，尚非难事。心中大喜，忙将索钩掷上去。乌加先援上去，又把二人引上。再用索钩飞渡上了第二石。这样不用再到前石，下面景物已可看出一半。

乌加因那第三石恰突出在暗穴之上，往前略一探头，只要目光所及便能看见，虽然隔远势难，仍然不避艰险，飞渡过去。

乌加刚刚到达上面，便见下面群蛇纷纷将头左右摆动，身子时伸时缩，有的还发出嘘嘘的叫声。对面坑沿所有猛兽啸声也越猛厉。蛇、兽如此发威，已是悲愤已极，穴中透出来的香气更显浓烈，闻到鼻孔里，令人心醉，身子发软。晃眼工夫，群蛇的头忽都挺直，不再颤动，闭目合口，烛托也似，呆呆地高高下下挺在那里，动也不动。那些猛兽也停了叫啸，各把大口张开，蹲伏坑沿，瞑目若睡。

乌加正不知是甚缘故，崖底暗穴中倏地有两点拇指大小的绿光一闪，慢悠悠一拱一拱地游出两条细长的怪蛇来。定睛一看，那怪蛇身长不下十丈，细才如指，尖头尖嘴。一只独眼炯若寒星，光芒闪闪，与头一般大小，连额带嘴一齐盖住。尖嘴看去不长，一条红信带有双叉弯钩，吐出来却有将近两尺长短。吞吐之间，露出不下四根钢钩似的白牙。通体墨绿颜色，四外满生逆鳞，微一开合，直似千万根倒须刺，根根可以竖起。两条一般大小长短，分毫不差，相并走出，缓缓前游。有时把前身昂起，探出老高，看去皮骨甚是坚硬。

乌加猛想起立处相距坑底不到二十丈，这般身长的怪蛇，如被它用尾尖着地蹿将上来，急切间退避无路，难免受害。刚嘱咐二人紧握手中苗刀，按定毒弩，以防万一，那两条怪蛇业已分向两旁，在群蛇圈围之中相向盘旋了一阵，重又聚到坑的中心。歪着个头，用那独眼东一眼，西一眼，左右看了一看。

群蛇好似延颈待命，俱都下半身盘成一堆，上半身闭目挺立不动。内有三条大蛇：一条盘在左边，头昂丈许，粗几近尺；右边两条稍小，都是山中的乌蛸毒蟒，看身长总在三四丈之间。想是等得有些不耐烦，左边那条最大的首先长颈略为一弯，睁着半边眼睛偷看动静；右边两条也似学样，相继有了动作。全场中只这三条最为粗大，余者均不过一丈上下，还有数尺长短的。怪蛇所注目的本就是它们，这一睁眼动转，直似批了它的逆鳞，犯了大忌，立时红信吐处，身子似箭一般，嗞的一声滑沙之音，分向中左右三蛇蹿去。

左边大蛇瞥见怪蛇飞来，许是怕极，滋溜一声，身从盘中笔直朝天冲起。还没冲完，怪蛇已然蹿到，随着往上高起之势，由大蛇颈起，连身绞去，其势捷如电掣。只见大蛇似转风车一般连转不已，人还没有看清，二蛇已然绞成一条。怪蛇身子还有小半条在地上，上半身却与大蛇并立，旗杆也似钉在地上。靠近左边的一条先遭了殃，怪蛇一过去，也是身往上升，朝天直蹿，吃怪蛇如法炮制。这条大蛇只饭碗粗细，两丈长短，怪蛇前身没用到一小半，便将它缠了个结实。

四蛇相互一缠，余下大小群蛇好似怪蛇这顿午餐已然到口，欲望已足，不致再吃它们身上血肉，各如皇恩大赦，不再闭目等死，疾逾漩溜，纷纷睁眼舒颈，掣动身子，掉转蛇头，齐向各蛇来路的坑沿上蹿去。三蛇中另一条大蛇也乘纷乱中，跟着蹿起身子想逃。怪蛇已然将它看中，哪肯放掉，掉转后半身，电掣一般，一尾巴甩将过去，正钩住大蛇下半身，滋溜溜疾转如风，往上缠去，晃眼缠紧。怪蛇中段横摊地上，一头缠紧一条，连另一条怪蛇同时竖起三根彩柱。眼看越勒越紧，蛇身倒刺波纹也似微微起伏，一会儿便深深陷进皮肉里去。勒得那三条比二怪蛇粗逾数十百倍的大蛇鳞碎皮裂，腥血四流如注，周身上下肌肉一齐颤动。

较小的两条中的一条，上来便被怪蛇尾尖刺入颈间，目闭口合，似已半死，并未丝毫抗拒。另一条疼得目闪凶光，头不住左右摇摆，口却闭得甚紧。苦于挣脱不了，偶然嘘的一声悲鸣，口微张动，怪蛇一颗尖头便似投梭一般钉到,同时那二尺来长的钩舌跟着对准蛇口射去,吓得那大蛇慌不迭又把口闭上。

这两条好歹还多挨了些时候,先一条最大,性最猛恶,所受也最惨。大蛇被怪蛇缠住以后,先是拼命抗拒挣扎,将怪蛇激怒,身上倒钩一齐伸缩,只用力一绞,便把大蛇鳞皮绞穿,深深陷没肉里,成了一条螺环形的细槽,乌鳞开处,白肉绽翻,紫血顺着裂缝,由头至尾,细泉一般顺势下流,晃眼地上便是一大摊。大蛇想也知道厉害,本来没有张口怪叫,大约负痛不过,一着急,把头往前一伸,猛张大口,嘘的一声惨叫,吐出火焰也似的朱红信子,径朝怪蛇咬去。怪蛇怒睁着那一只亮晶晶碧绿怪眼,凶光闪闪,本来就盼它有此一举,这一张口,正合心意,尖头一扎,便往大蛇口中直射进去。

这一咬一钻,恰好凑个正准。大蛇原是奇痛彻骨,情急忘形,及被怪蛇穿进嘴去,才知上当,想要闭上,已是无力。那怪蛇身子也真坚硬,一任大蛇用力合口猛咬,竟无丝毫伤损,依旧往它口里钻去。一会儿,蛇身连弯了几弯,怪蛇下半截身子逐渐缩短,倏地蛇身往起一挺,往侧一歪,啪的一声,笔也似直倒将下来,横挺地上。

那边两条,也相继遭了同样的命运。一条早死,身子被怪蛇细尾生生绞断。另一条被怪蛇缠住上半截,痛死也咬紧牙关,不再开口。怪蛇情急,去咬它的七寸。那蛇躲闪了一阵,终于被怪蛇把身子连转,绕转到了颈间,不能动弹。然后照它七寸上连咬几口,咬穿一洞,钻了进去。

坑沿上的一群野兽见状,也和先前群蛇一般,悄没声地纷纷四散。这时第二条怪蛇刚朝蟒腹中钻进,一同倒地。头条怪蛇上半身已钻入蛇口老长,忽然一阵翻滚,将中段散开,解了缠勒,跟着大蛇近尾梢处一阵颤动。看神气,已将破透,就要破皮而出之状。

三人在崖石上面正在惊奇骇视,看得出神之际,猛一眼瞥见左侧森林外一堆高只半人的乱石后面,跑出三男一女四个野猓。两个身背大篾篓,腰佩弩筒;两个各持一根带尖长铁钩。俱都身穿光板皮衣裤,头戴虎皮帽儿。衣帽上面好似缀有极密的铁钉,亮光闪耀,甚是锋利。手上也戴着一双皮手套。全身上下,除眼和口鼻露在外面,几乎都被带钉的皮裹住。四人边走边打着呼啸,好似时机已至,不可错过,跑得更是飞快。到了坑沿,纷纷纵落,齐向先死那条大蛇身旁奔去,到时,大蛇尾巴上皮肉已向外凸,眼看怪蛇就要钻出。

内中一个年老的,慌不迭把篾篓头上一个碗大活口抽开,罩在蛇尾凸起之处。旁立三个野猓,两个双手握紧长钩,觑准下面;另一个从怀中取出一束野草,分给三人,各含了些在口内,手握弩筒。四人都目不旁注,神情甚是紧张。待不一会儿,篾篓忽然动了几动,估量蛇已入篓,四人立时面带喜色,其中一人竟将身子压向篓上。怪蛇身比大蛇长几三倍,虽从蛇口内穿尾而出,后半截还有好几丈长在蛇口外拖着。自从上半身进去以后,势子早缓。及至头一入篓,立时加快起来,眼才几眨,后半身已进了蛇口。

三人方以为怪蛇有凶恶的利齿和倒刺,那么坚韧的大蟒皮尚且一勒便碎,一咬便穿,竹皮制的篾篓怎能关得住它?况且力大非常,人决难制,被它穿将出来,四人准死无疑。谁知那怪蛇竟似遇见克星,不消片刻,四人便将篓翻转,关上口门,蛇已全身入内,并未动转。

四人分出一人看守,跟着又往另一大蛇前奔去。后一条怪蛇前半已钻入蛇腹,后半又缠紧一蛇,似放未放,中间空出一大段,一同横卧在地。四人见了这般情状,为难了一阵。眼看大蛇尾上又不住乱拱,俱都面带惊惶,着起急来。为首老人赶忙拿着空篓,开了口门,罩将上去。跟着又打手势,内中一个女猓忽告奋勇,从身旁解下一根细藤,就怪蛇中段微拱之处,由身下空隙里穿过。目注篾篓微动,蛇已入篓,赶忙下手,拦腰一束。怪蛇似知有人暗算,半截带着大蛇的后尾便卷了过来。幸亏女猓早有防备,轻轻跃过。怪蛇虽然力大,毕竟带着两三丈长的蠢重东西,不甚灵便。扫了几下,没扫着敌人,便安静下来。上半身往篓里钻进,下半身拖住大蛇前移。

女猓见怪蛇不再乱扫,忙又从身旁取出火种,点燃了一根短短油松,轻悄悄掩了过去,往蛇身系藤之处一点。说也奇怪,那么一枝青枝绿叶的细藤,竟是一点就燃,晃眼立尽,奇快无比。紧跟着女猓用手中带尖长钩,照着焦藤烧过之处,猛力往下戳,怪蛇立时分为两段。前半护痛,往篓口猛力钻去,比前更快;后半截还有三四丈长短,立时四处乱甩起来。

这时老人按紧篾篓,其余两男各持钩弩,在旁警备。女猓独自下手,无人顾及。当她持钩下扎之际,老人猛一回顾,蛇身系藤之处正当中段,不由大惊失色,忙即挥手叫女猓急速往前逃避。女猓想也知道厉害,手往下一落,借着长钩撑地之势,身早向侧飞去,当时手忙脚乱,没有明白老人心意。蛇身弯转卧倒,她这里刚撑钩纵出,手还未放,中段三丈多长的蛇身早甩将过来。幸而有那长铁钩先挡了一下,蛇身新烧断处中了藤毒,有些麻木发颤;女猓身着皮衣,又有防御之法。否则这一下纵不将人打成两截,也必受伤无疑。女猓知避不脱,一面狂喊求救,一面双手往上一伸,恰好被那怪蛇断处一下拦腰钩紧,搭了过来。女猓急忙随着去势急走,总算没有跌倒。怪蛇将她拖近,后面身子往前一凑,将女猓紧紧束了三匝。

老人急忙叫女猓不可抗拒乱动,少时自会解开。女猓会意,一味顺势而动,听其自然。怪蛇虽然身长厉害,到底是个下半截身子,而且无甚知觉。将人束住以后,倒刺张了几张,俱被女猓皮衣上的尖钉阻住,刺不进去,除却紧缠不放外,并无别的伎俩。

就这样,女猓已被束得面容惨变,没有人色。苦挨了好一会儿,一直挨到三男猓把怪蛇收入篓内,关了口门,奔将过来,断蛇身子仍在微动,势已比前差远,然而所缠的人和大蛇始终紧束,不曾松懈分毫。

三男猓一到,并不用苗刀去砍。各从怀内腰间取出两尺来长,与先前一般的细藤,共有四根。老人拿在手内,向女猓身上怪蛇缠处比了又比,意似嫌它不够。女猓见男猓为难,又失声叫了起来。老人一面安慰;一面命男猓用一根细藤半围蛇身,双手拇指各按一头,紧按在女猓身上。另一男猓取了一根长钩掉转,用钩尖紧按藤上。命女猓头往后仰,自己击石取火,点燃一根尺许长的油松。等火引旺,往那细藤上烧。那藤依旧一点便燃,宛如石火电光,一瞥即逝。四根细藤半围在蛇束之处,依次绕完。每烧一根,老猓便仔细端详,比了又比,十分审慎,唯恐烧错神气。这里火才一点,男猓的手立即放开。焦藤气味似颇难闻,三猓都有不耐之状。女猓因躲不掉,更是难耐,拼命把头往后仰。藤刚烧完,怪蛇发亮的鳞皮上立时晦暗无光,现出一圈焦黄痕迹。

老猓一声招呼,二猓同时下手,各取长钩,叫女猓把肚腹使劲内凹,贴着皮衣,仔细插向蛇身之下,用力一挑,蛇身烧焦之处便顺焦痕中断,挑起了两三寸。这才看出蛇腹倒刺好些竖起,与皮衣错综相连,纠结难开。老猓看了一看,命二猓重用长钩,一人钩住一头,往两边猛力分扯。山女也跟着使力挣扎不动。两男猓费了好些力气,挣得脸上青筋凸露,才见怪蛇由女猓身上一点一点离身而起,一人扯落了一段,落在地上。跟着再扯二回。蛇身一共缠了四匝,解到后半与身相连之处,越发费劲。

正在拉扯之际,三人在大石上都看出了神。乌加业把毒计打定,先想等四猓事完,用毒弩射杀,夺去他的怪蛇,以为复仇之用。一则目睹四猓竟把这等厉害的怪物用一个篾篓制住，刀箭不入，细藤一烧便断，许多神奇之处；二则又不知巢穴所在，人数多少，力气本领如何，动手是否一定能打得赢。看他们跑得那么快，只要被逃走一个回去，招了多人前来复仇，岂不又树强敌？最要紧的是，如用此蛇害人，须知制法禁忌和怎么驱使。四猓既留活怪蛇，不肯杀死，必有制法。此时就是硬夺过手，不知底细，大蟒都能绞断的东西，薄薄一个篾篓决关不了，一个弄不好被它钻出，岂非仇报不成，还要受它大害？

踌躇不决。忽见三男猓在扯那最后一圈，因为藤少，不似前两三圈烧的地方多，只烧了一处，留得最长，又与怪蛇下半身相连；加以两男猓力气差不多用尽，累得气喘吁吁，甚是为难。乌加本愁没法和四猓亲近，见状方笑他蠢，不先把蛇身弄断。倏地心中一动，忙把心事悄声告知二猓人。乌加于是大声怪叫："你们累了，我来帮你们。"一面援索下纵，如飞跑去。

其实四猓早见三人伏身崖腰危石之上窥探，虽不知来意好坏，自恃本领，并未理睬。忽见跑来相助，苗民性直，无甚机心，似乌加那样凶横刁狡之徒，百不获一，两个年青男猓又当力乏须助之际，更不客气，说一声："好。"便把手放开。二人先以怪蛇所缠三四匝俱已解开，剩这不到一圈的蛇身粘在女猓身上，还不容易？当下把钩竿接过，乌加和拿加各用足力气往下一扯，只说一扯便开。谁知吃力异常，费了老大的劲，仅扯了两寸光景，再往下扯，休想扯动。乌加见二猓扯头两圈虽也显得费力，并不似自己这样艰难，可见人家力气竟大得多，亏得适才没有轻动，否则不用说蛇，就这四人也非对手。心中吃惊，仍要面子，不肯松手，恨不得连吃奶的力气都使了出来。勉强又扯了一阵，好容易将前面围身的两半截扯到将近平直，底下休想再扯落分毫。

二人正在发狠使力，老猓忽然手持苗刀，过来唤止。将刀尖插向女猓当胸衣缝之中，一阵乱挑乱割，将缝衣麻筋挑断扯破。女猓双手本未束住，忙把身子一挺，就势褪下。怪蛇身子仍然连在皮衣背上，三男猓一齐下手，用刀连割，将皮衣齐蛇缠处割裂。仅剩一条二指多宽，二尺来长的皮粘住蛇身，没法扯脱，便由它去。

野猓女子多有不讲贞操的，但是妇女的双乳最是贵重，非父母、丈夫、情人不能触动。女猓走单了，被人强奸，有时她也顺从，只把上衣或是筒裙连头盖脸往上一蒙，任所欲为。事完各自东西，决不闯祸。如不经她本人愿意，自动把衣裙放下，硬要亲嘴摸乳，立以白刃相加，拼个死活。哪怕当时打不过，早晚之间也必寻仇，不报复了不止。尤其这种深山之中的虎皮猓人，更把妇女双乳看得贵重，轻易看都不许。乌加自然知道这种风俗，明知女猓危急之际，照例不会计较，为了表示相助纯出好意，决心对那女猓献媚，有甚意思，见她脱衣服，一打手势，三人一齐背转身去。这一来，男女四猓俱都高兴，连夸好人。

老猓随即把自己衣服脱下，与女猓穿上。又命男猓砍了三根饭碗粗细的毛竹，削去枝叶。除去女猓，两人一对，分三对把断蛇、死蟒一一抬起，搭向坑沿之上，用索系上。最后才将两篓系上。一同到了上面，老猓便指着三条死蛇，叫乌加随便取上一条。这乌蛸大蛇，苗民视为无上美味，皮骨又可与汉客换东西，原是极重谢礼。乌加忙说不要酬谢，自己也为这怪蛇而来，只不知下手之法，没敢乱动，可否租借一月，要甚重酬均可。老猓笑道："你想借我的神线子做什么用？你那里有金银豆喂它么？"乌加摇头说自己是个峒主，因有一个大仇家在此山中居住，特地舍了家人地位，一心来此寻仇。好容易才得寻到，无奈仇人人多势众，防御严密，凭打决打不过。日前打山粮，无心中经此，看见这蛇如此厉害，有心把它弄去，只想不出用甚方法。实在不知什么喂养禁制，那金银豆更连豆名都未听说过。

老猓笑道："你连金银豆都没一颗，怎能要它？一旦发起兴来，莫说你只三人，便有千人万人也休想逃得脱几个，岂不是昏想？这东西跑起来比风还快，多粗大树也受不住它尾巴一打。我们守它两个多月，因为一个汉客郎中要它配药，费尽心力，还亏得恩人指教，采来几根烧骨春和几捧金银豆，差一点把命送掉，才捉到它。它最爱吃那豆，一吃就醉得乖乖地，听人指使。豆却一时也少它不得，只稍微一动，便须放几十粒进去，才能照旧驯服；慢一点，多么结实的家伙也穿了出来。不过我这篾篓是蛇眼竹皮所结，里面都用药油浸过好多天，不是把它逗急或是真饿，不敢用它尖头钻咬，要好得多罢了。你拿了去，如何能行？"

乌加知道厉害，便请老猓同往相助。老猓问知他仇家是个汉客，益发摇头，说自己一家染了瘟毒，眼看死绝，多亏那迷路郎中所救。因恩人是个汉客，自己曾经对他发誓，永不用自己的手再伤一个汉人，这事决办不到。

乌加知不能强，便说只要把法子教他，给点喂的东西，借用几天。事成回寨，决不惜重酬，寨中财货任凭取走。同时又问金银豆是什么样儿。老猓从腰间解下一个兜囊,摸出几颗。三人一看,那金银豆大如雀卵,有的金黄,有的银白,有的半黄半白,闪闪生光,竟是长颈寨左近瘴湿地里野生的鬼眨眼。其性热毒,苗人偶用少许和入酒内,埋地三五年取出,作为媚药,非常猛烈。内生密密细毛,一个采择不尽,便出人命。加以禁忌甚多,苗人心粗,十有八九没弄好,饮后狂欲无度,脱阳而死,或渐渐成了废物,以致无人再敢制用,遍野都是。

因为这类东西秉天地间至淫奇毒之气而生,颇有特性,每当日落瘴起,满地彩氛蒸腾,它却在烟笼雾约中一闪一闪,放出金银光华,恰与苗疆中所产黑鸟恶鬼头的眼睛相似,所以叫作鬼眨眼。并不是甚稀罕之物。忙道:"这金银豆我们那里多着呢。"

老猓本为他甘言利诱所动,听他先连金银豆的名都不知道,忽然又说他寨中出产很多,又喜又疑。忙问此豆何时开花,何时结实,有何异样。乌加便道:"此豆产自卑湿瘴毒之区,四季都有,以产处的毒岚恶瘴多少厚薄为定,冬季较少,夏秋之交最多。花是朝合夜开,午后结子,黄昏将近长成。颗颗匀圆,灵活闪动,宛如鬼眼。出生虽多,但是移地必死。只因名称不同,见了始知。"

老猓原代汉客千方百计搜寻此物,如能多得,除配贵药不算,还可用它养下一条活的神线子,用处更大。又值汉客远出,要隔半月才回。这蛇除了汉客所配灵药能化,刀矛箭斧均不能伤。敌人又说如允借他报了此仇,除财货外,此后当地所产金银豆可以常年借给,取用不竭。乐得趁那汉客未回,借给他一用。

当时由老猓传了克制、喂养、驱使之法。老猓本想只借一条整的,乌加又贪又狠,唯恐一条不够,定要连那断蛇一齐借去。老猓经他苦说,只得允了。又说不怕蛇伤,只愁蛇跑。教乌加把二蛇装入一篓,放时千万只放一条。伤人之后,用金银豆一引即回。否则二蛇同放,回时势子略凶,人一害怕,不敢持篓相对,有一条走去,那一条必然尾随,不特被它逃走,还要伤人。先不肯借,也是唯恐万一失落。有一条在,那一条便有法子引它回来。如今都借了去,一毫也大意不得。

乌加自是连声应诺。双方约定还的日期和一切酬谢,互相折箭为誓。最后老猓当面试验,将两篓并在一起,抽开对着的口门,把二蛇引入一篓装好,连剩下的金银豆和一些制蛇的草药都交给了三人。

乌加想起蛇身香气古怪，自己和那蛇兽俱被那香味引来，怎么擒到以后倒没有了？忙问老猓。老猓笑道："这东西除了早起向阳晒鳞，中午往池塘内游上一回，吸了水，像箭一样四处乱射外，便在洞底藏伏，从不远出。一月吃一两次东西。每当饿时，便往外喷那香味，方圆约一二十里的毒蛇野兽，凡是在下风的，都被勾引了来，盘的盘，趴的趴，乖乖地听它拣肥大的挑选。无论多厉害的蛇兽，只要被看中，休想逃脱。每次挑定以后，不论是蛇是兽，总是先拿上身缠住，留出丈许长头颈，看准对方的嘴，只要微一张开，便被钻进，把肚内心肝和血连嚼带吸，吃个精光。咬穿后尾，或由屁股钻出，再慢慢一点一点吃对方的身子。三五丈长吊桶粗细的大蛇，也就够它一顿吃的。

"它最爱吃它同类，除非那日附近没有大蛇赶来送死，野兽并不常食。有时赶上风大，又往上刮，来蛇虽多，没有一条大的。它还有一种特性，决不吃死的和闭眼睛的东西。小蛇盘在那里，昂颈闭目，全不睁开。它挑了一阵，没挑上，蛇又一条不动，不愿去吃。这时野性发作，不是蹿上坑去挑吃那些野兽，便是这成百累千的小蛇遭殃。它吃东西常首尾并用，排头横卷过去，跟着再一绞。它身子比铁还硬，又有那密层层的倒钩刺，不论是什么东西，吃它缠紧，一勒一绞，立时皮破肉绽，甚至连骨头也被绞断。这些小蛇怎能禁受，当时膏血淋漓，少说也有数十百条死在地上。不到绞过几次，弄死个二三百条不止。怒未息前，那些未死的蛇依然闭眼装死，无一敢逃。直等它怒息势止，停下来舐吸死蛇身上膏血，才敢溜走。

"这种怪蛇极爱干净，这一次如是选中大蛇，果腹以后，必将剩下的皮骨残肉，衔向附近山沟之中弃掉。如这一次赶上发怒，弄死的是许多小蛇，它把膏血吃完，却不吃肉，吃完血后，一条条相继衔起，上半身往上一挺，笔直冲起十多丈高下，再往外拨头一甩，足可甩出里许多路，不甩完不止，决不留在崖前臭烂，污秽它的巢穴。

"汉客以前发现此蛇，也是有一日行经近处，看见丈许、五六尺不等的死蛇，鲜血淋漓，一条条凌空飞坠，冒险探寻，才知就里。不过当它不饿之时，无论遇见人兽蛇蟒，只要不惹它，绝少相犯。那香气是股淡烟，闻了使人身软无力，遇敌发怒时才喷毒气。这些还在其次，最厉害的还是那比铁都硬的细长身子。此番借去，放出时，第一要多喂金银豆，第二避毒的药草千万不可离口。至于别的用处与你无干，等送回时再对你说好了。"

乌加知他不肯详说，志切复仇，余非所计，更不再问；便命二人用毛竹挑了篾篓,谢别起身。

乌加赶回藏地,天甫黄昏。一面饮食,一面乱放响箭,先引仇人惊疑,分了心神,以便到时下手。又因目睹线蛇厉害,不甚放心,一面命二人偷偷回寨去盗金银豆;一面觅一没有通路的洞穴,内藏活的野兽,以备演习。那产毒豆之处瘴毒甚重,每日只有子、午二时可以进去,相隔山峒还有十里之遥。近年已不再采那豆配制药酒,便日里也无人迹。

二人生长本峒,知道掩避,盗时甚是容易,头一次便带回不少。乌加还怕不够,第二日又命去了一次。每日白天试演线蛇,晚来便四处乱放响箭。乌加原比别人灵巧,把老猓所教制伏、驯养之法全都记熟。每次试演,先把篓上口门对准洞穴抽开,放一条蛇入内,将里面活东西弄死以后,再塞放些豆在篓内。后蛇一吃,发出极细微的叫声,前蛇隔多远都能听见,立即奔回。演了几次,连二人也一齐学会。乌加又把二蛇同放,试了几次,那么猛恶力大的怪蛇,竟是随意行动,无不如意。

最后两晚决定报仇。乌加心志虽坚,终是害怕仇人神法,毫无把握。一味用甘言哄二人,使其死心塌地,为己尽力。快下手时,忽然推说日里探出敌人所居有一后洞,可以偷偷进去,这样切齿深仇,如不亲手报复,专凭蛇力,实不甘心。令二人背了蛇篓,先由对崖缒下,自己随后再去。洞前路径形势,乌加早在前三天就探看明白。二人却不甚知悉,只凭乌加事前指点。

乌加知这仇人夜间全回洞安歇,不再出来。算计仇人入内,便令二人先将蛇篓运到对崖,听他暗令行事。为防仇人神法厉害,候到天明前人倦睡熟,再行下手。谁知事有凑巧,二人原从崖顶远处绕来,人还未到,所放响箭恰被灵姑看破,快要到达,人已藏伏。乌加胆怯,没有同来。二人又忒胆大疏忽,到后便往下缒篓,通没观察,径照洞门前一直跑去,拿加便被灵姑飞刀腰斩为两截。二人平日气味相投,屡共患难,誓同生死,情义甚厚。拿加一死,鹿加立时悲愤填胸。明明见敌人会放电闪神光,挨着就死,依然猛力拼命,毫不害怕。手上套着的颈圈雪片也似发出,跟着扬手飞矛。

那颈圈乃长颈苗族防身御敌唯一利器。当晚乌加再三叮咛说,这伙仇人非寻常汉客之比,颈圈务要一齐取下,以备应用,免得临期仓促。二人日前曾在远处望见过飞刀光华,乌加骗他们说是天空电闪,不知是敌人所放,所以尽管听乌加说敌人武功厉害,并不深信。以为汉客最是无用,即便会点武艺,也不禁神蛇一击,怕他则甚?如非乌加要防敌人觉察看破,特地绕了数十里,由远而奇险、人迹难到之处援上崖去,沿顶绕至崖前,攀越险阻太多,去了颈圈要轻便省事得多,简直还懒得褪落。二人原是此中能手,发出时分左右上中下五圈联翩脱手,端的百发百中。灵姑飞刀放在外面匆促之间,如无那些石笋护身,任是纵跃灵便,也无幸免之理。

鹿加被擒以后,既因拿加惨死而仇恨敌人,又相信乌加智勇双全,杀人报仇没一次不占上风,迟早必将仇人全数杀死,加以生性暴烈,绝不畏死,早把生死置之度外,一意倔强,破口大骂。吕伟见他软硬不吃,非可理喻,知道长颈苗族把颈上铁圈看得比命还重,习俗相传,此圈如若毁去,便难再投人生,教了灵姑一套计策。又借着闲谈,故意向王守常说乌加因为无礼欺人,颈圈被灵姑斩断,结了深仇,后又盗出姑拉神箭,意欲用它报仇,不想敌不过自己神法,将箭收去。

鹿加先不信吕伟所说是真,那么百炼精钢制成的颈圈,会一下全数斩断。及见银光过处,果成粉碎,不由不胆寒气馁。再经牛子详为分说,又见乌加人久不至,全无应声,前后一印证,才知受了愚弄。当时目眦尽裂,一面吐露真情,一面又追问牛子说:"那神箭乃能飞之物,怎会在此多日没有飞回?"牛子便请吕伟取回那支断箭与他看了。敌人本把断箭奉若神灵,一见便鬼嗥也似痛哭起来。

吕伟问知底细,料已制伏,便道:"你若肯顺服,我便放你回去,晓谕众族人,不要再受乌加愚弄,前来滋扰。"鹿加号哭道:"我死无妨,此次乌加将我偷偷放出,这样回去也没甚趣。只求你把我们神箭和我那颈圈,不要用那电闪毁掉,就感激不尽了。"

吕伟由牛子襄助通译,问出鹿加在族中力气最大,人缘也好;拿加一死,更无敌手。忽然想了个好主意,便命牛子给他解去绑索,还了颈圈,又取伤药与他敷上。鹿加甚是感激。因知牛子也是苗人,随吕氏父女为仆,跪在面前,指着牛子哭道:"我受主人无数大恩,我也不想回去,只求和他一样为奴就好了。"

吕伟开导他道:"你这就呆了。照你说来,除颈长不如乌加外,余者都比他强。他此时颈圈已断,神箭已失,不能回去。就是我不杀他,他把怪蛇神线子葬送,那虎皮苗人也饶他不得。你现放着老婆儿女,回去正好团圆,又接他的位做峒主,怎倒不回去呢?"鹿加摇了摇头,直说:"难,难。"吕伟问他:"有甚难处,只要我能办到的,一定助你成功。"鹿加道:"按说我那族人都和我好，否则早被乌加害死了，回去只消把乌加的罪一说，就可接他的位，原本容易。不过这神箭是我们祖宗留下的宝贝，他们知在这里，必叫我为人报仇，夺回此箭。一则我打你们不过，二则也不能恩将仇报。要不答应，又决不行。岂不难么？”吕伟知已入彀，笑答道：“这个不难。我爱你是个忠厚直性人，索性成全你到底吧。你只要能听我的话行事，我连你祖宗那支神箭也还你好了。”

鹿加闻言，大出望外，欢喜得趴伏地下，抱着吕伟腿脚乱亲，口中“呜呜”喜叫了一阵，才仰头说道：“要这样成全我，以后你就是我恩人、主人，叫我去死都没话说了。”吕伟道：“我们都是修道的人，不愿伤生害命，又爱清静。你此番回去，务要晓谕他们，这附近百里方圆以内，除你以外，不许走进来一步。对于汉客，尤其不许妄加杀害。我也不要你们贡献。还有乌加作恶多端，专一蛊惑别人代他送死，自己却躲在一边不敢露头，诡诈卑鄙，无耻已极，这厮万容不得，今日起我们便去除他。万一仍被逃了回去，务要将他杀死，以免你的后患。这些你都能办到么？”鹿加自是诺诺连声，欢喜已极。

吕伟又问他：“那支神箭怎么说法？”鹿加答道：“自然照实说出。”牛子从旁插口道：“这个不好。要照我主人的法力，把你们这些长颈苗人一齐杀死，都跟打个巴掌一样容易。因为他不愿伤生害命，又看你人好，才把箭还你，成全你回去做峒主。可是长颈苗人好些不通情理，看得这神箭最重，他们见被外人拿去，定有些人不肯甘休，你对他们一说实话，反而惹事。最好说乌加自作自受，祭箭复仇，祭时不恭敬，神生了气，把箭飞走，落到前面山谷里面，乌加找了多日，不曾找到。乌加无心中说梦话，拿加、谷加二人听出底细，向他追问神箭下落，乌加害怕，将二人害死。乌加又向虎皮苗人弄了怪蛇，自己怕仙法不敢现身，指派你来寻我们报仇，被主人用仙法制住，问出真情，知你受了他骗，没有怪罪。又算出神箭藏处，帮你取回。他们听了，一定感激害怕，不敢再来，还格外地服你，这有多好？”鹿加连说：“好主意。”又叫牛子说了两遍，记在心里。

吕伟正要把断箭还他，灵姑使眼色止住，命牛子问他乌加藏处，能否领去除他。鹿加道：“我们藏的地方，只有自己人能够知道。杀了他要少好些事，就主人们不说，我也不肯饶他。他见我被主人捉住，想不到会放了，这时必在山沟子原地方藏着。我走时必定顺路寻他算账，就被他当时逃走，也决不容他再活多少天了。主人去除他，再好没有。不过我们这族人耳朵、眼睛最灵，只要用心，比别种人看得、听得远好些。他今晚如没在暗中跟来，不知我的底细，见我一人走去，定迎上前来问话。即便跟来，看知就里，也能将他找到。要有主人同去，他隔老远看见，定知要收拾他，起先又吃过苦头，知道厉害，人没走近，他早跑了。”

灵姑道：“这个无妨。我看死人身上小竹筒里，好似插有响箭。去时你先放箭引他，看他应不应声，再作打算。如若应声寻来，我埋伏在旁，只要被我见着影子，他便休想活命；否则你在前跑，指明去的路径，我和牛子暗中尾随。你寻到后能诱他近来更好，如果不能，只要将他绊住也就行了。”鹿加道：“我这时从头到脚都是主人的，我也不会要什么心思，主人叫我怎么就怎么。”

吕伟看出鹿加人虽凶横，天性倒还真诚，料无虚假。为安他心，兼以市惠，乃将断箭给他。鹿加连忙跪接拜谢，慎重收起。见天已快亮，便问主人何时起身。灵姑把响箭搜出，命他先试一试。吕伟见箭只三支，忙拦道：“如照往日，这时怪声已停，发得不是时候，转使生疑。这厮行踪诡秘，夜来擒人，问话耽延甚久，他久候无信，难保不来探听，虽未敢于近前，鹿加叫骂之声总被听去。他知二人一死一擒，必往远处逃走。大家都没睡好，又未饮食，洞内外还有怪蛇尸首没有弄尽。这厮羽翼已去，众叛亲离，必难幸免，正好从容除他，不必着急。据我揣测，鹿加那么怪叫，他只知奸谋惨败，降服一层，因早闻声惊走，决不知底。此时可令鹿加暂藏洞内，等到黄昏将近，再假装被擒逃走，前去寻他，我们暗随在后，定然手到成功无疑的了。”灵姑明白老父意欲结纳鹿加，使其怀德畏威，日后永不相犯。王守常夫妻也都赞妙。当下依言行事，一面令王妻准备饮食，一面合力清除死蛇。

灵姑先时只觉蛇头有光，身子过于细长，并没觉出怎样厉害。还奇怪王渊平日那般活泼胆大，竟会站在旁边半晌没有则声，面容似有余悸。大家忙着收服敌人，也未细问洞内诛蛇情景。见天大亮，洞口那蛇被飞刀斩成寸段，血骨零乱，满地狼藉。众人俱在协力扫除，用东西装起，准备移向远处沟壑之中弃掉。鹿加也跟着在旁，一面相助下手，一面补叙蛇的奇处。灵姑听了一会儿，不甚相信，转问王渊洞中除蛇情景。王渊便邀她同进洞去看了再说。

二人一同纵入一看，还只是没有后半截的一条断蛇，横摊在地，已有数丈长短。周身作墨绿色，鳞刺密凸，业已收紧。蛇头挨近吕、王等人卧处不远,尖嘴尖头。一只三角怪眼连头带嘴一齐盖住,虽已身死,依然绿光晶莹,凶芒闪射。毒吻开张,露出上下两列利齿,甚是尖锐。一条血也似的信子伸出口外,足有二尺,搭在地上,舌旁溅有十几点黄色毒涎。中半身由洞口起,再转折到头部附近。断处肿成一个鲜菌般的肉球,四围竖起一圈倒钩刺,约有拳头般大小,半往上翘,坚如精钢。看神气,颇似入洞以后见了吕、王等人,用嘴咬人未成,想用断尾横扫,还没扫中,恰在此时毙命之状。只是通体没有斩断,并无一点伤痕,看不出是怎么死的。洞口一块大石已然碎断。

灵姑方在奇怪,王渊道:“姊姊,你知它是怎么死的么?”灵姑还未开口,一眼瞥见洞壁之下横着几支毒弩,便答道:“我听乌加说,这东西刀砍不进,定是大家用毒箭射中它的要害了吧?”王渊摇头道:“这东西看起来细长,真个厉害,身子比铁还硬,箭哪里射得死?它未死以前,吕伯父连射它的嘴,有的被它弹出老远,有的被它嚼碎,全没用处。你决想不到它是怎么死的。昨晚如非事情凑巧,我头一个便会被它拦腰勒成两段,别人也休想活命呢。”

灵姑听怪蛇如此凶恶,好生骇异,连忙追问。才知王渊等灵姑、牛子走后,将洞口用石堵好,侧耳向外静听,等了好一会儿,不见响动,只是怪声“姑拉”“姑拉”时近时远地叫个不已,听惯没有在意。又因敌人连日专用虚声相吓,以为灵姑又是白等,不见得当晚就会出事。虽然年幼贪睡,又恐灵姑回来无人开洞,不肯就睡。越等越无聊,忽然神倦,伏身石上,不觉睡着。迷糊中觉着腰间奇紧,似被铁条紧勒了一下,腰骨几乎折断,奇痛非常。猛然惊醒,一睁眼,瞥见一团碧绿的光芒,带着一条细长黑色东西,正从身侧鞭一样舞起,掣了回去。

洞内原有火筐,照得合洞通明。洞口一带虽然黑暗,因那东西头有极亮绿光,王渊又是从小练就的目力,见那东西长索似的,料是怪物,不由失声惊叫,脚一蹬,把身侧大石用力往外一推,纵身跃起。那怪蛇本由石隙里钻进,已然进有七八丈。这类怪蛇不伤死物,这时不过受了敌人驱使,并非饥饿发性之时,人不惹它,就打身旁擦过也无妨害。想是王渊伏石假寐,站立不稳,身子一歪,无意中踹了它一脚,将它触怒,掣回前半身,照准王渊连人带石一齐缠住。蛇力奇猛,身坚如铁,王渊本来非死不可,偏是五行有救。

上次灵姑斩蛇之后,又斩了一条大蜈蚣,从断脊骨内搜出好些宝珠。当时吕伟分赠范氏父子人各一粒,余者俱由范氏弟兄代为用巾包起。原准备背人分配,除范氏弟兄外,吕、王等人均未用手摸过。不久,范氏弟兄全患手痒难忍，用药未愈。吕伟先恐是中了珠毒。范氏弟兄不信，反正中毒，索性再把珠放在手内，一阵乱揉，奇痒反倒止住。这才悟出，是取珠时珠刚从污血中落出，无意中沾了余毒所致，珠并无毒。苗疆山中，蛇虫之类遍地皆是，苗人也习见不惊。

自从得珠之后，吕氏父女所居之处，永远不见蛇虫挨近，发觉以后，越发断定珠的功用。知道珠能避毒，便将它取出，用水洗浸了些时。命王妻和灵姑分制了几个丝囊，将珠藏好，人佩一粒，以为山行辟毒之用。

王渊爱它光能照夜，时常取玩。所佩丝囊纹理最稀，光可透出。王渊先是侧身而立，珠被遮住，蛇不曾见。这一缠过去，蛇头缠到腰间，正与宝珠相触，如遇克星，慌不迭地掣了回去。王渊推石一跃，力猛势急，那石被蛇带歪，再经此一推，凭空倒下，正落蛇身，蛇被压，益发暴怒，掣转长身，缠住那石一绞，只听咔嚓连声响过，那块长约四尺、粗约二尺的堵洞石头，立被绞断，堆在地上。跟着怪蛇身子一转，后身仍由洞口外继续往里钻进。那前半截长身，早闪耀着头上那只亮晶晶的三角怪眼，箭一般朝众人睡处一带穿去。

吕、王等三人何等机警，王渊一失声惊叫，知道有变，全从睡梦中惊起。吕伟首先发现王渊纵起处，身后又字形盘着一条又细又长的怪蛇，头上一只独眼，正是二十年前在滇黔路上听友人说过的铁线蛇，又名蒺藜练，道家叫作墨钩藤，又名玄练。这蛇秉纯阴之气而生，其细若绳，长逾十丈。每生必双，雌雄各一。一月长一尺，逢闰倒缩三尺。长至四十九丈，不能再长。挨到穷阴凝闭之日，便择山中隐僻幽晦之处，双双纠结而死。左道旁门常用它配制各种药饵，以制伤毒之药，尤有奇效。只惜制法珍秘，物又罕见，知者绝少，说的人也不过略知大概。

蛇身墨绿，通体都是蒺藜形的倒须钩刺。力能咬石断树，任何猛兽、蛇蟒所不能当，遇上一绞，立即断裂。每逢六甲之日，口里吐出香气，媚力甚大，附近数十里内蛇兽闻香咸集，非等它择肥选壮，饱食之后，甘死不退。食时，总是先用长身绞缠个紧，再诱逼张口，将头钻进，专吃心脏、膏血。吃完，穿通全身而出。性最喜洁，不食死物。不是饿极，纵逢甲日，也不放香。饱时相遇，不去惹它，并不追逐。可是一经触怒，无论是人是蛇兽，当时非全弄死，决不罢休。那香气闻了，尚只醉人，身软无力而已。最厉害的是当它怒极，求敌不得之际，口里喷出几丝粉红色的烟气，中人立死，奇毒无比。

蛇蟒毒重的，多是双眼复晶，有多无少。此蛇却是独具只眼，作三角形，由额起直盖到嘴，整整将那三角怪头遮住，凶光闪闪，又明又亮，多老远都能看见。其行绝迅，只要被它目光所及，十九难以幸免。蛇皮比铁还坚，刀斧所不能伤。端的是宇宙间最奇、最厉害的东西。

吕伟乍听人说得它如此恶毒凶猛，还不怎相信。当时恰要经过山寨中一段蛇兽最多之处，那位朋友虽是新交，人极至诚，说那里以前曾出此蛇，被一道者收走了一条，再三告诫，才记在心里。可是从此并未遇上，连土著及常常跑苗疆的药客货郎，探问了多人，也没再说起。

吕伟记得当时曾问友人："此蛇遇上必死，难道就无制它之法？"答说："除蛇只有三种方法：一是生长百年以上的大蜈蚣；二是几种灵药，先把它爱吃、爱闻的两种诱它入伏，再把制它的一种研成碎末，和在一起，以毒攻毒，方可将它毒死。但这两法所用之物俱极难得，等于无用。第三法是用苗疆瘴地所产的一种毒豆，诱它驯服入阱，再用火攻。此外只有仙人能制，别无法想了。"不料今晚会在此相遇。

吕伟知道厉害，不由大惊，急了一身冷汗。忙喊："此蛇又毒又凶，不可力敌，快往后洞逃去。"此时那蛇已朝有人处伸出长身，游了过来。王渊身刚落地，未及二次纵起。李氏担心爱子，且蛇由他身后游来，只当蛇是追他，吓得亡魂皆冒，一时情急，大喊："渊儿快躲！"王渊本就胆寒，再吃这一喊，益发慌了手脚，也没回顾，妄想蛇从后来，避开正面，往侧一纵。原意躲蛇，不料蛇正躲他，无心巧值，双方反倒撞在一起。

自从有蛇以后，那粒宝珠越发奇亮，光由丝囊缝里透出老远，芒彩四射。一物一制。线蛇先时不知人身有宝，被人一踹，发了野性，掉头便缠，原是一个猛劲。及至缠到身上，已有警觉。急势难收，等收回来，头已触在珠上，如受重创，立即掣回。蛇甚心灵，虽往前游，已存戒心，凶焰敛去不少。看见珠光显露，和人避它一样，躲还来不及，哪里还敢伤害。一旦误撞上，还当敌人有意为难，早慌不迭地把尖头一摆，箭一般掣开。

吕伟见王渊身畔放光，蛇不伤人，反倒躲避，猛然想起那日雨中从蜈蚣身上所得宝珠，因那蜈蚣半截身子已有那么长大，定在千年以上，而宝珠专辟蛇蝎，这时忽然放光，必是蛇的克星无疑。忙喊："蛇怕宝珠，大家快取出来，它就不敢伤人了。"说着，随将宝珠先从腰间丝囊内取出。王守常父子夫妻三人也依言擎珠在手。

吕伟当初从怪物骨环中取出的宝珠,共有九粒。因灵姑又从怪物眼里挖出两粒又大又亮的红珠,便把九珠分了四粒与范氏父子、王守常等人各一粒,余两粒留给张鸿父子。

两粒红珠本是灵姑所得,便给她一人佩带,灵姑也做了个丝囊装好,本是随身佩带,片刻不离,偏巧连日灵姑想要守伺敌人,而那红珠甚是奇怪:带在身上,近看只觉身旁仿佛有极淡一层红雾围绕,不过非留心细看,看不出来,还不怎显;而夜间远看,却似隐有光辉的一幢红影将人罩住。埋伏伺敌都在夜间,恐被窥破,特地取放筐内,已有数日。

吕伟并不知道,身边所藏二珠,乃留赠张鸿父子之物。一粒业已从囊中取出,握在手内;另一粒不知怎的,将丝囊锁口的线扭成死结,急切间取不出来,只得同握手内。一手持着毒弩,准备射那蛇的要害。宝珠光华虽有夜光,但是聚而不散,平日只照得三尺方圆。暗中远视奇亮,宛如一颗拳大明星;近视只龙眼般大小,并不能当灯烛用。这时忽然大放光明,晶芒闪烁,耀眼生花,几令人不可逼视。连未及取出那粒,也在囊内放出一丝丝的光芒。

这线蛇原是那条长的,断处生了一个菌一般的肉球,比身子大好几倍,石缝太窄,强挤过来。后面刚把身子进洞,前头就误撞在王渊身上。跟着吕、王等三人的宝珠一齐取出,洞中平添了三团斗大光华,随着人手舞动起落,照得满洞生辉。怪蛇知道遇见克星,想要避开,偏吃了身子太长的亏。

王渊睡梦中被蛇一绞奇痛,醒来时看见那么厉害,连大石都被绞碎,本就惊悸亡魂。这一次又和蛇头误撞,直似中了一下铁棍,几乎跌倒,越发胆寒,吓得往后一躲。眼看前面蛇身横亘满地,蛇头左右乱摆,不敢过去。直到吕伟连唤,才知蛇怕宝珠,将珠取出。惊弓之鸟,仍是不敢越蛇而过,不料无意中拦了蛇的退路。蛇见身后也有克星,不敢再退,也是东瞻西顾,走投无路。

吕伟见状,略为放心。匆促间,正想不出除它之策,忽见洞口石隙中绿光一亮,又有一条同样的怪蛇钻进,势甚迅急,才见蛇头,便钻进丈许来长的蛇身。知道蛇果成双同来,一条未除,又来一条,如何是好?灵姑、牛子又不知何往。当时一着急,因蛇怕珠,意欲一试,不假思索,便将弩筒并入左手,将那粒装在囊内的宝珠照准洞口第二条蛇头上打去。后一蛇进洞望见珠光,便知不妙,已有退志。宝珠打到,越发害怕,眼灵退速,吕伟那么飞快的手法,竟被它退出洞去,没有打中。那粒宝珠落在洞口地上,光往囊外射,恰似一盏明灯，外面蒙上一层轻纱，光映数尺。前蛇归路隔断，急得全身上下乱摇乱舞，起伏若狂。

吕伟见不是路，恐无意中被它扫中，性命难保，急欲除害。闻知灵姑、牛子俱在洞外，四人大声连喊，不听答应。只得拼冒奇险，左手紧掐明珠，避蛇防身；右手拔剑，觑准形势退路，踅近前去，猛然跃起，照准蛇颈就是一剑。谁知那蛇见珠便躲，逃避尤为敏捷，其疾如电，连砍数剑，均未砍中。仅有一下砍到身上，震得手腕微痛，蛇仍无恙，也没反噬。众人看出蛇并无甚伎俩，胆子越大，各把刀、弩齐施，始终伤它不得。

蛇头独眼为珠光所逼，渐渐晦然无光。最后竟伏在地上，将口连张，独眼一眨一眨，似有乞怜驯服之状。吕伟因它凶毒异常，非除去不可。不知此蛇性灵，业已乞哀降服，留下活的，日后有许多用处。反乘它张口，连珠射了好几箭，只两箭射中。蛇将长信伸出一甩，中箭便被甩落，竟如无觉。珠虽克制，却不知如何使用方能除去；洞内又不宜于火攻；更不知蛇身有毒没有。

方在愁急，打算分四面将蛇逼成一堆，静俟灵姑回来用飞刀斩它，免把洞口遮住，灵姑不能进来。忽听王渊喊道："吕伯父，身后怎么又红又亮？"吕伟忙回头一看，一片红光发自灵姑置放衣服的筐内，恍如火焰内燃，光腾于外，结为一圈圈的彩晕，分明是那一对蜈蚣眼珠。心想："此珠爱女佩不离身，怎会在此？"同时那蛇见了红光，又复蠢动，由地面上将身腾起，只管跳动不休，虽不伤人，可是尖头撞处，无不粉碎，势甚惊人。

吕伟看出厉害，忙中无计，赶紧飞身过去，将筐扣扯断。筐盖才一揭开，红光立时照红了大半边洞壁。等到取在手内，满洞都是通红。那蛇仿佛遇见煞神，退又无路，急得身子似转风车一般摇摆直上，意似要破壁飞出。这洞原是《蜀山剑侠传》中三英、二云合力斩妖，妖尸谷辰所居的玉灵崖，也就是李英琼收袁星服马熊的所在。乃福地洞天，石质坚硬，不亚良玉。

蛇虽力猛身坚，想要穿出，如何能够，仅撞了一下，吕伟看出它更害怕，不等它二次上升，便奔将过去，离蛇愈近，珠光愈发奇亮。旁立诸人只觉一幢红光彩晕，笼罩着一团白光，一条人影，面目、身形都不清楚，吕伟自己更耀眼欲花了。

蛇见红光临近，飞也似将上半身往后缩退。吕伟只知物性相克，原不明白用法，一味逼将过去。不料进不几步，那蛇忽似暴怒，情急拼命，上半身高昂数丈，口中红信吐出二三尺，照定吕伟鞭一样打来。吕伟大惊，忙往侧一

闪，让将过去。心正惶急，待要纵逃，侧脸回顾，蛇已僵卧在地，不再转动，仿佛死去。身上刺鳞却在连皮急颤不休，好似苦痛已极神气，舌伸唇外老长。先时众人曾用箭射，也不知是弩毒发作，还是宝珠之功。

试用红珠往它身上一按，觉着手指微震，那段蛇身便不再转动。又触了几处蛇身，立即静止。看去目定身僵，决死无疑。刚喘了口气，便听外面灵姑呼唤，心更大定。因那蛇身僵硬如铁，挪动不易；后半截又堵住洞口，身又太长，横占了半洞；死时一震倒，断处肉菌甩起，正搭在封洞石上；又怕毒重，不敢轻率。四人耗了无数气力，钩扒齐施，才勉强把蛇身拖离洞口。

线蛇一死，红白六颗宝珠也复了原状。把珠一收，蛇顶独目又晶光闪闪。众人防它复活，又耽延了一会儿，任凭用刀钩拨弄，不见丝毫动弹，才放了心。当时无法清除，外面尚有敌人一死一擒，元恶未除，不知情况如何，急于和灵姑相见，忙着钩开封洞石块走了出去，那条死蛇仍横在地。

灵姑听王渊说罢经过，因见蛇顶独目晶光闪烁，想起以前除怪之事，以为蛇目又是宝物，便把飞刀放出，裂开蛇顶一看，并无什么珠子。三角眼眶里的眼珠竟和卵黄相似，凝而不散，是个软物，色如水银。那护眼皮膜却似水晶一般，又硬又亮，已为飞刀所碎。原与眼球表里为用，这一去掉，眼球尚有微光，先前光辉尽失。灵姑见那晶球又软又滑，不易收藏，又不知有毒无有，觉无甚用，打算不要。王渊觉着好玩，忽起童心，寻了一个装药的空瓷瓶，先用一碗放在蛇头底下，再用竹箸将那三角眼睛挑落盘中，倒入瓶内盖好，放过一旁。外面吕、王等人已将死蛇收拾，命牛子、鹿加二人抬向远处弃掉。

吕伟先留意的也是蛇的独眼，无奈蛇身已被灵姑斩成碎段，一查找，蛇顶已被劈裂，找着两半眼眶，脑和眼球都不知去向。闻说洞内蛇头无珠，眼球是个软的，只比别的蛇蟒眼球稍韧，别无异状。灵姑没提起王渊藏眼之事，又忙着将洞内线蛇斩断移弃，扫涤全洞，俱都忽略过去。事后再挪动用具，恰将瓷瓶遮住，王渊忘了取视。众人只有灵姑知道此事，当时没有在意，事后也就忘怀不提。

一会儿，牛子、鹿加回来，二次把死蛇抬走。王妻将早饭煮好，大家吃完，又等了些时，仍不见二人回转。吕伟首先起了疑虑，恐乌加仍在左近潜伏，愤恨鹿加降顺外人，下手暗算，连牛子一齐害死。灵姑却疑鹿加降意不诚，中途反悔，担心牛子。便和王渊跑向崖顶眺望，准备再等片刻不归，便出去寻找。

灵姑、王渊刚到崖顶,便见二人忘命一般,由左近林莽中绕出正路,如飞跑来。鹿加在前,手里还捧着一个白东西;牛子落后约有半里,不时回首后顾,仿佛有人追赶神气。

一会儿跑到切近,灵姑一眼看清鹿加手中所持之物,不由惊喜交集,连话都顾不得说,径由崖上原路攀缘而下,急匆匆绕向崖前跑去。王渊也看出鹿加手中持的颇似灵姑以前失去的白鹦鹉,好生高兴,跟着跑向崖前。鹿加、牛子已气喘吁吁地相次奔来。灵姑先迎着鹿加接过鹦鹉,问他何处寻到。鹿加张着一张丑嘴,指了指后面,累得直喘,急切间说不出话来。

灵姑因苗人都善跑山,从没见过这等累法。知他所会汉语有限,问他问不出所以然来,一面抚摸着鹦鹉身上雪羽,叫他先回洞前歇息,等牛子跑来再问。鹿加领命,往后走去。牛子也已赶到,神色比起鹿加还要惶遽,快到时,又往后看了两看。灵姑见他气喘汗流,忙喊:“牛子,你累了,随我回去说吧。”牛子收住脚步,点了点头,随了灵姑、王渊转回崖后。长颈苗族毕竟强悍,一口气跑了数十里,一停步便缓过气来,正和吕伟口说手比呢。

灵姑凑过去听了一会儿,不甚了了。正觉不耐,忽听牛子急喊道:“这白鹦哥快饿死了,还不给它一点吃的?”一句话把灵姑提醒,一看怀中鹦鹉,身子虽然和前见时一般修洁,神情却似疲惫已极。两眼时睁时闭,嘴也一张一合的,似要叫唤又叫不出声来。肚皮内凹,分明饿极之状。不禁慌了手脚,哪还再顾问话,忙令王渊取水,自取谷米放在口里嚼碎,王渊水也取到。先把鹦鹉凑向碗边,饮了几口,后把嚼烂谷米嘴对嘴喂。

鹦鹉连吃了好几口,身和两翼才能展动。灵姑二次含米正嚼,鹦鹉连叫两声“洗澡”。灵姑见它逐渐复原,才放了心,忙又取了一个水盆给它周身沐浴。洗完,鹦鹉不住剔毛梳翎,抖擞身上雪羽,依然还了原来的神骏。

王渊问道:“你往哪里去了?饿得这个样儿?”鹦鹉倏地飞起。灵姑、王渊恐它又复飞走,急得在下面乱喊。鹦鹉叫着:“我不走,我不走。”遂高飞了两圈,落将下来,就水碗里又饮了几口山泉,往灵姑手臂上一纵。灵姑抚着它道:“日前叫你和我们一路走,偏不听,不知跑到哪里去受这些苦。好容易他们把你寻回,看你还乱飞不?你是灵鸟,我也不锁你,如愿在我这里久居,我再给你起个名字,此后不许离开我一步。要不的话,你已吃饱能飞,你就走吧,省得日后飞去,害我老想。”鹦鹉叫道:“我不走啦。”灵姑喜道:“我叫灵姑,你又如此灵异,就叫作灵奴,你愿意么?”鹦鹉连叫:“愿意,愿意。”灵姑便问灵奴:“你有灵性,飞得又不高,怎会断了吃食呢?”灵奴又叫:“主人问他。”灵姑回顾牛子,也在口说手比,神态甚是紧张,忙赶过去盘问。

原来牛子、鹿加头次抛弃断蛇的地方是一山涧,离洞约有二三十里,本是日前乌加闻香,寻见线蛇所经之路。依了鹿加,想把二蛇做一回弃掉,原可无事。吕伟恐蛇毒污染,原来竹篓已被飞刀斩碎,找不到适当装的东西;线蛇虽细,身骨特重,来时也是二人合力抬来,做一回走倒慢,命分两回。鹿加新降,自然不敢多说。因要寻那隐僻人迹不到之处,想了想,只有那涧密藏林莽之中,虽不甚深,地却隐秘,人迹不到,相隔较近。一时贪功图快,和牛子暗中商定,抬往涧旁抛弃。

头次直去直来,并未见有丝毫异状。等第二次抬了那条断蛇跑到涧边一看,先前所弃之蛇已是片段无存。二人心粗,头次到了便往下倒,不曾细看形势,以为尚未到达原弃蛇处。想起主人因有要丢丢于一个地方不许分弃的话,便抬了筐子沿涧寻去,不觉多走了十来里路,峰回路转,渐渐跑到尽头。

牛子比较有点心思,越看路途越觉不对。心想:“枯涧无水,不会冲走,弃蛇如何不见?”心中奇怪。见那地势较前更隐,半夜起身,没有进食,腹中饥饿,忙着回洞饱餐,便劝鹿加将蛇就涧尽头连筐弃掉,一同回跑。鹿加原随乌加去过,只没将涧走完便改了道路,估量斜行穿林而出路要近些,就便还可查访乌加踪迹。牛子胆小,当年随药客来此,独这山阴一带蛇兽出没之区卑湿晦暗,瘴烟四起,未敢深入,只当鹿加识路,便依了他,没由涧边去路绕回。

二人后来越走越往上高起,径更迂回。鹿加又是一个刚愎自用的脾气,死不认错,认定下山便是回洞正路。牛子自然强他不过。日光恰又被云遮住,辨不清方向。等翻山过去,到了山阴森林以内,又胡走了一段,云开日现,从密林梢上透下几丝光影,鹿加才看出走了反路,还算心直,照实说出。牛子素怕此人,不敢过分怪他,只埋怨了几句,重往回赶。

二人先颇投缘,说笑同行。一跑错,一个腹饥怀忿,一个内愧着急,俱都闷走,没有则声。路径既生,森林昏晦,心再一着急,方向大致不差,只在林内打转,急切间走不出来。二人方在焦灼,忽见右侧有一团火光,仿佛还有一座小小的石崖,崖前隐约见人影闪动。鹿加知道有火之处必有苗民聚集,打算上前问路。牛子本来不愿，还未开口拒绝，忽听一声极微细的鸟鸣，音声哀楚，甚是耳熟，心中一动。自恃熟知苗俗，能通各族语言，便嘱鹿加不可莽撞，到时自己一人上前说话；对方如在祭神祈福，不知他的禁忌，尤其不可妄有言动。鹿加本觉对他不住，又想他在主人面前给自己说好话，立即应诺。二人由暗林中循着火光、鸟鸣来处掩将过去一看，不禁大吃一惊。

原来那地方乃森林中平地突出的一座石崖，高仅两丈，大约亩许。四外森林包围，崖上苔蔓丛生，只洞前有数亩方圆一片空地。一边种着许多不知名的野菜，一边是个小池。当中一眼小井，井对面生着一堆火。上面绿荫浓密，阴森森的，只两边叉枝稍稀处略可见到一点天光。洞前空地上的木桩上绑着三男一女四个虎皮苗人。身旁站着一个身相瘦弱的汉家小姑娘，用汉语对老猓道："主人只叫你们说几句真话，一句不许遗漏，你们偏不说，又不敢折箭起誓，分明理屈情虚，还有何说？你们休看他心好，救过你们性命，这是他现在遭了一次劫，恐怕天诛，改恶向善，本来并不这样。全仗你们弄回这两条蛇，补还我们这十几个人失去的真阴，各自送回家去，消掉他的罪孽。去时原问过你们，说卦象不好，你们如不帮忙，他会另想方法，你们都答应死也不怕，情甘冒险。那么到手的宝贝怎会借人？借的又是和你们差不多的野人，能晓得什么？这蛇刀砍斧劈都不能伤，怎会被人挖了眼睛，斩成粉碎，丢在涧里？定是有人和他为难。你们受了愚弄，以为主人还有好久才回，不是妄想那蛇别处还有，和对头调换了贵重东西，便是借给了对头。这条断的只能配点伤药，我们的事是无用的了。幸亏还有半条骨髓未流，但又差着半条。如今主人亲身往寻，寻回那前半条，如还是活的，也许没事；就是已死，只要不斩断得稀糟，费点事，也有法想。如寻不回来，他一着急，再犯了早先脾气，你们一家四人休想好死。他走时命我用火刑拷问，再不说真话，我就要收拾你们了。"

老少四猓只是一味哀求，说并没遇见一个汉人，说不出别的道理。少女怒道："你们还犟嘴。这蛇岂是寻常人力斩得断的？不给你们点厉害，决不肯说实话。"说罢，手中拿出尺许长花花绿绿一面小旗。朝火上一挥，再朝四猓一指，立时便有一团烈火落向一个年轻壮猓身上，只听嗞的一声，接着一声惨号，那少猓肩肉便烧焦了碗大一团。少女随又指火，再烧第二个，当时惨声互作，呻吟不绝。最终快要烧到女猓身上，老猓再忍不住，哀声大喊："好心姑娘，你莫烧我苦命女儿，我说真话就是。"

等少女停手问他，老猓含泪说道："我说的话和适才并差不多，你拿箭来，我先对火神赌了咒再说，免得说出，你又不信。"少女果然递了一支箭过去，将他双手放开，说道："其实我也不愿这样逼你们，那是无法。只要你肯赌咒，我定先把你伤医好，就有甚不对地方，也能劝主人饶你，放心好了。"老猓臂受烧伤，负痛已极，起誓之后，颤巍巍把箭折了，扔在地上。

少女叫了一声，洞内又跑出一个同样装束的汉家女子，手中拿着一瓶药，一个药碟。倒些出来，和水调好，用天鹅翎给四猓伤处一一敷上，呻吟立止。老猓方把擒蛇时遇见乌加，以为主人不会就回，贪心受骗等情，一一说了。并说："因他所害的是一家汉人，怕主人知道怪罪，主人问时，一句不许遗漏，所以不敢赌咒。实则句句真话，只不过未说出乌加借蛇的用处罢了。谁知这三个天杀的长颈苗人竟是对头，把蛇骗去杀了，害得我一家老小四人这样苦法。以后非寻他们报仇，生吃下肚，才称心意。"说罢，呜呜咽咽又哭起来。

牛子先听鹿加说过借蛇之事，闻言知道乌加有此强敌寻仇，就主人饶他也活不了，好生心喜。鹿加因见少女指火烧人，那么厉害的野猓都能制伏，疑心她会神法，所说主人自更厉害，又忙着回去，暗扯牛子快走。牛子却因那鸟鸣声与来时中道飞失的白鹦鹉一样，亟欲寻回去讨灵姑喜欢。仗着空处密林黑暗，人不能见，想查看明白是否在此，能弄回去最妙，不能，便引灵姑前来硬夺，所以执意不走。

要知后事如何，且看下回分解。